HEYNE
ENCORE

TORE RENBERG

WIR SEHEN UNS MORGEN

ROMAN

Aus dem Norwegischen
von Elke Ranzinger

WILHELM HEYNE VERLAG
MÜNCHEN

Die Originalausgabe erschien unter dem Titel
VI SES I MORGEN
bei Forlaget Oktober, Oslo

NORLA
NORWEGIAN LITERATURE ABROAD

Diese Übersetzung wurde mit der finanziellen Unterstützung von NORLA veröffentlicht.

FSC www.fsc.org
MIX
Papier aus verantwortungsvollen Quellen
FSC® C014496

Verlagsgruppe Random House FSC® N001967

Redaktion: Leena Flegler
Umschlaggestaltung: Johannes Wiebel / punchdesign, München,
© nach einer Vorlage von Asbjørn Jensen
Satz: Schaber Datentechnik, Austria
Druck und Bindung: GGP Media GmbH, Pößneck
Printed in Germany

ISBN: 978-3-453-27073-2

www.heyne-encore.de

Dienstag, 25. September

Calling every boy and girl
Calling all around the world
Get ready for love!

NICK CAVE

1 666 (Pål)

Seine Augen fühlen sich an, als wären sie voll Sand.

Als läge eine feine Sandschicht auf der Bindehaut, schon seit mehreren Wochen. Nichts hilft, Augentropfen, Augensalbe – es geht einfach nicht weg. Die Körnchen scheuern über die Bindehaut. Wenn das noch lange dauert, perforieren die Sandkörnchen irgendwann die Hornhaut, und dann wacht er eines Tages auf und ist nicht mehr in der Lage, die Welt zu sehen.

Vielleicht gar nicht so schlecht.

Davon kann einem echt übel werden.

Es wird nie im Leben hinhauen, oder?

Pål wischt die Armaturen trocken, faltet den Lappen und legt ihn über den Wasserhahn. Er stützt sich am Waschbecken auf und atmet tief ein, als würde das helfen. Er hört im Obergeschoss die Spülung rauschen, atmet aus und wirft dem Hund einen Blick zu. Der schwarz-weiße Border Collie döst auf der Decke neben dem Kamin.

»Hm, Zitha? Ganz gut, oder?«

Das Rauschen der Klospülung verstummt, und im Haus ist es wieder still. So still wie draußen, wo sich im gelben Schein der Straßenlaternen nicht mal die Blätter an den Bäumen bewegen. Nicht mal der Bindfaden an der Tanne regt sich, an dem die Mädchen immer Milchtüten befestigt haben, Milchtüten, in die sie Öffnungen geschnitten hatten, um ein Stöckchen hindurchzustecken, damit die Kohlmeise darauf sitzen und fressen konnte.

Papa? Dürfen wir ein paar Rosinen haben? Mögen Singvögel Rosinen?

Die Milchtüte verschwand, die Ehefrau verschwand, aber die Mädchen sind noch da, so wie der Bindfaden.

Pål kneift das rechte Auge zu und presst gereizt den Zeigefinger auf das Lid. Er macht das Radio an. P4. Coldplay. Der Song war vor ein paar Jahren mal ein Hit. Wie heißt er gleich wieder? Echt nervig, wenn sie den Titel nicht singen. *Now in the morning I sleep alone.* Er macht das Radio wieder aus. Die ganze Welt redet über ihn, und das hält er nicht mehr aus. Er kann nicht mehr fernsehen, er kann die Zeitung nicht lesen, und wenn er mit einem Roman auf dem Schoß dasitzt, liest er dieselbe Seite sechzehnmal, ohne auch nur ansatzweise mitzukriegen, was da steht.

Das Einzige, was er erträgt, ist die Stille. Egal, wie ätzend sie sein kann.

Der Herbst kam in diesem Jahr früh. Die ersten Septemberwochen waren in Regen ertränkt und vom Wind verweht, aber jetzt gibt es plötzlich doch noch ein paar schöne Tage. Als hätte der Sommer den Wunsch, ein letztes Mal Abschied zu nehmen. Am weit offenen Himmel hängt tief die gleißende Sonne. Bereits früh am Vormittag wirft sie lange Schatten auf die Straßen. Sie brennt so stark, dass man glauben könnte, sie wollte erst den Himmel abfackeln und dann sich selbst.

Was, Zitha? Glaubst du, Papa wird es schaffen?

Der Hund hat eine Vorderpfote unter die Brust gezogen, die andere liegt schlaff und schläfrig neben der Wolfsschnauze. Zitha sieht ein bisschen merkwürdig aus, wenn sie sich auf der Decke so flach ausstreckt. Die Ohren ruhen elegant und schön neben ihrem Kopf.

Zitha ist ein zuverlässiger Hund. Und ein schöner Hund. Und sie hat keine Ahnung von dem, was ihrem Herrchen gerade widerfährt. Zitha ist einfach da. Schläft. Spielt. Läuft. Frisst. Steht Tag für Tag mit der immer gleichen unbändigen Hingabe vor Pål: wedelnde Rute, schwänzelnder Hintern, schlabbernde Zunge.

Er sieht aus dem Fenster in den Garten. Mittlerweile wird es früh dunkel. Schon gegen halb acht gehen die Straßenlaternen an, da kommt bereits die Dämmerung, und eine gute halbe Stunde später ist es stockfinster.

Seit einem Monat zieht sich der Sommer leise zurück. Erst trugen die Leute noch T-Shirts und kurze Hosen. Aber dann war's das für diesmal. Die Birke wurde gelb, der Rhododendron rot, die Laubbäume verblassten allmählich. Die Frauen kramten ihre knielangen Mäntel hervor, man sah häufiger Grau, Braun, Ocker und immer mehr Kopfbedeckungen. Die Leute trugen zusehends Tücher und Schals, die Sommerschuhe wurden weggeräumt, die Kinder rannten in Fleecejacken und Regensachen rum.

Ja, klar dürfen die Singvögel Rosinen haben, die mögen sie.

Kommt Mama zurück, Papa?

Nein, ich glaube nicht.

Schon lange her.

Die Temperaturen fielen, die Abende wurden kühler. Eines Morgens beobachtete er, wie der Nachbar am Auto die Windschutzscheibe freikratzte. Gut, dass er selbst eine Garage hat.

Diese unnatürlich schönen Tage, sie sind nur geliehen. Ein letzter Seufzer des Sommers, das wird nicht lange andauern. Trotzdem muss sich der Körper umstellen, einstellen auf die neue Jahreszeit, auf die anhaltende Dunkelheit, die jetzt kommt, Monate der Kälte und Finsternis.

Die Glieder werden steif, der Körper wird schwerer, man braucht mehr Schlaf.

Pål reibt sich die herbsttrockenen Hände und wirft Zitha einen Blick zu. Ihr Atem geht in langen Zügen. Wer weiß, ob sie träumt, und wer weiß, wovon sie träumt hinter ihrer schönen Stirn.

Davon kann einem echt unglaublich übel werden.

Mit einem Schnalzer tritt er auf den schlafenden Hund zu. Zitha zuckt zusammen, setzt sich auf, gähnt und streckt sich. Sofort peitscht die Rute los, die Zunge schiebt sich aus dem Maul, die Schnauze wird feucht.

»Jaaa. Komm, Zitha. Jaaa.«

Er geht in den Flur hinaus, Zitha streift um seine Beine. Er räuspert sich, deutlich, und sagt extra laut: »Ja, ja«, als er die Leine aus der obersten Schublade holt und das Leuchten in den Hundeaugen sieht.

Es wird nicht hinhauen. Oder doch?

Die Mädchen.

Die Rute fegt wie ein Scheibenwischer hin und her, und Zitha schwänzelt aufgeregt vor ihm auf und ab. Pål reibt sich die Augen, bevor er sich bückt und spürt, wie das Blut in seinen Kopf stürzt, als wäre sein Schädel ein Kolben und als folgte alles der Schwerkraft. Er krault Zitha unterm Kinn, sieht ihr in die Augen und erkennt darin das bedingungslose, unendliche Vertrauen, das sie ihm entgegenbringt.

Oben fällt eine Tür zu. Pål schlüpft in seine Herbstjacke und zieht sich Schuhe an. Er tastet über die Innentasche und fühlt nach, ob der Briefumschlag dort steckt. Ja, tut er.

Sie sind klug, Collies. Intelligent. Als seine Frau gerade dabei war, ihn zu verlassen, und erfuhr, dass er sich einen Hund zulegen wollte, empfahl sie ihm einen Setter.

Auf die Jagd gehen wie andere Männer. Ja, das sieht dir ähnlich, entgegnete Pål. Setter, meinte Christine mit Bewunderung in der Stimme, laufen sich selbst in Grund und Boden, wenn man sie lässt. Collies, erwiderte Pål, sind schön und bewachen dein Zuhause. So einen Hund will ich haben.

Nur laufen. Ausbrechen, verschwinden.

Wie gerne er das tun würde. Sein häufigstes Gefühl in letzter Zeit. Laufen, ausbrechen, verschwinden. Plus Gelähmtsein, Angst, Scham – niemand weiß, was ich treibe.

»Soll ich mit rauskommen, Papa?«

Von oben Schritte auf dem Teppich.

Die Kinder sind das Schlimmste. Es fühlt sich an, als stünden nur noch Tiril und Malene zwischen ihm und dem, was er tun wird. Mit Malene ist es am härtesten. Papas Mädchen sozusagen.

Sie kommt die Treppe runter, er spürt ihre Schritte, so wie er sein eigenes fauliges Herz spürt.

»Hm? Soll ich mitgehen?«

»Nein, nein.« Er schafft es nicht, ihrem Blick zu begegnen. »Mach du nur Hausaufgaben.«

»Hab ich schon.«

Pål lächelt unbeholfen. »Da hab ich dich wohl mit jemandem verwechselt, der seine Hausaufgaben nicht immer macht. Wo ist Tiril?«

»Wahrscheinlich arbeiten.«

»Ja, klar.«

Malene runzelt die Stirn. Sie verzieht merkwürdig den Mund, wie sie es schon als Säugling gemacht hat, sodass sie aussieht wie E.T., kurz bevor er anfängt zu weinen.

Sie geht vor Zitha in die Hocke und streicht ihr liebevoll über den Schädel, sodass der Hund Schlitzaugen bekommt.

Dann hält sie ihr das Gesicht hin, und Zitha leckt ihr über die Nase. »Jaaa, braaave Zitha, braaave Zitha, gehst du mit Papa spazieren, hm?«

Pål sieht sie nachdenklich an. Die markanten Wangenknochen, die ihr Gesicht nach oben zu schieben scheinen. Der kräftige Turnerinnenkörper, biegsam, aufrecht. Nie irgendwelchen Ärger mit Malene. So ein Pech, diese Verletzung. Das muss schleunigst wieder gut werden. Er lächelt, und für einen Augenblick vergisst er, wer er ist und was er getan hat.

»Kann ich nicht doch mitkommen?«

Eine Tochter, die vor dir steht und fragt, ob sie mitkommen darf. Er hofft, es wird für immer so bleiben.

»Nein«, sagt er, »es ist schon spät, und du musst noch Hausaufgaben machen.«

»Papa, ich hab doch gesagt, ich hab sie schon gemacht.«

»Brav«, sagt er. »Na ja, wär gut, wenn du hier wärst, wenn Tiril kommt.«

»Och.« Sie schmollt demonstrativ und zieht Zitha an sich. »Willst du vielleicht mit Malene gehen, hm?«

Zitha leckt ihr übers Gesicht, die Zunge rosa, feucht, und der Schwanz peitscht hin und her.

Im Flur neben dem Spiegel hängt immer noch das Bild seiner Frau. Als sie ging, wollten die Kinder es behalten. Ein Bild der Mutter für die Kinder. Seltsam. Im einen Jahr willst du der Frau die Augen auskratzen, und im nächsten vermisst du sie irgendwie.

»Da hat übrigens jemand angerufen.«

Abrupt reißt sie ihn aus den Gedanken.

»Auf dem Festnetz«, fährt Malene fort. »Hat nach dir gefragt.«

»Hat er seinen Namen gesagt?« Er versucht, so unbeteiligt wie nur möglich zu klingen.

»Nein, aber er ruft noch mal an.«

Er spürt, wie der Nebel im Kopf dichter wird. »Der Müll«, hört er Malene sagen und wünscht sich, er könnte alles, was er in den Händen hält, loslassen und auf dem Fußboden zusammensinken. »Die Müllabfuhr kommt morgen.«

»Ach ja, der Müll«, sagt er. »Was würde ich nur ohne dich machen.«

Malene lässt den Hund los, steht auf und zuckt mit den Schultern. »Tja, das wär dann wohl dein Ende, Papa.«

»Haha. Wo ist eigentlich deine Schwester?«

»Arbeiten. Hab ich doch gesagt.«

Er verdreht die Augen und muss über sich selbst grinsen.

»Du wirst echt immer verpeilter.« Malene lässt Zitha Männchen machen, nimmt die Vorderpfoten in die Hände und tanzt mit ihr. Dann wirft sie Pål einen schelmischen Blick zu. »Ist es das Alter? Hm? Hab ich einen Tattergreis zum Vater?«

»Nein, nein.« Er reibt sich die Augen und lacht verlegen. »Nur ein bisschen viel im Kopf gerade. Bisschen viel Arbeit. Aber das regelt sich. Es geht am Ende immer gut aus bei deinem Vater.«

Malene mustert ihn mit zusammengekniffenen Augen, und ihre Wangen werden noch runder. »Immer noch Schmerzen?«

»Ja.« Er blinzelt. »Als wären sie voll Sand.«

»Was ist das nur?«

»Weiß auch nicht. Hm. Geht sicher vorbei.«

»Schon beim Arzt gewesen?«

Da ist er wieder, dieser erwachsene Blick. Wenn sie ihn so ansieht, ähnelt sie Christine.

»Nein, aber ich geh bald, versprochen.« Er ringt sich ein schiefes Lächeln ab.

»Ja, aber dann tu es auch, okay?«

Ganz plötzlich spürt Pål, wie seine Zähne klappern, wie seine Augenlider flattern und der Sauerstoff aus seinem Kopf entweicht. Er beugt sich vor. Schiebt den Hund beiseite, zieht Malene an sich. Er schluckt den Kloß im Hals hinunter.

Er hält seine Tochter fest und sagt kein Wort.

Es wird nie im Leben hinhauen, denkt er insgeheim.

»Papa?«

Man sagt, man liebt all seine Kinder gleich, und das tut man wirklich, aber mit Malene ist es trotzdem anders. Tiril versteht er nie so ganz, kriegt nie ihren Blick zu fassen, als wäre sie immer woanders, ständig auf der Flucht, unaufhaltsam. Wann singt sie gleich wieder, am Donnerstag?

»Papa? Was ist?«

Er hält Malene weiter fest. Schluckt, schnieft, blinzelt. Dann lässt er sie los.

»Wann singt Tiril, am Donnerstag, oder?«

»Das weißt du doch.«

»Ja«, sagt er und schüttelt den Kopf. »Was willst du nur mit so einem sentimentalen Vater, hm? Weißt du, woran ich gerade denken musste? Iron Maiden in der Drammenshallen, klar, war das gut, aber Maiden in London … Malene, das toppt alles. *Six, six, six, the number of the beast, sacrifice is going on tonight.* Haha, dein alter Metal-Vater, hm? Dein alberner alter Vater, der so sentimental geworden ist. Wie geht's deinem Knöchel? Bald, Malene, bald stehst du wieder auf der Matte. So, und jetzt geh und mach deine Hausaufgaben, und ich nehme Zitha.«

Sie sieht ihn seltsam an. »Ich habe meine Hausaufgaben gemacht …«

Pål wuschelt ihr durchs Haar. Wie das seine Hände kühlt! Sie ist so schön. Er ist wirklich stolz darauf, eine so schöne Tochter zu haben.

Was, wenn er es sagen würde? Wenn er ihr alles erzählen würde?

»Du?« Er streichelt Malene über die Wange. »Ihr solltet eine neue Milchtüte für die Vögel raushängen. Der Herbst ist da.«

2 Willst du mich? (Sandra)

Bin ich ein Sturm? Bin ich elektrisch?

Sie wird in ein paar Monaten sechzehn, sie hat eine bis zum Haaransatz schweißnasse Stirn, sie hat zitternde Mundwinkel, und sie weiß, sie muss sich beeilen. Sie hat total weiche Knie, einen exakt geschnittenen Pony und glänzenden Lipgloss. Ihr Herz schlägt wild und stark, sie fühlt sich schwach, sie fühlt sich stark.

Eins einundsechzig groß, zwei glühende Augen, drei Sommersprossen auf der Nase.

Ist sie diejenige, die er einfach haben muss? Ist sie unwiderstehlich? Diesen weißen BH, den sie gekauft hat, ohne dass ihre Mutter davon weiß, und den ihre Mutter ganz sicher vulgär finden würde, wird er den mögen?

Sandra braucht keinen Schlaf, sie braucht keine Ruhe, warum sollte sie die Sekunden verschlafen? Nie mehr will sie schlafen, Sandra will wach bleiben bis zum Ende aller Tage, denn sie hat keine Zeit, auch nur einen einzigen Augenblick dieses Lebens zu verpassen.

Terror, Umweltkatastrophen, Wirtschaftskrisen. Mag sein, dass es das alles gibt, mag sein, dass das wichtig ist, für Mama, für Papa, für die Lehrer, für die Erwachsenen, aber für sie gibt es das nicht. Die Welt ist verschwunden. Sie kennt nur noch Hitze und Furcht, Eile und Sorge. Sie fühlt nur noch dieses Kribbeln in ihrem Körper, als würde in ihr drinnen ein unbekannter Regen fallen, gefährlich und wunderbar. Denn Sandra wird hinausgehen und den treffen, den sie liebt.

Er wird doch hoffentlich da sein?

Sie schließt die Hand um das Silberkreuz, das in ihrem Halsgrübchen ruht, und wischt sich mit dem Ärmel über die klatschnasse Stirn. Echt peinlich, das hat sie von ihrem Vater. Der hat immer Schweißflecken unter den Achseln, wenn er nach der Arbeit das Jackett aufhängt und sagt: »Ach, gut, daheim zu sein.«

Vielleicht sollte sie sich einen Schal kaufen, den sie sich vom Nacken her um die Stirn bindet. Vielleicht würde er das mögen. Er wird doch hoffentlich nicht gegangen sein?

So schnell sie kann, zieht Sandra den schweren Industriestaubsauger über den Fußboden des Ladens. Sie holt ihr Handy nicht einmal pro Minute heraus und sieht auf die Uhr, nein, sie sieht alle fünf Sekunden nach, und jetzt ist es schon viel zu spät: 20:50.

Er wartet am Stromhäuschen im Gosenskogen auf sie. Direkt neben der Madlavollgrundschule. Direkt neben dem Gosenkindergarten. Beides hat sie besucht. Er wird auf sie warten. Und er lügt nicht, das tut er doch nicht, oder, denn die Liebe lügt nicht, das tut sie doch nicht, oder?

Oh Gott, stell dir vor, Mama hätte es gesehen!

Er hat ihr Gesicht zwischen seine warmen Hände genommen, und seine Pupillen sahen aus wie Flammen. Sie hielt den Atem an, spürte seine Daumen über ihre Lippen streichen, dann küsste er sie und sagte, was sie hören wollte: *Ich bin um neun da. Wir sehen uns morgen.*

Die Liebe lügt nicht.

Draußen ist es wieder schön. Nach ein paar verregneten Wochen leuchtet der Septemberhimmel, auch wenn die Temperaturen gesunken sind und alle wissen, was ihnen bevorsteht. Es ist kälter geworden. Alles Leben wird verblassen.

Sandra ist das egal. Komm Regen, komm Sturm. Und sollte Krieg ausbrechen, wäre das für sie auch okay, solange sie nur *bei ihm* sein kann, *bei ihm.* Das Mädchen kann kaum fassen, womit es sich beschäftigt hat, bevor sie Daniel traf. All die Tage und Abende mit ihren Freundinnen – im Pausenhof stehen, vor dem Laden rumhängen, Arm in Arm gehen und kichern und gackern, im Chor singen. Wie armselig und dumm und kindisch! Sollen sie doch sagen, sie wäre in letzter Zeit irgendwie distanziert. Mira kann es sagen, so laut sie will. *Sandra hat uns verraten, Sandra ist total loco.* Und Mathilde, die Arme, die aussieht, als hätte sie kein Dach über dem Kopf, wie Mama behauptet, lass sie es ruhig sagen. *Sandra hat sich verändert.* Was die denken, ist ihr egal, das ist Luft, das ist Wind, das ist nichts. Es gibt nur eine einzige Sache, die noch etwas bedeutet: zu dem zu laufen, den man liebt, und das eigene Herz mit seinem zu verschmelzen.

Einen Schal.

Ja.

Könnte hübsch aussehen.

Gleich ist sie fertig. Nur noch den hinteren Bereich des Ladens staubsaugen, dann ist ihr Teil erledigt. Tiril trödelt und arbeitet im Schneckentempo, aber soll die doch machen, was sie will. Wenn Sandra staubgesaugt hat, ist für sie zumindest Schluss. Dann schlüpft sie aus Jogginghose und Kapuzenpulli und zieht die eng sitzende Met-Jeans an, weil er gesagt hat, dass er die mag. *Ich finde dich echt verdammt sexy in der Hose.* Sie wird noch mehr Lipgloss auflegen, denn dass er das mag, hat er auch gesagt. *Find's echt scharf, wenn deine Lippen so glänzen.*

Tausendmal hat sie nervös vorm Spiegel gestanden und versucht, dieses Gesicht zu machen, diesen Ausdruck, den sie offenbar manchmal bekommt, wie er ebenfalls gesagt hat. *Du bist echt verdammt süß, wenn du das machst.* Irgendwas mit dem Mund, irgendwas mit den Nasenflügeln, die sich ein wenig weiten. Mehrmals hat sie nachgefragt. *Was meinst du damit?* Sie hat ihm gegen den Arm geboxt, hat ihn angelacht, aber er hat nur geantwortet: *Kann ich dir nicht erklären, du bist einfach echt verdammt süß, wenn du das machst.*

Bin ich das? Findest du?

Ja, Sandra, bist du, Scheiße, du bist echt verdammt süß, du bist eine verdammte Blume, du.

Sandra holt das Handy heraus. Keine Nachrichten. 20:52. Wenn er nur die Zeit nicht vergessen hat, wenn er nur nicht genug von ihr hat, einem dummen kleinen Mädchen von gerade einmal fünfzehn Jahren.

Zehn Uhr, hat sie zu ihren Eltern gesagt. Weil sie ja den ganzen Laden alleine putzen muss, dauert es bis zehn. Sie sind nicht mehr zu zweit wie früher, und deswegen dauert es jetzt länger. Ist allerdings gelogen, denn Tiril ist ja da, und die Lüge prasselt in Sandras Kopf, als würde sie vom Zwerchfell in den Hals hinaufwogen. Eine Stunde. Eine Stunde hat sie sich erschwindelt. Mit ihm.

Sandra steht der Schweiß auf der Stirn. Ja, klar, Mama, ich komme nach der Arbeit direkt heim, aber nein, Papa, ich treibe mich abends nicht draußen herum. *Als wir jung waren, da trieb sich niemand mitten in der Woche nachts draußen herum, das waren damals ganz andere Verhältnisse.* Ja, vielleicht, na und? Es kratzt sie überhaupt nicht, wie es in den blöden Siebzigern und den bekloppten Achtzigern war, genau wie auch die Musik sie nicht weniger kratzen könnte, die ihr Vater ihr andauernd vorspielen will, *die echte Musik*, wie er sagt. The Police und Sting und all das. Leute, die noch selbst spielten und nicht dachten, echte Musik könnte man mit ProTools machen. Oder ihre Mutter, die mit ihrem *Girls just wanna have fun* nervt. Mein Gott, und dann das ganze Gerede über den Kalten Krieg und die Berliner Mauer – na und, na und, na und?

Sie lebt *jetzt*, kapieren sie das denn nicht?

Sie lebt jetzt, und sie lügt, dass der Schweiß nur so tropft. Es ist riskant. Mama und Papa könnten es herausfinden. Sie könnten Tirils Vater begegnen. Sie kennen ihn. Oder sie könnten Tiril begegnen. Die Lüge ist alles andere als wasserdicht. »Hallo, Tiril, schön, dich zu sehen, schade, dass du aufgehört hast, bei Prixen zu putzen.«

Diese bescheuerte Tiril. Glaubt, sie wär bereits jemand mit ihren vierzehn Jahren. Sie geht mit der Sprühflasche hinüber zur Kühltruhe. Schwieriges Kind. Immer schon mürrisch und widerspenstig. Ihre Schwester nicht ganz so schwierig, vielleicht ein bisschen still, von der ernsteren Sorte. Ist unglaublich gut im Turnen, Malene, ein Supertalent, allerdings hat sie sich den Knöchel verletzt. Die zwei Mädchen sind sehr unterschiedlich. Ein bisschen seltsam, jede auf ihre Weise. Jeder weiß, dass sie ein bisschen seltsam sind. Vielleicht hat Mama recht, wenn sie missbilligend die Augenbraue hochzieht. *Sie sind halt nicht mit einer Mutter* und *einem Vater im Haus aufgewachsen.*

Es ist so heiß.

Sandra schiebt die Unterlippe vor, pustet sich unter den Pony.

So unglaublich heiß.

Die Lüge ist ein Risiko, das sie bereit ist einzugehen. Wenn sie es herausfinden, dann sollen sie ihretwegen doch sagen, was sie wollen, auch wenn sie ihr bestimmt das Taschengeld streichen und sie abends nicht mehr rauslassen, denn was wissen sie schon von Liebe? Sie sitzen da und sehen sich Serien auf Blu-ray an, Abend für Abend *Mad Men* und *Kommissarin Lund*. Ist das Liebe? Was wissen die schon von den Lippen eines Jungen auf ihrem Mund und den Händen eines Jungen auf ihrem Körper? Was wissen die schon von der Tiefe in seinen Augen, wenn er sie in der Dunkelheit des Waldes eindringlich ansieht?

Sandra lügt, aber das macht nichts, denn sie ist ein Kind des Himmels. Die Bereitschaft zu lügen bestätigt nur, dass ihr Tun wahrhaftig ist. Und wenn dem so ist, dann ist es *richtig*, dann handelt das Herz. Denn was sollte auf dieser Welt richtig sein, wenn nicht die Liebe?

Sie greift an ihr Halsgrübchen, wo der silberne Anhänger ruht, den sie von Tante Astrid und Onkel Franz zur Konfirmation geschenkt bekommen hat, das diamantbesetzte Kreuz. Sie umschließt es fest.

Sie ist nervös angesichts dessen, was passieren wird.

Du bist kostbar, Sandra. Vergiss das nicht.

Du schenkst dich nicht für irgendwen her, nicht wahr, Schatz?

Aber nein, Mama.

Sie schwitzt nicht nur bis zum Haaransatz, sie schwitzt am Hals, schwitzt zwischen den Schulterblättern, schwitzt an den Händen. Sie schiebt den Gedanken an ihre Mutter beiseite und denkt daran, was im ersten Korintherbrief steht, dass die Liebe alles erträgt, alles glaubt, alles hofft und allem standhält. Und daran, was da weiter steht, dass man wie ein Kind redete, wie ein Kind dachte und wie ein Kind urteilte, als man ein Kind war, sobald man dann aber erwachsen wurde, lachte man über das Kindische. Genauso fühlt sie sich. All das Kindische wirkt so dumm, so weit weg, dass es schier unbegreiflich ist, dass sie das gewesen sein soll.

Sandra staubsaugt, so schnell sie kann. Tiril mit ihren Kopfhörern wirft ihr einen verstohlenen Blick zu. Schwarz geschminkt. Evanescence, Susanne Sundfør, My Chemical Romance. Sandras Haut kribbelt. Seine Hände, seine Augen, seine Stimme. *Willst du mich? Sexy?*

Sie beeilt sich, sie nähert sich dem Leergutautomaten und der Tür zum Hinterzimmer, doch kurz bevor sie fertig ist, reißt sie den Angebotsaufsteller mit dem Honig um, der neben dem Gewürzregal steht. Die Pyramide fällt in sich zusammen, Honigtöpfe krachen zu Boden und kullern in alle Richtungen. Sandra schlägt das Herz bis zum Hals, sie flucht in sich hinein und geht sofort in die Hocke, um alles wieder an seinen Platz zu stellen.

»He, Tiril? Kannst du mir mal helfen?«

Jetzt verliert sie Zeit. Sie verliert Sekunden mit ihm.

Willst du mich, Sandra?

»Tiril, magst du mir bitte helfen?«

Ich bin kostbar.

Ich schenke mich nicht irgendjemandem.

Ich will dich. Nimm mich. Öffne mich. Jetzt. Heute Abend.

3 Viva la vida (Rudi)

»Hey, Chessi? Bist du da, Baby?«

Mit seinen kaffeebraunen Augen sieht Rudi in den Rückspiegel.

»Hey? Chessibaby?«

Keine Antwort.

Der alte Volvo stottert aus dem Kreisverkehr bei Åsen, und Rudi gibt Gas. Wenn das hier eine Firma sein soll und dieses Auto hier ein Firmenauto, dann sieht's düster aus. Wann haben sie den noch mal gekauft? Zweiundneunzig. Von einem alten Bauern auf Finnøy. Der Volvo stand draußen auf einem Feld, in eine Plane gehüllt, Schafe beschnupperten ihn unter seiner Plastiktracht. Ein Standard 240er. Hatte nur 19 000 Kilometer drauf. Aber so ist es wohl mit alten Leuten und Autos, sie passen genauso gut darauf auf wie auf ihr Geld. Jetzt hat er 288 654 und sollte besser bei Knoksen verschrottet werden.

Aber mit dem Volvo ist es nun mal so wie mit all dem anderen Kram, den du jahraus, jahrein mit dir herumschleppst. Du hast ihn einfach verdammt gern.

»Hey, Chessilein?«

Erneut wirft Rudi einen Blick in den Rückspiegel. Sie sitzt einfach nur da. Eine bockigere Frau kannst du echt lange suchen. Nur ein kleiner Streit, Scheiße, nicht mal ein Streit, und sie ist eingeschnappt.

Mit seiner Reibeisenstimme schlägt er ein höheres Register an. »Hey, Chessi, bist du da, oder träumst du gerade einfach von meinem Schwanz und Metal-Balladen?«

Sie dreht den Kopf weg und blickt aus dem Fenster.

Na, vielen Dank auch. Ein Witz, und sie blickt aus dem Fenster. Superplan, sie zu einem Job mitzunehmen. Was Jani sagt, stimmt echt, das Mädchen wurde mit der bockigen Seite zuerst geboren. Sie schwappte im Dezember 1972 aus ihrer Mutter, über und über bedeckt mit Stacheln. Sie ist ganz einfach *stachelig.* Sommersprossig und blass, war sie schon immer, kantig und empfindlich, schräg wie Windwurf, aber sie hatte auch schon immer dichtes, schönes Haar, kastanienfarben, Hüften wie Regale und einen Arsch, der einem echt die Sicherungen raushaut, ja, und ohne sie zu leben ist so was von unmöglich.

»Chessi?« Rudi versucht, seine Stimme wie Watte klingen zu lassen. »Honeybunch? War nur Spaß, hm. He? Sollen wir mal schauen, ob's bald ein Konzert gibt? Ich glaub, Europe kommt ins Folken.«

Er lässt ihr Zeit, um wieder zur Besinnung zu kommen. Aber nein, sie starrt bloß jähzornig vor sich hin. Ihre leicht auseinanderstehenden Augen, mit denen sie einem Tier ähnelt, das unter der Erde lebt, scheinen regelrecht noch weiter auseinanderzurutschen. Wie wär's mit ein bisschen Mitleid? Hier sitzt er, *deinkerlseitsiebenundzwanzigjahren, thebaronoflove,* und sie weiß, er hat die ganze Nacht kein Auge zugemacht, sie weiß, er hat schlecht geträumt, kann man da vielleicht mal ein bisschen Mitleid bekommen? Ein lausiges Lächeln? Ein winziges freundliches Wort?

Cecilie starrt weiter aus dem Fenster. Dann kramt sie ihre Zigaretten hervor. Großartig. Jetzt will sie ihn bestrafen. Sie weiß verdammt genau, dass er Rauchen im Volvo nicht ausstehen kann. Und sie weiß, dass er gerade erst aufgehört hat. Und sie weiß, wie knallhart es ist zu widerstehen. Na großartig.

Demonstrativ kurbelt Rudi das Fenster nach unten.

Sie steigt, und sie sinkt, die Laune. Man hat sie verdammt noch mal nicht unter Kontrolle. Gestern? Gestern war doch alles supersmooth. Filmabend in Hillevåg, die guten alten *I Spit on Your Grave* und *Nightmare in a Damaged Brain.* Lo-fi-Klassikerabend, sagte Jani und stellte Chips und Cola auf den Tisch. *Klassikerabend.* Jani kann gut mit Worten. Sie sahen sich die Filme an, es gab Goodtimes und Gore, Chessi hatte richtig gute Laune, hing in ihrer alten Jogginghose ab und kuschelte sich in seinen Arm. Und dann am nächsten Tag? Bloß Rumgezicke. Alles ist Kacke und Pisse und Scheiße. Dabei hatte doch er und nicht sie eine schlimme Nacht. Da umarmt er sie, aber ihr Körper ist hart wie Eisen. Da versucht er, ihr in die Augen zu schauen, aber die sind nur gelb und jähzornig. Und zu guter Letzt sagt er ihr seine Meinung, dass sie sich jetzt verfickt noch mal zusammenreißen und ein bisschen nett sein soll. Und da bricht das Unwetter los.

Aber du musst raus zum Job. Egal, was für ein Menstruationswetter gerade ist.

Rudi lehnt sich ans offene Fenster, er atmet ein und wieder aus. Auf der Rückbank sitzt Chessi und pumpt, als wäre das die letzte Zigarette ihres Lebens, bald ist ihr Kopf vor lauter Rauch nicht mehr zu sehen.

Er fährt über Auglend und blinkt am südlichen Ufer des Mosvannet links, schaltet runter, um es den steilen Ullandhaugbakken hinauf zu schaffen.

Der schönste Platz auf der ganzen Welt, wie seine Großmutter immer gesagt hatte. Friede der alten Haut, meinte sein Großvater, als der Krebs sie dahingerafft hatte. Sie hatte wie ein runzliges Eichenblatt im Krankenbett gelegen. War echt heftig, sie so zu sehen. Hey, Großmutter, bist du da drinnen? Ach, Rudilein, von mir ist nicht mehr viel übrig. Wolltest wohl ein Stück Kuchen haben? Zu deiner Großmutter auf ein Stück Kuchen kommen? Großmutter zu besuchen hatte immer gutgetan. Nach Stokka rauszudüsen. Ganz egal, wann er kam, den Volvo vors Haus fuhr, kurz hupte – damals, als die Hupe noch funktionierte –, sie watschelte ihm in ihrem blauen Kleid entgegen und strahlte ihn wie eine runzlige Sonne an. Biskuitrolle und koffeinfreier Pulverkaffee. Ja, darüber mag man lachen, be my verdammter guest, aber das war tausendprozentig echt. Würde die Welt von mehr Menschen wie seiner Großmutter regiert, wäre überhaupt nie die Rede von Streit oder Internet oder Krieg.

Eineverdammteweltauspulsierenderliebe.

Diese alten Sachen. Wie die auf einen einstürzen können.

Manchmal mit riesiger Freude. Ein andermal mit Übelkeit, und du kannst deshalb nicht schlafen. Und dann bleibt dir nichts übrig, als dich zusammenzurollen und zu warten, bis es wieder vorbei ist. Nur auf eine Umarmung von deiner Freundin, auf die kannst du lange warten.

Der Volvo schleppt sich mühsam den Hügel hinauf. Rudi spürt es im Kopf knistern, als er sich der Kuppe nähert und den Ullandhaugturm erblickt, der sich gen Himmel streckt, und schließlich die Anhöhe erreicht. Die Welt öffnet sich zum Fjord. In seinem Bauch kribbelt es, und der Kopf wird frei.

Seine Augen werden sanft, ihr Braun wird wärmer. Rudi ist zurück in den Gefilden seiner Jugend. Jetzt hat er Lust auf eine Zigarette, ja, er auch, aber hast du erst mal aufgehört, dann gilt es, standhaft zu bleiben. Stay clean, Lemmy. Metal und Motörhead und alte Gefilde forever.

Diese Landschaft hier, Großmutter.

Die kann man nicht beschreiben.

Was sie in den Reisebüros sagen, stimmt, das muss man selbst erleben, man muss es einfach sehen.

Rudi gibt Gas. In seinem Kopf rauscht es, und er schließt für ein paar Sekunden die Augen, atmet tief ein, schlägt die Augen wieder auf und legt los: »Hey, Chessi. Bist du da?« Er versucht, seine Stimme so unbekümmert wie nur möglich klingen zu lassen. »He? Siehst du? Der schönste Platz auf der ganzen Welt, hm?«

»Verdammter Scheißplatz«, kommt es vom Rücksitz.

Rudi seufzt. Es ist Ende September. Du fährst zu einem Job. Der Volvo ist gut unterwegs. Nach wochenlangem Regen endlich ein paar tolle Tage mit echt gutem Wetter, als wollte der Sommer noch mal auf eine Zugabe vorbeischauen. Du lebst im reichsten Land der Welt. Du wohnst in der reichsten Stadt der Welt. Essen steht auf dem Tisch, Geld ist in der Kasse, vielleicht etwas weniger, als Jani gerne hätte, aber es sind genug Kronen, und seine Großmutter geistert wie ein häkelnder Engel in seinem Kopf herum, und fuck, das Leben ist doch eigentlich echt geil, und du denkst, du willst nach einem schlechten Morgen einfach nur was Nettes sagen. *Ganz einfach nur was Nettes.* Und dann das. So was kann dir schon mal dein ganzes Glückshäuschen einreißen.

»Scheiße, du bist echt so eine beschissene Schlampe, verdammt«, sagt Rudi und haut mit der Faust aufs Lenkrad.

»Ja, und wann wolltest du anfangen, mich wie was anderes zu behandeln?«

Er sieht, wie der Rauch aus ihrem Mund quillt.

»Was, wenn ich ein normales Leben haben will und nicht so ein Schwanzleben, hä? Scheiße, verdammt, Rudi, du bist kein Mann, du bist ein Waschlappen.«

»Waschlappen!« Rudi muss sich zusammenreißen, um nicht auszuflippen. »Waschlappen? Was verda… fu… Waschla… Warum sagst du so was?«

Er sieht in den Rückspiegel. Jetzt heult sie auch noch. Na toll. Waschlappen? Tränen laufen ihr über die schneebleiche Wange, rinnen an ihrer schmalen Nase entlang, reißen die Schminke mit sich, es ist mal wieder Dramazeit. Dramadramadrama. Komisch, dass sie immer nur mit dem einen Auge weint. Waschlappen? Es ist echt anstrengend. Sie sind jetzt seit siebenundzwanzig Jahren zusammen. Sie *kennen* einander. Sie sind doch wie *ein* Mensch! Es ist, wie Jani sagt: Sie ist so Drama, sie könnte glatt ein Theater eröffnen.

Ist nicht deine Schuld, Rudi. Ist angeboren. Hat sie von ihrer Mutter.

»Ich weiß nicht«, sagt Cecilie leise. Und schnieft. »Ist mir nur so eingefallen. Waschlappen.« Sie sieht hoch, begegnet zum ersten Mal seit einer Ewigkeit seinem Blick. »Ich lieb dich doch, mein Muschibärchen.«

Der Volvo rollt an der Eisenzeitsiedlung vorbei. Hinten sitzt Cecilie, blass und sommersprossig, mit ihren auftoupierten Haaren, den Regalhüften und der Schminke, die über ihre linke Wange läuft und sich von den nassen Wimpern wie ein Flussdelta ausbreitet. Die dünnen, leicht windschiefen Lippen, die osterglockengelben Zähne, die kleinen Ohren, die an Muscheln erinnern.

Rudi hat einen Kloß im Hals, und sein Bauch bläht sich.

Fuck, wie er dieses Mädchen liebt.

Und fuck, wie er diese Landschaft liebt.

Skål, Großmutter.

Es zieht im Nacken, und Rudi kurbelt das Fenster wieder hoch. Macht das Radio an. Popmusik. Er sollte abschalten, schließlich sind sie absolut anti Popmusik, aber er kann nicht. Die Melodie hat er schon mal gehört. Geigen. Du-du-du du-du-du du-du-du. Irgendwas über einen König, der es gewohnt war, die Welt zu regieren. Coldplay? Er tut, als nähme er den Song nicht wahr, und hofft, Chessi merkt nicht, dass er sich gerade tatsächlich Popmusik anhört.

Er beugt sich ein Stück vor, reckt das Kinn zur Windschutzscheibe und blinzelt. Dann wollen wir doch mal sehen, denkt er und bremst. Den Hügel am Wald hinunter. Das hat er gesagt. Runter zum Laden dort. Ja. Irgendwo dahinter parken.

Merkwürdiges Vorhaben, das Ganze. Fühlt sich ein klein bisschen riskant an.

Hör gut zu, hat Jani gesagt. Ich bin mir bei der Sache nicht sicher.

Rudi dreht sich zu ihr um.

»Hey, Chessi, komm schon, lass uns jetzt damit aufhören. Worüber haben wir eigentlich gestritten, wo kommt denn diese lousy Stimmung her, he?«

»Vergessen«, kommt es leise vom Rücksitz.

»Siehst du – es ist weg. Vom Winde verweht. He, Baby, du weißt doch, du und ich und dein Arsch! Du weißt, ich bringe jeden um, der dir zu nahe kommt. Hm? Du weißt, du kannst drauf zählen, dass Rudi seinen Monsterschwanz rausholt und sie zu Tode peitscht. Hm? Und dass ich, wenn dich irgendjemand anders als Rudi fickt – ja, und verdammt viele schauen sich nach dir um –, dass ich denen dann jeden einzelnen Knochen breche? Ja, genau. Rudi ist ein richtiger Mann! Oder wie Großmutter immer sagte: Dir kann ich vertrauen.«

»Ach, Scheiße, jetzt geht's wieder los …«

»Hä?«, sagt Rudi und tut so, als hätte er nicht verstanden, was sie gesagt hat.

»Nichts.«

Sie sieht kurz in den Spiegel. Die Tränen sind versiegt. Sie streckt ihre kleine rosa Zungenspitze raus und befeuchtet ihre schmalen Lippen.

»Ganz genau«, sagt er. Der Anblick erregt ihn irgendwie. »Nichts und no problemo, Signorita bonita. Wir gehen jetzt zu dem Job, und es ist schwer zu sagen, was dort im Wald auf uns wartet, aber Pål heißt er, und ein problemo, das hat er.« Rudi runzelt jäh die Stirn und trommelt mit dem Finger aufs Lenkrad. »Pål, du kennst keinen Pål, oder?«

»Pål, hm, nein, glaub nicht.«

»Was ist los, Pål Snål?«, lacht Rudi und schüttelt seine Bedenken ab. »There's only one way out of here: Piece by piece! Würde Slayer sagen. Was geht ab, Pål Bål? No one knows, baby! Würden die Foo Fighters sagen.«

»Queens of the Stone Age.«

»Hä?«

»Queens of the Stone Age. ›No One Knows‹.«

»Dschieses! Willst du da jetzt auch noch rummeckern? Wer ist denn hier der Waschlappen?«

Rudi ruft sein gereiztes Herz zur Ruhe und schweigt. Der Wald kommt näher, und im Radio läuft Coldplay. Das ist Popmusik. Und er hasst Popmusik. Aber diese Geigen und die Melodie, die hämmern sich in seine Hirnwindungen, und dieser Text treibt durch seinen Körper, und alles daran erinnert ihn an diesen Troll, der auf der Rückbank sitzt: Er muss ihn einfach haben.

Weil er ihn liebt. Und er ist nun mal ein Mann der Liebe.

»Kannst du bitte endlich mal diese Schwulenmusik ausmachen? Davon krieg ich Pickel.«

Rudi tut so, als hätte er nichts gehört. Er hebt die Stimme, die etwas Maschinelles bekommt, wenn er ihr auf diese Weise Nachdruck verleiht: »Ja, ja, Waschlappen oder nicht, eins weiß Rudi ganz genau, und zwar heute Nacht, Chessi, heute Nacht werd ich dich so was von komplett durchvögeln.«

4 Sie sind echt verdammt schön (Daniel William)

Eigentlich noch ein Kind, dieses Mädchen.

Fünfzehn Jahre alt. Die Mutter arbeitet für die Kirche, der Vater ist Anwalt, und das Mädchen strotzt nur so vor Naivität. Im Januar wird es sechzehn. Falls es die Wahrheit sagt. Gut möglich, dass es sich ein paar Monate älter macht. Mädchen lügen die ganze Zeit, besonders wenn's ums Alter geht. Das ist das Problem mit Mädchen. Ihre Einstellung zur Wahrheit ist nicht die gleiche wie unsere. Die Wahrheit ist bei Mädchen fließend. Sie fließt aus ihrem Mund wie Sabber bei alten Leuten.

Aber sie sind echt verdammt schön.

Echt verdammt, verdammt schön.

Mit einem Mann zu leben wäre so viel einfacher, wie sein letzter Pflegevater immer sagte, bevor er dann hinzufügte: Aber ich bin halt verdammt noch mal nicht schwul.

Schwul. Das wäre auch echt zu krank. Jungs gut zu finden ist das eine, aber Mädchen nicht gut zu finden ist echt unfassbar.

Sind Mädchen im Raum, verschwindet die Welt. Sie fucking explodiert einfach. Nichts anderes existiert dann mehr im Raum als Mädchen. Und das ist ein gutes Gefühl, genau wie Klebstoff schnüffeln. Hubschrauber. Schon tausendmal hat Daniel das gespürt, und er will mehr von dem Gefühl, denn genau darauf kommt es doch in diesem Leben an: Man will mehr von dem, was gut ist.

Mehr, mehr, mehr.

Wenn man diesen Schrotthaufen von einem Leben auf seine Essenz eindampft, kommen nur Mädchen dabei raus. Daniel kann hinterm Schlagzeug sitzen und spielen, er ist ein guter Drummer, er spielt dynamisch, tight wie ein enges Arschloch, aber während die Sticks auf das Set knallen, geht es oben in seinem Kopf doch nur um Mädchen. Während er schlägt, strömen sie hervor – große und kleine und dicke und dünne und weiß der Himmel. Titten, Muschis, Ärsche, Schenkel, Lippenstift, Nylons, Strümpfe, Röcke, BHs, Kleider, Kopftücher, Schminke, diese Strapse zwischen Strümpfen und Slip und alles Mögliche, was zu Mädchen eben dazugehört. So war das schon, als er klein war. Schon als er am anderen Ende der Stadt in den Kindergarten ging. Sein Schädel wurde von Gedanken an Mädchen genauso überschwemmt, während er dort spielte, wie später dann auf dem Fußballplatz, wenn er Elfmeter um Elfmeter schoss, und wie jetzt, wenn er aufs Schlagzeug eindrischt.

Und was, bitte, ist falsch daran?

Manchmal hat er das Gefühl, die Leute meinten, es wäre etwas falsch daran, dass sich das Leben um Mädchen dreht. Aber das ist Daniel so was von egal. Sobald er von diesem fucking Jugendamt die Erlaubnis hat, will er sich einfach nur eine eigene Wohnung zulegen. Ein paarmal die Woche trainieren, sich am Wochenende betrinken, in einer guten Band spielen, Konzertjobs bekommen, Platten rausbringen und Zeug auf iTunes, YouTube und Spotify stellen, vielleicht Festivaljobs machen, vielleicht von der Musik leben wie Kvelertak, Purified in Blood oder Kaizers Orchestra. Dejans Bruder – voll krank, was Dejans Familie in Serbien erlebt hat –, Dejans Bruder kennt jemanden, der einen Gitarristen von Purified kennt. Daniel und Dejan haben Purified beim Rått-og-Råde-Festival gesehen, das war endgeil: *En himmel som faller, døden som kaller, mot grav.* Nicht nur Leute aus Rogaland, sondern auch Osloer stehen auf die. Er muss nur durchhalten. Wenn nicht, muss er sich eben einen Job suchen, und er ist ja kein Schwachmat, auch wenn seine Noten nachgelassen haben, Dreierkandidat in allen Fächern außer Sport. Vor Arbeit hat er sich nie gedrückt. Wenn die Leute sagen, er soll was tun, beißt er die Zähne zusammen, bis es im Kiefer zieht, und legt los, scheißegal, wie dreckig die Arbeit ist.

Und dann will er den Rest seiner Zeit – und das Geld – für Mädchen nutzen.

Das fühlt sich für ihn *sinnvoll* an, um mit den Worten seiner Pflegemutter und der Jugendamtsbetreuerin zu sprechen. Und wenn jemand glaubt, das wäre ein falsches Leben, dann soll er das eben glauben. Wenn die Leute glauben, es wäre falsch, dass er Mädchen so verdammt sexy, weich und scharf findet und dass er Lust hat, Sachen für sie zu kaufen, ein Haus und Schminkzeug oder was immer sie wollen, dann sollen sie das seinetwegen glauben.

Daniels felsenfester Fickplan ist, ein Mädchen zu finden, mit dem man leicht zurechtkommt. Sie darf echt keinen an der Waffel haben, sie darf morgens nicht so zickig sein, dass man denkt, sie wär 'ne Ziege, und sie darf auch nicht drei Stunden brauchen, um sich zu entscheiden, welche Hose sie kaufen will. Sie muss ganz einfach finden, dass die Hose, die ihm an ihr gefällt, gut ist. Schließlich muss er sie anschauen und nicht sie. So ein Mädchen braucht er. Ein Mädchen, dem es gefällt, dass er es verdammt scharf und verdammt sexy findet, ein Mädchen, das nicht anderen Jungs hinterherglotzt und durch die Gegend flattert und flirtet.

Womöglich hat er so ein Mädchen schon gefunden.

Denn Sandra ist sexy.

Und sie treibt sich nicht rum und glotzt anderen Jungs hinterher. Und sie ist nicht zickig.

Entscheidend wird allerdings sein, wie oft sie's mit ihm will.

Was gäbe das für ein Chaos, mit einer Frau zusammen zu sein, die nur selten will, er aber oft. Im Durchschnitt einmal am Tag, hat er sich überlegt. Da braucht er wirklich keine Frau, die nur jeden vierten Tag will. Und dann ist da nicht zuletzt noch etwas ganz Entscheidendes, und zwar dass sie nicht nachfragt und rumbohrt. Davon hat er von früher, von Jugendamt und Pflegeeltern und Sozialpädagogen und Psychologen, mehr als genug. Deshalb kann er kein Mädchen mit sich rumschleppen, das rumstochert und nervt. Respekt für Sandra, denn sie hat es begriffen. Wenn sie auf etwas stoßen, worüber er nicht sprechen will, dann sieht sie ihn mit diesen wahnsinnigen scharfen Augen an, die Daniel an eine Art Vogel erinnern, es glitzert auf ihren Lippen, die drei Sommersprossen auf ihrer Nase scheinen zu brennen, und er wird verrückt nach ihrem Mausemund, diesem spitzen Mund mit den leicht auseinanderstehenden Zähnen, und sie kapiert einfach, das ist nichts, worin man rumbohren sollte. Sie versteht, was all die öffentlich angestellten Loser nicht verstanden haben: Wenn man über Sachen redet und redet, daran zieht und zerrt, als wären es Kaninchen in ihrem Bau, na dann gute Nacht.

Daniel wirft einen Blick zum Fußballplatz neben der Schule. Er holt das Handy aus der Lederjacke. 20:52. Normalerweise ist sie pünktlich.

Das ist vielleicht eine Scheiße mit Sachen, die es nur verdient haben, tausend Kilometer unter der Erde begraben zu liegen.

Aber dass sie ihn William genannt haben.

Verdammte Scheiße, was haben sie sich dabei gedacht? Standen sie da im Krankenhaus, sahen ihn aus seiner Mutter plumpsen und dachten: *Ah, der muss William heißen?* Daniel *William*? Was ist das denn bitte für ein Schwulenname?

Daniel spuckt aus.

Du bekommst das Leben, das du bekommst, und dann ist es dein Job, damit zu leben.

Das ist vielleicht eine Scheiße mit Sachen, die es nur verdient haben, tausend Kilometer unter der Erde begraben zu liegen.

Manchmal denkt er daran. Einfach töten. Einfach rausgehen, irgendwohin, und töten. Einen Menschen verschwinden lassen, einfach nur, weil er es kann. Was für eine Befreiung muss das sein. Die Fäuste ballen, bis sie hart wie Eisenkugeln sind, in irgendein Gesicht schlagen, bis es nicht länger als Gesicht erkennbar ist.

Vielleicht passiert es ja heute Abend?

Ficken.

Ficken.

Ficken.

5 Amy Lee (Tiril)

»Tiril, ey bitte, kannst du mir mal helfen?«

Die Honigtöpfe kullern kreuz und quer übers Linoleum, sie hört sie klappern wie kranke Glocken, sieht das christliche Schwitzemädchen auf allen vieren vorwärtskriechen, sie macht die Musik auf ihrem iPhone lauter, wischt mit dem Lappen über die Gefriertruhe mit Eis und schaut demonstrativ weg.

Thea wird am Klavier sitzen, Tiril wird davorstehen. *I'm so tired of being here, suppressed by all my childish fears.* Thea wird sich weiß anziehen, weißes Oberteil, weißes Kleid, weiße Strumpfhose und weiße Schuhe. Sie selbst kommt in Schwarz, schwarzes Oberteil, schwarzes Kleid, schwarze Strumpfhose und schwarze Schuhe. *And if you have to leave I wish that you would just leave, cause your presence still lingers here, and it won't leave me alone.* Das wird das Dach der Turnhalle wegblasen. *These wounds won't seem to heal, this pain is just too real, there's just too much that time can not erase.* Tiril spürt, wie sich die Haare an ihren Armen aufstellen, wie damals, als sie auf YouTube diese Zeile zum ersten Mal gehört hat. *When you cried I'd wipe away all of your tears.*

Donnerstag. Internationale Kulturwerkstatt. Ein bisschen albern, aber was soll's.

»Tiril! Kannst du so nett sein und mir helfen?«

Sie ignoriert die Despi-Stimme des Christenmädchens und geht in die Hocke. Mit Evanescence in ihrem Kopf trocknet sie die großen Flächen der Gefriertruhe gründlich ab.

Thea ist eine wahnsinnig begabte Pianistin, sie spielt seit Jahren Klavier, und ihre Eltern glauben, sie wird es richtig weit bringen. Beethoven, Brahms und alles Mögliche trillert nur so aus ihren Fingern, und wenn sie eine Melodie bloß hört, kann sie die nachspielen. Echt krank. Die Finger fliegen nur so über die Tasten. Und dabei ist »My Immortal« echt nicht leicht. Technisch gesehen vielleicht, aber die richtige Innerlichkeit hinzukriegen, das kann nur Thea. Und Amy Lee.

Und Tiril Fagerland.

Sie haben versucht, ein schwarzes Klavier oder einen Flügel aufzutreiben, aber die Schule hat nur ein E-Piano. Das sieht nicht ganz so gut aus. Doch an der Bühnenshow wird niemand etwas aussetzen können. Sie werden die Fenster der Turnhalle mit schwarzen Tüchern verhängen, eine schwarze Filzdecke über das Klavier legen, und Tiril hat bei Fretex einen fünfarmigen Kerzenleuchter gefunden. Darauf werden weiße Kerzen brennen.

You used to captivate me by your resonating light, now I'm bound by the life you left behind.

Nach dem zweiten Refrain wird sich Tiril einen transparenten schwarzen Schal übers Gesicht fallen lassen. Sie wird völlig reglos dastehen, den Blick gesenkt, den Körper starr und aufrecht wie eine Statue, die Finger gespreizt wie ein Blatt. Dann wird sie den Blick heben, langsam, ganz langsam, während sie die heftigsten Zeilen des Songs singt.

I've tried so hard to tell myself that you're gone.
But though you're still with me I've been alone all along.

Diese Zeilen will sie im Dunkeln singen, und dann soll es während des Schlussrefrains heller werden, am liebsten über rote und grüne Filter. Da muss sie alles geben. Sie muss wie Amy Lee singen, sie muss denken, *sie ist Amy Lee* und wäre in Little Rock, Arkansas, aufgewachsen.

Eines Tages will Tiril dort hinfahren. Sie will sehen, wo Evanescence herkommt. Sie wird durch die Straßen laufen, wird die Luft dort einatmen. Am tollsten wäre, Evanescence in deren Heimatstadt live zu sehen, wie Papa damals Maiden. Als er jung war, war er ein eingefleischter Metaller und stand vor allem auf Maiden, erzählt er, und auch wenn er heutzutage keinen Metal mehr hört, wird er niemals vergessen, wie er die Band in London gesehen hat. Er hat ihr unzählige Male beschrieben, was für ein fantastisches Gefühl es ist, die Lieblingsband in ihrer Heimatstadt zu sehen. Und sie und nicht Malene wird das machen. Sie wird in die USA fliegen, sie wird dort hinreisen, nach Little Rock, Arkansas.

Hätte Evanescence acht Buchstaben, hätte sie sich das auf die Finger getuscht. Geht aber nicht. »My Immortal« auch nicht. Oder Little Rock. Aber Tiril ist etwas anderes eingefallen. Etwas, was noch besser zu ihr passt. Acht Buchstaben, zwei Hände, zwei Worte. Die Turnhalle wird kochen, Tiril wird die Hände heben und sie sich wie einen Schild vors Gesicht halten: LOVE HATE.

These wounds won't seem to heal, this pain is just too real, there's just too much that time can not erase.

Verpiss dich, Mama.

Tiril steht auf. Sie wirft sich den Lappen über die Schulter und schaltet das iPhone auf Pause. Dann sieht sie zu Sandra hinüber, die dahockt und die Honigtöpfe einsammelt, ihre blöden Finger sind regelrecht panisch. Tiril macht ein paar Schritte auf sie zu.

»Hast du was gesagt?«

Sandra sieht sie böse an, während sie die letzten Töpfe wieder aufstapelt. Sie schüttelt den Kopf.

»Ich versteh echt nicht, wie du drauf bist, Tiril«, sagt sie. »Was hab ich dir denn getan?«

Tiril bleibt stehen und lehnt sich ans Kräuterregal.

»Ist schon spät«, sagt sie.

»Hä?« Sandra wird rot.

»Na, geh schon. Yolo.«

»Keine Ahnung, wovon du sprichst«, entgegnet Sandra. Sie stellt den letzten Honigtopf auf die Spitze des Angebotsaufstellers. »Bis dann.« Dann schnappt sie sich den Staubsauger und geht zur Hintertür.

Tiril nickt.

Glaubst du vielleicht, ich schnall es nicht?

Ich weiß, wo du hinwillst, Shiza.

Ich weiß, was du treibst, Biatch.

Ich mag dich sowieso nicht, weder dich noch den Anhänger an deinem Hals oder deinen Schweißgeruch oder deinen Anwaltsvater oder deine Jesusmutter oder deine Lügen. Du glaubst, du wärst ach so perfekt, dabei bist du nur so eine Canada-Goose-Fotze, eine Jimmy-Choo-Hoe, eine Chanel-Poontag, ein Capone-Püppchen, aber sorry, ich hab News für dich: Du wirst dem, den du mal heiratest, davonlaufen, du wirst die, die du um dich hast, verlassen, du wirst deine eigenen Leute verraten, und du wirst nie nach Little Rock, Arkansas, fahren, weil du keinen eigenen Stil hast, Schlampe.

6 Du sollst mich haben (Sandra)

Sie fühlt sich klamm, am Hals feuchtkalt, schwitzig am Rücken und patschnass auf der Stirn. Sie muss sich diesen Schal besorgen. Hennes & Mauritz? Sie weiß, H&M verkauft Sachen, die nach nur einem Mal Waschen kaputtgehen. Mama hat nicht oft recht, aber das stimmt. *Qualität hat ihren Preis, und Hennes & Mauritz ist kein Geschäft, das für Qualität steht, Sandra.*

Ob sie will?

Er hat sie lange angesehen, mit diesen Augen, die manchmal so tief in seinem Kopf zu liegen scheinen, dass sie glaubt hineinzustürzen. Er hat sie umarmt und sie an sich gepresst, und sie hat gespürt, wie kräftig und hart er war. Wenn er sie fragt – *willst du mich haben, Sandra?* –, dann leuchtet es aus ihm. Es leuchtet voll wildem Hunger, und in genau diesem Moment hat sie gedacht, auch wenn sie nicht weiß, ob sie das wirklich will, wovon er spricht, will sie es trotz allem. Weil er es will. Weil er so hungrig ist.

Wenn er das nächste Mal fragt, weiß sie, was sie sagen wird.

Ja, ich will dich haben.

Nimm mich, Daniel.

Vom Aufwachen bis zum Einschlafen und noch weit in ihre Träume hinein klingt sein Name in ihrem Kopf:

Daniel William Moi. Er kann seinen zweiten Vornamen nicht ausstehen. Voll affig, sagt er, als wär ich irgendwie Engländer, so affiges Getue kann ich verdammt noch mal echt nicht ab. Doch Sandra möchte seinen Namen am liebsten in die Hände nehmen und ihn liebkosen, ihn wie einen Vogel halten, mit den Fingern über seine weichen Federn streicheln, ihm die Lippen an den Kopf legen und ihn küssen. Scheiße verdammt, wehe, du benutzt diesen Namen, hat er gesagt. Daniel flucht ziemlich viel, und eigentlich mag sie das grundsätzlich nicht, aber wenn er flucht, ist es für sie wie Gesang.

Ich benutze diesen Namen nicht, Sandra, und du darfst das genauso wenig. Keiner weiß, dass ich so heiße, nur du, und gnade dir Gott, wenn du ihn weitersagst.

Nur sie. Nur Sandra Vikadal.

Ich will mehr über dich wissen, als sonst irgendjemand weiß.

Ich will von dir haben, was sonst niemand bekommt.

Ich will dir näher sein als alle anderen.

Früher fand sie Verliebte eklig, sie fand Jungs lästig, ständig zu laut und echt bescheuert, zumindest solange sie nicht Johnny Depp hießen und ihre Wand zierten. Dieses Mädchen von früher erkennt sie nicht mehr wieder, denn noch nie war etwas so echt. Ob sie auch das Richtige tut, ist furchtbar schwer zu sagen. Sagt sie denn, was er hören will? Findet er eklig, wenn sie so schwitzt? Schämt er sich, wenn sie spricht, findet er ihren einen Zahn hässlich, findet er ihre Stimme bescheuert? Manchmal kriegt die so einen eigenartigen Klang, ganz hohl und klumpig, als steckte eine Kartoffel in ihrem Rachen. Findet er das disgusting? Und was ist mit ihrem Alter? Er sagt, es macht ihm nichts aus, dass sie erst fünfzehn ist, dann wieder denkt sie, er lügt, beziehungsweise er lügt natürlich nicht, denn Liebende lügen nicht, aber trotzdem: Sagt er das eigentlich nur, um zu vertuschen, wie abstoßend er es findet?

Am allerwenigsten weiß sie, ob sie schön genug ist.

Egal, wie oft er sagt, er finde sie in dieser Jeans echt sexy – einer Jeans, die sie glatt bügelt und nicht allzu oft wäscht –, weiß sie doch nicht, ob er das einfach nur so dahinsagt. Ob es nicht tausend andere Mädchen gibt, die genauso schön sind, deren Po mindestens genauso schön ist. Und egal, wie oft er mit seinem leuchtenden Mund lächelt, wenn er jenen Ausdruck in ihrem Gesicht erhascht, den er so unglaublich süß findet, weiß sie doch nicht, ob er das einfach nur so tut. Auch wenn sie ihm vertraut. Natürlich tut sie das. Denn das ist Liebe. Trotzdem ist sie nervös, trotzdem braucht sie irre lange, um sich schön zu machen.

Ihre Brüste, sind die schön genug?

Die sieht er zwar mit höchster Konzentration an, aber wer weiß, was er insgeheim denkt?

Er durfte sie bereits mehrmals anfassen. Voll krass, wie lange er mit zusammengebissenen Zähnen und den feingezeichneten Wangen dastehen kann und ihre Brüste berührt. Gestern durfte er sie küssen. Sie hat ihren BH ausgezogen, mitten im Wald, die Finger zitterten, und sie konnte selbst kaum glauben, *dass sie das tatsächlich machte*, dass sie die Hände unter ihr Oberteil schob, den BH aufhakte und vorsichtig durch den Ärmel zog und da hinterm Stromhäuschen quasi nackt dastand, während es um sie herum dunkel wurde. Lieber Jesus, stell dir vor, es wäre jemand gekommen! Stell dir vor, jemand hätte sie dort stehen sehen, als Daniel seinen leuchtenden Mund öffnete und sagte: *Oh mein Gott, oh mein Gott, die sind echt verdammt schön.*

Als er das sagte, konnte sie auf einmal gar nichts mehr fühlen.

Sie konnte sich ihm nur noch zeigen. Weil sie spürte, dass er es wollte, wurde das ihr eigener Wille. Sich herzuzeigen und ihn ihre Brüste anfassen und küssen zu lassen. Dann allmählich kroch das Glück durch ihren Körper, und trotzdem konnte sie nur eines denken: Sind sie schön genug? Sind meine Brüste so weich und so fest, wie er sie haben will, sind sie so groß, wie er sie will, haben sie die Form, die er mag? Ihre Brüste sind weder besonders klein noch besonders groß, verglichen mit denen der anderen Mädchen aus der Klasse sind sie vielleicht ein winziges bisschen größer, aber was heißt das schon, und was will Daniel haben? Natürlich hat sie schon vor geraumer Zeit kapiert, dass Jungs auf Brüste und auf gute Hintern stehen. Und was ist mit ihren Waden? Mädchen zu sein ist echt nicht leicht, nicht alle schaffen es, einfach auf alles zu pfeifen, wie Tiril, nicht alle schaffen es, sich einfach Kopfhörer aufzusetzen, sich schwarz zu schminken und sich gegen die Welt aufzulehnen. Mädchen zu sein ist schwer, denn an einem Mädchen soll immer alles schön sein, und das ist echt nicht fair. Sandra hat kurze, vielleicht ein bisschen klotzige Beine, manchmal kommen sie ihr vor wie verunstaltete Räder. Und Daniel hat noch nie etwas über ihre Waden gesagt. Er hat sie sich nicht einmal angesehen. Die Oberschenkel, die im Verhältnis zum Körper ein bisschen zu dick sind, hat er zwar angefasst, aber eben nicht mit demselben Hunger, wie er Hintern und Brüste anfasst. Aber die Waden? Nichts. Mag er die etwa nicht?

Und meinen Mund? Magst du meinen Mund, Daniel?

Er ist klein, etwas spitz, die vordersten Schneidezähne stehen ein bisschen vor, ich weiß schon, dadurch sehe ich irgendwie aus wie ein Nagetier. Magst du das? Dein Nagemädchen?

Das ist alles, was sie sein will: schön genug für Daniel William Moi. *Für den Rest des Lebens,* denkt sie und sieht kurz zu Tiril hinüber, bevor sie den Staubsauger mitnimmt und ins Hinterzimmer geht. Dieses Mädchen ist echt unglaublich. Sie hat gesehen, wie sich der Honigstapel über den ganzen Fußboden verteilt hat. Sie hat gehört, wie Sandra sie um Hilfe gebeten hat. Aber sie hat einfach drauf gepfiffen. Und sie hat es genossen. Wie ist die denn drauf? Würde Sandra dem Chef sagen, wie wenig Tiril arbeitet, sie würde gefeuert werden. Aber Sandra petzt nicht.

20:54.

Sandra fasst sich an den Hals und schließt die Hand um das Kreuz.

Sie öffnet die Tür zur Abstellkammer und verstaut den Staubsauger, so schnell sie kann. Hastig schlüpft sie aus der Arbeitskleidung.

Abends ist nie jemand im Wald. Hinter der alten Schule, hinter dem Stromhäuschen. Nur einen bellenden Hund haben sie mal gehört. Wüssten ihre Freundinnen, was sie treibt, sie würden den Kopf schütteln. Herrgott, würden sie sagen, du gehst da in den Wald und triffst einen siebzehnjährigen Jungen, weißt du, worauf der aus ist? Wüssten sie, mit *wem* sie zusammen ist, sie würden einen Schock kriegen. Sie wären neidisch, würden ihr kaum glauben. *Sandra, reiß dich zusammen, Daniel Moi, bei dem stimmt doch was nicht, das weiß jeder.* Er geht aufs Gymnasium, fährt Moped, spielt in einer Metal-Band, er ist megahot, *aber es stimmt was nicht bei ihm,* er ist ein Pflegekind, angeblich ist in seinem Leben was echt Krankes passiert, Sandra, du weißt schon, dass er gefährlich ist?

Wenn ihre Mutter es herausfände, würde sie durchdrehen. Wenn sie erführe, dass es dieser Pflegejunge aus den Wohnblocks ist, der da mit der alleinerziehenden Mutter und deren tauber Tochter lebt, würde sie losheulen und Haschisch, Heroin und den Weltuntergang vor sich sehen. Aber niemand kennt Daniel wirklich. Sie haben ja keine Ahnung davon, was sein leuchtender Mund alles sagen kann, wozu seine langgliedrigen Hände fähig sind, was sich in seinen hungrigen Augen abspielt. Sie verstehen nicht, dass er sie braucht, ganz im Gegensatz zu Sandra verstehen sie nicht, welche Tiefe er in sich trägt, und wenn er nicht erzählen will, was ihm passiert ist, dann versteht sie das. Sie versteht, was ihm passiert ist, denn sie kann in seine Seele blicken, und sie wird ihn ganz bestimmt nicht nerven, das hat sie sich geschworen. Sie wird ihn niemals fragen, was passiert ist, sie hört nicht auf das Gerede, von wegen er wäre zum Boxen gegangen und hätte dort einen Kerl niedergeschlagen, oder auf Gerüchte über seine leiblichen Eltern, von wegen da wäre etwas richtig schiefgelaufen. Sie hört nicht auf den Klatsch, denn sie ist Sandra Vikadal, und er ist Daniel William Moi.

Sollen sie doch über sie lachen. Sollen sie doch auf ihr herumtrampeln. Sie können machen, was sie wollen.

Nur sollen sie sich in Ewigkeit daran erinnern, dass sie auf der Liebe selbst herumgetrampelt sind.

Denn die Liebe, denkt Sandra, die Liebe erträgt alles, die Liebe glaubt alles, die Liebe hofft alles, und die Liebe, denkt sie und holt das Handy wieder raus, die Liebe hält allem stand.

20:58.

Du sollst mich haben, Daniel William Moi, ganz egal, worauf du es abgesehen hast.

7 Die Liebe (Rudi)

Jetzt ist es still im Auto.

Man hört nur das Brummen des alten Motors und die Räder auf dem Asphalt.

Rudi mochte Stille noch nie. Leute, die sich wie tickende Zeitbomben anfühlen. Die lieber ewig auf irgendeinem Brocken herumkauen, anstatt ihn auszuspucken. Reden ist Silber, hat seine Großmutter gesagt, aber Schweigen ist Gold. Na ja, Großmutter, mein Respekt vor dir ist unendlich wie Gottes Liebe, aber hier trennen sich unsere Wege.

Rudi hat eine klare Ansage bekommen. Oft genug, um genau zu sein. Dass es zu viel Gerede sein kann.

Ja.

Okay!

Aber es kann verdammt noch mal auch zu viel Stille sein.

Rudi sieht sein Gesicht im Rückspiegel. Dahinter Chessi, die den Kopf gegen die Nackenstütze lehnt und die Augen schließt. Tja, die Liebe. Wer hätte das gedacht, als er damals bei Jani vorbeikam und dessen sommersprossige kleine Schwester kennenlernte, die sich unter Pferde- und Hundepostern um den Verstand fickte. Ja, diese Runde ging nicht an ihn, das war ganz allein Janis Psychounternehmung. Die Schwester vermieten, als wäre sie ein Videofilm. Dafür muss man ganz schön einen an der Waffel haben.

Bitte schön. Das ist meine Schwester. Cunt retail.

»He? Chessi? Bist du da?«

Gut, dass sie mich getroffen hat, denkt Rudi und vertreibt die Stille mit seinen eigenen Gedanken. Schwer zu sagen, wo sie jetzt wäre, hätte nicht ihr bester Kunde den Menschen hinter der Muschi gesehen. Oh Gott, wie oft juckt es ihn, diese Hunde zu verdreschen, die sie vögeln durften, ehe er auf der Bildfläche erschien. Wären sie heute hier, er würde ihnen die Haut abziehen. Schuppe für Schuppe. Siebenundzwanzig Jahre, seit er diese auseinanderstehenden Augen zum ersten Mal gesehen hat. Siebenundzwanzig Jahre, seit er aus der Tjensvoll-Gang desertierte. Danke für die Lehrzeit, gut zu wissen, dass man ein Tischbein mit Gaffa tapen muss, damit man es besser greifen kann. Gut zu wissen, was ein BMW-Dietrich ist. Gut zu wissen, wie es sich anfühlt, einem Mann gegen den Hinterkopf zu treten. Alte Erinnerungen. Salut, Tommy Pogo. Salut, Frax und Stix und Hex. Salut, FickeRikke und TittiDaiå und J-J-Janne D-D-Dobro. Salut, Fresi und Christer Fuckmannweghier. Salut, Janka Schlagholz. Rudi muss weiter im Leben. Die Eltern ziehen nach Hillevåg. Hehe, direkt in Janis Arme. Es findet sich immer jemand, der außerhalb des Gesetzes lebt, und gibt es einen größeren Führer als Jan Inge Haraldsen?

Siebenundzwanzig Jahre Liebe.

»Hey? Chessi? Baby? Bist du da? Bereit für 'nen kleinen Job?«

Keine Antwort.

Gib ihr Zeit. Puh. Seine Schwester zu vermieten, als wäre sie ein Videofilm. So was sitzt tief in einem Familienmenschen wie Rudi. Doch wie lange soll man an altem Dreck festhalten? Jetzt hat sich doch alles zum Guten gewendet, und sie brauchen nicht bei jeder passenden und unpassenden Gelegenheit darüber zu sprechen, so wie auch Rudi nicht aushält, dass jemand seine Eltern erwähnt, ganz zu schweigen von diesem tollwütigen Hund von einem Bruder, den er draußen in Sandnes hat, und dem Hexenmaul von einer psychotischen Frau, mit der sein Bruder verheiratet ist.

Sie haben all das hinter sich gelassen. Im Namen der Liebe. Chessi und er haben durchgehalten, und das, obwohl es gerade rundherum so viele Scheidungen gibt, dass man glatt glauben könnte, diese Gesellschaft wäre drauf und dran, sich aufzulösen. Ist es da merkwürdig, dass sie die Christliche Volkspartei wählen? Nein, Mister Sozialistenschwuchtel. Lauf du nur in deinen Pantoffeln rum. Spiel deine Protestlieder. Hör The Smiths und The Tits und The Pits. Irgendjemand muss den Leuten zeigen, was auf dieser Welt hier richtig und was falsch ist, und eins ist jedenfalls sicher, die Liebe kann man nicht erklären, doch sie hat immer recht, so in etwa steht es zumindest in dem Großen Schwarzen Buch, das immer in Rudis Nachttischschublade liegt.

Als er sie zum ersten Mal sah, war sie erst dreizehn, und vermutlich findet irgendjemand das echt krank, aber darauf scheißt Rudi herzlich gerne. Die Wahrheit ist nämlich: Von dem Tag an, als er die kastanienbraunen Haare, den sommersprossigen Körper und die verblasenen Lippen sah, wusste Rudi, dass er Cecilie Haraldsen haben musste. Und so – yess, genau so – war es auch bei seiner Großmutter und seinem Großvater gewesen. Sie hatten zusammengehalten. Durch alle Stürme hindurch. Das war einfach so, *und so ist es bei Chessi und mir,* denkt er und spürt, wie es ihm eng ums Herz wird, wie jedes Mal, wenn er gerührt ist. So ein Gefühl kann ebenso gut aufkommen, wenn du guten Metal hörst, wie wenn du bei einem Lagerjob gutes Geld machst, weil du einen Anführer hast, der gute Vorarbeit leistet, Schlüsselkarten beschafft und Zeiten und Abläufe checkt. Oder wenn dir zum *fünfzigtausendsten Mal* bewusst wird, wie fucking gut deine Frau eigentlich ist.

Nurwirzweibaby.

Am Freitag kommt Tong raus. Gut. Höchste Zeit.

Hey, Tong, du kranker Koreaner!

Rudi ermahnt sich, Cecilie mehr Zeit zu geben, und betrachtet sein Gesicht im Rückspiegel. Nein, denkt er, ich bin verdammt noch mal nicht gerade hübsch. Kommt von dieser Waschlappensippe. Väterlicherseits. Die Waschlappengene. Wie in ein Nadelkissen gefallen, die ganze Bande. Ein Minenfeld, die ganze Haut, zerfurcht und narbig. Wie wär's mit ein bisschen Farbe gewesen? Mit ein paar Pigmenten? Nein, du, dich machen wir bleich und blutleer. Aber die Lippen machen wir groß. Nicht nur ein bisschen, sondern grooooooß. Und die Zähne. Rudi schiebt sie in Richtung Spiegel. Herrgott, sehen aus wie Nägel. Stehen alle schief, als hätten sie nichts Besseres zu tun, als da drin in seinem Maul miteinander zu streiten. Die Haare sind okay. Er wird noch nicht grau und hat auch keinen Haarausfall. Vielleicht eine etwas fade Farbe, straßenköterblond, und ohne guten Schnitt, halblang und stillos, aber zumindest sind es Haare. Unsere Sippe ist nicht gerade hübsch. Sogar seine Großmutter, dieser Engel, war hässlich wie eine Ratte.

Ein Lächeln huscht über Rudis Gesicht, und er kann den Mund nicht länger halten.

»Chessi? Du weißt … Scheiße, du weißt … Oder? Dass Rudi dich verflucht teufelswild liebt? Dass ich alles um mich herum umbringen würde, wenn du mich verlassen würdest? Das weißt du, oder? Dass du mein bist? Dass ich dein bin?«

Aber nein.

»He? Babylove? Ein freundliches Wort für einen freundlichen Mann? He!«

Scheiße und verfickt noch mal nein.

»He? Ich dein? Du mein?«

8 Höllensteuern (Daniel William)

Fünfzehn. Ja, na und?

20:54.

Daniel kramt seine Zigaretten hervor. Zündet sich eine an.

In früheren Zeiten bekamen Mädchen mit fünfzehn Kinder. Sie waren einfach scheißviel weiter. Jungs konnten mit fünfzehn bereits alles. No fuss darüber, wie alt die Mädchen waren. Heutzutage wird überall und um alles ein Gewese gemacht. Immer muss alles sinnvoll sein, alles offen, neugierig und ökologisch und wer weiß, was Pflegemutter und Jugendamt noch so sagen. Er war bei genügend Treffen – offen, my ass –, wirkt eher so, als würde denen nur deswegen 'ne ganze Menge einfallen, weil ihnen irgendwelche Geschichten in den Kopf gesetzt wurden.

Für Daniel ist es einfach.

Er zieht die Lederjacke ein bisschen enger und zündet sich die Zigarette an.

Er will einfach nur mit Mädchen zusammen sein und mit ihnen geile Sachen machen – und dass sie mit ihm geile Sachen machen. Sandra ist fünfzehn und so was von scharf. Ein verdammter Lichterkranz umgibt sie. Er war zwar schon mit anderen Mädchen zusammen, aber einen echten Stich hat er noch nie gemacht. Er hat Titten angefasst, Titten geleckt und so viel geknutscht, dass ihm das fast schon langweilig wurde – bis er mit Sandra knutschte. Da schien sein ganzer Mund plötzlich elektrisch zu werden, da schien etwas zu passieren, physisch, mit seiner Zunge, dass er davon einfach immer mehr will. An Titten hat er viel rumgemacht, hat seine Finger in Mädchen gesteckt und sie gerubbelt. Das mag er schon auch, aber meistens kommt ihm dieses Gerubbel vor, als würde er zerlaufenes Wachs von einem Tisch kratzen. Einmal hat er auf einer Party im Schlafzimmer ein Mädchen zwischen die Beine geküsst, aber das ging total daneben. Sie war besoffen, und auch wenn er selbst nicht komplett dicht war, war es trotzdem einfach hoffnungslos, sie roch streng und schmeckte auch so. Wird aber immer besser. Darin will er Weltmeister werden. Braucht Training. Eine feste Beziehung. Um die richtigen Punkte zu erwischen, um es ganz richtig zu machen.

Daniel balanciert die Zigarette zwischen seinen Lippen, während er seinen Motorradhelm von einer Hand in die andere wirft. Scheißbeschränktes Jugendamt. *Was vermisst du in deinem Leben, Daniel?* Hm? Vermissen? Ähm, ein Moped? *Ein Moped? Darüber können wir sprechen, Daniel, wenn du dich unseres Vertrauens würdig erwiesen hast.* Drei Monate später: Ha, fucking ha. Für 20 000 auf Finn.no. Eine Suzuki AC50 von 1978. Ein irres Oldtimermoped auf Kosten des Jugendamts. Frisch überholter Motor, neue Reifen, Kabel, Radlager, Batterie, aufgebohrt und neuer Kolben. Nur der rote Lack ein bisschen runtergekommen, aber da hat er selbst Hand angelegt.

Frauen mögen ’nen Dude mit ’nem Zweirad.

Verglichen mit seinen Kumpels hinkt er in Sachen Mädchen hinterher. In der Band hat er als Einziger die Ziellinie noch nicht erreicht. Dejan hat echt krankhaft viele Frauen, vermutlich weil er Serbe ist, wild aussieht und am Rücken und im Gesicht Narben hat. Und wenn er dann auch noch die Würfel wirft, sieht er echt aus wie ein Scheißmafioso.

Trotzdem ist es seltsam, denn Daniel ist beliebt. Er weiß, er sieht gut aus. Trotzdem hat es sich einfach nie ganz ergeben. Verschreckt er die Frauen etwa?

Rauchend lehnt Daniel an der Ecke des Stromhäuschens, während er am Riemen des Helms rumfummelt. Mit Sandra kommt er der Sache allmählich näher. Vielleicht weil er zu ihr anders sein kann als zu den vorigen Mädchen. Vielleicht hat er auch durch sein Zusammenwohnen mit Veronika etwas gelernt? Unter einem Dach mit Frauen zusammenzuwohnen macht echt 'nen Unterschied – da schnappt man so einiges auf, sieht, was sie mögen und was nicht. Veronika ist schon okay. Vielleicht ein bisschen weird. Taub, ja, schon, na und? Er weiß genau, was er mit jedem macht, der auch nur ein falsches Wort über sie sagt – die sollen es nur versuchen, wenn sie die Augen ausgekratzt bekommen wollen.

Mit Sandra ist vieles anders. Er hat das Gefühl, mehr Mann sein zu können. Er kann Sachen sagen wie, dass er sie in ihrer Jeans sexy findet, und dann funkelt dieses Mädchen am ganzen Körper wie ein Jahrmarkt. Genau wie mit ihrem Gesichtsausdruck. Wenn sie diese Grübchen bekommt, die Nasenflügel sich weiten und der Mund quasi zuckt. Mit dem Ausdruck ist sie echt sausüß.

Mädchen.

Das ist das Leben.

Scheiß auf all den anderen Mist. Und scheiß auf jeden Fall auf die Vergangenheit.

Schlagzeug spielen. Trainieren. Bier trinken. Aber vor allem Mädchen.

20:56. Jetzt kommt sie bald.

Gestern war's echt abgefahren.

Als käme eine Art Lichterkranz über den Schotter gerollt.

Sie lief über den Fußballplatz, schwitzte auf der Stirn, klein und scharf, schüchtern und sicher, alles zugleich. Ängstlich, jemand könnte sie sehen. Sie verschwanden im Wald und taten, was sie immer tun: einander umarmen und knutschen. Er berührte ihren Arsch – sogar in der Hose –, berührte ihre Schenkel, legte die Hand auf ihren Schritt, allerdings nur von außen, und presste sich eng an sie, wie er es immer tat, wenn er so hart war, dass er nicht wusste, was er sonst damit anstellen sollte. Und dann sagte er all das, was sie zum Funkeln bringen konnte: wie sexy er sie in ihrer Jeans fand und wie süß ihr Gesichtsausdruck war und dass er mochte, wie ihre Lippen glänzen. Und natürlich fasste er auch ihre Titten an. Man kann mit Mädchen nicht zusammen sein, ohne ihre Titten anzufassen, wie seltsam wäre das denn? Er zog ihr Oberteil ein bisschen nach unten, damit er die Nippel küssen konnte. Und dann …

Scheiße, war das abgefahren.

Sie unterbrach das Ganze und sah ihn an. Mitten im Knutschen, oder war es, als er versuchte, in der Hose die Hand an ihrem Arsch entlang weiter nach unten zu schieben? Nein, während er ihre Titten anfasste. Sind die krass schön. Zu große Titten mag er nicht, die sind fucking zu viel des Geilen und zerstören die Stimmung, und mit winzig kleinen Titten weiß er überhaupt nichts anzufangen, auch wenn sie auf eine leicht dreckige Art sexy sind. Aber Sandras Titten sind wahnsinnig schön. Sie hängen einfach da und sehen echt schön aus. Da stand er also und war mit ihren Titten beschäftigt, als sie ihn aus dem Nichts heraus stoppte und ihn regelrecht von sich wegstieß. Sie hatte irgendwie Tränen in den Augen, jedenfalls waren sie feucht und schimmerten, und er verstand rein gar nichts mehr. *Fuck, heult sie? Und jetzt?* Da führt sie auf einmal die Hände zum Rücken, Daniel steht einfach nur da und denkt: *Okay, okay, was passiert jetzt, halt still,* und dann: *Fuck.*

Sie zieht echt mitten im Wald ihren BH aus.

Sie öffnet die Häkchen des BHs, trickst das Ding dann blitzschnell durch den Ärmel, sodass die Titten unter ihrem grauen Baumwolloberteil buchstäblich im Freien hängen, und Daniel keucht und schluckt nur noch und sagt: *Oh mein Gott, oh mein Gott,* und hat keine Ahnung, was er verdammt noch mal tun soll, aber er braucht gar nichts zu tun, es geht ganz wie von selbst. Dieses superscharfe Mädchen steht einfach vor ihm und zieht ihr Oberteil aus. Ist er im Himmel? Schweben da Engel durch die Luft? Er ist so hart, dass er fast glaubt, krepieren zu müssen, aber er steht einfach da, das *muss* er mitkriegen, das muss er abfotografieren und sich ins Hirn kleben, denn wenn es eine Szene im Leben gibt, an die man sich an jedem kleinen, unnützen, scheißverfickten Tag erinnern sollte, dann die: Sandra, die im Wald ihr Oberteil auszieht.

Und dann steht sie da.

Nur sie und ihre Titten.

Manche Mädchen. Sie können wie Butterblumen aussehen. Aber dann. Wenn sie erhitzt sind. Dann steigt was anderes auf. Dann kommt die Flut. Manche Mädchen sind echt saugierige Tiere.

Heiligeverficktescheiße, wie schön! Man möchte glatt christlich werden. Vollkommen klar – was er da erlebt, genau das ist Glück.

Aber eine feste Beziehung?

Daniels Finger sind kalt. Am liebsten würde er sie über die raue Wand des Stromhäuschens scheuern.

Pass auf, Daniel.

Daraus entstehen Asche und Höllensteuern. Am Ende bricht unter deiner Freude die Erde auf, hat plötzlich Fangzähne und lechzt nach dir.

Er schiebt das Chaos in seinem Kopf beiseite und schnipst die Kippe in die frühe Dunkelheit.

20:58.

9 Mein Muschibärchen 4ever (Cecilie)

»Hey, Baby? Sag doch mal was? Komm schon, stoß ins gleiche Horn, ichunddu? Ichundduunddeinkörper? Europe, hm?«

Der Volvo nähert sich dem Gosenskogen, die Dunkelheit um sie herum wird dichter. Rudis Stimme füllt das Auto, und sie ist so intensiv, dass sie regelrecht stinkt. Cecilie schnappt nach Luft. Sie lehnt den Kopf gegen die Kopfstütze, um den Nacken zu entspannen, steckt die Hand in die Tasche, holt die Zigarettenschachtel raus, zündet sich eine neue Zigarette an. Europe? Sie liebt Europe, aber es geht doch nicht um Europe.

Seine Augen. Sie sieht sie im Rückspiegel. Die Pupillen rasen hin und her wie Flummis.

Cecilie schließt die Augen, atmet den Rauch ein, fühlt, wie sich ihr Körper entspannt. Ich hätte ein Leben haben können, denkt sie, ich hätte etwas haben können, das meins ist – aber das hab ich nicht.

»He? Auf dem Zauberstab rotieren? Metal up your ass?«

Manchmal hat sie diese Süßholz raspelnde Stimme so satt, dass sie kotzen könnte, wenn er nur im selben Raum ist. Aber dann liebt sie ihn wieder. Auf eine kaputte Art. Und so ist das schon, seit sie denken kann. Cecilie liebt dieses Schwatzmaul, sie liebt die dummen Lippen, die immer angeschwollen aussehen, und sie liebt die flatternden Hände, aber sie weiß nicht mehr, warum.

Cecilie kann ihm einfach nicht antworten. Sie vermisst ihren Vater. Dieser Houstonblödmann, warum musste er auch abhauen? Er hat alles zerstört, sie ist wütend auf ihn, und trotzdem vermisst sie ihn. Hörst du, Papa? Du bist einfach abgehauen, und ich sitze hier mit Jani und Rudi. Was, wenn ich auch ein Leben haben will? Hat irgendjemand mal daran gedacht?

Kinder? Ein Haus? Irgendwelche normalen Sachen?

»Hey? Weißt du, für mich sind verdammt noch mal nicht Rihanna oder Michelle Williams the hottest chicks of 2012, sondern du.«

Was man ihr vorsetzt, ist, mit Jani rumzusitzen und sich Horrorfilme anzusehen. Das vierzigste Jahr in Folge im selben Haus zu wohnen. Mit einem Keller, der modrig riecht, mit Farbe, die von den Wänden abblättert, mit schimmligen alten Teppichen. Was man ihr serviert, ist, die Freundin eines zwei Meter großen ADHS-Typen mit Bombenkraterhaut zu sein, der in einem bescheuerten Volvo rumfährt, auf Speed Einbrüche begeht, Leuten den Kopf volllabert und ein irre schwieriges Verhältnis zu seiner Familie hat. Das ist ihr Leben: kein Leben zu haben.

Cecilie schluckt Schleim hinunter und atmet aus.

»Yo, Baby, weißt du noch, unser erstes Mal? Hm? Siebenundzwanzig Jahre her, und es ist immer noch genauso gut! Hey! Bin beleidigt, leidigt, leidigt, alles meid ich, meid ich, meid ich, red kein Wort mehr, keines, keines, bin so stumm wie Steines, Steines. Haha! Got it? Steine-s?«

Armer Jan Inge. Inzwischen hundertzwanzig Kilo. Das ist zu viel. Der arme fette Junge. Er hält das Haus und das Business zusammen, aber er hat ängstliche kleine Blaubeeraugen, und er ist mein Bruder, denkt sie. Die Leute kennen ihn nicht. Sie glauben, er wäre ein asthmatischer Verrückter mit verkorkster Kindheit und Jugend, sie hören Gerüchte über alles, was der sogenannte Videojunge getan haben soll, und glauben deshalb, er wäre ein Psycho, der nur daheim rumsitzt und sich Horrorfilme ansieht.

Aber das ist nicht die ganze Wahrheit.

Sie wissen nicht, was für ein großes Herz er hat.

Es ist so groß, dass es für die ganze Welt schlägt.

»Jedenfalls, Chessi, freie Wahl. Solange du einen Schwanz lutschen kannst, solange werd ich mich nicht beschweren, dass keine Worte aus deinem Mund kommen. Haha. Nein, da kannst du sagen, was du willst, aber wir halten durch, ichunddugegendiescheiße, Darling! Schau dich nur um, und damit meine ich, direkt hier aus dem Fenster, Internet und Scheidungen rund um die Uhr.«

Cecilie betrachtet Rudis verrenkten Nacken, seine Hände trommeln aufs Lenkrad. Sie kennt jeden Zentimeter dieses narbigen Körpers. Ab und zu denkt sie, Rudi ist ein Land und sie dort Einwohnerin. Manchmal ist dieser Gedanke gut, manchmal ist er schrecklich.

Dass es überhaupt möglich ist, einen Mann so sehr zu verabscheuen, wie ich ihn verabscheue, und einen Mann so heftig zu lieben, wie ich ihn liebe. Das hat nichts miteinander zu tun.

Lange Monate, lange Jahre sind vergangen, und nichts ist passiert. Die Tage kommen, die Tage gehen, im Dezember wird sie vierzig. Sie kann sich nicht erinnern, wann sie zum letzten Mal das Gefühl hatte, dass etwas passierte. Aber im Augenblick passiert etwas. Etwas geht in ihr drin vor und etwas draußen. Tong kommt am Freitag raus. Cecilie holt ihn vom Åna-Gefängnis ab. Um halb neun. Tong. Das war ja nun wohl nicht, wie es hatte werden sollen, oder?

»Jagutjagutjagut. Oder wie der Bauer sagt: Hier sieht es verdammt öde aus. Für Spaß musst du schon selbst sorgen.«

Sie schiebt Tongs Bild beiseite und fasst sich ans Auge. Es fühlt sich nass an, sie richtet sich auf, sieht ihr Gesicht im Rückspiegel neben Rudis Nacken. Ich und meine Wühlmausfresse. Warum muss ich denn jetzt weinen? Schau dir die Schminke an. Sie zieht noch einmal an der Zigarette.

Ihre Haut wird bald wie Asche aussehen. Sie als Ganzes wird bald Asche sein. Sie raucht zu viel. Eines Tages liegt sie einfach da. *Was ist das denn?* Ein Häufchen Asche. *Und was war das, bevor es zu Asche wurde?* Weiß nicht, keiner erinnert sich mehr daran.

»Du? Hab ich dir schon mal gesagt, wenn die Sonne untergehen würde, und damit meine ich, erlöschen und sterben, dann wäre mir das scheißegal, solange ich dich habe, die du das Haus erleuchtest? Hm?«

Cecilie schnieft. Er ist doch mein Muschibärchen, denkt sie, egal, wie es auch ist. Rudi und ich. Und aus. Mein Muschibärchen 4ever.

Coldplay. Sie hat es genau gesehen. Er saß da und fand Coldplay gut.

Ich hasse Coldplay, denkt sie.

Ich will ein Leben haben, ich will ein richtiges Haus, ich will einen ordentlichen Mann, einen, der nicht Gott und die Welt volllabert und durchdreht wie ein Rad, ich will den ganzen Tag Metal-Balladen hören, ich will das Gefühl, dass die Tage aus Gold sind.

Cecilie seufzt. »Rudilein«, sagt sie, »wir sind bald da. Du musst zu diesem Job.«

Ich kenne niemanden außer mir, der nur mit einem Auge weint.

10 Er geht in die Finsternis hinein (Pål)

Sowie sie auf der Straße sind, macht Zitha einen Satz nach vorne. Er spürt ihre Vorfreude, lässt sie am Boden schnüffeln und an der Leine ziehen. Sie muss einfach ihren Instinkten folgen dürfen, sie muss in ihnen atmen, in ihnen leben.

Der Tag war ungewöhnlich warm, aber jetzt ist es Abend geworden und die Herbstkälte ist zurückgekehrt. Sie knistert um ihn herum, fast schon delikat, in wenigen Monaten wird aus ihr Winter geworden sein.

Pål steuert die Mülltonnen an. Seine Füße fühlen sich schwer an, der Kopf fast wie gekocht. Ist heute Grün dran? Schwarz? Braun? Er sieht die Reihe von braunen Mülltonnen an der Straße, eine vor jedem Haus, wie schwerfällige Soldaten, schiebt seine Mülltonne vor die Hecke und geht dann hinter Zitha her den Hügel hinunter.

So lange, wie er das schon macht, hat er keine Angst mehr. Die größte Überraschung ist, wie gut man darin wird. Mit Lügen zu leben ist nicht schwierig. Mit Geheimnissen zu leben ebenso wenig. Nur die sperrangelweit offene Welt, mit ihr lebt es sich schwer.

Er kommt auf die Norvald Frafjord gate und sieht hinüber zu den Wohnblocks, die in den Himmel aufragen. Ihr Anblick fesselt ihn, schon seit er klein war. All diese Menschen, die dort wohnen, all diese Menschen mit ihren verborgenen Leben, all diese Menschen, denen es gut gehen soll. Als er als Kind auf dem Schulweg daran vorbeikam – Wahnsinn, das erste Mal ist inzwischen über dreißig Jahre her –, stellte er sich vor, dass eines Tages die Menschen, die dort wohnten, herausquellen würden wie Fleisch aus einem Fleischwolf: Augen, Ohren, Münder, Hände.

Ja. So ist das.

Die sperrangelweit offene Welt, in der nichts verborgen ist, mit ihr lebt es sich schwer.

Was ist nur mit seinen Augen?

Wahnsinn. Diese Augen werden in weniger als einem Monat vierzig.

Pål wirft einen Blick auf sein Handy. Bald neun. Er spürt, wie Zitha an der Leine zieht.

Zwischen dem, wer er ist, und dem, was die Leute sehen, liegen Welten. Seltsames Gefühl – alle können ihn sehen, aber keiner hat eine Ahnung, wer er ist. Sie sehen den Typen, der schon immer hier wohnt. Einige von den Alten hier erinnern sich vielleicht noch an ihn als Kind. Sie erinnern sich wahrscheinlich an einen eher schweigsamen, anständigen Jungen. Den Zimmermannssohn. Ja, sagen sie, Pål Fagerland? Der ist hier aufgewachsen, ein guter Junge, jawohl. Leute in seinem Alter erinnern sich vielleicht noch an sie, die bis vor wenigen Jahren ebenfalls hier wohnte. Seine Frau, sagen sie, Christine, hat ihn und die Kinder sitzen lassen. Karrierefrau, sagen sie. Statoil, viel Geld, sie war ziemlich umtriebig. Wurde seiner wohl überdrüssig, sagen sie. Er war ihr wahrscheinlich zu träge, sagen sie, komisch, dass sie überhaupt zusammengekommen sind. Aber wie sagt man, Gegensätze ziehen sich an? Sie hatte das Geld. Aber stell dir vor – die Kinder zu verlassen! Welche Frau tut so was? Tja, neue

Zeiten. Aber sie war großzügig, ging nach Bergen und ließ ihn mit dem großen Haus und allem zurück. Armer Mann. Arbeitet er nicht bei der Gemeinde? Sachbearbeiter oder so.

Ja.

Das sagen sie wohl.

Armer Mann.

Und was sehen sie?

Einen mittelgroßen Mann, gewöhnlich gekleidet. Graue Haare an den Schläfen, apfelrunder Kopf, Kinderhaut, kaum Bartwuchs, schüchterner Blick. *Pål,* sagte seine Frau immer, *kannst du nicht lernen, den Menschen in die Augen zu sehen, das stresst die Leute, wenn der Blick so hin und her flattert.*

Pål ist niemand, der bei Elternabenden viel sagt, niemand, der bei der Arbeit am lautesten spricht, niemand, der mit neuen Ideen kommt. Nie hat man über ihn gesagt, er wäre intensiv oder markant oder gefährlich. Nur lieb und gut und sicher. *Ich brauch dich, Pål,* hat seine Frau immer gesagt, *du bist das Gleichgewicht in meinem Leben.* Ja. Na ja. Eines Tages brauchtest du das dann wohl plötzlich nicht mehr, oder was, Christine?

Pål glaubte immer, die Welt zu sehen, wie sie ist.

Aber das war für sie anscheinend zu langweilig, was?

Oder, Christine? All das, wovon du behauptet hast, du würdest es brauchen, all das, wofür ich angeblich stand – wen du angeblich in deinem Leben haben musstest, damit du ganz warst. Einen Mann, der jeden Tag zur gleichen Zeit nach Hause kam, der das Haus in Schuss hielt, der für alles Gewöhnliche gut war. Irgendwann hast du dann anderswohin gesehen. Und bist einfach gegangen.

Pål. Ich kann nicht mehr.

Du warst unglaublich nett.

Du warst unglaublich sicher.

Aber ich muss hier raus.

Du willst mich einfach so hier sitzen lassen?

Du schaffst das, Pål.

Du willst die Mädchen einfach so verlassen?

Sie werden es eines Tages verstehen, Pål.

Scheiße, hast du den Verstand verloren?

Du bist stark, Pål, vergiss das nicht.

Pål krault Zitha hinter den Ohren. Stark? Seine Augen sind so trocken, als wäre ein grelles Licht auf sie gerichtet. Malene hat recht: Er muss zum Arzt gehen. Stark? Er hat sich nie stark gefühlt. Wir leben nur, denkt Pål, von Tag zu Tag, wir versuchen es, so gut wir können. Häufig, wenn er andere Leute über ihr Leben reden hört, scheinen sie über eine Reihe von Entscheidungen zu sprechen, die sie getroffen haben. Pål empfindet das nicht so. Er hat das Gefühl, das Leben war im Großen und Ganzen wie ein Fluss und er selbst ein Boot darauf. Die Mädchen sind gewachsen. Malene hat das Turnen. Sie ist in dieser Turnhalle gewissermaßen aufgewachsen, Riemen, Magnesium, glitzernde Turnanzüge, Eisbeutel und Durchhaltevermögen. Tiril ist ein Tornado, heftige Intensität, genauso heftige Unzufriedenheit. Mehrmals im Monat fuhren sie nach Bergen und kamen mit teurer Kleidung und Schminke heim: Gruß von Mama. Malene ließ sich zum Flughafen bringen, sie ließ sich abholen, doch Tiril hasste das von Tag eins an. Alles, was ihre Mutter betrifft, ist in ihr ein ewig brennendes Feuer.

Dass Christine zynisch sein konnte, wusste er, doch dass sie auf die Idee kommen würde, die Kinder zu verlassen, das war brutal. Sich aus deren Kindheit abzumelden und auf Statoil und diesen Kerl aus Bergen zu setzen. Selbst wenn ausgerechnet das gewissermaßen zum Pflaster auf

Påls Wunde wurde: sitzen zu bleiben mit den Kindern. Die Mädchen hielten ihn aufrecht. Zum Turnen fahren. Malene Flickflacks schlagen sehen, die Rufe der Trainerin in der Halle hören: Gut, Malene! Noch mal, und diesmal korrigierst du den Rücken! Du musst den Hocksprung früher ansetzen! Gerader Spann! Zu schade, diese Verletzung, im Frühling landete sie falsch auf dem Knöchel, schrie wie nie zuvor. Seitdem hat sie nicht mehr richtig trainiert.

Tiril?

Zu versuchen, Tirils rasenden Blick einzufangen, es nie zu schaffen.

Die Mädchen sind alles, was er hat. Er kann sie nicht über die Klippe treiben. Er muss irgendetwas tun, sonst bleibt ihm nur mehr, sich eine Kugel in den Kopf zu jagen. Ob das, was er vorhat, eine gute Idee ist, weiß er nicht. Aber es ist die einzige Idee, die er hat.

Pål bleibt an der Bushaltestelle am Folkeviseveien stehen. Er greift in die Innentasche. »Gut, ja, Zitha«, flüstert er, während er den Briefumschlag herauszieht, »Papa muss nur schnell was wegwerfen.« Er spürt die Erleichterung, als der Briefumschlag im Mülleimer des Bushäuschens landet. Bei all den anderen. Er spürt, wie der Briefumschlag die Fäulnis mit sich nimmt, als wären seine Probleme tatsächlich vorbei, und er schnalzt Zitha zu, verlässt das Häuschen, geht den Hügel hinauf und überquert die Straße erst ein Stück hinter den Wohnblocks.

Sie betreten den Pfad, Wiesen weiten die Landschaft um sie herum. Zitha ist forsch und fröhlich unterwegs.

»Ja, fein, Zitha, ja. Lauf!«

Er geht Abend für Abend mit ihr Gassi. Gerne hinauf in die Sørmarka, auf den Hinnaberget, manchmal auch zur Møllebukta, aber meist gehen sie zur Eisenzeitsiedlung auf dem Limahaugen. Das Haus verlassen und spüren, wie das Blut erst in Zithas Hundekörper und dann bald auch in seinem Körper pulsiert. Sehen, wie sich ihr Leib anspannt, wenn sie irgendeine Witterung aufnimmt, wie sie über die Wiese rennt. »Ja, ja, Zitha. Lauf!« Am schönsten ist es, ganz oben auf dem Limahaugen zu stehen, gleich neben dem alten Steinhügelgrab, und auf den Hafrsfjord hinunterzublicken. Die drei Inseln Prestøy, Sømsøy und Kobbholmen liegen da wie drei Brüder. Als er klein war, fuhr er immer mit einem Freund nach Sømsøy. Sie nannten die Insel Kaninchenholm, weil dort so viele Kaninchen herumliefen. Schon lange her.

Hier fühlt er sich am wohlsten. Den Hund neben sich. Sollte irgendwann einmal jemand ein Bild von ihm malen, müsste genau dies die Leinwand füllen.

Aber niemand, denkt er, niemand ahnt, was ich treibe.

Es ist gleich neun.

Es wird nicht hinhauen, oder?

Dort unten liegt der Wald.

Rechts von ihm die Rückseite der Wohnblocks, links der Limahaugen, am Horizont der Ullandhaugturm. Als er an den Hochhäusern vorbei ist, sieht er die Grundschule, die er vor vielen, vielen Jahren besucht hat. Madlavoll. Die Turnhalle, der Fußballplatz, die Schule. In den Achtzigern neu erbaut, wirkt sie jetzt alt, heruntergekommen und unmodern. So geht es mit allem. Alles, was einmal modern gewesen ist, verblasst zwangsläufig. Pål wirft einen Blick über den Schulhof. Da spielten sie Fußball, da sprangen die Mädchen Seil, da waren sie, alle miteinander. Jørgen, Lise, Thomas, Jarle, Bülent, Susanne, Anja und Prince. Prince. Was für ein Typ! Nannte sich einfach Prince. Konnte verdammt gut breakdancen. Er und Inge. Machten die ersten Handstände der Schule und angelten sich die Mädels, als wären's Makrelen. Und dann die Mädchen – Hilde, Marianne, oh ja, die war echt wahnsinnig scharf. Komisch. Die Mädchen, die du nie gekriegt hast, die verfolgen dich für den Rest deines Lebens. Und Anne Mette, die wurde Schauspielerin, und dann war da auch noch Odd … Odd Jonas, nein, Odd Roger, mit der Stirn voller Pickel, so ein krasser Typ. Odd Roger, ja. Irgendwas war bei dem kaputt. In seinem Kopf. Da war nur Hass drinnen … Und Pesi … Der? Ist wohl gestorben. Tja, Junkie. Hat Feierabend gemacht.

Komisch, an die alte Clique zu denken.

Tut weh. Und tut gut.

Und Hasse … Kaum zu glauben, wie dicke sie in der Mittelschule waren. Eine Zeit lang waren sie rund um die Uhr zusammen. Und jetzt? Wenn sie einander begegnen, genieren sie sich. Hasse ist inzwischen eine kleinere Regierungspersönlichkeit in Oslo, arbeitet für den Kultusminister. Was würde er sagen, wenn er wüsste, was Pål gleich tun wird? *Scheiße, Pål. Du spielst mit dem Feuer. Scheiße, Pål, du gehst echt in die dichtesten Wälder rein.*

Der Hund zerrt an der Leine.

»Ja, komm, Zitha«, sagt er, »na, komm schon.«

Er denkt oft an das letzte Klassentreffen. Da kam einer nach dem anderen, Gesicht für Gesicht, halb vergessene Erinnerungen, die vor seinen Augen tanzten. Ådne aus der Parallelklasse arbeitet inzwischen im Gesundheitswesen und hat seine Frau durch Krebs verloren. Bjarne aus der C-Klasse hat MS. Kjartan aus der A ist Multimillionär geworden, irgendwas mit Ersatzteilen in der Ölbranche. Tine, Mimi und Anja torkelten auf hochhackigen Schuhen herum, tranken GT und Weißwein, sprachen über Thomas Dybdahl, Karl Ove Knausgård und George Clooney und waren zum ersten Mal seit Langem betrunken.

Viele der Jungs hatten birnenförmige Körper und Kugelbäuche bekommen und bemühten sich, so gut sie konnten, über Fußball und die alten Zeiten zu sprechen. Pål dachte die ganze Zeit nur, dass sie alle verloren hatten. Alle, mich eingeschlossen, haben verloren. Wir verlieren die ganze Zeit, und wir verlieren komplett, und dabei scheint unsere Hilflosigkeit wie kleine, errötende Sonnen.

Pål geht am Kindergarten vorbei. Aus dem Augenwinkel sieht er, dass am alten Stromhäuschen ein Moped parkt. Er wird schneller, läuft weiter zum Madlamarkveien hinunter, überquert ihn und betritt auf der anderen Seite den Wald. Er nimmt nicht den asphaltierten Spazierweg, er geht direkt in die Finsternis hinein. Er stapft vorsichtig über den Farn, den überwucherten Boden, die krummen Wurzeln und überlässt der schnüffelnden Zitha die Führung.

Für ein paar Sekunden bleibt er stehen und blickt in die schwarzen Baumkronen hinauf. Dort oben ein sternenklarer Himmel.

Es gab auch andere Leute. Damals, als er klein war. Leute, die im Dunkeln lebten. Leute, die sich Sachen trauten, die er sich nie traute. Leute, die Grenzen überschritten. Leute mit wilden Augen und geballten Fäusten. Die Tjensvoll-Gang.

Malene darf es nie erfahren, denkt er. Sie darf nie erfahren, was ihr Vater treibt.

Für neun Uhr hat er sich mit ihm verabredet.

11 O lord (Daniel William)

I came down here to fuck these girls
O lord
I came down here to fuck all of these girls
O lord
Cause I'm a bad man
Yes I'm a bad man
But I'm a real man

I came down here to kill these girls
O lord
I came down here to kill all of these girls
O lord
Cause I'm a bad man
Yes I'm a bad man
But I'm a real man

Er ist nicht gerade ein Schreiber, aber das sind Dejan, Simon und Vegar auch nicht. Deshalb ist er für die Texte zuständig. Sie sind nicht besonders gut, aber das ist mal einer, mit dem er echt zufrieden ist, der sich real anfühlt.

Daniel weiß noch, wie sie in der neunten Klasse mal Besuch von einem Schriftsteller hatten, wow, so *ach, sehr interessant, Mister Schriftstellerdude, wow, hast du wirklich mit dem Gedichteschreiben angefangen, als du in der Achten warst?*

Du sagst, du hättest ein echt dickes Buch eines russischen Schriftstellers gelesen? Oh wow, Mister Schriftstellerdude, ich bin schwer beeindruckt.

Schwamm drüber. Es hört sowieso niemand, was Simon singt.

Immerhin real.

Dieser eine Text. Der ist zumindest real.

O lord.

Daniel schaut wieder auf die Uhr. 20:59.

Oft wacht er mitten in der Nacht von seiner eigenen Geilheit auf. Er wacht in tiefster Dunkelheit auf und hat das Gefühl, tief drinnen im Gebirge in einer kalten Grotte zu liegen, wo das Urwasser nur so um seinen nackten, hemmungslosen Körper trieft, wo irre Fledermäuse über seinem singenden Kopf kreisen, wo lange Vorhänge aus Fels in der Finsternis hängen, wo in seiner schwarzen Lunge Blut brennt, einer Lunge gleich einem Steinofen, wo ab und zu unsichtbare Speere die dünne Luft durchschneiden, Speere, die von Silbereisen und feuchtem Fett glänzen, wo hier und da Schreie zu hören sind, lang gezogene Schreie, die wie ein schwacher, kaum hörbarer Tinnitus in der Ferne beginnen und dann anschwellen und auf ihn einströmen wie ein schwerfälliger Zug von spritzwellendem Schmerz und wie Bolzen gegen das Gehör donnern. Dann weiß er, wer aufgewacht ist: der Grottenmann, der Steinmann, der Eisenmann. *Er weiß es einfach.*

20:59.

O lord.

Tausend Millionen Kilometer unter der Erde.

Sandra. Jetzt.

12 Irgendwie war es seltsam (Malene)

Adidas Superstar.

Es fühlte sich einfach irgendwie seltsam an.

Malene stellt die Schuhe ihres Vaters nebeneinander. Das Paar, das er am liebsten mag. Sie zieht die Augenbrauen hoch. Die Schuhe fangen an zu verschleißen. Runzliges Leder, dreckig. Er sollte sich ein neues Paar kaufen. Sie hat es ihm gesagt. Du solltest dir neue Schuhe kaufen, Papa. Ach nein, hat er gesagt. Sie werden nur besser, wenn sie gut eingelaufen sind.

Schwer zu sagen, ob Papa weiß, dass sie das macht. Jeden Abend. Seine Schuhe ordentlich nebeneinanderstellen. Tiril weiß es jedenfalls nicht. Die hat nur sich selbst im Kopf. Wahrscheinlich hat sie nicht einmal bemerkt, dass er ein Paar hat, das er täglich anzieht. Weiß mit schwarzen Streifen.

Es gibt keine anderen Schuhe, in denen man sich so geschmeidig fühlt, hat er gesagt.

Sie steht auf.

Fühlte sich seltsam an, diese Umarmung.

Malene ist immer schon Papas Mädchen gewesen. Er fährt sie sechsmal die Woche zum Turnen, und sie hat immer gespürt, dass er für sie da ist. Sie kriecht auf seinen Schoß und spürt: Dort zu sein ist gut. Darüber denkt man nicht viel nach, wenn man klein ist, da geht's nur um Kinderfernsehen, Pizza und Samstagssüßigkeiten, aber eines Tages erkennt man, dass man immer zum Vater geht. Sie hat es oft zu hören bekommen: Papamädchen. Tiril hat es oft genug gesagt. Geh du nur zu Papa.

Die Umarmung.

Schwer zu sagen, ob da irgendwas ist.

Trotzdem. Seltsam war es doch.

Irgendwas an der Art, wie er sie festgehalten hat. Etwas an seinem Atem. In letzter Zeit ist er ziemlich eigenartig. Früher hat sie nie darüber nachgedacht, was er wohl machte, wenn sie ins Bett gingen. War quasi sowieso klar. Er sah fern. Machte ein bisschen Ordnung. Räumte den Geschirrspüler ein. Hängte die Wäsche auf. Aber jetzt? Wenn sie ihm abends Gute Nacht sagt, scheint ihr Vater sich fast zu erschrecken. Wie lange ist er eigentlich auf? Vielleicht ist er deprimiert und findet keinen Schlaf. Vielleicht wünscht er sich eine Freundin. Selber hat sie noch nie so was wie einen Freund gehabt. Sie ist dafür noch nicht bereit. Aber trotzdem. Fühlt sich an, als würde es um etwas anderes gehen. Diese Umarmung zum Beispiel. Sie war aus ihrem Zimmer gekommen und sah ihn da stehen, mit Zitha im Flur. Auf dem Weg nach draußen. Und auf einmal war er total eigenartig. Seine scheuen Augen wurden feucht, und dann urplötzlich zog er sie an sich, richtig fest, es war echt spooky. Nicht gemütlich und warm und natürlich, wie Papa es sonst macht. Eher hart.

Malene richtet den Blick auf die Tür, als könnte die sich auf Kommando öffnen.

Mein Gott, Tiril ist echt painintheass. Vierzehn Jahre und führt sich unfassbar blöd auf. Schön, besonders nah sind sie sich nie gewesen, aber sie ist eben ihre Schwester. Sie haben im selben Zimmer geschlafen, Tiril hat sich

Spiele und Schminkzeug ausgeliehen, sie sind tausendmal mit Zitha Gassi gegangen, und Malene hat auf sie aufgepasst, seit sie klein war. Neuerdings ist sie quasi in ihrem eigenen idiotischen Land verschwunden, läuft rum und schaut alle argwöhnisch an, schmiert sich eine dicke Schicht Emoschminke ins Gesicht und glaubt, Evanescence wär die Antwort auf alles in dieser Welt. Immerhin konzentriert sie sich darauf, am Donnerstag zu singen. Ja, schon gut, dass sie ausgewählt wurde, bei dieser Abschlussvorstellung der Internationalen Kulturwerkstatt aufzutreten, da hat dieser Revuetyp offensichtlich ihr Talent gesehen, gut, ja, trotzdem ist es völlig unmöglich, auch nur ein einziges vernünftiges Wort aus ihr herauszukriegen, und aufs Hausaufgabenmachen hat sie auch keine Lust, liegt nur auf ihrem Bett und hört Musik auf ihrem iPhone.

Malene knabbert am Zeigefingernagel, direkt am Nagelbett.

Diese Umarmung.

Wie bei Sandra aus ihrer Klasse, die zurzeit komplett neben der Spur ist. Vielleicht ist das etwas, was allen Leuten passiert: Eines Tages ist man einfach total neben der Spur. Eines Tages muss man explodieren. Eines Tages sprengt es einem den Kopf. Bei Mama war es auch so. Es sprengte ihr den Kopf, und sie haute ab. Wird das Malene auch passieren? Dass sie eines Tages komplett neben der Spur ist?

Sie macht ein paar Schritte vorwärts. Spürt ihren Knöchel, er tut immer noch weh, wie viel Zeit muss denn noch vergehen, bevor sie wieder mit dem Turnen anfangen kann? Sie hat solche Sehnsucht danach. Die Gerüche in der Turnhalle, die Mädchen in der Garderobe, das Gefühl, durch die Luft zu schweben, der große Kick.

Sie macht die Haustür auf, als wollte sie überprüfen, ob er dort auf der Straße steht, direkt vor der Tür. Als glaubte sie beinahe wirklich, dass er da wäre. Papa.

Aber dort draußen ist niemand. Nur das gelbe Licht der Straßenlaternen. Nur die Mülltonnen in Reih und Glied die ganze Straße hinunter. Nur die Sterne am Abendhimmel. Und die Herbstkälte nach einem frischen, warmen Tag.

Manchmal vergisst Papa gewisse Sachen, und dann sind seine Augen nicht nur trocken, sondern sein Blick ist leer. Manchmal ist es, als wäre er meilenweit weg. Er lächelt die ganze Zeit. Er lächelt, wenn sie zu Mittag essen, er lächelt, wenn sie morgens aufstehen und wenn er von der Arbeit heimkommt, er lächelt, wenn er abends mit dem Laptop auf dem Schoß dasitzt, er lächelt, wenn sie Besuch haben.

Malene nickt.

Dann geht sie in die Küche, streicht mit der Hand über die Kochplatten, durchquert das Wohnzimmer und sieht nach den Kerzen, legt die Hand an den Griff der Terrassentür. Zurück im Flur, streckt sie sich nach den Schuhen, schlüpft hinein, nimmt die grüne Jacke vom Kleiderhaken, zieht sie an.

Sie geht hinaus. Weil dieses Lächeln falsch ist und weil sie das Mädchen ihres Vaters ist, Adidas Superstar.

13 Jetzt komme ich (Sandra)

Die Liebe erträgt alles. Ihre Zunge kribbelt, als tanzten darauf klitzekleine Tierchen.

Der Laden soll einladend aussehen, hat der Chef zu ihr gesagt, als sie den Job bekam. Wenn die Leute am Morgen zur Tür reinkommen, soll der Laden einladend aussehen. Jawohl, Mister Coop. Bisher waren sie mit ihr zufrieden, es gab an ihr nichts auszusetzen. Sie war immer schon ein tüchtiges Mädchen. Sie hat immer ihre Hausaufgaben gemacht, immer gute Noten bekommen, hat ihr Zimmer aufgeräumt und ihre Kleidung sorgfältig zusammengelegt. Sandra konnte gar nicht anders, schon beim Gedanken daran, etwas zu tun, was nicht ordentlich, richtig und schön war, bekam sie ein schlechtes Gewissen. Oh ja, pflegte ihre Mutter auf Familienfeiern zu sagen, Sandra, wisst ihr, hat ihre Spielsachen schon ganz von selbst aufgeräumt, als sie noch ein kleines Mädchen war.

Ihren Teil der Arbeit hat sie erledigt. Die Böden sind sauber. Sie kann gehen.

»Sandra?«

Sie zuckt zusammen. Plötzlich steht Tiril direkt hinter ihr am Flaschenautomaten. Ihre Haare sind strähnig, die Schminke dick, die Nägel schwarz lackiert, der Blick unnachgiebig. Kopfhörer in den Ohren. Muss sie immer so wütend aussehen? Ist das wirklich nötig? Muss sie aussehen, als würde jeden Augenblick irgendwer sterben?

»Wo willst du hin?« Bedächtig kaut sie auf ihrem Kaugummi herum und zieht die Kopfhörer aus den Ohren.

Sandra kann ihr nicht in die Augen sehen. »Mama und Papa warten«, sagt sie und zieht sich die Schuhe an. »Schließt du ab?«

»Ja, oder dachtest du, ich würde offen lassen?«

Sie antwortet, als wäre sie angegriffen worden. Eigenartig, dass dieses Mädchen am Donnerstag mit einem Song auftreten soll. Sie scheint alles und jeden zu hassen, was will sie denn damit zeigen? Ihre Wut verursacht bei Sandra einen regelrecht schmerzhaften Druck in der Brust. Sie selbst tut alles dafür, um anderen gegenüber nett, offen und verständnisvoll zu sein, sie tut alles, damit man sie mag. Sie ist es gewohnt, dass die Leute höflich sind. Man kann über ihre Mutter und ihren Vater viel sagen, aber immerhin sind sie sich alle darin einig, dass höflich und freundlich zu sein wohl das Mindeste ist, was man von anderen erwarten kann. Wir teilen nur eine kurze Zeit auf Erden, und da müssen wir den Leuten mit Liebe und Freundlichkeit begegnen. Das ist Jesu Botschaft und die Botschaft der Liebe.

Daniel, jetzt komme ich.

»Nein, nein, ich meine nur … Egal, ich muss los.«

»Dann mal schnell.«

Übelkeit durchströmt Sandra. »Weißt du was?«, sagt sie und hat sofort Angst vor ihrer eigenen Courage. »Weißt du was? Du kannst wählen, weißt du?«

Tiril blinzelt für eine Sekunde, bewahrt aber die Ruhe. »Scheiße, was wählen?«

»Zwischen Licht und Dunkelheit«, sagt Sandra hastig und über sich selbst erschrocken. Sie dreht sich um und eilt zum Ausgang.

»Wie niedlich«, sagt Tiril und geht in den Laden zurück.

Sandra atmet tief ein, als hätte sie gerade etwas Verbotenes getan. Sie leckt sich über das trockene Zahnfleisch und stellt sich vor den Spiegel neben der Tür.

Jetzt küsse ich nicht mehr nur Jesus, denkt sie. Sie hat es nie jemandem erzählt, dass sie bisher immer Jesus geküsst hat. Sie machte das Licht aus, kroch unter die Bettdecke, schloss die Augen, und dann küsste sie Jesus. Es kribbelte in ihrem Körper, ganz warm. Aber so ist es jetzt nicht mehr, denn sie hat ihren Jungen gefunden.

»Daniel«, flüstert sie und öffnet leicht die Lippen. »Daniel«, wiederholt sie, während sie Lipgloss auflegt. »Daniel«, sagt sie tonlos, während sie den neuen BH richtet und versucht, ihre Brüste so zu drapieren, wie sie glaubt, dass er das will. »Daniel«, flüstert sie, während sie sich die Haare glatt streicht, das Silberkreuz im Halsgrübchen zurechtrückt, sich den Schweiß von der Stirn wischt und versucht, einen bestimmten Gesichtsausdruck aufzulegen, »jetzt komme ich.«

Dann öffnet sie die Tür, kalte Luft schlägt ihr entgegen, und sie läuft los.

14 Nebel (Rudi)

Rudi sieht, wie die trockene Hand direkt neben dem weinenden Auge durch den Pony streicht, und er sieht ein Lächeln über ihr Gesicht huschen.

»Rudilein«, sagt sie wieder, und ein freundliches Wort von ihr zu hören ist so verdammt herrlich, dass er vor Freude fast zusammenbricht. »Na klar«, sagt sie und seufzt, »ich und du, seit siebenundzwanzig Jahren«, und wie scharf ihre Stimme klingt, wenn sie so spricht, »Europe und alles mögliche Schöne.«

»Caaarrie, Caaarrie«, singt Rudi und hebt und senkt im Rhythmus die Schultern.

»Megasexy, dieser Joey Tempest«, haucht Cecilie.

Jetzt da die Dramazeit endlich vorbei zu sein scheint, schlägt Rudi befreit die Hände aufs Armaturenbrett. Er verkneift es sich, sie zusammenzustauchen, weil sie sich gerade die Finger nach einem anderen Mann geleckt hat, dreht sich nach hinten um und grinst Cecilie breit an.

»Weißt du was«, sagt er, »ich finde, du könntest einen kleinen Ausflug machen zu … du weißt schon … wo sie … du weißt schon. Daddy bezahlt.«

Er sieht, wie sie schier aufflackert, ihr Gesicht leuchtet, als hätte jemand einen Schalter umgelegt, und Rudi spürt, dass er diesen Knopf gedrückt hat.

»Mhm«, sagt sie, »Mariero Beauty.«

»Genau«, sagt Rudi stolz. »Mir egal, wie das heißt, von mir aus auch Mariero Ass, aber es soll niemand behaupten, Rudi würde seine Frau nicht respektieren und die Rechnung nicht bezahlen, und wenn sie es nun einmal für ihr Wohlgefühl braucht, sich Matsch, Gurken und getrocknete Tomaten ins Gesicht schmieren zu lassen, dann soll niemand behaupten, Rudi würde den Geldbeutel nicht aufmachen. Hey? Hab ich mich je geweigert zu bezahlen, wenn du was haben wolltest? Sogar wenn ich es scheißidiotisch finde, wie zum Beispiel dort unter einer Palme zu liegen oder …«

»Es gibt dort keine Palmen, und …«, unterbricht sie ihn, aber Rudi will aussprechen.

»Metaphern, Baby, das sind *Metaphern.* Weißt du, was Metaphern sind? Bilder. Bilder von Sachen. Du sagst eine Sache, meinst aber was ganz anderes und kannst so in mancherlei Hinsicht zwei Sachen gleichzeitig sagen. Nein, ich weiß verfickt noch mal nicht, worunter du da liegst und worunter nicht, aber solange Frauen und nicht irgendwelche Männer dich anfassen, kannst du von mir aus auf Oregano gebettet daliegen …«

»Oreg… Hehe, da gibt's doch keinen Oregano.«

»Na ja, was weiß ich schon davon, was es da gibt und was nicht«, sagt Rudi und ist froh darüber, dass sie wieder gut drauf ist. »Auch egal, aber du weißt genau, dass ich dir nie …«

»Nein, du hast nie …«

»Im Weg ge…«

»Nein, das bist du n…«

»Oder war geiz…«

»Geld, nein, du hast n…«

»Oder hab dich nicht bekommen las…«

»Hast du nicht, Rudilein«, sagt Cecilie mit wunderbar fester Stimme.

Nein, denkt er. Ich behandle meine Frau, wie man Frauen behandeln sollte. Er zieht demonstrativ eine Schnute, holt den Geldbeutel aus der Innentasche und nimmt einen Fünfhunderter heraus.

»Hier«, sagt er und streckt die rechte Hand zwischen den Vordersitzen nach hinten. »Geh und bring dein Gesicht zum Leuchten. Stopf es in eine Schüssel mit Spinat. Yess. Bestell Mariero Beauty schöne Grüße von Rudi: Dein Gesicht sei jede Krone wert. Und sag mit schönen Grüßen, wer dafür bezahlt hat.«

»Danke«, hört er von der Rückbank. »Du bist echt unglaublich lieb zu mir.«

»Scheiße, na sicher!«, antwortet Rudi und spürt, wie der kleine Volvo zum Bersten voll mit Liebe ist.

Was für ein Abend, denkt er. Kalt, klar, scheißschön.

Hey, Großmutter! Diesen Abend hättest du sehen sollen, du alte Färse.

Rudi sieht wieder durch die Windschutzscheibe. Sie fahren am Wald entlang. »Okay«, sagt er und schaut auf die Uhr. 20:58. »Es ist Zeit.«

»Morgen«, sagt Cecilie und küsst mit trockenen Lippen den Fünfhunderter.

Rudi grinst. Alles supergut, er wünschte sich nur, es liefe noch mal Coldplay im Radio. Wovon handelte der Song gleich wieder? Sankt Peter, römische Katholiken und Glocken, die läuten?

Zeit, sich zu konzentrieren. So ist das mit der Liebe, sie okkupiert das Gehirn, und wenn du nicht auf Zack bist, dann verschlingt sie die ganze Welt.

Aaa! Aaa! Stop it!

Das Telefon klingelt. Janis Klingelton. Er angelt sein Handy hervor. 20:59.

»Ye yo, brother?«

»Schluss mit dem englischen Gelaber«, hört er am anderen Ende.

»Ist amerikanisch, Bruder«, entgegnet er lachend.

»Mir egal. Ist bescheuert. Du kommst aus Norwegen, aus Rogaland, aus Stavanger, aus Tjensvoll. Mach dich nicht zu was anderem. Du, ich denk grad nur über dieses Vorhaben nach …«, sagt Jan Inge.

»Die Gedanken sind frei. Was denkst du?«

»Tja«, sagt Jan Inge und zögert. »Irgendwie ist es nebulös.«

»Nebulös?«

»Ja, nebulös.«

»Okay …«

»Ich bin skeptisch. Und ich kann so was riechen. Wir sind nicht gerade in einer risikoarmen Branche tätig.«

»Okay … Sollen wir es abblasen? Callitaday und Rückzug? Noch hab ich ihn nicht getroffen …«

»Hör zu, in einer risikoreichen Branche zu arbeiten bedeutet, Risiken einzugehen. Du gehst hin und triffst ihn. Aber du hältst deine Augen und deine Ohren offen. Dein Ziel muss sein, den Nebel zu lichten.«

»Verdammt gut gesagt«, sagt Rudi.

»Dass du dich an den Kerl erinnerst beziehungsweise dass du dich fragst, ob du dich an den Kerl erinnerst, was heißt das?«

»Na ja, war nur so ein Gefühl, als er anrief. Oder sein Gefühl. Oder was weiß ich. Irgendetwas Altes.«

»Alt?« Jan Inges Stimme klingt scharf.

»Ja, alt, wie vergangen.«

»Hm. Alt kann Gutes bedeuten, und alt kann Krise bedeuten. Gibt es jemanden, der dich auf dem Kieker hat?«

»Neiiin …«

»Hör gut zu. Chessi hält sich raus. Sie wartet im Vol...«

Scheiße!

Was war das?

»Hey, Chessi, Scheiße, wa...«

»Rudi?«

»Ja, ja, ich bin da, es ist nur, warte ... *Scheiße!* Haben wir was überfahren? Chessi?«

Cecilie dreht sich nach hinten um, Rudi bremst ab, und Jan Inge schreit am anderen Ende des Telefons, er solle jetzt ganz ruhig bleiben, keine Aufmerksamkeit auf sich ziehen, Herrgott, kann er denn gar nichts richtig machen, hallo, was ist denn los?

»Eine Katze!«, ruft Cecilie.

Rudi schluckt und atmet wieder ruhiger.

»Nur eine Katze«, sagt er in den Hörer.

»Nur eine Katze?!«, hört er von hinten. Rudi sieht in den Rückspiegel. Sie heult schon wieder, und er fragt sich, wann das aufhören wird. Wird er damit leben, bis er unter der Erde liegt, wird sie bis an sein Lebensende difficunt sein?

»Sorry, Jani«, sagt er, »war nur eine Katze.«

Er hört, wie Jan Inge am anderen Ende schwer atmet.

»Du, setz dich lieber hin«, sagt Rudi ruhig.

»Ja, mach ich«, sagt Jan Inge. »Okay, bis später, bring das in Ordnung. Augen auf. Ohren auf. Nebel und Klarheit.«

Rudi nickt, er hört, wie sein bester Freund den Inhalator an den Mund setzt, draufdrückt und mit einem Sauggeräusch die ranzige Luft einatmet. Er kann den fetten Jungen beinahe schmerzhaft deutlich vor sich sehen.

»Okay, Bruder, bis später. Setz dich hin. Such dir ’nen Klassiker und hol dir ein paar Chips. *The Hills Have Eyes*?«

Rudi legt auf und blinkt links. Bei dem kleinen Laden am Ende des Hügels biegt er ab. Den gibt es schon, seit er denken kann. In den Achtzigern hat er den Laden leergeklaut. Man erinnere sich an das eine Mal, als er und J-J-Janne D-D-Dobro mit so vielen Kippenschachteln in ihren Steppjacken dort wieder rausmarschiert sind, dass sie unter dem Gewicht schier umzukippen drohten. Janne Dobros Augen waren so schwarz, dass die Leute das Gefühl hatten, sie wäre ein Vogel. Angeblich vertickt sie inzwischen die *Asfalt.* War auf Heroin, Janne. J-J-Janne D-D-Dobro hieß sie nur wegen Mini aus Haugtussa, der so klein war, dass sein Vater jedes Mal, wenn er ihn ansah, böse wurde, und der Mini war damals so verliebt in Janne Dobro, dass er immer anfing zu stottern, wenn er sie sah.

Früher hieß der Laden »Gosens Lebensmittelladen«, jetzt gehört er zu einer Kette. Kiwi. Alles geht den Bach runter. Die Sozis haben gewonnen. Eine unpersönliche Gesellschaft. Jani hat wirklich recht, keiner traut sich mehr, unabhängig zu agieren. Außer uns. Wir sind die letzte Bastion von selbstständigen Geschäftemachern.

Direkt davor zu parken ist Rudi zu offensichtlich, also fährt er ein paar Meter Richtung Wald auf einen kleinen Seitenweg und lässt das Auto im Gehölz ausrollen.

»Chessi«, sagt er und stellt den Motor ab. »Jetzt komm schon. Es war eine Katze. Eine Katze, okay? Da ist nichts zu machen.«

Sie schnieft auf der Rückbank. Er kennt dieses Schniefen. Das ist kein Krisenschniefen, sondern ein Demonstrationsschniefen.

»Hörst du? Es tut mir leid, aber da kann man nichts machen. Ichunddu, Baby. Mariero Beauty. Alles wird gut. Okay? Komm schon, jetzt sei ein braves Mädchen, leg dich auf die Rückbank und verhalt dich ruhig, bis ich wiederkomme. Und nicht rauchen, okay? Weißt du, es verwirrt die Leute, wenn sie an einem geparkten Auto vorbeigehen, in dem scheißviel Rauch ist, wo aber niemand drinsitzt. Da werden sie misstrauisch, rufen ihre Frau zu Hause an und erzählen ihr, dass sie ein Auto gefunden haben, in dem scheißviel Rauch ist. Du schaffst das ohne, in Ordnung?«

Sie schnieft wieder.

»Meinte Jani das mit ›ein bisschen an die Luft kommen‹?«, sagt sie. »Was, wenn es ein Kätzchen war, Rudi?«

»Nein, nein, das war eine ausgewachsene Katze, hast du den Holperer nicht gespürt? Bei so einem Holperer war das bestimmt kein Kätzchen. Du. Chessi. Nachher«, sagt er sanft, »nachher können wir irgendwo hinfahren und uns was angucken. Das Meer oder so. Du magst es doch, aufs Meer zu schauen. Du kannst es mir beibringen. Aufs Meer zu schauen.«

Cecilie verschränkt die Arme. Antwortet nicht.

Diese Haltung kennt er. Jetzt gilt es, clever zu sein. Keine große Sache daraus zu machen. Er gibt sich so freundlich, wie er kann: »Super, Baby, mega, dass du es so nimmst. Niemand will mit einer Stresslady zusammen sein. Fünf Minuten, höchstens zehn, dann bin ich wieder da, wer weiß, vielleicht mit einer Million in der Tasche? Dann hast du Fünfhundert und eine Million. Morgen, du weißt schon, Mariero Beauty.«

Keine Reaktion.

Rudi atmet tief ein. Okay, denkt er, gut. Hier muss er wohl tiefer in die Trickkiste greifen. Er sieht sie so offen wie nur möglich an, lächelt, so charmant er kann, saugt die Backen ein und singt: *»Don't want to close my eyes, I don't want to fall asleep, cause I'd miss you babe and I don't want to miss a thing.«*

Sie schluckt.

Yess.

Sie sieht ihn an.
Lacht ein bisschen.
Yess.
Der alte Aerosmith-Trick.

Funktioniert immer. Seit er ihn zum ersten Mal angewendet hat und vor ihr stand, die Backen einsaugte und einen auf Steven Tyler machte, hat es noch jedes einzelne Mal funktioniert. Die Frau bricht regelrecht zusammen.

»Baby! Ichunddu! Jetzt ein bisschen Arbeit für Daddy, dann bin ich wieder für dich da. Komm schon, runter auf die Bank mit dir.«

Rudi zwinkert ihr zu. Zu sagen, sie lächelt, wäre eine Übertreibung, aber zumindest rollt sie sich zusammen und legt sich brav auf die Rückbank.

Er macht die Fahrertür auf und spürt die schneidend kalte Septemberluft im Nacken. Er sieht sich um. Der alte Wald. Seltsam, wieder hier zu sein. In mancherlei Hinsicht war das Großmutters Wald. Sie sprach viel von diesem Wald und von all dem, was sie als Kind hier gemacht hatte. Die Blumen, die sie gepflückt hatte, und all die gute Laune früher, in den *guten alten Zeiten.* Das ist Rudi nie aus dem Kopf gegangen. Er denkt oft, wie recht seine Großmutter hatte, in den *guten alten Zeiten* war es wirklich besser. Mehr Ruhe. Mehr Haltung.

Rudi betritt den Waldweg. Er sieht sich erneut um, spürt, wie die Umgebung ihn anzieht. Er bleibt stehen.

»Hm«, sagt er, fast ein bisschen zu laut. »Pål … Irgendwie war das, als … Da ist was an dem Namen. Der … Scheiße … Der *bringt* mich auf was. Aber was? Hm? Pål, Pål, Pål …«

Rudi geht weiter. Bald wird sich zeigen, denkt er, wer du bist und wer nicht, Pål. Du hast mich angerufen. Du hast die Hand ausgestreckt. Aber wer bist du? Eine Kippe wäre jetzt gut. Hätte ich gewusst, wie schwer Aufhören ist, hätte ich sicher nie aufgehört. Frauen. Verdammt schwierig mit ihnen. Da muss man schon ein listiger Adler mit einem guten Aerosmith-Trick sein, um geschmeidig um ihre Ecken und Kanten zu kommen. Außer bei seiner Großmutter. Ihr Kopf saß fest. Skål, alte Biskuitrolle.

Rudi setzt, ohne es selbst zu bemerken, die Hand zu einem Salut an die Stirn, während er über den Waldboden stapft.

Gut, dass Tong am Freitag rauskommt, denkt er. Wenn die Truppe zersplittert ist, ist es einfach nicht dasselbe. Tong bringt gutes Geld rein, macht Chessi bessere Laune. Schafft er immer. Er ist ein Psycho. Aber fit for fight.

Pål, Pål, Pål.

Hab ich dich verprügelt? Geht's darum?

Bist du ein Rächer? Geht's darum?

Bist du der Teufel, Pål?

15 Eine Frau in Jeans und einem langärmligen Pullover geht über einen Hof (Jan Inge)

Hundertzwanzig jetzt. Hundertzwanzig unterm Strich. Hundertzwanzig Kilo an Bord.

Jan Inge hält das Telefon noch fast eine Minute in der Hand. Er steht wie eine Statue mitten im Wohnzimmer, das Telefon einen halben Meter vorm Bauch und den Blick zur Decke gerichtet. Typisch für mich, denkt er, in Gedanken zu versinken. Die Leute sagen, er könnte sich ja ach so gut konzentrieren, und niemand traut sich, ihn zu stören, wenn er denkt, ausnahmslos jeder hat Respekt, wenn er bemerkt: JANI, DER DENKT.

So sieht er es vor sich. In Großbuchstaben.

Wie auf Neonschildern in von Grausamkeit heimgesuchten amerikanischen Kleinstädten.

So war das schon immer mit Jan Inge. Den Kopf voller Großbuchstaben.

Er legt das Telefon weg. Jan Inge vermisst das alte Festnetztelefon. Er nickt, dass das Nackenfett schwabbelt. Grau mit roten Ziffern. Das Telefon war treu wie Gold, aber dann mussten sie aufgrund des technologischen Fortschritts am Ende doch das Handtuch werfen. Zurzeit geschieht auf technologischer Ebene problematisch viel. Mobiltelefone gehen ja noch halbwegs in Ordnung, zumindest mit Prepaidkarte, aber der Druck durchs Internet, der ist nicht gut. Nichts ist mehr wie in den guten alten Zeiten.

Da ist es wieder. DIE GUTEN ALTEN ZEITEN. Unmöglich, das nicht in Großbuchstaben zu denken.

Jan Inge blickt zum Rollstuhl am Ende des Flurs.

Hundertzwanzig unterm Strich.

Es kommt jetzt darauf an, dass Rudi es nicht vermasselt. Er muss den Nebel meistern. Aber eines hat Jan Inge festgestellt: Wo es am nebligsten aussieht, dort kann man Gold finden, und will man das Gold haben, muss man sich in den Nebel wagen. Wenn Rudi bloß zuhört und sich nicht verplappert.

Jan Inge holt den Inhalator aus der Tasche seiner Jogginghose und saugt die Luft laut ein, schlurft auf seinen Filzpantoffeln den langen Flur hinunter. Vor dem Rollstuhl hält er an.

Hundertzwanzig an Bord.

Fett war er schon immer. Zumindest mollig und stämmig. Genau wie seine Mutter, ruhe in Unfrieden, du abscheulicher Mensch. An diesem Körper waren immer schon etliche Kilo zu viel des Guten, aber hundertzwanzig? Jahrelang hielt er sich um die hundert. Runde Zahl. Leicht, sich dazu zu verhalten. Es verlieh ihm fast schon Klasse, ein bisschen die Gravität des Chefs. Einem Chef steht es, ein paar Kilo mehr als die anderen zu haben. Rudi, dieser lange Kerl, hat trotz allem nur fünfundneunzig. Aber nach einer Weile wurde es immer mehr. Ab und zu mal auf die Waage. Ups. Hundertfünf. Wieder auf hundert runter? Ups. Nein, ist vermutlich gestiegen, das ... Hundertzehn ... *Jani, hundertzehn, hast du das gesehn?*

Das reimt sich, hatte Tong gesagt, kurz bevor er in den Knast wanderte.

Sie hatten unten in Jæren einen Job gemacht, einen sauberen Bruch, eine Menge PCs, nur leicht zu vertickende Sachen, die bei Buonanotte gutes Geld brachten. Gut geplant, gut ausgeführt. Schlüssel, Schlüsselkarte, das ganze Paket. Wenn Tong Wache schob, gab's nie einen einzigen dummen Fehler, nie jemanden, der im Knast landete. Wenn man jemandem vertrauen kann, dann Tong, denn der vertraut niemandem. Gott sei Dank kommt er am Freitag raus. Den Job an sich zog er tadellos durch, aber dann? Man hätte meinen können, er wäre auf einmal wieder Amateur. Fünfunddreißig Jahre, haufenweise Erfahrung, und dann so was. Das kommt vom Dope, Tong. Jan Inge hatte es ihm tausendmal gesagt. Du glaubst, du bist so was von geschärft. Aber das Shit frisst riesige Kuchenstücke deines brillanten Gehirns auf. Wir haben eine Firmenpolitik, wir ziehen nur einige wenige Lines, bevor wir zu einem Job gehen, um den Kopf auf Drehzahl zu bringen, wir degenerieren nicht zu einer Truppe von Drogenköpfen. Und was machst du, Tong? Nach dem Job gehst du in Orre feiern, haust dir den Schädel voll mit Speed, und das, obwohl du genau weißt, wie fickrig du von diesem Zeug wirst, und dann wanderst du in den Knast, weil du mit einer Minderjährigen Sex hattest. Ein Monat vergeht, und auf einmal stehen da zwei aufgebrachte Eltern und ein heulendes Mädchen und zeigen mit dem Finger auf dich, und du behauptest, dass du nicht geahnt hättest, dass sie erst vierzehn war.

Jan Inge hat es eine Million Mal gesagt: Hör auf mich, fickriger Koreaner, das Koks frisst dein Gehirn, und ich weiß, wovon ich spreche, meine Mutter hat fünf Flaschen Schnaps pro Woche gesoffen, und sie wurde verrückt wie ein kranker Hund, ihr Hirn wurde leer wie eine Tonne, sie machte Terror, und es gibt niemanden, keinen Menschen, kein verdammtes Tier, das diese Ratte von einem Frauenzimmer vermisst. Ja, ja, Chessi … arme Haut … sie vielleicht … Nein, Chessi erinnert sich zum Glück an herzlich wenig. Sie war auch noch echt klein, als unsere Mutter starb. Sie kann nichts vermissen, was sie kaum gekannt hat.

Aber ich, ich erinnere mich sehr wohl an diesen kranken Menschen, und ich kann nichts Gutes über sie sagen, nur verständlich, dass unser Vater abhaute, als er den Job in Houston bekam.

Jan Inge hat ein wenig darüber nachgedacht: was mit ihr nicht stimmte.

Und er ist darauf gekommen, dass es ihr an etwas mangelte.

Dass sie es schlicht und einfach nicht in sich hatte, jemanden zu lieben.

Und deshalb denkt Jan Inge, dass das wichtig ist. Deine Leute zu finden. Deine Familie zu finden. An ihnen festzuhalten. Sie bedingungslos und ausdauernd zu lieben. Egal, ob sie einen Kardinalfehler begehen, der sie nach Åna bringt, und egal, ob sie hundertzwanzig Kilo an Bord haben.

Dass sein Vater nach Houston abgehauen ist, daran ist kaum etwas auszusetzen. Zumindest hat er immer Geld geschickt, das muss man ihm lassen. Hat Geld geschickt, bis Cecilie achtzehn wurde. Und Weihnachtskarten. Und damals, 1985, Jan Inge glaubte, sein Herz würde ihm aus der Brust springen: ein Paket von Papa aus der USA. *Sodastream.*

Und eine schwere Schachtel mit einem BETAMAX-Spieler und einem Haufen Videos.

Gruß von Papa.

Den Wassersprudler hat er immer noch. Er liegt irgendwo im Keller. Funktioniert nicht mehr. Aber damals funktionierte er. Sämtliche Jugendlichen aus Hillevåg standen Schlange vor der Tür und leckten sich die Finger nach selbst gemachter Limo. Sie konnten auswählen und aussondern, wen sie reinlassen wollten und wen nicht. Das waren Zeiten. Wird ihn nie wegwerfen, den Sodastream, ist wie eine Trophäe. Ein paarmal waren er und Chessi auch in Houston. Sie reisten alleine um die halbe Welt, anfangs war sie so klein, dass er ihr stundenlang die Hand halten musste. Jan Inge kann sich noch daran erinnern, wie feucht seine Hände wurden, aber er hätte sie auf keinen Fall loslassen dürfen, denn dann hätte sie geweint, als würde das Flugzeug abstürzen. *Nicht, Janinge!* Das waren Reisen. Nur er und Chessi über den Wolken. *Fliegen wir jetzt, Janinge?* Ja. *Fliegen wir jetzt in die Sonne, Janinge?* Ja, die USA, ein tolles Land, frei und schön, allerdings nahm ihr Vater sie meist nur in irgendein Burgerrestaurant mit und überließ sie dann sich selbst, sie sollten sich Filme ansehen und so, während er arbeiten ging. Heim nach Norwegen wollte er nie wieder. Das sagte er ganz klar, sie könnten in die USA kommen und dort wohnen, aber er käme nie mehr heim.

Jan Inge steckt den Inhalator zurück in die Tasche. Er nickt wie zur Bestätigung. Betrachtet den Rollstuhl. Steht seit Jahren dort. Rudi hatte ihn besorgt, als Chessi sich den Fuß gebrochen hatte. Typisch Rudi. Weiß einfach nicht, was er ihr Gutes tun soll.

An solchen Leuten, denkt Jan Inge, an solchen Leuten hält man fest.

Nebel liegt über dem Vorhaben, für das die beiden unterwegs sind. Wenn Chessi es nur schafft, Ruhe zu bewahren. Sie soll im Auto sitzen bleiben. Er mag es nicht, wenn sie Rudi zwischen den Füßen rumläuft, während der bei einem Job ist. Sie ist zu instabil. Das hat sie von ihrer Mutter, denkt Jan Inge, schwache Gene. Schwer, was anderes zu sagen, als dass Chessi bockig und mürrisch ist. Aber sie ist eben seine Schwester. Und sie ist Rudis Freundin.

Jan Inge setzt sich in den Rollstuhl, der zwar unter seinem Gewicht etwas zusammensinkt, aber er trägt ihn. Leicht zu steuern, eine gute kleine Maschine. Er lächelt. Ein schwarzer Schimmer legt sich über seine kleinen Blaubeeraugen, als er den Flur entlangrollt.

Er rollt ins Wohnzimmer und zum Tisch, greift zur Fernbedienung des Dimmers, drückt auf Minus, das Deckenlicht wird schwächer. Er fährt weiter zum Sessel, der vor dem Flachbildschirm steht, bleibt im Rollstuhl sitzen, während er den Sessel in Richtung Fenster wegschiebt, und platziert dann den Rollstuhl frontal vor dem Fernseher. Genial, denkt er, wirft einen Blick durchs Fenster und sieht, wie dunkel es draußen geworden ist. Das ist gut, bei Tageslicht zu arbeiten, passt nicht zu uns. Rudi wird das schon schaffen. Aber dem Himmel sei Dank, dass Tong am Freitag rauskommt. Gelobt sei dieser Maulwurf von einem Koreaner. Er ist ein Teufel, aber ohne ihn war es hart, wie eine Fußballmannschaft ohne Stürmer, um mal einen Vergleich anzustellen.

Das hier, denkt Jan Inge und rutscht leicht im Rollstuhl hin und her, das ist genial.

Dann rollt er durchs Wohnzimmer. Durchquert den Flur, manövriert sich in die Küche, wo er den Kühlschrank aufmacht und eine Halbliterflasche Cola und eine große Schachtel Schokolade herausangelt. Er zieht die Küchenschublade auf und eine Maxitüte Paprikachips daraus hervor, wirft sich das Knabberzeug auf den Schoß und rollt wieder ins Wohnzimmer.

Er parkt vorm Fernseher und greift nach den Fernbedienungen.

Mit diesem Rollstuhl ist es überhaupt kein Problem, hundertzwanzig Kilo an Bord zu haben, denkt er. Ich komme damit rum wie ein Roboter.

Verdammt, war Cecilie süß, als sie klein war! Zickig, schräg und seltsam. Mit einem Mal sieht Jan Inge sie wieder als Mädchen vor sich. Er reißt die Chipstüte auf und errichtet ein Gebilde aus Fernbedienungen und Knabbereien auf seinem Schoß. Er freut sich darauf, erst *Carnival of Souls* und dann *Three on a Meathook* zu gucken. Echt derbes Grindhouse. 1973. Maximales Low-Budget. Dreckig wie ein Misthaufen. Gefährlich gut die Szene, in der Billy ins Haus kommt und die toten Mädchen findet, echt gute Mundharmonikamusik, die viel zur Atmosphäre beiträgt.

Nach allem, was er schon gesehen und studiert hat, könnte er ein Buch über Horror schreiben. Fragt sich, ob es viele gibt, die eine bessere Horrorsammlung und mehr Ahnung haben als er. Zeit wird's, dass er zu einer dieser internationalen Horror-Conventions fährt. Mal Gesicht zeigt. Bescheid sagt, dass es ihn gibt.

Verdammt, war Cecilie damals süß!

Sie watschelte wie ein kleiner Pinguin, öffnete ihren kleinen Mund, und ihre Stimme war butterweich und schön: *Janinge Bruer Cecili Schwesser.*

Genau.

Und da sitzt man dann, im September 2012, an einem dunklen Abend mit Cola, Knabberzeug und Horror und wohliger Stimmung im Rollstuhl. Draußen ist es sternenklar. Nach ein paar grimmigen Herbstwochen kam auf einmal ein mystisch heller, warmer Tag. Das ist ein Zeichen für etwas, aber wofür? Apokalypse oder Glück? Dein bester Freund ist draußen, um einen nebulösen Job zu klären, und es ist fünfunddreißig Jahre her, seit du und deine kleine Schwester Hand in Hand oben zwischen den Wolken schwebtet, aber du kannst immer noch ihre Hand in deiner spüren, während du dort vor dem Flachbildschirm sitzt, als würde sie sich immer noch an dir festklammern, während ihr den Atlantik überquert.

Ja.

Der Nebel muss sich lichten.

Apokalypse oder Glück.

Schnee flimmert über den Bildschirm. Der alte VHS-Rekorder stottert. Eine Frau in Jeans und einem langärmligen Pullover geht über einen Hof auf einen Schuppen zu. Sie hat schulterlanges Haar. Kurz bevor sie den Riegel vor der Tür wegschiebt, sieht sie sich um. Dann schiebt sie den Riegel beiseite, zieht die Tür auf und geht hinein. Schreit. Drei Frauen hängen dort an Fleischerhaken.

Jan Inge lächelt und rutscht im Rollstuhl leicht hin und her.

Es wäre nett, Papa wiederzusehen.

GUTE ERINNERUNGEN.

16 Eigenständige Gedanken (Tiril)

Die Tür fällt zu, und Sandra läuft los. So ein dämlicher Laufstil. Den rechten Arm unter den Brüsten und torkelnde Beine. Tiril geht ins Hinterzimmer und nimmt aus der Coop-Tasse auf dem Pausentisch einen Filzstift. Sie beißt mit den Zähnen die Kappe ab und streckt die Finger vor sich aus. Wie herum? Ihre Finger sind dünn, die Haut rein, die Nägel schwarz lackiert und abgeknabbert bis ans Nagelbett. Deswegen wurden sie und Malene schon immer geschimpft. Müsst ihr unbedingt an euren Nägeln knabbern?

Tiril setzt sich, beißt die Zähne zusammen, konzentriert sich und schreibt los. Buchstabe für Buchstabe, sie skizziert sie zweimal und verziert sie dann, so schön sie kann.

Sie ballt die Fäuste, schließt die Augen. *This pain is just too real.* Dann hängt sie ihre Arbeitskleidung auf und geht in den halbdunklen, leeren Laden. Sie hört, wie ihre Schritte über den frisch geputzten Boden quietschen. Zu einer der Kassen. Bisher ist es noch niemandem aufgefallen. Tiril macht mit dem kleinen Schlüssel den Schrank auf. Nur noch wenige Prince übrig. Jede Menge Marlboro Gold. Sie angelt eine Zehnerschachtel raus, lässt sie in ihre Tasche gleiten, atmet aus.

Die Eingangstüren sind abgeschlossen, sie geht wieder ins Hinterzimmer, bleibt am Flaschenförderband stehen und fühlt nach, ob das kleine schwarze Feuerzeug in ihrer

Hosentasche steckt. Sie sieht sich ein letztes Mal um. Alles in Ordnung. Sie macht das Deckenlicht aus, stellt den Alarm an, 8789, und geht raus.

Halb hinter den großen Mülltonnen verborgen, setzt sich Tiril auf die Laderampe, über die die Waren angeliefert werden. Ihre Füße baumeln über dem Boden. Papa ist wahrscheinlich draußen und geht Gassi, denkt sie, und versucht, mit ihren abgekauten Nägeln die Plastikhülle um die Zigarettenschachtel aufzureißen. Bestimmt ist er mit Zitha unterwegs, denkt sie und gibt dann auf, hebt das Päckchen zum Mund und schlitzt das Plastik mit den Zähnen auf.

Sie schnieft, fummelt eine Kippe raus, steckt sie sich zwischen die Lippen, zündet das Feuerzeug, sieht die Flamme steigen, zündet sich die Zigarette an.

There's just so much that time can not erase.

Ihre schlimmste Vorstellung: Sie steht vor der ganzen Schule, Thea sitzt am Klavier, und alles läuft bestens, alles ist perfekt – und dann vergisst sie den Text. Sie glaubt zwar nicht, dass das passieren wird, da sie ihn doch in- und auswendig kann, trotzdem hat sie Angst davor. Sie muss sich einfach vorstellen, Amy Lee zu sein. Tatsächlich aus Little Rock, Arkansas, zu kommen, nicht hier aufgewachsen zu sein, nicht ein solches Pissleben in einem kleinen Vorort dieser ätzenden Ölstadt im beschissenen Norwegen zu leben. *Scheißstavanger existiert gar nicht.* Jeden Tag ihres Lebens hat sie beim Aufwachen den Arkansas River, die Wolkenkratzer und den hohen Himmel über Amerika gesehen.

»Mein Gott, Tiril, hast du jetzt auch noch angefangen zu rauchen?«

Malene steht vor ihr – Scheiße, wo ist die denn hergekommen? – und schüttelt den Kopf. Sie hat die Arme vor der Brust verschränkt und verdreht die Augen.

Tiril funkelt sie böse an. »Das geht dich wohl einen Dreck an.«

Malenes Lippen werden schmal, sie zuckt mit den Schultern.

»Na ja, ist jetzt ja auch keine Überraschung. Mein Gott, Tiril, du bist vierzehn! Rauchen ist tödlich.«

Mein Gott. Sie ist so verdammt *tantig*.

»Na und? Leben ist tödlich, falls du das noch nicht gewusst hast.« Tiril nimmt einen tiefen Zug und bläst ihrer Schwester den Rauch ins Gesicht. »Spionierst du mir jetzt nach?«

Malene setzt sich neben sie auf die Laderampe. Sie blickt auf Tirils Hände hinab. »Mein Gott, was hast du denn da gemacht?«

Ich wusste es, denkt Tiril, ich *wusste*, sie würde das Tattoo kommentieren.

»Was geht denn dich das an?«, fragt sie und klemmt sich die Zigarette zwischen die Lippen, kneift die Augen vor dem Rauch zusammen und streckt der Schwester ihre Fäuste entgegen.

L O V E

H A T E

»Lol«, sagt Malene. »Das ist echt so was von Teenie. Willst du etwa so rumlaufen?«

Tiril nimmt einen langen Zug. Whatever. Sie hat keine Lust zu antworten. »Du«, sagt sie stattdessen, »warum hat Papa sich eigentlich nie eine neue Frau gesucht?«

Malene sieht sie an. »Weiß nicht … Warum fragst du?«

»Nur so. Darf ich jetzt nicht mehr sprechen, ist es verboten, eigenständige Gedanken zu haben?«

Malene verdreht erneut die Augen. »Doch, doch, doch.«

»Mama hat sich ’nen Typen gesucht, bevor sie Papa verlassen hat.«

»Was weißt du denn schon!«, kommt es scharf von Malene.

»Mein Gott.« Tiril tippt ihr mit dem Zeigefinger auf die Schulter. »Du, weißt du, diese Sandra …«

»Die aus meiner Klasse?« Malene blickt auf. »Mit der du putzt?«

»Mhm.«

»Was ist mit ihr?«

»Na ja, du weißt, dass …«

»Was? Jetzt spuck's schon aus!«

»Weißt du, was sie treibt?«

»Nein … oder, nein, was meinst du?«

Tiril spitzt die Lippen zu einem Fischmaul und bläst den perfekten Rauchkringel. »Sie fickt im Wald mit Daniel William Moi.«

Malene entgleisen die Gesichtszüge. »Wie bitte? Mit *Daniel William*?«

»Mhm.« Tiril nickt selbstbewusst. »Rast nach der Arbeit direkt in den Wald. Zum Ficken.«

»Oh. Mein. Gott.« Malene schüttelt den Kopf. »Ich wusste, da ist was.«

»Tja, frag einfach Tiril.«

»Daniel William.« Sie zieht den Namen silbenweise in die Länge. »Das ist doch … Der ist doch … Shit. Oh. Mein. Gott.«

Die Schwestern bleiben nebeneinander sitzen. Sie lächeln, schütteln die Köpfe. Tiril findet das Gefühl großartig, mehr über andere Leute zu wissen als Malene und darüber, was sie so treiben. Sie geht eben mit offenen Augen durch die Welt, sie, die ja so was von Teenie und ach so zickig ist.

»Tiril«, sagt Malene nach einer Weile.

Ihr Ton ist streng. So spricht sie immer. Als wäre sie meine Mutter, denkt Tiril. Na komm, spuck's endlich aus, die du ja ach so erwachsen und Papas beste Freundin bist, die du glaubst, dich in alles einmischen zu dürfen, die du nur dasitzt und lachst und sagst: *Ja, es geht mir gut,* wenn Mama anruft. Spuck's schon aus, die du glaubst, beurteilen zu können, wer Teenie im Kopf ist und wer nicht.

»Tiril«, sagt Malene noch mal, als hätte sie eine Fliege im Mund.

»Ja? Dschieses. Ich sitz doch hier. Bist du blind?«

»Nein«, erwidert Malene zögerlich. »Weißt du, ob irgendwas mit Papa ist?«

Tiril dreht sich zu ihrer Schwester um.

»Mit Papa? Was meinst du?«

»Na ja, ich weiß nicht …«

Malene kriegt mal wieder diesen E.T.-Ausdruck im Gesicht. Sie zuckt mit den Schultern.

»Na ja, ich weiß es nicht. Irgendwas ist einfach.«

»Aha«, sagt Tiril und nimmt einen letzten Zug von der Zigarette, schnipst sie vor die Laderampe und kramt eine Packung Kaugummi aus der Hosentasche. »Ist einfach Papa«, sagt sie, »der war schon immer so.«

»Du hast ihn nicht gesehen, oder?«

»Heute Abend?« Tiril schiebt sich einen Kaugummi in den Mund und spürt, wie sich der frische Geschmack ausbreitet. »Hier kommt er jedenfalls nie vorbei. Glaubst du, ich würde sonst hier sitzen und rauchen? Er ist draußen im Wald. Oder in der Sørmarka. Oder oben am Limahaugen und schaut auf den Fjord runter. Er und Zitha.«

»Mhm«, sagt Malene. »Bestimmt ist gar nichts.«

Sie sieht Tiril an.

»Du solltest dir die Haare schneiden«, sagt sie und fasst Tirils Haare an. »Sie sind schon strähnig.«

»Keine Lust«, sagt Tiril und macht sich von ihrer Schwester los.

Malene sieht sie weiter an.

Mit diesem Blick.

Kannst du mal damit aufhören, sieh mich nicht so an.

»Du bist echt süß«, sagt Malene. »Es wird megagut laufen am Donnerstag.«

Ich heul gleich los, wenn du mich so ansiehst.

»Kannst du doch gar nicht wissen«, entgegnet Tiril, »kann auch endsschlecht laufen.«

»Ach was«, sagt Malene und steht auf, »ich komme jedenfalls und Papa auch, alle werden da sein. Mama würde sicher auch kommen, wenn sie könnte. Die ganze Turnhalle wird dich toll finden, du wirst es endsgut machen.«

Tiril sieht Malene von der Seite an. Der schöne Turnkörper. Die geschmeidigen Bewegungen. Malene, du läufst, als wärst du königlich, hat Opa immer gesagt. Als sie sich im Frühling den Knöchel ruiniert hat, hat Tiril das regelrecht genossen. Sie sagte es nicht, aber sie genoss es. Die perfekte Turnschwester musste hinken. Arme hübsche Bitch.

»Du? Malene?«

»Mhm?«

»Glaubst du, man kann wählen, ich meine, zwischen Licht und Dunkelheit?«

Tiril sieht, wie Malene unruhig den Blick hebt. Sie sieht hinauf zur Schule, rüber zum Wald, zum Turm und zum Limahaugen, und vielleicht murmelt sie etwas.

17 Es ist ein Sonnengeschoss (Daniel William)

Wenn du jemanden tötest, überschreitest du die Grenze.

Wenn du nie jemanden tötest, überschreitest du die Grenze nie.

Wenn du jemanden liebst, überschreitest du die Grenze.

Wenn du nie jemanden liebst, überschreitest du die Grenze nie.

Wenn du die Grenze überschreitest, reißt die Erde ihr Maul auf und verschlingt dich.

Lieben?

Daniel wirft den Motorradhelm zwischen beiden Händen hin und her.

Er dehnt den Nacken, scharrt unruhig mit den Füßen.

Wenn lieben heißt, sie haben zu müssen, dann gut. Dann kann man sagen: Ich liebe dich. Scheiße, ist er jetzt nervös.

Typisch. Immer kurz bevor etwas passiert, überfällt ihn dieses Gefühl. Kälte und Übelkeit im Bauch, ein Blitzen hinter den Augen, ein eiskaltes Ziehen in den Schläfen. Er hat einmal versucht, mit der Jugendamtsbetreuerin darüber zu sprechen, und ihr erzählt, dass ihm dann kalt und schlecht wird und er das Gefühl hat, die Kontrolle zu verlieren. Er hat ihr erzählt, dass es dann in seinem Kopf prasselt, dass es hinter seinen Augen blitzt. Er hat ihr erzählt, dass er wütend wird, dass er den Überblick verliert. Sie war superverständnisvoll, legte den Kopf schräg und fragte dann, was er fühle, was er denke und was er selbst davon halte. Genau wie dieser Psychologe mit der bescheuerten Brille, der redete auch so. *Und was denkst du selbst?* Ist das alles, was die können? Fragen stellen und verständnisvoll aussehen? Lernen die das an der Uni? Werden die dafür bezahlt? Haben die Scheiße noch mal nicht eine Lösung? Haben die denn nicht vierzig Jahre lang studiert, um ihm eine *Lösung* anzubieten?

Daniel wirft weiter den Motorradhelm hin und her. Wenn sie nicht bald kommt, muss er gehen. Es kann auch zu viel werden. Er weiß, wann es riskant wird. Ganz egal, wie grottenmannsgeil er wird, läuft das Fass plötzlich über, und alles wird kalt und beschissen. Dann muss er sich einfach aufs Motorrad setzen und fahren, fahren, fahren, bis sein Kopf wie ein leeres Zimmer mit offenen Fenstern ist.

Hörst du, Sandra?

Scheiße verdammt, du musst kommen, ich halte das hier nicht mehr aus.

Er schluckt und hämmert mit dem Helm gegen die Mauer des Stromhäuschens. Sieht sich um. Scheißplatz. Total vollgemüllt, Gestrüpp und hohes Unkraut, sollen sie etwa hier liegen und ficken? Man kann doch nicht hinter dem Stromhäuschen zwischen all diesem Müll ficken. Wahrscheinlich ist da Pisse von Pennern und so. Geht echt überhaupt nicht.

Daniel nimmt den Motorradhelm in eine Hand und popelt eine neue Kippe aus der Schachtel. Er sollte nicht so viel rauchen, bevor sie kommt, sein Atem wird dadurch schlecht, aber scheiß drauf, irgendwie muss er seine Nerven ja beruhigen.

Hier draußen gibt es wahnsinnig viel Ölgeld. Eine Menge großer Einfamilienhäuser, speziell unten am Fjord, nicht zuletzt in der Straße, wo Sandra wohnt. Kong Haralds gate, lauter Reiche. Kommt er in solche Häuser, fühlt sich Daniel immer unwohl, und er muss einsehen, dass er dort nicht hingehört. Tun die selbst ja auch kaum, ihr Geld ist doch bloß Ölglück. Das ist kein Geld, für das sie gearbeitet haben, das ist Glücksgeld, Geld, das so auf sie herabgeregnet ist, wie auf andere Leute eben die Hölle regnet.

Sandra Vikadal.

Was, wenn aus ihnen etwas werden würde? Vielleicht könnte er einen Haufen Geld erben. Ihr Vater ist Anwalt, die haben viel Geld, diese Anwälte. Ihre Mutter arbeitet bei der Kirche, und auch in diesem ganzen Kirchensystem ist sauviel Geld im Umlauf.

Daniel atmet den Rauch ein. Aus der Ferne hört er einen Hund bellen. Ein Auto, das auf dem Weg hinter dem Wald vorbeifährt.

Auf jeden Fall braucht er ein Auto, wenn er mit der Anwaltstochter unterwegs sein will, die er geheiratet hat, die gut drauf ist und die einmal täglich mit ihm schläft. Das hat sein letzter Pflegevater ihm gesagt. Wenn du nicht in deinen eigenen Garten pissen kannst und kein Auto hast, in dem du rumfahren kannst, wann immer du willst, bist du kein Mann. Daniel will einen Amerikaner. Einen Buick RAM. Wird er reich, kauft er Veronika ebenfalls ein Auto. Welche Musik Veronika wohl mögen würde, wenn sie hören könnte? Es spricht ja wohl nichts dagegen, dass Gehörlose Auto fahren, oder? Sie ist echt kickass, wenn sie wie ein Buddha vor ihm sitzt und lächelt, während er aufs Schlagzeug eindrischt. Veronika kriegt ein Auto von ihm, so viel ist sicher. Verdammt, er wird auf sie aufpassen. Für den Rest ihres Lebens soll sie wie ein Buddha dasitzen können, dem Schlagzeug zuhören, ihr hohles Gehörlosenlachen heulen und so weirdo sein, wie sie nur will. Sie kann auch bei ihm und Sandra wohnen, kein Problem. Er muss einfach shitloads von Geld verdienen, sodass es allen gut geht. Veronika kann ihre eigene Buddha-Etage bekommen. Also gilt es, eine Menge Geld zu scheffeln. Gut, dass er die Texte schreibt, das gibt Tantiemen. Allmählich sollte er mal wieder einen neuen Text schreiben. Dejan nervt schon die ganze Zeit, komm endlich, Schreiber, komm jetzt, mach mal 'nen Poesiedreck. Ja, ja, sagt er dann, ich bin dran. Was gar nicht stimmt. In letzter Zeit ist alles wie blockiert.

Er hört etwas und hebt den Kopf.

Da kommt sie. Über den Fußballplatz gelaufen.

Ist das ein Sonnengeschoss?

Mann, sie hat ja leichte X-Beine. Hatte er noch gar nicht bemerkt. Sie läuft x-beinig, die eine Hand unter ihren Titten, der Kopf wiegt hin und her, die linke Hand schlenkert neben ihr, als hätte sie eine eigene Seele, lebendig und losgelöst vom Rest des Körpers. Scheiße, sieht sie schön aus, dieser Gang macht sie echt supersexy, oh mein Gott, das ist so verdammt foxy, die X-Beine bringen den ganzen Körper zum Baumeln wie bei einer Puppe oder so.

Daniel richtet sich auf, in seinem Kopf ballert eine wildgewordene Elektronik um sich, er schnipst die Kippe auf den Wendeplatz vorm Kindergarten und fährt sich mit den Fingern durchs Haar, atmet aus, solange er kann, atmet so viel frische Luft wie möglich ein, spürt, wie sich ein albernes Grinsen auf seinem Gesicht ausbreitet, wie es durch den Körper rauscht. Er schluckt.

Sieh hin.

Sieh sie an.

Sieh sie laufen.

Verfickte Scheiße, ist sie scheißschön.

Und genau in diesem Augenblick, als Daniel sieht, wie sie auf ihn zukommt, explodieren in seinem Kopf Sätze, knallen wie Gewehrschüsse, und er weiß, bald kann er einen Text schreiben, einen wahren Text, einen realen Text über das heftigste Licht, das die Menschheit je gesehen hat: das Mädchenlicht, das Sandralicht, das ewige Schusslicht, einen Text, den niemand tausend Kilometer unter der Erde begraben muss.

Yess.

Zuckerwatte.

18 Holy Diver (Pål)

Ein Licht bricht flackernd zwischen den schwarzen Baumstämmen hindurch, es blitzt durch den Wald. Pål zuckt zusammen, wirbelt zum Weg herum und erhascht gerade noch einen Blick auf ein Auto, das zum Laden hinunterverschwindet.

Er versucht, so gleichmäßig wie möglich zu atmen und Zitha so geschmeidig wie möglich zu folgen. Sie über den Boden stöbern zu lassen, sie nicht nervös zu machen. Zitha ist kein ängstlicher Hund, aber Autos mochte sie noch nie. *Jaaa, Zitha, jaaa, braves Mädchen.* Sie kann einfach nicht wie gerade eben loskläffen, bloß keine Aufmerksamkeit erregen, das geht einfach nicht.

Pål zieht sich die Jacke enger um den Leib. Die Kälte setzt sich fest, kriecht ihm in die Knochen. Versuchen, nicht zu denken. Es einfach nur tun.

Jahrelang hat Pål keinen Gedanken an Rudi verschwendet. Doch plötzlich, eines Tages, als er gerade den Briefkasten aufmachte und einen weiteren Brief für den Bushaltestellenmülleimer herausholte, stieg aus der Tiefe eine alte Erinnerung empor. Rudi. Der Videojunge. Ein verschwommener Tag im Jahr 1986. Und genauso plötzlich erkannte er in dieser Erinnerung den möglicherweise rettenden Strohhalm. Die Gedanken rasten los. Er hatte dann und wann Gerüchte gehört. Sie waren exakt so kriminell geworden, wie viele es vermutet hatten. Ob er sie anrufen konnte? Sie würden sich sicher nicht mehr daran erinnern, was 1986 geschehen war. Das arme Mädchen, das da in seinem Zimmer gelegen hatte. Das kranke Vorhaben, mit dem sie dieses Haus betrieben hatten. All die Horrorfilme. Damals hatte weder er noch Hasse begriffen, was ihm jetzt deutlich vor Augen steht: Jan Inge hatte das Mädchen quasi als Bezahlung für Gefälligkeiten benutzt, zu denen er andere anstiftete. Er ließ die anderen kleinere Diebstähle für ihn begehen und bezahlte sie, indem sie sich bei ihm unzensierte Horrorfilme ansehen und so viel Cola trinken und Süßigkeiten essen durften, wie sie wollten. Und indem sie mit dem Mädchen schlafen durften. Seiner Schwester. Er vermietete sie wie eine Nutte. Sie war dreizehn, vielleicht gerade mal vierzehn. Pål erinnert sich noch gut an sie.

Er steckte den Briefumschlag in die Innentasche, griff nach dem Handy und schickte eine Textnachricht an 1881. Seine Hände zitterten, als er die angegebene Nummer wählte.

»Ye yo, Rudi hier, yo?«

»Hallo, ähm, hier ist Pål …«

»Wer?«

»Pål, ähm … Fagerland.«

»Na dann, Fagerland, leg los.«

»Hä? Ähm, du kannst dich wahrscheinlich nicht mehr an mich erinnern …«

»Nope, kann ich nicht behaupten. Wer, sagtest du, ist da ist da ist da?«

»Pål. Fagerland.«

»Sagt mir nichts.«

»Ja, ähm, tja …«

»Raus mit der Sprache, Mann, raus damit, Pål Skål, what brings you round to this haunted house?«

»Na ja, ich … Ich hab mich nur gefragt, ob du … ob ihr …«

Pål hörte einen Seufzer, und dann war die Person am anderen Ende weg.

Er ging in die Küche. Er nahm ein paar Schlucke direkt aus dem Wasserhahn und versuchte zu verstehen, was passiert war. Leitung tot. Hatte Rudi aufgelegt? Pål beschloss, noch einmal anzurufen. Wählte die Nummer. Es klingelte eine Zeit lang.

»Rudi, ja.«

»Tja, du, da sind wir wohl unterbrochen worden. Ja, hier ist noch mal Pål.«

»Ja.«

»Na ja, tja, also, ich hab mich gefragt, ob du … ob ihr …«

Und wieder war er weg. Genau wie zuvor. Pål versuchte zu verstehen, was passiert war. Rudi hatte den Anruf entgegengenommen. Offensichtlich war er an dem Gespräch mit ihm interessiert. Aber dann legte er auf. Das war keine wacklige Leitung gewesen. Pål nickte, wie um es sich selbst zu bestätigen. Offensichtlich ging er falsch vor. Er wählte die Nummer noch einmal.

»Ja hallo, hier ist Rudi-o.«

»Tja, und hier wieder Pål, wir werden bestimmt gleich wieder unterbrochen, ich …«

Stille am anderen Ende.

»Oder … ähm … Werden wir unterbrochen?«

Immer noch Stille.

»Ja, also, ich hab vor Jahren mal gehört, dass ihr immer noch … ähm … dass du und Jani …«

Da passierte es wieder. Aufgelegt.

Pål setzte sich an den Küchentisch. Er würde nicht ewig so weitermachen können, bald würden Malene und Tiril nach Hause kommen. Also. Rudi ging ans Telefon. Aber dann sagte Pål wohl irgendetwas Falsches, und Rudi legte auf. Okay. Er wählte dieselbe Nummer noch einmal.

»Yeeeeeep, Rudi hier.«

»Rudi, hallo, Mann! Pål hier, weißt du noch, Pål aus alten Zeiten, den Achtzigern, ›Eye of the Tiger‹, ›The Final Countdown‹, ›Holy Diver‹ …«

»You been out too long in the midnight sea! Hey, du, dein Name sagt mir zwar immer noch nichts, aber whassupdude?«

Die Stimme klang jetzt anders.

»Na ja, ich dachte, lang nichts mehr gehört. Wollen wir uns treffen? Wie wär's mit 'nem Treffen, 'nem kleinen Ausflug, Vorschlag Dienstagabend, Gosenskogen, beim großen Stein, einundzwanzig Uhr, wenn ich draußen 'ne Runde mit dem Hund drehe?«

»Superplan, Påli, you Holy Diver. Hehe. Schon gehört, dass Dio tot ist? Tja, Scheiße, so läuft's. Bis dann!«

Rudi legte auf.

Down, das war's, dachte Pål und nickte. Down too long in the midnight sea. Das hatte eingeschlagen. Ich hab mich gerade verabredet. So muss man das machen. Diese Leute hören sich nicht alles an.

»Jaaa, Zitha, jaaa, braves Mädchen«, flüstert er und spürt den Anstieg unter seinen Füßen. Er hat diesen Ort ausgewählt, weil er seiner Erinnerung nach ordentlich zugewachsen ist und der Stein so groß, dass man sich dahinter vor der Welt verstecken kann. So funktioniert Erinnerung. Sachen werden vergrößert, Sachen werden verkleinert, Sachen verschieben sich.

Aber hier ist es jedenfalls viel zu einsehbar. Hier können sie nicht reden.

War es überhaupt eine gute Idee? Diese Menschen zu kontaktieren?

Pål reibt sich nervös über das rechte Auge. Das muss endlich aufhören. Er ist so erschöpft. So erschöpft von allem. Den Augen, den langen Nächten. Warum hatte er nicht einfach alles beim Alten lassen können? Warum hatte er sich da hinausbegeben müssen? Er hatte doch alles, was er brauchte. Ein Haus. Die Kinder. Einen Job. Waren es nur seine Finger, sein Atem, das kalte Licht der Nacht, das leere Leben, in ein kaltes Licht gesaugt zu werden, zu verschwinden?

Ich weiß es nicht, denkt er.

Ich weiß es wirklich nicht.

Es ist einfach passiert.

Pål geht zu dem Stein und lehnt sich dagegen. Er atmet ein, er atmet aus. Fragt sich, wie es der Schwester des Videojungen geht. Vielleicht hat sie inzwischen Mann und Kinder, vielleicht hat sie eine Ausbildung gemacht, vielleicht wohnt sie in einem anderen Land.

Was habe ich da nur getrieben, denkt er.

Tag für Tag, Abend für Abend, Nacht für Nacht.

Schritte?

Zitha spitzt die Ohren.

19 Wenn das ein Kätzchen war (Cecilie)

Cecilie hat sich auf der Rückbank zusammengerollt. Sie ist nicht besonders groß, nur eins neunundfünfzig. Und im Zusammenrollen ist sie gut. Sie betrachtet die beigefarbene Dachpolsterung des Volvo. Die hat Schnittverletzungen von damals, als sie von einem Job in Ålgard heimfuhren, Rudi zu viel Speed erwischt hatte und unbedingt mit seinem Messer »ficken« dort hineinritzen wollte.

Sie atmet Rauch aus. Er verbreitet sich im Wagen.

Wenn das ein Kätzchen war, dann bringe ich ihn um, denkt sie. Vielleicht sollte ich das einfach tun. Das Motörhead-T-Shirt wegwerfen, überhaupt seinen ganzen Dreck wegwerfen, den ganzen Rudi aus meinem Kopf werfen und zu jenem Leben zurückspulen, bevor mein derzeitiges Leben begann. Ihn umbringen. Dann kann ich an sein Grab gehen, einen Kranz niederlegen und flüstern: Hallo, Rudi, mein Mann, du bist tot.

Sie stemmt sich ein Stückchen hoch und kurbelt das Fenster einen Spaltbreit auf, um den Rauch rauszulassen.

Nimm Cecilie mit, dann kommt sie ein bisschen an die Luft. Diese Jungs, was glauben die eigentlich, was sie ist? Dumm, das glauben die. Jeden Morgen stehen die auf und meinen, sich die Welt nach ihren Vorstellungen erschaffen zu können, und dann glauben die, sie wäre eine Idiotin. Und sie lässt mit sich sprechen wie mit einer Idiotin.

Cecilie steckt zwei blasse Finger durch den Fensterspalt und schnippt die Zigarette weg, bevor sie die Schachtel öffnet und eine neue Zigarette rausholt. An die Luft kommen! Was ist das denn bitte für Luft?

Sie zündet die Kippe an, zieht tief auf Lunge und legt sich zurück auf die Sitzbank.

Scheißvolvo. Sie hat dieses Warten, während die Jungs bei einem Job oder irgendwo anders sind, so dermaßen scheißsatt, und sie hat dieses Auto so was von scheißsatt. Darin zu sitzen tut weh, es stinkt, das Getriebe ist im Arsch, die Achse eine Katastrophe, das Lenkrad baumelt fast herunter. Warum kaufen sie sich nicht einfach ein neues Auto? Wie normale Menschen. Ach ja, natürlich, sie machen ja nichts wie normale Menschen. A4-Menschen, sagt Jani immer, und dabei ist klar, dass er nicht allzu viel von denen hält.

Cecilie hört leise Geräusche und hebt den Kopf, duckt sich aber sofort wieder, als sie zwei junge Mädchen mit perfekter Haut den Hügel vom Hafrsfjord heraufkommen sieht.

Freundinnen sind nicht gut. Sagt Rudi.

»Das ist nicht gut für dich, Cecilie.«

Und nicht gut für die Firma. Sagt Jani.

»Das ist das Los unseres Berufs: uns nur an unsere Leute zu halten.«

Cecilie stützt sich auf die Ellbogen und blickt wieder hinaus. Die Mädchen sind weg.

Wenn sie nun aber Freundinnen haben will? Was dann? Hat sie aber nicht. Sie wurde von jedem Idioten, der mit geklauten Marlboro-Stangen, Walkmans und Gettoblastern zur Tür reinkam, gevögelt, sie spreizte die Beine, hörte die Jungs stöhnen, schloss die Augen und dachte an Papa in Houston. Sie isst Vanilleboller, geht ans Meer und hat einen Typen mit Schlafproblemen, der Aerosmith singt, wenn er nervös wird. Sie darf einmal im Monat zur Hautpflege.

Cecilie setzt sich abrupt auf und macht die Autotür auf, tritt auf den weichen Boden und sieht in den Wald. Wie dunkel es ist! Sie mag keine Dunkelheit, mochte sie noch nie, außer im Film. Sie dreht sich um und geht den Weg wieder hinauf, den sie heruntergekommen sind. Sie wird schneller. Wenn das ein Kätzchen war. Sie sieht sich um. Es war doch irgendwo hier oben. Was ist das überhaupt für ein Ort?

Psst, psst, Kleines.

Psst, psst, mein Kleines.

Psst, still!

Mami hat fünfhundert Kronen gekriegt, und Mami geht jetzt zur Hautpflege.

Du darfst mitkommen.

Vielleicht fahren wir auch nach Houston. Und besuchen Mamis Papa. Den wirst du mögen. Er hätte niemals von uns fortgehen dürfen. Er war durch und durch fröhlich. Wann immer er im Raum war, war es wie Weihnachten. Sein Lächeln war so riesig, dass es alles verschlang. Vermutlich hat von uns Kindern keiner sein Gemüt geerbt.

Als sie etwas auf der Fahrbahn liegen sieht, bleibt Cecilie stehen.

Sie beugt sich vor.

Ein Igel.

Ein kleiner verdammter Igel.

Cecilie hebt ihn hoch. Der Igel hat sich zusammengerollt. Ein stacheliger Ball in ihren Händen. Mit seinen kleinen Füßchen ist er auf die Fahrbahn geflitzt, hat dann verstanden, dass das kein guter Platz für ihn ist, hat sich zusammengerollt und auf den Tod gewartet.

»Mami passt auf dich auf«, flüstert sie dem Igel zu und Wut steigt in ihr auf. Sie macht kehrt und marschiert hitzig zurück. Es gibt so einiges, was du nicht weißt, Rudi, denkt sie und rammt die Absätze in den Boden. Du glaubst, du kannst einfach über wen auch immer drüberfahren und so tun, als wäre nichts gewesen, aber es gibt einiges, wovon du keine Ahnung hast. Tong tut alles für mich, wusstest du das? Am Freitag kommt er raus, ich hole ihn um halb neun ab. Und er ist ein kranker Koreaner und tut alles für mich, wusstest du das?

Mit jedem Schritt wird sie schneller.

Rudi.

Wir bringen dich um, du scheußlicher Dreckskerl.

20 Willst du das? (Sandra)

Hochgescheucht von einem schwindligen Herzen um drei Uhr nachts aufwachen, erschrocken ins Dunkel hinausschauen. Hellwach sein, die Bereitschaft des Körpers fühlen, parat, Sinne geschärft und doch ängstlich, als wäre sie ein Soldat. *Wo bist du? Was machst du gerade? Woran denkst du?* Sandra dreht sich um. *Du darfst mich nie verlassen, du darfst niemand anderen als mich ansehen, nichts darf je anders werden als jetzt.*

Diese schreckliche Angst, es könnte eines Tages enden. Sie weigert sich, daran zu glauben, denn Sandra und Daniel sind diejenigen, die es hinkriegen werden. Ich werde dich nie verlassen. Ich werde nie jemand anderen ansehen. Hier sind meine Hände, schau, sie fassen dich an, schau, sie werden dich streicheln, und hier ist mein Mund, schau, er wird dich küssen, spürst du es, er gehört dir. *Versprich es mir, ja? Versprichst du mir das, ja? Sicher? Ja? Ganz, ganz sicher?*

Ja.

Niemand soll uns bedrohen.

Nein.

Niemals soll es enden.

Eines Tages stand er einfach da, wie ein Schneeglöckchen, wenn der Eisboden seine Decke abwirft.

Es ist gerade erst einige Wochen her, und ja, es gab ein Leben davor, aber das ist kaum mehr als ein dumpfes

Echo in ihrem Körper. Das Mädchen mit den drei Sommersprossen auf der Nase und dem Nagemund ist völlig verrückt geworden. Sie kann sich nicht mehr auf die Hausaufgaben konzentrieren, und wenn ihre Mutter und ihr Vater reden, klingt es für sie wie Gemurmel im Nebel. Wie auch ihre Freundinnen, bei deren Geplapper mitzukommen absolut unmöglich ist.

Sie weiß, Beziehungen gehen in die Brüche. Sie weiß, Leute trennen sich. Aber das hier ist anders. Eine höhere Macht. Das hier ist für den Rest ihres Lebens.

Eines Tages stand er einfach da. In der Woche, als Tiril eine Stunde früher gehen musste, um für den Evanescence-Song zu proben. Sandra spürte, wie ihr das T-Shirt zwischen den Schulterblättern auf der Haut klebte, während sie den Staubsauger über die Böden zog und plötzlich leise Geräusche vorne vom Eingang hörte. Sandra hatte strengste Anweisung, den Laden nach Ladenschluss nicht noch mal aufzumachen. Ihr war klipp und klar gesagt worden, wenn es klopft, solle sie mit niemandem reden, denn vor einigen Jahren hatte es mal einen Vorfall mit einem Kerl gegeben, der da eindringen konnte und das Mädchen, das gerade putzte, bedrohte und die Kasse und den halben Laden leergeräumt hatte.

Aber die Geräusche wollten nicht aufhören, draußen regnete es in Strömen, und Sandra ging vorsichtig zur Tür. Ihr war angst und bange, was sie dort zu sehen bekommen würde.

Draußen stand ein Junge mit einem Motorradhelm in der Hand. So klein, wie er schien, so nass, wie er war, und so schrecklich schön, wirkte er alles andere als gefährlich. Was wollte er? Er formte mit den Lippen ein paar Worte, lächelte und deutete erst auf sich selbst, dann in den Laden, als wollte er hereinkommen. Was versuchte er zu sagen?

»Nein«, antwortete sie leise und schüttelte den Kopf. Er deutete zur Tür, während sie demonstrativ abwinkte. Mit möglichst deutlichen Lippenbewegungen sagte sie: »Ich kann dich nicht hereinlassen. Ich darf nicht.«

Aber er blieb einfach stehen.

Wie hübsch er war!

Wie … wie *leuchtend* sein Mund.

Da erst begriff sie, um wen es sich handelte, und war verdutzt. »Daniel?«

»Ja.«

Sie verstand das aus seinen Lippenbewegungen. Ein supersonderbarer Augenblick. Ihr rutschte das Herz in die Hose. Da draußen stand Daniel William Moi, dieser Typ, um den sich so viele Gerüchte rankten, der Pflegebruder von Veronika aus dem Wohnblock. War das seltsam, dass sie, die dumme, gerade einmal fünfzehnjährige Sandra, seinen Namen aussprach und ihn anlächelte und er tatsächlich zurücklächelte, er, *Daniel William Moi*, der aufs Gymnasium ging und mit dem keiner zu sprechen wagte, er, den alle Mädchen wegen seiner tiefgründigen Augen hot fanden und irgendwie auch gefährlich. Dass sie ihn anlächelte und dass er zurücklächelte, war fast unwirklich.

»Ja«, wiederholte er und deutete wieder auf sich selbst.

Sandras Blick flackerte. Sollte sie ihn reinlassen?

Da sagte er wieder dieses eine Wort, was sagte er nur? Außerdem bewegte er die Hände, als wollte er irgendetwas in die Luft zeichnen, ein Quadrat, nein, einen Kreis, während seine Lippen wiederholten, was er ihr zu sagen versuchte.

Dann lachte er da draußen los, und Sandra musste ebenfalls loslachen, es war schon eine ziemlich komische

Situation, zwei Menschen mit einer Glasscheibe dazwischen, sprachen miteinander ohne Ton und lachten. Als Nächstes schrieb er sogar etwas auf die regennasse Scheibe, nur was?

Sandra machte ein paar Schritte vor. Er legte den Motorradhelm auf den Boden, seine Haare waren schon ganz nass, sein Gesicht glänzte, und als er sich wieder aufrichtete, führte er den Zeigefinger noch einmal über die Scheibe. Allerdings wusch der Regen alles, was er schrieb, gleich wieder weg.

Jetzt stand er ganz dicht an der Scheibe.

Klonkrieger?

Hatte er das denn gesagt?

Wie unglaublich hübsch er war!

Klonkrieger?

»Was meinst du?«, fragte Sandra laut.

Bestimmt hatte er das Lippenlesen von Veronika gelernt. Er wiederholte, so langsam er nur konnte:

Klo

pa

pier.

Sandra musste laut lachen, sie spürte, wie sie übers ganze Gesicht strahlte. Da stand Daniel William Moi und rief nach Klopapier. Er war so süß, und sein lachender Mund leuchtete so sehr, und er war von oben bis unten echt patschnass.

Sie beugte sich zur Glastür vor und formulierte so deutlich wie nur möglich: »Warte. Warte! Okay? Warte!«

Er nickte, und sie flitzte durch den Laden. Ihr war klar, dass sie etwas Verbotenes tat, aber es fühlte sich richtig an, und deshalb ließ sie sich auch keine Zeit zum Nachdenken, sie lief einfach mit der einen Hand unter der Brust und mit der anderen wild schlenkernd ins Hinterzimmer, holte die Schlüssel zur Haupttür und flüsterte vor sich hin: »Ich tu's. Ich tu's einfach.«

»Hallo«, sagte er und lachte, als sie ihn hereinließ.

»Schnell!« Sie zog ihn von den Fenstern weg in den Laden. »Schnell, ich verlier meinen Job, wenn ich jemanden reinlasse …«

»Oje …« Regenwasser tropfte von ihm herab und bildete am Boden kleine Pfützen, er schüttelte die langen Finger aus und verteilte um sich herum überall kleine Tropfen.

»Schon okay«, sagte sie und spürte im selben Moment, wie sie unter den Armen und am Haaransatz zu schwitzen begann. »Ist ja nur Wasser.«

»Ich bin bei der Bandprobe gewesen … Tja, also, ich spiele in einer Band … und ich hab Inger versprochen, also meiner Pflegemutter, auf dem Heimweg Klopapier zu kaufen, aber dann hab ich die Zeit vergessen, und jetzt bin ich zu spät, und … na ja …«

Er sah sie an. Sandra schluckte.

»Hallo übrigens, ich bin Daniel«, sagte er dann und gab ihr die Hand.

Sie kam sich winzig vor, ließ seine Hand schleunigst wieder los, nickte nur und schluckte wieder.

»Weiß ich«, sagte sie mit belegter Stimme.

Er sah sie an. Lange.

Sandra versuchte wegzusehen. Sein Blick war echt bohrend. Aber sie schaffte es nicht.

»Und wie heißt du?«

Er hatte eine tiefe Stimme.

»Sandra Vikadal«, sagte sie und machte einen Knicks.

Sie machte einen *Knicks.*

»Also dann … Klopapier«, sagte sie schnell, um zu überspielen, was sie da gerade getan hatte, machte auf dem

Absatz kehrt, damit er nicht sehen konnte, wie dämlich sie dreinschaute. »Aber du musst es einfach so nehmen«, sagte sie, »ich kann die Kasse nämlich nicht mehr öffnen …«

Er lachte, während er ihr zum Klopapierregal folgte. »Diebstahl.«

»Oje …«

Vor dem Regal blieben sie stehen. Sie griff nach dem erstbesten Produkt, die Angst vor dem, was sie gleich tun würde, durchströmte ihre Hände, und sie gab ihm die Packung.

Er ist viel größer als ich, dachte sie.

Und dann – es war unglaublich merkwürdig und unglaublich schön, und seither denkt Sandra jeden Tag daran, als wäre es ein Zeichen gewesen –, dann streckte er das Kinn vor, schnitt eine Grimasse und hob den Zeigefinger. Er hielt ihn direkt vor ihr in die Luft. Und dann führte er ihn an ihre Nase, drückte dagegen und sagte: »Jetzt haben wir ein Geheimnis, Sandra Vikadal.«

Und dann?

Dann überstürzten sich die Tage und die Stunden und die Minuten und die Sekunden.

Sie stürzten einfach übereinander: Am nächsten Abend war er wieder da, sie ließ ihn ohne zu zögern herein, am Abend darauf küsste er sie im Hinterzimmer, und am Abend darauf traf sie ihn zum ersten Mal im Wald, und am Abend darauf … Alles glitt ineinander, sie schlief kaum mehr, er nahm sie völlig ein, sie küssten einander und küssten einander, und kein Mund konnte je genug kriegen, sie fassten einander an und fassten einander an, und keine Hand konnte je genug kriegen, sie starrten einander in die Augen, und Sandra hatte das Gefühl, in seinen zu ertrinken, sie verschränkten die Hände … und worüber sprachen sie?

Über die Zukunft, Länder, die sie bereisen wollten, Dinge, die sie sehen wollten, wie wunderschön die Welt genau hier und jetzt war. Sie sprachen übereinander, über den Sturm der Gefühle, der an jenem regnerischen Abend plötzlich über sie hereingebrochen war, sie wiederholten in einem fort ihre kurze gemeinsame Geschichte, wie er mit dem Motorradhelm vor dem Laden gestanden hatte – *du warst so nass!* –, wie er versucht hatte, sich ihr verständlich zu machen, und was sie dabei verstanden hatte – *Klopapier, hab ich gesagt! Tausendmal! Aber du, du dachtest … Ich hab gedacht, du hättest Klonkrieger gesagt.* Wieder und wieder gingen sie ihre kurze Geschichte durch und fanden, sie sei die Bedeutendste der ganzen Welt. Und täglich kamen sie einander näher. Jeden Tag mutiger beim Küssen, jeden Tag mutiger mit den Händen, jeden Tag mutiger mit Worten. Jeden Tag die unbändige Freude darüber, etwas wiederzuerkennen – *Mann, in dieser Jeans bist du echt sexy* –, und eine ebenso unbändige Freude darüber, was Neues zu entdecken – *es ist total scharf, wenn deine Lippen glänzen wie heute* –, jeden Tag ein gebanntes Interesse an allem, was der andere tat – *ich muss deine Band unbedingt spielen hören, ich mochte Metal eigentlich nie, aber ich bin mir sicher, ich find es toll* –, und jeden Tag ein in die Länge gezogener Abschied, der grausame Augenblick, wenn sie sich trennen mussten.

Ach, musst du jetzt gehen.

Ja. Muss ich.

Ich hasse es.

Ich auch.

Dann geh nicht.

Ich muss.

Ich hasse es.

Wir sehen uns dann morgen?

Ja.

Wenn nicht, sterbe ich.

Ja.

Du gehörst mir.

Ich gehör dir.

Wir sehen uns morgen.

Und jetzt?

Jetzt gilt es. Sandra läuft über den Fußballplatz, und sie hat sich entschieden: Sie wird sich hinlegen, sie wird mutig sein.

Als sie ihn am Stromhäuschen entdeckt, schluchzt sie unwillkürlich auf. Der Druck fällt von ihr ab, er ist noch nicht wieder gegangen. Sie wird schneller, läuft, so schnell sie kann, wirft sich ihm in die Arme.

»Daniel«, schluchzt sie.

»He …«

»Ich hab dich so vermisst! Ich dachte, du wärst schon wieder weg! Ich dachte nicht … Ich dachte …«

»Hallo, hallo …«

Er nimmt ihr Gesicht in seine Hände.

»Hallo, meine Schöne …«

Er hebt mit zwei Fingern ihr Kinn.

»Duuu …«

Er sieht ihr in die Augen.

»Hallo, du«, sagt er noch mal und sieht ihr tief in die Augen. »Glaubst du wirklich, Daniel verlässt dich? He? Glaubst du nicht, Daniel wartet bis Freitag, bis nächsten Monat, ja, bis es verdammt noch mal anfängt zu schneien, wenn er auf dich wartet?«

Sandra schnieft und spürt, wie ihr Tränen über die Wangen laufen. Sie bringt bloß ein Hauchen heraus, stellt sich auf die Zehen, schließt die Augen und küsst ihn, lange.

»Du schmeckst salzig«, sagt er und lacht.

»Das sind Tränen.« Sandra schnieft. »Freudentränen.«

»Die schmecken besonders gut«, sagt er.

Dann gehen sie eng umschlungen in den Wald hinein. Daniel hat beide Arme um ihre schlanke Taille gelegt, sie ihre auf seine breiten Schultern, er geht rückwärts, sie folgt seinen Schritten. Sieht aus wie ein Ballett, und das ist es irgendwie ja auch.

Sandra knöpft ihr Oberteil auf.

Sie stolpern in den Wald. Sie atmen schwer, seine Hände streicheln ihren Po, sie macht den letzten Knopf auf, sie küssen einander, sie flüstern: »Hier?«, »Nein, hier nicht, ist zu offen«, »Weiter rein?«, »Ja, weiter rein«, »Dann hier?«, »Nein, da über den Weg, da ist der Wald dichter, da kann uns niemand sehen …«

Dann bleiben sie stehen. Sandras Oberkörper ist nackt. Er steht vor ihr und keucht. Legt die Hände auf ihre Brüste und seufzt.

»Willst du das?«, flüstert Daniel.

»Ja«, flüstert sie und schließt die Augen. »Ja, ich will das.«

»Willst du das jeden Tag für den Rest deines Lebens?«

»Ja«, flüstert sie.

Sie sinken zu Boden.

»Egal, wer ich bin?«

»Ja«, flüstert sie.

»Egal, was mit mir passiert ist?«

»Ja, ich will das jeden einzelnen Tag für den Rest meines Lebens.«

»Cool«, sagt Daniel, »Scheiße, das ist echt unglaublich cool von dir.«

21 Weiche von mir, Satan (Rudi)

Rudi geht mit langen Schritten durch den Wald. Er ist ein großer Mann, knapp eins fünfundneunzig, mit langen Armen, die nicht immer so genau wissen, wo sie hinsollen. Sein Gesicht ist pockennarbig, sein Körper ist krumm und schief, und er wirkt wie ein über die Wiese wandernder Turm.

Er bleibt eine Sekunde stehen und überlegt.

Nicht viele haben eine so tolle Frau wie er. Wer Chessi anrührt, der kann sich verdammt noch mal vorsehen. Du kannst es nennen, wie du willst, nenn es Psycho, nenn es Eifersucht, ich nenne es Liebe und Chessi auch. Glaubst du etwa, ich hab nicht auf sie aufgepasst? Glaubst du etwa, Rudi hat ihr nicht gegeben, was sie will? Sie Aerosmith am Sweden Rock Festival sehen lassen? Dream until your dreams come true.

Rudi sammelt Spucke im Mund und stampft auf den Waldboden. Hat er sie etwa nicht zu Rock am Ring und zu Rock im Park mitgenommen, hat er etwa nicht die Tickets auf den Tisch gelegt und den ganzen Kram bezahlt? Waren sie etwa nicht Stammgäste bei Norway Rock unten in Kvinesdal, bis das Festival pleite ging, kriegte sie etwa nicht so viele Tausend Liter Bier, wie sie wollte, stand sie etwa nicht vor Glück heulend vor Motörhead, ist sie etwa nicht beinahe gekommen, als Twisted Sister

»We're Not Gonna Take It« spielten? Umarmte er sie etwa nicht und streichelte ihren Rücken, als sie später in der Nacht im Zelt kotzte? Und hat sie etwa nicht ein megageiles Metal-Tattoo auf dem Rücken, das er bezahlt hat? Und darf sie etwa nicht zu diesem Hautpflegescheiß gehen, egal, wie abartig er das findet?

Rudi spuckt aus. Er fühlt sich stark und gerecht.

Weinerlich und geladen war sie schon immer. Bevor sie ihren ersten Kaffee getrunken hat, ist sie morgens nicht ansprechbar, und du solltest dich besser echt verdammt, verdammt weit von ihr fernhalten. Aber falls es Liebe ist, hältst du so was aus, Scheiße, da gilt es, großzügig zu sein, sie in ihrem Zimmer sitzen und vor sich hin heulen zu lassen – ja, dieses Zimmer soll sie bis zu ihrem Tod behalten, jedes Mädchen braucht ein Zimmer für sich.

Rudi spuckt aus, bevor er sich einmal um die eigene Achse dreht.

Hier. Eine schleichende Wehmut erfasst ihn. Genau hier könnte die Hütte seiner Großmutter gestanden haben. Gottes Segen der alten Haut, das waren die guten alten Zeiten. Schollen, Felder, Schafe und Kühe, keine Mobilscheißtelefone, kein Interkacknet und niemand, der anruft, um zu fragen, ob du an einem schnelleren Breitband interessiert wärst. Nein, Mister, ich interessiere mich für deinen Schwanz an einem Grillspieß. Gut, Großmutter, dass du diesen ganzen Dreck nicht mehr erleben musst.

Fokus.

Rudi späht in den Wald. Er spitzt die Ohren. Ein Geräusch? Er durchforstet mit den Augen das Dunkel und versucht, sie an das fehlende Licht zu gewöhnen. Er mahnt seinen Puls zur Ruhe.

Nein, kein Geräusch.

Dieser Du-du-du-du-du-du-du-du-du-Song muss her. Echt keine Erinnerung daran, wie er heißt. Coldplay. Was singt der Typ? *I used to rule the world.* Chessi wird sich den Finger in den Hals stecken und kotzen, sie will Heavy-Metal-Balladen. Rudi kann Pop genauso wenig leiden, er steht auch auf Metal. Aber dieser Song, der bläst echt das Kirchendach weg. Er muss sich die CD besorgen, dann braucht er nicht mehr darauf zu lauern, dass er noch mal im Radio läuft, wenn er mit dem Volvo unterwegs ist, und braucht sich auch nicht SPOTIFUCK oder WIMPDICK oder PISSTUNES oder YOUSCREW zuzulegen und auf irgendeinem Computer Mötley zu hören oder sich die alten Videos auf dem Handy anzusehen. Was für eine Beleidigung für die Musik.

Kassetten. Und CDs.

Rudi nickt.

Schallplatten hat er sich nie angeschafft. Jan Inge mag Schallplatten. Er sitzt mit den alten Country-Platten da, die sein Vater zurückgelassen hat, als er in die USA ging. Mag zwar Hi-Fi sein, aber für Rudi bedeutet das bloß Sprünge und Stress. Für Rudi war guter Klang schon immer gleichbedeutend mit hoher Lautstärke, da hört man nun mal alles klar und deutlich. Aber jeder nach seinem Geschmack, denkt er sich, ich sitz ja auch nicht rum, polier mir die Nägel mit Silberpolitur und les Gedichte, während der Mond hinter irgendeiner Wolke funkelt.

Schade, dass du mein Mädchen nie getroffen hast, Großmutter. Cecilie heißt sie. Kantig wie ein Tisch, aber gut wie sonst kaum jemand. Ja, seine Großmutter hätte Chessi gemocht. Jetzt sitzt sie mit Blumen im Schoß oben im Himmel auf einer Silberwolke, und eines Tages wird sie sagen: *Rudi. Da bist du ja. Willkommen im Himmel. Und?*

Da bist du also ein Gauner geworden, ja, ja, jedem Mann sein Leben, willkommen im Himmel! Sie hatte einen völlig anderen Respekt für jeden einzelnen Menschen auf Gottes Erden als der Rest seiner unsäglichen Familie: Weiche von mir, Ungeheuer von Sandnes! Das will ein Bruder sein? Und das eine Schwägerin? Dem eigenen Bruder bei Großmutters Beerdigung ins Gesicht spucken? Ihm sagen, dass man ihn in diesem Leben nie mehr sehen will?

Rudi atmet schwer ein und aus.

Wer bist du, Pål?

Fragt sich, ob sie umziehen sollten. Weg von Jani. Sich was Eigenes suchen. Eine scheißschwierige Frage. Schwierig in *jeder* Hinsicht. Echt nicht klar, ob Jani das verwinden würde. Gar nicht klar, ob es gut für die Firma wäre. Genau genommen könnte es *alles* ruinieren. Eine verdammt, verdammt, verdammt, verdammt, verdammt scheißschwierige Frage.

Er fuchtelt mit seinen großen Händen vor sich im Dunkeln herum.

Fokus, wie Jan Inge sagt, du musst dich fokussieren, Rudi. Sprich nicht so viel. Denk dich nicht woandershin.

Mit weit ausholenden Schritten marschiert er weiter hinauf zu dem Stein, wo er sich mit Pål verabredet hat. Auf halbem Weg entdeckt er ihn. Rudi bleibt stehen und betrachtet ihn. Kein unmittelbares Wiedererkennen. Na klar, der Kerl musste ja einen Hund dabeihaben. Das muss er den Leuten in Zukunft mal sagen. *Hundeverbot.* Pål sieht erschöpft aus. Hängende Schultern, nervöse Hände, trauriges Gesicht. Nein, von Wiedererkennen kann keine Rede sein.

Rudi geht weiter, und die zwei Männer sehen einander an. Rudi nickt streng und setzt seinen unnachgiebigsten Blick auf, Pål hebt die Hand und lächelt schief.

»Na?« Rudi bleibt stehen.

»Hallo, ich bin Pål …«

Rudi sieht sich um.

»Nein«, sagt er und zieht Pål an der Jacke, »nein, hier können wir nicht bleiben. Komm.«

»Okay …«

Sie gehen den Hügel hinunter, überqueren den Pfad und biegen ab in den Wald. Der Hund schlägt an. Rudi hört, wie Pål neben ihm nervös keucht. Er hebt die Hand, um ihm zu signalisieren, dass er still bleiben soll, während er ihn weiterzieht. Er späht zwischen den Baumstämmen hindurch.

»Kannst du den Köter mal dazu bringen, das Maul zu halten?«, faucht Rudi. »Oder muss ich einen Stein finden und ihm den Schädel einschlagen?«

Pål beugt sich sofort zu seinem Hund hinab und flüstert ruhig, aber im Befehlston: »Zitha! Sei jetzt still!«

Rudi murmelt verärgert vor sich hin. Sie überqueren den Hauptweg, laufen auf der anderen Seite wieder in das Wäldchen hinein, das weniger freundlich, weniger besucht wirkt, und nach einer Weile zeigt Rudi auf das Stromhäuschen.

»Da«, sagt er. »Dahinter.«

»Okay …«

»Das Brummen des Stromhäuschens«, sagt Rudi. »Außer Sichtweite für Leute.«

Sie trampeln durch das Gestrüpp zu der rauverputzten Mauer. Aus dem Stromhäuschen dringt ein gleichmäßiges, monotones Geräusch. Sie bleiben stehen. Rudi deutet ein kantiges Lächeln an und sagt: »Pålidude. Ich hab heut ein bisschen über dich nachgedacht. Du sagst, wir haben uns schon mal getroffen? Altezeiten? Hast du J-J-Janne D-D-Dobros Pfläumchen gepflückt? Hast du in der Straße von Tommy Pogo gewohnt? Hab ich deine Donald-Hefte geklaut? Hab ich dich unter den Laternen am Tjensvollcenter zusammengeschlagen?«

Pål sieht weg. »Ähm, neiiin, es …«

»Nicht?« Rudi schnalzt mit der Zunge. »Nein?« Er lacht. »Ja, das waren die guten alten Zeiten. Als wir Männer wurden, hm?«

»Ähm …« Pål räuspert sich. »Ich hab hier gewohnt, als ich klein war. Beziehungsweise … ich wohn hier immer noch, und … Ja, ich … beziehungsweise jeder wusste ja, wer du warst, beziehungsweise die Tjensvoll-Gang, beziehungsweise wer ihr wart, und, ähm, was ihr, na ja, gemacht habt …«

»Du verzettelst dich ein bisschen. Hattest du Angst vor uns?«

»Ähm …«

»Und, hattest du?«

»Wie alle.«

»Hehe.«

»Wie der ganze Stadtteil, wir …«

»Ja, ja«, fällt Rudi ihm ins Wort, »alte Erinnerungen. Unsere Wege kreuzen sich wieder, und du hast jetzt graue Haare, mein Freund, aber was ist mit mir? Kann mich echt nicht an dich erinnern. Okay, Pål, Fokus. Jetzt bist du am Zug, du hast Rudi angerufen, zwischen uns gibt es nichts Ungeklärtes, ich hab dich nicht zusammengeschlagen, du bist nicht auf Rache aus, und ich geh auch nicht davon aus, dass du mich zum Essen einladen willst. Hehe! Und falls doch, dann hab ich dazu nur eins zu sagen: Rudi ain't no homo! Ich schneid mir lieber den Kopf ab, als eine Einladung für einen Schwanz in meinen Arsch auszusprechen.«

Rudi knufft Pål heftig in die Seite.

»Na ja«, sagt er, atmet ein gefühltes Kilo Luft ein und denkt sich, da können die Leute noch so oft sagen, frische Luft wäre das Beste, aber wenn du mit dem Rauchen aufgehört hast, kennst du die eigentliche Wahrheit. »Also, es gibt nicht mehr gute Laune, als man sich selbst macht. So, Walli Hundeflüsterer, was tun wir jetzt?«

»Ähm … Tja …«

Rudi legt den Arm um Pål. »Nervös? Du, hör mal zu. Einatmen. Und aus. Und wieder ein. Wenn du älter wirst, wird dir das allmählich klar. Jeder – *fast* jeder, es gibt immer ein ›fast‹ – ist okay. Das werde ich meinen Kindern beibringen, falls ich mal welche kriege. Jeder – *fast* jeder – *ist okay*. Selbst wenn jemand wie eine ausgewrungene Ziegenhaut aussieht, ist er trotzdem okay. Komm schon, Kåli, jetzt musst du mal atmen! Ein, aus, ein, aus. Ja. Wiederhol das, Tåli: *Jeder* – fast *jeder – ist okay*. Denk mal drüber nach.«

Rudi nimmt sich zusammen. Fokus. Er tritt von Pål zurück und richtet sich gerade auf. Betrachtet ihn. Ein ganz normaler Mann. Nichts Besonderes über ihn zu sagen. Vielleicht ein bisschen wenig Bartwuchs. Schüchterne Augen.

»So. Pål. Fagerland. Worüber denkst du Fudgepacker nach? Hast du ’ne Frau, Fåli?«

»Ähm … Nein …«

»Nicht? Dacht ich’s mir doch. Kann ich dir ansehen. Ja, verstehe, das Leben ist schwer. Hätte ich nicht …«

Rudi räuspert sich. Wie oft hat Jan Inge das nicht schon gesagt: keine Namen. Keine Geschichten. Nichts Persönliches. Eine Million Mal hat er das schon gesagt.

»Egal«, sagt Rudi, »eines Tages werden die Frauen zu dir kommen. Und dann wirst du gut aufpassen … Ja, so, anyhow … Pål. Fagerland. Was quält diesen Mann?«

Pål scharrt mit den Füßen.

»Komm schon, Gåli. Jetzt musst du dich mal ans Atmen erinnern.«

Pål schluckt. »The Ace of Spades«, flüstert er und sieht Rudi schräg von unten an.

Rudi nickt langsam. »Ja, genau«, sagt er anerkennend. »Double up or quit?«

Pål blickt wieder nach unten ins hohe Gras. »Ja«, flüstert er leise.

»Double stakes or split?« Rudi hebt seine buschigen Augenbrauen.

»Ja«, flüstert Pål.

Seine Schultern hängen herab. Die Augen sehen ziemlich verschreckt aus. Gebeugter Rücken. Die Hundeleine hängt schlaff an seinem Handgelenk. Die Stimme ist kleinlaut und brüchig. Weint er? Scheiße, der Mann hat Kummer.

Rudi schlüpft aus seiner Jacke, zieht dabei die Ärmel auf links und hält sie Pål hin. Dann zieht Rudi seinen Pullover aus und reicht Pål auch den. Und auch wenn es langsam anfängt, scheißkalt zu werden, zieht er auch noch sein T-Shirt aus. Dreht Pål den Rücken zu.

»Siehst du?«

»Ja …«

»Was siehst du?«

»Ähm …«

»Steht da Motörhead?«

»Ja.«

»Gut.« Rudi dreht sich um und nimmt seine Sachen zurück. »Dann weißt du es.«

»Ich komm da nicht mehr raus«, hört er Pål sagen, während er sich wieder anzieht.

»Machst die Nächte durch?«

Pål nickt.

»Internet?«

Pål nickt wieder.

»Der Irrsinn der heutigen Welt«, sagt Rudi und spuckt aus.

Pål sieht ihn an. »Na ja, ich dachte … Ich weiß nicht, vielleicht ist es Quatsch, aber ich bin in einer Situation, die ich nicht schaffe zu … du weißt schon, Inkasso und …«

»Verstehe, brauchst mir nichts zu erklären. Weiter …«

»Und dann kam ich auf dich und ihn, wie hieß er noch, Jan Inge, und …«

Rudi hebt die Arme. »Ups! Halt! Keine Namen. Erase! Rewind! Dude, keine Namen!«

»Okay, keine Namen. Aber ich kam also auf euch, wegen der Achtziger«, sagt Pål. Schweiß steht ihm auf der Stirn. »Ich hab zwei Kinder. Zwei Mädchen. Ich hab was Dummes getan. Ich …«

»Ja?«

»Na ja, ich …«

»Ja?«

»Ich brauch eine Million.«

»Eine Million?« Rudi prustet los.

»Ja.« Pål nickt und blickt ins Gestrüpp.

»Du«, sagt Rudi und klopft Pål auf den Rücken, »sorry, dass ich lache, aber … Oh Mann … Du brauchst eine *Million*, und …«

Påls Blick wird immer verzweifelter. »Hilf mir«, flüstert er mit einem Kloß im Hals. »Hilf mir, bitte. Ich hab zwei Töchter …«

»Ja, haben die denn keine Mutter?«

»Doch, aber das ist … Das ist kompliziert. Ich hab mich in riesige Probleme reingespielt …« Pål hält für ein paar Sekunden inne und schluckt, bevor er Rudi wieder ansieht.

»Ich hab sonst niemanden, zu dem ich gehen kann. Bitte, hilf mir. Ich tue alles.«

Rudi nickt, verschränkt die Arme.

»Alles«, flüstert Pål.

Rudi legt die Fingerkuppen aneinander, alle zehn, und spaziert, während er spricht, rastlos vor Pål auf und ab.

»Erstens: Was dir passiert ist, ist bedauerlich. Du hast was Dummes getan. Zweites: Du bist nicht alleine, das passiert den Besten. Drittens: Du suchst nach einer Lösung. Das ist gut. Viertens: Du bist ein Motörhead-Mann. Ich schätze es, wenn jemand einen guten Geschmack hat. Wir sind Brüder im Kulturellen, und das gefällt mir. Magst du Coldplay? Nein, jetzt macht Rudi Witze. Hehe. Sorry. Back to the game, um es mal so zu sagen. Fünftens: Du glaubst, wir könnten dir eine Million beschaffen?«

»Ja, ich …«

»Tust du, oder tust du nicht?«

»Ich … Ich weiß nicht, was ich glaube. Ich weiß nicht, was ihr … Ich erinnere mich nur … Früher, da warst du noch in der Tjensvoll-Gang … und damals hieß es, ihr …«

»Und wie kommst du darauf zu glauben, dass ich nicht mittlerweile Gärtner bin oder Teewärmer häkle?«

»Hä?«

»Weiter«, sagt Rudi. »Weiter.«

»Entschuldigung, falls ich … Ich hab nur gedacht … Was kann ich tun, um mir eine Million zu beschaffen? Schnell? Und da hatte ich eben die Idee, dich anzurufen.«

»Oh, du, Påli. *Was kann ich tun, um* … Sehr gute Einstellung, Maestro. Ich sag dir eins, du hast dich an 'ne prima Firma gewandt. Du hast verstanden, dass es so was wie Kompetenz gibt. Du hast, was Jani Intuition nennt. Aber … *Was kann ich* …«

Hinter sich hören sie ein Rascheln.

»Ducken!« Rudi drückt Påls Kopf in die Büsche, dreht sich selbst blitzschnell um und späht in den Wald. »Ducken!«, wiederholt er. »Und halt den Köter ruhig!«

Oh, Herrlorddschieses.

»Rudi, du verdammter Zuhälter!«

Cecilie kommt durchs Gestrüpp gestürmt. Ihre Augen sind rot vor Zorn, Tränen haben ihre Wangen mit schwarzer Schminke verschmiert – und was trägt sie überhaupt da mit sich herum?

»Ich hasse dich!«

Sie bleibt direkt vor ihm stehen, sie hält etwas – fuck, was ist das?

»Chessi, Scheiße, was machst du hier?«

Sie wirft ihm etwas zu – Scheiße, was ist das? –, und er reißt die Arme hoch, um es aufzufangen. Ein *Igel*?

»Was machst du hier? Hast du jetzt vollständig den Verstand verloren? Ich bin am Arbeiten, Twatmuff! Am Arbeiten! Scheiße, das ist echt inakzeptabel, das weißt du verdammt genau. Was, glaubst du, wird Jani dazu sagen? Da macht man mit dir im Volvo einen Ausflug an die Luft, ich werf mit Fünfhundertern um mich, und dann schaffst du es nicht, still zu sitzen, nicht mal *fünf Minütchen lang*, du walzt hier rein mit …« Er wirft den Igel weg. »Reiß dich Scheiße noch mal zusam…«

Cecilies Mundwinkel zittern. Sie schnieft, geht vor dem Tier auf die Knie. »Rudi«, sagt sie atemlos, »das ist ein *Igel*. Und du bist einfach so über ihn drübergefahren.«

Rudi beugt sich zu ihr vor und dreht sie zu sich um.

»Chessi …« Er hält sie fest. »Ruhig jetzt. Rudilein ist ja da. Ich hab's nicht so gemeint, aber du kannst nicht …«

Sie befreit sich aus seinem Griff und tritt einen Schritt zurück. Zeigt auf Pål, der mit erschrocken verzogenem Gesicht hinter ihnen auftaucht.

»Wer ist das?«

Rudi fasst sich an den Nacken und seufzt. »Tja, das ist …« Er hält inne. »Das ist jemand, mit dem ich arbeite.«

»Was für ein schöner Hund …«

Cecilie geht in die Hocke und streckt dem Köter die Hände entgegen. Er schnüffelt an ihr, schmiegt sich an sie. Pål steht wie angenagelt da. Den Leuten verschlägt es gerne mal den Atem, wenn sie Chessi begegnen, denkt Rudi, das ist nichts Ungewöhnliches.

Sie steht auf und streckt Pål die Hand hin.

»Cecilie«, sagt sie mit heller Stimme und schüttelt dem fremden Mann die Hand. »Cecilie Haraldsen. Ich bin Rudis Freundin. Echt süßer Hund, wie heißt er?«

»Zitha«, sagt Pål, »sie heißt Zitha.«

»Zitha, jaaa.« Cecilie streichelt dem Hund über die Schnauze und sieht Pål mit sanften Augen an. »Und woran arbeitet ihr beiden?«

Dann verändert sich ihr Blick. Sie runzelt die Stirn.

»Hab ich … Hab ich dich schon mal gesehen?«

»Nein, nein«, sagt Pål. »Nein.«

Cecilie nickt. »Dachte, wir wären uns schon mal begegnet.«

Jan Inge wird das nicht gefallen. Cecilie, die absolut eigenmächtig handelt. Hier mit diesem Pål flirtet. Scheiße, denkt Rudi und würgt seine Gedanken hinunter. Weiche von mir, Satan. Sie ist das Ziel meines Lebens. Sie ist das windschiefe Licht, sie ist das ostergelbe Glück.

»Okay, Chessi«, sagt er, »du hast uns den Igel jetzt gezeigt, bist du zufrieden? Pål hat Schwierigkeiten, verstehst du? Er hat zwei Töchter, und die haben zwar auch eine Mutter, aber das ist kompliziert, und ich finde, du machst das hier gerade noch komplizierter. Kannst du zurückgehen, damit wir dieses Treffen hier abschließen können?«

22 Papas Schuhe (Malene)

Bist du da draußen, Papa?

Malene steht auf der Laderampe hinter dem Laden. Sie weiß, die Rampe bewegt sich nicht, trotzdem fühlt sie sich wie auf einem wogenden Boot. Sie spürt das Stechen im Knöchel und konzentriert ihren Blick auf das, was sie vor sich sieht: die Häuser, die Wohnblocks, den Wald, den Himmel, als hätten ihre Augen eine ganz eigene Magie und könnten alles einfangen – Leute in Gebäuden, den Wald hinter der Schule, was passiert ist, was passieren wird.

Papa, was treibst du?

Malene spürt eine Reihe dumpfer Schläge ihres Pulses im Ohr. So eine Anspannung hat sie direkt vor einem Turnwettbewerb auch immer gespürt: die Füße auf der Matte, der Körper in höchster Konzentration. Sie hat das Gefühl, die Schuhe ihres Vaters in den Händen zu halten, obwohl sie weiß, dass das nicht stimmt. Sie hat das Gefühl, im Bad zu stehen und die Jeans ihres Vaters zusammenzulegen, obwohl sie weiß, dass das nicht stimmt. Sie hat das Gefühl, auf dem Schoß ihres Vaters zu sitzen, obwohl ihr vollkommen bewusst ist, dass sie hier steht.

In ihrem Rücken zündet Tiril sich eine neue Zigarette an. Der ekelerregende Geruch zieht zu ihr herüber. Sie hört, wie sich die Füße ihrer Schwester bewegen, genervt.

»Und? Willst du jetzt weiter in die Gegend starren? He. Lol?«

Malene antwortet nicht.

Als sie und Tiril noch klein waren, ist ihr Vater einmal vom Garagendach gefallen und hat sich den Arm gebrochen. Malene hatte oben eine tote Elster entdeckt. Eine tote Elster. Papa hätte sie herunterholen sollen. Aber bei solchen Sachen stellt er sich ungeschickt an. Papa gehört zu der Sorte Mann, dem Schraubenzieher entgleiten und der sich die Hände verschrammt, der stolpert, wenn er draußen auf dem Garagendach irgendwas tun soll. Malene kann sich noch gut daran erinnern, dass ihre Mutter den Kopf schüttelte, sie kann sich noch daran erinnern, dass ihre Mutter auf der Fahrt ins Krankenhaus lachte. Das macht sie oft, über Leute lachen. Immer so wahnsinnig sicher, ihre Mutter, in allem wahnsinnig sicher. Meint, die Leute müssten sich nur zusammenreißen, müssten sich selbst behaupten. So redet sie, wenn sie aus Bergen anruft: Geht's gut, Malene? Und noch bevor Malene antworten kann: Gut, ich wusste es. Oder: Wie geht's dem Knöchel? Und noch bevor Malene antworten kann: Wird schon, bald stehst du wieder auf der Matte.

Malene war zu Tode erschreckt. Sie erinnert sich noch an den Geruch im Auto, als sie ins Krankenhaus fuhren. Sie konnte den Blick nicht vom Arm ihres Vaters abwenden. Der Arm baumelte schlaff neben dessen Körper.

»Hallo, Malis? Ich hab dich was gefragt. Glaubst du das? Dass man wählen kann, quasi zwischen Licht und Dunkelheit?«

Malene antwortet nicht. Sie weiß, sie ist ein eins zweiundsechzig großes Mädchen, hat hohe Wangenknochen und schlanke Finger, ein Mädchen, das keine beste Freundin hat, das sich manchmal alleine fühlt, aber nie einsam. Ein Mädchen, das Bücher liest und »Payphone«, »Hot N Cold« und »Rolling in the Deep« hört, ein Mädchen, das das Gefühl ihres durch die Luft schwebenden Körpers mag. Ein Mädchen, das noch nie einen Freund hatte, noch nie die Schule geschwänzt hat, immer seine Hausaufgaben macht und spürt, dass man jeden Tag nur soundso viele Schritte machen muss. Sie weiß, dass sie eines Tages einen Mann heiraten wird, an dem es nichts zu mäkeln gibt, einen Mann, der sie wie eine Königin auf Händen trägt. Sie weiß, dass sie eines Tages diese Stadt verlassen und nach Bergen oder Oslo ziehen wird, um zu studieren. Und sie weiß, dass sie an Weihnachten nach Hause kommen wird. Sie weiß, dass sie vorsichtig ist, aber sie weiß auch, dass sie mutig ist. Sie spürt, dass es ihre Aufgabe ist, Wasser zu bringen, wenn es irgendwo brennt.

Malene streckt ihren verletzten Fuß aus. Er ist immer noch instabil. Kein Vertrauen mehr in ihn. Hinter ihr drückt Tiril die Kippe aus.

»Klar kann man das«, sagt Malene, ohne Tiril anzusehen. Dann flüstert sie in die Dunkelheit, so leise, dass die Schwester sie nicht hören kann: »Hier ist Malene. Bist du da draußen? Bitte. Sprich mit mir, Papa. Was hab ich nicht gesehen? Sag mir, was ich tun soll.«

23 So? So? So? (Daniel William)

Nur wenige Sekunden trennen Daniel von dem abhängigkeitserzeugenden Erlebnis: in ein Mädchen einzudringen. Bis jetzt war das nur ein pulsierender, täglich stärker werdender Wunsch. Eine von wilden Strömen durch den Körper angetriebene Vorstellung, eine wirbelnde Stromschnelle, die keine Macht aufhalten kann, so kalt, dass sie brennt. Wann immer er sie aufkommen spürte, dachte er, er geht jetzt einfach in die Dunkelheit hinaus, packt sich das erstbeste Mädchen, zieht es in den Wald, wirft es zu Boden, reißt ihm die Kleider vom Leib, bohrt Löcher hinein. Er schloss die Augen und biss die Zähne zusammen in der Überzeugung, dass diese Kraft nicht überwältigt werden kann, dass sie wohl Gott ist. Sie schlägt in ihm Funken, eine Million Hämmer blitzen gegen glühendes Eisen, ein Brausen lärmt in seinem Kopf. Es ist nicht schmerzhaft, es ist nicht gut, es ist wahrhaftig. Die Erdkruste muss bersten, das Licht muss befleckt werden, x-beinige Mädchen müssen leuchten und beben, singen und sterben und wie zerstörte Tiere durch das große Dunkel gejagt werden.

Was macht der Anblick ihrer Titten nur mit ihm? Warum entzünden sie einen so wütenden Hunger, warum muss er seine Lippen darauflegen, warum muss er seine Hände damit füllen? Was erzeugt der Anblick ihrer geschlossenen Augen? Nein, nur *beinahe* geschlossen: Die Augenlider beben wie bei einer Sterbenden über den Augäpfeln, sie sind leicht feucht, und es schimmert unter den gebogenen Wimpern. Diese Lippen zu sehen, einen Hauch geöffnet, was machen sie mit ihm? Scheiße noch mal, was machst du mit mir?

Keiner kann sie sehen. Sie haben sich im Wald versteckt, jetzt gibt es niemanden mehr, der sie noch aufhalten kann. Er starrt sie an. Sandra öffnet den Reißverschluss ihrer Jeans. Sie schiebt die Daumen unter den Hüftbund, zieht sich die Hose über den Hintern und schlängelt sich mit tanzenden Hüftbewegungen heraus.

Daniel keucht.

Jetzt liegt sie da und leuchtet, liegt da und glüht.

Sie hat nur noch einen Slip an. Sie spreizt die Beine.

Daniel atmet durch die Nase, die Brust pumpt, der Sauerstoff verschwindet aus dem Kopf, die Kiefer spannen sich an. Ihre Beine sind leicht angewinkelt. Er geht vor ihr auf die Knie, beugt sich über sie, legt die Handflächen auf Waldboden und Unkraut.

»Komm, zieh dich aus.«

Sie flüstert.

»Komm, zieh dich aus, Daniel.«

Flüchtig schlägt sie die Augen auf, und ihnen entströmt fließendes Gold. Ihre Stimme nimmt ihn ein, sie könnte alles verlangen, und er würde es tun. Daniel hat sich entschieden: Dafür, ja, dafür ist er auf die Welt gekommen.

»Sag das noch mal.«

Sie lächelt.

»Lächle nicht.«

»Komm, zieh dich aus.«

Er stößt sich hoch, öffnet die Gürtelschnalle, knöpft die Hose auf, spürt keine Nervosität, spürt nur die harte Wärme.

Er zieht die Hose über die Knie und sieht, wie Sandras Blick sich auf ihn richtet.

»Ui«, sagt sie.

Deine Hände. Fass mich an.

Aber sie tut es nicht. Sie liegt nur da. Mit geschlossenen Augen. Deine Hände, denkt er noch einmal. Fass mich an. Aber sie tut es nicht. Daniel zieht seine Unterhose aus, steht wie eine Brechstange, und jetzt zieht auch sie ihren weißen Slip aus.

Dann sieht sie ihn an.

»Bist du dir sicher, dass das dein erstes Mal ist, Daniel?«

Er blinzelt verwirrt und heftet seinen Blick auf das wundersame Land, das zwischen ihren Beinen liegt, es ist keine Blume, kein Tier, man kann überhaupt nicht sagen, was es ist, er weiß nur, er muss dort hinein. Irgendwo in der Nähe bellt ein Hund, doch das Geräusch ist schon wieder verstummt, kaum dass es Daniels Bewusstsein erreicht hat.

»Hä? Ja … Ja, warum fragst du?«

Sie zieht ihn an sich, fährt mit den Händen an seinem Körper nach unten. Sie fasst ihn an, umfasst ihn, führt ihn in sich ein, stößt ein winziges Winseln aus, und er beginnt sich zu bewegen, die wilden Hunde stürmen über den Boden, und er kann sie nicht zurückrufen, diesen Himmel zu verlassen ist unmöglich.

»So? Daniel? So? So? So?«

24 Den Mädchen Gute Nacht sagen (Pål)

Hören, was sie heute gemacht haben. Hören, was sie morgen machen wollen. Ihre Decken zurechtzupfen, sich zu ihnen hinabbeugen, als wären sie immer noch zwei kleine Mädchen, sie umarmen, ihnen einen Kuss auf die Stirn geben. Den Mädchen Gute Nacht sagen. Das Brot in den Brotkasten legen, die Spülmaschine einräumen und anschalten, die Pinnwand überprüfen, damit sie auch nichts übersehen, einen Zahnarzttermin, einen Elternabend. Mit Zitha eine Runde in den Garten gehen, damit sie noch mal pinkeln kann. Drinnen im Wohnzimmer in den Sessel fallen, die Beine auf den Puff legen, mit drei Fernbedienungen auf dem Schoß durch die Kanäle zappen, eine Folge *Sons of Anarchy* und *Breaking Bad* ansehen. Vielleicht ein paar Seiten Michael Connelly oder Jo Nesbø lesen. Spüren, wie das Tageslicht schwindet, sehen, wie draußen der Wind in den Bäumen spielt und der Mond strahlend am wolkenlosen Himmel steht, hören, wie die Nacht mit ihrer ätzenden Stille heraufzieht. Aus dem Sessel aufstehen, vorsichtig durchs Zimmer gehen, im Erdgeschoss die Lichter ausmachen, die Kellertür aufschieben. Sanft den Fuß auf die knarrende erste Stufe setzen, vorsichtig hinuntergehen, auf die kalten Fliesen treten. Durch die Tür rechts neben der Waschküche gehen, kein Licht anmachen – die Gardinen zugezogen –, sich vor den Rechner setzen. Ihn anmachen. Das Summen des Lüfters hören, spüren, wie der Nacken sich anspannt, das Blut in den Schläfen rauscht und der Puls im Hals tickt. Die sich tief im Bauch ausbreitende Übelkeit beiseiteschieben. Sehen, wie das kalte Bildschirmblau den Raum in bleiches Licht hüllt, wie die Finger auf der Tastatur liegen, ein paarmal auch das eigene Spiegelbild auf dem Monitor, aber bloß nicht mit dem Blick daran hängen bleiben. Es tun, es einfach tun, sagen, dass es bald vorbei ist, dass es das letzte Mal ist. Betsson. Oddsbet. Betsafe. Centrebet. Benutzername: Maiden. Passwort: Zitha. Blackjack, Sportwetten, Casino, Roulette, Poker. Bonus. Gewinnen. Erhöhen. Gewinnen. Verlieren, verlieren, verlieren. Den Mädchen Gute Nacht sagen.

Von außen betrachtet ist es offensichtlich, dass das nicht gut gehen konnte. Es ist so offensichtlich, dass er nicht versteht, warum er es überhaupt getan hat. Wie lange ist das letzte Spiel jetzt her? Einen Monat? Nein. Zwei Wochen? Nein. Drei Tage? Nein. Gestern Nacht. Erst gestern Nacht saß er wie Hunderte Nächte zuvor im Bildschirmlicht, spielte eine Runde Blackjack und packte noch tausend auf den Haufen, dessen er schon lange nicht mehr Herr wird. Diese ganzen Briefe, Vollstreckungsbescheide, Inkassogesellschaften, all die Rechnungen. Er macht sie nicht einmal mehr auf. Er steckt sie in die Innentasche, nimmt sie mit auf die Abendspaziergänge mit Zitha, und sie landen alle im selben Abfalleimer im Bushäuschen am Folkeviseveien.

Egal, wie einfach man von außen betrachtet erkennen kann, dass das niemals gut gehen konnte, kommt es doch darauf an, wie es innen aussieht. Innen drin, da leben wir, da brennt es, und genau da war ich, denkt Pål, während er versucht, seine Verblüffung vor Rudi und seiner Freundin zu verbergen. Sie stehen ein paar Meter vor ihm, Rudi umarmt sie, spricht mit ihr, beugt sich zu ihr vor. Zu ihren Füßen liegt ein Igel.

Im Inneren. Dort lebe ich, denkt er. Ich bin im Beiseiteschieben der Übelkeit wirklich gut geworden, ich habe gelernt, sie als einen Ball zu begreifen, den ich packen kann, um ihn dann zum Horizont zu schleudern. Mich umdrehen, die Mädchen anlächeln. Hallo, Malene. Hallo, Tiril.

Dass er überhaupt geglaubt hat, das hätte gut gehen können! Jetzt im Nachhinein wirklich lächerlich, im Vorhinein scheinbar nur eine Formsache. *Die Kinder bleiben bei dir, Pål. Du bekommst das Haus, du bekommst das Auto, du bekommst Unterhalt, du bekommst doppeltes Kindergeld. Du bekommst alles, Pål. Du wirst das gut hinkriegen.* Er hatte seine Bitterkeit hinuntergeschluckt und ihr Geld genommen, wie er es immer schon getan hatte. Pål hatte einen Sachbearbeiterjob in der Gemeinde. Auf seiner Stirn stand offenbar geschrieben: Wird nie viel Geld verdienen. So wie auf ihrer Stirn stand: Wird *viel* Geld verdienen. Und als damals alles unmerklich begann, beunruhigte es niemanden.

Warum sollten wir uns über Geld Gedanken machen? Warum sollten wir uns über das wirtschaftliche Ungleichgewicht zwischen uns Gedanken machen? Wir teilen doch alles, hatte Christine gesagt. Pål verdiente ein Viertel ihres Gehalts, was ihm aber nichts ausmachte, genauso wenig wie eine so ambitionierte Frau zu haben, die mit Statoil ins Ausland reiste und ständig Überstunden schob. Es gefiel ihm, wenn sie auf Achse war, genau wie ihm sein eignes geregeltes Leben gefiel, und statt zu denken, ein Job bei der Gemeinde könnte ein Risiko darstellen, weil dort – falls dein Leben je ins Wanken gerät – nicht viel Geld zu holen ist, dachte er: Ein Job bei der Gemeinde ist doch prima, weil du – falls die Welt je ins Wanken gerät – zumindest einen Job hast.

Als sie ging, sah es zunächst leicht aus. Pål musste keine seiner Gewohnheiten ändern, plötzlich beim Discounter einkaufen oder Zeitungsabonnements kündigen. Er beglich verlässlich alle Rechnungen und konnte leben wie zuvor. Die Unterhaltszahlungen aus Bergen waren großzügig. Doch nach ein paar Jahren wurde es enger. Ein so großes Haus instandzuhalten kostete. Das Geld aus Bergen wurde weniger. Und nach vier, fünf Jahren musste Pål feststellen, dass seine Mittel plötzlich knapp wurden. Er brauchte einen neuen Rasenmäher, und nachdem im Keller eine feuchte Stelle aufgetaucht war, musste er das Haus dränieren lassen. Nur woher sollte er das Geld nehmen? Er sparte an allen Ecken und Enden, bei den Lebensmitteln, bei der Kleidung, beim Urlaub und lud TV-Serien aus dem Netz herunter. Aber das reichte nicht. Er wechselte das Auto, aber das half nichts. Er lieh sich Geld von seiner Mutter, aber auch das half nichts. Und eines Tages begann er zu spielen. Eher aus Neugier. Das half. Nach wenigen Minuten saß er mit mehreren Tausend Kronen in den Händen da. Nervös und mit einem Grinsen im Gesicht schaltete Pål den Computer aus. Nie wieder, sagte er zu sich selbst und ließ mit dem Geld eine Dränage verlegen. Einen Monat später saß er wieder vor dem Bildschirm. Und da begann das Leben, das er seither lebt: ein bisschen gewinnen, mehr verlieren, weniger gewinnen, noch mehr verlieren.

Er spielt nicht nur nachts. Neuerdings sitzt er mit einem aufgesetzten Lächeln im Gesicht im Wohnzimmer, den Laptop mit zwei geöffneten Fenstern auf dem Schoß, eine

Onlinezeitung und eine Spieleseite. Am Sonntag fragte er völlig zusammenhanglos: Malene, he, was ist deine Lieblingszahl? Sie sah ihn merkwürdig an und antwortete: Ähm … sieben, warum? Nichts, wollt ich nur wissen, sagte er und setzte auf die Sieben. Was treibst du, Papa? Ach, nichts, ich checke nur das Wetter in der Onlinezeitung. Verlieren. Verlieren. Verlieren. Weitermachen, weitermachen, weitermachen. Sofortkredit, die Karte überziehen, GE Money Bank spuckt innerhalb eines Tages einen Kredit aus, und niemand weiß, wer Pål Fagerland ist, mit Ausnahme von ihnen: Hallo, Pål, wie geht's? Und eines späten Abends klingelt dann das Telefon. Du, wir haben uns gefragt, ob du zu einem Pokerturnier nach Riga mitkommen willst. Oder: Hallo, Pål, wir haben dir heute fünfhundert Euro überwiesen, als kleinen Bonus. Und wann kommt dieser Anruf? Direkt nachdem er sich eingeloggt hat. Nach ein paar Tagen Abwesenheit. *Sie wissen, wer er ist.* Niemand sonst.

Im Inneren.

Da drinnen lebe ich, denkt er. Aber was geschieht da in mir drinnen?

Einmal gewann er richtig viel, einmal hatte er das Gefühl, dass Geld über ihn rieselte, einmal glaubte er, es ginge um Talent, aber das Gesetz besagt nun mal, dass er am Ende alles verlieren wird, alles. Das ist das Herz des Spiels. Er weiß das. Aber was hilft es? Nichts. Als er klein war, hatte Pål Todesangst vorm Rauchen. Was ihn nicht daran hinderte, damit anzufangen. Er rauchte siebzehn Jahre lang. Er schaffte es nur wegen Malene, damit aufzuhören, die als Zehnjährige heulte, weil sie überzeugt davon war, ihr Papa würde sterben. Da erst wühlte sich etwas zu seinem Inneren hindurch. Pål weiß, dass es nicht gut gehen kann. Aber egal, wie gut er es weiß, glaubt er doch jeden Abend an das große Geld, mit dem er seine Schulden begleichen kann und das ihn sorgenlos reich macht.

Zitha reibt die Schnauze an seinen Beinen, und Pål spürt, wie sich die Spannung in seinem Kiefer löst, das Kinn hinabfällt, und er hört sich seufzen.

»Jaaa«, flüstert er und blickt verstohlen zu Cecilie und Rudi hinüber, »jaaa, braves Mädchen.«

Er war erstaunt, als sie auftauchte. Sie hat sich kein bisschen verändert, seit er damals ihr Mädchenzimmer betrat. 1986. Sie ist noch genau wie damals, nur erschöpfter. Genauso dünn, genauso knochig, genauso unharmonisch zusammengesetzt. Ihre Haut war damals rosig und weich, jetzt ist sie grau und körnig, aber immer noch voller Sommersprossen.

Pål muss sich anstrengen, um zu verbergen, dass er sie wiedererkannt hat. Würde vermutlich nicht gut ankommen, wenn Rudi verstünde, dass er einer von ihren … na ja … Kunden war. Dass Cecilie das erste Mädchen war, mit dem Pål zusammen war. Zweihundert Kronen? Hatte er dafür nicht seinen Eltern zweihundert Kronen geklaut? Hasse und er nahmen den Bus zu dem Haus in Hillevåg, Pål drückte dem Videojungen das Geld in die Hand, und sie wurden in ein Zimmer am Ende eines langen Flurs geführt. Dort lag sie. Ein kleines Mädchen unter einer Bettdecke. Poster an den Wänden, eins mit einer Katze, eins von Wham!. Er zog sich aus. Er weiß noch, dass sie kicherte und die Bettdecke anhob. Er kroch über sie, streichelte unbeholfen ihre winzig kleinen Brüste. Geschlafen hat er nicht mit ihr, das hat er nicht geschafft. Er kam bereits, als sie nur mit den Fingern über seinen Schwanz strich. Danach fühlte Pål sich krank vor Scham, er nahm vor den Horrorfilmen und dem vermieteten Mädchen Reißaus und kam nie mehr zurück.

Und da steht sie. Sie ist Rudis Frau geworden.

Er war schon immer ein Idiot, denkt Pål und sieht zu dem Paar hinüber. War das wirklich eine gute Idee? Auf diesem Weg eine Million zu organisieren? Rudi war schon immer ein bisschen verschroben, aber mittlerweile scheint er noch verschrobener zu sein. Ist wohl bei Gaunern wie bei uns allen, je weiter das Leben voranschreitet, umso mehr werden wir wir selbst, wir blähen uns auf, und nicht nur die guten Seiten werden ausgeprägter, sondern auch die schlechten.

Die Achtziger gleiten an Pål vorbei, eine Zeit, die nach Sky Channel und späten Abenden mit flackernden Fahrradlichtern, summenden Dynamos und Glam Metal riecht. Um die Tjensvoll-Gang rankten sich echt kranke Gerüchte. Sie sahen brutal aus, strotzten vor Unabhängigkeit, hatten den Mut, auf alles zu scheißen, auf Schule, Lehrer und Eltern, wenn sie denn welche hatten. Pål hatte diesen Mut nie. Hasse mit seiner morallosen Neugierde wurde förmlich davon angezogen, er musste alles mitkriegen, aber Pål schüchterten deren Taten ein. Allein schon diese Namen: Rudi, Tommy Pogo, Janka Schlagholz. Es hieß, Rudis Augen hätten sich mit schimmerndem Licht gefüllt, als er einmal eine jaulende Katze festhielt, ihr den Kopf mit einem Stein einschlug, ihr Maul aufzwang, einen Chinaböller auf ihre immer noch rosige Zunge legte, vor Lachen fast platzte, das Katzenmaul schloss, die Lunte anzündete, ein paar Schritte zurücktrat, darauf zeigte und rief: »Fuck, das ist echt das Lustigste, was ich je erlebt hab, und dabei ist es noch gar nicht passiert.«

Alle sahen, wie der Katzenkopf zerfetzte und die Augen wie Glas zerbarsten. Zwei Wochen später klauten sie einen

Benzinkanister aus einer Garage an der Ragnhilds gate, fingen einen Igel, tränkten ihn mit Benzin, und während die Flammen in den Nachthimmel aufstiegen, diskutierten sie, was sie anschließend machen wollten. Hatte vielleicht jemand Plumbo daheim?

Rudi hat beide Hände auf Cecilies Schultern gelegt. Sieht aus, als wollte er sie in den Boden drücken. Sie nickt. Dann sieht sie zu Pål, während sie irgendwas sagt. Er schluckt. Sprechen sie über ihn? Hat sie ihn wiedererkannt?

Rudi blickt ihn an.

Nein, denkt Pål. Ich muss abhauen. Er bringt mich um.

Rudis Augen blitzen. Er hebt den Zeigefinger.

Ich muss abhauen. Jetzt.

Rudi kommt auf ihn zu.

»War nett, dich kennenzulernen, Pål«, sagt Cecilie. »Ich muss jetzt gehen, also … Tschüss.«

Pål räuspert sich, kriegt aber kein Wort heraus.

Sie bückt sich, hebt den Igel auf und geht in den Wald hinunter. Wie ein Soldat, denkt Pål und sieht, wie Rudi näher kommt. Er sieht aus wie einer der Waldbäume, als hätte einer der Bäume seine Wurzeln aus der Erde gerissen und begonnen, durch die Dunkelheit zu wandern.

»Okay, Pål Wall.«

Er räuspert sich und spuckt aus.

Nein, nein, nein. Ich hätte es nie tun sollen.

Rudi legt seinen Zeigefinger auf Påls Brust, stupst ihn hart an. »Nein, du«, sagt er. »Kümmere dich nicht darum. Frauenprobleme. Du wirst das schon noch merken, wenn du ’ne eigene Frau findest, Påli …«

Frauenprobleme?

»Sorrysorrysorry, Töchter? Zwei Töchter? Aber keine Ehefrau? Rudi will sich nicht einmischen. Du weißt alles darüber. Was weiß denn ich? Ist das der Grund, dass einer wie ich und einer wie du miteinander sprechen? Frauen und ihre Sorgen sind ein Ganztagsjob, Mann. Rauchst du? Nein?«

Sie haben mich nicht wiedererkannt.

»Hab vor ein paar Jahren aufgehört«, sagt Pål und atmet aus.

»Hab auch aufgehört. Vor ein paar Wochen. Hell to pay. Na ja. Die Frauen. Da braucht man ein Rückgrat aus Stahl. Die Liebe, Snåli. Kennst du dich aus mit der Liebe?«

»Doch, ich hab ...«

Rudi sieht ihn durchdringend an.

»Ich bin ein Mann der Liebe, Jåli.«

Dieser Blick ist komplett irre, als würde er sich selbst entzünden und gleich wie Lava aus dem Kopf fließen.

»Daran solltest du verfickt noch mal nie zweifeln«, sagt Rudi jähzornig. »Du magst so viel Dreck über Rudi erzählen, wie du willst, aber du solltest nie daran zweifeln, dass er ein Mann der Liebe ist. Hörst du mir zu, Swalli?«

»Ja, klar ...«

»Gut. Ich leg nämlich keinen Wert darauf, mit Leuten zu reden, die nicht zuhören. Aber. Wir können hier ja nicht nur rumplaudern. Soll ich dir sagen, was der Irrsinn der heutigen Welt ist, Wålli? Das Internet. Das hast du's. Wo ist nur der menschliche Faktor abgeblieben? Antworte mir, Zålli. Internet. Don't get me started, Bruder! Das Internet ist der Irrsinn der heutigen Welt. Und das hast du wohl zu spüren bekommen, mein tippender Freund. Und das Große Buch, wer liest heutzutage noch darin? Und die Familie, wer wacht heutzutage über sie? Okay, Håli, jetzt hör mir zu, ich sag dir, wie wir das hier machen.«

Den Mädchen Gute Nacht sagen, denkt Pål und muss die Tränen zurückhalten. Ich muss hier weg, das ist völlig verkehrt, ich muss heim und den Mädchen Gute Nacht sagen.

25 Ein echt verdammt billiger Mädchentrick (Tiril)

»Tiril?«

Malene steht mit vor der Brust verschränkten Armen auf der Laderampe. Ihr Kopf bewegt sich langsam hin und her wie ein in der leichten Brise schwebendes Blatt.

Tiril beißt die Spitze ihres linken Zeigefingernagels ab und spuckt sie auf den Asphalt. Sie nimmt sich eine neue Kippe, schiebt den Kaugummi wie eine Prise Snus zwischen Lippe und Schneidezähne, holt das Feuerzeug raus, sieht die Flamme die Dunkelheit erhellen, zündet die Zigarette an.

Sie antwortet nicht. Warum soll sie auch rumlaufen und den Leuten auf alles eine Antwort geben? Diese Leute, die einen die ganze Zeit bedrängen, sind echt unglaublich. Jeder ist auf dieser Welt allein, falls du es noch nicht bemerkt hast, man wird allein geboren, und man stirbt allein.

»Irgendwas ist mit Papa.«

Malene dreht sich um. Sie spricht leise. In ihrem Gesicht liegt ein Ausdruck von Verlorenheit. Manchmal fragt sich Tiril, ob sie diesen Ausdruck trainiert hat, damit die Leute sie bedauern. Sie selbst hat keine Lust, sich einen falschen Gesichtsausdruck anzutrainieren, obwohl in Wahrheit sie zu bedauern wäre, denn sie ist vierzehn, sie hat einen bescheuerten Körper, sie hat keine Freunde, während Malene immer alles zufällt, während die sich einfach auf Papas Schoß setzt und verständnisvoll tut und eine begabte Turnerin mit ausnahmslos guten Noten in der Schule ist.

»Ich spür das einfach.« Malene spricht immer noch leise. »Dass mit Papa irgendetwas ist.«

Sie *spürt* das einfach.

Scheiße.

»Entspann dich«, sagt Tiril. »Jetzt bist du echt dramatisch. Er ist draußen und geht mit Zitha spazieren. Wie jeden Abend. Zitha ist ein Hund, und mit einem Hund muss man nun mal Gassi gehen. Mit Papa ist nichts, sondern mit dir.«

Malene geht dicht vor ihr in die Hocke. Tiril mag das nicht. Sie mag es nicht, wenn Leute scheißdicht an sie rankommen. So wie ihre Norwegischlehrerin, die ihr über die Schulter blickt, nach Kaffee riecht und gaaaaaaaaanz sanft fragt: *Wie läuft's hier, Tiril?* Es läuft megagut, Fräulein, verpiss dich, und krieg dein eigenes Leben auf die Reihe, hast du deine Tage?

Sie bläst ihrer Schwester Rauch ins Gesicht.

»Hör auf damit, das ist ekelhaft.« Malene rümpft die Nase und wedelt den Rauch weg.

»Nein. Das ist herrlich. Der Krebs der Zukunft ist die Freude der Gegenwart.«

»Lass das! Hör mir zu«, sagt Malene. »Ich spüre es, verstehst du?«

Tiril schüttelt den Kopf. »Du spürst es? Weißt du was, ich hab es echt scheißsatt, dass du ständig glaubst, du könntest *spüren*, wie es Papa geht.«

»Tiril, hör auf …«

»Was glaubst du eigentlich, was du bist? Papas Freundin? So wie du in seinen Sachen rumräumst, als hätte er kein Leben, glaubst du vielleicht, er mag das? Glaubst du, er mag es, dass du seine Schuhe und seine Hosen rumräumst und was weiß ich, was du sonst noch so treibst! Das ist doch krank! Du bist seine *Tochter*! Und sitzt da auf seinem Schoß, als wärst du jünger als ich, mein Gott, *das* ist ekelhaft.«

Malene zieht den Kopf zurück. Ihre Augen werden schmaler, ihre Mundwinkel zittern.

Scheiße. Jetzt heult sie gleich los.

Ein echt verdammt billiger Mädchentrick.

So wird sie nie werden, sie wird nie weinen, wenn sie nicht echte Schmerzen hat. Harshini und auch Vera machen das schon seit der ersten Klasse, heulen wegen nichts und wieder nichts, und dann steht die ganze Klasse um sie herum, aaaaarme Harshini, aaaaarme Vera. Scheiße, niemand ist hier auch nur annähernd aaaaarm, außer vielleicht Kia Pogo, denn die ist gelähmt, die hat einen Grund, alles beschissen zu finden. Nein, das ist nur ein verdammt billiger Mädchentrick, weil diese Mädchen einfach total schwach sind und nicht den Mut haben, sich selbst zu behaupten. War ganz schön cool, als sich Frida Riska die beiden, Vera und Harshini, schnappte und zu ihnen sagte: »Eure Tränen da, die sind so falsch, dass es mir den Magen umdreht. Versteht ihr das?«

Tiril steht auf und wendet sich ab.

Mhm. Da ist schon das Geschniefe.

Wie wär's vielleicht noch mit ein bisschen Geschluchze? Ich Aaaaarme, die sich immer um Papa gekümmert hat. Ich Aaaaarme, die zu Hause alles macht. Du Undankbare, die du bloß rumschimpfst und zickig bist. Das willst du doch sagen, oder?

Malene kommt hoch, packt sie hart am Arm. Tiril versucht sich loszureißen – »Was machst du da? Willst du mich jetzt auch noch schlagen?« –, aber die Schwester hält sie fest.

»Sag, was du willst, Tiril.« Malene sieht sie unverwandt an. »Sag über mich, was du willst. Darüber können wir ein andermal sprechen, wenn du darüber nachgedacht hast. Aber jetzt geht es um Papa. Kapiert?«

Tiril reißt sich von Malene los. Sie starrt ihr ins Gesicht, während sie sich die Kleider zurechtzieht.

»Ja und? Glaubst du, dass du bis ins Scheißallerletzte recht hast? Glaubst du, dass genau deine Augen die ganze Zeit echt alles sehen? Glaubst du das? Dass nur dein Hirn verstehen und denken kann?«

»Nein, ich …«

»Genau: Nein. Dann hör auf und … Hör auf! Was willst du überhaupt?«

Malene senkt den Blick. »Ich hab es so scheißsatt, mit dir zu streiten«, sagt sie leise.

Tiril nimmt einen letzten Zug von der Zigarette, wirft sie weg, tritt sie aus, angelt den Kaugummi wieder unter der Lippe hervor. Sie geht ein paar Schritte über die Laderampe, blickt in Richtung Schule. Eines Tages wird sie von hier abhauen und nie mehr wiederkommen. Sie wird abhauen, aus Madla, aus Gosen, aus Scheißkackstavanger.

»Ich streite nicht«, sagt Tiril kühl, »ich diskutiere.«

Malene hinter ihr atmet schwer. »Ja«, sagt sie. »Meinetwegen.«

Ihre Hände hängen schlaff nach unten. Da steht Malene mit ihrem schönen Körper. Und Tiril steht da mit ihrem bescheuerten Körper und hat auf einmal Bauchschmerzen. Zwei Jungs skaten unten auf dem Parkplatz vorbei. Der eine zeigt auf die Mädchen und ruft etwas. Bunnys kleiner Bruder und Hassan, dieser Typ aus Haugtussa.

Tiril streckt ihnen den Mittelfinger entgegen und ruft: »Scheißretard!«

Kann sie nicht aufhören damit?

Rumzustehen und so schwer zu atmen.

»Du!« Bunnys kleiner Bruder spuckt aus. »Emo! Freu mich drauf, dich am Donnerstag auszulachen! Internationale Fotzenwerkstatt!«

»Wanker!«, ruft Tiril, hört die beiden lachen und sieht sie davonskaten. Bunnys kleiner Scheißbruder hat echt eine große Klappe. Nicht ein einziger Tag ohne einen Kommentar, Scheiße, was ist mit diesem Typen nur los.

»Du«, sagt sie, ohne Malene anzusehen. »Ich hab das nicht so gemeint.«

»Nein, nein«, kommt es sofort von ihrer Schwester. »Meinetwegen. Ich geh nach Hause. Komm, wann du willst.«

Tiril beißt sich auf die Lippe. »Na ja, aber …« Dann legt sie los. »Das mit den Klamotten. Das hab ich nicht so gemeint. Papa mag das. Bestimmt. Es ist nur … Du bist einfach immer so … irgendwie, du machst immer alles so richtig. Wann hast du eigentlich deine Tage bekommen?«

Malene sieht wieder aus wie E.T., zuckt ein bisschen zusammen, kichert. Tiril grinst.

»Tja, ich …« Malene hält inne. Sieht ihre Schwester prüfend an. »Aber hast du …«

»Nein. Ich bin rein wie ein Laken. Hehe.«

»Vorigen Sommer«, sagt Malene, »als wir gerade aus Kopenhagen zurück waren. Ist echt ein Scheiß.«

Tiril sieht sich um. Ja, es ist echt ein Scheiß, aber genauso blöd ist, die Letzte in der Klasse zu sein, die sie kriegt. Sie hätte zwar auch nicht wie Amalie die Erste sein wollen, voll peinlich, die hat sie superfrüh bekommen, aber wenn sie sie nicht bald kriegt, fragt sie sich allmählich, ob mit ihr etwas nicht stimmt, völlig egal, wie weh es tut.

Sie hat nicht Malenes schönen Körper. Sie hat nicht Malenes Augen. Sie ist nicht sanft, lieb und begabt wie Malene, aber sie hat Amy Lees Augen, und auch sie kann sehen. Bunnys kleinen Bruder und seinen Kumpel, die an den niedrigen Wohnblocks vorbeiskaten. Den Wald. Die Schule. Den Turm. Den Hügel.

Tiril spürt, wie ihr die Kälte in die Knochen kriecht. Okay, denkt sie und springt von der Laderampe. Flinke Beine, klarer Kopf. Okay.

»Komm«, sagt sie und geht los.

»Hä?«

»Limahaugen.«

»Hä?« Malene hastet hinter ihr her.

»Ja? Wolltest du nicht nach Papa sehen?«

»Doch, aber …«

»Na, dann komm«, sagt Tiril, während sie weiter den Hügel zur Schule hinaufgeht, »dann zeig ich dir, dass alles in Ordnung ist. Ich wette einen Hunderter darauf, dass Papa da oben steht. Er steht oben am Limahaugen und schaut auf den Fjord hinaus, und neben ihm wedelt Zitha mit dem Schwanz und bellt und läuft los, wenn wir kommen, aber du, Malene, du erklärst ihm dann, warum wir da sind, okay?«

Tiril bleibt vor den Wohnblocks stehen, sie dreht sich um und atmet ihre Schwester an.

»Hast du 'nen Hunderter? Wenn nicht, komm ich nicht mit.«

Malene nickt und zieht einen Schein aus der Tasche.

»Riech ich nach Rauch?«

Malene rümpft die Nase.

»Das geht weg.« Tiril eilt los in Richtung Limahaugen. »Weißt du, wär echt eine Enttäuschung für Papa, wenn er das rauskriegen würde. Übrigens glaube ich, du brauchst eine Brille, du machst so komische Grimassen, ich glaub, du siehst schlecht.«

Bunnys beschissener kleiner Bruder.

Tiril ballt die Fäuste.

Rate mal, wer Tiril morgen zu schmecken kriegt.

26 Sie bürstet Blätter, Gras und Erde ab (Sandra)

»So? Daniel? So?«

Es tut ein bisschen weh. Ein Junge liegt auf ihr drauf, ein *ganzer* Junge. Vor wenigen Sekunden dachte sie noch, sie würde sich einfach hingeben, aber jetzt denkt sie plötzlich, dass da ein Junge auf ihr draufliegt und dass das noch nie passiert ist und dass er etwas in sie hineinstopft. Au.

Plötzlich hört es auf. Ein Rieseln durchflutet ihren Körper, und es tut nicht mehr so weh.

Ich liebe diesen Jungen, denkt sie. Ich liebe das. Er gehört nur mir.

Warum hört er auf? Warum zieht er sich aus mir zurück? Als sie spürt, dass Daniel sich aufrichtet, schlägt Sandra die Augen auf. Sie stützt sich auf die Ellbogen, bedeckt die nackte Brust. Er kniet vor ihr, sein Gesicht ist verzerrt, er sieht weg, sieht in sich hinein.

»Daniel? Was ist los?«

Er antwortet nicht. Sein Gesicht windet sich regelrecht, die Augen sind verdreht, so als würden die Pupillen gleich völlig verschwinden. Sandra zieht die Beine an, ihre Brust schnürt sich zusammen.

»Daniel? Stimmt etwas nicht?«

Er hält die Hände vor seinen Schritt, bebt am ganzen Körper, schwitzt, sieht sie nicht an. Sandra streckt verzweifelt die Hände nach ihm aus, berührt seinen Bauch.

»Nicht!«, faucht er, steht auf und schubst sie weg.

»Was ist los?« Sie schluchzt. »Daniel? Was hab ich falsch gemacht? Ich liebe dich doch, ich will doch nur … Es war gut, Daniel!«

Nicht weit von ihnen entfernt bellt ein Hund. Daniel zieht die Hose hoch und sieht sie mit hartem Blick an, während er in die Hocke geht.

»Daniel, ich …«

»Psst!«

Er legt einen Finger an den Mund. Wieder sieht er sie hart an. Sandra wird es kalt am Hals und heiß am Haaransatz. So hat sie ihn noch nie gesehen, er sieht beängstigend aus.

Aber sie tut, was er sagt. Hält den Mund.

Schritte. Sie hören Schritte. Schnelle Schritte durch den Wald, ganz in ihrer Nähe. Beide kauern sich zusammen. Daniel macht den Reißverschluss seiner Jeans zu, Sandra zieht schnell ihren Slip an, schlängelt ihre Jeans über die Hüften und schließt nervös die Knöpfe am Oberteil, einen nach dem anderen. Ihre Blicke folgen den Schritten. Dieser Hund – das Bellen dieses Hundes haben sie vorhin schon gehört. Spioniert ihnen da jemand nach? Mein Gott, es könnte jemand aus ihrer Klasse sein. Es könnte Mama sein, es könnte Papa sein.

Daniel zeigt in die Dunkelheit, legt noch mal den Finger an den Mund. Sandra spürt, wie die Angst in ihrem Bauch rumort, und sucht mit unruhigem Blick ihre Umgebung ab. Er nickt, knapp, mit zusammengebissenen Zähnen, in Richtung Wald. Was soll sie denn dort sehen?

Da. Ein Mädchen.

Beziehungsweise eine Frau.

Sie läuft zwischen den Bäumen hindurch. Mein Gott, sie läuft direkt auf sie zu. Eine Frau, sie trägt etwas, was ist das, eine *Katze*? Jedenfalls ein Tier, und diese Frau sieht nicht gut aus, ganz und gar nicht, dürr und hart, mit wilden Hexenhaaren, verschlissener Kleidung und verschmierter Schminke – und da bellt der Hund wieder.

»Runter!«, flüstert Daniel und legt sich flach auf den Boden.

Sandra tut es ihm gleich. Das Herz pocht in ihrer Brust.

Die Frau geht an ihnen vorbei. Was sie da trägt, ist ein Igel. Er sieht krank aus, die Frau ist superklein und dünn wie Papier, vielleicht vierzig oder so, mit schiefen Zähnen und roten Augen, und sie murmelt vor sich hin.

Sie geht hinunter zum Weg.

Als sie außer Sichtweite ist, setzen sie sich wieder auf. Sie versuchen, einander anzusehen, schaffen es aber nicht. Tränen laufen über Sandras Wangen, und sie hat das Gefühl, alles kaputt gemacht zu haben. Irgendetwas hat sie falsch gemacht, sie weiß aber nicht, was, und jetzt ist er wütend. War sie nicht gut genug? Waren ihre Hände nicht gut genug, ihre Zunge nicht eifrig, ihr Körper nicht scharf genug? Hat er vor ihr mit hundert Mädchen geschlafen und dachte sich, die ist wirklich eklig, klein, eng, dumm und alles in allem echt nicht gut? Bitte, Daniel, gib mir noch eine Chance, ich werde besser, ich verspreche es, ich werde alles so machen, wie du es willst.

»Da ist jemand«, sagt er leise.

Sie will etwas erwidern, aber er legt ihr die Hand auf den Mund.

Wovon redet er? Wie kann er so reden, nach dem, was gerade geschehen ist?

Da bellt der Hund wieder.

Er dreht sich um. Flüstert: »Verstehst du?«

Sandra nickt, sie fühlt sich echt klein und echt dumm, sodass sie besser allem, was er sagt, gehorcht.

Dann hören es beide. Jemand lacht.

»Wir müssen hier weg«, sagt er. »Hier ist es nicht sicher.«

Sandra hat das Gefühl, in tausend Stücke zu zerspringen. Nichts an Daniel deutet darauf hin, dass sie miteinander geschlafen haben, dass sie einander so tief in die Augen geblickt haben, wie zwei Menschen es nur tun können.

»Wir können nicht hierbleiben«, sagt er und zieht seine Jacke zurecht. »Wir gehen einfach ruhig den Pfad entlang, ich zuerst, und du kommst dann eine halbe Minute später nach.«

Dann hält er abrupt inne.

»Scheiße. Wo ist der Helm?«

»Der Helm?«

»Scheiße«, sagt er wieder. »Hätte nie …« Er schüttelt den Kopf. »Okay. Ich zuerst. Du kommst dann eine halbe Minute später nach. Ich nehm die Suzuki. Und du gehst nach Hause.«

Nach Hause?

Sie kann nicht aufstehen, nicht atmen, sie weint einfach nur.

»Reiß dich zusammen, Sandra.« Er sieht sie nicht an. »Hoch mit dir. Sitz nicht da und heule. Ich gehe jetzt, und du kommst nach.«

Sie rappelt sich hoch. Ich muss tun, was er sagt, denkt sie, wenn nicht, verlässt er mich. Das kann er. Er ist älter als ich.

»Okay.« Sie lächelt, so erwachsen sie nur kann. »Eine halbe Minute«, sagt sie und versucht, tapfer zu klingen. Beugt sich vor, schnieft, gibt ihm einen Kuss auf die Wange. »Mochtest du es denn?«

Sein Blick flackert hin und her.

»Hm? Ja, ja, es war mega. Wir sehen uns morgen.«

Was ist mit dir los, Daniel William Moi?

Wie kannst du nur so kalt sein?

Bist du gefährlich, Daniel William Moi?

Am liebsten würde sie sich auf ihn stürzen, ihn mit beiden Händen schlagen, aber sie lässt es bleiben. Sie lächelt, bürstet Blätter, Gras und Erde ab und sagt: »Ja. Klar. Wir sehen uns morgen.«

27 Volvo (Jan Inge)

Mit dem Rollstuhl ist er sehr zufrieden.

Jan Inge rollt ein bisschen vor und zurück, während er sich einen Film ansieht. Der fährt echt gut, viel besser, als man glauben würde, wenn man ihn sich so ansieht. Echt genial von Rudi. Chessi braucht einen Rollstuhl. Und wo gibt's die? Wo Kranke sind. Und wo sind Kranke? Im Krankenhaus. Okay. Rudi fährt also ins Krankenhaus, geht schnurstracks durch die Tür. Er sieht einen Rollstuhl. Der gehört mir.

Rudi in Bestform. Todesverachtung und Mut.

Er lässt sich auch gut schwenken. Jan Inge bremst hart vor dem Wohnzimmertisch und dreht den Stuhl mühelos herum. Nichtsdestotrotz sitzen da jetzt hundertzwanzig drin. Rudi müsste allmählich mal anrufen. Aber das ist Rudis Stil, nimmst du ihn, musst du das Beste wie auch das Schlechteste nehmen, das ist wie Bier und Fett, um mal einen Vergleich anzustellen. Aber loyal? Leute kamen und gingen in der Firma, gute Leute, die Janis Führungsstil akzeptierten und verstanden, dass es sich bei ihnen nicht um eine Spaßgang handelte, schlechte Leute, die nicht eine einzige Regel begriffen, Leute, die sich in Grund und Boden kifften, schlechte Stimmung machten, illoyal waren.

Falls man länger sitzen müsste, würde sich ein Kissen gut machen. Und eine Nackenstütze. Aber das kann Tong ja erledigen. Gibt herzlich wenig, was Tong nicht erledigen kann, wie gut, ihn wieder zurückzuhaben.

Jan Inge grinst den Fernseher an, als wäre er ein alter Freund, was er ja auch ist. Klassiker, *Three on a Meathook.* Gut gemacht, bedenkt man das Budget und dass er schon 1973 rausgekommen ist. Ja. Diese Szene ist echt gut. Die Axt ist nicht besonders groß, bloß ein kleines Beilchen, und trotzdem hackt es den Frauenkopf mit einem einzigen Hieb ab.

Da. Dunkelheit. Zoom ins Haus.

Der Vater ruft nach Billy.

Why didn't you listen?

It's too late now.

Das ist das Gute an Horrorfilmen. Sie erzählen von dem, was zu spät ist. Sollte Jan Inge irgendwann sein Horrorbuch schreiben, könnte der Titel in etwa in die Richtung gehen.

Es ist zu spät.

Eine Horrorfilm-Studie.

Von Jan Inge Haraldsen.

Scheißnachname. Hat keine Gravität. Würde er Schriftsteller werden, müsste er seinen Nachnamen ändern.

Jan Inge Wilson.

Klingt nicht gut.

Wie heißen Schriftsteller denn so?

Hamsun.

Aus Schulzeiten erinnert er sich nicht mehr an allzu viele Schriftsteller. Aber er war ja auch nicht allzu oft in der Schule.

Jan Inge Hamsun.

Hat einen gewissen Klang.

JAN INGE HAMSUN.

Frisch. Aber auch ein bisschen nazimäßig.

Knausgård? Jan Inge Knausgård?

Etwas langweilig. Fast schon zu deutsch.

Jan Inge Nesbø?

Etwas abgenutzt.

Spielberg? Jan Inge Spielberg?

Nicht schriftstellermäßig genug.

Jan Inge Cash.

Nein. Johnny Cash ist nicht gerade ein Schriftsteller-Schriftsteller.

Nein … Jan Inge … wie heißt er noch …

Yess.

JAN INGE KING.

Es ist zu spät.

Eine Horrorfilm-Studie.

Von Jan Inge King.

Jan Inge bewegt sich im Rollstuhl hin und her und nickt.

Es gilt, das Leben anzupacken, solange man es hat.

Manche Leute haben das gewisse Extra. Als Tong in den Knast wanderte, wurde die Firma angreifbar. Mit Tong an Bord war der Cashflow einfach besser. Hat zwar ein Wankelhirn, der Koreaner, aber das kommt vom Dope. Und das ist erst mal nicht mehr angesagt, hat Tong versprochen, und somit gibt es nichts mehr auszusetzen. Wie gut, ihn wieder hierzuhaben, dann ist die Truppe wieder komplett, und sie müssen nicht länger ganz oder halb fremden Leuten vertrauen. Melvin. Tødden. Mein Gott, ist er froh, diesen kranken Hippie los zu sein. Und Hansi, ein widerlicher Mensch. Hat sich im Suff verplappert. Wenn Rudi trinkt, will er nur singen, tanzen, schreien, rumalbern und Chessi vögeln, aber als Hansi getrunken hatte, musste er prompt in die Stadt rasen und sich verplappern, und dann ist ein gewisses Büro im Lagårdsveien 6 nicht mehr weit, dann dauert es nicht mehr lange, und Tommy Pogo steht vor der Tür. Ja, ja. Das hätten wir, denkt Jan Inge. Sollten am Freitag eine Party für Tong feiern. Zeigen, dass wir uns kümmern. Dass er daheim echt verdammt willkommen ist.

WILLKOMMEN, GELBES U-BOOT, WIR HABEN DICH VERMISST.

So was ist wichtig, denkt Jan Inge und stopft sich den Mund mit Chips voll. Die Truppe zusammenzuhalten. Ein guter Chef zu sein. Im Fernsehen hat er mal eine Sendung über Unternehmer gesehen, und nach dem zu urteilen, was er da gehört hat, kann er guten Gewissens für sich in Anspruch nehmen, über sämtliche Grundprinzipien für gute Führung zu verfügen. Vertrauen. Anwesenheit. Bestimmtheit. Seine Mitarbeiter sehen. Ihre guten Seiten erkennen. Sie unterstützen. Sie inspirieren. Da sein, wenn es bergauf geht. Ja, Jan Inge kann von sich behaupten, jedes einzelne dieser Grundprinzipien einzuhalten. Es sind sogar seine ureigenen Grundprinzipien, wenn es um Führung geht:

Kein Dope (nur wenn wir bei einem Job sind)

Nein zu Pornos (machen den Kopf kaputt)

Nie Einzelpersonen schaden (was haben sie uns getan? Sind wir Tiere?)

Nein zu übermäßiger Gewalt und einem Zuviel an Waffen (= Lagårdsveien 6!)

Kleine Jobs = gute Jobs (werden sie zu groß: Lagårdsveien 6!)

Ja zu Einbruch, nein zu Raubüberfall (Lagårdsveien 6!)

Die Ruhe bewahren (Chaos ist unser Feind)

Sprechen kannst du mit den Deinen (wem sonst kannst du vertrauen?)

Fokusfokusfokus (!!!)

Allerdings besteht wirklich die Gefahr, dass Rudi und Chessi ausziehen wollen. Ziemlich mulmiges Gefühl, daran zu denken. Man muss es ihnen in dem alten Haus so angenehm wie möglich machen, damit das kein Thema wird. Eine Reise in den Süden? Wollen sie dorthin? Jan Inge könnte ein paar Überraschungskronen auf den Tisch legen. Er könnte ihnen eine Überraschungsreise kaufen. Und was ist mit dem Sodastream? Was, wenn er den einfach wieder rauskramt und nachsieht, ob er ihn reparieren kann?

FÜHRUNGSQUALITÄTEN.

»Nein«, sagt Jan Inge laut. Er ruckelt vor und zurück. Im Fernseher liegt ein Mädchen tot in einer mit blutigem Wasser gefüllten Badewanne. »Nein«, wiederholt er lauter. Er sagt es in den Raum hinein, als wäre jemand da. »Nein«, wiederholt er bestimmt, »ich muss wieder runter auf hundert. Das ist zu viel des Guten.«

Why are you doing this! What do you want!

Rudis Klingelton reißt Jan Inge aus seinen Gedanken. Er greift nach dem Telefon. »Jepp, hier Jan Inge King.«

»King?«

Jan Inge verdreht die Blaubeeraugen.

»Okay, Mister King, ganz schön laut bei dir, was ist das … Wartewarte, ich hör, warte … *Three on a Meathook*? Haha, du studierst ja echt Tag und Nacht.«

Jan Inge greift nach der Fernbedienung und macht leiser.

»Immer auf der Jagd nach Wissen. Also, was gibt's?«

»Der Volvo braucht keine Reparatur.«

»Nicht?«

»Nope.«

»Wir müssen es aber noch zusammen durchgehen.«

Jan Inge klemmt sich das Mobiltelefon zwischen Wange und Schulter, dreht den Rollstuhl herum und fährt zur Terrassentür.

»Ja?«

»Ein paar Details müssen wir uns ansehen.«

»Aber keine Reparatur?«

»Nein.«

»Und sonst lief mit dem Volvo alles gut?«

»Was meinst du?«

Irgendwas ist da in Rudis Stimme.

»Na ja, nur ob sonst mit dem Volvo alles gut lief?« Jan Inge ruckelt mit dem Rollstuhl vor und zurück.

»Ähm … Ja? Ja, meine ich. Ja. Alles bestens mit dem Volvo.«

»Okay, wenn du es sagst.«

»No problemo. Studier nur weiter!«

Jan Inge legt auf. Dann öffnet er den Riegel der Terrassentür, schiebt sie auf, spürt den weißen Septemberabend herankommen. Es kitzelt kühl am Scheitel. Die Glatze dehnt sich aus, dagegen kann man nichts machen, die schlechten Haare liegen in der Familie. Er wippt den Rollstuhl elegant über die Türschwelle, steuert sicher mit den Händen, ruckelt ein bisschen, bevor er hinaus auf die Terrasse rollt. Dieses Volvo-Ding funktioniert immer, denkt er und blickt hinunter in den runtergekommenen Garten. Unkraut und Dreck. Altes Gerümpel, das rumliegt und verrottet. Das zieht Aufmerksamkeit auf sich. Sie sollten demnächst mal ein freiwilliges Gemeinschaftsaufräumen veranstalten. Den Firmensitz aufmöbeln. Sie sprechen über den Volvo und verstehen einander. Brauchen keinen abgesprochenen Code, sprechen einfach nur über den Volvo.

Und da, denkt er zufrieden, obwohl sich Unruhe in ihm breitmacht angesichts dessen, was möglicherweise geschehen ist, da hast du das Geheimnis.

Seinen Mitmenschen so nahezukommen, dass du alles verstehst. Dass du nur den Klang ihrer Stimme hören musst, um zu wissen, welche Laune sie gerade haben. Dass du nicht mehr ihre Augen sehen musst, um zu wissen, was vor sich geht.

Das ist VOLVO für mich.

28 Titan (Malene)

Die Schwestern laufen über die Wiesen bei der Eisenzeitsiedlung.

Hier waren sie schon oft. Wie alle Kinder, die in dieser Gegend wohnen. Zuerst mit dem Kindergarten – ein Haufen Kinder bei Wind und Wetter. Dann mit der Grundschule – zur Besichtigung der Siedlungsreste aus der Eisenzeit, die sich am Hang zwischen den Wohnblocks und dem Limahaugen befinden, mit Blick über den Hafrsfjord, wo einst die gleichnamige Schlacht stattfand und Norwegen zu einem Reich vereinigt wurde: 872, Harald Hårfagre.

Die Dunkelheit umhüllt sie, vor sich sehen sie die roten Leuchten des Turms auf dem Ullandhaug und unten am Madlamarkveien die Lichter der vorbeifahrenden Autos. Sie bringen es nicht fertig, miteinander zu sprechen.

Das eine Mädchen ist kantig und ungelenk, hat schmale Hüften und einen jungenhaften Gang, leicht vorgebeugt mit ruckartigen Bewegungen. Sie hat das Kinn vorgeschoben, kneift oft jähzornig die Augen zusammen. Sie spielt gut Fußball, nimmt kein Blatt vor den Mund, ist dick geschminkt. Die andere hat ein erwachsenes Gesicht mit hohen, schönen Wangenknochen. Die eine sagt, sie wird Umweltschützerin bei Amnesty, und sie wird ihre eigenen Songs schreiben. Die andere will aufs Turnen setzen, aber trotzdem studieren, vielleicht irgendwas in Richtung Sport oder Gesundheit.

Möglicherweise hat sie ein bisschen Angst vor der Zukunft. Angst davor, dass sie eine Menge Veränderungen mit sich bringt.

Es war ein ganz normales Training. Ein Donnerstagnachmittag gegen Ende Mai. Der Frühling war regelrecht explodiert, die Luft voll mit Birkenpollen, die Sommerferien lauerten schon um die Ecke, und Malene hatte eine gute Saison hinter sich. Nach einem trägen Winter, in dem sie sich steif und schwerfällig gefühlt hatte, war die Form endlich wieder da. Die Kreismeisterschaft lief gut für sie, dritter Platz am Schwebebalken, und ein guter Stufenbarren verschaffte ihr den zweiten Platz hinter Ylva aus dem Turnverein Sandnes, und sie lieferte eine tolle Bodenübung ab, die sie mit ihrem ersten doppelten Salto bei einer Meisterschaft abschloss, was ihr die erste Goldmedaille einbrachte. Beim Norwegencup in Trøgstad kam sie wieder aufs Podest, dritter Platz sowohl am Boden als auch am Stufenbarren.

Die ganze Saison über hatte Malene sechsmal die Woche trainiert. Sie konnte ihre eigene Stärke spüren, konnte sowohl ihrem Kopf als auch dem Körper vertrauen, und ihr wurde nachgesagt, sie habe eine neue Grazie bekommen. Ihr Körper sei jetzt aufrechter, athletischer, sie sei elegant geworden und habe sich von einer begabten zu einer Turnerin entwickelt, die zu den besten der Region zählte. Nicht so unerbittlich wie Mia, ihre beste Freundin im Verein, und auch nicht mit so vielen Preisen dekoriert wie die russischen Zwillinge aus dem Turnverein Stavanger, und trotzdem wurde Malene mit anderen Augen betrachtet als zuvor. Am schwächsten war sie immer noch am Sprung, da fehlte noch ein wenig Explosivität, aber sie trainierte fokussiert in der Überzeugung, dass endlich alles in die richtige Richtung wies. Sie turnte, seit sie sieben war, und das war jetzt der Lohn dafür.

Und dann stand sie da. Die Turnhalle war voller Mädchen, kleine Anfängerinnen, die ihre ersten Rondat-Flickflacks übten, zehnjährige Kadermädchen, die gerade die Riesenfelge am Stufenbarren gemeistert hatten. Sie feixten, sie liefen, sie sprangen auf das Sprungkissen, was Sigrid Ueland mit Anmerkungen quittierte: Bravo, Ingrid! Salto rückwärts als Abgang! Spiel nicht rum beim Rad, Nora! Was ist mit deinem Spann, Tuva? Die Hochwenden sind in Ordnung, aber ansonsten bist du zu vorsichtig! Du bekommst am Schwebebalken einen halben Punkt mehr, wenn du ordentlich abschließt! Du kriegst ein Weihnachtsgeschenk von mir, Pia! Ihr lauft wie ein Haufen alte Weiber! Die Beine zusammen! Die Beine zusammen!

Ohne Sigrid wäre Malene nicht dorthin gekommen, wo sie war. Eine Lokomotive von einer Frau mit stählerner Persönlichkeit, eine Stadtlegende, Turnmeisterin und Gymnastiklehrerin, über fünfzig und trotzdem enorm stark in Geist und Körper, im Interesse der Mädchen bestimmt und ehrgeizig, mit knallrotem Lippenstift unter den leuchtend grünen Augen.

»Malene! Den doppelten!«

Als Sigrid sie aufrief, trabte Malene vom Schwebebalken zu ihrem iPhone hinüber, das neben den Bänken und Sprossenwänden auf einem Tischchen lag. Die anderen Mädchen verließen die Matte und machten Platz. Malene drehte die Lautstärke hoch, »Titanium«, David Guetta & Sia. Wenn sie eins ihrer Elemente machen soll, braucht sie immer laute Musik, das gibt ihr Kraft und sperrt die Welt aus. Dann stellte sie sich in die rechte Ecke.

Sie ließ den Song noch einen Augenblick laufen, bis er wummernd auf Touren kam, sie spannte den Körper an und spürte Sigrids Blick in ihrem Rücken. Die kleinen Mädchen begannen, ihren Namen zu rufen, bis es durch die ganze Halle schallte – als sie kleiner gewesen war, hatte sie das Gleiche für die großen Mädchen gemacht, sie angefeuert, ihnen jene geräuschvolle Unterstützung gegeben, die sie für den Adrenalinausstoß benötigt hatten.

»Ma-le-ne! Ma-le-ne! Ma-le-ne!«

I won't fall, I am titanium. Sie startete den Anlauf. Nicht zu viele Schritte, sie sprang mit voller Kraft ab, machte ein Chassé, perfekt, nicht zu kurz, ging in den Rondat über, dann der Flickflack – war der etwas zu hoch? Etwas zu weit?

Als sie durch die Luft schwebte und den doppelten gehockten Salto ausführte, verspürte Malene für eine Millisekunde Nervosität, doch alles ging so schnell, dass sie keine Zeit zum Denken hatte, und dann landete sie. Der Schmerz brüllte durch ihren Körper. Der rechte Knöchel fühlte sich an, als würde er abgerissen. In derselben Sekunde wusste sie, was passiert war. Sprengung der Sprunggelenksgabel. Die Tränen hüpften wie Hagelkörner, Sigrid kam angerannt, während sie den anderen zurief: »Eis, Pia!«

Malene hatte Schmerzen wie nie zuvor in ihrem Leben, doch während Sigrid ihren Knöchel untersuchte, konnte sie nur an eines denken: Ich werde monatelang nicht mehr turnen können. Vielleicht nie wieder. Alles, was ich mir aufgebaut habe, ist eingestürzt.

»Pia! Mach diese Musik aus! Eis und Tape!« Sigrids kräftige Stimme gellte durch die Halle. Die Musik verstummte, und Pia rannte los. Die kleinen Mädchen standen mit den

Händen vorm Mund und mit tellergroßen Augen um Malene herum.

Ein kleiner Fehltritt, und da war es geschehen. War sie unkonzentriert gewesen? Hatte sie beim Chassé etwas falsch gemacht? Nein. Es war der Flickflack. Der war zu hoch gewesen.

»Von jetzt an musst du genau eins tun, Malene«, sagte Sigrid ruhig. »Du musst das hinter dir lassen«, sprach sie weiter, während sie Eisbeutel und Tape um Malenes Knöchel presste, ehe sie den Fuß hochlegte und nüchtern feststellte, dass sie zum Röntgen in die Notaufnahme fahren müssten. »Du kommst nächste Woche in die Halle zurück, und sei es auf Krücken. Du wirst mit uns im Sommer ins Trainingslager fahren, hörst du?«

Malene nickte und wand sich vor Schmerzen.

»Du weißt, was das ist, und du darfst nicht zulassen, dass es sich in deinem Kopf festsetzt. Verstanden?«

Sie nickte wieder.

»In ein paar Monaten bist du wieder auf der Matte. Was da gerade passiert ist, darf dir nichts anhaben.«

Malene tapte den Knöchel und legte Eis darauf, sie kam zum vorsichtigen Aufbautraining in die Turnhalle, doch die Wochen verstrichen, und sie fühlte sich immer weniger wohl. Die anfangs so umsichtigen Freundinnen waren mit ihren eigenen Angelegenheiten beschäftigt, ihre Verletzung war nicht länger aufsehenerregend. Malene fühlte sich bescheuert, die Angst hatte sie im Griff, und sie humpelte sich durch die Sommerferien. Sie wich Sigrids Blick aus, denn sie wusste, was er sagte: Gib nicht auf, Malene. Sie begann Übungen zu machen, ging zur Physiotherapie, doch ihr Knöchel wurde nicht besser. Jeden Tag beim Aufstehen spürte sie in ihn hinein, war er heute stärker? Nicht eine Sekunde am Tag verging, ohne dass sie an den Schmerz gedacht hätte, und Sigrids Befürchtung wurde wahr, der Schmerz gewann, auch über Malenes Kopf. Dann kam der Sommer und mit ihm die Olympischen Spiele in London. Ein paar Mädchen fuhren mit Sigrid nach England und bestaunten live den Sieg der sechzehnjährigen Gabby Douglas über Wiktorija Komowa, und Malene war nicht dabei. Sie saß zu Hause und bekam Textnachrichten aus Großbritannien: *Malis, du müsstest hier sein!*

Veränderung sei gut, behaupten alle. Malene ist sich da nicht so sicher.

Tiril liebt Veränderung. Abgesehen davon, dass sie es hasste, als Mama wegging, liebt sie alles, was neu ist. Sie stürzt sich in eine neue Sache nach der anderen, blickt nie zurück, macht einfach weiter.

Man hat uns schon immer gesagt, wir seien wie Tag und Nacht, Tiril und ich.

Bin ich dann der Tag? Und sie die Nacht?

Die Schwestern gehen weiter den Hügel hinauf zur Kuppe des Limahaugen. Es stürmt nicht, nicht die kleinste Andeutung von Wind, und trotzdem fühlt es sich hier oben kälter an, und Malene denkt, es ist wahr, was Papa immer sagt, das ist der schönste Platz auf der ganzen Welt.

»Guck mal«, sagt er immer, »hm? Guck mal da. Der Fjord da unten. Die drei Inseln, die da liegen. Hm?«

Du verstehst das nicht, Tiril. Du bist so verdammt beschränkt in deinem Emohirn, dass du das nicht verstehst. Mit einem Schlag war man einmal zu oft draufgängerisch. Mit einem Schlag wurde aus dem Schmerz, mit dem man sonst immer geflirtet hat, bitterer Ernst. Mit einem Schlag hat man das verloren, ohne das man nicht leben kann. Was, glaubst du, ist dieses Leben? Ein Schmerzensspiel?

Sie bleiben auf der Kuppe stehen. Sie sehen einander an.

Papa ist nicht hier. Zitha ist nicht hier.

Tiril zuckt selbstgefällig mit den Schultern. Sie presst die Lippen zusammen und kriegt diesen frechen Blick, mit dem sie immer wie ein Fuchs aussieht. »Da siehst du es«, sagt sie und macht eine Kaugummiblase, die trocken im Wind zerplatzt. »Was sagst du jetzt? Hab ich's dir nicht gesagt?«

Malene packt ihre Schwester. Und schlägt ihr mit der flachen Hand ins Gesicht.

29 Skål, Igelchen (Cecilie)

Einen Hund. Einen hübschen kleinen Hund. Vielleicht einen schwarz-weißen. Willst du einen? Kleines? Einen schwarz-weißen?

Cecilie hält den Igel im Arm, lässt ihn an ihrem Bauch ruhen. Er fühlt sich immer noch warm an, als hätte der Tod ihn noch nicht vollends eingenommen.

Sah nett aus, dieser Påltyp, für so was hat sie ein gewisses Bauchgefühl. Seine Augen wirkten ängstlich, aber trotzdem nett, er hatte glatte Haut. Er sollte sich nicht mit ihnen einlassen. Er gehört nicht in unsere Welt, denkt Cecilie.

Rudi ist eigentlich ja auch ganz nett, nur kommt das vor lauter Quatsch nicht immer raus. ADHS. So nennt er es. »Das kommt vom ADHS, Chessi, du weißt, deshalb bin ich wohl so. Aber so what. Hat mich nie gequält.« Sagt er. Nur ist das Unsinn. Das weiß sie genau. Das ist ganz großer Unsinn. Wenn ein Kerl vierzig Jahre lang rund um die Uhr mit den Füßen zappelt, dann macht das etwas mit ihm. Er hat Käfer im Hirn.

Cecilie lässt das Dunkel des Waldes hinter sich und marschiert zum Auto. Sie hält den Igel in einer Hand und macht mit der anderen den Kofferraum auf. Wie immer liegt da drinnen aller möglicher Schrott und Dreck. Der Volvo ist quasi ihr Lager. Sie hebt einen Hammer hoch, betrachtet ihn, überlegt, nimmt den Hammer raus und wirft den Kofferraumdeckel wieder zu. Mit dem Hammer in der einen Hand und dem Igel an den Bauch gepresst geht sie ein paar Schritte in den Wald. Bei einem kleinen Grasfleckchen bleibt sie stehen.

Ja.

Hier sollst du ruhen.

Igelchen.

Skål und sorry.

Cecilie legt den Igel vorsichtig auf den Boden. Er sinkt in sich zusammen, als würde er tief ausatmen.

»Schau mal, Kleines«, flüstert sie. »Siehst du den Igel? Siehst du, der hat genauso kleine Ohren wie deine Mami, siehst du? Er ist schön, oder?«

Sie wartet quasi auf eine Antwort und nickt.

»Ja«, flüstert sie. »Das ist sehr schön. Und jetzt begraben wir ihn. Halleluja.«

Cecilie nimmt den Hammer und durchpflügt die Erde mit dem gespaltenen Ende, wie heißt das noch gleich, das, mit dem man Nägel und so zum Beispiel aus der Wand zieht. Ja, denkt sie, man kann es den Leuten ansehen, ob sie nett sind, und dieser Påltyp sah nett aus.

Sie ist ruhig. Das Graben in der Erde tut ihr gut. Freundinnen, denkt sie. Nein. Hätte sie Freundinnen, würde sie sich nur dumm fühlen. Die würden alles Mögliche wissen, während sie selbst nicht sehr viel weiß.

Trotzdem wären Freundinnen schön.

Aber wenn sie Freundinnen haben will, kann sie Rudi nicht haben.

Und wenn sie Tong auf Rudi ansetzt?

Dann gibt es Krieg.

Der Stärkere gewinnt, und der Schwächere stirbt.

Fünfhundert Kronen, um meine Asche zu entsorgen.

Cecilie steht wieder auf. Sie blickt auf das kleine Grab hinab, das sie ausgehoben hat. »Siehst du das?«, flüstert sie und deutet darauf. »So. Oder?«

Wieder hält sie inne, als würde sie auf eine Antwort warten.

»Ja. Ganz deiner Meinung. Jetzt ist es tief genug. Skål, Igelchen. Hier kannst du ruhen. Oder?«

Sie geht in die Hocke und nimmt den Igel hoch. Jetzt ist er kalt. Er ist auch steifer. Sie legt ihn in die Grube und häuft Erde darüber.

Ich könnte doch einen Job haben, denkt sie. Einen mit Pflanzen und Blumen. Mit Erde bin ich geschickt. Mein Gott, wie viel Glück du hast, dass du nicht zu arbeiten brauchst, sagt Jani immer. Einen Job? Weißt du, wie viele Leute Geld dafür bezahlen würden, nicht arbeiten zu müssen? Sagt Rudi.

Aber man kann mich gut ficken.

Schon seit ich klein war.

Cecilie tritt mit dem rechten Fuß über die Erde und streicht sie anschließend mit der Schuhspitze glatt. Sie bleibt ein paar Sekunden stehen und betrachtet das, was nur mehr ein einfacher Erdfleck ist, nimmt den Hammer und geht zum Auto zurück.

Sie zündet sich eine Kippe an.

Jani vermisst Mama nie, er hasst ihre Mutter. Auch Cecilie hasst ihre Mutter, doch ab und zu vermisst sie sie auch. Irgendwie. Vielleicht nicht Mama, wie sie war, aber trotzdem eine Mutter. Vielleicht Mama, wie sie hätte sein können. Geht das? Mama so zu vermissen, wie sie gar nicht war?

Aber Papa.

Er war immer so fröhlich. Papa war wie ein Jahrmarkt.

Wenn Cecilie eine Liste mit fünf Metal-Balladen machen sollte, wären es »Dream On«. Aerosmith. Ganz klar. »Carrie« von Europe. »Still Loving You« von den Scorpions. »Dreamer« von Ozzy. »When the Children Cry« von White Lion. Und »Jump« von Van Halen. Da wurden es wohl sechs. Egal. David Lee Roth muss einfach sein. Selbst wenn »Jump« nicht gerade eine Ballade ist. Ihr Bärchen würde sagen, wenn Motörhead nicht mit draufsteht, ist es keine gute Liste. Ist ja nicht ihre Schuld, dass Lemmy keine Balladen kann.

»Kleines«, flüstert sie. »Du und ich, wir werden Metal hören. Wir werden die Hände zum Himmel strecken und Metal hören, du und ich.«

Als sie einen Jungen aus dem Wald kommen sieht, reißt das Cecilie sofort aus ihrem Gedankenkarussell. Sie senkt den Kopf, fasst sich an den Bauch und blickt zu Boden. Gleich danach kommt ein Mädchen. Wieder schaudert sie ein wenig, sieht weg, versucht, sich unsichtbar zu machen.

Mein Bärchen.

Manchmal will sie ihn am liebsten umbringen, und manchmal will sie ihn heiraten. Ist beinahe ein und dasselbe, spürt Cecilie.

Mein Kleines, denkt sie und sieht den Jungen und das Mädchen davonhuschen. Wir werden Onkel Jani überreden, dir ein schönes Zimmer im Keller herzurichten. Und dann können wir uns einen Hund anschaffen, du und ich. Einen schwarz-weißen. Oder vielleicht können wir uns auch was Eigenes suchen. Ein Haus. Vielleicht.

Ich rauche zu viel, aber jetzt brauchte ich einfach eine Kippe.

Ich bin nicht schön, auch wenn Rudi findet, ich wäre es.

Und Tong auch. Freitag. Da hole ich ihn ab, und dann ist alles möglich.

Cecilie geht noch mal zurück zum Igelgrab. Wieder streicht sie mit der Schuhspitze über das Erdreich.

30 Sie übernehmen die ganze Welt (Daniel William)

Tausend Kilometer unter der Erde.

Ich will hinunter, ich will hinunter, tausend Kilometer unter die Erde. Dahin, wo die Träume in rostigen Ölfässern gekocht werden, dahin, wo die Füße über blutigen Stein schrammen, dahin, wo kleine Jungen im Licht erhängter Mädchen Eichhörnchenaugen schälen. Du sollst hinunter, hörst du? Tausend Kilometer unter die Erde. Fass mich nicht an, hörst du, fass mich nicht an, verdammt! Lieg einfach nur da, verdammtes Mädchen, lieg da auf deinem Rücken, sei sexy, schließ die Augen, und wimmere mit den glänzenden Lippen, aber du hast keine Ahnung, hörst du, du hast keine Ahnung.

Daniel jagt wie ein Köter durch den Wald. Er stampft über den Waldboden und beißt die Zähne zusammen, atmet durch die Nase, ballt die Fäuste. Könnte er jemanden schlagen, er würde es tun; jemandes Gesicht zu nichts zerschmettern, jemanden in den Bauch treten, die Erde aus ihm rausschaben.

Nie wieder darf mich jemand anfassen.

Schlagzeug spielen, während Veronika zusieht, mit Dejan und den anderen trinken, trainieren, bis der Körper ein Fels ist. Punkt.

Mädchen tausend Kilometer unter der Erde begraben.

Er ist in sie eingedrungen, ein-, zweimal, und dann durchströmte es ihn. Keine Chance, es zu kontrollieren. Er rief sich selbst zu, zieh dich zurück, halt still, aber es half nichts. Ein einziger wilder Sturm. Völlig egal, was er machte oder was er schrie, keine Chance, das aufzuhalten. Es pumpte durch ihn hindurch, und er konnte sich gerade noch aus ihr zurückziehen, sich gerade noch mit den Händen bedecken, bevor es aus ihm herausschoss, Stoß um Stoß.

Wie unfassbar peinlich. Wie unmännlich.

Daniel hält Ausschau nach dem Motorradhelm. Jetzt gilt es, den Mädchenplan einfach zu streichen, war sowieso ein Scheißplan, sich von was so Unbeständigem wie einem Mädchen abhängig zu machen. Scheiße noch mal, wo hat er den verfickten Helm gelassen? Da hast du's. Mädchen, sie ficken dein Gehirn zu Brei. Nur weil sie so verdammt schön sind. Er ist in den letzten Wochen wie ein Idiot herumgelaufen, mit einem blöden Grinsen im Gesicht, hat nachts nur zwei, drei Stunden geschlafen, an Rosen und allen möglichen Mädchenkram gedacht, sogar an Haus und Kinder, kein Wunder, dass er da einfach den Helm wegschleudert. Da stimmt was nicht, erkenne mich selbst kaum wieder, denkt er, als würde nichts mehr irgendetwas bedeuten, nur sie, nur ihr Körper, nur in sie hineinzukommen.

Er mag das nicht.

Daniel läuft weiter.

Die Kontrolle zu verlieren.

Scheiß auf mich, wenn mir das gefällt.

Nie wieder fahre ich in diesen Wald und knutsche mit einem fünfzehnjährigen Mädchen, das in einem Kirchenchor singt und ein Kreuz um den Hals trägt und einen

Anwaltsvater und eine Jesusmutter hat und glaubt, die Welt wäre ein Lolli.

Cotton Candy, sunbullet mine
Explode my body out of time
Bowlegged baby, how you shine
Running over space and time

Bring my shovel, bring my axe
Bring my rifle, fill your cracks
First I fuck you, then I kill you
First I fuck you, then I kill you

'Cause I see you running, whore
I see you running, whore
Bandylegged you set ashore
Away with another man

Daniel nickt, als er den Text in seinem Kopf tickern spürt. Als wühlten sich die Worte aus dem Hirnhumus. Plötzlich ist der Text da, fix und fertig. Er muss ihn sich nur merken, muss ihn nur aufschreiben, sobald er heimkommt.

Daniel blickt auf, hält den Atem an.

Da ist wieder dieser Köter.

Näher jetzt.

Und Stimmen?

Nicht weit unterhalb sieht Daniel das Stromhäuschen. Er wird langsamer. Dort steht jemand hinter dem hohen Unkraut. Zwei Personen. Er hört die eine sagen: »Ruhig jetzt, Mann! Bring den Hund zum Schweigen! Und hör mir zu!«

Daniel bleibt stehen. Sein Blick rast nach rechts, nach links. Er geht einige Schritte in den Wald hinein und stellt sich hinter einen Baum. Er kneift die Augen zusammen.

Es sind zwei Personen. Zwei erwachsene Männer. Ungefähr um die vierzig. Der eine ist echt groß, beinahe zwei Meter, er schwankt und wedelt mit den Händen, sieht aus wie ein Baum im Sturm. Der andere ist nicht ganz so groß und schwerer zu erkennen. Er hält den Hund an der Leine.

»Okay«, hört er den Hundetypen sagen.

»Gut«, sagt der Große mit einer Reibeisenstimme. »Du musst jetzt ruhig bleiben, Påli, wenn sich das regeln soll. Das ist eins der Grundprinzipien. Ruhe bewahren. Jetzt gilt es nachzudenken, verstehst du?«

Was ist da los?

»Okay, du bist Motörhead-Fan, dann bist du sicher auch Metallica-Fan, hm?«

»Doch, oder, ich war …«

»Darkness imprisoning me, all that I see, absolute horror, I cannot live, I cannot die, trapped in myself – geht's dir so, Hombre?«

»Ja …«

»Where do I take this pain of mine – I run but it stays right by my side?«

»Ja …«

»Vielleicht auch Judas-Priest-Fan, Kåli?«

»Na ja …«

»Breaking the law, breaking the law …«

»Ähm …«

»Blöd, dass Rob Halford schwul sein musste, aber darum dreht sich ja das halbe Leben, mal ein Auge zuzudrücken, oder whaddayasay, Gnåli?«

Was ist da los?

Daniel hört Schritte, er dreht sich um – es ist Sandra. Er reagiert, so schnell er kann, hastet auf den Pfad hinaus, nickt nach hinten zu den beiden Männern und zieht Sandra ins Dunkel zurück, flüstert: »Sag nichts!« Sie windet sich los. Sie sieht wütend aus, sie hat rote Augen, aber er hat jetzt keine Zeit, darüber nachzudenken, er deutet immer wieder zum Stromhäuschen und flüstert, so leise er nur kann: »Mir nach!«

Sie sieht zu den Männern hinüber. Der größere der beiden legt die Hände auf die Schultern des kleineren.

»Okay«, hören sie ihn sagen. »Du glaubst, ich bin ein Zauberer. A wizard. Da liegst du richtig, und du liegst falsch. Du hast Probleme. Das ist verständlich. Wir machen es so …«

Ein Ruck geht durch Sandras Körper, sie macht einen kleinen Schritt vor, reckt den Kopf.

»Oh …«

»Psst!«

Nur durch Lippenbewegungen versucht sie, ihm etwas zu sagen.

Da erscheint wieder das Licht. Dieser Ausdruck auf ihrem Gesicht. Verdammte Scheiße. Kein Mädchen auf der ganzen Welt ist so schön. Was will sie ihm sagen?

Ich weiß, wer er ist.

Du weißt, wer er ist?, fragt Daniel sie stumm, während er sieht, wie verdammt schön sie ist, es überall in sich spürt.

Sie öffnet ihren wilden Mund und antwortet, immer noch ohne einen Ton von sich zu geben: *Ja.*

Und wer ist das?, fragt Daniel tonlos zurück.

»… ich geh heim zu meinen Leuten, Tråli. Du gehst heim zu deinen Leuten. Mal schauen, was mir einfällt. Und dann sehen wir uns morgen. Okay?«

Sandra stellt sich auf die Zehenspitzen, sie weint, sie greift nach Daniels Gesicht, sie küsst ihn, und dann flüstert sie: »Das ist der Vater von Tiril, mit der ich arbeite, und von Malene, die in meine Klasse geht.«

»Sie geht in deine Klasse?«

Sandra nickt. »Mhm.«

»Okay«, sagt der kleinere der beiden. Der Vater dieser Mädchen. »Und wo treffen wir uns? Und wann?«

»Am besten hier. Keine Überwachungskameras, weißt du. Gleiche Zeit. Dann sehen wir, ob ich eine Lösung für dich habe. Und denk dran: Das Internet ist die Wurzel allen Übels. Also don't you go turning on that computer now, dude! Hör lieber ein paar gute Platten. ›Number of the Beast‹. ›Overkill‹. ›Sabbath Bloody Sabbath‹. Oder was weiß ich, vielleicht hörst du auch Coldplay, wenn dich keiner sieht? Haha, so eine verdammte Drecksband. Okay, Bruder. Wir sehen uns morgen.«

Dann spuckt er aus, dreht sich einmal um die eigene Achse und geht.

Er wankt nur wenige Meter von Daniel und Sandra entfernt über den Waldweg, groß wie ein Baum, sieht weder nach rechts noch nach links, läuft einfach wie Frankensteins Monster im Zeitraffermodus weiter.

Unten am Stromhäuschen kommt der kleine Typ aus dem Gebüsch. Er blickt sich um, als wollte er nicht gesehen werden. Dann geht er neben seinem Hund in die Knie. Er reibt seine Nase an der Hundeschnauze und bleibt eine Weile so hocken. Irgendwann steht er wieder auf, seufzt regelrecht mit dem ganzen Körper und marschiert los. Zuerst schweren Schrittes, dann immer leichtfüßiger. Er bückt sich, lässt den Hund von der Leine und nimmt einen Stock vom Boden. Der Hund bleibt auf der Stelle stehen, die Ohren aufgestellt. Der Mann hält den Stock vor den geradezu elektrisierten Hund, hält ihn fest, bis der Hund kurz vorm Explodieren ist. Dann wirft er den Stock in Richtung des Fußballplatzes bei der Schule und ruft: »Ja, Zitha! Lauf!«

Der Mann verschwindet aus ihrem Blickfeld. Daniel dreht sich zu Sandra um. Sie sehen einander an, suchen den Blick des anderen.

»Was war das?«, flüstert er.

»Ich weiß es nicht.«

»Kennst du ihn?«

»Nein … Ich glaube, er heißt Pål oder so, aber nein, ich kenne ihn nicht wirklich«, sagt sie.

Sie nehmen einander an der Hand, verschränken die Finger ineinander.

»Aber du kennst seine Töchter?«

»Ja, ein bisschen.«

»Scheint, als wären sie in Schwierigkeiten.«

»Ja.«

Sie drücken einander die Hände, fest.

»Was sollen wir jetzt tun?«

»Ich weiß es nicht.« Sandra weint. »Ich schaff es jetzt nicht, darüber nachzudenken. Und wir? Sind wir in Schwierigkeiten? Daniel?«

Daniel sieht sie lange an. Dann sagt er: »Wir sind verdammt noch mal nicht in Schwierigkeiten, Baby.«

Sie schluchzt und bekommt weiche Knie.

»Aber du musst jetzt zusehen, dass du nach Hause kommst«, sagt er.

»Ja, Mama und Papa erwürgen mich, ich bin viel zu spät dran.«

»Du. Sexy. Wir sprechen morgen darüber. Okay? Wir sehen uns morgen, ja?«

Sandra nickt.

»Ich komme in den Laden«, spricht er weiter, »du schickst mir eine Nachricht, wenn Tiril weg ist, und dann komme ich. Dann sehen wir, was wir machen. Okay? Sprich nicht darüber, was du gesehen hast, mit niemandem. Okay?«

Sie nickt wieder.

»Jeden Tag«, sagt sie, »jeden Tag, das ganze Leben lang, nur du und ich.« Sie streicht ihm über die Wange. »Und es war megagut«, fügt sie hinzu.

»Das war erst der Anfang«, sagt Daniel stolz. »Schade, dass wir unterbrochen worden sind.«

»Wir haben den Rest unseres Lebens«, flüstert sie und küsst ihn noch einmal, lange, und Daniel will jeden Tag so küssen, dann ist das Leben in Ordnung, dann ist alles okay.

Sie reißt sich widerwillig von ihm los und läuft davon.

Mann, was für ein Mädchen.

Mann, was für ein Hintern.

Da läuft der Sinn des Lebens.

Als sie nicht mehr zu sehen ist, sucht er weiter nach dem Motorradhelm. Seine Arme fühlen sich so müde an, als hätte er den kompletten Tag Holz gehackt. Dieses Leben könnte echt verfickt gut werden. Schlagzeug spielen. Trainieren. Mit Dejan und den anderen feiern gehen. Aber wenn deine Frau will, dass du bei ihr zu Hause bleibst, dann weißt du, was du zu sagen hast. *Klar doch, Baby.* Denn hast du mal ein Mädchen gefunden, das so viel aushält und so viel gibt, dann musst du es festhalten, es ausdauernd und fest halten.

Aber was treibt dieser Vater der beiden Mädchen nur?

Da liegt er, der Helm. Auf dem Schotter vor dem Stromhäuschen.

Mädchen. Sie übernehmen die ganze Welt.

31 § 196 (Tong)

Rechts neben der seegrünen Zellentür hängt ein Blatt aus einem Notizblock. Darauf steht nichts. Es hängt einfach da, mit Tesa an die Wand geklebt, in Kopfhöhe neben dem Lichtschalter.

An der Wand zwischen Tür und Bett ist eine Pinnwand. Daran hängen keine Bilder, keine Familienfotos, nur zwei Postkarten und drei pornografische Ausrisse aus Zeitungen. Mina aus Flekkefjord, eine fröhliche Brünette mit Nabelpiercing, kleinen Brüsten und afrikanischem Hintern. Zwei andere Mädchen ohne Namen, die einander küssen.

Am Ende des Schreibtischs stehen Lebensmittelkonserven und Flaschen, Ketchup, ein bisschen Aufstrich sowie einige Toilettenartikel. Zwei Packungen Schokocookies. Auf dem Tisch ein 24-Zoll-Flachbildschirm, auf dem eine Folge *CSI: Miami* läuft. Im Bücherregal einige Ordner, ein paar Krimis. Harlan Coben. Wilbur Smith. Ein Buch über Meditation: *Meditation, Path to the Deepest Self.*

Er steht mitten im Zimmer. Spürt unter den Fußsohlen die Balance. Drei Punkte. Unter dem großen Zeh, unter dem kleinen Zeh, an der Außenkante der Ferse. Atmet tief ein, schließt die Augen, lässt den Atem langsam aus sich hinausströmen und spürt, wie die Balance den Körper stabilisiert. Der Nacken gestreckt. Die Muskeln von der Achselhöhle bis in die Fingerspitzen angespannt. Aktiv in den Knien, kräftig in den Oberschenkeln. Schweigend.

Sowohl da draußen als auch hier drinnen gibt es genug Schwätzer, und labern sie dich nicht voll, dann reden sie anderen nach dem Maul, und beides ist scheißnervig.

Tong schlägt die schmalen Augen auf. Ballt die Fäuste. Er stürmt mit wenigen, zielgerichteten, weit ausholenden Sprungschritten zu dem abgerissenen Blatt. Öffnet die Handflächen, fährt den rechten Fuß aus, trifft das Blatt Papier, bevor der Körper wieder präzise auf dem Boden landet. Glatter Treffer.

Er richtet sich gerade auf, nickt, als stünde ein Meister vor ihm, geht ein paar Schritte zu dem kleinen Bad hinüber, wo er – im Unterschied zu vielen anderen Insassen – seine eigene Dusche hat. Tong sitzt im frisch renovierten A3-Trakt, und er ist Flursprecher: zwei Vorteile in einem so alten Gefängnis mit so vielen schäbigen Zellen und heruntergekommenen Abteilungen, einer schlechten Lüftung und Vier-Mann-Zellen.

Er bückt sich und hebt das weiß-blaue Frotteehandtuch mit der Aufschrift »Offener Strafvollzug« vom Boden auf. Drückt es fest mit beiden Händen, bevor er sich den Hauch von Schweiß von der Stirn wischt, der sich während der halben Stunde Training, das er macht, wenn er nachts eingeschlossen wird, am Haaransatz gebildet hat.

Noch einen halben Tag, dann kommt er raus. Dann fängt ein neues Leben an. Neue Haltung. Neuer Tong. Schluss mit Drogen. Schluss mit Jobs mit Jani und Rudi. Er will ein Stück höher hinauf. Die Situation mit Cecilie regeln. Rein oder raus. Alles oder nichts.

Zum dritten Mal verurteilt. Åna ist schon ganz in Ordnung, aber jetzt hat er genug davon. Das erste Mal, Mitte der Neunziger, war es okay. Sie waren damals eine gute Clique in C2, das sagen die älteren Vollzugsbeamten noch heute. »Scheiße, Tong«, sagt dieser Hangeland, »euer System damals in C2, das war die beste Abteilung aller Zeiten.« War gut, damals. Fast nur Bekannte. Rune, Espen, der Diddi und … Egal. Das ist vorbei. Jetzt sind hier nur noch Ausländer. Damals waren es neunzig Prozent Weiße und zehn Prozent Schwarze. Jetzt ist es umgekehrt. Jetzt sind es neunzig Prozent Ausländer. Schwarze, die wegen Vergewaltigung sitzen, die Pädos und dann noch die Litauer, Polen und Rumänen. Idioten, die nichts Ordentliches arbeiten, das sind diejenigen, die nachts in deinem Zimmer stehen und in deiner Tasche kramen. Das sind diejenigen, die dein Autofenster aufbrechen und dir das Radio klauen. Diejenigen, die zufrieden damit sind, im Gefängnis zu landen, die sich ständig gegenseitig verpfeifen, die den Tageslohn aus Åna heim nach Polen schicken und finden, das Leben hier drinnen wäre einfach prächtig. Fünfundsechzig Kronen. Fantastische Einwanderungspolitik. Was haben die hier zu suchen? Tong ist adoptiert, aber bestimmt kein Ausländer. Er ist Norweger, nur mit einer falschen Hautfarbe. So einfach ist das. Schickt die Dreckskerle nach Hause. Schließt die Schleusen. Punkt.

In Åna einzusitzen ist nicht mehr wie früher. Früher ging es hier lockerer zu, mehr Schlägereien im Gefängnishof, und die Beamten folgten dem Handbuch nicht so sklavisch wie jetzt.

Diesmal ist Tongs Weste weiß geblieben. Er hat sich von den anderen ferngehalten, er war standhaft. Nicht dass er christlich oder so was in der Art geworden wäre, aber er hält es einfach nicht mehr aus. Und er versucht, das auch in Bønnas Schädel hineinzupressen – Bønna, der junge Kerl, der ebenfalls hier in der Abteilung sitzt. Aber der versteht es nicht. Er findet Gefängnis klasse, hier könne man sich bestens entspannen, viel weniger Stress als draußen. »Bønna«, sagt Tong immer wieder, »hör auf einen alten Hund, so hab ich früher auch gedacht. Aber wenn du zum dritten Mal reinkommst, dann verstehst du, dass du einen Bock geschossen hast. Du verstehst, dass das alles nur Dreck ist. Du hast die Schnauze voll.«

Tong dreht den Wasserhahn auf, lässt das Wasser für ein paar Sekunden laufen, dann bückt er sich, setzt den Mund an, trinkt. Zumindest sein Bad ist okay. Was für eine Erleichterung, nach den ersten Monaten im alten Trakt hierherzukommen. Zelle ohne Lüftung, ohne Scheißhaus.

Wenn die Sitte dich verknackt, dann ist das etwas anderes, als wegen Körperverletzung oder Drogen einzusitzen. Das erste Mal ging er für Beihilfe zum Drogenschmuggel in den Knast. Vier Jahre; nach drei Jahren dann Bewährung. War ganz okay. Das zweite Mal – verurteilt wegen leichter Körperverletzung, achtzehn Monate – erhielt er die Bewährung nach einem Jahr. Ist er erst mal drinnen, hat Tong keine Probleme, Bewährung zu kriegen. Sich einzugliedern bedeutet für ihn keinen Stress. Doch diesmal ist es anders. Wenn die Sitte dich verknackt, dann ist es Scheiße noch mal was anderes. Selbst wenn er gar kein Pädo ist, selbst wenn alle, die hier sitzen, wissen, wer Tong ist – er sitzt ja noch nicht mal in der Pädoabteilung –, ist es trotzdem etwas anderes. Die Blicke der anderen Insassen sind anders. Als würden sie es genießen, dass er nicht wegen Drogen oder Körperverletzung sitzt. Als wollten sie, dass er doch ein bisschen Pädo wäre.

Und falls er dieses Mädchen, dieses scheißverfickte Flittchen noch mal sieht, und sei es auch nur aus der Ferne, dann gnade ihm Gott. Einen Scheißdreck sah sie wie vierzehn aus. Und einen Scheißdreck führte sie sich auf wie vierzehn.

Alles war gut. Nach dem Lagereinbruch in Orre war er feiern. Sie waren mit über sechzig Laptops und einem Haufen Ausrüstung dort abgezogen. Dann ging's zu Hansi, dem geilen Bock. Dort wimmelt es immer von jungen Leuten, Mädchen und Jungs und Line um Line auf dem Glastisch. Sie setzte sich auf seinen Schoß, sie wollte Kokain und Speed und alles, was sie kriegen konnte, sie rieb ihren Schritt an ihm, als wäre er ein Auto und ihre Fotze Bohnerwachs, er nahm sie mit ins Schlafzimmer und fickte sie in sämtliche Öffnungen, die man an einer Frau nur finden kann. Was genau war daran falsch?

Das sagte er auch zu seiner Anwältin. »Hör zu, Hanne, einen Scheißdreck sah sie aus wie vierzehn, ich war zugedröhnt, aber ich hab nichts Falsches gemacht. Sie wollte mich, ich wollte sie, und was genau ist daran falsch?«

Hanne tat ihr Bestes. Das Mal zuvor war sie seine Anklägerin gewesen, und er hatte zu ihr gesagt: »Du warst meine Anklägerin, Hanne, du warst ein Teufel, aber jetzt will ich dich auf meiner Seite.«

Ja. Nicht ihr Fehler. Der Fehler dieses Flittchens.

Was er mit Cecilie machen wird, weiß er noch nicht.

Aber mit diesen Idioten zu arbeiten – damit ist Schluss. Rudi und Jani. Absolut vorbei.

Tong steht auf. Er klaubt einen Schokocookie aus der Packung und kaut langsam darauf herum. Er hat indianerschwarzes Haar, sein Gesicht ist scharf geschnitten, als hätte es jemand mit einem Messer geschnitzt. Er schluckt, spürt nach, ob im Mund noch irgendwelche Krümel sind. Er strafft den Körper, versetzt sich in Spannung, macht die Augen weit auf, blinzelt nicht. Geht in Position. Findet die Balance. Stürmt zur Wand.

Mittwoch, 26. September

The only card that I need is
The Ace of Spades

MOTÖRHEAD

32 Morgenstimmung bei den Kriminellen (Jan Inge)

Raus mit den Vögeln. Raus mit dem Licht.

Ein weiterer mystischer Tag in der reichsten Stadt der Welt.

Sieh, wie alles glüht.

Spür die Wärme.

Ich, ein Morgenmensch.

Wenn die Sonne über die Hecke steigt, überkommt Jan Inge oft ein Gefühl von beinahe gewalttätiger Freude. Wenn sie so gerade eben durch den Morgennebel bricht und ihm wie ein Ball himmlischer Wildheit entgegenschlägt. Dann läuft ein Schauder über seinen Nacken, er spürt hinter den Augen einen Druck und hört das Rufen einer luftigen Stimme. Es ist die Sonne. Es ist die glänzend weiße Nebellaterne, die ihn ruft, ihre Stimme hat einen kreiselnden Klang, sie dreht sich wie ein Karussell aus Tönen, und ihm bleibt keine Wahl, er muss einfach barfuß über den Morgentau gehen, über den kalten Rasen und in das Licht hineinflüstern.

Ja? Meister? Ich bin hier. Willst du mich haben?

Als wäre er mit der Erde verheiratet.

Wenn man hundertzwanzig drauf hat, ist es nicht mehr ganz so einfach, den Morgen willkommen zu heißen. Zu viel zu schleppen. Das Fett verursacht nach und nach so etwas wie eine Depression, und mit einem so hohen

Gewicht geht eine beträchtliche Faulheit einher. Der Rollstuhl ist zwar eine große Hilfe, doch jetzt ist Schluss damit. Er muss wieder runter auf hundert. Vielleicht neunzig.

Er braucht deswegen ja nicht gleich den Rollstuhl wegzuräumen. Der Rollstuhl ist nicht schuld daran, dass er fett ist. David Toska war auch nicht gerade ein Sylphe, als er in Stavanger arbeitete. Um mal einen Vergleich anzustellen. Und das ist nicht mal ein dummer Vergleich. Toska, unser Charles Peace, unser Dave Courtney, unser Clyde Barrow, unser Stanley Mark Rifkin. Denn das ist der gemeinsame Nenner dieser Meisterhirne: Sie dachten Großes, sie vollbrachten Großes, und wie Toska wurden sie geschnappt.

Er muss mit leichtem Fitnesstraining anfangen. Tong ist ein Fitnessteufel. Cecilie hat erzählt, er trainiert draußen in Åna wie sonst noch was. Rudi ist von Natur aus dünn. Wie Cecilie, die von Natur aus mager ist. Die brauchen kein Training. Während er, der Chef, eine Veranlagung dazu hat, richtig, richtig fett zu werden. Das Problem ist allerdings: Jan Inge hat nicht die geringste Lust auf Training. Mit welchem Training sollte er im Alter von dreiundvierzig auch auf einmal anfangen? Wo er doch körperlich nichts mehr gemacht hat, seit er in der Sieben aus dem Schulsport ausgestiegen ist?

Yoga?

Vor ein paar Tagen hat er eine Fernsehsendung über Yoga gesehen.

Dass dabei das individuelle Selbst und die universelle Seele eins würden.

Er sah Menschen mit geschlossenen Augen auf Matten sitzen und ruhiger Musik aus fernen Ländern lauschen. Ein Yogameister sagte, selbst wenn man bloß sitzt, erfährt der Körper den gleichen Effekt, als würde man eine halbe Stunde draußen joggen.

Yoga-Yani.

Gar nicht dumm, denkt er und spürt, dass er etwas erreicht hat. Und das mag er am allerliebsten. Denken, denken, denken, Ergebnis, Ergebnis, Ergebnis.

Klagen ist einfach.

Wer schenkt uns positiven Menschen schon Beachtung?

Eine positive Betrachtungsweise ist wichtig, das sagte Papa schon vor einem halben Menschenleben, als Cecilie am Flughafen stand und heulte. »Kommt schon, Kinder«, sagte er. »Houston ist nicht das Ende der Welt. Vor hundert Jahren dauerte eine Reise nach Amerika einige Tage. Die Auswanderer, denkt an die Auswanderer!«

Ja sicher.

Yoga-Yani hat oft an die Auswanderer gedacht.

Jan Inge kennt sich allein wegen des Satzes seines Vaters am Flughafen Sola ziemlich gut aus mit Auswanderern. Und Papa hat die Wahrheit gesagt, die Welt hat sich verändert.

Aber zum Besseren?

Da ist sich Jan Inge nicht sicher.

Wäre es nicht besser, es würde noch immer wochenlang dauern, bis ans andere Ende der Erdkugel zu reisen? Dann würden die Leute erst ein bisschen nachdenken, bevor sie zu fremden Orten aufbrechen, an denen anderes Essen gegessen und eine andere Sprache gesprochen wird, und jede Menge Menschen mit Kummer daheim zurücklassen.

1982. Das Jahr, als *The Times* den Computer zum Man of the Year kürte. Der Krieg war kalt, aber Jan Inges dreizehnjähriges Herz war warm: Im Februar bekamen sie in Hillevåg einen Videorekorder. Aus einer Mutter auf dem

Friedhof und einem Vater im Ölgeschäft entsprang ein Horrornerd. Jan Inge tuschelte mit den Leuten in der Videothek, legte sich unzensierte Versionen aus der Glanzzeit der vergangenen zehn Jahre zu, sah sich Videos an, bis sein Kopf groß und voll und dunkel wurde. Er machte sich bekannt mit den Denkweisen von Dario Argento, Wes Craven, Tobee Hooper, George Romero, John Carpenter, er sah sich *Amityville Horror* an, *When a Stranger Calls, The Brood, Suspiria, The Shining, Night of the Living Dead, The Omen, Zombie, The Thing, Evil Dead, The Texas Chainsaw Massacre, Friday the 13th, Last House on the Left.*

Während Cecilie in der Schule war, saß er zu Hause auf dem Sofa, zog sich die Decke über die Knie und die Chipstüte näher heran, die schwachen Blaubeeraugen erhellten sich vorm Fernsehbildschirm, und der Horror und Jan Inge liebten einander, und oft hatte er das Gefühl, dass nicht er die Filme, sondern die Filme ihn betrachteten. Und ihn liebten. Er sah Zombies auf sich zukommen, er sah sexuell pervertierte Mörder die Axt heben, er sah degenerierte Rednecks alles abschlachten, was sich ihnen in den Weg stellte, er sah verschreckte Mädchen leuchten und schreien, farbflammendes Licht, er sah den Abgrund sein Maul aufreißen.

Zwei Jahre bevor Jan Inge und der Videorekorder einander fanden, hatten sie seine Mutter in die Erde hinabgelassen. Gott sei Lob und Dank. Sie war ein Tier gewesen. Hatte erst Kinder in die Welt gesetzt und war dann als ein nach Schnaps stinkender Misthaufen geendet. Sie hätte gut in einen Horrorfilm gepasst. *Mom from Hell. HellMom.* Als sie verschwand, wurde das Leben heller, und am hellsten war es, wenn der Videorekorder und Jan Inge allein waren. An diese Zeit hat er zahlreiche gute Erinnerungen. Ein wenig Husten am Morgen, sich mit dem

Asthma plagen, seinen Vater dazu bringen, in der Schule anzurufen und zu sagen, dass Jan Inge zu Hause bleiben müsse. Doch dann kam der Herbst 1982, und eines Tages betrat sein Vater das Kinderzimmer, ein Schatten fiel auf die *Weiße-Hai*-Tapete, und Papa verkündete, dass neue Zeiten angebrochen seien, und diese neuen Zeiten, die waren mit Öl eingeschmiert. Die Firma schickte ihn nach Houston.

»Aber ich komme jede zweite Woche nach Hause«, sagte er und wuschelte Jan Inge durchs Haar, »das wird so dermaßen gut laufen.«

Und dann kam der Tag am Flughafen Sola.

Cecilie war zehn.

Ja. Zehn.

Jan Inge erinnert sich noch gut daran, dass sie ihn an diesem Morgen um Pippizöpfchen gebeten hatte. Er hatte ihr gesagt, dass er keine Pippizöpfchen flechten könne, aber sie hatte ihm gezeigt, wie das ging, und draußen auf dem Flur war Papa mit Koffern, Reisetaschen und der Krawatte in den Händen, dem Pass in der Brusttasche und der Zahnbürste im Mund hin- und hergehuscht. Einige Stunden später standen sie in der Abflughalle, Cecilie mit den unbeholfenen Pippizöpfchen, beide hatten vom Morgenregen nasse Haare, und Papa versuchte, ihnen klarzumachen, dass das so dermaßen gut laufen würde. Er öffnete die Tore zu seinem irre warmen Lächeln, er fuchtelte mit den Händen und beschrieb ihnen, wie leicht alles auf dieser Welt war, und sagte: »Jan Inge ist ein großer Junge. Er kann dir Pausenbrote machen, Cecilie. Und dann kommt Papa in ein paar Wochen nach Hause.« Papa schnalzte mit der Zunge und zwinkerte den Kindern zu. »Ihr schafft das«, sagte er. Und da zitterte und bebte Cecilie am ganzen Körper und brüllte so laut los, dass es ihrem Vater richtig peinlich wurde, und auch Jan Inge konnte nicht mehr anders, er plärrte ebenfalls wie ein kleiner Junge.

Daraufhin sagte ihr Vater eben das, von wegen Houston sei nicht das Ende der Welt, dass man ein positiver Mensch sein und an die Auswanderer denken solle.

Einige Wochen später rief er an und teilte ihnen mit, es werde ein bisschen dauern, bis er wieder nach Hause komme, er wiederholte, dass Jan Inge ein großer Junge sei, positiv denken solle, er sagte, keinem großen Jungen tue es weh, sich um ein Haus und eine Schwester zu kümmern, im Gegenteil, sagte er, was für ein Traum wäre das für ihn gewesen, als Dreizehnjähriger ein paar Wochen alleine bleiben zu dürfen.

Raus mit den Vögeln. Raus mit dem Licht.

Ein weiterer leuchtender Tag in der reichsten Stadt der Welt.

Jan Inge fährt leichten Herzens über das abgeschrammte Linoleum. Die Sonne macht den Dreck auf den Küchenfenstern sichtbar, irgendwelche Kinder haben mit den Fingern »Schwantz« daraufgeschrieben. Jan Inge in seinem Schlafanzug sitzt lächelnd da; so sind Kinder nun mal. Er dreht den Rollstuhl herum und steuert den Kühlschrank an, macht ihn auf und verfällt in neue spannende Gedanken, während er nach Wurst, Käse, Marmelade und Getränken greift.

Was für ein Abend.

Nachdem er *Three on a Meathook* gesehen und sich innerliche Notizen, wie er es nennt, gemacht hatte, war er hinaus auf die Terrasse gerollt. Die Abendkälte kroch zu ihm herauf, seine Gedanken bewegten sich ebenso langsam, wie sein Blick von Sternenlicht zu Sternenlicht am tiefen Himmel wanderte. Die Probleme, die er hin und wieder verspürte, waren mit einem Mal wie weggeblasen. Die hundertzwanzig Kilo, die Angst davor, Rudi und Cecilie könnten über einen Auszug nachdenken, ihr Interesse an einem eigenen Auto, genauer gesagt, an zwei, dieses nebulöse Vorhaben, für das Rudi jetzt im Gosenskogen war, Tong, der am Freitag rauskommt …

Er schlief ein. Ein alleinstehender Mensch in der Welt. Ruhend unter dem kalten Sternenhimmel. Ein kriminelles Leben. Der David Toska der Kleinkriminellen. Und trotzdem ein Leben. Das Kinn herabhängend. Der Kopf auf die rechte Schulter gesunken. Ein bisschen Sabber im Mundwinkel. Entblößt vor der Natur. Tiefe Meditation. Kosmische Intelligenz. Oben am dunklen Himmel zog ein nächtlicher Flieger vorbei. Ein paar blinkende rote Lichter. Unten am Weg stellte ein Nachbar den Müll raus.

Solche Sachen. Alles zusammen wie ein Gedicht.

Ich, ein Kind. Yoga-Yani und das Universum.

Durch die Luft schwirrende Stimmen weckten Jan Inge.

»Schläft er?«

»Hat er echt den Rollstuhl hier rausgerollt?«

»Ach, Scheiße, hab ich jetzt Bock auf 'ne Kippe.«

»Warum fängst du dann nicht wieder an?«

»Warum hörst du nicht lieber auf?«

»Himmelherrgott, hat er das ganz allein geschafft?«

»Ich hab's genau gesehen, du mochtest diesen Pålitypen.«

»Was meinst du damit, ich mochte ihn?«

»Fuck, hab ich jetzt echt Scheißbock auf 'ne Kippe.«

»Bist du dir sicher, dass er schläft?«

»Ich sag doch nur, was ich sage, dass du diesen Pålidude mochtest.«

»Schau ihn dir an, he?«

»Gehst du morgen zu dem Gesichts… pflege… ding?«
»Mhm.«
»Nice.«
»Mhm.«
»Wirst 'ne Sexybitch, weißt du.«
»Haha.«
»Wolltest du diesen Pålidude ficken?«
»Halt die Klappe.«
»Du hast vielleicht 'nen Bruder.«
»Ja.«
»Siehst du das?«
»Hä?«
»Jan Inge kriegt 'ne Glatze.«
»Liegt in der Familie. Alle Männer kriegen 'ne Glatze.«
»Ja, ja. In der Gesellschaft gibt's genug Altersmobbing, also brauchen wir das nicht auch noch mobben.«

In dieser Stimmung, in der sich Jan Inge langsam orientierte, in der er für einige Sekunden mit geschlossenen Augen dasaß und in der ihn umringenden Mitmenschlichkeit verweilte, in dieser Stimmung war der gestrige Tag zu Ende gegangen.

Eine Art Totalerlebnis von Liebe.

Cecilie und Rudi schoben ihn durchs Wohnzimmer. *Psst,* sagten sie, *du brauchst nicht aufzustehen, psst, wir sprechen morgen früh über dieses Vorhaben mit Pål, psst, jetzt musst du dich nur noch in die Falle legen, Meister,* und als sie ins Schlafzimmer holperten, bemerkte Rudi, dort gebe es eine Türschwelle, die wegmüsse. Sie halfen ihm, erfroren und ergriffen, wie er war, in sein Bett, wo er weiterschlafen konnte, und mit geschlossenen Augen hörte Jan Inge noch, als wäre er irgendein Greis in einem gemütlichen Altersheim, Rudis letzte Worte für diesen Abend: »Gute Nacht, Maestro.«

Und Cecilies letzte Worte für diesen Abend: »Manchmal denke ich, deine Schwester zu sein ist ein Drecksleben, Jani, aber gerade warst du verdammt intensiv.«

Und so ist es gar nicht unnatürlich, dass Jan Inge an diesem Morgen ein paar fundamentale Gefühle im Körper hat. Die haben alle Menschen, die sich geliebt fühlen, denkt er, als er den Käse rausholt und auf die alte Stavangerflint-Porzellanplatte legt und dabei einen hasserfüllten Gedanken an Mama auf dem Friedhof und einen schmerzhaften Gedanken an Papa in Houston verliert.

Bald wird er auf den Flur hinausrollen und sie wecken. In ihr Zimmer rufen: »Guten Morgen! Mittwoch! Morgenmeeting!«

Ein gutes Ritual.

Mittwoch = Morgenmeeting.

Wenn Jan Inge an etwas felsenfest glaubt, dann an Rituale.

Vom Typ: Cecilie putzt immer das Bad. Rudi kümmert sich um alles, was mit Elektrik zu tun hat. Er selbst macht täglich Frühstück. Beim Frühstück gilt es, einen gewissen Standard für den Tag zu setzen, und es geht dabei um Qualitätszeit, eine grundlegende Notwendigkeit für das Funktionieren des Betriebs. Es dreht sich erstaunlich viel um die Mahlzeiten. Man muss zum Frühstück aufstehen, und man muss etwas zum Abendessen bekommen. Beim Abendessen hören sie Motörhead, richtig laut, für ihrer aller bisschen Seelenfrieden und Ruhe, doch beim Frühstück ist es still. Da ist Zeit für Evaluierung, für Strategien, für Pep Talks, und mittwochs ist Morgenmeeting. Da hat jeder die Chance auszusprechen, was er auf dem Herzen hat, und Jan Inge hat die Chance, ein Visionär zu sein, wenn er sich danach fühlt.

Und das tut er oft.

In letzter Zeit legt Jan Inge sich mit den Mahlzeiten ins Zeug. Er hat besonders guten Brotbelag besorgt, sich beim Tischdecken richtig Mühe gegeben, besseren Kaffee als sonst gekauft, sogar um Kerzen hat er sich gekümmert. Damit sie es begreifen. Dass sie es hier in diesem Haus, in diesem Betrieb gut haben. Damit sie begreifen, dass Ausziehen oder so was in der Art keine gute Idee ist.

Jan Inge bremst den Rollstuhl.

»Einen schönen Tisch hab ich da gedeckt«, flüstert er, um das helle Morgenzimmer mit einem crispy Klang zu erfüllen.

Drei Gläser. Drei kleine Teller. Messer für alle. Kaffee für Cecilie und ihn selbst, Kakao für Rudi. In der Mitte des Tischs steht eine brennende Kerze. Man kann in mancherlei Hinsicht sagen, dass dieser Tisch das Scheinen der Sonne aufgreift. Die Platte mit Aufschnitt. Die Platte mit Käse. Die Marmelade für Rudi. Die Leberwurst für Cecilie. Die rote Beete, die sie gerne auf der Leberwurst drauf hat. Das Ei für ihn selbst.

Er hievt den schweren Hintern aus dem Rollstuhl und zieht aus der Gesäßtasche einen Zettel.

1. Film der Woche: *The Abominable Dr. Phibes* (R. Fuest 1971)

2. Freiwilliges Gemeinschaftsaufräumen im Garten. Am Wochenende? Wer besorgt ggf. einen Anhänger für den ganzen Dreck?

3. Wollen wir zu W.A.S.P. am 24. Oktober nach Oslo? Wer kümmert sich ggf. um Transport, Übernachtung und Tickets? NB: Wir schlafen NICHT bei Tom B. in Holmlia! Nicht vergessen, was letztes Mal passiert ist!

4. Update über das gestrige Treffen mit Pål. Was steht an? Durchführung?

5. Freitag. Tong. Was machen wir? Eine Party? Ein Essen? Ihn ausruhen lassen? Vorschläge?

6. Evtl. Hat jemand etwas, was er mit der Gemeinschaft teilen will?

Jan Inge faltet den Zettel zusammen, er fühlt sich stark und bereit und rollt auf den Gang hinaus. Im selben Moment, da er »Guten Morgen, Mittwoch, Morgenmeeting« rufen will, hört er drinnen bei Rudi und Cecilie das Bett knarzen. Er schluckt, rollt näher, hört eine Art Hämmern auf dem Boden und Rudis tiefe Stimme: »Fuck! Chessi, dreh dich um, lass mich deinen Arsch sehen! Yess! Heb ihn hoch, Chica, komm! YESS! Live porn from Hillevåg! Handsup, Muschi oder Leben, yess, so, ja, meine Schlampe, uh ja, fuck, hier kommt Mister Schwanzmann, oh, du bist so grooooß, diese Hüften wie Regale, oh, lasst mich euch rütteln und schütteln, Hiiiiilfe, Mama, oooh, er ist so grooooß, oooh, er sprengt mich, oooh Mama, du brauchst doch nicht zu kommen, ich kann selber kommen! Eine Party in meinem Arsch! Drinnen im Dunkeln, siebenundzwanzig Jahre nacheinander! Und-dann-las-sen-sich-die-Leu-te-schei-den! Vorm Internet sitzen und es sich selbst machen und wegen fremder Schwänze in den Nachtclub gehen? Holyfuckingrainbowhoney, NEVER DOROTHY! NEVER! Ich gehör dir, bis die Berge einstürzen. Okay, okay ... jetzt ... jetzt ... okay ... Wir sind unterwegs, meine Soldaten und ich ... Hörst du die Artillerie über die Wiesen donnern? WIR SIND VIELE, UND WE DON'T NEED NO WORLDWIDEWEB, UM UNS ZU VERMEHREN! HERE IT COMES, THE WORLDWIDEFUCK! Heiligescheißewasichverdammtgernmagistdiesenhöllenarschzuschütteln!«

Jan Inge bleibt für ein paar Minuten sitzen.

Und wägt alles Mögliche gegeneinander ab.

»Aber meine Horrorfilme«, flüstert er sich zu, »die verlier ich nicht. Und Johnny Cash hört niemals auf zu singen. Und Cecilies Pippizöpfchen kleben in meinem Gedächtnis. Und die Sonne«, flüstert Jan Inge, während er spürt, dass er mit beiden Augen blinzelt, als Cecilie dort drinnen loswimmert und Rudi immer lauter schreit, »die Sonne verlässt mich nie. Und auf dem Grab«, flüstert er und spürt, wie ihm die Tränen kommen, »auf meinem Grab soll geschrieben stehen: Des Meisters letzte Falle, hier ruht der Sonne Sohn, hundertzwanzig Kilo kosmische Liebe, Yoga-Yani, Jan Inge King, der Denker aus Hillevåg.«

33 Die Socken über der Heizung (Pål)

Nein: ein neuer Tag. Die Schalter im Gehirn werden umgelegt, es knistert und prasselt, als ginge in einem langen Korridor Leuchtstoffröhre um Leuchtstoffröhre an. Die Gedanken erwecken ihn zum Leben. Sie sind angespannt, sie sind schmerzhaft. Sie gehen mit Selbstverachtung und Übelkeit einher. Sein Gehörsinn nimmt ein Straßengeräusch wahr, ein vorbeifahrendes Nachbarauto, vielleicht der Kerl aus Nummer vierzehn, der bei Baumaschinen TS Stangeland arbeitet. Ein Geräusch aus dem Bad, eins der Mädchen dreht den Wasserhahn auf. Der Morgen ist da, mit steigenden Temperaturen verströmt die Erde Orangenduft. Doch Pål spürt keine Freude. Er ist nicht in der Lage mitzumachen. Wann ist er zuletzt fröhlich, ausgeruht und stark gewesen, als er aufgewacht ist? Er kann sich nicht erinnern. Er hat das Gefühl, in einem geschlossenen Ei aufzuwachen, und er hat das Gefühl, das geht schon seit einer Ewigkeit so, und er hat das Gefühl, er wird davon nicht loskommen. Er will nicht hier sein, er will nicht dieser Mann sein, er wünscht sich, er würde nie mehr aufwachen. Nicht diese Schalter im Gehirn umlegen. Nicht mit dieser Finsternis zu mir kommen. Nein: kein neuer Tag.

»Papa?«

Könnte er nur eine neue Chance bekommen.

»Paapaaa!«

Pål stützt sich auf die Ellbogen, schlägt die Bettdecke zurück, setzt sich erst im Bett auf und dann auf die Bettkante. Den Kopf in die Hände gestützt, Hände auf die Knie, das Blut sinkt.

Schritte. Trampeln auf der Treppe. Tiril.

Gleich wird die Tür aufgehen. Er schluckt, er rauft sich die Haare, er klebt sich ein Lächeln ins Gesicht. Die Augen. Immer noch Sand darin.

Könnte er nur die Chance bekommen, alles, was er getan hat, einfach auszuradieren.

Da. Die Tür geht auf.

»Hallo, Tiril.« Er lächelt. »Guten Morgen, meine Große. Komm her, lass dich umarmen.«

Er streckt die Arme nach ihr aus, spürt, wie schwach sie sind. Tiril bleibt in der Tür stehen. Wie dick sie geschminkt ist, um die Augen tiefschwarz. Ihre Kleidung, der rot-schwarze Rock, die aufgeschlitzte Strumpfhose, die Hosenträger über dem Oberteil, eine Unmenge Buttons mit Totenschädeln und Bands und Slogans, die strähnigen Haare.

Zitha kommt schwanzwedelnd herein. Pål packt sie an der Schnauze, sieht ihr in die Augen, und sie leckt ihm übers Gesicht, bevor sie sich gehorsam zu seinen Füßen hinlegt.

»Wir haben kein Brot.« Tiril verschränkt die Arme und stellt sich breitbeinig hin. »Und es gibt keinen Trinkjoghurt und auch kein Obst mehr. Und du stehst wohl nie auf.«

Er zuckt unbeholfen mit den Schultern, streckt sich nach der Hose auf dem Stuhl und zieht den Geldbeutel heraus.

»Hier …«

Sie seufzt. »Super, Papa.«

»Was meinst du …«

»Whatever. Gib mir das Geld. Mit Geld lässt sich alles regeln. Da kann der Kühlschrank auch einfach leer bleiben.«

Sie steht mit ausgestreckter Hand vor ihm, weicht seinem Blick aus.

»Aber, Tiril, meine Große, ich hab doch nur vergessen … Gut, also, ich kauf später ein …«

Ihre Hand hängt in der Luft. So erinnert Tiril ihn manchmal an seine Frau. Einfach ins Zimmer stürmen, keine Umarmung, kein Guten Morgen, nichts, nur Anweisungen, nur Ansprüche. Pål hält ihr einen Hunderter hin, will, dass sie sieht, dass er Geld hat, dass er regelt, was geregelt werden muss.

»Reicht das bis zur Mittagspause?«

Sie hat die Arme immer noch verschränkt.

»Wie wär's, wenn wir ausnahmsweise mal ein normales Frühstück hätten?«, sagt sie.

»Aber … Aber das haben wir doch.« Er reibt sich die Augen, schlüpft in die Hose. Hält ihr erneut den Hunderter hin. »Oder etwa nicht? Am Wochenende haben wir doch …«

Wieder Schritte auf der Treppe. Leichtfüßigere. Malene. Zitha hebt den Kopf und wedelt mit dem Schwanz. Malene kommt zur Tür herein, wirft einen Blick auf die beiden, sieht den Hunderter, mit dem er immer noch herumfuchtelt.

Sie stellt sich neben ihre Schwester. Beide sehen ihm dabei zu, wie er erst sein T-Shirt anzieht, dann die Strümpfe.

»Was?« Pål versucht zu lachen, doch es gelingt ihm nicht. »Was ist los?«

Malenes Brust hebt und senkt sich. Sie macht kein großes Aufheben daraus, den Hunderter zu nehmen. Sie legt den Kopf ein wenig schief. Dass die beiden Schwestern sind. Manchmal ist das kaum zu glauben. Er erinnert sich noch daran, wie es mit ihnen auf dem Spielplatz war, als sie kleiner waren. Tirils Körper stand immer sofort unter Strom, sobald sie Schaukeln, Spielgeräte und Sandkasten sah, sie sprintete sofort mit beinahe beängstigender Wildheit hin, warf sich auf die Schaukel, konnte nie genug bekommen, *schneller, Papa, noch schneller, Papa.* Malene betrat den Platz langsam. Ging zu einer Schaukel. Setzte sich darauf. Spürte sie. Fing an zu schaukeln, vorsichtig, *das ist schnell genug, Papa, das reicht.*

Tiril hat rote Augen, sie macht auf dem Absatz kehrt und verlässt das Zimmer. Während sie die Treppe hinuntertrampelt, ruft sie: »Zitha hat schon Futter gekriegt. Ich komm heut nicht zum Abendessen! Wird spät! Muss zur Probe!«

»Aber …« Pål versucht, die Stimme zu heben. Sie hat keine Kraft. Malene steht immer noch vor ihm. Er weiß, dass er sie wie eine Erwachsene und nicht wie seine Tochter behandelt, aber er kann nicht anders. »Was war das?«, fragt er. »Stimmt was nicht? Hab ich was falsch gemacht? Ich hab vergessen einzukaufen, aber bei der Arbeit ist gerade echt viel los, Malene, du hast ja keine Ahnung … Findest du, ich habe das verdient? Hm? Findest du das? Ich habe mich um euch bemüht, das weißt du, all die Jahre, das war auch nicht gerade leicht …«

Was mache ich da denn jetzt?

»Du verstehst sicher, dass das nicht immer leicht war … quasi alleinerziehender Vater von euch beiden, Malene, es ist nicht gerade leicht, alles zusammenzuhalten, ich gebe mein Bestes, das weißt du, oder? Du weißt das, oder? Meine Große? Dass ich euch nie wehtun würde? Dass ich mein Bestes gebe? Und dann kommt sie hier rein, stürmt einfach rein und beschuldigt mich wegen allem Möglichen …«

Was mache ich da nur?

»Malene, verstehst du das?«

Er zwingt sich zu weinen. Oh mein Gott, wie tief kann man eigentlich sinken, denkt er, während er ein paar falsche Tränen hervorpresst. Was bin ich für ein Vater, was mache ich da nur? Warum kann ich nicht aufstehen, den Stundenplan checken, meine Mädchen aufwecken, Pausenbrote für sie schmieren, was mache ich nur?

Fast glaubt er, seine Tränen wären echt.

Malene legt die Arme um ihn, umarmt ihn, hat dabei einen erwachsenen Ausdruck im Gesicht.

»Papa«, sagt sie. Streicht ihm über den Rücken. »Psst. Ich verstehe dich.«

Ihre Arme haben sich fest um ihn geschlossen. Er lässt es zu. Das tut gut.

Dann schnieft er und reißt sich von ihr los.

»Oje«, sagt er, »dein dummer Papa, was?«, und beugt sich hinab zu Zitha.

»Dummer Papa, was, Zitha? Jaaa, braves Mädchen, jaaa.«

Malene nickt und lächelt. »Geh jetzt runter«, sagt sie, »nimm dir Kaffee, schnapp dir deine Adidas-Schuhe, und sieh zu, dass du zur Arbeit kommst. Wie geht's deinen Augen?«

Sie gehen in die Küche hinunter. Der Kaffee steht bereit, er nimmt sich einen Becher und macht ihn voll. Wirft einen Blick in den Kühlschrank. Den muss ich heute auffüllen. Schauen, dass ich zur Arbeit komme. Wird schon werden. Pål dreht sich um, sein Kopf ist leicht, die Sorgen sind weg, er sieht zu Malene, die ihre Jacke anzieht und die Schultasche schultert.

»Tiril«, sagt sie.

»Hm?«

»Na ja, diese Aufführung morgen … Mama kommt ja nicht, sie … Ich glaube, eigentlich geht es nur darum, dass Tiril will, dass du da bist.«

Pål zuckt mit den Schultern. »Aber hab ich je was anderes gesagt? Glaubt sie, ich hätte es vergessen? Kann schon sein, dass ich manchmal ein bisschen verpeilt wirke, aber das liegt nur an der Arbeit. Ist doch klar, dass ich komme, wenn Tiril singt. Ich sitze in der ersten Reihe und applaudiere. Hab ich je was anderes getan?«

Er nimmt einen großen Schluck von dem warmen Kaffee und schüttelt den Kopf.

»Ich glaube, Tiril hat nicht das Gefühl, dass du ihr das gesagt hast«, gibt Malene zurück, »also – so, meine ich. So wie mir gerade eben.«

Pål nimmt sich ein Knäckebrot aus dem Eckschrank. Er mag zwar kein Knäckebrot, aber irgendwas muss er ja im Magen haben.

»Nein, vielleicht nicht. Ich regel das.«

»Du gehst doch arbeiten?«

»Ja, übliche Zeit, ja, natürlich geh ich … arbeiten. Warum fragst du?«

Ruhig jetzt, denkt er, ruhig, Pål.

»War spät gestern.«

Ruhig jetzt. Er sieht Rudi und Cecilie vor sich, er schämt sich dafür, was 1986 passiert ist. Mein Gott, das Mädchen war jünger, als Malene jetzt ist.

»Spät?« Er räuspert sich. »War ich spät?«

Sie spricht mit mir, als wäre ich hier das Kind.

»Ja.«

»Ja, vielleicht. Bin vermutlich eine längere Runde gegangen.«

Ruhig jetzt.

»Außerdem«, sagt Malene, richtet sich vorm Spiegel die Haare und ist bereit, zur Schule zu gehen, »war ich heute Morgen unten im Keller und hab die Wäsche rausgeholt …«

»Oh, gut, mein Gott, die hab ich ganz vergessen …«

»Egal. Im Arbeitszimmer war Licht, deine Socken lagen über der Heizung, und sie waren megaheiß, Papa, richtig scheißheiß.«

»Oh nein, oje …«

»Warst du gestern Nacht wach? Der Computer war an.«

»Jaa …« Er zögert, dreht sich weg, blickt in den Garten hinaus. »Nur … Ja, ich konnte nicht schlafen. Hab ein bisschen gesurft …«

»Du darfst die Socken nicht über der Heizung trocknen, Papa. Hab keine Lust, hier zu verbrennen.«

Er hat ihr immer noch den Rücken zugewandt.

»Nein«, sagt er und sieht weiter hinaus in den Garten. Erst jetzt fällt ihm das klare Wetter auf, erst jetzt ist er zu dem Gedanken fähig, wie schön es heute wieder ist.

»Und du hast die Socken weggenommen?«, fragt er leichtherzig.

»Na klar«, kommt es von hinten, »hab sie in die Wäsche geworfen.«

Pål nickt. Er hört, dass da etwas mitschwingt, aber beschließt, sich nicht zu ihr umzudrehen, er beschließt, es beiseitezuschieben.

Er zeigt hinaus in den Garten.

»Weiß schon, ich nerve damit«, sagt er, »aber jedes Mal, wenn ich den Baum da sehe, denke ich, ihr solltet wirklich eine neue Milchtüte für die Vögel aufhängen.«

34 Kannst du ein Geheimnis für dich behalten (Sandra)

Sandras Körper tut weh. Sie ist erschöpft, der Schulranzen auf ihrem Rücken ist bleischwer. Als sie aufgewacht ist, hatte sie dunkelblaue Schatten unter den Augen. Aber sie beißt die Zähne zusammen, spürt das Silberkreuz im Halsgrübchen und geht weiter. Die Kong Haralds gate hinauf, auf den Madlamarkveien, an der Kirche vorbei, über den Jernalderveien in Richtung Schule. Am liebsten würde sie schwänzen. Aber das hat sie noch nie getan, und das traut sie sich nicht, denn das wäre nicht sie.

Lieber Jesus, flüstert sie, mir ist so kalt im Bauch, ich hab solche Angst.

Ihre Mutter und ihr Vater waren außer sich, als sie gestern nach Hause kam, sie schaffte es gerade so, ihr Haar und die Kleidung im Flurspiegel zu überprüfen, ehe sie auch schon vor ihr standen. Mama mit weit aufgerissenen Augen, Papa mit verschränkten Armen. *Waren wir nicht deutlich genug, Sandra? Waren wir uns nicht einig? Du bist müde, du bist unkonzentriert, du kommst zu spät, war das unsere Abmachung? Hm? Wir mögen dich doch, Schatz, wir meinen es ja nur gut.*

Wolle sie diesen Job behalten, für den sie streng genommen zu jung sei, müsse sie sich des entgegengebrachten Vertrauens würdig erweisen. Das bedeute Verantwortung. Das geringste Zuspätkommen, das geringste

Anzeichen, dass es sich auf die Schule auswirke oder auf den Schlaf, und es sei Schluss damit. Sie dürfe jetzt schlafen gehen, sie sollten alle darüber nachdenken, aber sie solle wissen, dass sich keiner hier im Haus so aufführen dürfe.

Als sie in die Sophus Bugges gate in Richtung Schule einbiegt, gibt sie sich einen Ruck. Noch hat sie die Möglichkeit. Sie wagt es kaum zu denken. Einfach davonlaufen. Daniel eine Nachricht schicken – *ich bin nicht in der Schule, komm, triff mich jetzt* – und davonlaufen. Zum Wald rennen. Bis ans Ende der Welt rennen, am Ende der Welt in die Arme ihres Geliebten taumeln. Noch hat sie die Möglichkeit. Einfach an der Eigenheimsiedlung vorüber, zwischen den Reihenhäusern hindurch, an ihrer alten Schule vorbeilaufen, sich vor die Wohnblocks stellen und ihn rufen. *Daniel, ich bin hier, komm.*

Aber das traut sie sich nicht. Sandra fühlt sich, als hätte sie einen Eisblock im Bauch. Muss Liebe so sein? Kälte und Angst – *liebst du mich? Hab ich es richtig gemacht? Wird es heute Abend genauso schön werden? Morgen? Hab ich gemacht, was gut für dich ist?*

Lieber Jesus, flüstert sie, ich hab keine Kraft dafür, ich hab eine Scheißangst, ich hab eine verdammt scheißhöllische Scheißangst, Entschuldigung, Entschuldigung, so was darf ich nicht sagen.

Sandra fährt mit den Fingern unter den exakt geschnittenen Pony, sie atmet tief ein, ihre Augen leuchten, und sie lächelt in die leere Luft. Es ist doch gut gegangen, flüstert sie. Er hat gesagt, dass er es gut fand. Er hat gesagt, dass er mich wiedersehen will. Nicht ich habe Probleme, diese Schwestern, Malene und Tiril, die haben Probleme. Was hat er gleich gesagt … *Das war erst der Anfang* … Seine Stimme, sein leuchtender Mund … Was hat er noch gesagt?

Wir haben noch den Rest unseres Lebens.

Lieber Jesus, flüstert sie und tritt unter das Vordach vor dem flachen, grauen Schulgebäude, ist die Liebe immer so schwierig?

Um sie herum wimmelt es von Schülern, alle auf dem Weg zur ersten Stunde, gleich ist es halb neun. Diese nervigen Achtklässler, oh Gott, kaum zu glauben, dass sie auch mal so war. Sie wuseln überall herum, benehmen sich, als wären sie noch immer auf der Grundschule, überall sind Arme und Beine, kein Wunder, dass in den Pausen nicht genug Platz im Strøket ist, die Achtis haben nicht einen einzigen Körperteil auch nur annähernd unter Kontrolle, geschweige denn ihre Sachen, aus ihren Ranzen quillt es, und sie sind echt unglaublich klein, sie sehen aus wie Wichtel, der einzig Süße ist Ulrik Pogo, aber der ist so süß, dass es schon wieder krank ist, dass man quasi nur Lust hat, ihn wie einen Teddy in sein Bett zu legen und ihn zu umarmen. Seine arme Schwester Kia. Schwierig, mit jemandem zu sprechen, der gelähmt ist, was soll man dem denn sagen? Wie geht's dir heute?

»Hallo, Sandra.«

Malenes Stimme.

Sandra wirbelt herum. Ihr Hals schnürt sich zusammen, und sie lächelt angestrengt. »Hallo … ja …«

Bisher hatte sie nie viel mit Malene zu tun. Aber da das Mädchen an dem Morgen, nachdem sie den Vater im Wald gesehen hat, jetzt nun mal vor ihr steht, hat Sandra das Gefühl, sie sollte irgendetwas sagen. Malene tut ihr leid, aber was soll sie sagen? Sie will ja auch nicht petzen.

Daniel, warum bist du nicht hier? Was soll ich tun?

»Wie geht's?«, fragt Malene, und über ihr Gesicht huscht kurz ein Ausdruck, den sie sofort wieder zu verbergen sucht.

»Tja«, sagt Sandra, »gut geht's. Viel zu tun.«

»Klar«, sagt Malene.

Die Mädchen stehen unter dem Rand des Vordachs, während die anderen Schüler hineingehen. Das Allernatürlichste wäre, wenn eine von beiden zur Tür ginge, wenn sie sich unter die anderen mischten. Aber sie bleiben stehen. Malene sieht Sandra an, als wüsste sie etwas.

»Und, hast du Mathe hingekriegt?«, fragt sie jetzt. Es sieht aus, als versuchte sie, diesen Gesichtsausdruck wieder loszuwerden. So sieht sie irgendwie aus wie E.T.

»Ja«, antwortet Sandra, »war aber echt ätzend.«

Kann sie mir ansehen, dass ich etwas über sie weiß?

»Ja, nervt total.«

»Wie geht's eigentlich deinem Fuß? Kannst du bald wieder turnen?«

»Weiß nicht. Geht ein bisschen langsam. Na ja.«

Malene bleibt stehen. Sie macht keinerlei Anstalten zu gehen. Alles an ihr drückt aus, dass sie hier stehen bleiben will. Was will sie?

Daniel, was soll ich tun?

»Deine Schwester, Tiril ... Sie singt morgen bei diesem Internationalen ... Inter...«

»Kulturwerkstatt.« Malene nickt. »Internationale Kulturwerkstatt. So ein Austausch. Sie kann gut singen ...«

»Endsgut.«

»Aber echt gaga. Muss aus dieser Emosache rauskommen.«

»Geht erst in die Neunte, also ...«

»Mhm. Yolo.«

Sandra lächelt. Malene hat ein schönes Gesicht. Diese hohen Wangenknochen machen sie wunderschön, sie sieht nett aus, sie ist echt anders als ihre Schwester. Sandra spürt, wie ihre Knie weich werden, wie ihre Stirn heiß wird, oh nein, fängt sie jetzt an zu schwitzen? Fängt sie an zu heulen? Sie merkt, wie lange sie schon nicht mehr vor einem Mädchen stand, bei dem sie das Gefühl hatte: Die könnte sie verstehen. Und plötzlich hat sie das Gefühl, eine Freundin zu haben. Wie bescheuert, sie stehen ja gerade erst seit wenigen Minuten hier, sind auf dem Weg zur Schule quasi ineinandergestolpert, doch irgendetwas an Malenes Stimme vermittelt Sandra ein sicheres Gefühl, also macht sie den Mund auf und hört sich selbst sagen: »Kannst du ein Geheimnis für dich behalten?«

Es gongt. Es schallt laut über den Platz.

»Kannst du?«

Malene nickt.

Lieber Jesus, denkt Sandra und fasst sie am Arm, ich hoffe, es ist richtig. Sie senkt die Stimme und geht einen Schritt näher.

»Ich bin mit Daniel William Moi zusammen. Ich hab ihn in den letzten Wochen beinahe jeden Abend getroffen.«

Malene sieht sie an.

»Ich lüge die ganze Zeit«, flüstert Sandra. »Allen gegenüber.«

Malene nickt langsam.

»Ich hab ihn gestern wieder getroffen«, flüstert Sandra. »Ich hab mit ihm geschlafen. Im Gosenskogen.«

35 Ein Branchenklassiker (Rudi)

Die kleine Frau auf dem großen Mann.

Er hat es sich ausgerechnet: Wenn man mit seiner Freundin seit siebenundzwanzig Jahren zusammen ist und durchschnittlich zweimal pro Woche mit ihr vögelt, wie oft hat man sie dann gevögelt? Und: Wenn man dabei jedes Mal eine Viertelstunde zugange ist – im Durchschnitt –, wie viel Zeit seines Lebens hat man dann damit verbracht?

Na?

2808 mal.

42 120 Minuten.

Oder 702 Stunden.

Oder 29,25 ganze Tage.

Natürlich kennt man die Landschaft allmählich.

Dieses Rechenergebnis ist selbstverständlich nur eine Annäherung. Sie hinkt vor allem, was die ersten Jahre angeht, insbesondere weil Chessi streng genommen erst schrittweise von einer minderjährigen Hure unter Jan Inges Regiment zu seiner Freundin wurde und weil sie damals noch echt jung war. Mädchen wollen nicht so oft vögeln, wenn sie dreizehn sind, also muss man von den ersten Jahren ein bisschen was abziehen.

Wie auch immer, es ist nicht ein einziger Tag zu viel.

Die kleine Frau auf dem großen Mann. Ihr knochiger über seinem dünnen Körper. All die Sommersprossen auf ihrem Rücken und ihren Oberarmen. Diese Hüftpartie wie ein Regal, die Rudi »Gott« nennt. Diese kleinen Titten. So was gefällt ihm. Kleine Mädchentitten. Rudis zügelloser Blick, diese enormen Bewegungen, die er mit der Mundpartie macht; er fährt mit der Zunge über seine Schneidezähne, presst die Zähne in die Lippe und saugt Luft ein und schnalzt. Sein Drang, die ganze Zeit zu reden, zu reden und zu reden – in keiner anderen Situation ist sein Drang zu reden so groß, wie wenn er mit Chessi schläft. »Fuuuuuck! Diese Muschi kommt nie aus der Mode. Chessi, komm, setz dich direkt auf Rudi, dreh das Rad, komm jetzt! Zweitausendachthundertundacht! He? Was sagst du dazu, du herrliche Schlampe! He? Ich freu mich schon jetzt auf Nummer neun! Oh fuuuuuck, wie dieser Mann dich liebt. Gib's mir. Wird dieser Hintern größer, je älter du wirst? Yeah! Komm, MILF!«

Ah.

Gut, es rauszulassen.

Rudi wälzt Cecilie von sich herunter und rollt auf die Seite. Er streckt sich der Länge nach aus und seufzt zufrieden. Sie verschränken die Finger. Rudi ist weich und erschöpft und sagt erst mal gar nichts, ihm ist jetzt nicht nach Reden zumute, er hält nur ihre Hand. Nach und nach atmet er ruhiger, und dann irgendwann ist ihm auch wieder nach Reden.

»Das war verdammt gut«, sagt er leise.

»Das sagst du jedes Mal«, gibt Cecilie nüchtern zurück.

»Weil es einfach jedes Mal verdammt gut ist.«

Sie antwortet nicht. Es hat eine Weile gedauert, bis er das verstanden hat. Während er ein motherfuckermäßiges Bedürfnis hat, während des Vögelns zu reden, und anschließend ein nicht minder großes Bedürfnis, von ihr zu hören, wie verdammt gut es war, ist das doch *sein Be-*

dürfnis. Nicht ihres. Es war viele Jahre lang ein sensibles Thema, dass sie nichts sagte, nicht mal einen Pieps. Sie redet erst viel später und dann über völlig andere Sachen. Da waren sie also vollauf zugange, und es war so scheißverdammt gut, mit ihr zu vögeln, und oft hatte sich das schon den ganzen Tag über aufgebaut, aber konnte sie vielleicht auch mal was sagen, wenn sie endlich unter der Decke lagen? Vielleicht die Lippen um seinen Schwanz legen und, während sein Stecheisen gegen ihre Backenwände pochte, nuscheln, er sei so fucking hart oder scheißewienice, oder sie habe vonrudisschwanzgeträumtseitsieaufgestandenwar, oder sie sei soverdammtgeildasssienichtmehrdenkenkönnte, oder er sei der sexiestmanaufzweibeinen, sexier als Steven Tyler und Lemmy zusammengenommen? Wie fantastisch wäre es, sie dort unten knabbern und nuscheln zu hören, sein Schwanz stünde dabei den Sätzen im wahrsten Sinne des Wortes im Weg, *ning einen ank ung eck ing in eine uchi*, wassagstduwassagstduwas? Sei so lieb, sag es noch mal. *Ning einen ank ung eck ing in eine uchi.* Hör nichts, Pfläumchen, noch mal? NIMM DEINEN SCHWANZ UND STECK IHN IN MEINE MUSCHI.

Aber nichts dergleichen. Nicht ein Wort. Schlicht und ergreifend verletzend.

Er brauchte lange, um einen Weg zu finden, damit zu leben. Eine Zeit lang fragte er sich, ob er Cecilie verprügeln oder zum Psychologen gehen sollte, denn alles in allem fühlte sich das echt ungerecht an. So aufmerksam zu sein wie er, ihr Geld und Liebe zu schenken und so viele schöne Worte zu sagen und dann so wenig zurückzubekommen. Ein Ausverkaufsgefühl. Ein Bittstellergefühl. Aber er hielt dem Sturm stand, er ging weder zum Psychologen, noch verprügelte er sie. *Hörst du, Großmutter?*

Ich hab niemals die Hand gegen sie erhoben. Rudi lernte, damit zu leben. Zu verstehen, dass sie ihre Qualitäten hatte, ihr mürrisches und verschlossenes Wesen, während er seine eigenen Qualitäten hatte, sein plapperndes und aufgeschlossenes Wesen. Jetzt läuft es glatt, richtig glatt, die siebenundzwanzig Jahre tun das ihre, aber ein bisschen verletzend ist es immer noch.

Und Rudi kann es immer noch nicht lassen, darin herumzustochern. Also sagt er: »Ja, ja, ich weiß, dass du mich liebst, auch wenn du stumm bist wie ein Baseballschläger.«

Cecilie setzt sich auf, beugt sich zum Nachttisch, greift nach der Zigarettenpackung und dem Haargummi, den er ihr beim Vögeln abgezogen hat, weil er gern sieht, wie ihre Haare über das Kissen fließen oder wo sie eben jetzt fließen.

Er betrachtet sie. Verdammt schräg und verdammt sexy. Rudi versucht, so schelmisch wie nur möglich zu lächeln, und hofft, dass sie zu ihm herübersieht. Tut sie aber nicht. Sie raucht und schließt die Augen, zieht die Augenbrauen hoch und bindet sich mit dem Haargummi einen einfachen Pferdeschwanz. Sie zieht den Slip, den BH, das Oberteil und die Strümpfe an, bevor sie ihren Rücken durchstreckt. Dann schlägt Cecilie die Augen auf, starrt die Wand an und bewegt den Kiefer wie ein Fisch. Schon seit sie dreizehn war, macht sie das. Das ist für ihn bereits wie ein alter Bekannter. Solche Sachen sind praktisch. Gewissheiten. Aber sie sieht mich nicht an, denkt er.

»Guten Morgen! Mittwoch! Morgenmeeting!«

Rudi verdreht die Augen und sieht, dass Cecilie es auch macht. Sie ruft ihrem Bruder zu, der, wie sie beide wissen, direkt hinter der Tür steht: »Ja, toll! Beruhige dich, Jani. Wir kommen gleich.«

»Ja, toll!«, hören sie vom Flur. »Dachte nur, ich sollte schnell Bescheid sagen. Morgenmeeting.«

»Ja, toll«, ruft Cecilie, »das denkst du immer, Janimausi!«

Mausi, das muss sie doch nun wirklich nicht sagen, findet Rudi, selbst wenn sie beide davon genervt sind, dass er jeden Morgen so unglaublich *on* ist. Dass er vor der Tür steht und mit seinem ewigen Frühstück wartet. Trotzdem muss sie so was doch nicht sagen, es wirkt schlicht und einfach herablassend, und auf Mobbing steht er nicht. *Janimausi?* Warum muss sie das sagen? Wo sie doch seine Schwester ist und überhaupt. Insbesondere nachdem Jani alles andere ist als ein kleines Mausi. Wenn jemand in diesem Haus sich reinhängt und Respekt verdient, dann Jani.

Cecilie dreht sich unvermittelt zu Rudi um, während sie in die Jeans schlüpft. Asche balanciert an ihrer Zigarettenspitze. »Was ist diese Zweitausendersache?«

»Hä?«

»Na ja, das …« Sie zuckt mit den Schultern, und die Asche fällt auf den Bettbezug. »Diese Zweitausendersache, von der du geredet hast.«

Rudi lacht und steht auf, zieht T-Shirt, Socken und Unterhose an. Dann küsst er Cecilie auf die Wange, gibt ihr einen Klaps auf den Hintern und sagt: »So oft habe ich dich gevögelt, Honey. Zweitausendachthundertundacht Mal.«

»Scheiße«, sagt sie und lässt die Kippe in das Wasserglas neben dem Bett fallen. Sie macht die Tür auf. »Hab ich deinen enormen Schwanz echt schon so oft in mir drin gehabt?«

»Jeps, Baby. Zweitausend more to go.«

Cecilie verzieht keine Miene. Sie steht in der Tür.

»Aber …« Rudi versucht wieder, so sanft wie möglich zu sein. »Das … ist … doch … nicht … schlecht, oder?«

»Mehr als zweitausendmal …« Cecilie sieht nachdenklich aus. »Dieser Schwanz ist einfach echt groß.«

Er streicht ihr über den Rücken.

»Ich weiß«, sagt er schuldbewusst. »Fing in der Siebten an. Bin jeden Morgen aufgewacht und hab gedacht, shit, der wird groß. Und so kam's dann auch.«

»Finde, er kommt echt tief rein.«

»Das stimmt«, sagt er und legt den Kopf schräg. »Gefällt mir eben echt, weißt du, dich ganz nah an mir dran zu spüren.«

Cecilie seufzt. »Aber wenn du da drin irgendwas kaputt machst?«

Er zwinkert ihr zu. »Etwas kaputt machst? Was meinst du damit, etwas kaputt machen?«

»Tjaaa …«

Ein Finger kratzt an der Tür. Jan Inges dicker Finger. »Will ja nicht nerven, aber … Morgenmeeting!«

»Ach nein«, sagt Cecilie, und jetzt schenkt sie Rudi tatsächlich ein kleines, beinahe entschuldigendes Lächeln, und das tut ihm gut. »Ach nein«, sagt sie, »dieser Schwanz ist groß und toll. Komm schon. Der große Bruder wird ungeduldig.«

In der Küche scheint die Sonne durchs Fenster, sie scheint über den reichlich gedeckten Frühstückstisch, es blinkt auf den Klingen der Messer und schimmert in der Marmelade. Rudi fährt sich mit der Pranke durchs Haar und gähnt beim Anblick der Menge an Essen beinahe vor Erschöpfung. Sowohl Rudi als auch Cecilie sind am Morgen keine großen Esser, aber neuerdings tischt Jan Inge auf, als würde er ein Zwölfsternehotel führen. Täglich wird es mehr, es gibt Zeug, von dem keine Sau jemals gehört hat, Sognemorr, französische Kräuterwurst, mit Dill marinierten Schweinenacken, fucking strangen Käse und whathaveyounot, aber heute hat Jani sich selbst übertroffen.

Cecilie setzt sich an ihren Stammplatz am Fenster. Sie gießt sich einen großen Becher Kaffee ein, hält ihn sich vors Gesicht und bedampft sich mit der Wärme die Haut.

Jan Inge kommt aus dem Wohnzimmer gerollt.

»Gut geschlafen? Alle miteinander?«

Rudi nickt. Cecilie schließt die Hände fester um den Becher und macht die Augen zu.

»Herrlich«, sagt Jan Inge. »Ich auch. Nachdem ihr mich gestern reingerollt habt. Danke übrigens.«

»Keine Ursache«, gibt Rudi zurück. »Aber was soll das überhaupt mit dir und dem Rollstuhl? Ist das nicht der, den ich hab mitgehen lassen, als Chessi sich den Fuß gebrochen hatte?«

Jan Inge nickt. »Stimmt. Hat seitdem nur rumgestanden.«

»Stimmt. Der stand damals hinter der Tür zur Intensivstation. Die scheinen die ja verdammt noch mal verschenken zu wollen. Was ist das für eine Geschichte? Du und die Räder?«

Jan Inges Blick verändert sich. »Ach«, sagt er und beißt sich leicht in die Wange, »es ist einfach eine ziemliche Plackerei mit diesen hundertzwanzig Kilo …«

»Du bist doch nicht fett!«

»Rudi, Schluss jetzt. Ich bin fett.«

»Er ist fett«, bestätigt Cecilie.

»Das liegt im Auge des Betrachters.« Rudi zuckt mit den Schultern. »Ich mag dich ein wenig massiger. Aber okay, I rest my case. Leicht fett kann man dich nennen.«

»Genau. Und jetzt ist der Rollstuhl wieder zu seinem Recht gekommen. Er löst schlicht und ergreifend ein paar meiner Probleme. Und ihr wisst, wie gerne ich Probleme löse.«

»Oh ja, das wissen wir.«

»Das machst du am allerliebsten.«

»Und mehr gibt es dazu nicht zu sagen«, schließt Jan Inge. »Ein Problem und eine Lösung. Deshalb sind wir da, wo wir sind. Weil wir Probleme lösen und es uns deshalb immer noch leisten können, an einem netten Frühstückstisch zu sitzen anstatt an einem Tisch in Åna mit ein paar Lebensmittelkonserven und Pulverkaffee darauf. Deshalb haben wir so viele Jahre in dieser Stadt quasi unter dem Radar gearbeitet und konnten davon leben. Vielleicht nicht auf wahnsinnig großem Fuß, aber doch auf sicherem. Wir können Einbruch. Wir können Autos. Wir können Alarmanlagen, Schlüsselkarten und Schlösser. Wir können Geldautomaten. Wir können Erpressung. Wir können Warenumschlag. Beziehungsweise Buonanotte kann Warenumschlag, und wir kennen Buonanotte. Wir haben Kontakte, von deren Existenz die Drogenköpfe keine Ahnung haben. Wir können all das – und das bedeutet? Wissen. Kompetenz. Ein Problem und eine Lösung.«

»Genial«, sagt Rudi. »Mehr kann man dazu nicht sagen.«

»Der Käse beginnt zu schwitzen, los, essen wir«, sagt Jan Inge mit einer noch helleren Stimme als sonst. »Ich hab nur ein paar Kleinigkeiten fürs Morgenmeeting zusammengetragen.«

Nur ein paar Kleinigkeiten? Rudi rümpft die Nase. Nicht nur beim Job muss man Augen und Ohren offen halten. Auch im geschützten heimatlichen Nest. Ist hier etwas im Gange? Hat jemand Krebs? Hat jemand Geburtstag?

Er sieht hinüber zu Cecilie.

Ist dort auch etwas im Gange?

Was sie vorhin über seinen Schwanz gesagt hat. Schwang da irgendetwas mit? Normalerweise ist sie nicht so achtsam, normalerweise jammert sie nur darüber, dass er zu groß ist und ihren Eierstöcken scheißwehtut.

Er sieht wieder zu Jan Inge.

Dieses ganze Essen.

Scheißewasisthierlos?

Cecilie schließt die Augen und trinkt ihren Kaffee. Ihr Bruder schmiert für sie Leberwurst auf eine Scheibe Brot und legt rote Beete darauf. Wie er es macht, seit sie klein war. Rudi weiß das genau. Er weiß genau, wie viel Jan Inge für sie getan hat. Er kümmert sich um sie. Und jetzt macht er eben ein besonders gutes Frühstück für sie. Bestimmt ist das schon alles. Und dass Chessi heute ein bisschen empfindlich ist? Kriegt sie nächste Woche ihre Tage? Oder kommt das vom Vögeln? Rudi lehnt sich im Stuhl zurück. Er lächelt in sich hinein. Besonders gut gevögelt, da haben wir es ja.

»Okay«, kommt es nach ein paar Minuten Kaffee, Kakao und friedlichem Frühstück von Jan Inge. »Ich glaube, dann fangen wir mal mit dem Morgenmeeting an, solange wir alle noch frisch im Holzklotz sind.« Jan Inge zieht den Wochenzettel aus der Hosentasche. »Die Liste der Woche. Wir gehen sie der Reihe nach durch.«

Er lehnt sich ans Fensterbrett und schnappt sich die Lesebrille, die Rudi in einem Brillengeschäft in der Kirkegata geklaut und Jan Inge, der schon ewig über seine Sehschwäche gejammert hatte, zu Weihnachten geschenkt hat.

»Wir starten mit was Angenehmem«, sagt Jan Inge und zieht doch tatsächlich unter seinem Hintern eine DVD hervor. »Filmgenuss der Woche. Ein Klassiker mit Price und Joseph Cotton, *The Abominable Dr. Phibes.* Ich mache am Samstag nach der Pizza wie üblich eine kleine Einführung …«

»Wie üblich«, seufzt Cecilie.

»Genau«, sagt Jan Inge, ohne auf seine Schwester einzugehen, »und dann gibt's Gore-Abend und Heimeligkeit.«

»Toll, Mann.« Rudi schnipst kurz mit den Fingern und zeigt dann auf seinen Kumpel. »Immer wieder ein neuer Film. Auf dich kann man sich echt verlassen.«

»Punkt Numero zwei.« Jan Inge schiebt die Brille auf dem Nasenrücken nach oben. »Punkt Numero zwei dreht sich um die ganze Unordnung. Unser Schwachpunkt. Der Garten. Das geht nicht mehr. Wir ziehen Aufmerksamkeit auf uns. Wir waten in Scheiße. Wir müssen anfangen, auf dieses Haus hier Acht zu geben. Das ist unser Hauptquartier. Und es ist« – er sieht Cecilie ernst an – »unser Elternhaus. Papa wollte, dass wir hier wohnen bleiben. So. Freiwilliges Gemeinschaftsaufräumen ist die Frage.«

»Gute Frage, finde ich«, sagt Rudi.

»Klar«, sagt Cecilie.

»Dann sagen wir, am Wochenende. Sonntag? Sonntag. Wer macht was?«

»Ich kann ein bisschen putzen«, sagt Cecilie.

»Sehr positiv. Weiter? Wir brauchen einen Anhänger. Wer kümmert sich um den Anhänger?«

Rudi zuckt mit den Schultern. »Wir haben ja jetzt einiges zu tun wegen diesem Pål …«

»Das ist Punkt Numero vier.«

»Gut, ja …«

»Aber wenn ihr wegen Punkt Numero vier einiges zu tun habt, dann mach ich den Hänger. Im Netz gibt's Leute, die Anhänger haben. Kein Problem.«

»Tødden hat doch einen«, wirft Cecilie ein.

»Wir sprechen nicht mit Tødden«, kommt es sofort von Jan Inge, »nicht nach der Geschichte in Sauda. Dieser kranke Hippie. Aber. Also. Toll. Gemeinschaftsaufräumen. Sonntag. Ich kümmer mich um den Anhänger. Sprech mit Hansi. Alle in bester Laune.«

»Echt, Hansi? Ist bei Hansi irgendwas besser als bei Tødden?« Cecilie verdreht die Augen.

»Das nicht«, räumt Jan Inge ein, »aber Hansi schuldet uns noch was, deshalb rede ich mit ihm.«

»Macht Tong auch mit?« In Cecilies Stimme schwingt zu viel Luft mit.

»Das betrifft eigentlich Punkt Numero fünf …«

»Dschieses! Jani! Punkt Numero fuck!«

»Hör zu, wenn wir keine Punkte hät…«

»Du kannst mich mal mit deinem Punkt-Numero-Fuck!«

»Numerofuck!« Rudi lacht. »Kannst mit mir mal 'ne Nummer-oh-fuck? Ich zeig dir gleich mal, was 'ne Nummer ist, Baby …«

»Ich mach dann mal weiter«, geht Jan Inge dazwischen. »Punkt Numero drei. Gehen wir zu W.A.S.P.?«

Jubel bricht rund um den Tisch aus, sogar auf Cecilies Gesicht schleicht sich ein Lächeln. »W.A.S.P.? Die kommen?«

»Yess, Oslo, vierundzwanzigster Oktober«, sagt der Bruder zufrieden.

Rudis Hand schnellt hoch, und die Faust knallt hinter ihm an die Wand. »Totally gehen wir zu W.A.S.P.! I fuck like a beast!«

»Mann, ich liebe W.A.S.P.«, sagt Cecilie und seufzt. Goldenes Licht breitet sich auf ihrer Stirn aus, und sie fängt an zu singen: *»Hold on to my heart, to my heart.«*

»Ja«, sagt Rudi, »Blackie ist echt ein großer, gesetzloser Lyriker. L.O.V.E., all I need is my love machine tonight …

I can't fuck, I can't feel, I'm one bizarre motherfucker, what the fuck's inside of me, diesen Text find ich besonders verdammt stark. Echt, what the fuck's inside of me.«

»Das ist dann also klar«, sagt Jan Inge. »Gemeinsamer Ausflug nach Oslo. W.A.S.P. Das wird mega. Aber wir wohnen nicht bei Tom B. in Holmlia, nur dass das klar ist.«

»Versteht sich ja wohl von selbst«, sagt Rudi. »Wir sind doch keine Nazis.«

»Und damit« – Jan Inge nickt Rudi zu –, »siehst du, damit sind wir bei Punkt Numero vier. Update von gestern. Was ist passiert, wo stehen wir, was hat zu passieren.«

Rudi nimmt einen Schluck Kakao. Jetzt ist er dran. Räuspert sich, setzt sich gerade auf. »Tja, du«, sagt er. »Da gibt es so einiges zu erzählen …«

»Netter Typ«, wirft Cecilie schnell ein. »Pål.«

»Nett?« Rudi dreht sich zu ihr um.

»Ja, war er doch? Na und?«

»Nett Bett«, schmollt Rudi. »Willst du ihn auch gleich vögeln? Egal, wir haben uns nicht hier versammelt, um darüber zu sprechen, wie ne…«

»Er braucht Geld«, unterbricht Cecilie ihn.

Rudi räuspert sich. »Right, es …«

»Eine Million«, sagt Cecilie.

»Dschieses«, fährt Rudi sie an, »als wärst du allofasudden hier gefragt!«

»Darf ich jetzt nicht mal mehr sprechen?«

Was ist nur in sie gefahren? Sie haben doch gut geschlafen? Sie haben gevögelt. Sie geht gleich zur Hautpflege. Trotzdem ist sie einfach nur kratzbürstig und stachelig. Und dann will sie auch noch diesen verdammten Pål vögeln.

Rudi schluckt und sieht wieder zu Jan Inge.

»Kurz gesagt, Bruder, wir stehen einem Mann mit einem Problem gegenüber. Und zwar ist sein Problem, dass er sich in ausgewachsene Schulden gespielt hat, und ja, wir sprechen von eben jener Million, die Cecilie gerade erwähnt hat. Sein Problem hat außerdem mit einer komplizierten Frauengeschichte und zwei Töchtern zu tun, und seine Lösung ist, sich an uns zu wenden. Können wir ihm irgendwie eine Million beschaffen? Das ist der Sachverhalt.«

Jan Inge nickt, und sein Kopf scheint dabei zu wippen.

Gut. Wenn Jan Inge mit dem Kopf wippt, ist das ein gutes Zeichen.

Jan Inge nimmt den Eierschneider, legt das Ei hinein und drückt die dünnen Drähte hindurch. Dann lehnt er sich nach vorn und nimmt die Mayonnaise. Hellmann's. Schraubt den Verschluss ab. Steckt das Messer hinein, schmiert sie aufs Brot. Nimmt das Ei, verteilt die Scheiben auf der Mayonnaise. Nimmt eine Tomate. Zerschneidet sie mit dem Messer. Verteilt die Scheiben auf dem Ei.

Gut. Wenn Jan Inge stumm und konzentriert ist, ist das ein gutes Zeichen.

Er führt das Brot zum Mund. Nimmt einen Bissen. Kaut. Nickt noch immer und wippt mit dem Kopf. Dann sieht er sie an, nimmt noch einen Bissen von seinem Eierbrot und sagt: »Das ist prima.«

Rudi zieht die Augenbrauen hoch, wirft Cecilie einen erwartungsvollen Blick zu, die aber eine komische Grimasse schneidet.

»Prima«, wiederholt Jan Inge, während er kaut, nickt und sich über einen dritten Bissen Ei, Mayonnaise und Tomaten hermacht. »Wisst ihr« – Jan Inge steht vom Rollstuhl auf und geht mit dem restlichen Brot in der Hand zum Fenster –, »wisst ihr, ich hatte schon so etwas im Gefühl, als ich heute Morgen aufgestanden bin. Die Sonne lachte mich an, und ich dachte mir: Da ist was Gutes unterwegs.«

»Was für brillante Gedanken hast du denn?«, fragt Rudi vorsichtig.

»Erstens«, sagt Jan Inge, nimmt noch einen großen Bissen von seinem Brot und spricht mit vollem Mund weiter. »Erstens können wir einen alten Branchenklassiker rausholen.«

»Ja?«

Rudi dreht sich wieder zu Cecilie um, deren Gesicht merkwürdig gelblich geworden ist.

Jan Inge sieht sie an und sagt stolz: »Wir sprechen von klassischem, guten und altmodischen Versicherungsbetrug. Hat der Kerl ein Haus? Gut. Hat er Geld? Gut. Kein Problem. Wir leihen uns zusammen mit dem Anhänger für Sonntag Hansis Caravelle, wir fahren am Abend hin, rückwärts rein in die Garage – hat er eine Garage? Gut. Wir fahren also rückwärts rein in die Garage, verwüsten sein Haus, demolieren sein Auto, wir nehmen alles, was wir finden können, wir brechen ihm einen Arm, ein Bein, das Übliche eben. Rudi verpasst ihm ein blaues Auge und vielleicht 'ne Schnittwunde unterm Ohr, fesselt ihn an den Stuhl, und schwuppdiwupp kann dieser Mann seine komplette Versicherungssumme einsacken, Hausrat, Personenschaden. So müsste er seiner Million ein ganzes Stück näher kommen, und wir können das Diebesgut in Buonanottes Scheune fahren, einen Kaffee mit Schuss trinken und ein Schwätzchen halten.«

Jan Inge schluckt den letzten Bissen Brot hinunter, und Rudi schüttelt beeindruckt den Kopf. Das ist total abgefahren, denkt er, dieser Mann hat immer eine Lösung.

»Und Tong?«, kommt es von Cecilie, die mit der rechten Hand vorm Mund dasitzt und aussieht, als wäre ihr übel. »Er … Soll er mitmachen?«

»Ja«, sagt Jan Inge zufrieden, »das berührt direkt Punkt Numero fünf auf der Meetingliste. Tong, der am Freitag rauskommt. Perfekt. Denn was könnte Tong besser gefallen als raus aus Åna und direkt rein in einen Job?«

Rudi stürzt den Rest seines Kakaos in einem Zug hinunter und steht auf. Er geht zu Jan Inge und lehnt sich neben ihn ans Fensterbrett. Legt den Arm um ihn.

»Wärst du aus Oslo, würde man dich im ganzen Land kennen. Und alle würden dich The Brain of Crime nennen. Jo Nesbø würde dich als Inspiration für seine Bücher nehmen. Ein Branchenklassiker. Das ist so sweet!«

Cecilie steht abrupt auf, schlägt sich die Hand vor den Mund und stürzt ins Bad, während sie murmelt: »Sorry, sorry, ich muss …«

Rudi und Jan Inge sehen einander an.

»He, bist du krank?«

Sie zucken mit den Schultern.

»Und jetzt«, sagt Rudi und stellt sich wieder gerade hin, »jetzt wird Rudi die restlichen Türschwellen in diesem Haus entfernen, dir zu Ehren, damit du mit dem Rollstuhl hinrollen kannst, wohin du willst.«

Dann latscht er aus der Küche, gebückt wie ein arbeitsames Pferd, raus auf den Flur, runter in den Keller, um eine Brechstange zu holen, und in seinem Körper schluchzt es vor Freude, und da kommt auf einmal dieser Song wieder: Du-du-du du-du-du du-du-du.

»Danke«, hört er hinter sich.

»No problemo«, ruft er zurück. »Shit, wir haben echt einen Saustall hier unten, Zeit zum Aufräumen! Hey, Chessi? *Kotzt* du? Wohl zu viel Kaffee und Latte? Hast du die Eierstöcke im Hals gespürt? Hehe! Nett … Pål, Pål … Dir geb ich noch ein Nett. Halt dich an Rudi, du, dann wird es *nett* werden. Scheiße, wir müssen in diesem Haus wirklich mal aufräumen. Nein, du, ich mochte diesen Pål, zwei Töchter, ein Frauenproblem, und schwups kommt ein Branchenklassiker angerauscht. L.O.V.E., all I need is my love machine! Türschwellen, kommt zu Papa! *Kotzt* du? Hehe! Ruf einfach Doktor P. Immel an! Hab ich erwähnt, dass ich ihn heute Abend wieder treffen werde? Hab ich das erwähnt? Jani? Hab ich das erwähnt? Jani? Liegt hier unten nicht irgendwo das Brecheisen? Stech… Kein Problem, hab es gefunden! Das Stecheisen! Lag unter den Sturmhauben!«

36 Schlag fest (Daniel William)

Daniel hört, wie die Wohnungstür zufällt und Ingers Schritte allmählich im Hausflur leiser werden.

Zwei Pflegefamilien hat er bereits kleingekriegt. Er geht den Leuten an die Gurgel, wenn sie stochern und nerven, und er weiß schon: dass man sich mit ihm einen Teufel ins Haus holt, wenn er erst einmal bockig wird.

Er streift den Ranzen von der Schulter. Legt den Motorradhelm beiseite. Zieht die Schuhe aus. Schleudert die Jacke von sich. Im Bad hört er die Dusche rauschen, und wie so oft will er gerade rufen: »Veronika! Nimm ja nicht drei Handtücher!«, als er innehält. Sie kann ihn doch nicht hören.

Er hält es eben einfach nicht aus, wenn Leute stochern und nerven. Sein letzter Pflegevater war total krank, sah ihm den ganzen Tag lang über die Schulter und nervte wegen Hausaufgaben und Zeiten und redete darüber, wie er sich so oder so nicht aufführen dürfe. Halt dein beschissenes Maul, oder willst du den Feuerhaken spüren?

Hm?

Willst du das blutende Eisen spüren, Pflegevater?

Ich weiß, wie viel Geld du mit mir verdienst. Ich weiß, was du machst, wenn dich keiner sieht, wenn deine Frau schläft, wenn du glaubst, dass alle Lichter in dieser Ölstadt aus sind, wenn ich tödlich und schmerzhaft bin. Ich bin das Gift, das in dein Ohr geträufelt wird.

Er war ein beschissener Idiot. Hatte ein Verhältnis mit einer Frau, die drei Straßen oberhalb wohnte. Daniel William hörte ihn rumkramen, sah ihn die Zeitung weglegen, hörte ihn sagen, er würde rausgehen und sich ein Sofa ansehen, das er im Netz gefunden hätte. Er sah, wie er aus der Tür trat, raus in die stinkende Finsternis und drei Straßen raufeilte, wo das Flittchen ihre Beine spreizte und er seinen Speer in sie reinsteckte.

Ich hab dich gesehen, alter Bock. Ich hab dich gesehen.

Und das sagte er dann auch. Während ihres letzten Treffens. Da saß er mit jemandem von der Jugendfürsorge und seinen Pflegeeltern in ihrem erbärmlichen Wohnzimmer, und sie sollten quasi alles wieder in Ordnung bringen. Dann stand er auf, er, der Gott der wahren Finsternis, und sagte: »Ich weiß, wo du deinen Schwanz reinsteckst, beschissener Hurenbock.«

Und dann ging Daniel William Moi. Denn gehen, das kann er. Wenn sie in ihm rumbohren, wenn sie ihn nerven, dann weiß er, was zu tun ist: sie den Feuerhaken spüren lassen. Ihnen das Schwert an die Stirn setzen. Gehen.

Und verflucht noch mal niemals zurückkommen.

Daniel geht ins Zimmer, schließt das Fenster, das die ganze Nacht offen gestanden hat. Er setzt sich auf den Hocker hinter dem Schlagzeug. Nimmt die Sticks.

Fürs Erste kriegt er es auf die Reihe, mit Inger und Veronika zusammenzuwohnen. Sie sollen sich aber nicht sicher fühlen, und er weiß, dass Naivität hier keinen Sinn hat: Inger ist nett, Inger ist sanft und freundlich, aber Inger verdient Geld mit ihm. Ja, auch sie. Scheißegal, wie gut sie ist. Veronika weiß das, sie auch. Dass ihre Mutter gutes Geld damit verdient, ihn bei sich aufzunehmen. Aber vorerst läuft es ganz gut. Wenig Gebohre. Wenig Generve. Es ist tatsächlich vorgekommen, dass er mit ihnen zu Hause gesessen hat. Sogar an Wochenenden. Zumindest, bis er das Christenmädchen getroffen hat. Inger und Veronika brauchen ihn einfach. Daniel kann spüren, dass sie einen Mann im Haus brauchen, weil sie selbst nicht stark genug sind. *Es ist gut,* wie Inger sagt, *einen richtigen Mann im Haus zu haben.* Sie lacht, kriegt diese hübschen Grübchen und spricht Zeichensprache, während sie das sagt, sodass Veronika ihr hohles Lachen lacht, aber keine von ihnen schikaniert ihn, keine von ihnen stresst ihn. Sie meinen es wirklich so.

Daniel schlägt. So fest er kann. »Battery«. Es war echt psycho gestern im Wald. Peinlich Sandra gegenüber, aber er hat es wieder geradegebogen. Und dann auch noch dieser Typ mit dem Hund. Scheiße, was war das denn? *Ich geh heim zu meinen Leuten. Du gehst heim zu deinen Leuten. Mal schauen, was mir einfällt. Und dann sehen wir uns morgen.* Der Vater von ’nem Mädchen aus Sandras Klasse. Deine Leute, hat dieser große Typ gesagt. Deine Leute. Von wem hat er gesprochen? Deine Leute, hat er gesagt. Wer das wohl ist?

Daniel hat ein schallisoliertes Zimmer bekommen. Als Inger als Pflegemutter auftauchte, war das seine einzige Bedingung. Er war so angepisst, dass es ihm total egal war, wer dort stand, zwei Pflegefamilien hatte er bereits kleingekriegt und war bereit, auch eine dritte in Stücke zu reißen, aber sie sah okay aus, ihre taube Tochter sah okay aus, sogar ziemlich schön auf eine durchtriebene Art. »Aber eine Sache«, sagte er, als er mit vor der Brust verschränkten Armen im Jugendamt saß. »Ich will ein Schlagzeug in meinem Zimmer.«

»Das geht bestimmt nicht«, sagten sie, »wir wohnen in einem Wohnblock, da ist so etwas nicht erlaubt.«

»Dann ist die Sache entschieden«, erwiderte er, »dann wird das nichts.«

Da zauberte das Jugendamt auf einmal Geld für ein schallisoliertes Zimmer hervor. Beschissene Idioten. Total unterbesetzt sind die, jeden einzelnen Tag steht in der Zeitung, wie schlecht es der Jugendfürsorge geht, aber Geld für ein schallisoliertes Zimmer, das ist da.

Cannot kill the family, battery is found in me, battery.

Irgendwie spürt er, er kennt Sandra, und sie kennt ihn. Und irgendwie spürt er aber auch, dass sie keine Ahnung hat, wer er ist. Gar keine Ahnung. Aber mit ihr zu ficken war gut. So wie es sein sollte, wie ein Eintauchen in die Ewigkeit. Wird er schon noch unter Kontrolle bekommen. War nur eine Art Schock für seinen Körper. Kein Problem. Wart nur, bald ficke ich dich stundenlang.

Das wird jetzt wohl ein Fehltag. Daniel packt die Schule heute einfach nicht. Am Ende rufen sie Inger an, also, das Jugendamt, und dann gibt es ein Elterngespräch. Und dann landen sie beim Schulpädadgogen. Der Vertrauenslehrer, ganz sicher der Mathelehrer, dieser Sivertsen, der damit nervt, dass Daniel Mathe nicht schafft, wenn er nicht langsam mal ordentlich anpackt, dann kriegt er die Hochschulreife nicht, und dann … Das hat er seit der ersten Klasse gehört. Deine Fehltage, Daniel, werden sie sagen.

Ja, sagt er dann. Was ist damit?

Er wird bald achtzehn. Dann können sie ihm nichts mehr anhaben.

An der Tür bewegt sich was. Die Klinke wandert ganz langsam nach unten, die Tür geht auf. Daniel trommelt, so hart er kann, der Metallica-Text kreiselt in seinem Kopf, dann blickt er auf.

Veronika kommt herein. Sie hat zwei Handtücher um. Ein größeres hellblaues, das sie sich über die großen Titten geknotet hat und das ihr bis über die Hüften reicht. Und ein kleineres, in Rosa, das wie ein Turban um ihren Kopf gewickelt ist.

Sie ist oft in seinem Zimmer, das ist nichts Besonderes. Am Anfang war es ein bisschen seltsam. Die ersten Wochen wusste er nicht, wie er sich gegenüber diesem Mädchen mit der hohlen Stimme und den seltsamen Handbewegungen verhalten sollte, doch dann kapierte er, dass sie wie alle anderen ist, nur eben taub, und dass sie nur deshalb etwas schüchtern ist, weil irgendwelche Idioten sie wie eine Idiotin behandelt haben. Sie brauchte eigentlich nur jemanden, der sah, wer sie tatsächlich war. War das so schwer zu begreifen? Allmählich mochte er die taube Aufmerksamkeit, die sie ihm schenkte, immer mehr, also ließ er sie hereinkommen. Er ließ sie wie einen Buddha im Lotossitz auf dem Boden Platz nehmen und zuhören – *ja, hören* –, wenn er trommelte, ließ sie in seinem Zimmer sitzen und Hausaufgaben machen.

»Großer Bruder«, hat sie ihn vor einigen Wochen genannt.

Daniel nickte. Er konnte gut ein großer Bruder sein.

»Weißt du was?«, hat er gesagt, sprach langsam, damit sie ihm von den Lippen lesen konnte.

»Was?«

»Ich werde dir ein Auto kaufen. Und ein Haus. Du brauchst dir keine Gedanken zu machen. Ich werde reich, Veronika, ich werde so verdammt reich werden. Dein großer Bruder wird auf dich aufpassen.«

Ihr Oberkörper bebte, die Titten – die ziemlich schwer aussehen – schwabbelten unter ihrem Pulli, die Augen wurden schmal, und dann hallte ihr seltsames Lachen durchs Zimmer.

Sie ist schön, Veronika. Vollweib. Große Augen. Awesome Körper. Lange Beine. Aber sie hat auch was Durchtriebenes an sich, als wäre sie kochendes Wasser.

Er legt die Sticks weg, sieht sie an.

»Gehst du in die Schule?«, fragt er langsam. Daniel weiß, er sollte die Hände benutzen, Zeichensprache und so, aber er hat keine Lust darauf.

»Gehst du?«

Veronika lächelt. Zwei kleine Grübchen erscheinen auf ihren Wangen. Sie zuckt mit den Schultern.

Er lächelt zurück. Zuckt ebenfalls mit den Schultern.

Genau diese Art Humor mag er so an ihr. Sie ist clever.

»Was ist?« Daniel räuspert sich. Er muss wegsehen. Er hat sie schon öfter halb nackt gesehen. Aber im Augenblick fühlt es sich irgendwie seltsam an. Dass sie nur dasteht. So. Jetzt. Am Morgen. Tropfen perlen von ihren Schultern. Die Titten wirken unter dem Handtuch mächtig, und er kann seinen Blick nicht von ihnen abwenden.

»Was ist?«, hört er sie sagen.

Shit.

Sie hat sich gesetzt. In den Lotossitz.

Scheiße.

Er hat doch Augen im Kopf.

»Na ja, nichts, oder?« Er versucht zu lächeln.

»Na ja, nichts.« Sie lächelt.

Daniel schluckt.

Er versucht den Blick abzuwenden, aber schafft es nicht. Er wird wie magnetisch von den überkreuzten Beinen angezogen, von dem Handtuch, das ein wenig die gespreizten Beine hinauf in ihren Schritt rutscht. Was treibt sie denn da? Sie muss doch wissen, dass er das sehen kann?

»Spiel«, sagt sie und macht das Zeichen für Trommeln.

Er zuckt mit den Schultern. Will sie einfach nur so dasitzen? Macht sie das mit Absicht?

»Okay«, sagt er und will gerade loslegen. »Nein, warte.« Er winkt sie zu sich. »Komm her. Versuch du's. Komm.«

Sie lacht. »Nein, nein.«

»Doch, doch.«

Veronika lacht wieder. Nichts deutet darauf hin, dass sie weiß, was er sehen kann. Sie lacht nur, winkt ab und sagt erneut: »Nein, nein.«

Er steht auf, macht einen Schritt zur Seite, zeigt auf den Hocker. »Komm schon, setz dich. Ich werd's dir zeigen.«

Sie verdreht die Augen, steht aber auf, kommt zu ihm. Sie setzt sich.

Er betrachtet ihren Nacken unter dem zusammengerollten Handtuch. Die roten Nackenhaare. Die Schultern. Die Haut. Die Spalte zwischen den Titten. Die Hüften, den Arsch, echt beeindruckend auf dem Hocker. Veronika dreht sich zu ihm um, liest ihm von den Lippen ab, was er sagt, ahmt es stumm mit ihren eigenen nach.

Daniel spricht langsam: »Nimm die Sticks. So, ja. Halt sie so, als würdest du eine Angel halten. So, ja. Gut. Okay, ich zeig dir den Vier-Viertel, 'nen straighten Beat. Hart und straight.«

»Steif?«

»Nimm die rechte Hand, so, ja, leg sie über die linke, dort, ja, und dann schlägst du vier Schläge auf die Hi-Hat …«

Er steht dicht hinter ihr. Hält ihren Arm, ihre Hand. Hilft ihr mit den Schlägen.

»So, ja.«

Sie lacht. Versucht zu schlagen.

Daniel fühlt, wie sein Puls steigt.

»Und gleichmäßig. Eins, zwei, drei, vier, eins, zwei, drei, vier … Dann nimmst du den linken, hier, warte, ich helf dir, den linken Stick, und beim dritten Schlag haust du auf die kleine Trommel, hier …«

Er nimmt ihren anderen Arm. Steht ganz nah bei ihr. Hält ihre beiden Arme, ihre Hände.

»Okay, gut, so, ja, jetzt ununterbrochen, eins, zwei, *drei*, vier, eins, zwei, *drei*, vier …«

Daniel atmet schwer. Durch ihn atmet der Höhlenmann, er kann das nicht aufhalten, der Steinzeitmann atmet durch ihn.

Veronika lässt die Sticks fallen. Sie nimmt das Handtuch vom Kopf. Das lange, kupferrote Haar stürzt herab, jetzt, da es feucht ist, sieht es dunkler aus, wie schwere Messer liegt es über ihrem Rücken. Sie dreht sich um, für eine Sekunde glänzen ihre Augen, bevor sie sie schließt, aufsteht, sich auf die Zehenspitzen stellt, ihm ihren Mund schenkt.

Nein, denkt er und küsst sie. Sandra, denkt er und spürt Veronikas Zunge, frisch und stark. Er schenkt ihr seine Zunge, fühlt den derben Stromschlag im Mund. Sie hebt die Hände an ihre Brust, Scheiße, sie löst den Knoten am Handtuch, es fällt zu Boden, die Titten streifen seinen Pullover. Veronika führt die Hände zu seinem Rücken, hebt sein T-Shirt an, zieht es hoch, legt ihre Titten an seine Haut. Scheiße, Sandra, Scheiße, Veronika … Daniel schiebt sie von sich weg.

Er ballt die Fäuste und sieht kurz vor sich, wie er sie blutig schlägt.

Dann läuft er in den Flur hinaus. Er schnappt sich den Motorradhelm, schlüpft in die Schuhe, lässt den Ranzen liegen. Er packt die Jacke, hört hinter sich Veronikas dumpfes Weinen, zieht die Tür auf und geht.

Hör mit dem Geflenne auf, denkt er, während er die Treppe runterläuft. Die Schritte hallen von den Wänden des Ganges wider. Hör mit dem Geflenne auf, hör auf, oder willst du das blutende Eisen spüren, Schlampe?

37 Dem Teufel nahekommen (Malene)

Der Schulgong klingt wie ein Feueralarm. Die Schüler setzen sich in Bewegung, und Sandras Gesicht ist kaum wiederzuerkennen. Sie schwitzt auf der Stirn, große erschrockene Augen starren Malene an und bitten um Hilfe, als wäre ausgerechnet sie auf einmal die rettende Planke im aufgewühlten Ozean. Sandras Hände zittern, der Gong gellt in den Ohren, und sie lässt Malenes Jackenärmel einfach nicht los, aber was soll Malene sagen?

Sie mag nicht lügen, darin ist sie wahnsinnig schlecht, und die Überraschte zu spielen ist das Allerschwierigste. *Daniel Moi? Neiiin. Du hast mit ihm geschlafen? Wow. Im Gosenskogen?*

Die Lüge würde auf der Stelle auffliegen.

Malene hat noch nie mit jemandem geschlafen. Sie mag Jungs, so ist es nicht, und sie weiß, dass sie schön ist, so ist es auch wieder nicht, sie weiß, dass Jungs sie mögen. Sie ist einfach noch nicht bereit dafür. Sie hat den Richtigen noch nicht getroffen. Die große Liebe. Tiril sagt immer, sie wird mit dem Erstbesten ficken, der ihr vor die Füße fällt. Na ja, meinetwegen. Aber Malene denkt nicht so. Sie weiß, dass man über sie lästert. Schneekönigin. Turnkönigin. Aber da hört sie weg. Sie lässt es nicht an sich heran. Jedenfalls nicht allzu sehr. Ein bisschen vielleicht.

Was soll sie zu Sandra sagen? Nachdem ihr Tiril gestern davon erzählt hat, ist es keine Überraschung für sie. Trotzdem echt abgefahren, dass die größte Christin und Streberin der ganzen Schule, die Anwaltstochter Sandra Vikadal, mit Metal-Daniel zusammen ist. Moped-Daniel, Kloppi-Daniel, Kinderheim-Daniel. Genauso krass, dass Sandra vor ihr steht und ihr erzählt – warum ihr? –, dass sie mit Daniel geschlafen hat.

Draußen. Im Wald.

Echt krass.

Zweifellos, Daniel ist hot, aber gefährlich hot. Alle Mädchen kennen ihn, *diese Augen*, aber wer von ihnen hätte sich getraut zu tun, was Sandra getan hat? Ihm nahekommen? Das ist so krank, dass Malenes Herz wummert, ein dicker Hammer schlägt darin. *Ich hab ihn gestern wieder getroffen. Ich hab mit ihm geschlafen. Im Gosenskogen.* Und nicht genug damit, dass Sandra es erzählt, nein, sie hat sich bewusst an Malene gewandt. *Ihr* hat sie es erzählt. Warum? Da gehen sie all die Jahre in dieselbe Klasse und hatten nie viel miteinander zu tun. Nicht vor heute. Ein Stich jagt durch Malenes Brust. Jetzt ist sie mit Sandras Welt verwoben und hat keine Lust, daraus wieder zu verschwinden.

Es heißt, Daniel Moi hätte kranke Sachen gemacht. Jemanden umgebracht, heißt es.

»Mein Gott«, sagt Malene und denkt, sie muss dabei natürlich aussehen, »echt? Mit Daniel Moi? Dschieses!«

Sandras Augen werden feucht. »Du darfst es niemandem erzählen, das musst du versprechen …«

»Nein, sicher.«

»Ich bin seit zwei Wochen mit ihm zusammen.«

»Aber …« Malene wirft einen Blick auf die Schüler um sie herum, die immer weniger werden. »Wir müssen rein …«

Sandra hält immer noch Malenes Jacke fest. »Hältst du mich für verrückt?«

»Nein«, sagt Malene, »aber … Du weißt aber schon, er ist siebzehn, er … Es ist ja nicht das Alter, aber … Die Leute reden über ihn, über …«

»Ja. Aber ich liebe ihn.«

Liebe ihn.

Malene spürt, wie ihr Puls im Ohr pocht. »Wir müssen rein«, sagt sie, und ihr Blick flackert, »aber … Du weißt, was die Leute reden?«

Sandra lässt sie los. Ihre Augen werden schmal.

»Ich meine«, spricht Malene weiter, »solange du weißt, was du da tust … dann ist das bestimmt okay. Wenn du … ihn liebst.«

Sandra wischt sich über die Stirn. »Tu ich«, sagt sie. »Was reden sie denn so über ihn?«

»Na ja … Du weißt schon … Weißt du das nicht?«

Sandra nickt.

»Sprich nicht weiter. Ich liebe ihn.«

Seit der ersten Klasse hat Malene dieses ordentliche Mädchen tagtäglich gesehen. Naiver Blick, aber immer im Gleichgewicht. Doch jetzt ist nichts mehr im Lot. Sie schaudert. Sie will, dass es ihr auch so geht, und erschrickt über sich selbst. Denn noch nie hat sie diesen Gedanken gehabt, dass sie dort hinauswill, hinaus aufs Meer, in dem alle ertrinken können.

»Aber …« Malene schiebt ihr Verlangen beiseite. »Wir müssen reingehen. Aber bist du dir wirklich sicher, dass er dich nicht nur ausnutzt, ich meine … Liebt er dich denn auch?«

Sandra zuckt zusammen, ihr Blick wird panisch, und mit einem Mal sieht sie so aus, als würde sie gleich umfallen.

Malene dreht sich um. Ein Moped fährt die Straße zur Schule entlang. Ein großer Junge mit schwarzem Helm, schwarzer Hose, Lederjacke.

Sandra ringt nach Atem und fährt sich wie mit einer Klaue von der Stirn zum Kinn. »Sorry, Malene, ich … Bis bald, ja? Das werd ich dir nie vergessen, okay? Du erzählst nichts, oder? Ich muss …«

Sandra läuft zu dem Jungen hinüber, der unten neben den Fahrradständern abbremst. Malene sieht ihr nach. Diesen x-beinigen Gang, über den hinter ihrem Rücken gelästert wird, kennt Malene aus dem Turnunterricht. Die eine Hand unter der Brust, die andere schlenkert durch die Luft.

Daniel nimmt den Helm ab und fährt sich durchs Haar. Sandra fällt ihm um den Hals.

Hier stehen bleiben geht nicht. Gibt einen Eintrag.

Sie liebt ihn.

Malene zieht die Tür auf und geht den Flur entlang, sie fühlt sich plötzlich wie entzündet, plötzlich unsicher. *Ich will auch dort sein.* Sie hält einen Augenblick inne – Religion? Kunst und Werken? Reiß dich zusammen, Malene, jetzt ist Norwegisch … Außer Atem erreicht sie das Klassenzimmer. Malene nickt der Norwegischlehrerin zu, stellt erleichtert fest, dass sie gerade noch einem Eintrag entgangen ist, und hastet zu ihrem Pult.

»Schön, Malene«, sagt Mai, »schön, dass du auch noch kommst.«

Mai Jensen Bore ist eine ziemlich junge, kluge und nette Frau. Sie war im vergangenen Jahr fast sechs Monate krankgeschrieben, irgendjemand hat behauptet, sie habe sich an der Gebärmutter operieren lassen müssen, andere erzählen, sie hatte ME oder CFS, wie das laut Mira heißt, denn deren Mutter hatte das auch mal, die lag fast zwei Jahre auf dem Sofa, ohne für irgendwas Kraft aufzubringen. Allerdings haben sie bei Mai so etwas nie erlebt. Sie unterrichtet Norwegisch und Sozialkunde und ist eine der beliebtesten Lehrerinnen, die Mädchen sehen zu ihr auf, und die Jungs machen insgeheim Fingerzeichen, wenn Mai den Flur entlanggeht.

Mai schaltet die digitale Tafel an, ruft Wikipedia auf und verkündet der Klasse, sie würden heute mit Texten von zeitgenössischen Schriftstellern fortfahren. »Ihr erinnert euch noch, wir haben eine Geschichte von Frode Grytten gelesen …«

»Der Fotzenjäger!«, ruft einer der Jungs.

»Ganz genau, Jokki, der Fotzenjäger«, sagt Mai, ohne dabei rot zu werden, »und ihr wisst auch noch, wir haben bei Tove Nilsen reingelesen, oder, und heute lesen wir einen Text von Johan Harstad, einem Schriftsteller aus Stavanger, der uns in zwei Wochen besuchen wird, darauf können wir uns schon mal freuen …«

Malene lächelt Mai an und versucht zu folgen. *Johan Harstad, Schriftsteller, Blickwinkel.* Aber sie kann sich nicht konzentrieren. Ihr Kopf platzt fast. Sandra und Daniel Moi, Papa, seine Augen, seine Schlampigkeit und sein Weinen, Tiril, der sie gestern Abend eine gescheuert hat …

Malene sieht sich um. Unruhe im Klassenzimmer. Flüstern und Tuscheln. Mira ist aufgestanden und zum Fenster gegangen. Immer mehr Klassenkameraden tun es ihr nach. Mai hat aufgehört, über Johan Harstad zu sprechen, sogar sie ist ans Fenster getreten. Malene reckt sich.

»Fuck«, platzt es aus einem der Jungs heraus. »Check!«

»Awesome«, sagt ein anderer. »Burn, baby!«

»Woop woop!«, ruft ein dritter.

Malene steht auf und sieht aus dem Fenster. Neben einem Moped steht Sandra und knutscht mit Daniel Moi.

»Okay, alle miteinander«, kommt es von der Norwegischlehrerin. »Wollen wir uns dann jetzt alle mal wieder beruhigen?«

Malene hält den Atem an. Die weiße Sonne scheint auf Daniels Moped. Seine Hände liegen um Sandras Taille. Sein Kopf ist zu ihrem gebeugt, er sieht aus, als würde er sie bei lebendigem Leib auffressen wollen.

Nimm ihn, Sandra, denkt Malene.

38 Verdammt, ich tu alles für dich (Cecilie)

Das Haus liegt am Ende einer Sackgasse, gleich neben den Bahngleisen, und niemand kann mehr sagen, was es mal für eine Farbe hatte. Seit Thor B. Haraldsen Anfang der Siebziger die Leiter an die Hauswand lehnte und die Holzverkleidung strich, hat niemand daran auch nur einen Pinselstrich getan. Es könnte neue Fenster vertragen – sechs von ihnen sind nämlich zerborsten, und auch eine Dränage wäre dringend nötig, weil es im Waschkeller inzwischen so feucht ist, dass sich die Schränke voller alter Kleidung alsbald auflösen.

In diesem Haus soff sich ihre Mutter zu Tode, am Schluss lag sie wie ein lallender Misthaufen im Schlafzimmer und hatte kaum noch Zähne. Einige Jahre später zog ihr Vater nach Houston und erklärte seinen Kindern, sie sollten das Leben positiv sehen, und seitdem holpert eben alles seinen schrägen Gang. Irgendwann wurde Jan Inge als der Videojunge in der ganzen Stadt berüchtigt. Er versammelte zwielichtige Typen um sich und begann, Cecilie an die Jungs, die zu Besuch kamen, zu verleihen. Sie durften Chips essen und sich unzensierte Horrorfilme ansehen, und derlei Geselligkeit bezahlten sie mit geklauten Marlboro-Stangen, die sie auf den Tisch legten, und allmählich erwuchs daraus eine kleine Gemeinschaft in einem heruntergekommenen Stadtteil von Stavanger, ein kleiner Betrieb, in dem Leute kamen und gingen und der momentan aus ihr, Jan Inge, Rudi und Tong besteht.

Es war ja nicht beschissen, denkt sie.

All diese Jungs auf sich drauf zu haben.

Aber gut war es eben auch nicht.

Es war einfach etwas, wofür sie abgestellt wurde.

Das Haus liegt ein paar Hundert Meter vom alten Riksvei 44 entfernt, dem Hauptzubringer, der aus der Nachbarstadt Sandnes über Forus, Gausel und Hinna ins Zentrum von Stavanger führt und der an dem Abschnitt, wo Cecilie wohnt, Hillevågsveien heißt. Lange Zeit war das hier eine schier hoffnungslose Gegend. Während das Öl sich über die Region ergoss und Stavanger mit Glanz überzog, schien Hillevåg dabei vergessen zu werden. Niemand pumpte dort Geld hinein. Der Stadtteil durfte mit seinen kleinen Fabriken, Autogroßhandelshallen und Outlets vor sich hin rosten. Und eben diese grauen Straßen waren Cecilies Straßen. Hier hat sie Kippen und Vanilleboller gekauft, die sie hinunter zum Kai hinter den Silos mitgenommen hat, während sie zu den Ölbohrinseln in Jåttåvågen hinübersah.

Mittlerweile fühlt es sich seltsam an, ein Hillevågmädchen zu sein. Die Wohnpreise sind in die Höhe geschnellt, eine neue Straße wurde gebaut, neue Einkaufscenter und etwas, was sich Gewerbegebiet Hillevåg nennt, folgten. Ein Fitnessstudio, ein Kosmetiksalon und Cecilie weiß nicht was noch alles schossen aus dem Boden. »Stavanger ist nach Hillevåg gekommen.« So hat es Jan Inge formuliert. »Scheiße, ich bin da echt verdammt skeptisch«, meint Rudi. Als Thor B. Haraldsen das Haus 1971 kaufte, stand in der Anzeige: »Aussicht auf den Fjord.« Was würde da wohl stehen, wenn man Cecilies Elternhaus heute verkaufen wollte? »Attraktives Einfamilienhaus mit großem Potenzial, direkt neben dem Hillevågcenter, mit einer Ahnung von Fjord, zentrumsnah.«

Cecilie findet das unheimlich, aber auch schön. Mittelstreifen mit schönen Bäumen. Saubere Straßen. Die Leute sehen fröhlicher aus, findet sie. Aber am beruhigendsten ist nach wie vor der Gang runter zum Meer. Das verändert sich nicht. Die Wellen kommen, Stoß um Stoß, und die Berge am Horizont bewegen sich keinen Deut, denn sie gehören zum Ewigen, während sie zu dem gehört, was in der Zukunft verschwindet.

Cecilie hatte noch nie einen Job, noch nie Freundinnen, und oft fühlt sich ein Tag ununterscheidbar wie der andere an. Sie mag Metal-Balladen, denn die bringen ihre Augen zum Leuchten, sie mag Kippen und Vanilleboller, denn die entspannen die Muskeln, und sie trägt ein Kind im Bauch. Allerdings weiß sie nicht, von wem es ist. Rudi könnte der Vater sein, mit dem hat sie tausendmal geschlafen, und Tong könnte der Vater sein, auch wenn sie mit dem im Besuchszimmer von Åna nur viermal geschlafen hat.

Sie hat versucht, sich schuldig zu fühlen, aber das schlechte Gewissen stellt sich einfach nicht ein. Als Tong sie fragte, ob sie ihm einen wichsen oder blasen könnte, dachte sie ein paar Sekunden nach. Das war im März, in Åna standen die Buschwindröschen in Kränzen um die Bäume. »So eine Art Gefallen?«, fragte sie. »Nenn es, wie du willst«, antwortete Tong. »Aber Rudi darf es nicht erfahren«, entgegnete sie. »Mein Gott«, erwiderte Tong. Und dann spürte Cecilie eine Art Brennen in der Brust und ein Kribbeln im Mund und sagte: »Okay, dann werd ich dir einen blasen.« Sie kniete sich hin, schob den runden Tisch beiseite, öffnete Tongs Hosenstall, der mit weit aufgerissenen Augen auf dem Ledersofa saß, zog ihm die Hose bis zu den Knöcheln hinunter und warf einen kurzen Blick auf seinen Schwanz, bevor sie ihn in den Mund nahm.

Es machte ihr nichts aus. Sie spürte, dass er das brauchte. Zumindest diesbezüglich weiß Cecilie über das eine oder andere Bescheid, eine Art Berufserkenntnis oder wie immer sie das nennen soll. Sie weiß, dass Jungskörper von innen her gesprengt werden. Merkwürdigerweise war es schön, jemandem, den sie so gut kannte, einen zu blasen, jemandem, der sie immer mit festem Blick angesehen, aber nie einen einzigen Annäherungsversuch unternommen hatte. Sie dachte, während sie die Zungenspitze anspannte und die Unterseite seiner Eichel leckte, dass Tong sie seit gut zwanzig Jahren kannte und dass er sich immer wie ein Soldat aufgeführt hatte, in etwa wie bei Steven Tyler in »Amazing«, ein *angel of mercy to see me through all my sins.* Zwar hatte sie diesen Gedanken nie zuvor gehabt, aber als sie da kniete und ihm einen blies, die Zunge im Wechsel entspannt und mächtig sein ließ und ihn mehrmals nass und wie ein Hund leckte, da dämmerte es Cecilie mit einem Mal, dass sich Tong immer um sie gekümmert hatte. Er hatte immer über sie gewacht, wenn auch auf eine andere Art als Rudi und Jani.

Hatte Tong sie womöglich immer gemocht, und sie hatte es nur nicht bemerkt? War das möglich?

Cecilie berührte ihn sanft, während sie ihm ihre Zunge schenkte, manchmal straffte sie den Griff um ihn, hörte ihn schlucken und atmen, spürte, wie sie selbst erregt wurde, heiß von dem Gedanken, einer der Vollzugsbeamten, die am Gang draußen vorbeigingen, könnte den Vorhang am Türfenster zurückziehen und sie auf dem Boden hocken sehen, mit einem Insassen im Mund.

Nach jenem Mittwoch im März besuchte sie ihn regelmäßig. Nicht zuletzt weil Cecilie das einzige unbeschriebene Blatt daheim in Hillevåg war, wurde es ihre Aufgabe, nach Åna rauszufahren, sich Tongs Neuigkeiten anzuhören und zu sehen, wie es ihm ging, darauf zu achten, dass er sich vom Dope fernhielt, und ihm zu erzählen, wie die Dinge zu Hause standen. »Bring ihn dazu, das Helle im Leben zu sehen«, wie Jan Inge sagte. »Gib ihm Zuversicht«, wie Rudi sagte. Und nach jenem Mittwoch war es dann einfach seltsam, ihm nicht einen zu wichsen oder zu blasen. So viele Gesprächsthemen hatten sie nun auch wieder nicht, Tong war ja noch nie ein Schwätzer, sondern im Gegenteil schon immer eher ein schweigsamer Kerl.

Cecilie setzte sich in den Volvo, fuhr an Sandnes und Bryne vorbei raus ins windige Jæren. Hinter der Brücke über den Håelva bog sie ab, fuhr durch Nærbø und über Opstadsletta nach Åna, dem Gefängnis der Gegend, sah, wie sich das alte Gebäude auf der unfruchtbaren Anhöhe erhob, und dachte bei sich, dass es aus der Entfernung wie eines dieser deutschen Konzentrationslager aussah, das sie im Fernsehen gesehen hatte. Sie hatte ein eigenartiges Gefühl, als sie die prächtige, mit aufgeschichteten Steinen gesäumte Allee hinauffuhr, parkte, auf den Klingelknopf drückte und sagte: »Cecilie Haraldsen, Besuch für Tong.«

Sie mochte es, bei Regen, Wind oder Sonne durchs Jæren zu fahren, Aerosmith zu hören, bei der Ankunft die Vollzugsbeamten anzulächeln, die sie nach und nach wiedererkannten, und sie mochte das Gefühl, wie ein Wiedergänger angesehen zu werden. Es schien, als wüssten sie dort, warum sie kam, und als würde ihr das einen gewissen Respekt einbringen. Sogar Neid. Sie mochte es, den

Beamten zuzunicken und deren Blicke auf sich zu spüren, wenn sie den Flur zum Besuchszimmer entlangging. Sie mochte es, die Tür aufzudrücken und Tong dort sitzen zu sehen, seinen starken Körper, den er so eisern trainierte, seine schimmernden indianerschwarzen Haare. Sie mochte es, die Tür hinter sich zu schließen, in die Hocke zu gehen, ihm einen zu blasen, ihm einen zu wichsen. Sie lernte seinen Atem und seinen Körper kennen, sie sah die Adern, die an den ausgebreiteten Unterarmen dicker wurden. Irgendwann sah sie in seinen Augen ein Licht und eine Farbe, die sie nie zuvor bemerkt hatte, und eines Tages sagte er, direkt bevor er in ihrem Mund kam: »Fuck. Verdammt, ich tu alles für dich.«

Rudi redete und redete und redete ohne Ende und am allermeisten beim Sex. Sie hatte dieses andauernde Gelaber so scheißsatt. Tong redete fast nie. Aber wenn er den Mund erst einmal öffnete, kam was Perfektes raus.

Er wirkt einfach so verdammt gescheit, denkt sie.

Also, warum ist er denn dann bei uns?

Vielleicht meinetwegen?

Cecilie verbarg seinen Ausspruch in ihrem Herzen und freute sich darauf, einmal pro Woche nach Åna zu fahren. Nur anfassen durfte Tong sie nie. Er durfte sie nie ausziehen. Da verlief die Grenze. Hätte sie sich ausgezogen, hätte er sie sehen und anfassen dürfen, das wäre falsch gewesen. Rudi gegenüber. Denn egal, wie scheißsatt sie Rudi auch hat, so liebt sie ihn doch. Dann kam der Sommer, und sie setzte sich auf Tong. Sie tat es einfach. Sie hatte sich nicht vorgenommen, mit ihm zu schlafen, während Jæren an ihr vorbeiflog und sie Aerosmith hörte, nein, an genau diesem Tag kam sie ins Besuchszimmer und tat es einfach.

Ich konnte gar nicht anders, erklärt sie es sich selbst. Ich wollte ihn haben. Das war der erste verdammte Schwanz, den ich je haben wollte.

Seitdem haben sie viermal auf dem braunen Ledersofa Sex gehabt. Und Cecilie muss sich eingestehen, dass in diesem Leben, das bisher einfach unmerklich dahingeglitten ist, jetzt viel passiert: Rudi kann der Vater ihres Kindes sein, und Tong kann der Vater ihres Kindes sein. Sie hat ein ausgewachsenes Problem. Denn Rudi vertraut Tong tausendprozentig. Und Rudi liebt sie. Und Tong sagt, er werde alles für sie tun. Und Tong ist stark, er kann mit bloßen Händen alles zerquetschen, er ist stärker als Rudi, nur ist Rudi verrückter als alle miteinander, und dadurch ist er der Stärkste überhaupt. Wenn Tong alles für sie tun will, dann sollte er wissen, dass es da noch jemanden gibt, der das will, und der heißt Rudi und ist ein krasser ADHS-Typ.

Obendrein gibt es da auch noch Jan Inge, und der ist zwar nicht stark, aber er leitet alles, ohne ihn wären sie alle nichts, und Jan Inge liebt sie alle miteinander. Wenn er davon erführe, würde er wahrscheinlich nicht die Pumpgun rausholen und jemanden erschießen, nein, er würde gleich das ganze Haus abfackeln. Alles in Flammen setzen und jeden einzelnen von ihnen sterben lassen, inklusive seiner selbst.

Und all diese Leute, mit denen sie arbeiten. Keiner von ihnen weiß, dass sie schwanger ist. Also, was soll sie tun? Abwarten, mal sehen, was für ein Kind rauskommt, ob es Koreaner- oder ADHS-Augen hat?

»Was fühle ich?«, flüstert sie leise, während sie Rudi im Keller herumfuhrwerken hört, sich die Schuhe anzieht und die Tür zu einem klaren, hellen Septembertag öffnet. »Verliebtheit?«, flüstert sie, als sie auf die Straße hinaustritt. Sie holt eine Tüte Fisherman's Friend heraus, irgendwie muss dieser Kotzegeschmack ja weggehen. Sie wird doch hoffentlich jetzt nicht jeden Morgen kotzen? Kam sicher von den Eiern, die Jani in sich reinstopfen musste. Jetzt ist er endgültig zu fett. Mein großer Bruder muss verdammt noch mal abnehmen.

Bin ich verliebt?

Verliebt in Tong?

Während ich gleichzeitig Rudi liebe?

Cecilie blickt auf ihren Bauch hinab, streicht darüber und flüstert: »Denk nicht daran. Mami regelt das. Irgendwie. Aber jetzt müssen wir uns erst mal eine Kippe, einen Vanilleboller und eine Hautpflegebehandlung besorgen.«

Jeden Tag geht Cecilie den Hillevågsveien hinauf und in den Mixen, wo sie zwanzig Marlboro Lights kauft. Sie hat versucht, auf unter zwanzig pro Tag zu kommen, aber weil sie nun mal so gerne raucht, schafft sie das nicht. Sie hat sich bei zwanzig eine Grenze gesetzt, und die hält sie aufrecht, indem sie sich genau eine Zwanzigerschachtel pro Tag kauft. Sie ist zufrieden, dass sie von normalen Marlboros zu Lights gewechselt hat, das ist immerhin ein Fortschritt.

Nachdem sie Kippen gekauft hat, geht sie immer neben dem Matrazengeschäft in Romsøes Konditorei und kauft sich einen Vanilleboller. Dann überquert sie die Straße, läuft an der Kvalebergschule vorbei, quer über den Spielplatz am alten Deutschenbunker, weiter über die Wiese auf die Flintegata, die Silokurve hinunter, die Straße entlang bis zu dem Felsvorsprung am Meer, wo sie sich hinsetzt und über den Fjord nach Li und Storhaug und zum Hillevågsvannet blickt. Sie raucht zwei Zigaretten, eine vor und eine nach dem Essen.

Und denkt.

Denkt nur.

Viele Jahre lang mochte Cecilie das am liebsten. Rauskommen, Kippen und Vanilleboller kaufen, am Fjord sitzen und denken. Eine Flucht vor dem Daheimsein und Rudis Gelaber. Und sie mag es immer noch. Mittlerweile hat sich viel verändert.

Ich gehe ab jetzt sogar zur Hautpflege, denkt sie.

In etwa zur selben Zeit, als sie anfing, mit Tong zu schlafen, fielen sie ihr auf. Diese Frauen mit hohen Absätzen und fancy Klamotten. Sie hatten Taschen mit Goldbesatz. Tauchten plötzlich am Hillevågsveien auf. Betraten ein Gebäude direkt gegenüber vom Mixen. Sie sahen klug und schön aus. Sie sahen aus, als kämen sie aus Eiganes oder so.

»Mariero Beauty« stand dort im Fenster, auch wenn der Laden streng genommen nicht in Mariero, sondern in Hillevåg lag. »Spa« stand dort. »Universal Contour Wrap« stand dort. »Klassische Hautpflege« stand dort. Und die Frauen mit den hohen Absätzen und goldbesetzten Taschen gingen dort ein und aus. Strahlend, wie es ihr schien.

Eines Abends, als sie gerade *Evil Dead* gesehen hatten, versuchte sie es mit zahmer Stimme und sanften Augen. »Mein Rudilein«, sagte sie, »ich hab mich gefragt, ob ich nicht mal zu so 'ner Hautpflege gehen dürfte?« Rudi riss die Augen auf.

»Was?« Er wurde brummig und mit der Zeit wütend. Für welchen Fuck wollte sie sich denn aufbrezeln? Und Cecilie dachte, seine Leute haben schon recht, kein Wunder, dass sie nichts mit ihm zu tun haben wollten. Dieser geizige Bruder und seine Psychofrau in Sandnes. Sie hätte es einfach tun sollen. In den Keller gehen, die Axt holen und ihm damit, während er schlief, in den Rücken hacken.

Aber Cecilie ist nicht dumm, und als sie ihm später in der Nacht einen blies und ihn dabei so tief in den Mund nahm, dass sie sich beinahe hätte übergeben müssen, als sie also danach konkretisierte, sie wolle sich nur für ihn schön machen, nickte Rudi lange. Und irgendwann lächelte er sogar. Und dann sang er die ersten Zeilen von »Dream On«: *»Every time that I look in the mirror, all these lines on my face getting clearer.«* Und zu guter Letzt sagte er: »Ich verstehe dich. Du gehst auf die vierzig zu. Du fühlst dich wie ein Bottich. Okay, Baby, du kriegst einmal im Monat fünfhundert Kronen. Sweet, oder? On the house.«

Jetzt läuft sie hier. Schwanger. Auf dem Weg zur Hautpflege. Um sich schön zu machen. Für wen? Ichunddu, Chessi, sagt Rudi. Ich tu alles für dich, sagt Tong, und am Freitag kommt er raus, und heute Abend wird sie ihn zum letzten Mal in Åna besuchen.

Cecilie bleibt stehen. Sie fasst sich an den Bauch. Sie braucht am Abend das Auto. Rudi muss zu seinem Job, um diesen süßen Påltypen zu treffen, den mit dem hübschen Hund. Er wird scheißsauer werden, er hasst den öffentlichen Nahverkehr. Aber sie braucht das Auto. Ohne Auto ist es viel zu mühsam, nach Åna zu kommen.

Sie holt das Handy raus und tippt: »Fahr heut Abend zu Tong. Brauch das Auto. Okay? Umarmung. Jetzt Hautpflege.«

Cecilie legt das Handy zurück in die Jackentasche und stellt es auf lautlos. Sie kommt auf den Hillevågsveien. Sie geht über den Zebrastreifen und betritt den Mixen, lächelt Geggi an und sagt: »Zwanzig Marlboro Light«, und er sagt: »An dem Tag, an dem du aufhörst zu rauchen, geht dieses Geschäft zugrunde«, und sie sagt: »Keine Angst, Geggi, ohne Kippen kann ich nicht.«

Cecilie geht die Straße zu Romsøes hinunter und kauft sich einen Vanilleboller bei der Frau, die dort arbeitet und die immer über alles so redet, dass es sich großartig anhört. Und dann tritt sie hinaus ins weiße Licht, geht hinüber zu Mariero Beauty, mit einem Gefühl, dass sich in Kürze viel verändern wird.

So viel zu bedenken.

Ein Kinderzimmer im Keller.

Vielleicht ein Hund.

Aber wenn das Kind Koreaneraugen hat?

Dann gibt es kein Kinderzimmer.

Und keinen Hund.

Dann brennt das ganze Haus.

»Alles wird gut«, flüstert sie ihrem Bauch zu, während sie die Tür zu Mariero Beauty aufzieht. »Ich bin deine Mami, und ich werde auf dich aufpassen, forever.«

39 Jetzt habe ich etwas schrecklich Dummes getan (Sandra)

Sich in seine Arme zu werfen, *bring mich weg von hier, mehr halt ich nicht mehr aus*, ist alles, was sie sich wünscht, und fast tut sie das auch, als sie Daniel auf den Schulhof fahren sieht. Das Herz sackt ihr bleischwer in die Hose, sie flüstert sich zu, dass sie ein kluges Mädchen ist, dass sie die Kontrolle behalten muss, aber sie schafft es nicht. Ich bin nicht mehr Herrin meiner selbst.

Sandra nimmt Malene das Versprechen ab, den Mund zu halten, gute Malene, die sich plötzlich wie eine Freundin anfühlt, arme Malene, die nicht weiß, was mit ihrem Vater vor sich geht, und läuft zu Daniel.

Er steigt vom Moped und nimmt den Helm ab. Er sieht aufgewühlt aus, wirkt unruhig, scheuert die Fingerkuppen aneinander, seine Augen sind nervös.

Du weißt, was die Leute über ihn reden.

Um die Stimmung aufzulockern, will Sandra etwas Schönes sagen, was sie beide zum Lächeln bringt, aber alles geht durcheinander. Ist es an der Zeit, dass auch sie hört, was so geflüstert wird? *Irgendwas mit seinen Eltern. Irgendwas Krankes. Irgendwas so Krankes, dass er einen Schaden davongetragen hat. Daniel Moi hat jemanden umgebracht.*

So hat sie ihn noch nie gesehen, als wäre er zugleich da und weg. Er wirkt vollkommen fremd. Plötzlich hat sie das Gefühl, dass sie etwas Gefährliches tut, dass die

Entscheidung, nicht wissen zu wollen, was er erlebt hat, eine gefährliche Entscheidung ist, dass all die Münder, die über ihn reden, recht haben.

Sandra mag Misstrauen nicht, trotzdem spürt sie, wie es sich in ihrem Kopf Raum frisst. Sie kann nichts sagen. Daniel starrt ihr in die Augen. Was will er?

Sie schließt die Augen.

Willst du mich schlagen, Daniel?

Sie öffnet die Augen wieder. Er hat sie nicht geschlagen. Sie sieht seine Kiefermuskeln arbeiten, die Zähne mahlen aufeinander.

Was ist los?

Alle können mich sehen, denkt sie. Hinter ihr ist die Schule, das Klassenzimmer. *Reiß dich zusammen.* Sie kann nicht hier herumstehen, nicht mit Daniel William Moi. Aber wenn sie sich das nicht traut, dann traut sie sich auch nicht, für die Liebe in den Krieg zu ziehen, dann ist sie nicht sein Mädchen: Bleib elektrisch in dem, was ich liebe.

Plötzlich packt er mit beiden Händen ihr Gesicht. Sein Griff ist hart. Sie hat Angst, aber dann spürt sie seinen Mund. Er küsst sie. Doch dieser Mund ist nicht leuchtend, er ist frostig. Er küsst nicht zart, er küsst hart, sie spürt, dass sein Atem nicht aus dem Bauch kommt, sondern von hoch oben aus dem Kopf.

Ich knutsche mit Daniel Moi, denkt Sandra. Ich knutsche direkt vorm Klassenzimmerfenster mit Daniel Moi. Alle können mich sehen. Ich tu es. Ich will es.

Er lässt sie los. Sandra weicht zurück.

»Was ist los? Ist was passiert?«

»Nein«, sagt er und sieht weg. »Ich musste dich nur sehen.«

Das Glück schießt regelrecht in Sandra auf. Sag das noch einmal, denkt sie.

»Du … Aber ich muss mich beeilen, die Stunde hat schon angefangen …«

»Hehe. Vielleicht an der Zeit, dass das Jesusmädchen einen kleinen Eintrag bekommt.«

Er lacht. Schön? Lacht er schön? War er jetzt gemein? Ironisch? Sie wischt den Verdacht beiseite, lacht zurück.

»Hehe. Ja, vielleicht. Aber du – hast du das Mädchen reingehen sehen?«

Er nickt. »Mit der du gesprochen hast?«

»Das war Malene.« Sandra blinzelt schnell. »Also eine der Töchter von dem Typen gestern aus dem Wald. Ich wusste nicht, was ich sagen sollte, ich hab sie bloß …«

Daniel grinst. Er nickt hinter sie. »Ist das deine Klasse?«

Sie dreht sich nicht um. »Sehen sie her?«

»Kann man wohl sagen. Hehe.«

Dieses Lachen. Dieses Lachen hat sie noch nie gehört.

»Scheiß drauf«, sagt Daniel. »Du musst nur den Mund halten, so tun, als wär nichts. Sag ihr nichts. Wir müssen erst noch mehr herausfinden. Oder? Wir sehen uns heute Abend, oder?«

Sie nickt. Sie will tun, was er sagt. Sie will dem vertrauen, den sie liebt.

»Natürlich, aber … Ich hab es ihr gesagt.«

»Was?«

»Dass …« Sie atmet ein. »Dass du und ich … Dass wir … Dass …«

»Hehe. Na und? Macht mir nichts aus.«

Macht mir nichts aus. Warum redet er, als würde es nichts bedeuten? Sandra mag dieses Lachen nicht, sie mag diese Worte nicht, aber sie denkt, sie muss vorsichtig sein, sie muss respektieren, dass er ist, wie er ist, denn das ist Liebe: sich nach dem anderen zu richten.

Er lacht und küsst sie wieder.

Sie weicht erneut ein Stück zurück. Auch wenn sie das gar nicht wollte.

»Aber«, stottert Sandra, »aber … warum bist du hergekommen? Jetzt?«

»Warum fragst du? Ich hab doch gesagt, ich musste dich sehen.«

Sie küsst ihn schnell, um den schmerzenden Ton in seiner Stimme beiseitezuwischen.

»Nein«, flüstert sie und sucht Daniels Lippen, doch diesmal weicht er zurück. »Nein«, flüstert sie wieder, »ich meinte es nicht so, ich versteh es nur nicht ganz …«

»Was? Scheiße, was verstehst du nicht? Dass ich hierhergekommen bin? Dass ich dich sehen musste? Was ist daran so schwer zu verstehen?«

Das durfte nicht geschehen.

»Nein …« Noch einmal sucht sie seine Lippen, den leuchtenden Mund, will alles Schmerzende wegküssen. »Ich verstehe es ja, ich will dich auch nicht nerven. Du hast bestimmt jede Menge zum Nachdenken, du hast bestimmt jede Menge erlebt, womit dich andere besser nicht belästigen, ich weiß das … Die Leute sagen ja eine Menge seltsame Sachen, aber ich hab nie danach gefragt … Ich versteh bloß nicht immer, was abgeht, aber ich frag nicht mehr, ich werd nicht mehr fragen …«

Er reißt sich von ihr los. Sein Gesichtsausdruck ist eisig. Er setzt den Helm auf. Steigt aufs Motorrad.

»Dann halt doch den Mund«, sagt er und startet die Suzuki.

Daniel fährt zurück auf die Straße.

Hinter ihr wird ein Fenster aufgerissen, eine Stimme ruft: »Awesome, Sandra!«, und gleich danach eine andere Stimme: »Joachim! Das ist wirklich nicht nötig! So, Fenster zu, lasst sie in Ruhe.«

Lieber Jesus, denkt Sandra, jetzt hab ich etwas schrecklich Dummes getan. Sie spürt, wie der Sauerstoff aus ihrem Körper entweicht, als wäre sie ein Ballon, in den ein Loch gepiekt wurde. Lieber Jesus, flüstert sie, hab ich jetzt das Schönste auf der Welt zerstört? Wenn ich das getan habe, will ich sterben. Wenn ich das getan habe, will ich nicht mehr hier auf deiner Erde leben. Entschuldige meine hässlichen Gedanken, entschuldige, dass ich denjenigen, den ich liebe, verdächtige – aber die Liebe erträgt doch nichts.

40 Beverly Hinna (Jan Inge)

»Also, dann bin ich mal ein nicht zu kleines Weilchen weg!«, ruft er in die Küche.

Jan Inge steht vorm Flurspiegel und checkt seinen Haarschnitt. Seine Haare waren schon immer dünn, aber jetzt ist da diese Glatzensituation. Haraldsenschicksal, hat sein Vater immer gesagt. Großvater, Urgroßvater, die ganze Mischpoke, alle miteinander dürre Vogelnester.

Aber wir holen das woanders wieder auf, Jan Inge.

Hat sein Vater immer gesagt.

Jaha, und woran denkst du da, Papa?

Er fährt sich mit den molligen Fingern durchs Haar und versucht, der mageren Haarsträhne einen gewissen Schwung zu verleihen.

»Training, Hombre?« Rudis Stimme ist energiegeladen. »Wenn ich die Türschwellen erledigt hab, watschle ich wahrscheinlich auch 'ne kleine Runde. Bisschen Sauerstoff unter die Flossen des alten Seehunds.«

Rudi kommt in den Flur. Verstrubbelte Haare, wache Augen. Er lehnt den langen Körper an den Türrahmen, in der einen Hand der Rest von einer Scheibe Brot, in der anderen die Brechstange. »Chessi ist bei der Hautpflege. Darauf läuft's hinaus: Bald will sie, dass ich für ein Lifting und Botox zahle. Aber du weißt: Du bist kein Mann, wenn du nicht die Bedürfnisse von Frauen siehst.«

Rudi boxt Jan Inge gegen die Schulter. »Du und dein Training. Jede Woche. Bei Wind und Wetter raus mit der Trainingstasche. Respekt, Bruder! Stemm die Gewichte! Steig in die Pedale!«

Jan Inge hängt sich die Tasche, die sie 2007 im Bowlingcenter in Åsen gefunden haben, über die Schulter. Irgendjemand hatte ihnen den Tipp gegeben, dort wäre ordentlich Cash zu machen. 3700 Kronen. Top. Man muss es einfach einsehen. Da draußen ist immer weniger Cash unterwegs. Scheißkartengesellschaft. Alles wird immer unmenschlicher. Die Tasche hatte ein Kunde vergessen. Sie nahmen sie mit. Darin war ein Haufen Kinderkleidung.

Jan Inge nickt. »Fahren wir dann nachher zu Hansi?«

Rudi nickt ebenfalls. »Hast du übrigens schon mit Buonanotte gesprochen?«

»No problemo, mein Sohn«, sagt Jan Inge und macht die Haustür auf. »Allesinbutter.«

Hinter sich hört er Rudis Lachen. »Gute Reise, Bruder! Elixia wartet, wir sehen uns in ein paar Stunden.«

Jan Inge geht hinaus in den Tag. Den Hügel hoch zum Hillevågsveien.

Als er um die Ecke biegt und außer Sichtweite von zu Hause ist, atmet er hektischer. Jan Inge geht, so schnell er kann, ohne dabei ins Schwitzen zu kommen, er will nicht mit Schweißflecken unter den Armen, schwer atmend und mit schmierigen Haaren ankommen. Er ist gut in der Zeit, erreicht die Bushaltestelle, und wartet ein paar Minuten. Neben ihm steht ein älterer Mann mit Baseballkappe und starrt blicklos in die Stavangerluft, auf der Bank hinter ihnen sitzt ein Mädchen mit zusammengekniffenen Knien und den Fingern auf dem iPhone.

Als der Bus kommt und die Tür aufschwingt, spiegelt sich für einen Moment Jan Inges Gesicht darin. Sieht aus, wie es eben aussieht, denkt er, während er die steilen Stufen nimmt und bei dem Busfahrer sein Ticket löst. Der Fahrer hat ein lustiges Stavangergrinsen und einen Rauschebart im Gesicht. Aus seinem eigenen Gesicht war dagegen noch nie etwas zu machen. Seit jeher hat er winzig kleine, dunkle Augen. Seit jeher kurze, mollige Finger. Man kann aus seiner Haut nicht raus, hat er schon immer gespürt.

Als der Bus anfährt, hat er sich bereits auf einen der hintersten Sitze gesetzt. Tiefer Schwerpunkt. Den Kopf auf die Brust gelegt. Hängende Schultern. Ein kurzer Blick aus dem Fenster. Keiner sieht ihn.

Eine gute Viertelstunde später steigt Jan Inge am Randabergveien aus. An der Bushaltestelle direkt neben der Tankstelle, dem Antiquariat von dieser Åse und Torils Kleiderladen. Nett, diese Åse. Immer ein Lächeln und eine gute Geschichte auf den Lippen. Er war ein paarmal bei ihr drin. Hat etwas gekauft.

Jan Inge geht zur Tankstelle hinüber. Beugt sich zu dem roten Plastikeimer, der neben dem Zeitungsständer steht, und nimmt sich einen Strauß Rosen.

»Neunundsechzig«, sagt der junge Mann hinter der Theke, ein Türke oder Inder oder so was. Jan Inge hat ihn hier noch nie zuvor gesehen. Normalerweise steht hinter der Theke eine Frau mit einer Menge Flecken im Gesicht.

»Neunundsechzig, bitte«, sagt Jan Inge und legt einen Hunderter auf die Theke.

Fünf Minuten später geht er den Hügel hinter der Tastavedenschule hoch. Ihm ist heiß, aber nicht vom Laufen oder vor Unbehagen. Heiß ist ihm wegen etwas anderem.

Denn letzten Endes ist das der Höhepunkt der Woche. Allein die Straßennamen machen ihn schon froh, als käme er von hier, als läge hier das herrliche Tal seiner glücklichen Kindheit. Sjøveien, Granlibakken, Soltunveien, Fredtunveien, Høgeveien. Richtig heimelig.

Und heimelig wird unterbewertet.

Zumindest in manchen Milieus.

Zum Beispiel im Metal-Milieu, im kriminellen und im Horror-Milieu.

Vielleicht nicht im Chor-Milieu oder Tupperware-Milieu oder Trachten-Milieu.

Aber bei uns. Da wird es unterbewertet.

Jan Inge macht sich darüber so seine Gedanken. Er will unerbittlich für die Wichtigkeit von Heimeligkeit einstehen, und jede Woche wieder, wenn er durch die Straßen in seinem Stavangerer Lieblingsstadtteil läuft, wird er daran erinnert. Tasta. Eigentlich ist *das* Stavanger, denkt Jan Inge mit heißem Körper, schnellen, philosophischen Gedanken und hämmerndem und strammem Schritt. All diese gewöhnlichen Häuser. All diese gewöhnlichen Autos.

Ein paar Meter vor dem Haus bleibt Jan Inge stehen. Um zu schlucken.

Wird er seinem Ziel heute näherkommen?

Eine winzige Minute später lässt der mollige Zeigefinger den Klingelknopf los, und er hört, wie es nicht gerade leise im Flur klingelt. Er lächelt, wie um sich selbst zu versichern, als er das Strukturglas im Seitenteil der Tür sieht. Er lächelt, als er das mit Rosen bemalte Türschild sieht, das unter einem Kranz hängt: »B. HINNA«. Er lächelt, als er die niedliche, geblümte Matte unter seinen Füßen und den glasierten Krug mit farbenfrohen Gewächsen neben der Matte sieht. Und es schaudert ihn, als er drinnen die wohlbekannten Schritte hört, so herrlich *schlurfend*, als gehörten sie einem heimlichen Engel – und tun sie das denn nicht auch?

Jan Inge drückt die Brust raus. Er räuspert sich. Saugt die Backen ein und fährt mit der Zunge über Zähne und Zahnfleisch. Setzt auf, was er unter einem netten, positiven und fast schon neckischen Lächeln versteht – eins, wie sein Vater es gut hinkriegt –, und da geht auch schon die Tür auf.

»Jan Inge! Wie nett, dass du kommst«, sagt sie in gebrochenem Norwegisch. »Immer so nett. Schau dich an, gesunde Bäckchen und darn fine, komm rein, nein, hast du Blumen gebracht? Oh, the gentleman callt, wär doch nicht nötig, mit Blumen zu old Beverly zu kommen …«

»Du bist doch nicht alt«, platzt es aus ihm heraus, als sie ihn in den Flur lotst, wo es nach versprühtem Parfüm und Blumen riecht.

Sie gluckst und zwinkert ihm zu, nimmt ihm die Jacke ab und hängt sie über einen Kleiderbügel. »Vierundfünfzig nächstes Jahr, und this girl don't lie about her age, das weißt du.«

»Ja, ich weiß«, sagt er und sieht sie bewundernd an.

Absolut unglaublich.

Jedes Mal, wenn Jan Inge Beverly Hinna sieht, überfällt ihn ein schier unbeschreibliches Gefühl von Bewunderung. So stellt er sich das Himmelreich vor, und jetzt steht er davor. Er kann kaum atmen. *Als würde ein anderer Jan Inge aus ihm,* wenn er bei dieser Frau mittleren Alters über den üppig gemusterten Teppich geht, an ihren barock dekorierten Wänden entlang.

Das auftoupierte Haar, das ihr einen herrlichen Elizabeth-Taylor-Stil verleiht. Die vollen Lippen, die immer aussehen, als wollten sie essen oder als hätten sie das eben erst getan. Die schweren Ohrgehänge aus Gold, die an ihrem Hals hinabbaumeln. Die Augen voll träger Intensität, verstärkt durch violetten Lidschatten. Und die Kleidung? Was Beverly bei ihren Mittwochstreffen anhat, ist kaum je vorherzusehen. Mit geschlossenen Augen sitzt er im Bus, und allein bei dem Gedanken daran, was sie Aufregendes tragen wird, läuft ihm das Wasser im Mund zusammen. Diese Frau ist eine Wundertüte. An manchen Tagen öffnet sie die Tür in einer engen Jeans und einer schönen Bluse, gerne mit Goldpailletten und Schulterpolstern, sodass sie aussieht, als würde sie gleich vom Boden abheben, andere Male tritt sie ihm in einem schicken Kleid und auf hochhackigen roten Schuhen entgegen – und einige wenige Male ist es wie heute. Ein rosaroter Morgenmantel mit aufgenähten Motiven. Pelikane.

»Well«, sagt Beverly und lacht, »du musst ein bisschen entschuldigen, aber this mornin' hab ich einfach nicht geschafft, mich herzurichten. Du musst mich nehmen, wie ich bin.«

Er lacht sein dünnes Lachen und weiß nicht, was er sagen soll. Beverly reicht ihm die rechte Hand. Jeder Finger ist mit wuchtigen Ringen bestückt. Sie führt ihn in das üppig eingerichtete Wohnzimmer. Das dunkelrote Sofa mit dem großblumigen Muster und einem Behang bis zum Boden, die großen, vornehmen Teppiche, was sind sie wohl, persisch, orientalisch oder wer weiß, was diese Frau so auftreibt, die niedliche Tischlampe mit Fransen, all die wunderbaren Bilder an den Wänden. Ein entzückendes Gemälde eines Sørlandgartens, das Bild eines Mädchens, das auf einer Wiese Blumen pflückt, ein gerahmtes Poster mit einem Jesusbild und der Aufschrift »Lo And Behold! Our Saviour Cometh! Presbyterian Church of Poplarville«. Auf dem Ecktisch eine Menge großartiger Einrichtungs- und Dekomagazine, ein Roman mit einer zerbrochenen Vase auf dem Umschlag und überall diese Schälchen mit Süßigkeiten, belgischer Schokolade, kleinen Karamellen, Marzipan und was weiß er, was noch alles. Das zusammen ist …

… ist so …

WUNDERSCHÖN.

SEXY UND SCHARF.

UND FEMININ.

UND HEIMELIG.

Da kriegt er Lust zu vögeln.

Um es geradeheraus zu sagen.

Nicht laut.

Aber innerlich.

Sagt er das.

Dass die Kombination aus all dem – einer tüchtigen, molligen Frau von beinahe vierundfünfzig Jahren, dick geschminkt, sowohl an den Füßen als auch an den Händen mit langen lackierten Nägeln, mit einer wunderschönen gebrochenen Färbung ihres Dialekts, in dieser wuchtigen Umgebung voller gemusterter Sofas, Snacks, Einrichtungs- und Dekomagazine und Bilder von Gärten, Jesus und Blumen –, dass die Kombination aus all dem ein enormes Bedürfnis zu vögeln bei ihm erzeugt. Jan Inge ist keiner, der die ganze Woche herumläuft und an Sex denkt, wie es seinem Eindruck zufolge viele Typen tun. Seit er klein war, spürt er, dass viele Jungs so sind. Bei ihnen geht es im Großen und Ganzen nur um Sex und Ficken. Man sehe sich bloß Rudi an. Er sagt es ja selbst: »Hell, yeah, im Grunde fühle ich mich wie ein einziger großer Schwanz. Und ich mag das.« Und Jan Inge? Dieser ganze Sex in der Gesellschaft. Irgendwas daran empfindet er als unwürdig. Dass wir in mancherlei Hinsicht in einer Fickgesellschaft leben. Er ist skeptisch. Er fragt sich, ob das gut sein kann. Auf Dauer. Was ist mit denen, die in diese Gesellschaft nicht hineinpassen? Und was ist mit seinem eigenen Milieu, dem es zwar nicht an Kreativität, aber an Heimeligkeit mangelt, gibt es nicht auch in diesem Milieu zu viel Sex?

Jan Inge fühlt sich im Abseits.

Es kann ziemlich viel Zeit vergehen, ohne dass er an Sex denkt, ganze Tage, an denen er nur Horror und Zwischenmenschliches im Kopf hat. Trotzdem. Sobald er in Beverly Hinnas Nähe kommt, kann er sich nicht länger beherrschen. Und je mehr sie ihm bietet, je molliger sie ist, je unübersichtlicher alles wird, je mehr Spitzendeckchen auf den Tischen liegen, je mehr Nippes den Kamin schmückt, je mehr Einrichtungsmagazine herumliegen und je träger ihre Augen sind, umso mehr will er da hinein.

In sie.

Sollte sie eines Tages die Tür in norwegischer Tracht öffnen, wird er weinend zusammenbrechen.

»Make yourself comfortable now«, sagt Beverly, die eines Tages Arm in Arm mit Alfred Hinna, einem Ölmann aus Tasta, nach Norwegen kam. Er hatte sie hinter der Theke einer Shell-Tankstelle in Poplarville aufgegabelt, als er Anfang der Achtziger für ebendiese Ölgesellschaft arbeitete.

Beverly schwänzelt hinaus in die Küche, ihr Haar tanzt in der Luft. »You ready to boogie, boy?« Jan Inge sieht ihren mächtigen Hintern unter dem Frotteemorgenmantel und ist beinahe erschöpft vor Bewunderung. Er hört den Wasserhahn, und wenige Sekunden später kommt sie mit seinen Blumen in einer wunderschönen Kristallvase zurück. »Hast nicht du mir diese Vase geschenkt, Jan Inge? Letztes Jahr?«

Er nickt freudig darüber, dass sie sich noch daran erinnert. »Doch«, sagt er, so höflich er kann, »doch, ich hab sie bei Åse im Randabergveien gekauft, eine Hadeland aus dem frühen zwanzigsten Jahrhundert.«

»Niedlich«, sagt Beverly und lehnt sich verführerisch über den Tisch, sodass in dem tief ausgeschnittenen Morgenmantel eine ihrer Brüste sichtbar wird. »Howdy, girl«, lacht sie und schiebt sie zurück unter den Stoff. »Also«, sie richtet ihren trägen Blick auf Jan Inge, »wie geht's dir diese Woche? Business okay?«

»Ah, läuft wie auf Schienen, Geld kullert rein, frische, schöne Aufträge, ich kann dir sagen …«

»Lovely. Und pleasure?« Beverly setzt sich ein Stück näher neben Jan Inge. Sie nimmt seine Hand, plaudert weiter mit ihm und verschränkt dabei ihre Finger in seine. »Hm? Jan Inge? How is my boy?« Und schon bald streicht sie über seinen Mittelfinger, als wäre er Teig, den sie knetet. »Hm? Erzähl Beverly, wie es meinem Ramblin' Man geht.« Sie ist jetzt ganz nah bei ihm, und er ist nicht mehr in der Lage zu antworten, nicht in der Lage zu denken. Was wollte sie wissen? Jan Inge ist nicht in der Lage, ihrer Stimme zuzuhören, er sieht nur die geile Haut, spürt nur die steigende Hitze, ihre Hände, die Finger, die seinen Mittelfinger kneten, die Brust, von der er noch vor einem kurzen Augenblick ein Fitzelchen erspäht hat, die Brust, die er jetzt schon über ein Jahr Woche für Woche gesehen hat, die jeden Mittwoch gleich aufregend ist, als sähe er sie immerzu zum ersten Mal, und er ist nicht in der Lage, sich zu beherrschen.

»Beverly«, sagt er mit brüchiger Stimme, »ich vergöttere dich. Du bist ganz Amerika in einem, du bist fünfzig Staaten voller Freude.«

»Ach«, sie hebt die Hand und lässt sie in ihre Haare schweben, wo die Finger durch die Dauerwelle streichen, »jetzt übertreibst du aber. Du magst nur meinen Hintern, den mochte der alte Hinna auch. Ja, fragt sich, ob nicht genau der das Zünglein an der Waage war, als er gesehen hat, wie ich bückte mich down behind the counter there back in Poplarville.«

Jan Inge mag es nicht, wenn sie so über den alten Hinna spricht, aber er schiebt es beiseite und spricht weiter: »Sag so was nicht, Beverly, sag das nicht so, trample nicht auf meiner Liebe herum, die groß ist, die überwältigend ist, ich bitte dich, heirate mich. Mach mich zum glücklichsten Mann der Welt.«

»Na, na, na, du weißt, was wir darüber gesprochen …«

»Ich meine es ernst, Beverly, ich hab einen gut laufenden Betrieb, ich kann den Mitarbeiterstab vergrößern, ich kann dir ein guter Mann sein, ich kann enorme Summen auf den Tisch legen, ich …«

Sie macht einen Schmollmund und schnalzt mit der Zunge, als wären Hühner im Zimmer. Sie nickt kaum merklich, und Jan Inge sieht ihre Wimpern beben. Dann löst sie den Gürtel ihres Morgenmantels. Als er ihre Titten geradewegs aus dem Stoff herausplumpsen sieht, kommt es ihm vor, als würde sich im ganzen Zimmer FRAU ergießen, er keucht und hat im selben Augenblick vergessen, was er sagen wollte.

»Psst«, sagt sie, »du musst von dem Auslöser dieses thunderstorm in dir befreit werden, komm, dann nimmt dich Beverly aus Louisiana zu einem kleinen Ausflug mit in the master bedroom.«

Jan Inge weint los, wie jeden Mittwoch. Er schnieft und nickt Beverly zu, und sie nimmt seine linke Hand, führt sie an ihre nackte Brust, er steckt die freie Hand in die

Tasche, kramt fünfzehnhundert Kronen heraus und legt sie auf den Wohnzimmertisch, immer noch mit der Linken an ihrer Brust. Beverly schließt die Augen, führt ihre Hand über seinen Schritt, und Jan Inge schluckt schwer, als sie sich von ihm losmacht und sich zum Schlafzimmer umdreht.

41 Und das soll ein Plattenladen sein? (Rudi)

Rudi parkt den Volvo vor der Food-Story-Filiale in der Hospitalsgata. Fünfzehn Minuten Parken gratis.

Vier Türschwellen hat er schon entfernt. Frei durchs Haus zu rollen wird schön werden für Jani. Respekt, dass er so viel trainiert, sich Woche für Woche losschleppt. Auch wenn man kaum behaupten kann, dass es was bringt. Genauso fett und genauso schlapp wie immer.

Rudi überquert bei Dropsen die Klubbgata, geht vorbei am Ostehuset. Was für ein Möchtegerncafé! Er wollte dort mal einen einfachen Rosinenboller haben, und konnten sie ihm das bieten? Die haben Bioschwanzkranz mit fotzenmariniertem Spargel auf einem Bett aus kräuterbespritztem Spinat, aber ein klassischer Rosinenboller ist jenseits ihrer Reichweite.

Er biegt Richtung Kulturhaus Sølvberget in die Laugmannsgata ab. Ein bisschen unangenehm, so nahe am Nokasgebäude vorbeizugehen. Sie sprechen in der Firma nicht darüber. War echt touchy, so kurz davor, wie sie sich fühlten, von Toska und dessen Truppe engagiert zu werden. Wenn erst mal ein derart hoch profiliertes Team in die Stadt kommt, einen Riesenjob macht und es schafft, sich über fünfzig Millionen zu schnappen, da tut es schon weh, nicht ausgewählt worden zu sein. Auch wenn sie prinzipiell gegen Überfälle sind. Und gegen Gewalt. Irgendwo muss ja die Grenze für Prinzipien verlaufen. Aber zumindest hätten sie Wache schieben oder als Berater fungieren können. Was hatte Toska davon, Schweden und Leute aus Sandnes anzukarren, wo doch sie die Gegend am besten kannten? Wer weiß, vielleicht wäre mit ihnen dieser Bulle nicht getötet worden. Und überhaupt. Übergangen zu werden ist hart. Gesehen zu werden, das braucht doch jeder.

Beim 7-Eleven geht Rudi an einer Bettlerin mit Strickjacke, Schürze und Kopftuch vorbei. Sie hat rußige Haut, rabenschwarze Haare, einen Pappbecher in der Hand und blickt ihn mit kummervollen Augen an, während sie den Becher vorstreckt und schüttelt. Rudi spürt ein Stechen im Nacken, aber er beschwichtigt sich: Denk daran, was Jan Inge immer sagt: *Egal, wie viel du innerhalb dieser vier Wände laberst, damit können wir leben, aber wenn du draußen unter Leuten bist, dann kneif das Maul zusammen.* Doch sein Maul gehorcht ihm nicht, und Rudi bleibt abrupt vor der Bettlerin stehen.

»Du«, sagt er fassungslos. »Ach komm. He?«

Sie sieht Rudi verständnislos an und sagt etwas in einer fremden Sprache.

»Ernsthaft«, sagt Rudi und reißt die Arme hoch. »Wo kommst du her? Litauen? Rumänien? Andorra? He? Hör zu, ich hab gerade keine Zeit, aber das hier enttäuscht mich. Du sitzt hier. In einem fremden Land. In Fetzen und Lumpen und siehst echt nach nichts aus. Am hellichten Tag. Du sitzt hier, versaust unsere Stadt, wedelst mit einem Pappbecher von 7-Eleven herum und sammelst Fünfzigørestücke. Mein Gott. Wie tief willst du sinken? Sieh dich mal an, Honey. Du warst mal ein süßes kleines Mädchen mit Pippizöpfchen. Du hast mal auf dem Schoß deiner tschetschenischen Oma gesessen und Kinderlieder gesungen. Wie kannst du glauben, du könntest morgens aufstehen, rausgehen und von Leuten Geld bekommen – BE-KOM-MEN –, während wir anderen für unseren Lohn arbeiten müssen? Schon mal was von Selbstrespekt gehört? Soll ich etwa in dein Land fahren, mich mit einem Pappbecher hinsetzen und betteln? Dschieses! Und jetzt komm nicht an und sag, dass du einen Onkel aus Aserbaidschan hast, der dir und deinen dreizehn Kindern die Drecksseele aus dem Leib prügelt, wenn du nicht hier sitzt und dich selbst erniedrigst. Du hast eine Wahl, Miss Polen! Du kannst aufstehen, und zwar genau in diesem Augenblick, und erhobenen Hauptes aus der Sache rausmarschieren. Geh rein in … mein Gott … Siehst du das Geschäft da? Ting? Ja, Ting heißt es. Geh da rein und sag: Hallo, ich bin eine Frau aus Estland, die auf die schiefe Bahn geraten ist, mein Mann ist seit dem Bürgerkrieg blind, ich hab Gebärmutterhalskrebs, und meine Kinder haben einen Bandwurm, aber ich will im Leben etwas leisten, geben Sie mir einen Job, ich mache alles. Aber nein, du sitzt nur da und versaust das Stadtbild. Scheiße, du bist echt verdammt deprimierend.«

»Excuse me?«

Rudi schüttelt den Kopf und schnalzt mit der Zunge. Er wühlt in seinen Taschen. Holt eine Fünfkronenmünze heraus und wirft sie in den Becher. Die Frau schlägt die Augen nieder und verbeugt sich.

»Und wenn ich das nächste Mal durch meine Stadt gehe, dann will ich dich nicht wiedersehen. Dann bist du zurück in das Verliererland gegangen, aus dem du gekommen bist, und hast dich dort am Wiederaufbau beteiligt, oder du hast dich zusammengerissen, dir einen Job besorgt und einen Norwegischkurs besucht, ja, wer weiß, Tante Bulgarien, noch bevor du das Wort kennst, stehst du schon auf der Liste irgendeiner Partei in unserem Land und machst dich für Einwanderungssachen stark, und dann will ich dich rufen hören: Nutz nicht die Gastfreundschaft von anderen aus! Reiß dich zusammen! Wirf den Pappbecher weg!«

Sie verbeugt sich erneut, und Rudi eilt zum Arneageren. Als er auf dem offenen Platz vor dem Kulturhaus ankommt, bleibt er stehen.

Verdammt *on*, diese Stadt.

Verdammt viel Krach, voll mit Leuten, die etwas von dir wollen, nerven und verlangen, dass du dieses oder jenes tust, verdammt voll mit Leuten, die Revueabende inszenieren, Bücher schreiben, mithilfe von Zeitungen Unruhe stiften und darin streiten oder auch die eine mit der anderen, verdammt voll mit Leuten, die verdammt viel Geld verdienen. So gesehen ist es kein Wunder, dass Toska und seine Truppe sich für einen Abstecher hierher entschieden haben.

Die ruhigen Zeiten sind vorbei, denkt Rudi. Als man bei seiner Großmutter im Garten sitzen konnte, einfach nur in die Natur blickte und tiefgründige Gedanken hatte.

Rudi weiß, er hat sich weggedacht, und eilt zur Platekompaniet. Er macht die Tür auf und bleibt stehen. Er war lange nicht mehr hier, in den letzten Jahren hat er nicht oft Platten gekauft, und wenn, dann nur bei Statoil. Rudi sieht sich um und stutzt. Geht die Regale entlang. Spiele, DVDs, Blu-Ray. Fuck, wo sind die Scheiß-CDs? Dschieses, ist das nicht angeblich ein Plattenladen? Er geht durch das Geschäft, Filme, Filme, Spiele, Spiele, er geht an der Ladentheke entlang, und ganz hinten rechts sieht er ein paar wenige Regale mit CDs.

Ein Angestellter kommt vorbei, ein ziemlich kleiner Typ mit Igelfrisur.

»Hallo, du«, sagt Rudi, »scheißwenig Platten gibt's hier. Was ist denn los?«

Der Ladentyp lächelt. »Ja, na ja, wir verkaufen nicht mehr so viele CDs …«

»Verkauft nicht mehr so viele CDs?« Rudi wird lauter. »Na ja das ist wohl gottverdammt noch mal kein Wunder, ihr habt ja auch keine.«

Der Typ mit dem blauen Platekompaniet-T-Shirt zuckt mit den Schultern. »Was suchst du denn?«

»Suche die Suche«, sagt Rudi und senkt die Stimme wieder, sieht sich nach Leuten um, die ihn kennen, »Metallica, Motörhead, Slayer …«

»Ein bisschen Metal haben wir, zum Beispiel einiges von Maiden im Sonderangebot …«

»Glaubst du vielleicht, ich hab Maiden nicht? Gesammelte Werke!« Rudi fuchtelt wild herum. »Nein, also, eine Nichte von mir soll ein Geschenk bekommen, ähm, und, ja, die Kinder heute mögen doch nur Pop …«

»Ja, na ja, ein paar kaufen auch Metal, sie …«

»Möglicherweise«, fällt Rudi ihm gereizt ins Wort, »aber nicht meine Nichte. Sie will …«

Rudi räuspert sich.

»Ja?«

»Na ja«, sagt er. »Coldplay.«

»Coldplay, okay«, sagt der Ladentyp. »Super Band. Woran hast du gedacht?«

Rudi windet sich. Er lehnt sich zu dem Typen vor.

»Ja, die … ähm …« Er räuspert sich wieder. Und dann summt er leise: »Du-du-du du-du-du du-du-du …«

Der Platekompaniettyp grinst, und Rudi hat gute Lust, ihm ins Gesicht zu schlagen.

»›Viva La Vida‹«, sagt der Ladentyp. »Hätten die Beatles nicht besser machen können. Haben wir hier drüben.«

»Hm«, sagt Rudi und nickt, während der Plattentyp die CD holt. »Die, ja.« Wieder wird er lauter: »Aber du, Plattendude, ihr müsst was mit diesem Laden anstellen.«

Der Plattentyp nimmt die CD mit hinter die Ladentheke. »Als Geschenk einpacken?«

»Ja«, sagt Rudi schnell, »oder glaubst du, dass ich den Dreck selbst haben will? Glaubst du etwa, Rudi …« – er verstummt: keine Namen –, »glaubst du etwa, ein Metaller wie ich sitzt im Volvo …« – wieder hält er inne: keine Details –, »glaubst du etwa, ein einfacher Kerl, der in einem Büro arbeitet …« – das ist nice: in einem Büro –, »der einen guten Job in einem Büro hat, glaubst du etwa, der hört solchen Popdreck am Computer, während er in seinen Papieren kramt?«

Der Plattentyp lacht. Wieder. Rudi ballt die Fäuste. Scheiße, was gibt es da zu lachen?

»Ja«, sagt Rudi und reißt sich wieder zusammen, holt den Geldbeutel aus der Tasche und zieht einen Zweihunderter heraus. »Ich will dir mal was sagen, ich, ja, als ich klein war, da war diese Stadt eine chillige Stadt, als ich bei meiner Großmutter wohnte, nachdem sich meine Eltern hatten scheiden lassen, da gab es mindestens fünf Plattenläden in Stavanger, und das waren *Platten*läden, capisce?«

Der Typ lacht. Wieder. »Ja«, sagt er, »ich weiß, wovon du sprichst, ich hab in mehreren gearbeitet.« Und jetzt macht der Typ ein geradezu ernstes Gesicht. Er lehnt sich über die Ladentheke und klopft mit der eingepackten CD auf die Tischplatte. »Ja«, sagt er, »es geht den Bach runter, genau. Vor ein paar Wochen musste ich eine ganze Regalreihe CDs rauswerfen. So sieht's aus. Die Leute kaufen keine Platten mehr. Die laden alles runter, genau. Sie klauen.«

»Dschieses.« Allmählich entwickelt Rudi fast schon Sympathie für diesen Igelkopf. »Harte Zeiten.«

Der Typ nickt. »So ist es.«

»Nur Kummer«, sagt Rudi und sieht sich um. Kaum jemand im Laden. »Aber was kann man machen? Wir haben alle einen Job, oder? Wir versuchen alle, die guten Jobs zu kriegen, und manchmal kommen große Fische in die Stadt, aber nicht immer ist es …« Rudi unterbricht sich erneut. »Nein, ein Bürojob bei der Gemeinde ist nicht immer so fett, wenn du verstehst.«

Der Typ hinter der Ladentheke nickt. »Ich erinnere mich noch gut an die alten Zeiten. Fåsen. Fona. Platon. Free Record Shop. Toots.«

»Die guten alten Zeiten«, sagt Rudi und seufzt.

»Ja«, sagt der Typ hinter der Ladentheke. »Tausende Platten.«

Rudi legt den Zweihunderter auf die Ladentheke. »Ich fühle mit dir, Hombre. Du bist hier upagainstsomerealshit, und wem geb ich die Schuld dafür? Dem Internet. Das Internet, die Pest unserer Zeit. Falls du mal Hilfe brauchst, dann ruf einfach …«

Und wieder sieht Rudi zu, dass er schleunigst das Maul hält.

»Respekt für dich und deine Nächsten«, sagt er. »Und fuck Coldplay, metal up your ass!«

»Ich mag Coldplay«, sagt der Typ hinter der Ladentheke.

»Hehe! Dann hast du ein massives Problem! Tja, na ja, du, da wird sich meine Nichte aber freuen, wenn Onkel Rudi mit dem Popdreck ankommt.«

Der Typ hinter der Ladentheke lacht. »Ja, falls sie noch einen CD-Player hat.«

Rudi beugt sich vor. »Du, Mister, ich spreche jetzt mal offen und ehrlich mit dir. Rudi – ja, das hier ist Rudi, schau – reicht dir die Hand. Rudi spricht jetzt offen und ehrlich mit dir. Ich habe keine Nichte. Das war Bullshit, den ich einfach erfunden hab. Ich bin ein ehrlicher Metaller. Büroratte. Schufte für mein Futter. Schiebe in der Gemeinde Papiere hin und her. Gerade haben wir ein paar schwerwiegende Angelegenheiten auf dem Tisch, wegen dieser neuen Kreuzung in Tjensvoll. Eine Menge Leute beschwert sich da, dass es doppelt so zäh läuft wie vor dem Bau. Und wer muss die Beschwerden abarbeiten? Wer muss die Anrufe von Leuten entgegennehmen, die uns einfache Gemeindearbeiter ausschimpfen? Und was glaubst du, wer leidet darunter? Die kleinen Leute. Die Alten und die Kranken. Die Alten rufen mit verzweifelter Stimme bei uns Gemeindeleuten an, weil das Hörgerät nicht funktioniert, weil sie die Bettpfanne nicht finden können, weil sie kein Enkelkind haben, das sich um sie kümmern kann. Da hast du meinen Alltag. Und was, glaubst du, verdienen wir bei der Gemeinde? Closetonothing! Da hast du meinen Alltag. Ich bin ein ehrlicher Metaller. Hab einen besten Freund, der hundertzwanzig Kilo wiegt. Hab eine Frau, die ich nie wieder gehen lasse. Du weißt – wie bei Judas Priest, erinnerst du dich noch an ›Fever‹? Fever. You set my soul on fire. Fever. You fill my nights with desire. Und da sag noch mal jemand, es wäre kein Soul im Metal? Jemand, der rumsitzt und Coldplay hört? Scheiße, Mann, ich sag dir eins, wir wohnen hier in der reichsten Stadt der Welt, in der Stadt, die David Toska mit seinem Topteam ausgewählt hat, um … und … Nein, das ist echt verdammt deprimierend. Wo ist die Mitmenschlichkeit? Ja. Na ja. Da steht man rum und redet, he? Nett, gute Leute zu treffen. Es gibt nicht mehr viele von uns, Bruder! Dachte, du wärst ein Idiot, aber das bist du gar nicht, du bist the last man standing. Und jetzt gibt's noch ein Rätsel für dich – an welche zwei Metal-Songs denke ich?«

»Hä?«

»Last man standing. Zwei Metal-Songs heißen ›Last Man Standing‹.«

»Hä?«

»HammerFall. Bon Jovi. Du hast noch echt viel zu lernen. Und ich hab viel zu tun.«

Rudi holt sein Handy raus. Er fühlt sich ermutigt. Möglicherweise hat er etwas zu viel geredet, aber vor allem hat er das Gefühl, eine gute Tat vollbracht zu haben, einem Arbeiter in seinem harten Alltag in einer zugrunde gehenden Branche ein bisschen Inspiration gegeben zu haben.

SMS. Von Cecilie.

»Scheiße, nein!«

Der Typ hinter der Ladentheke räuspert sich. Rudi blickt auf.

»Ist es nicht das eine, ist es verdammte Scheiße was anderes.« Er atmet schwer ein und lässt die Luft langsam wieder hinaus. »Okay«, sagt er. »Manchmal musst du's einfach schlucken, sagt die Braut. Na ja, nimmst du einem Mann den Wagen, dann nimmst du ihm die Freiheit. Ein Glück, wenn man dann einen Freund mit einem Transporter hat. Okidoki, Rudi signing out.«

Und dann latscht er aufgewühlter, als er ankam, aus der Tür der Platekompaniet raus auf die Hospitalsgata. Vor dem Havanamagasinet fällt sein Blick auf die Bettlerin, die eben noch vor dem 7-Eleven saß. Er schießt auf sie zu, bückt sich zu dem erschrockenen Gesicht hinab, reißt ihr den Pappbecher aus den Händen, grapscht sich das Fünfkronenstück, das er ihr vor Kurzem erst gegeben hat, und verstreut den Rest des Kleingelds, das sie bekommen hat, übers Pflaster.

»Ernsthaft«, faucht Rudi, »hast du nichts von dem, was ich gesagt habe, verstanden? Ich hatte gerade ein Treffen mit einem echten Arbeiter, und du sitzt immer noch hier?« Rudi spuckt aus. »Ich verachte dich«, flüstert er, »dich und alles, wofür du stehst.«

Rudi lässt die Bettlerin sitzen und geht mit langen Schritten am Ostehuset entlang. Als er bei seinem Wagen ankommt, steckt ein Strafzettel über fünfhundert Kronen unterm Scheibenwischer. Er zerreißt ihn in tausend Stücke und steigt ein. Er schiebt die CD in den Player, klickt sich vor zu »Viva La Vida«, lehnt sich zurück und schließt die Augen.

I used to rule the world?

Rudi stoppt die CD. Skippt zurück. Er hört noch einmal hin.

I used to rule the world …

Und dann?

Seas would rise when I …

Was singt der da? Rudi spult zurück.

Seas would rise when I … gave the word.

Now in the morning I sleep alone.

Rudi reißt die Augen auf. Er ballt die Hände ums Lenkrad. Cecilie. Diese ganze Hautpflege. Was sie über seinen Schwanz gesagt hat. Das Kotzen. Irgendwas stimmt da nicht. Verdammt verfickte Scheiße, da stimmt was nicht.

»Gott«, flüstert er mit einem Kloß im Hals, »ist mein Mädchen krank? Ist mit ihr irgendwas nicht in Ordnung?«

42 Jetzt hab ich dich (Veronika)

Als sie ihn zum ersten Mal sah, musste Veronika an einen Wolf denken.

Sie hatten lange darüber gesprochen. Mama war es wichtig gewesen, dass es auch ihr Wunsch war. Das ist nichts, was ich dir aufdrängen will. Ja sicher, hatte Veronika gesagt. Könnte es nicht eine schöne Erfahrung werden? Doch, hatte Veronika gesagt. Als würdest du einen großen Bruder bekommen. Ja, hatte Veronika gesagt. Er weiß, dass du hörbehindert bist. Ja, gut. Er sagt, es stört ihn nicht. Okay. Schön, jemandem helfen zu können, oder? Klar, Mama. Dabei, hatte Veronika gedacht, brauchst du ganz ohne Zweifel das Geld. Du arbeitest im Gesundheitswesen, Mama. Wir wohnen in einem Wohnblock. Sie hat es gegoogelt. Idealismus ist ja schön und gut, aber zu 13 000 im Monat sagt man nicht Nein.

Das Jugendamt äußerte sich positiv. Es sei also nicht blöd, dass Inger alleinerziehend ist? Nein, im Gegenteil könne das von Vorteil sein, meinten sie, oft hätten Pflegekinder dermaßen schlechte Erfahrungen mit Elternbeziehungen, dass es gut für sie sei, sich gegenüber so wenigen Erwachsenen wie möglich verhalten zu müssen. Sie glaubten, für den Jungen, um den es ging, sei es in jedem Fall eine gute Sache. Ein geeignetes Zuhause für einen Sechzehnjährigen zu finden, sei schon nicht leicht, und umso schwieriger für einen, bei dem das Jugendamt zugeben musste, dass er ein ziemlich gerissener Kerl sein könne. Er sei intelligent. Er sei begabt. Aber er habe einiges erlebt. Er habe sein Päckchen zu tragen, wie sie es nannten. Sie machten kein Geheimnis daraus, dass die neue Pflegefamilie – falls sie jetzt Ja sagten – für Daniel William Moi der dritte Aufenthaltsort in weniger als zwei Jahren wäre.

Mama hörte der Jugendamtsbetreuerin zu. Sie war bei Besprechungen, sie ging mit ihrer besten Freundin spazieren und sprach über ihre Überlegungen. Irgendwann durfte sie dann denjenigen, um den es ging, persönlich treffen. Mama kam nach Hause, setzte sich mit Veronika in die Küche und erzählte von einem starken Jungen, einem Jungen mit einer Menge toller Eigenschaften, einem Jungen, der zwar etwas Unberechenbares an sich habe, aber verletzlich, sensibel und intelligent sei. Einem Jungen, der sehr viel erlebt habe und endlich einen guten Ort brauche, wo er bleiben konnte, bis er achtzehn wurde. Einen Ort mit nicht allzu viel Unruhe. Gerne einen Ort, wo man Erfahrung damit hatte, sich jemandem in besonderer Weise anzunehmen. Was das Jugendamt damit gemeint hatte, sagte Mama nicht, aber Veronika hatte für solche Sätze Antennen. Sie verstand, dass man sie mit Daniel verglich. Als hätte es irgendetwas miteinander zu tun, dass sie taub war und er ein Pflegekind.

Er sei ein hübscher Junge, sagte Mama letzten Herbst, als sie auf dem Weg waren, damit auch Veronika ihn mal traf. Und dann lächelte sie dieses flirtende Lächeln, das die Leute immer für sie einnahm, bevor sie sagte: »Und er ist sehr attraktiv, *sehr.*«

Veronika begrüßte die Jugendamtsbetreuerin und blickte zu dem Typen hinüber, der da vor ihnen saß. Er war verdammt groß, sicher eins neunzig. Er war schwarz angezogen und hatte die Arme vor der Brust verschränkt. Das wird nicht gut gehen, dachte sie. Er grüßt mich ja nicht mal. Er sagt gar nichts. Veronika sah, wie Mama und die Jugendamtsbetreuerin einander anlächelten, sie las von deren Lippen ab und bemerkte, wie die beiden sich bereits in allem einig waren, aber derjenige, um den es ging, Daniel William Moi, saß einfach nur da und erinnerte sie an einen Wolf.

Offenbar hatte er sich dazu entschlossen, nicht einen einzigen Mucks zu sagen und niemanden anzusehen. Aber so einfach sollte er nicht davonkommen, fand Veronika. »Du hast einen seltsamen Namen«, sagte sie in eine winzige Pause in dem Gespräch zwischen ihrer Mutter und der Jugendamtsbetreuerin hinein.

Sie wusste, wie überrumpelt die Leute waren, wenn sie zum ersten Mal ihre Stimme hörten, so hohl und merkwürdig. Aber bei dem Jugendamtstreffen war es gerade so, als würde ihr ihre dämliche Stimme einen Vorteil verschaffen. »William«, sprach sie mit einem leisen Lachen weiter. »Hast du dir den Namen selber zugelegt? Damit du dich anhörst wie ein Prinz?«

Mama warf ihr einen unmissverständlichen Blick zu.

»Ist ein Fotzenname«, kam es von Daniel.

»Ich bin hörbehindert«, sagte Veronika, »ich höre fast nichts. Aber ich kann gut Lippen lesen, und wenn du willst, dass ich mitkriege, was du sagst, musst du mich ansehen, und wenn du magst, kannst du Gebärdensprache lernen.«

Während sie redete, spürte Veronika ein Kribbeln in den Lippen. Er war schrecklich, schrecklich schön. Seine Augen wurden schmal, sein Blick gelb, er öffnete den Mund und sprach langsam, ja, buchstabierte sich durch die Worte.

»I-s-t-e-i-n-F-o-t-z-e-n-n-a-m-e.«

Mama rutschte beklommen auf dem Stuhl hin und her. Die Jugendamtsbetreuerin – an Jugendliche gewohnt – lächelte und sagte: »Veronika ist ein toughes Mädchen, wie ich sehe. Das gefällt dir doch, Daniel.«

»Ich brauch 'ne Kippe«, sagte Daniel, während er Veronika weiter ansah. Sie war sich sicher, er wollte sie auffressen. »Sind wir hier jetzt fertig? K-a-n-n-i-c-h-e-i-n-z-i-e-h-e-n?«

Veronika hielt seinem Blick stand und sagte langsam: »W-a-s-i-s-t-m-i-t-d-e-i-n-e-r-A-u-s-s-p-r-a-c-h-e-h-a-s-t-d-u-e-i-n-e-A-r-t-S-p-r-a-c-h-f-e-h-l-e-r?«

Einige Tage nach dem Treffen stand Daniel William Moi dann in der Tür. Er kam mit vier großen Taschen, einem Schlagzeug und einem Moped. Inger hatte den Vertrag unterschrieben, und das Jugendamt informierte sie darüber, dass sie mit seiner Vergangenheit behutsam umgehen sollten – er mochte es nicht, wenn sie zur Sprache gebracht wurde –, eine Information, die sie an Veronika weitergab. Inger nahm ihn herzlich bei sich auf, und anscheinend gefiel Daniel ihre Art zu leben, zumindest kam es kaum zu solchen Situationen, die laut Jugendamt zu erwarten waren. Veronika und Daniel setzten ihr provokantes Gespräch fort, draufgängerisch und frech. Sie wagte sich Tag für Tag näher, und schon nach kurzer Zeit griff sie ihn am Kinn, drehte ihn zu sich her und sagte: »Ich muss deinen Mund sehen, wenn du mit mir sprichst.«

Natürlich bemerkte sie, wie er sie betrachtete. Das kupferrote Haar. Die Grübchen. Ihre langen Beine, die Brüste.

Und nach wenigen Tagen wusste Veronika: Ich bin verliebt. Ich will ihn haben.

Bald ein Jahr hat sie gewartet. Saß mit überkreuzten Beinen in seinem Zimmer, während er Schlagzeug spielte. Sie lagen nebeneinander auf dem Sofa und sahen fern, ihre Körper berührten sich gerade so. Meine kleine Schwester, sagte er, ich werde auf dich aufpassen. Immer häufiger sagte er so was, und das gefiel Veronika nicht. Ein Auto? Willst du ein Auto haben? Daniel regelt das.

Kleine Schwester.

Das ist nicht, was sie sein will.

Sie will den Wolf. Sie will, dass er seine Pfoten auf ihren Bauch legt. Sie will, dass er seine Zähne in ihren Nacken schlägt. Sie will, dass er sie mit seiner roten Zunge leckt.

Vergangene Woche spürte sie mit einem Mal, dass irgendetwas nicht stimmte. Daniel fing an, vor dem Spiegel zu stehen und sich die Haare zu richten, sauste abends zur Tür herein und wieder raus, wich Mamas Blick aus, wenn sie fragte, wo er hinwollte. Sie hätte es schon früher kapieren müssen, aber es machte erst klick, als er sie fragte, ob sie eine Sandra kenne.

»Sandra? Wer ist das?«

»Ach, niemand.«

Niemand?

»Nur ein Mädchen aus einer Straße weiter unten. Wohnt da irgendwo bei der Kirche.«

»Was ist mit ihr?«

»Ähm, nichts.«

Im Laufe dieser wenigen Sätze stürzte in ihrem Kopf die ganze Welt ein, und Veronika spürte, wie ihre Haut anfing zu brennen. Sie war so eifersüchtig, sie wollte sich am liebsten auf ihn stürzen, ihm das Fell abziehen, ihn durchs Wohnzimmer schubsen und hinaus auf den Balkon stoßen, ihn über das Geländer kippen, sodass er zwölf Etagen hinunterstürzte und sich den Schädel einschlug.

Was glaubst du, wer ich bin? Glaubst du wirklich, du kriegst all das, was ich dir gegeben habe, einfach so, ohne dass es was kostet? Glaubst du wirklich, du kannst zu einer Christenfotze gehen – *ich weiß, wer sie ist* –, nachdem ich ein Jahr lang auf dich gewartet habe, ohne dass dein Pelz in Flammen aufgeht?

Veronika tat, als hätte sie etwas ins Auge bekommen, und rannte ins Bad. Sie schloss die Tür, drehte den Wasserhahn auf, machte den Föhn an und schlug sich die Fingernägel in die Wangen, so tief sie konnte.

Sie heulte Rotz und Wasser.

Dann setzte sie sich hin, um nachzudenken.

Was hab ich falsch gemacht?

In der vorigen Woche war ihre Selbstbeherrschung Veronika wahrlich zugutegekommen. Wenn die Behinderung ihr eins geschenkt hat, dann eine Art antrainierte Geduld. Ihr Leben als Hörbehinderte hatte ihr vielfach die Gelegenheit beschert, einer gewissen Trägheit zu begegnen; der Trägheit von Behörden, der Trägheit der Schule. Immerzu warten. Auf all das Wohlwollen, das auf dem Papier zwar überwältigend ist, dann aber doch immer mit Trägheit einhergeht.

Selbstbeherrschung hat sie. Doch sie hat einen dummen Fehler begangen. Denn welcher Junge will schon ein Mädchen haben, das sein Kumpel ist?

Sie hat sich zu gemein gemacht. Sie hat neben ihm auf dem Sofa gelegen und mit ihm gefrühstückt, ohne je daran zu denken, wie sie aussieht. Sie hat getan, was alle Erwachsenen tun, wenn sie zehn Jahre zusammen sind und einander satthaben. Sie war nicht achtsam. Hat keine Eintrittskarten verkauft.

Als sie an diesem Morgen ins Bad ging, war Veronika sorgsam mit sich selbst. Sie müsse erst zur zweiten Stunde, hatte sie ihrer Mutter erzählt, und wolle sich noch die Haare waschen. Sie sah, wie ihre Mutter sich für die Arbeit herrichtete, sah sie aus der Tür verschwinden. Sie stand lange unter der Dusche. Wusch sich gründlich. Rasierte sich die Beine. Den Schritt. Sie atmete ruhig ein und ebenso ruhig wieder aus. Sie trat aus der Dusche und vor den Spiegel. Sie sah sich an. Die Stärke in den Augen. Das Haar. Den Hintern. Die Beine. Die Brüste.

Dem kannst du nicht widerstehen, dachte sie und lächelte, bevor sie sich ein Handtuch um die Haare und eines um den Körper schlang. Es über der Brust verknotete. Sie verließ das Badezimmer und ging den Flur hinunter auf Daniels Tür zu. Im Bauch spürte sie ein paar schwache Schläge. Er saß am Schlagzeug.

Sie drückte die Türklinke nach unten und trat ein. Sie hob ihr Steißbein an. Sie zog das Handtuch über den Schenkeln hoch. Sie spürte seinen Atem im Nacken. Sie spürte seinen Körper dicht an ihrem. Sie zog sein T-Shirt hoch, legte ihre Brüste an seine Haut. *Jetzt hab ich dich.*

Nun liegt sie in der Badewanne. Veronika weint mit geschlossenen Augen. Die rechte Hand ruht auf dem Badewannenrand, zwischen den Fingern hält sie eine Rasierklinge.

Sie ist nicht hübsch. Sie ist nicht schön. Sie ist nicht sexy. Sie ist nicht clever. Sie ist taub und dumm und hässlich, und kein Wolf will je seine Pfoten in sie schlagen.

43 Ein höllischer Wasserfall im Kopf (Daniel William)

Daniel klappt das Visier seines Helms nach unten und sperrt das weiße Licht aus. Er dreht den Zündschlüssel herum.

Wenn es jetzt also so sein soll, dann heißt es bloß noch eins: Fahren. Wenn das eine Mädchen dich angreift und das andere sein Maul nicht halten kann, dann packt er das nicht mehr. Bei so etwas hat jeder Mann das verdammte Recht, sich umzudrehen und zu gehen. Wer passt verdammt noch mal auf dich auf, wenn nicht du selbst? Mädchen sind lebensgefährlich. Man kann ihnen nicht trauen, sie bringen dich dazu, alles zu tun. Heroin? Terror? Im Vergleich zu Mädchen ist das ein Scheißdreck. Mädchen beherrschen die Welt, und sie wissen das verdammt noch mal auch. Sie sitzen am Steuer.

Dein Job: Pass auf dich selbst auf.

Dein Job: Geh.

Dein Job: Hau ab.

Du hast nur dieses eine scheißverfickte Leben. Vielleicht ist sein Sinn und Zweck ja, nach Schwefel zu riechen, vielleicht ja auch, jeden Tag zu einem Segeltrip auf einem Meer aus brennendem Silber zu machen. Aber es ist trotzdem deins.

Daniel zieht den Reißverschluss ganz hoch, gibt Gas, lehnt sich vor. Im Spiegel sieht er Sandra. Sie lässt die

Arme kraftlos hängen, sie weint, und er sieht, dass sie nicht fähig ist, sich zu bewegen. Er kann ihre Verzweiflung spüren, und genau das will er. Er will, dass sie Schmerzen hat.

Öffnet sich im Boden unter dir ein Loch?

Sag, sag, sag, sag, sag, sag, sag.

Quäle ich dich, Schlampe?

Daniel fährt.

Er kann das erklären. Und er kann es nicht. Wie sich in ihm alles von innen nach außen stülpt.

Er will so sein, und er will nicht so sein. Er will das härteste Metall sein, und er will nicht das härteste Metall sein. Aber hat sich erst einmal alles umgestülpt, kann er nichts mehr dagegen tun. Dann muss er gehen, dann muss er fahren. Als wäre mit einem Mal in seinem Kopf eine Lunte entzündet worden, und sobald dieses Knistern anfängt, ist die einzige Möglichkeit, jegliches Licht auszusperren: zu gehen, zu fahren, abzuhauen.

Ich habe eine Grenze, und die hast du übertreten.

Die Luft schlägt Daniel entgegen. Er fährt hinunter zum Hafrsfjord, vorbei an der Liapynten, rast an der Møllebukta entlang und sieht vor dem klaren Horizont die drei schwarzen Schwerter, und sie wirken auf ihn, als würden sie sich aus dem Fels reißen und zum Himmel auffahren. Er kommt an der Kaserne in Madla vorbei, sieht die Soldaten in Reih und Glied stehen, sieht Leute Rad fahren und laufen, sieht Autos über den Asphalt rollen. Er sperrt seine Gedanken aus. Das Handy vibriert in seiner Innentasche, aber er geht nicht ran. Er fährt weiter, raus zur Madlakreuzung, biegt nach links ab, vorbei am Golfplatz, hinauf zur Revheimskirche, hinaus in Richtung Sunde. Er legt sich regelrecht gegen die Luft, er lässt nichts in sich herein. Vor der Hafrsfjordbrücke fährt er ab in Richtung Kvernevik, nimmt Richtung Smiodden den Weg am Meer entlang und denkt sich, dort draußen im blauen Meer, da gibt es Ruhe. Als er in den Kvernevikveien einbiegt, vibriert das Telefon erneut, und Daniel lehnt sich noch ein bisschen weiter vor. Er fährt durch das überschaubare Zentrum von Randaberg. Er sieht zwar Menschen, alte und junge, aber er nimmt sie nicht wahr. Er fährt einfach nur. Bis ganz hinaus nach Tungenes, vorbei an Höfen, Feldern, Kühen und Schafen.

Solange er die Landzunge umrundet und wieder auf dem Weg in die Stadt ist, hält er nicht an. Erst bei Stokka fährt er ab und parkt am Ufer des Stokkavannet. Nimmt den Helm ab. Geht am Wasser entlang. Nach ein paar Minuten setzt er sich auf eine Bank. Er wirft Steine ins Wasser. Dann erst holt er das Handy raus.

Zwei Nachrichten. Die erste ist von Sandra.

Liebster, was hab ich falsch gemacht?

Die andere ist von Veronika.

Du bist ein Wolf, Daniel. Ich werde dir nie vergeben.

Er holt tief Luft. Antwortet Sandra.

Du redest zu viel.

Ein paar Sekunden vergehen, dann kommt ihre Antwort: *Ja, ich weiß. Tut mir leid! Werd alles tun, was du sagst!*

Er schließt die Augen. Spürt seinen Atem wieder in den Bauch sinken. Das ist nur angemessen. Dass sie sich flach vor ihn hinlegt.

Er antwortet: *Ok. Passt.*

Ein paar Sekunden später: *Sehen wir uns heute Abend? Gleiche Zeit?*

Er antwortet: *Ok.*

Danke, geliebter Daniel. Für immer dein.

Er ruft Veronikas Nachricht auf. Betrachtet sie, als wäre sie ein Bild. *Du bist ein Wolf, Daniel. Ich werde dir nie vergeben.*

Er legt das Handy auf einen Stein, blinzelt zum stillen Wasser hinüber. Dann kramt er eine Kippe heraus und zündet sie an. Sandra, denkt er, ich bin in dich verliebt. Veronika, denkt er, ich bin nicht in dich verliebt. Aber ich mag dich lieber als Sandra.

Er nimmt das Handy, tippt: *Tut mir leid, Veronika. Wollt dich nicht verletzen.*

Dann holt er sein zerfleddertes Notizbuch und den Bleistiftstummel aus der Tasche. Und schreibt. Einige Zeilen.

Me the wolf, you the rabbit
Go deep, go deep
Me the sword, you the casket
Go deep, go deep
Dearly beloved, truly disgusted
Go deep, go deep
Do not think I can be trusted
Go deep, go deep

Into the slicing dark

Er hält inne. Er mag den Rhythmus. Er mag den dreckigen Humor. Er hat das aus einem Blog – da wurde ein Mädchen gefragt, was sie beim Sex am widerlichsten finde, und sie antwortete, wenn der Typ meinen Hinterkopf runterdrückt, während ich ihm einen blase und ich nicht selbst entscheiden kann to go deep. Aber er kommt mit dem Text nicht weiter. Und er weiß nicht, ob dieses *slicing dark* durchgeht. Ist das ausreichend gutes Englisch? Er kann sich gut vorstellen, dass die Dunkelheit ein Messer ist. Könnte megagut sein. Könnte bescheuert sein. So ist das manchmal mit dem, was er schreibt, es schwankt zwischen genial und beschissen, und wo es wirklich hingehört, ist unmöglich zu sagen.

Daniel schlägt das Notizbuch zu und steckt es mitsamt dem Bleistift in die Tasche. Zieht den Reißverschluss wieder zu. Allmählich kommt er in die Schreiberei rein. Wenn er etwas aufgeschrieben hat, spürt er, wie der Druck in seinem Kopf nachlässt. Worte, Sätze, zuerst strömen sie hervor, und er ahnt nicht wirklich, wo sie herkommen und wo sie hinsollen, es ist einfach ein höllischer Wasserfall im Kopf, und dann, wenn die Worte auf das Papier fließen und noch mehr Worte nach sich ziehen – das gibt ’nen Kick. Die Finger kribbeln dann wie beim Krafttraining.

Daniel geht zu seinem Motorrad zurück. Er setzt den Helm auf, schwingt sich auf den Sattel, fährt los.

Ein Wolf?, denkt er und sieht die Tachonadel steigen.

Ein paar Minuten später steigt er vor den Wohnblocks von der Maschine.

Im Bauch spürt er das Ziehen des Aufzugs.

Kurz darauf geht er durch die Wohnungstür.

Er bleibt stehen, sieht sich im Flur um. Alles wie am Morgen. Ihre Jacke hängt da. Die Schultasche ist da. Er streift die Schuhe ab, hängt seine Jacke auf und wirft den Helm auf die Flurkommode. Geht ins Wohnzimmer.

»Veronika?«, ruft er, als könnte sie ihn hören.

Daniels Puls steigt. Er sieht in der Küche nach. Unruhe steigt in ihm auf, als er die Kühlschranktür einen Spalt offen stehen sieht. Er macht sie zu. Geht durchs Wohnzimmer zurück in den Flur. Zu ihrem Zimmer.

»Veronika?«, ruft er wieder, als könnte sie ihn wirklich hören, und macht die Tür auf. Niemand da. Nur ein ungemachtes Bett, nur ihre Bücher, nur die Poster an den Wänden, nur der Computer und ihre Kleidung.

Er geht zurück in den Flur.

Blickt zur Badezimmertür.

Geht ein paar Schritte darauf zu und bleibt stehen. Er legt das Ohr an die Tür, lauscht.

Dann greift er nach der Türklinke, drückt sie nach unten. Die Tür ist abgeschlossen.

44 Bunnys kleiner Bruder (Tiril)

Bunnys beschissener kleiner Bruder. So ein unfassbarer Douchebag. Was will er? Echt, jeden Tag ist irgendwas. Tiril hat gute Lust, sich auf den Kerl zu stürzen. Er ist bloß ein Zwerg, sieht aus wie ein kleines Duplomännchen. Sind seine Eltern zurückgeblieben? Waren sie auf Heroin, als sie ihn in die Welt gefickt haben? Geht es nicht um Tirils Kleidung, dann geht es um ihre Schminke, und ist es nicht das, dann ist es Gepiekse und Gerupfe und Gequengle. Scheiße, kann der nerven. Er kann nicht an ihr vorbeigehen, ohne sie wegzuschubsen oder mit irgendeinem Spastikommentar anzukommen. Neulich hat er ihr im Musikunterricht in die Haare gespuckt. Sie hatte versucht mitzukriegen, was der Lehrer gerade über den Unterschied zwischen Dur und Moll erzählte – war tatsächlich scheißinteressant –, und dann fühlte sie was Feuchtes in den Haaren, hörte hinter sich das Froschlachen von Bunnys kleinem Bruder, Dschieses, wie mongo kann man eigentlich sein?

Da ist er wieder, kommt angeslackt in diesem albernen Hoodie, den Sneakers mit losen Schnürsenkeln und den ewig blinzelnden Augen, stimmt mit denen vielleicht etwas nicht? Man kann schon fast die Uhr nach diesem kleinen Dropoutwichtel stellen. Mittagspause, pling, da ist er: »Hey, Hanna Badcarma, haste schon mit deiner

Schwester geredet? Is jetzt best friends mit Daniel Mois Schlampe!«

Tiril will den Mund aufmachen, will über ihn herfallen.

»Kümmere dich nicht darum«, sagt Thea.

Tiril streckt ihm den Mittelfinger hin, kneift die Augen so weit wie möglich zusammen und sieht ihn an. »Was hast du eigentlich?«

»Aids!«, ruft Bunnys kleiner Bruder. »Willste's auch haben? Komm, ich schmier's dir auf die Titten!«

Thea zupft Tiril am Ärmel. »Komm, wir gehen. Lass, der ist es nicht wert.«

Heiligescheiße. Tiril bleibt stehen, auch wenn Thea weg will. Was ist denn mit dem los? Jedenfalls hat er echt ein verdammt großes Problem, Scheiße, ist sie froh, dass er in die Parallelklasse geht. Tiril spürt, wie ihr Herz schneller schlägt, als er das über Malene sagt, schmerzhaft, bereit. Wie immer. Sie und Malene können wie noch was streiten, sie können sich total verkrachen, es kann wie gestern sein, als Malene ihr am Ende eine gescheuert hat, aber wenn jemand ein falsches Wort über ihre Schwester sagt, dann fährt Tiril aus der Haut. Sie ballt die Fäuste, will sich auf denjenigen stürzen und ihn zu Boden schmettern.

»Komm schon«, sagt Thea noch einmal. »Lass gut sein.«

»Soll der hier etwa einfach seinen Dreck rumschleudern dürfen?«

»Nein, aber … Lass einfach.«

Tiril geht auf Bunnys kleinen Bruder zu, setzt ihre Schritte, so fest sie kann. Die Silberkette, die von der Hüfte über ihre Schenkel hängt, klirrt unter dem zielsicheren Gang. Dieses Arschloch. Soll er doch über ihr Singen sagen, was er will, soll er sie Emo nennen, bis er kotzt, aber das gerade eben mag sie nicht hören. Seit heute Morgen ist die ganze Schule eine beschissene Gerüchteküche, fast jeder hat seine eigene Meinung über das, was da passiert ist. Manche sagen, Daniel wäre in den Schulhof gefahren, vom Moped gestiegen und hätte Sandra geschlagen, andere erzählen, er hätte mit ihr geknutscht, wieder andere, er hätte ihr an die Muschi gefasst, und die Nächsten behaupten, dass er sie angeschrien hätte. Aber Malene war dabei. Und Malene hat ihr klipp und klar gesagt: »Wir sind die Einzigen, die etwas wissen, Tiril. Verstehst du? Plötzlich sind wir – du und ich – die Einzigen, die Sandra hat. Verstehst du? Sie liebt ihn. Er liebt sie. Kein Gepetze jetzt, okay? Sandra ist nicht so, wie wir dachten. Hast du kapiert?«

Das hat eingeschlagen. Sandra kann nichts dafür, wer sie ist, Sandra kann nichts dafür, wo sie herkommt. Sandra ist jetzt eine von uns.

»Hey, Shaun!«

Sie geht noch ein Stück auf ihn zu. Die Leute sehen jetzt zu ihr herüber. Allmählich scharen sie sich um sie.

»Uuuuups! Emoalarm!«, kommt es von Bunnys kleinem Bruder. Er steht zusammen mit Fredrik und Hassan neben dem Baum an der Turnhalle.

»Hey, Shaun«, sagt sie wieder. »Hey! Shaun das Schaf! Ich spreche mit dir!«

Tiril bleibt direkt vor ihm stehen. Bunnys kleiner Bruder grinst zu ihr auf, aber sie spürt, dass er den Blick nicht halten kann. Sie hält den Blick.

»Geht in deinem Kopf was ab, Amy Lee?«

»Ja«, sagt sie, »genau.«

»Hey! Das Emo kann denken! Word!«

Bunnys kleiner Bruder und Hassan tauschen ein High Five.

»Siehst du die?« Tiril hebt ihre Hände und hält sie ihm vors Gesicht. »Kannst du lesen?«

»Witzig.« Shauns Blick gleitet über ihre Finger. »Love, hate, wow, wie unheimlich.«

Sie senkt die Stimme, beugt sich ganz dicht zu ihm vor. »Du bist ein Loser, Shaun Payne, und du weißt das. Du wirst in ein paar Jahren Crack schmoken, und du weißt das. Du glaubst, du wärst total hot, weil deine Familie aus den USA kommt, aber das bist du nicht. Wir stehen hier nicht auf diesen Scheiß. Du kommst aus einem Drecksland, das glaubt, Todesstrafe wäre die Lösung für die eigenen Probleme und Krieg die Lösung für die Probleme anderer, du bist ein lowlife Idiot, du bist der Einzige, den ich kenne, der es schafft, zweimal in zwei Wochen bei Kiwi geschnappt zu werden, Scheiße, sieh dich mal an, du bist gerade so groß – oder so klein – wie ein Mülleimer und kriegst es nicht hin, Schokolade zu klauen. Du kriegst es nicht hin, dein Maul aufzumachen, ohne dabei was Bescheuertes zu sagen. Was ist mit dir nur los? Lebst du davon, mit Dreck um dich zu schleudern?«

Bunnys kleiner Bruder hat eine rote Birne, er tritt von einem Fuß auf den anderen, versucht zu grinsen, was ihm aber misslingt.

»Shaun?«, flüstert Tiril. »Du hast Mundgeruch. Hörst du? Loser. Bist du in mich verliebt?«

Er schluckt, sie kann das Zucken an seinem Hals sehen.

»Antworte.«

»Ach, Scheiße«, sagt er, aber seine Stimme zittert.

»Siehst du meine Hände?«, fragt Tiril und ballt die Fäuste. »Das nächste Mal, wenn du ein scheißverficktes Wort über meine Schwester, über Sandra oder über mich sagst, dann pflanz ich dir die hier in die Fresse. Und wenn ich meine Tage kriege – und das dauert verdammt noch mal nicht mehr lange –, dann schmier ich dir das Blut in die Visage. Und morgen stehe ich in der Turnhalle und singe, und ich vergesse nicht einen einzigen Satz. Und du kriegst nie, hörst du, nie mehr von mir als ein winzig kleines Piece.«

Sie dreht sich um. Geht weg. Massenhaft Leute stehen um sie herum. Niemand sagt etwas. Sie sieht, dass auch Malene dasteht und direkt dahinter Sandra. Sie nickt ihnen kurz zu.

Hinter ihr schwillt das Lachen an. Je weiter sie weggeht, umso lauter wird es. Sie wird langsamer. Sie schließt die Augen.

»Emobitch!«

Bunnys kleiner Bruder.

»Emoschlampe! Glaubste echt, du kannst so mit jemandem reden, ohne dafür zu bezahlen?«

Oh, du verdammter Idiot.

Du kannst es nicht lassen, was?

Tiril dreht sich um. Thea versucht noch, sie zurückzuhalten, doch Tiril rennt bereits zu ihm hin und schlägt ihm so fest wie nur möglich mitten ins Gesicht. Und der Schlag sitzt.

45 Mariero Beauty (Cecilie)

Wie unglaublich schön sie ist.

Sie sitzt in einem weißen Kittel hinter einem kleinen Schreibtisch und ist vielleicht Ende dreißig, Anfang vierzig. Sie ist auf eine robuste Weise schlank, ihre Haut sieht golden und ägyptisch aus, sie trägt moosgrünen Lidschatten, hat lackierte Nägel, tiefroten Lippenstift und auftoupierte, hochgesteckte Haare.

Cecilie fühlt sich wie ein Igel, sie hat nicht schlecht Lust, noch in der Tür kehrtzumachen, zum Fjord runterzulaufen und nie mehr wiederzukommen.

Die Beleuchtung ist gedämpft. Von der Decke hängt ein Kronleuchter mit gelben, gewundenen Glühbirnen, und vor der Frau auf dem Tisch steht eine altrosafarbene Kerze und verbreitet auf ihren glatten, faltenfreien Händen Wärme. Es riecht nach ätherischen Ölen, Pflanzen, Lavendel, Kräutern, aus den Lautsprechern säuselt eine Klavier- und Panflötenversion von »Für Elise«.

Cecilie ist es kalt im Bauch und schwitzig an den Händen, sie muss pinkeln, doch die Frau hinter dem Schreibpult hebt den Blick, lächelt breit und sagt: »Hallo, herzlich willkommen, Sie sind Cecilie?«

Wie eine Fahrradbremse quäkt es, als sie »Ja« sagt und den Mund dabei so wenig wie möglich aufmacht, um ihre gelben Zähne nicht zu zeigen.

Die Frau steht auf, kommt um den Tisch herum, strahlt immer noch von oben bis unten. Cecilies Mundwinkel zucken, als sie die grünen Augen sieht. Feine grüne Sonnenlinien breiten sich über die Regenbogenhaut aus, und im linken Auge, südlich der Pupille, prangen drei, vier rote Pünktchen, Pünktchen, die an kleine Perlen erinnern.

»Nett, Sie kennenzulernen, Cecilie – ich darf doch Cecilie sagen? Sie waren noch nie bei uns?«

»Ja … Nein …«

Die Frau zeigt mit der Rechten auf einen Kleiderständer, und Cecilie zieht ihre Jacke aus, obwohl sie eigentlich nur wieder verschwinden will.

»Sie haben wirklich eine sagenhafte Haarfarbe. Beneidenswert!« Auf ihrem Schreibtisch liegt ein Zettel. »Cecilie Haraldsen. Klassische Hautpflege, nicht wahr?«

»Doch … ähm, ja.« Cecilie legt ein wenig linkisch die Hand an ihr Haar. »Ich dachte, es …«

»Imagine« löst »Für Elise« ab, ebenfalls nur Klavier und Panflöte. Mit einer Geste, als wollte sie Blumen streuen, zeigt die schöne Frau zum Boden, wo ein Bastkorb voller Slipper steht, in Rosa, Meerblau und Weiß.

»Sie dürfen gerne Ihre Schuhe ausziehen und in ein Paar davon schlüpfen«, sagt sie, und ihr entkommt ein milder Lacher, der sich beinahe zu materialisieren scheint und zu einem farbenprächtigen Ball wird, den Boden entlang- und die Wände hinaufkullert. »Das ist einfach herrlich.«

»Okay …«

Cecilie bückt sich schüchtern und zieht ihre Socken aus. Zwei abgetragene, alte schwarze Socken. Sie krallt die Zehen ein und presst die Lippen aufeinander.

»Schön, Cecilie, wir machen es so: Sie kommen mit mir – oje, ich hab ja ganz vergessen, mich vorzustellen, ich bin Hege …«

Cecilie wischt die klamme Handfläche an ihrem Schenkel ab und gibt der schönen Frau die Hand. Warm, weich, wie alles hier drinnen.

»Ich muss wirklich sagen« – die Frau lächelt wieder –, »diese Haarfarbe. Smashing! So, wir haben hier acht Kabinen, und, ähm, Sie folgen mir jetzt einfach hier hinein, und dann schauen wir doch mal, was wir mit Ihnen anstellen.«

»Okay …« Cecilie errötet und hebt erneut unwillkürlich die Hand an die Haare.

»Sind Sie verheiratet, Cecilie? Kinder?«

Cecilie sieht weg, schüttelt den Kopf.

Die Frau schmunzelt fast ein wenig unanständig. »Noch ist es nicht zu spät für ein paar Knirpse, aber wie auch immer. Wir müssen irgendwann einsehen, dass wir ein gewisses Alter erreicht haben, und uns um unsere Haut kümmern …«

»Ja …«

»Aber einen Typen haben Sie, Cecilie?«

»Ja …«

»Und der sieht sich gerne etwas Schönes an, nicht wahr? Jetzt ist der absolut richtige Zeitpunkt, um auf sich zu achten. Sie haben es sich verdient.«

Cecilie folgt der schönen Frau in die Kabine – ein kleiner Raum mit einem schräg gestellten Bett. Einem gepolsterten und in Handtücher gepackten Bett. Auf dem Boden steht ein kleiner Hocker auf Rädern, an der Wand hängt ein Regal, und davor steht ein kleiner Arbeitstisch mit verschiedenen Hautpflegeprodukten, Fläschchen und Tiegeln. Und auch hier wieder eine Kerze in Altrosa, die gleiche Musik wie draußen im Wartebereich, die gleichen weichen Gerüche. Und ein seltsames Rollgestell.

Dieses Bettending macht Cecilie nervös. Soll sie sich etwa ausziehen?

»So, Cecilie, da sind wir. Alles gut? Schön. Jetzt legen Sie sich einfach bequem hin, den Pullover können Sie gerne ausziehen, den BH lassen Sie einfach an, und dann entspannen Sie sich schön. Sehen Sie her, so.«

Cecilie zieht sich den Pullover über den Kopf. Ihr Puls geht schneller, und sie schaudert, während sie den Pullover zusammenfaltet und sich auf das Bett legt.

So hat mich seit der Turnstunde in der Schule kein Mädchen mehr gesehen, denkt sie.

»Und jetzt bekommen Sie dieses kleine Haarnetz aufgesetzt«, sagt die schöne Frau. »Ui, Sie sind heute wohl ein bisschen verspannt! Versuchen Sie, sich zu entspannen. Dann wird es einfach toll. Sie sind momentan ein bisschen blass, finden Sie nicht auch?«

»Hm, ja, vielleicht ein bisschen blass, ja …«

Die Frau lächelt und verlässt den Raum, ist aber Sekunden später wieder zurück. Sie trägt eine Wasserschale herein, stellt sie auf den kleinen Arbeitstisch, taucht einen Lappen hinein und wringt ihn aus, legt ihn dann auf Cecilies Gesicht, streicht sanft über die Haut, während sie über eine Reinigungsmilch spricht, die Cecilie dringend braucht und die gleich mehrere Funktionen hat, Peeling, Reinigung und Tonic.

»Wissen Sie, Cecilie«, sagt sie, nimmt den Lappen wieder weg und pumpt sich Reinigungsmilch in die Hand, »wir brauchen etwas Einfaches, Tolles und Effektives. Sie wissen ja, bei uns ist alles ökologisch. Die Werbung will, dass wir Billigmarken kaufen, aber das ist wirklich Unsinn, sobald wir ein wenig in die Jahre kommen, dann brauchen wir …«

Cecilie schließt die Augen. Jetzt fasst die schöne Frau sie an. Weiche Finger tragen eine leichte Creme auf, weiche Finger bewegen sich in sanft massierenden Kreisbewegungen über Cecilies Haut.

Sie spürt, wie ihr Atem kürzer wird.

Noch nie hat mich jemand so angefasst.

Diese schöne Frau redet und redet, während sie ihr die Haut reinigt, aber Cecilie kann ihr gerade nicht folgen. Sie nimmt nur den Widerwillen dagegen wahr, dass sie jemand auf diese Weise anfasst.

Als sie mit der Reinigung fertig ist, rollt die Frau das große Gerät heran, eine Bedampfungsmaschine, und platziert es vor Cecilies Gesicht. Wie ein großer Haartrockner.

»So, Cecilie. Sie liegen jetzt einfach nur da, okay? Hat es sich schon ein wenig gelöst?«

»Ich … He?«

»Die Muskeln, haben die sich ein wenig gelöst?«

»Na jaaa … doch …«

Die Frau streicht mit der Hand über Cecilies Schulter und lacht.

»Wohl viel Stress momentan? Im Job?«

»Jaaa …«

Die Finger berühren sie nicht mehr.

Fass mich nicht noch mal an.

»Was arbeiten Sie denn, Cecilie?«, fragt die Frau, schaltet das Gerät ein, und Dampf strömt Cecilie ins Gesicht.

Fass mich an.

»Arbeiten?« Cecilie räuspert sich, errötet, schwitzt. »Tja, ich bin … in einer Videothek.«

In einer Videothek? Warum hat sie das gesagt?

»Ah, da haben wir es ja«, sagt die schöne Frau. »Sie stehen den ganzen Tag. Das ist mühsam. So viel zu stehen. Mühsam für den Rücken, mühsam für die Schultern. Nur gut, dass Sie sich jetzt ein wenig Zeit für sich nehmen. Schön. Machen Sie Yoga?«

»Yoga?«

»Denken Sie jetzt ein bisschen wie beim Yoga. Ist es zu heiß? Denken Sie daran, dass Sie von Kopf bis Fuß ganz weich und schwer werden, dass Sie alle Ruhe, die sie bekommen können, in sich aufnehmen, und wenn Ihnen das Atmen schwerfällt, dann ist das nur natürlich, das kommt von dem Dampf, dann drehen Sie sich einfach ein kleines Stückchen weg. Okay, Cecilie?«

»Okay.«

Ich muss pinkeln, denkt Cecilie.

Ich will eine Kippe, denkt Cecilie.

Die Wärme strömt ihr ins Gesicht.

Fass mich an.

Nach einer Weile – die schöne Frau war mit der Wasserschale draußen und ist wieder damit zurückgekommen – wird die Dampfmaschine ausgeschaltet und weggerollt. Noch einmal reinigt die Frau Cecilies Haut, und noch einmal fasst sie sie an, und noch einmal verspannt sich Cecilie vom Nacken bis zu den Füßen.

»Okay, Cecilie«, dringt die Stimme der Frau zu ihr. »Peeling.«

»Hm?«

»Peeling«, sagt die schöne Frau noch mal, während sie einen kleinen Tiegel aufdreht und mit dem Finger eine dicke Creme aufnimmt. »Sie können die teuren Cremes genauso gut wegwerfen, wenn die Haut nicht erst gepeelt wird.«

Fasst du mich jetzt wieder an?

Cecilie blickt sie an. Versteht sie denn nicht, wer ich bin?

»Ja, klar«, redet die Frau weiter, während sie die Hände über Cecilies Gesicht führt, »wir haben alle einen stressigen und anstrengenden Alltag, und das beeinflusst unsere Haut. Sie wird unrein. Nehmen Sie Lichtschutzfaktor fünfzig? Ich schon. Wissen Sie, Hautkrebs ist in Norwegen sehr weit verbreitet. Die Haut muss atmen, aber Make-up verstopft die Poren und macht die Haut unrein. Deshalb sollten Sie mineralisches Make-up benutzen.«

Ihre Hände hängen vor Cecilie in der Luft.

Wird sie mich nicht wieder anfassen?

»Mineral…«

»Zieht besser ein und hat weniger Partikel als Creme. Fühlt sich das nicht herrlich an? Spüren Sie, wie Sie mit Ihrem Körper sprechen?«

»Hä?«

Die Frau lächelt. Sie lächelt bloß.

Wie schön du bist, denkt Cecilie und versteht einfach nicht, wie alles so gekommen ist, wie es nun eben gekommen ist. Warum diese Frau dieses Leben hat und sie ihres.

Die Frau streicht die raue Creme über Cecilies Gesicht, es fühlt sich an wie Sandkörnchen. Es brennt leicht.

»Geht's? Manche empfinden so ein Peeling als etwas zu grob, zu stechend.«

Nein, denkt Cecilie, ich spüre nur deine Finger.

»Okay, prima, und jetzt ein wenig Tonic …«

Sie fasst mich an.

»Und ein wenig Serum …«

Noch weichere Bewegungen, ein sanftes Klopfen auf der Haut.

»Wie auch immer, Cecilie«, sagt die Frau in die Stille hinein. »Jetzt sind wir bereit für eine Maske, eine Feuchtigkeitsmaske mit Hyaluronsäure – das natürliche Hyaluron verlieren wir mit den Jahren – und mit Collagen, das die Haut wieder aufbauen soll. Okay?«

Ich kann nicht atmen, denkt Cecilie und nickt bloß mit geschlossenen Augen. Die Frau trägt die Maske auf, eine geruchsarme Creme, Wattepads auf die Augen, ruhige Bewegungen, sanfte Hände.

»So, und während die Maske einwirkt, werden Sie sich jetzt einfach für fünfzehn Minuten ordentlich entspannen. Ich gehe in der Zwischenzeit ein bisschen raus. Haben wir nicht plötzlich wieder fantastisches Wetter? Wissen Sie, ich muss es einfach sagen – Ihre Haarfarbe? Smashing! Ich bin gleich wieder da. Denken Sie an etwas Schönes, Cecilie, an das Allerschönste, das Sie haben.«

Die schöne Frau geht hinaus. Ihre Fingerbewegungen sind auf Cecilies Haut noch wie ein Echo spürbar.

Das Allerschönste, das ich habe?

Papa. Der Sodastream.

Das Allerschönste, das ich habe?

Rudi. Tong.

Das Allerschönste, das ich habe?

Kippen und Vanilleboller.

Das Allerschönste, das ich haben werde: mein Kind.

Aus den Lautsprechern kommt jetzt andere Musik. Nach »Imagine« lief erst »Bridge over Troubled Water«, und das geht jetzt in Wellenplätschern und Vogelgezwitscher über. Das Licht über Cecilies Kopf wird gedämpft.

Sie schläft ein.

Cecilie träumt. Sie träumt in grellen Farben, und sie träumt von Tong.

Sie wacht davon auf, dass die CD mit dem Wellenplätschern und Vogelgezwitscher hängt. Ihr ist warm, sie sieht Tong vor sich, hört im Kopf seinen Atem, und sie spürt, wie ihr am Haaransatz der Schweiß hinabrinnt. Die CD ist inmitten des Rauschens hängen geblieben, sie hört draußen auf dem Gang eine Maschine – eine Kaffeemaschine? – und bald darauf Stimmen. Zwei Frauen reden miteinander. Ein wenig verwirrt, nachdem sie mitten am Tag minutenlang geschlafen hat, reißt sie sich zusammen, und dann hört sie Fetzen dessen, was die Stimmen sagen. Es sind die Hautpflegefrau und ein anderes Mädchen.

»Wirklich, es ist inzwischen alles so teuer …«

»… nächstes Jahr den Garten umgestalten …«

»Lieber Gott, sie sieht aus wie …«

»Oje, die Arme …«

»Völlig abgewirtschaftet. Womöglich ein Junkie …«

Cecilie spitzt die Ohren.

»Glaubst du?«

»Oje, ja, die Arme …«

Die CD verstummt, das Haken stoppt, und die Hautpflegefrau kommt wieder ins Zimmer. Sie lächelt genauso warm wie schon die ganze Stunde über.

»Herrlich, Cecilie, jetzt aber. Jetzt reinigen wir nur noch mal ein wenig, ein bisschen Tonic, Serum, Öltropfen, Augencreme … und wissen Sie, dann sind Sie richtig hübsch.«

Cecilie lässt die Augen zu. Sie spannt die Lippen an.

»So. Versuchen Sie, sich zu entspannen. Hm? Wie fühlen Sie sich?«

Cecilie schlägt die Augen auf.

»Cecilie?«

Sie kann nichts sagen.

»Aber … weinen Sie?«

Cecilie dreht sich weg. Sie sieht zur Wand. Sie greift sich ans Auge, streicht mit dem Finger am Lidrand entlang und stellt fest, dass sie mit beiden Augen weint. Und dann sagt sie: »Sie sind nicht die Einzige mit Kindern. Ich kriege auch eins. Und ich bin kein Junkie. Aber mein Typ klaut Ihr Auto, während Sie schlafen. Er schlägt Ihren Mann, wenn er nicht bezahlt. Und ich bin nicht hübsch, ich werde es nie sein, und Sie lügen, wenn Sie über meine

Haare sprechen, ich höre Sie, ich höre, dass Sie nie die Wahrheit sagen. Kann schon sein, dass Sie sich so verdammt herrlich fühlen, und kann auch sein, dass Sie und Ihre Freundin das Gefühl haben, alles zu wissen, aber Sie sind ein paar verfickte hochhackige Hühner, und ich, ich brauch jetzt eine Kippe, und ich brauch einen Vanilleboller.«

Cecilie setzt sich auf, stellt die Füße auf den Boden. Vor ihr steht die schöne Frau. Schrecken liegt in ihrem Blick.

»Sollen wir …« Sie räuspert sich. »Sollen wir eine neue Stunde vereinbaren?«

»Ihre CD hängt«, sagt Cecilie und verlässt die Kabine.

46 Raining blood (Daniel William)

Abgeschlossen. Daniel spürt seinen Atem nach oben in den Hals steigen. Veronika. Jetzt keinen Unsinn, okay? Er drückt die Klinke noch einmal nach unten, ruft und klopft an die Tür, obwohl er weiß, dass das sinnlos ist.

Er rüttelt an der Türklinke. Wenn sie sieht, wie die Klinke hoch- und runtergeht, kann er vielleicht ihre Aufmerksamkeit erregen.

Nichts passiert.

Daniel legt das Ohr an die Tür. Er hält den Atem an, lauscht. Nichts. Er würde hören, wenn die Dusche liefe, wenn der Wasserhahn liefe, wenn jemand dort drinnen herumginge, wenn jemand die Klospülung drückte. Nichts.

Da. Ein Klicken im Schloss.

Er erschrickt, weicht einen Schritt zurück, bleibt stehen und sieht zur Tür. Nichts passiert. Sie geht nicht auf. Scheiße, denkt er. Soll ich jetzt da so reingehen? War das ein Zeichen an mich, dass ich trotz allem da drin willkommen bin? Hm? Und was meint sie damit? Soll ich einen Hundeblick aufsetzen, den Schwanz zwischen die Beine klemmen und ankriechen? Soll ich mich vor sie hinknien, weinen und um Entschuldigung bitten?

Darauf hab ich keine Lust, denkt er. Ich hab keine Lust auf dieses Spiel. Daniel verflucht sich dafür, in diese Situation geraten zu sein, verflucht sich dafür, statt zu einer neuen Pflegefamilie nicht Ja zu einer Betreuungseinrichtung gesagt zu haben. Das musste ja so kommen, wenn er nur mit Frauen zusammenlebt.

Er macht die Tür auf.

Oh mein Gott.

Er kann sich nicht bewegen.

»Veronika! Was hast du *getan*?«

Das Mädchen sitzt auf dem Toilettendeckel. Sie trägt ein T-Shirt, das weiße Kvelertak-Shirt, das er ihr zum fünfzehnten Geburtstag geschenkt hat. Ihr Haar ist zerzaust, und untenrum ist sie bis auf die Unterhose nackt.

Veronika dreht ihm das Gesicht zu. Es sieht aus wie ein Gitternetz, ein engmaschiges Gitternetz. Vertikale Linien verlaufen von der Stirn hinab zu Kinn und Unterkiefer, horizontale Linien laufen quer übers Gesicht. Auch die Arme hat sie sich aufgeschnitten, entlang beider Unterarme verlaufen rote Streifen. Fast überall ist das Blut bereits geronnen, es hat die Farbe ihrer Haare angenommen. Die Schnitte sehen übel aus und sind rostrot.

»Veronika …«

Er versucht sich zu beherrschen, aber er schafft es nicht, er weint. Er schnieft, wischt sich die Tränen weg, geht auf sie zu. Sie sitzt nur da und sieht ihn an. Sie zuckt mit den Schultern und lächelt schief. In der Badewanne sind Blutflecken. Im Abfluss liegt eine Rasierklinge.

Warum muss ich immer solche Sachen sehen, denkt er und spürt, wie Wut in ihm aufsteigt. Warum kann ich nicht in Ruhe gelassen werden? Warum darf ich nicht einfach gehen, ohne dass mich jemand wieder zurückholt?

Daniel streckt die Arme aus, legt sie um Veronika, zieht sie an sich. Zuerst ist sie ganz steif in seinen Armen, aber nach und nach wird ihr Körper wieder warm. Sie legt die Hände auf seinen Rücken.

Was soll ich denn jetzt tun?, denkt Daniel. Was in aller Welt soll ich tun? Er spannt die Kiefermuskeln an, kneift die Augen fest zu, möchte am liebsten raus und mit der Suzuki losfahren, aber das kann er jetzt nicht machen.

Nach einer Weile schiebt er sie vorsichtig von sich weg. Sie ist auf ihr eigenes Gesicht losgegangen. Die Linien sind schnurgerade, sie ist präzise vorgegangen, hat sich exakt und sorgfältig zerschnitten, längs und quer, mit offenen Augen vor dem Spiegel.

Daniel macht den Mund auf.

»Wie tief sind die?«

Keine Antwort.

»Wie tief?«

Er legt zwei Finger auf ihr Gesicht, streicht über die Haut. Die Schnitte sind haarfein, nicht allzu tief.

»Du musst mir versprechen, so was nie wieder zu machen«, sagt er.

Sowie er spricht, dreht sie sich weg. Das tut sie, wenn sie jemandem nicht zuhören will. Er greift nach ihrem Kinn, spürt erneut die Schnitte an den Fingern, dreht ihr Gesicht zu sich herum und sagt: »Veronika. Sieh mich an. Versprich mir, dass du das nie wieder machst.«

Sie presst die Lippen aufeinander.

»Sag was!«

Sie schüttelt den Kopf.

»Was hab ich dir getan?«

Sie weint. Scheiße, das ist noch schlimmer.

»Nicht weinen«, sagt er. »Ich hab das doch nicht gewusst, woher hätte ich es denn wissen sollen?«

Veronika hebt die rechte Hand, sie schnieft, die Tränen versiegen. Sie streckt den Zeigefinger aus und tippt gegen seine Brust. »Dein Herz«, sagt sie, »da drinnen regnet es Blut.«

Manchmal passiert das. Da sagt sie solche zombiemäßigen Sachen, die purzeln einfach aus dem Himmel ihres Kopfs.

»Scheiße, du bist echt eine außergewöhnliche Frau, Veronika.«

Sie tippt mit den Fingern gegen seine Brust. »Sag das noch mal.« Veronika rückt dichter an Daniel heran. »Sag das noch mal.«

Ich will nicht dich.

»Sag das noch mal. Sag, dass ich eine außergewöhnliche Frau bin.«

Eine Haarsträhne klebt in der Tränennässe auf ihrer Wange. Er streicht sie weg.

»Erst musst du mir versprechen, dass du so was nie wieder machst. Ich ertrage das nicht. Einmal noch, und ich hau ab.«

»Sprich nicht so schnell.«

»Ich hau ab«, wiederholt er. »Und zwar für immer. Und wenn ich für immer abhaue, dann blicke ich nicht zurück. Verstanden?«

Sie nickt.

»Und jetzt sag es. Sag es noch mal.«

»Du bist eine außergewöhnliche Frau, Veronika.« Er meint es wirklich so.

Sie nickt.

»Tut das nicht weh?« Er streicht vorsichtig mit den Fingern über ihr Gesicht.

»Nein«, sagt sie, »jetzt nicht mehr.«

»Scheiße …« Daniel atmet tief aus.

»Ich mag dieses T-Shirt«, sagt sie und strafft es ein wenig. Der Stoff spannt über ihren Titten.

»Mhm«, sagt er und nickt, »ist echt abgefahren.«

»Abgefahren?«

Er nickt. »Abgefahren. Es ist abgefahren, dass eine taube Frau so was anhaben will.«

»Ja«, sagt sie und befeuchtet sich die Lippen, »total abgefahren.«

Daniel fährt sich mit den Fingern durchs Haar. »Und was willst du Inger sagen? Willst du einfach … Was willst du ihr erzählen?«

Veronika zuckt mit den Schultern. Sie setzt sich auf den Badewannenrand. »Weiß nicht. Sie muss wohl damit klarkommen. Ich bin nicht tot. Ich bin nur taub.«

Sie lacht, und ihr hohles Lachen klingt lauter als nötig. Auch er muss lachen. Manchmal ist ihre Frechheit echt messerscharf.

»Scheiße, bist du weird.« Daniel schüttelt den Kopf und sieht sie streng an. »Du weißt doch, dass ich … dass ich ein anderes Mädchen habe, mit dem ich … zusammen bin. Oder? Du weißt das doch?«

Sie nickt.

»Ja?« Er zuckt mit den Schultern. »Na und? Hast du da gar keinen Respekt davor?«

»Wir sind Konkurrentinnen.« Veronika sieht ihm direkt in die Augen. »Hat sie denn ein Kvelertak-Shirt?« Veronika schüttelt den Kopf. »Nein. Sie leckt Jesus den Nacken. Sie hat ein Kreuz um den Hals. Ich weiß, du glaubst, dass du sie lieben würdest. Ich weiß, du glaubst, sie wär diejenige, die du haben musst. Aber ich weiß auch, dass es in deinem Herzen Blut regnet, Daniel. Ich weiß, wer du bist. Aber weiß sie auch, wer du bist?«

Er schluckt.

»Hm? Weiß sie es?«

47 Schmerz (Sandra)

In irgendetwas verwirbelt.

So fühlt es sich an.

Seltsam, jetzt hier zu sitzen. Der Lehrer redet, und die Schüler haben ihre aufgeschlagenen Bücher vor sich. Aber niemand passt auf. Alle denken nur an sie. Sogar der Lehrer. Sie kann es spüren. Keiner in diesem Raum denkt an etwas anderes.

Von einer Sekunde zur anderen wurde Sandra vom nettesten, begabtesten Mädchen in der 10d zum Gegenstand sämtlicher glotzenden Aufmerksamkeit. Erst vor wenigen Stunden ist sie zerborsten, hat sich verloren, mit Daniel geknutscht und geheult, als er wegfuhr, während die anderen am Fenster standen und ihr zusahen. Seither fegt das Gerücht wie ein Sturm durch die Schule, die Lehrer versuchen, es unter den Teppich zu kehren, doch es ist gerade so, als hätte sie eine Naturgewalt ausgelöst. Als sie in der Pause rausging, kam sie sich vor wie ein Magnet. Malene lief neben ihr her, als wären sie Blutsschwestern, und ihnen wurden Sprüche nachgerufen, als hätten sie beide etwas Krankes getan, und binnen weniger Stunden war alles außer Kontrolle.

Hier hieß es, er hätte sie geschlagen, da wurde behauptet, sie hätte ihn geschlagen, dort erzählte man, sie wäre schwanger, wieder woanders, sie wäre auf Dope …

Sie wurde einfach darin verwirbelt.

Dann kam die Mittagspause, und aus heiterem Himmel haute Tiril diesem Winztypen aus der Neunten, Shaun, eine runter – und Tiril tat es für sie. Alles steht Kopf. *Tiril?* Wenn es jemanden gibt, von dem Sandra glaubte, der hätte sie noch nie gemocht, wenn es eine Person gibt, vor der sie beinahe schon Angst hat, dann Malenes Schwester, mit der sie bei Prixen arbeitet.

Haute ihm einfach eine rein, diesem Schlumpf Shaun.

Also heißt das jetzt, sie und die Schwestern? Sie, Malene und Tiril? Und wo ist Daniel? Seine Antwort war so kurz. *Ok. Ok, passt.* Wo ist er? Sie begreift, dass sie etwas getan hat, was er nicht erträgt, aber warum ist er so sauer? Er hat gesagt, dass er heute Abend kommen wird, aber sie weiß nicht, ob sie daran glauben kann.

Sandra sitzt da mit dem aufgeschlagenen Mathebuch vor sich und wagt kaum zu atmen.

Ganz zu schweigen von Mama und Papa. Falls sie es nicht längst wissen, wenn sie nach Hause kommt, dann wird es nicht lang dauern, bis sie es erfahren, und das wird nicht gut enden. Einen Anschiss bekommt sie garantiert und Verwarnungen und Moralpredigten, aber das Schlimmste wird sein, dass sie ihr verbieten werden, ihn zu sehen. *Den leuchtenden Mund. Daniel William Moi.* Und wenn sie das tun, will sie nur noch sterben. Sie kann nicht nach Hause gehen. Das weiß Sandra genau. Sie kann heute nicht nach Hause gehen.

Ein Lachen im Klassenzimmer.

»Mira? Ist was?«

Der Lehrer.

»Ach, nein, nichts«, kommt es von Mira.

Sandra kann sie kichern hören. Sandra kann hören, wie das Lachen sich ausbreitet. Mehrere Mädchen. Mehrere Jungs. Joachim, er lacht auch.

Sie sieht vorsichtig hoch, sucht Malenes Blick.

Malene nickt ihr zu.

Die Brust hebt sich, und die Brust senkt sich. Sandra springt auf. Sie packt, so schnell sie kann, ihre Sachen. Die ganze Klasse sieht zu ihr herüber. Miras freche Fresse. Joachims Grinsen.

»Ich fühle mich nicht so gut …«

Lachen.

»Ich glaube, ich muss …«

»Oh, ich muss! Daniel, ich muss!« Joachim.

»Schon in Ordnung, Sandra«, hört sie den Lehrer sagen.

Sie läuft zur Tür. Auf dem Weg dorthin bleibt sie vor Malenes Pult stehen, die Freundin lächelt und streicht ihr über die Hand. Dieses Lächeln hat Sandra schon mal gesehen. Im Gesicht eines erwachsenen Mannes. Malenes Vater. Sie fühlt sich verlogen, weiß nicht, ob Daniel damit recht hat, besser nicht zu erwähnen, was sie gesehen hat, aber sie muss dem, den sie liebt, vertrauen.

»Wir sehen uns«, flüstert Malene. »Wo willst du hin?«

»Weiß nicht.«

»Schreib mir einfach, okay?«

Sandra nickt.

»Grüß Tiril«, flüstert sie noch.

Malene lächelt. »Du«, sagt sie. »Kümmere dich nicht darum. Okay?«

»Nein.« Sandra hört selbst, dass ihre Stimme nicht mehr trägt. Sie bricht wie ein Keks.

Dann rennt sie los. Ein wenig x-beinig, eine Hand unter der Brust, die andere schlenkert durch die Luft. Durch die Gänge, durch die Tür hinaus, raus in den schönen Septembertag.

48 Ein Freund mit einem Transporter (Jan Inge)

Sieht aus, als gingen ein Watvogel und eine Ente spazieren.

Das Licht der tief stehenden Sonne wirft lange Schatten auf die Straßen, als Jan Inge und Rudi vom Haus neben den Bahngleisen den Hügel hinauftrotten. Zu Hansi ist es nicht weit, der wohnt am anderen Ende des Hillevågsveien.

Jan Inge spürt, dass sein Gang in letzter Zeit was Watschelndes bekommen hat. Er versucht zwar, es zu verhindern, aber was immer er probiert, er schaukelt doch nur von Seite zu Seite.

Seit Rudi aus der Stadt gekommen ist, wirkt er ziellos und unkonzentriert. Er ist ins Haus gehastet, ging direkt in sein Zimmer, kramte darin herum, kam wieder raus, blieb mitten im Wohnzimmer stehen und starrte auf sein Handy. Als Jan Inge fragte, ob etwas los sei, antwortete er nur: »Nein, Scheiße, was soll schon sein?«

Aber es ist etwas.

Als sie am Sun-City-Sonnenstudio vorbei sind und den Hügel zu Hansi hinaufgehen, fragt Jan Inge noch einmal: »Rudi, du sagst ja gar nichts, was ist los?«

»Mann, man muss ja wohl auch nicht die ganze Zeit über reden, oder?«

Nein. Aber wenn jemand, der sonst ununterbrochen redet, auf einmal nichts mehr sagt, dann ist das ganz einfach verunsichernd. Deshalb versucht Jan Inge es noch mal: »Du weißt, wir halten zusammen, ja?«

Rudi bleibt vor einer vors Haus geschobenen Mülltonne stehen. Sein mächtiger Körper schwankt. Sein Blick ist unstet.

»Ich weiß nicht, Jani. Ich hab nur so 'ne dunkle Ahnung.«

»Nämlich?«, hakt Jan Inge kurzatmig nach, holt den Inhalator raus und saugt Luft ein.

»Chessi«, sagt Rudi.

Jan Inge zieht die Augenbrauen hoch. »Chessi? Was ist mit Chessi?«

»Scheiße, was weiß ich denn.« Rudi stützt die Hände auf die Mülltonne. »Bestimmt nur irgend so 'n Quatsch. Das Kotzen. Der Hautpflegedreck. Und … tja. Was Privates.«

»Was Privates?« Jan Inge legt den Kopf schief. »Dein Bruder?«

»Scheiße, hör mir mit dem auf! Nein«, sagt Rudi. »Wirklich was zutiefst Privates. Shit, ich brauch 'ne Kippe.«

»Was denn Privates?«

»Mein Freund« – Rudi zuckt mit den Schultern –, »wir sind zwar Amigos, aber das ist was, worüber noch nicht mal Brüder sprechen. Frauensachen, Jani. Wie auch immer. Sie fährt zu Tong, sie braucht den Volvo. Also brauchen wir Hansis Caravelle.«

So ist Rudi selten. Beinahe ruhig. Beinahe normal. Spricht in kurzen Sätzen. Haut sie aus sich raus, als wäre er ein Stein. Auch wenn Jan Inge sich häufig wünscht, Rudi würde seinen unter Strom stehenden Kopf beruhigen und die Leute nicht immer komplett zulabern, wird ihm mulmig dabei, weil er ihn kaum wiedererkennt.

»Ja, ja«, sagt Jan Inge. »Das kriegen wir schon hin. Aber vielleicht sollten wir nicht zwei Abende hintereinander da oben in Gosen mit der Caravelle rumfahren …«

Rudis Augen blitzen rot.

»Ja, sollen wir vielleicht den *Bus* nehmen? Willst du das jetzt? Busfuck?«

Er ist wütend, ganz einfach wütend. Auch das ist er normalerweise nicht.

»Rudi, hör mir zu. In deinem System schwimmt irgendein Bodensatz. Ich kenn dich. Schaff ihn raus, oder schaff ihn beiseite. Morgen haben wir einen attraktiven Job, einen Branchenklassiker. Da fahren wir nicht zwei Abende hintereinander im Arbeitsvan in ein und derselben Gegend rum. Das verstehst du sicher. Den Bus zu nehmen schadet keinem.«

»Meinetwegen können sie sich den gesamten öffentlichen Nahverkehr in den Arsch schieben«, sagt Rudi. »Ich hasse Busse, ich hab Busse schon immer gehasst.«

Jan Inge versucht, Rudi in die Augen zu schauen. »Hey, my friend«, sagt er und versucht, die Stimmung mit ein bisschen Englisch aufzulockern. »A penny for your thoughts.«

»Thoughts? Ich denk an nichts«, sagt Rudi und seufzt, »es ist bloß … Shit. Es sind bloß Gefühle. Gefühle Gefühle Gefühle! Gefühle kann man verdammt noch mal nicht immer beschreiben.«

Gut gesagt, denkt Jan Inge, und dann gehen sie weiter den Hügel hinauf. Die mystische Sonne wärmt ihre Gesichter. Wir belassen es dabei, denkt er. Jetzt muss ich eben ein starker Chef sein.

»Ich hab's ja immer schon gesagt«, sagt er, so unbeschwert er kann. »Du bist ein Gefühlsmensch, Rudi, du tust dein Bestes, tagaus, tagein, und dann plötzlich entert eine ganze Armee aus Gefühlen deinen Körper. So ist das Leben. Komm, wecken wir Hansi.«

Hansi ist ein dürrer, räudiger Köter von einem Kerl. Schon mit neunzehn ging er im Gefängnis ein und aus, und als er den alten Kumpels die Tür aufmacht, zieht er gerade mal eine Augenbraue hoch, bevor er mit seiner trockenen Hand eine knappe Bewegung macht und wieder ins Haus schlurft.

»Hey, Mann, wohl ein bisschen mitgenommen heute?«

Jan Inge und Rudi wechseln einen Blick und gehen ihm nach. Im Wohnzimmer plumpst Hansi hinter einem Tisch, der über und über mit Schnapsflaschen bedeckt ist, auf ein altes Sofa.

»Trink zurzeit ein bisschen was«, brummelt er. »Hatte 'ne Menge um die Ohren. Bin gerade viel in Göteborg. Diese Albaner sind krass drauf. Was geht in Kardamomme? Ein paar fröhliche Brüche gehabt?«

Hansi grinst, setzt die Schnapsflasche an und nimmt einen großen Schluck. Jan Inge spannt die Kiefermuskeln an. Wie Mama, denkt er.

»Fuck, was meinst d…«

»Muss mir deine Karre leihen«, fällt Jan Inge ihm ins Wort. »Und den Hänger.«

Hansi sieht sie schief an. »Und da kommt ihr schnell mal her und glaubt, alles steht rum und wartet nur auf euch?«

Rudi hält den Mund. Jan Inge zuckt nicht mit der Wimper.

»Okay, okay«, sagt Hansi, »schon in Ordnung. Und wenn ich nun sage, ich brauch sie selbst? Wenn ich sage, ihr könnt sie nicht leihen?«

»Dann sagen wir …«

»Dann wissen wir, woran wir bei dir sind«, sagt Jan Inge schnell. »Wir haben bei dir noch einiges gut, Hansi.«

Er nickt Rudi kurz zu.

Hansi sieht von einem zum anderen. »Und wie lange habt ihr bei mir noch einiges gut?«

»Hör zu.« Jan Inges Augen werden schmaler. »Wir waren fair zu dir. Wir hätten dir die Kniescheiben zertrümmern können. Nach dem, was du getan hast. Wir hätten jemandem erzählen können, was du so gern mal treibst. Nichts davon haben wir getan.«

Hansi steht auf, gießt sich einen Schnaps ein, greift nach der Hose, die er über einen Stuhl geworfen hat, kramt in den Taschen und holt einen Schlüsselbund heraus.

»Du bist ein verdammter Verlierer, Jani, und das weißt du. Du bist jetzt verfickte dreißig Jahre oder so im Geschäft, und du hast verdammt noch mal nicht auch nur … Ja, ja, scheiß drauf. Hier.«

Er schleudert Jan Inge die Schlüssel hin. Rudi atmet durch, geht auf ihn zu, packt Hansis Haare, starrt ihm in die Augen und schleudert ihn zu Boden.

»So spricht man verfickt noch mal nicht mit Jani, hörst du?«

»Scheiße, ich blute!«

»Fuck, na sicher blutest du, Motherbleedfucker! Willst du noch mehr bluten? Hä? Willst du aus deinen Ohren bluten? Willst du aus deinem Arschloch bluten?«

Jan Inge grinst. Das liebt er echt. Verfickte Scheiße, er liebt das.

Rudi. Rudi. Rudi.

»Willst du in deinem Kopf drin bluten?«

»Nein! Nein! Rudi! Dschieses!«

Als wäre Jan Inge in einem Fußballstadion, und Abertausend Menschen stehen mit erhobenen Händen da, reißen die Mäuler auf und rufen: Ru-di! Ru-di! Ru-di!

Rudis Körper spannt sich an, Jan Inge kann beinahe das Adrenalin durch Arme und Beine jagen sehen, als Rudi Hansi tritt, als Rudi mehrmals den Fuß in Hansis Rücken drillt, als Rudi in die Hocke geht, Hansi an den

Haaren wieder hochzieht und ihm die Faust ins Gesicht schlägt.

»Tja«, sagt Rudi und kommt wieder aus der Hocke hoch. Er reibt sich die Fingerknöchel, schüttelt den Schmerz aus den Händen und spuckt Hansi an. »Und jetzt hältst du dein Schwanzmaul, Butthound. Verlierer? Wer zum Teufel ist hier der Verlierer?«

Hansi liegt am Boden und windet sich vor Schmerzen.

»Rudi hört nichts.«

Rudi nimmt die Schnapsflasche, aus der Hansi getrunken hat. Er stellt sich über ihn.

»Mach dein Maul auf, du Rosenpflücker.«

»Hä?«

Hansi sieht eingeschüchtert zu Rudi hoch. Sein Gesicht ist blutüberströmt. Er macht den Mund auf.

»Weiter!«

»W-w-weiter?«

»Weiter!«

Hansi sperrt das Maul auf, und Rudi kippt den restlichen Schnaps in ihn hinein. »Hey, Cockaholic, trinkst zurzeit ein bisschen was, ja? Trink weiter! Hallo, Buttaholic, ich höre nichts. Wer ist der Verlierer?«

Hansi hustet, spuckt Blut und Schnaps.

»Ich«, kommt es kleinlaut vom Boden.

»Jafucknatürlichdu«, faucht Rudi. »Und das nächste Mal, wenn du ein kleines, winziges falsches Wörtchen über den Meister sagst, zieh ich dir die Haut von deinem Schwanz, und das nächste Mal, wenn du deinen Pimmel in einen dieser Schuljungen hier oben steckst, dann steh ich fünfzehn Meter weiter, und fünfzehn Sekunden nachdem du fertig bist, stopf ich dir fünfzehn Kakteen in den Arsch.«

Jan Inge legt die Finger fest um den Schlüsselbund.

Dafür lohnt es sich zu leben.

»Hansi«, sagt er, »du bist ein … Wie sagen sie in Schweden? Jättegod guter Kumpel. Du kriegst die Caravelle und den Hänger nach dem Wochenende zurück. Kein Problem. Wahnsinnig nett von dir.«

Sie treten vors Haus.

»Das war verfickt noch mal an der Zeit, echt«, sagt Rudi und glüht förmlich vor Begeisterung.

»Fühlte sich absolut richtig an, echt«, sagt Jan Inge und trottet zu Hansis grauer Caravelle.

»Tong hätte das verfickt noch mal gefallen«, sagt Rudi und macht die Autotür auf.

»Cecilie hätte das verfickt noch mal gefallen«, antwortet Jan Inge.

»Meine Frau«, sagt Rudi und steigt ein. »Was gibt's zum Abendessen?«

»Fischfrikadellen«, antwortet Jan Inge und wuchtet sich in den Sitz. Unter seinem Gewicht sackt das Auto auf der einen Seite nach unten.

Rudi steckt den Schlüssel ins Zündschloss und lässt das Auto an. »Fischfrikadellen«, sagt er und fährt rückwärts aus der Einfahrt. »Erinnert mich an meine Großmutter. Die guten alten Zeiten.«

»Ich weiß«, sagt Jan Inge. »Und du, worüber du da nachdenkst, das Private und so, das musst du einfach beiseiteschieben.«

»Hell yeah«, sagt Rudi, während die tief stehende Sonne ihr Licht durch die Windschutzscheibe jagt, blendet und die ganze Welt weiß und strahlend aussehen lässt. »Manchmal bin ich echt verdammt sensibel.«

Das Auto schnurrt die Straße hinunter.

»Ah.« Rudi atmet tief aus. »Helgoland, das hat sich gut angefühlt. Fuck, wie lange ich meine Fäuste nicht mehr benutzt habe! Na ja, jetzt werd ich dann wohl mal einen verfickten Anruf machen.«

Rudi zieht das Handy raus, dreht sich zu Jan Inge und nickt. Er zwinkert ihm zu und lacht, während er sich zum Handschuhfach vorbeugt, darin herumkramt, einen Stift und einen Zettel rausholt, beides in Jan Inges mächtigen Schoß wirft und leise krächzt: »Jetzt pass mal auf, Busfuck.«

49 Add to cart (Pål)

Dass die Tage so voller Lügen sein können. Er versteht nicht, wie er es geschafft hat, so tief darin zu versinken. Eine Lüge. Okay, keine große Sache. Fühlt sich ein bisschen unangenehm an – wie die Hand in einen sommerwarmen Komposthaufen zu stecken –, aber das Unbehagen geht bald vorbei. Zwei Lügen. Okay, das schüttelst du ab. Und dann: eine dritte Lüge, um die zwei vorhergehenden zu decken. Nicht gerade angenehm, was da passiert. Geschichten müssen korrespondieren, sie müssen zueinanderpassen. Auch dein Gesicht muss dazu passen, es muss zu dem passen, der du bist. Aber wer bist du? In welcher Welt lebst du? Eine vierte Lüge, um die Geschichten aneinander anzupassen. Allmählich verdichtet es sich, allmählich wird es weiß. Im Körper beginnt es zu schneien.

Du wirst gut darin, das ist passiert. Jetzt bist du lockerer, gestikulierst zwanglos und glaubwürdig, wenn du sprichst, und dein Gesicht, das die ersten Male noch nervös war, ist jetzt ebenso sicher. Dein Gesicht ist mit den Lügen verschmolzen. Du fängst an, die Welt zu sehen, wie sie den Lügen zufolge aussieht, und es dauert nicht lange, und du verteidigst sie, pflegst sie, schmust mit ihnen, den hässlichen Kindern, die sie sind.

Er denkt an nichts anderes mehr. Er steht auf, macht Frühstück, geht zum Auto, das Auto fährt dreißig im morgendlichen Berufsverkehr, und seine Lügen füllen ihn aus. Sie sind regelrecht zu einer eigenen Welt geworden. Einst waren sie notwendige Geschichten, Sätze, gesagt, um sich aus einer Situation zu winden. Dann wurden sie zu Erzählungen von einem Leben. Dann wurden sie zu etwas, worin man leben konnte. Zu etwas Wahrem. Ich war nachts nur eine Weile wach und bin im Internet gewesen. Ich will nur kurz raus, mit Zitha Gassi gehen. Hängt es so zusammen? Sind die Lügen jetzt die Wahrheit? Ohne die er gar nicht mehr existiert, weil er mittlerweile täglich auf sie zurückgreift, damit alles zusammenpasst?

Erst vor wenigen Augenblicken ist er zu seinem Chef gegangen, hat ihn angelächelt und gesagt: »Ich muss für ein paar Stunden weg, eine meiner Töchter ist krank.«

Das zu sagen fühlte sich gut an, so als läge dort zu Hause eins der Mädchen, fiebrig, und brauchte seinen Papa. Die Lüge fiel auf fruchtbaren Boden. Sie wirkte, lebte und wurde wahr, das konnte er genau sehen.

»Armes Mädchen, Gott behüte, fahr bloß heim, Pål.«

Pål fährt von der Autobahn ab, den Ullandhaug hinauf.

Ein ganzes Leben einreißen. So einfach ist das.

Drei Dinge haben alles zerstört. Seine Frau. Das Geld. Und die Lügen.

Es begann alles an dem Tag, als Christine heimkam und sagte: *Ich muss mit dir reden, Pål.* Sie sprach ruhig, flüsterte fast und sagte ganz einfach, dass es nicht länger ginge. *Nicht länger ginge?* Da wäre keine Leidenschaft mehr. *Keine Leidenschaft?* Ich habe einen anderen kennengelernt. Um sie öffnete sich die Hölle, in Tränen aufgelöste Kinder – Scheiße, nie wird er Malenes Gesicht vergessen und das Gefühl, ein kleines Kind zerschmettert zu haben. Aber Christine konnte das irgendwie aushalten. Sie hatte die Kraft, es durchzuziehen. Sie ging weg, nach Bergen und zu einem anderen beschissenen Mann. Als wäre sie nicht Mutter. Sie schaffte es, *von ihren Kindern wegzugehen.* Das war heftig. Darin sind sich alle einig, mit denen er gesprochen hat. Alle – insbesondere Frauen – sind sich darin einig, dass das ein geradezu unmenschlicher Akt war. Du lieber Gott, rufen sie. Sie ist einfach gegangen? Und du bist da hocken geblieben? Ja. So war die Situation. Und was sie alles mit sich brachte. Alleinerziehender Vater, aus dem Nichts. Wer hatte ihn darauf vorbereitet?

Aber er schaffte es. Toi, toi, toi.

Dann kam die nächste Phase: das Geld.

Den Kindern nie etwas Besonderes kaufen zu können. Immer die Zeitungen nach Angeboten für Hackfleisch und Würstchen und, verdammt, Tiefkühlpizza oder weiß der Himmel zu durchforsten. Dieses widerliche Gefühl, wenn er und die Kinder sonntags zu seiner Mutter fuhren und er nur denken konnte: gratis Mittagessen. Das widerliche Gefühl, wenn die Mädchen bei jemandem aus der Klasse zum Geburtstag eingeladen waren: Dort gibt's etwas zu essen.

Bevor er anfing zu gewinnen – und zu verlieren –, hatte es in seinem Leben keine Lügen gegeben. Vielleicht Scham, eine schleichende Depression, die Erleichterung, wenn die Kinder reichlich Geschenke zu Weihnachten und zum Geburtstag bekamen – aber keine Lügen. Die Lügen kamen mit dem Geld – oder kamen sie, als er anfing, es zu verlieren?

Denkt er jetzt klar? Steckte das vielleicht schon immer in ihm drin? Das Lügen?

Nein, tat es nicht, sagt er zu sich selbst, während sich die Wohnblocks in sein Blickfeld schieben.

Jetzt denke ich echt nicht klar.

Er fährt den Folkeviseveien hinunter. Vorbei am Bushäuschen mit dem Abfalleimer, in den er immer alles wirft, was er nicht schafft zu öffnen. Die Inkassobriefe. Die Rechnungen. Er schwitzt an den Händen, sie kleben am Lenkradleder. Eines Tages werden sie wahrscheinlich vor der Tür stehen. Die Polizei, die Inkassoleute, die Glücksspielgesellschaften. Bald sind sie hier.

Er bremst, zieht die Handbremse an, löst den Sicherheitsgurt, beißt die Zähne zusammen, reibt sich übers Auge, läuft ins Haus. Hinunter in den Keller. Zum PC. Sein Puls hämmert, als wäre er eine Faust. Er muss sich beeilen, sich beeilen, bevor sie ihn einholen, er muss es einfach tun, ein letztes Mal.

Benutzername: Maiden.

Die Finger werden steif, sie sind kalt. Er macht ein paar hastige Greifbewegungen in der Luft, pustet darüber, legt sie wieder auf die Tastatur. Es tun, ein letztes Mal, noch ist Zeit davonzukommen, noch ist Zeit, das Treffen mit Rudi abzuwenden.

Passwort: Zitha.

Blackjack.

»Papa?«

Pål schrickt zusammen. Er schiebt den Mauszeiger zu dem kleinen Kreuz oben rechts, aber der Pfeil läuft schief, die Finger zittern.

Schritte die Treppe herunter.

Scheiße, Scheiße, Scheiße. Diese beschissene Maschine ist zu langsam.

»Papa?«

Er hört sie im Flur, direkt vor der Tür.

Da. Da schafft er es, die Seite zu schließen. Und da. Da schafft er es, diejenige zu öffnen, die er für genau so einen Fall parat hat.

»Papa? Bist du da? Ich hab das Auto gesehen …«

Malene kommt zur Tür herein.

»Ja, ich …« Pål seufzt erschöpft und wirft ihr einen gespielt unbeschwerten Blick zu. »Du …« Er lacht los. »Nein, es ist wirklich blöd, ich …« Das Lachen schwillt an, gefährlich nah dran, unnatürlich zu wirken. »Nein, ich hab so viel darüber nachgedacht, was du über Tiril gesagt hast, dass ich ihr nicht genug Aufmerksamkeit schenke … Darum sitze ich jetzt hier und gucke, ob ich ein Evanescence-T-Shirt für sie finden kann.«

Er lacht. Laut. Sie sieht ihn seltsam an.

Er tippt. www.evanescence.com. So geläufig er kann. Enter site. Merch.

»Guck mal, hm? Schöne T-Shirts, hm?«

Er zeigt auf den Bildschirm. Malene lehnt sich vor, sieht ihm über die Schulter.

»Sieht das nicht gut aus? Was ist mit dem?«

»Ich find die Band bescheuert«, sagt sie. »Aber sie wird dich dafür lieben.«

Sie sieht ihn an. Ihr Blick ist nicht ganz ungetrübt. Er steht auf, zieht sie an sich, umarmt sie, weil sie nicht sehen soll, dass sein Gesicht die Lügen nicht länger aufrechthalten kann.

»Und die Schule?«, sagt er. »Alles in Ordnung?«

»Ja, schon«, sagt Malene. Sie macht sich aus seinen Armen los, weicht seinem Blick aus. »Eigentlich nichts Besonderes. Der Tag war okay. Ich setz mich mal an die Hausaufgaben. Tiril kommt nicht zum Essen, aber das weißt du ja. Sie muss für morgen proben.« Malene trabt die Treppe hinauf. »Du kaufst es, oder?«

»Ja, klar.« Es gefällt ihm, wie hell und schön seine Stimme klingt. »Kein Problem!«

Pål setzt sich wieder vor den Computer.

Es gibt gar keine Inkassobüros, keine Glücksspielgesellschaften, keine Tränen, nichts.

Women's. Dark Angel Babydoll T. Front and back print. $ 20.00. Add to cart.

50 Ludvig Nilsen und Albert Jensen (Rudi)

»Ja, hallo, hier ist Ludvig Nilsen. Ja, ich müsste heute Abend von Hillevåg nach Gosen. Hehe.«

»Mit dem Bus?«

»Ja, mit dem Bus. Öffentlicher Nahverkehr. Rittertruppe der Umwelt. Bester Freund der Natur.«

»Äh, da wollen Sie den Siebener nehmen.«

»Will ich das?«

»Ja, und in den wollen Sie entweder an der Tjensvollkreuzung einsteigen, da können Sie dann den Dreier aus Hillevåg nehmen …«

»Sagtest du nicht, den Siebener?«

»Doch, aber um zum Siebener zu kommen wäre es für Sie am einfachsten, an der Tjensvollkreuzung einzusteigen, und von dort nehmen Sie dann den Dreier aus Hillevåg – oder rein in die Stadt, und da nehmen Sie den Einser. Aus Hillevåg. Bis zum Bahnhof.«

»Zum Bahnhof?«

»Ja, zum Bahnhof.«

»Also, zur Eisenbahn.«

»Nein, oder ja, zur Eisenbahn, ja. Kann man so sagen.«

»He, Jani! Wir sollen entweder den Dreier zur Tjensvollkreuzung nehmen oder den Einser in die Stadt, schreib das mal auf! Und dann … Wart mal kurz … Und dann den Siebener aus der Stadt, vom Bahnhof.«

»Vom Bahnhof Stavanger, ja.«

»Jani! Aus der Stadt. Am Bahnhof. Siebener nach Gosen – ups, shit! Hä? Nein. Wir sind nur unterwegs und fahren handsfree. Hehe. Okay. Next question, Miss Bus. Wenn wir zur … Scheiße, wie heißt das … Madlavollschule wollen und …«

»Sie wollen wahrscheinlich da beim Kindergarten raus. Da beim Wendeplatz.«

»Wendeplatz, right. Okay, wenn wir um zehn dort sein sollen, wann nehmen wir dann den Bus aus der Stadt? Und wann dann den Bus von der Tjensvollkreuzung? Falls wir uns für diese Variante entscheiden …«

»Um zehn …«

»Genau, um zehn. Jetzt verstehen wir nicht mehr nur Bahnhof.«

»Tja, dann wird es … Ach nein, ich hab mich hier wohl ein bisschen verschaut …«

»Das passiert öfter mal.«

»Die beste Lösung für Sie wäre der Zweier aus Hillevåg nach …«

»Jetzt plötzlich der Zweier?«

»Der Zweier, ja, also, den Zweier aus Hillevåg nach …«

»Hey, Jani, streich den Dreier und den Einser. Es wird der Zweier nach …«

»Ja, dann wäre es also der Zweier aus Hillevåg, Abfahrt 21:01 …«

»Und wenn du Hillevåg sagst, nur damit wir uns ganz richtig verstehen, dann meinst du …«

»Die Haltestelle am Riksvei 44, stadteinwärts gleich nach dem Baneveien …«

»No problemo, du sprichst hier mit ’nem Local – also den Zweier aus Hillevåg um 21:01 … Jani, schreibst du das mal auf, ja, ich weiß, es holpert, dafür machen die ja diese Geschwindigkeitshubbel … Den Zweier aus Hillevåg um 21:01 … Ja, und dann?«

»Und dann sind Sie in Stavanger am …«

»Hey! Girl! Wir sprechen aber nicht vom Domkirkeplassen, oder? Beim Nokasgebäude?«

»Nein, Sie wollen ans andere Ufer des Breiavannet, Sie kommen am Bussteig 14 an, das ist direkt am Bahnhof …«

»Jahaaa! Jetzt sind wir also wieder dort!«

»Und dann gehen Sie ein paar Meter zum Bussteig … 19 und dort warten Sie bis 21:15 …«

»Jani, schreib auf, raus Bussteig 14, weiter zum Bussteig 19, warten bis 21:15 … yess, ein bisschen warten?«

»Ja, und dann nehmen Sie den Siebener …«

»Hehe! Da ist er ja, der Siebener! Denke mal, der Siebener fährt schon seit Menschengedenken nach Gosen. Busse kommen einfach nicht aus der Mode … Hehe, da könnte ich dir was erzählen, Mädchen, von allem Möglichen, was nicht outtastyle geht! Fischfrikadellen, um nur mal ein kleines Stichwort zu geben. Der gute alte Siebener, ein echtes Arbeitspferd … Und dann sind Ludvig Nilsen und sein Kumpel Albert Jensen wann genau am Kindergarten?«

»Um 21:25. In zehn Minuten.«

»Hast du das, Jani? Ha. Zehn Minuten. Hä? Gar nicht schlecht. Der öffentliche Nahverkehr.«

»Nein, oje, da hab ich jetzt was gesagt, das …«

»Entschuldige dich nicht, Fräulein! Nur nicht zum Bittsteller werden! Nur nicht rumstehen und mit den Füßen scharren wie eine rumänische Bettlerin! Passt schon, wir sind alle nur Menschen, jetzt gehen wir es noch mal ganz smoooooothly an. War es der Dreier? Der Sechser? Der Einser? Willst du den in deinem Zweier haben? Hehe!«

»Ähm, der geht nicht ganz bis zum Kindergarten … Da wollen Sie stattdessen am Madlamarkveien aussteigen und von dort zum Kindergarten laufen. Dafür werden Sie zu Fuß etwa zehn Minuten brauchen.«

»Zu Fuß, weißt du, wie meine Großmutter das nannte? Pferde der Apostel. Das ist aus der Bibel. Buch Mose. Oder Apostelgeschichte. The Big Book, ja, genau. Zu der Zeit war nicht viel mit Bussen, um es mal so zu sagen, Fräulein. Da gab es nur Kamele und Sandalen. Aber wenn ich dich schon einmal dranhab, ahne ich da etwa einen kleinen Akzent? Und was du da die ganze Zeit darüber sagst, was Nilsen und Jensen *wollen*?«

»Hehe.«

»Hehe, dein Norwegisch ist flawless, vermutlich wohnst du schon echt lange hier … Sind wir etwa aus Deutschland, Mädel?«

»Hannover.«

»Genau genommen also aus Hannover. Und wer kommt aus Hannover?«

»Was meinen Sie? Ich komme aus Hannover …«

»Yess, Baby, du und die Scorpions.«

»Haha!«

»Hehe, ja, da musstest du jetzt ein bisschen lachen, Gerda!«

»Ich heiße nicht Gerda …«

»Nein, das sagen wir hier nur so. Oh! Gerda! Ja! Bitte!«

»Mein Name ist Ulrike.«

»Ja, ja, no names, honey, no names.«

»Dann gute Reise zum Gosenskogen.«

»Ebenfalls, Ulrike! Und jetzt kann man wirklich sagen, dass Nilsen und Jensen heimgekommen sind, jetzt strahlt auf uns alle der Septembertag, jetzt geht die ganze Gesellschaft heim zum Abendessen, ich konnte meine Fäuste einsetzen, und du konntest deine Kompetenz einsetzen, und Jensen hier, der konnte ein wenig seines großen Hirns einsetzen, und wenn das mal kein guter Tag ist, dann scheiß auf das ganze intoouterspace … Reise, Gerda? Sagtest du Reise? Dieses ganze Leben ist eine Reise! Und eins versprech ich dir, in meiner Hose findest du auch a good rising! Rock you like a hurricane!«

51 Malene zieht sich aus (Malene)

Malene geht ins Bad. Sie schließt die Tür ab, stellt sich vor den Spiegel und starrt das Spiegelbild ihrer Augen an. »Bin ich schön?« Sie flüstert dem Gesicht im Spiegel zu, und das Gesicht flüstert tonlos zurück. »Bin ich hübsch?« Sie kneift die Augen zusammen, blinzelt. Sie saugt die Wangen ein und sieht, wie die Wangenknochen noch deutlicher hervortreten. Sie macht einen zaghaften Schmollmund. »Bin ich sexy?« Malene greift sich an den Hinterkopf, packt ihre Haare und hebt sie an. Einmal hat ein Junge gesagt, *du solltest deine Haare immer so tragen, das sieht echt verdammt gut aus.* Oliver aus der 10b. Schlappschwanz. Spieler. Geht zu LAN-Partys und macht die Nächte durch. Neulich hat er bei irgend so einer Ausdauerveranstaltung gewonnen. Hat stundenlang in dieser Halle gesessen und gezockt, ist über dem Computer eingeschlafen und davon aufgewacht, dass der Laptop wie eine Herdplatte unter seiner Wange brannte. Schlaffi. Aber auch Idioten haben Augen im Kopf, und vielleicht hat er ja recht?

Malene weiß schon, wovon er gesprochen hat. Ihre Haare sind schön, sie hatte schon immer volles, schönes Haar. Zusammengebunden und hochgesteckt haben die eine ganz andere Ausdruckskraft, als wenn sie einfach nur über ihre Schultern hängen. Und sie weiß, sie hat einen schönen Körper. Einen Turnerinnenkörper. Aber im Gegensatz zu vielen anderen Mädchen findet sie den Umgang mit einem … na ja … schönen Körper schwierig, immer schon, na ja, was dann? Zum Beispiel ihre Wangenknochen: Soll sie vielleicht rumlaufen und die ganze Zeit darauf hinweisen? Oder sie auch noch unterstreichen? Was, wenn man sich nicht wohl damit fühlt, seine Brüste hochzupushen und die ganze Zeit nur Körper, Körper, Körper zu sein? Was soll man dann machen?

Mit dieser Nägelknabberei muss sie jedenfalls aufhören.

Tante Ingrid hat so ein Problem nicht, die zieht extrem enge Oberteile und Hosen an, sie hat den tiefsten Ausschnitt in ganz Rogaland und grölt und lärmt. Das Mädchen ist vollkommen hochgegangen, sagt Oma immer, und dann erklärt sie, was das heißt. *Hochgegangen*, so nannten wir solche Mädchen früher. Die vor Selbstsicherheit strotzten und so egozentrisch und aufreizend waren, dass es aus allen Poren nur so triefte – und so eine Tochter habe ich bekommen. Ach pfui, sagt Tante Ingrid, dieses Getriefe höre ich seit 1980. Ich bin eine Frau, und ich entscheide selbst, wie ich rumlaufe und was ich anhabe, Mama.

Und wer hat recht? Oma oder Tante Inge?

Sandra: *Ich liebe ihn.*

Tiril: *Das nächste Mal, wenn du ein scheißverficktes Wort über meine Schwester, über Sandra …*

Sie hat ihre Faust mitten in das Gesicht von Bunnys kleinem Bruder gepflanzt. So war sie schon immer. Schon immer ist sie ein Stück weiter gegangen als alle anderen, schon immer war etwas Durchtriebenes an ihr. Was sagt Mama immer? *Tiril läuft über.* Na ja, da könnte Mama wohl auch von sich selbst sprechen, oder?

Malene war oft neidisch auf Tiril. Sie sah Tiril explodieren und verspürte eine staunende Bewunderung, aber sie hat sich nie gewünscht, ebenfalls so zu sein. Eine solch wilde Wolke aus Chaos zu sein könnte sie gar nicht aushalten. Ohne Kontrolle. Das Gefühl, es könnte alles geschehen. Aber jetzt?

Sie lässt die Haare wieder fallen. Macht den Klodeckel auf. Zieht den Reißverschluss der Hose auf, schiebt den Slip runter, setzt sich, pinkelt.

Irgendetwas kriecht in ihr herum.

Etwas kribbelt in ihrem Körper.

Ihr ist heiß.

Was ist nur los?

Dieser Tag war überraschend, Sandra hat sie überrascht, Tiril ist weiter als je zuvor gegangen, und sie selbst … Sie hat sich sogar selbst überrascht. So als ob … Sie reißt ein Papier ab, wischt sich ab … als ob … Sie steht auf, spült. So als würde sich eine andere Malene in ihr Bahn brechen wollen. Als hätte sich etwas aus seiner Befestigung gelöst. Ein Erdbrocken. Ein Stein. Ein kleines Tier … Ist es ein kleines Tier? Als würde alles, was sie übers Vorsichtigsein gedacht hat, darüber, sich keine Veränderung zu wünschen, als würde all das nicht mehr gelten. Als wäre es nicht wahr?

Ihr ist irrsinnig heiß. Irgendwas kribbelt in ihr.

Sie stellt sich ans Waschbecken, seift die Hände ein, dreht den Wasserhahn auf. Lässt Wasser über die Hände laufen, während sie sich wieder selbst betrachtet. Bin ich schön? Bin ich sexy?

»Malene? Bist du da? Du, ich geh einkaufen, okay?«

Ihr Vater steht draußen im Flur. Sie sieht ihn quasi vor sich. Die leicht hochgezogenen Augenbrauen. Den Kopf ein winziges bisschen zu Seite geneigt. Die sanften Augen.

»Ja, okay, gut«, antwortet sie und spürt, wie warm ihre Wangen sind.

»Okay! Gut! Bis dann!«

Die Haustür fällt zu.

Was geht mit ihrem Vater vor sich? Irgendetwas stimmt da nicht. Schaut er sich im Internet Pornos an? Chattet er mit Frauen? Vielleicht ist er deshalb so abwesend. Mein Gott, lass es nur keine Frau von den Philippinen oder so sein.

Malene wischt sich über die Stirn. Was ist das bloß mit dieser Hitze, wird sie krank? Es kribbelt so, was ist das?

Das Telefon klingelt. Das Display leuchtet. Sandra. Sie nimmt ab. »Hallo, hier ist Malene …«

Sie hört ein Schniefen am anderen Ende.

»Hallo?«, sagt sie wieder, als wüsste sie nicht, wer dran ist. »Hier ist Malene …«

»Hallo, ich bin's.« Sandras Stimme ist brüchig.

»Hallo. Wo bist du? Wie geht's dir?«

Sandra schnieft noch einmal. »Ich …«

Ein plötzliches Geräusch. Eine Pause.

»Warte kurz, hier ist es sehr laut … irgend so ein Gebaggere … Ich geh schnell … so. Noch da?«

Malene lässt das kalte Wasser über die freie Hand laufen und legt sie sich in den Nacken.

»Ja.«

»Ich bin in der Stadt«, sagt Sandra.

»Okay …« Das Wasser kühlt Malenes Nacken, sie schließt die Augen.

»Tja, ich …«

»Wo bist du gewesen? Seit du gegangen bist?«

»Nirgends. Überall … Ich bin in die Stadt gefahren. Ich …«

Sandra weint.

»He, wein doch nicht, was ist denn?« Malene schlägt die Augen auf, sieht zum Spiegel. Ihre Wangen sind gerötet.

»Ich weiß nicht … Ich …« Sandra schnieft. »Ich schaff das einfach nicht, ich weiß nicht, was ich machen soll, er … er …«

»Wer?«

»Daniel.«

Malene führt die Hand zum Gesicht. Es ist glühend heiß: die Wangen, die Stirn, die Lippen. »Was ist mit Daniel?«, fragt sie. »Hat er dir etwas getan?«

»Nein, nur … er …« Sandra schnieft noch mal. »Er ist gar nicht hier. Er antwortet nicht. Wir wollten uns heute Abend treffen, aber … Kannst du kommen?«

»Wohin?«

»In die Stadt? Ich dachte, ich könnte einen Schal kaufen …«

»Okay. Ich komme. Aber es dauert ein bisschen, weil …«

»Passt schon. Ich sitze vorm Kulturhaus. Oder vielleicht geh ich kurz zu McDonald's. Schreib dir.«

»Okay, Sandra. Ich komme. Warte auf mich, okay?«

Sie legt auf. Turnkönigin, Schneekönigin, Silberkönigin. Malene macht den Schrank über dem Waschbecken auf und holt den Lippenstift heraus. Nimmt die Kappe ab. Zeichnet einen Bogen. In ihr kribbelt es.

Malene zieht sich aus, lässt die Badewanne einlaufen, legt sich hinein, fasst sich selbst an.

52 Bunnys großer Bruder (Tiril)

Tiril steht bei Thea zu Hause in der Küche. Das Kinn ruht auf ihren Händen, die Ellbogen sind auf der Arbeitsplatte aufgestützt. Grelles Licht fällt durch das Fenster, es wirkt verzweifelt, als würde es jeden Augenblick in etwas Unbekanntes zerspringen. Tiril versucht, direkt hineinzustarren, muss aber aufgeben. Sie kneift die Augen zusammen, blinzelt so, dass die Wimpern vor ihrem Blick zittern wie nervöser Nebel.

»He, Thea, kommst du bald?«

Nach der Schule können sie immer zu Thea gehen, hier kommt so schnell niemand nach Hause. Ihre Eltern arbeiten echt viel, der Vater ist bei Schlumberger in der Führungsetage, und die Mutter macht irgendwas mit Werbung. Sie finden es sogar schön, wenn Thea jemanden mit heimbringt. Coole Eltern, Theas Leute. Leider ziehen sie vielleicht nach Brüssel, wegen des Jobs ihres Vaters oder so. Thea hat einen privaten Klavierlehrer. Die Eltern mögen Tiril, auch wenn der Vater immer mit ihr scherzt und sagt, es gäbe auf der Welt noch andere Farben als Schwarz. Tja, sagt sie dann immer, Schwarz ist keine Farbe, Schwarz ist die Abwesenheit von Licht. Hehe. Da lacht Theas Vater, solche Antworten mag er.

»Thea! Dschieses, willst du eigentlich auch irgendwann noch mal kommen?«

Sie haben viel zu tun. Sie müssen das Konzept für morgen durchgehen und alles, was sie brauchen, was noch besorgt werden muss, und sie müssen vor der Generalprobe am Abend der Choreografie den letzten Feinschliff verpassen.

Das Radio steht auf dem Fensterbrett, Thea ist im Bad. Tiril zeichnet mit dem Fingernagel ihren Rocksaum nach und wirft einen Blick auf ihre Hände. Von den Buchstaben sind gerade noch schwache Reste zu erahnen. Sie hat das Tattoo abgewaschen, irgendwie stimmte es nicht mehr, nachdem sie Bunnys kleinen Bruder geschlagen hatte. Als hätte der Schlag die Buchstaben von den Fingern purzeln lassen.

Sie hat noch nie zuvor jemanden geschlagen. Als ihre Faust sein Gesicht traf, tat es sauweh, aber gleichzeitig war es großartig. Noch bevor sie ihre Hand wieder zurückgezogen hatte, breitete sich ein angenehmer Geschmack in ihrem Mund aus, wie Vanille. Hoffentlich verstehen Sandra und Malene, dass sie es ihretwegen getan hat. Weil Malene ihr eine runtergehauen hat. Weil Sandra Hilfe braucht. Und irgendwie hat sie es auch wegen Papa getan. Shaun? Shaun ist ein Fliegenschiss, es geht dabei gar nicht um ihn, diese ganze Sippe ist eine Fliegenschisssippe. Falls in der Schule daraus eine Sache gemacht wird, kann sie gut und gerne behaupten, dass es um Shaun gegangen wäre, dass sie es aus Selbstverteidigung getan hätte, dass er sie seit einem Jahr drangsaliert hätte, dass sie sich einfach nur hätte verteidigen müssen.

Dabei ist das nicht wahr. Sie hat es wegen Malene getan. Wegen Sandra. Und wegen Papa.

Nicht dass Tiril abergläubisch ist. Nein.

Sie hat da so ein Gefühl.

Dass Dinge zusammenhängen.

Zum Beispiel: Wenn mit Papa irgendetwas ist – und damit könnte Malene durchaus recht haben –, würde es ihm helfen, dass sie für ihn eintritt. Obwohl die Handlung, die sie ausführt, nicht direkt mit ihm verknüpft ist. Und so hat sie das Gefühl, als hätte ihr Vater, als sie Bunnys kleinen Bruder geschlagen hat, ein stärkeres Herz bekommen.

Malene kann sich auf Papas Schoß setzen. War schon immer so. Tiril kann das nicht. Es fühlt sich einfach nicht richtig an. Die Male, da sie versucht hat, Malene nachzumachen, und auf seinen Schoß gekrochen ist, saß sie wie auf spitzen Steinen. Das kann sie also nicht. Aber sie kann eben etwas anderes.

Übrigens hat bisher keiner etwas gesagt. Keine Vorladung zum Rektor. Sie haben sie angesehen. Sie flüsterten und deuteten auf sie. Sie hatten Angst, wussten weder, was sie sagen, noch, was sie tun sollten. Aber alle spürten, dass es Tirils gutes Recht gewesen war, so was zu tun.

Sie ratscht mit dem Fingernagel am Rocksaum entlang, als würde sie ein Zündholz abreißen. Sie hat jetzt Lust auf eine Kippe, aber das geht nicht. Theas Eltern sind totale Rauchnazis. Wenn sie wüssten, dass Thea ab und zu eine raucht, würden sie an die Decke gehen, und wenn sie einen Stummel vorm Haus fänden, nur ein paar versprengte Aschefitzelchen, würden sie echt wütend werden. Einmal stand sie rauchend auf Theas Terrasse, und da fing das Mädchen fast an zu weinen. Sie würden es riechen, sagte sie, wenn sie nach Hause kämen. Es riechen? Sie kommen doch frühestens in drei Stunden heim. Es zieht aber ins Haus, sagte Thea.

»He! Thea? Kommst du jetzt?«

Sie macht das Radio aus, als sie die neue Single von Rihanna spielen. Diese Schlampenmusik packt sie nicht.

»He, Thea, will sehen!«

Was war das?

Tiril streckt sich und sieht nach draußen.

Ihr Blick erhascht im Garten eine Bewegung.

Sie reckt den Hals und blinzelt gegen das grelle Licht über dem Rasen. Ein Lichtstreifen im Apfelbaum. Nein, nichts. Sicher nur eine Katze. Sie steht auf, öffnet den Kühlschrank. Er ist voller Essen. Wie immer bei Theas Leuten. Apfelsaft und Orangensaft. Immer beides. Milch und Biola-Trinkjoghurt. Aufschnitt, verschiedene Käsesorten, jede Menge Gemüse. Auf dem Tisch eine Schale mit Obst. Im Wohnzimmer ebenfalls eine Schale mit Obst. Frische Trauben. Theas Leute haben viel Geld. Zwei Autos. Eins für jeden Elternteil. Eine Hütte oben in Ålsheia. Ein großes Haus. Größer als ihres. Hier riecht es immer sauber, sie haben eine Putzfrau, die einmal in der Woche kommt, eine junge Polin. An den Wänden hängen Gemälde, der ganze Flur ist voller gerahmter Familienfotos. Irgendwie ein bisschen spießig, aber auch schön. Thea hat ein iPad mit Retina-Display, sie hat sich ein iPhone 5 bestellt, und es fällt schwer, nicht neidisch auf sie zu sein.

Tiril nimmt den Apfelsaft aus dem Kühlschrank, streckt sich nach einem Glas aus dem Oberschrank, schenkt sich ein.

Da, schon wieder.

Sie hält inne. Blinzelt.

Wieder stört irgendetwas ihren Blick, als huschte dort draußen im Garten etwas vorbei.

Tiril nimmt einen Schluck Apfelsaft und kneift die Augen zusammen. Sie sucht das Gras ab und die Bäume, lässt den Blick an den Hecken entlangwandern.

Nein, nichts.

»He, Thea!« Sie dreht sich zum Flur um. »Das dauert jetzt aber echt lang, kommst du endlich?«

Tiril zuckt heftig zusammen, als sie einen Schlag hört, einen lauten Bums, als würde etwas gegen die Hausmauer donnern. Als würde jemand mit einem Hammer oder so gegen die Mauer schlagen. Ihre Nackenhaare stellen sich auf, als hätte sich eine kalte Hand dort hingelegt. Ihre Brust schnürt sich zusammen.

»Thea!«

Sie macht ein paar Schritte rückwärts in die Küche, bleibt am Tisch stehen, eine Hand auf der Stuhllehne, der Blick wandert von Fenster zu Fenster. Hinter ihr geht eine Tür auf, und sie wirbelt herum. Thea kommt wie weißes Licht auf sie zugestürzt.

»Was ist los?« Thea runzelt die Augenbrauen. »Hast du das gehört?«

Tiril schluckt schwer. Statt Theas Look zu kommentieren, nickt sie nur.

»Was ist denn los?«

Tiril zuckt mit den Schultern. Thea stellt sich neben sie.

»Tiril, was ist? Sag was – seh ich nicht gut aus?«

»Doch, doch, du siehst super aus«, murmelt sie.

Als sie sich wieder zur Fensterscheibe dreht, folgt Thea ihrem Blick. Sie bleiben nebeneinander stehen. Thea trägt, was sie morgen bei dem Auftritt tragen will. Sie sieht haargenau so aus, wie Tiril es sich vorgestellt hat, denn auch Weiß ist keine Farbe: weißes Oberteil, weißes Kleid, weiße Strumpfhose, neue weiße Schuhe, knallroter Lippenstift, hochgesteckte Haare, schwarz lackierte Nägel.

»Was war dieses Klopfen? Siehst du was?«

Tiril tritt näher ans Fenster.

»Ach, nichts«, murmelt sie, »waren nur irgendwelche Geräusche. Bestimmt nur eine Fehlzündung von irgendwem, irgendwo. Hab mir übrigens ein Glas Saft genommen.« Sie betrachtet ihre Freundin. »Sehr gut. Die Schuhe echt superschön. Von deiner Mutter?«

Thea nickt.

»Es ist haargenau so, wie ich es mir vorgestellt habe.« Tiril nickt. »Wird scheißgut. Schwarzes Klavier. Du ganz in Weiß. Deine roten Lippen. Hehe, da hat dein Schmollmund auch endlich mal eine Verwendung.«

»Tss …«

Thea winkt ab.

»Die schwarzen Nägel.« Tiril nickt zufrieden. »Die Haare. Die sehen sau…«

Es kommt völlig aus dem Nichts. Wie eine Kugel kracht es gegen das Küchenfenster. Innerhalb einer Millisekunde ist die Scheibe rot, innerhalb einer Millisekunde ist die Glasfläche komplett bedeckt von einer dickflüssigen roten Masse. Die Mädchen erschrecken, weichen zurück, Thea stößt einen spitzen Schrei aus, sie taumeln durch die Küche. Dann fängt das Bumsen wieder an, der dicke rote Matsch rinnt langsam die Scheibe hinab, das Bumsen nimmt zu, steigert sich, als würde eine Menschenmenge vor dem Haus stehen und dagegenschlagen, von allen Seiten mit Hämmern dagegenschlagen.

Tiril greift nach dem Ärmel von Theas Kleid und zieht sie ins Wohnzimmer. Das Bumsen geht weiter, der Atem rast. Sie legt einen Finger auf die Lippen, zieht Thea zur Wand, sodass sie vom Fenster aus nicht mehr gesehen werden können.

Der Atem der beiden geht hart, im Takt.

»Verstehst du es?«, flüstert Tiril.

Thea hat eine Scheißangst, ihr Lippenstift ist über die Oberlippe verschmiert, sie hat eine Scheißangst.

»Nein.« Sie schüttelt den Kopf. »Was?«

»Verstehst du's denn nicht?«

»Nein!«

Tiril nickt, als müsste sie sich selbst bestätigen. »Bunnys großer Bruder.«

Thea reißt die Augen auf. Wenn sie gerade noch eine Scheißangst hatte, dann sieht sie jetzt nach Todesangst aus. »Bunnys großer Br… Scheiße! Bist du … Bist du dir … s-s-sicher?«

Plötzlich hört das Bumsen auf.

Tiril nickt bedächtig.

»Ja, ganz sicher.«

»Wie kannst du dir da sicher sein?«

»Weil ich es bin.«

»Was wollen die denn?«, flüstert Thea. »Bunnys großer Bruder und seine Leute?«

Tiril bückt sich, greift wieder nach Theas Ärmel und zieht sie zurück in die Küche. Die lauten Klopfgeräusche haben nicht wieder angefangen. Der rote Matsch ist die Fensterscheibe hinabgelaufen, ein paar Reste schlittern noch als schleimige Schlieren abwärts. Die Mädchen treten ans Fenster.

»Was wollen die?«

»Komm«, sagt Tiril. Sie dreht sich abrupt um, geht auf den Flur hinaus. Thea eilt ihr nach.

»Was, wenn sie noch da sind?«

»Komm!«

Tiril schlüpft in ihre Schuhe und macht die Tür auf. Thea steht unschlüssig hinter ihr, doch als die Freundin vors Haus tritt, folgt sie ihr widerwillig. Tiril spürt, wie ihr Puls im Hals tickt, wie ihr das Herz bis in die Fingerspitzen schlägt, sie saugt an ihrer Zunge. Sie geht um die Ecke in den Garten. Ein paar Schritte über den Rasen.

Thea folgt ihr vorsichtig, das weiße Gewand leuchtet über dem grünen Gras, sie ähnelt einer Elfe.

Tiril lässt den Blick durch den Garten schweifen. Scheint leer und verlassen zu sein. Nur im Gras ein paar Fußspuren. Sie blickt zum Fenster. Es ist mit dieser roten Masse eingesaut.

Dann gellt Theas Schrei durch den Garten.

Tiril dreht sich um. Thea zeigt zum Apfelbaum. Tiril folgt ihr mit dem Blick – jemand hat einen riesengroßen Nagel durch einen Katzenkopf in den Baumstamm getrieben. Noch immer tropft dunkles Blut aus dem ausgeweideten Katzenkörper.

»Bunnys großer Bruder«, flüstert Tiril und sieht zu dem toten Tier hinüber. Sie spürt ein Schaudern im Nacken. Reflexartig greift sie nach der Zigarettenschachtel und dem Feuerzeug in ihrer Rocktasche.

»Du kannst hier nicht rauchen«, sagt Thea und schnieft, »Mama und Papa drehen durch.«

Tiril zündet sich die Kippe an.

»Was machen wir denn jetzt?« Thea schluckt schwer. Schminke läuft über ihre Wange. »Was, wenn sie zurückkommen?«

»Wenn sie zurückkommen« – Tiril nimmt einen tiefen Zug und atmet Rauch aus –, »wenn sie zurückkommen, dann kommen sie zurück. Dann gehen wir damit um. Diese Familie ist ernsthaft gestört, Thea. Ich hab dem kleinen Bruder eine reingehauen, er hat uns den großen Bruder auf den Hals gehetzt, da fehlt dann jetzt wohl nur noch Bunny, oder?«

Thea schließt die Augen.

»Entspann dich«, sagt Tiril und sieht sich um. »Habt ihr einen Gartenschlauch? Und einen Hammer? Das brauchen wir jetzt wohl. Gartenschlauch und Hammer. Und eine schwarze Mülltüte.«

»Ja, glaub schon«, sagt Thea und streckt die Hand aus. »Lass mich mal ziehen.«

53 Die Stille bei Motörhead (Cecilie)

Cecilie saß anderthalb Stunden hinter den Silos und blickte auf den Fjord hinaus. Kein Wind, so gut wie keine Boote, fast keine Menschen. Nur eine Joggerin, die in hautengen Trainingsklamotten vorbeilief. Und eine Frau in einem grünen Mantel, die mit ihrem Hund Gassi ging. Nur das stille Wasser, das im weißen Sonnenlicht glitzerte. Cecilie fühlte sich leer, es gelang ihr nicht, ihre Gedanken beisammenzuhalten, es gelang ihr ja noch nicht einmal, die Gedanken zu fassen, während sie sie dachte. Sie versuchte, sich irgendwelche alten Erinnerungen ins Gedächtnis zu rufen. Hatte ihre Mutter sie vielleicht vor langer Zeit, als sie noch gesund gewesen war, mit hierher genommen? War ihr Vater vielleicht mit ihr hierher gegangen, als sie noch winzigklein gewesen war? Cecilie konnte sich einfach an nichts mehr erinnern, und ihre Nackenhaare stellten sich auf, als sie begriff, dass sie noch nie zuvor hier gewesen war, obwohl sie bereits so oft hier gewesen ist, dass sie meint, fast schon ein Teil der Landschaft sein zu müssen. Sie knabberte an ihrem Vanilleboller, sie rauchte, sie aß noch ein Stück von dem Vanilleboller, sie rauchte mehr. Dann zuckte sie zusammen, stand mit einem Ruck auf, plötzlich voller Angst, es könnte dem Kind schaden, dass sie einen so kalten Hintern hatte.

Und jetzt liegt sie hier. Sie ist heimgegangen, sie ist hineingegangen, der Hintern ist wieder warm, das Wohnzimmer ist warm, das Haus ist still, der Kopf ist schwer. Die Hände ruhen auf ihrem Bauch. Und was für ein Kind ruht da wohl in ihr? Was wächst da und wird irgendwann zur Welt kommen? Ein gesundes Kind? Ein Mongokind? Ein abstoßendes Kind, so abstoßend wie sie selbst? Ein Teufelskind? Ein Professorenkind? Ein Koreanerkind? Oder ein Rudikind?

Bald ist Abendessen.

Dieses Haus ist verpestet.

So viele Male hat sie schon auf diesem Sofa gelegen, Jahr um Jahr, und hat die immer gleichen Gedanken gedacht. Sich Horrorfilme angesehen. Gesehen, wie Rudi und Jani ein- und ausgingen, Kisten voller Zigaretten herumwuchteten, Fernseher schleppten, allen möglichen Dreck. Hat dagelegen und den immer gleichen Gedanken gedacht: weg hier. Und jetzt liegt sie wieder da und ist nicht länger nur sie selbst, sie ist zwei, und rund um sie herum hat es sich aufgestaut. In so kurzer Zeit ist so vieles passiert, dass Cecilie nicht mehr weiß, wer sie ist und was sie tun soll. Diese Liebe, denkt sie. Die ist so verdammt schwierig. Sie liebt Rudi. Allein bei dem Gedanken, nicht mehr mit ihm zusammen zu sein, wird sie supertraurig, und trotzdem könnte sie kotzen, wenn sie bloß an ihn denkt. Und Tong? Ist *das* Liebe? Plötzlich hat sie ein klares Bild von ihm im Kopf, die strengen Augen, sie hört seinen Atem jagen, sie sieht die Sehnen, die sich an seinen Unterarmen anspannen. *Ich tu alles für dich.*

Wirklich, Tong?

Du tust alles für Cecilie?

Bringst du Rudi für mich um, Tong?

Cecilie hebt die Hände und schiebt einen imaginären Stein aus Luft von sich weg. Sie hat Lust auf Eis. Wie schon gestern und vorgestern auch, und jetzt muss sie lachen, denn jetzt weiß sie endlich, warum.

»Mein Kleines«, flüstert sie und steht auf, trabt in die Küche, öffnet den Gefrierschrank, »natürlich kriegst du ein Eis.«

Sie nimmt sich eine Dreiliter-Kombipackung Erdbeer, Vanille und Schokolade und holt aus der Besteckschublade einen Löffel. Sie macht den Deckel ab, braucht alle Kraft, um den Löffel in das harte Eis zu bohren, sieht, wie sich der Löffel biegt, sieht, wie das Eis nachgibt, kann nicht aufhören, nicht aufhören.

Cecilie schließt die Augen.

Lieberscheißgott, ist das gut!

»Nein, fuck, echt, na danke schön auch! Eis? Direkt vorm Abendessen?«

Wie merkwürdig – sie hat sie gar nicht kommen hören. Sie hat weder das Auto noch Trampeln oder Türen schlagen hören. Rudi steht direkt vor ihr und schüttelt den Kopf. Sie würdigt ihn keines Blicks, führt nur einen weiteren Löffel zum Mund.

»Ja, ja«, sagt Rudi und lächelt, »mein Gott, du bist meine Freundin, Chessi, von hier bis in die Ewigkeit und den ganzen Weg wieder zurück, und ich werde Scheiße noch mal nicht zwischen dir und dem Eis stehen. Lass dich ansehen!«

Er streckt die Hände nach ihrem Gesicht aus, aber sie entzieht sich ihm, sie erträgt es nicht, dass er sie anfasst, sie erträgt es einfach nicht.

»Hey. Jani!«, ruft er. »Komm her, und sieh dir diese Frau an, die sich bei diesem Hautpflegedreck aufgesext hat. Sie strahlt! Hey, Jani, in unserer Küche sitzt eine Sonn…«

Jan Inge kommt rein, und Rudi senkt die Stimme. »Ja, in unserer Küche sitzt eine Sonne.«

Die beiden starren sie an.

»Das brauchen wir einmal im Monat«, erklärt Rudi und beugt sich vor, küsst sie auf die Wange – und wieder entzieht sie sich ihm.

»Sie will nicht, dass die Schminke zerläuft, so schön, wie sie damit ist.« Rudi lacht. »So soll es sein! Deswegen gibt es auf der Welt Frauen – damit sie schön sind. Yess, und wir hatten einen Monstertag, das kann ich dir sagen! Rudi durfte ein bisschen Verstand in Hansis Schädel prügeln, wir haben Van und Hänger, also brauchst du dich nicht um das Auto zu kümmern, Baby, du kannst nach Åna rausfahren und einfach 'ne schöne Zeit haben.«

Cecilie zuckt zusammen. »'ne schöne Zeit haben?«

»Aerosmith, gute Laune unterwegs … Du weißt schon. The lot!«

Sie stellt die Eispackung weg. Niemand, absolut niemand kann so direkt, so gut und energiegeladen sein wie Rudi. Wenn er vor ihr steht und wie ein beschissener kleiner Bubi strahlt und sein Herzblut über sie verschüttet, ist es absolut unmöglich, sich auch nur einen Tag ohne diesen verdammten Idioten vorzustellen.

Sie lächelt ihn an.

Das hatte sie nicht vor.

Aber sie tut es.

»Idiot«, sagt sie.

»Jepp! Damit bin ich gemeint«, sagt Rudi und lacht. Dann geht er in den Flur hinaus. »Der Idiot macht sich mal auf in den Keller und legt schon mal ein paar Sachen für morgen bereit – wie viele Baseballschläger? Drei wahrscheinlich, Tong ist bestimmt mit von der Partie, er kennt kaum was Tolleres, als mit dem Baseballschläger Sachen zu zertrümmern. Scheiße, Mann, wie sich dieser Idiot hier drauf freut, den kleinen Koreaner wiederzusehen!«

Manchmal denkt sie, so viel, wie er in diesem Haus rumlatscht, werden irgendwann die Wände und Böden sprechen gelernt haben, und an dem Tag, da das geschieht, werden sie sich wie Rudi anhören. Cecilie steht auf. Er freut sich, sagt er, Tong wiederzusehen. Was für ein beschissenes Chaos. Was soll ich nur tun? Vielleicht sollte ich es einfach sagen, jetzt sofort? *Hey, Rudi, ich ficke mit Tong! Er ist vielleicht der Vater des Kindes, von dem du noch nichts weißt.*

Sie streckt sich.

Das gäbe Mord und Totschlag.

Nicht Kriminelle sind für Mord und Totschlag in dieser Gesellschaft verantwortlich.

Sondern die Liebe.

Jan Inge steht schon hinterm Herd. Er hat die Schürze umgebunden, die sie ihm gekauft haben, als sie Papa vor sieben Jahren das letzte Mal in Houston besucht haben, die weiß-lila Schürze mit der Aufschrift »Fuck y'all I'm from Texas« über dem Bauch.

»Ich hau mich eine halbe Stunde hin«, sagt sie und verlässt das Zimmer. »Rufst du, wenn das Abendessen fertig ist?«

»Mach ich das nicht immer?«

Sie seufzt und geht den Flur entlang.

»Doch«, sagt sie leise. »Was gibt's überhaupt?«

»Fischfrikadellen«, kommt es aus der Küche.

Cecilie macht die Tür auf, fällt aufs Bett. Fischfrikadellen, denkt sie, ich packe nicht ein Gramm Fischfrikadelle.

Ihr ist klar, dass es in Zukunft anders wird, nur wie, ahnt sie überhaupt nicht. Sie will Eis, und sie will schlafen. Ihr Körper ist schwer. Muskeln hatte sie ja noch nie viele, aber jetzt hat sie scheinbar überhaupt keine mehr.

Sie sinkt auf die Matratze.

Im Liegen zieht sie das Handy raus, ruft die Kontakte auf und wählt eine Nummer. Es dauert kurz, bis es klickt und eine Stimme sagt: »Hi, you've reached Thor Haraldsen and Southern Oil, I'm not here at the moment, please leave a message and I'll be sure to call you back.«

Sie atmet tief ein. »Hallo, Papa«, sagt sie dann. »Ja, ich bin's nur, Cecilie … Ach, es ist nichts Besonderes, nein, ich dachte nur … Ich war draußen und bin ein bisschen rumgelaufen und … Stimmt es eigentlich, dass du und ich immer unten hinter den Silos spazierengegangen sind? Ja, hab ich mich nur gefragt. Ob du dich daran erinnerst. Hm. Okay. Hoffe, bei dir ist alles gut. Wir sprechen bald mal. Mach's gut. Tschüss. Ähm … Du kannst ja mal anrufen. Also, bis dann. Tschüss.«

Sie sinkt tiefer in die Matratze, sinkt und sinkt.

Eine halbe Stunde später sitzt Cecilie zusammen mit Rudi und Jan Inge am Wohnzimmertisch, an jenem alten Tisch, der schon hier stand, als sie ein Kind war. Die beste Zeit des Tages – aber nicht für Cecilie. Vielleicht früher mal, aber jetzt nicht mehr. Motörhead gellt durch das Zimmer, volle Kanne »Iron Fist«, und keiner sagt was, alle miteinander entspannen sich einfach, so gut sie können. So läuft das jeden Tag. Rudi und Jan Inge lieben diese halbe Stunde des Tages, Ruhe, Frieden und Metal. Nicht jeder versteht, wie fantastisch still sich Motörhead anfühlen kann, sagt Rudi. Auch wenn er im Herzen ein Countrymann ist, sagt Jan Inge, entstehen doch im Grunde all seine Gedanken in dieser Zeit.

Irgendwann mal war all das auch für mich schön, denkt Cecilie. Aber jetzt fühle ich das nicht mehr.

Vielleicht sollte ich nicht leben, denkt sie und fühlt sich so müde wie vor dem Schlafen. Vielleicht, mein Kleines. Vielleicht wäre es das Beste. Wenn du nicht leben würdest, und wenn ich nicht leben würde. Wenn wir die wären, die tot sind. Wir, die wir nicht wissen, wer dein Vater ist. Du, das du eine elende Nutte als Mutter hast. Ich, die ich ein Nuttenkind im Bauch habe. Vielleicht wäre es das Beste? Mein Kleines? Dann bräuchten sich die Leute nicht mit uns herumzuschlagen. Dann müssten sie einander nicht erschlagen. Dann bräuchten sie einander nicht zu hassen.

Hm?

Mein Kleines?

Nur ein bisschen?

Ein bisschen sterben?

Du und ich?

Mein Kleines?

54 Du musst jetzt ganz ruhig weiteratmen (Sandra)

Mit der Hand streift sie über die Kleiderständer, lässt die Finger über die Stoffe gleiten, Kleidungsstück für Kleidungsstück.

Das Licht bei Hennes & Mauritz ist kalt und gleißend, seit einer halben Stunde ist sie jetzt schon hier, ohne auch nur ein einziges Stück von der Stange genommen zu haben. Leute kamen und gingen, die Uhr tickte, es wurde fünf, bald wird es sechs, Arbeit und Schule sind vorbei, draußen neigt sich die Sonne in Richtung Horizont, der Nachmittag geht in den Abend über.

Immer wieder musste sie stehen bleiben und tief einatmen, die Augen schließen, schlucken, um nicht loszuweinen. Sie hat gedacht, die Liebe hielte etwas Gutes für sie bereit, aber sie bereitet ihr nur Schmerzen, sie zerrt und reißt an ihr und stößt sie in etwas Unbekanntes und Gefährliches.

Wir sollten doch gut zueinander sein, Daniel.

Sandra steht mit einem meerblauen Schal in der Hand da. Sie kann sich nicht daran erinnern, ihn von der Stange genommen zu haben. Blau, sagt ihre Mutter immer, blau steht dir, Sandra, das ist eine gute Farbe für dich, sie passt zu deinen Augen.

Sie bezahlt. 69,50 Kronen. Sie verlässt den Laden, fährt die Rolltreppe hinunter, tritt hinaus auf den Domkirkeplassen ins letzte Tageslicht. Ein ganz normaler Tag in Stavanger. Die Marktleute verkaufen Obst und Gemüse, vorm Eingang zur SR-Bank steht ein dünner Mann mit einem Würstchenwagen und plaudert mit Passanten, in der Laugmannsgaten sitzt eine Bettlerin mit Kopftuch, überkreuzten Beinen und einem 7-Eleven-Becher in der Hand, bei Ting steht ein Junkie in heller Jeans und Sportjacke und verkauft die *Asfalt.*

Sandra nimmt den Tag zwar wahr, aber sie nimmt nichts in sich auf. Sie fühlt sich klein, sie fühlt sich ängstlich. Sie sieht zu Boden, greift die H&M-Tüte fester, geht auf den Arneageren, weicht den Blicken der anderen aus, vermeidet, die Aufmerksamkeit der Jugendlichen vorm Kulturhaus auf sich zu ziehen, betritt McDonald's.

Hoffentlich kommt Malene bald, denn sie braucht jetzt eine Freundin. Tausendmal hat sie ihr Handy rausgeholt und eine SMS an Daniel angefangen, tausendmal hat sie zu seiner Nummer gescrollt, um ihn anzurufen.

Liebster Daniel! Nichts bedeutet etwas, nichts außer: wir beide – du und ich.

Daniel, du bist alles für mich. Ich liebe dich.

Sie hat keine der Nachrichten abgeschickt. Ihre Worte gefallen ihr nicht mehr. Bringt die Liebe etwa das Schlechte im Menschen hervor? Ist das vielleicht das Geheimnis der Liebe, von dem die Bibel nicht zu sprechen wagt? Wissen das womöglich alle Erwachsenen, sagen es den Kindern aber lieber nicht? Haben die Erwachsenen vielleicht deshalb alle etwas Aschgraues im Blick? Weil sie wissen, dass Liebe gleichbedeutend ist mit Schmerz?

Sandra bestellt sich einen Cheeseburger und eine Cola. Sie steuert einen Tisch an der Wand an, stellt das Tablett vor sich ab. Nimmt einen kleinen Schluck, schmeckt aber nichts. Sie nimmt den Cheeseburger in beide Hände, hebt ihn zum Mund, beißt ab, er schmeckt nicht. Tut im Bauch weh.

Plötzlich schießt ihr etwas durch den Kopf.

Sie setzt sich gerade auf.

War das etwa schon die ganze Zeit so, und sie hat es nur nicht gesehen? In ihrem Kopf explodieren Blicke und Sätze, sie zerplatzen wie Seifenblasen. Ein gemeines Grinsen um seine Mundwinkel, die Augen, die ganz plötzlich stählern werden, seine Hände, die erschlaffen, das Schweigen, das ihn hin und wieder überfällt. Spielt er mit mir? Sie spürt, wie es sich in ihrem Kopf und in der Brust aufklart. Das Weinen zieht sich zurück. Ist das die Wahrheit? Dass er sie an jenem Abend im Laden entdeckt, dass er in ihr eine Süßigkeit gesehen hat, etwas, wovon er naschen wollte, solange es nach etwas schmeckte? Sandra denkt an all die Male, da sie versucht hat, über etwas anderes mit ihm zu sprechen als über das, worüber *er* gerade sprechen wollte. Und was macht er in so einem Moment? Da macht er dicht, dann wird es dunkel.

Sandra räuspert sich, beinahe laut.

Diese kranken Sachen, die er getan hat. Leute zusammengeschlagen. Seine Eltern umgebracht. Was auch immer damit war. Die Art, wie er auf seinem Moped einfach nur herumfährt. Sie weiß, dass er jede Woche mehrmals blaumacht.

Er ist ganz einfach gefährlich.

Merkwürdig, wie ihr Herz beim Denken dieser Gedanken ruhig wird. Nach und nach nimmt sie die Menschen um sich herum zur Kenntnis, den alleinerziehenden Vater im Smiths-T-Shirt, der drüben bei der Treppe neben seinem Sohn sitzt, er selbst hat längst aufgegessen und wartet nur noch darauf, dass auch der Junge fertig wird, bestimmt gehen sie ins Kino. Draußen vorm Fenster: vier

Jugendliche, Gymnasiasten, die reden, lachen und wild gestikulieren, ein Junge stupst die ganze Zeit über ein echt hübsches Mädchen in die Seite.

Malene kommt herein. Sandras neue Freundin hat einen geraden Rücken und rote Wangen, und sie hat tiefroten Lippenstift aufgetragen. Sie ist wirklich schön, viele in der Schule beneiden sie um ihren Körper, das steht auch bei ihr auf Facebook. *Mann, du hast echt 'nen schönen Körper, Malene.*

»Hallo, Sandra, ich bin gekommen, so schnell ich konnte …« Malene setzt sich zu ihr, eine frische Brise umgibt sie. »Wie geht's dir?«

»Ganz okay.« Sandra nickt und nimmt schnell einen Schluck Cola, damit Malene ihr nicht ansehen kann, worüber sie nachgedacht hat.

Malene sieht überrascht aus. »So hast du dich aber nicht …«

»Ich hab mir einen Schal gekauft.«

Malene lehnt sich zurück. »Na dann … Zeig her. H&M?«

»Mhm«, Sandra nickt, »fürs Erste.« Sie nimmt den Schal aus der Tüte. Reicht ihn über den Tisch. Malene lässt ihn durch die Finger gleiten.

»Schön, der … Blau steht dir.«

»Ich glaube, ich mache Schluss.«

Malene reißt die Augen auf.

»Mit Daniel, ich …«

»Hä?«

Jetzt nicht losweinen. Sandra nimmt noch einen Schluck Cola. Einen Bissen vom Cheeseburger.

»Sandra, Dschieses, was ist denn passiert?«

Sandra sieht ihre Freundin an. »Ich halt das nicht mehr aus«, sagt sie, nimmt den Schal und drapiert ihn sich am Haaransatz entlang um den Kopf. »Ich weiß nicht, wer er ist. Er … Ich halte das nicht aus.«

»Aber du liebst ihn doch, er liebt dich doch, du …«

Sandra nickt. Sag das nicht, denkt sie, sag es nicht.

»Oder nicht? Liebst du ihn nicht mehr?«

Sandra verknotet den Schal im Nacken.

»Aber wenn du ihn liebst, wenn das die große Liebe ist …«

»Ja, aber vielleicht ist die große Liebe ja auch nur eine …«

Es gelingt ihr nicht, den Satz zu beenden. Jetzt kommen die Tränen. Scheiße. Sandra versucht verzweifelt, sie zurückzuhalten, aber sie gehorchen ihr nicht. Sie macht die Augen zu, legt die Finger auf die Lider, atmet tief ein und wieder aus.

Als sie die Augen wieder aufschlägt, fällt ihr Blick auf ihn. Und sie. Daniel und Veronika stehen nur ein paar Meter vor dem Fenster, zwischen McDonald's und dem Brunnen auf dem Arneageren. Kein Zweifel. Sie sind es. In Sandras Kopf braust es, als würden tausend kleine Pfeile von Hirnwand zu Hirnwand schießen: sein Kopf, der sich zur Seite neigt, seine Hand, die sich zu ihren Haaren hebt, seine Finger, die ihr Strähnen von der Wange streichen.

Daniel und Veronika.

»Sandra, was ist?«

So hängt es also zusammen.

Malene dreht sich um und sieht aus dem Fenster.

»Mein Gott, ist das nicht …«

»Doch.«

»Aber …«

Daniel legt den Arm um Veronika. Er drückt sie an sich und streicht ihr über den Rücken. Sie lehnt sich an ihn, ihr Kopf ruht an seiner Brust.

Malene sieht Sandra verwirrt an.

»Aber ich verstehe nicht … Ist er … Haben sie …«

Sie dreht sich wieder zum Fenster.

Daniel lässt Veronika los. Sie stehen da und sehen einander an. Das Gesicht des tauben Mädchens ist voller Linien und Streifen, als wäre es in Stücke zerschnitten worden. Daniel hebt die Hand an ihr Gesicht, streicht über die Linien auf der Haut, macht den Mund auf und sagt etwas. Veronika nickt und lächelt. Dann gehen sie. Vorbei am Brunnen, aus ihrem Blickfeld, hinein in die aufziehende Dunkelheit.

»Du musst jetzt ganz ruhig weiteratmen«, sagt Malene.

»Ich kann überhaupt nicht mehr atmen«, flüstert Sandra.

55 Mädchenrat (Tiril)

Thea holte den Gartenschlauch aus dem Keller, und Tiril spülte den Matsch vom Fenster und fühlte sich cool dabei, wie sie so breitbeinig und mit der Kippe im Mundwinkel dastand, während das Wasser auf die Fensterscheibe prasselte. Thea holte den Hammer ihres Vaters, sah aber weg, als Tiril den Nagel aus dem Baum und durch den Katzenkopf zog. Sie stand auf einem Gartenstuhl und musste all ihre Kraft aufbringen, im Apfelbaum quietschte es, als der Nagel nachgab, und dem ausgeweideten Tier entwich ein Geräusch wie ein Klatschen, als es am Boden auf die Wurzeln fiel. Tiril war zufrieden. Sie hatten dem Angriff von Bunnys großem Bruder standgehalten. Zum Schluss holte Thea zwei große schwarze Plastiktüten. Als wollte sie demonstrieren, dass ihr das alles überhaupt nichts ausmachte, drückte Tiril ihre Kippe in dem toten Katzenkörper aus, ehe sie die Leiche vom Boden hochhob – *wäh, Tiril, ekelhaft!* – und in die Plastiktüte warf. Sie verknotete sie, stopfte sie in die zweite Tüte und sagte: »Ich regle das.«

»Wo willst du die denn loswerden?«

Tiril schwenkte die Tüte vor Theas Gesicht hin und her.

»Wäääh! Hör auf!«

Darauf hin warf Tiril ihr die Tüte zu. Thea fing sie auf, als hätte man ihr eine lebende Ratte in den Schoß geworfen, und schleuderte sie augenblicklich wieder zurück.

»Tiril! Hör auf damit!«

»Hab ich nicht gesagt, dass ich das regle?« Sie lachte und stapfte los.

»Wo gehst du denn hin?«

Tiril blieb stehen. »Gibt es irgendeinen Nachbarn, den du ätzend findest?«

»Hä?«

Sie stemmte die Hand in die Hüfte, und mit der anderen schwenkte sie die Mülltüte hin und her.

»Glaubst du, das ist alles nur ein Joke? Glaubst du, Mama und Papa sehen nicht, was hier passiert ist? Glaubst du, die Nachbarn finden nicht heraus, was vorgefallen ist, wenn sie eine Katze im Müll entdecken?«

Tiril ging zu ihrer Freundin hinüber und legte ihr die Hand auf die Schulter. »Ja«, sagte sie. »Das glaube ich.«

Eine knappe Stunde später kamen Theas Eltern nach Hause. Die Mädchen übten, Thea am Klavier, nervös und unsicher, daneben Tiril. Sang sie nicht besser als je zuvor? Sie spürte, wie sich in ihrer Brust etwas löste, als sie die geliebten Sätze sang. *This pain is just too real.* Als die Eltern ins Wohnzimmer kamen, blieben sie erst ruhig stehen und lauschten eine Weile, dann nahmen sie mit dem Rücken zum Fenster auf dem Sofa Platz, und am Ende applaudierten sie gerührt und behaupteten, das sei das Schönste gewesen, was sie je gehört hätten, und als alle vier in die Küche gingen, raunte Tiril Thea zu: »Was hab ich dir gesagt«, bevor sie sich an deren Eltern wandte: »Echt unglaublich nett, dass wir hier üben dürfen, wir sind jetzt schon seit Stunden dabei.«

»Ja, und das hört man auch«, erwiderte Theas Vater. »Hier sind auf jeden Fall zwei, die sich riesig darauf freuen, morgen in der Turnhalle zu sitzen, nicht wahr, Mama?«

»Und wie«, sagte Theas Mutter. »Ach, im Garten war es so nass, was ist denn da passiert?«

Tiril sah, wie Theas Mundwinkel nervös zuckten. »Da waren so ein paar Drecksbengel«, sagte sie schnell. »Die haben Eier ans Fenster geworfen. Wir haben den Gartenschlauch rausgeholt und es abgespült.«

Theas Vater schnipste mit den Fingern. »Hehe.« Er lachte, und seine Augenbrauen tanzten für seine Ehefrau irgendwelche Figuren. »Hörst du? So sind sie, die Mädchen von heute«, stellte er zufrieden fest. »Lassen sich nicht auf der Nase rumtanzen. Wollt ihr was essen?«

»Na ja … Da sagen wir nicht Nein«, antwortete Tiril und spürte, wie einfach alles hinhaute, wenn man nur genügend Selbstvertrauen hatte.

Sie gingen in die Küche, wo die Mädchen erst vor wenigen Stunden die Eingeweide der Katze ans Fenster hatten klatschen sehen. Theas Vater machte den Kühlschrank auf. Im Grunde ist er Papa sogar ähnlich, dachte Tiril. Ähnliches Alter, ähnlicher Körperbau, aber während Papa alles mit einer Art Unwohlsein tut, erledigt Theas Vater alles mit großer Leichtigkeit. Innerhalb weniger Sekunden hatte er Brokkoli, Karotten und Hähnchenfilet bereitgelegt und im Nu das Hähnchen mariniert, den Wok erhitzt, das Gemüse geschnitten, seine Frau auf den Nacken geküsst und einen fast schon grenzwertigen Witz gerissen, während er sich die Schürze um die Taille band.

Dass die beiden miteinander flirteten, fand Tiril nicht im Geringsten ekelhaft. Vor gar nicht allzu langer Zeit hätte sie so etwas nicht ansatzweise ertragen können, echt überhaupt nicht, vor nicht allzu langer Zeit wurde sie regelrecht wütend, wenn sie zwei glückliche Erwachsene sah, insbesondere wenn es die Eltern von jemandem waren, den sie kannte. Aber Theas Eltern kann sie verkraften – vielleicht weil Theas Vater sie immer zum Lachen bringt?

War echt awesome!

Den Nagel aus dem Baum, aus dem Katzenkopf zu ziehen.

Thea hat nicht mitbekommen, was Tiril gesehen hat: Bunnys großer Bruder, dieser kranke Fucker, hatte den Nagel durch das Auge der Dreckskatze getrieben. Geradewegs durch das linke Auge. Als sie den Nagel herauszog, machte das ein Geräusch, wie wenn man den Fuß in einen Stiefel voller Wasser steckt.

Ein gutes Gefühl war das.

Als sie den Katzenkopf in der Hand hielt und der schlaffe Körper an dem toten Kopf hing wie eine Puppe im Puppentheater. Die Katze tat ihr kein bisschen leid. Sie blickte ihr einfach in die toten Augen, und das Einzige, was sie dabei spürte, war ihre eigene furchtlose Stärke, und das Einzige, was sie darin sah, war die kranke, aber trotz allem fantastische Tat. Seine Hände. Die von Bunnys großem Bruder. Die eine Hand, die den Katzenkopf an den Baum presste. Die andere, die den Hammer hielt. Den Nagel im Mund. Die Schläge, die schreiende Katze.

Nur um klarzustellen, dass niemand seinen Bruder anrührt.

Scheißegal, denkt Tiril, scheißegal, wie man es dreht und wendet, er ist ein kranker Fucker, aber ein starker Fucker, und in gewisser Weise hat er das Richtige getan. So wie sie das Richtige getan hat. Bleibt dann wohl nur mehr die Frage, wer stärker ist. Wer schöner singt.

Allmählich ging es auf sechs Uhr zu. Die Mädchen bedankten sich fürs Essen. Sie hatten noch Zeit, bis sie zur Generalprobe mussten. Sie verzogen sich in Theas Zimmer, wo sie sich bestimmt zum tausendsten Mal auf You-

Tube Evanescence-Videos ansahen. Sie sprachen darüber, wie krank dieser Tag gewesen sei, sie fühlten sich stark und gut, sie lachten darüber, wie sie Bunnys großen Bruder gemeistert hatten, wie sie Theas Eltern gemeistert hatten, und jetzt, jetzt sehen sie einander tief in die Augen, sie flüstern, während sie darüber sprechen, wie besonders gut sie den Song heute hingekriegt haben.

»Wenn es morgen so gut wird …«, flüstert Thea.

»Wird es«, flüstert Tiril.

»Ich bin echt nervös. Du nicht?«

»Warum sollte ich?«

Tiril klickt »Haunted« live bei Rock am Ring weg. Da gefällt Amy ihr nicht besonders, weder die zerrissene Hose noch die Haare oder die Schminke um die Augen. Gothic und pompös gefällt sie ihr besser, wie zum Beispiel im Video zu »Call Me When You're Sober«.

»Wird noch besser werden, Thea«, sagt sie. »Es wird viel besser.«

SMS. Sie streckt sich zum Schreibtisch hinüber, auf dem das Handy liegt. Von Malene.

Bist du bei T? Können wir kommen? Please. Sandra und ich.

»Wer war das?«

Tiril zeigt Thea die Nachricht.

Thea tippt sich mit dem Zeigefinger ans Kinn, wie immer, wenn sie unsicher ist. »Was ist passiert?«

Tiril läuft auf und ab, wie immer, wenn ihr Herz tickt. »Keine Ahnung.« Sie textet zurück. *Kommt. Sind hier.*

Wenige Minuten später klingelt es an der Tür. Thea läuft die Treppe runter, ruft ihren Eltern zu, dass es für sie ist, Tiril läuft hinterher. Wie sie schon geahnt haben, treten zwei Krisenmädchen ein. Malene schiebt eine aufgelöste Sandra über die Schwelle, und sie lotsen sie hinauf in Theas Zimmer.

»Nur Sandra und Malene!«, ruft Thea ihren Eltern im Wohnzimmer zu.

»Ach, schön!«

Ja, so ist dieser Vater, denkt Tiril, als sie hört, wie seine Stimme durchs Haus schallt. Für ihn ist alles schön, und wenn es mal nicht schön ist, dann behauptet er einfach, dass es das wäre.

In Theas Zimmer lässt Sandra sich auf den roten Sitzsack fallen. Die drei anderen bleiben vor ihr stehen.

Tiril sieht zu Malene. »Was geht hier ab?«

»Wir wissen es nicht genau, aber jedenfalls geht es um Daniel.«

Tiril kann sehen, wie Thea schluckt, was die meisten Mädchen tun, wenn von ihm die Rede ist. Aber Tiril hat kein Bedürfnis zu schlucken. »Was hat er denn gemacht?«, fragt sie.

»Wir waren in der Stadt.« Malene führt das Wort, Sandra sitzt unglücklich auf dem Sitzsack, die Wimperntusche läuft ihr übers Gesicht. »Weil es für Sandra heute echt zu viel war, hab ich sie in der Stadt getroffen, bei McDonald's …«

»McDonald's.« Tiril verdreht die Augen und verschränkt die Arme vor der Brust. »Hast du jetzt auch angefangen, dort hinzugehen …«

»Kannst du heute einfach mal auf diesen Umweltschutzdreck scheißen?«

»Okay …«

»Jedenfalls – wir sitzen da, und Sandra versucht, sich wieder einzukriegen und so, und da sehen wir sie …«

»Wen?«

»Sie …«

»Wen?«

»Daniel und …«

»Daniel?«

»Daniel und Veronika.«

»Veronika?« Thea macht einen Schritt vor. »Seine Pflegeschwester?«

Malene nickt. »Aber das ist noch nicht alles, denn als sie sich umdreht …«

»Sich umdreht?«

»Ja, wir saßen drinnen, und sie standen draußen …«

»Und haben einander umarmt«, kommt es schluchzend von Sandra auf dem Sitzsack.

»Sie haben einander umarmt?«

»Ja, genau, aber jedenfalls …«

»Sozusagen – also, sie haben einander so richtig umarmt …«

»Ja, aber, jedenfalls … Als sie sich umgedreht hat, war ihr Gesicht völlig … völlig …«

»Sie hat es zerschnitten«, kommt es vom Sitzsack. »Aus Liebe.«

Alle drehen sich zu Sandra um.

»Woher …« Malene geht in die Hocke. »Woher weißt du das?«

Sandra presst sich die geballte Faust an den Leib, schlägt sie sich gegen die Brust und spricht mit einem Weinen im Hals weiter: »Jetzt verstehe ich alles.«

Die Mädchen gehen rund um den Sitzsack in die Hocke. Sie sind für Sandra da, streichen ihr übers Haar, richten den exakt geschnittenen Pony, rücken das Kreuz in ihrem Halsgrübchen gerade, streicheln ihr behutsam die Unterarme. Sie sprechen ruhig mit ihr. Sie lassen sie erzählen. Sie hören zu. Sie lassen sie darüber sprechen, wie fantastisch diese Wochen waren, wie elektrisch sein leuchtender Mund war, wie er ihr sein Herz schenkte und sie ihm ihres, wie sie spürte, dass das Leben von einer gigantischen Liebe erfüllt war … Ich brauchte keinen Schlaf, ich brauchte kein Essen, alles, was ich brauchte, war er. Sie nicken und hören zu, als sie von den letzten vierundzwanzig Stunden erzählt, wie sich alles umgekehrt hat, wie alles schwer und hässlich geworden ist und wie die Angst ihr die Tür eingerannt hat.

Tiril steht als Erste wieder auf. Sie läuft durchs Zimmer und denkt nach. Sie spürt, dass sie jetzt die Verantwortung übernehmen muss. In Kürze müssen Thea und sie zur Generalprobe. Sandra muss schleunigst wieder auf die Beine kommen. Sie bleibt vor dem Sitzsack stehen und sieht Sandra direkt in die Augen.

»Du musst dich mit ihm treffen. Du musst ihm sagen, was du denkst und was du gesehen hast. Du musst den Kampf mit ihm aufnehmen. Und mit ihr. Veronika.«

Sandra schnieft, wischt sich mit der Hand unter der Nase entlang.

Malene nickt.

Thea ebenfalls.

»Du schickst ihm jetzt eine Nachricht«, kommt es von Tiril.

Sandra schließt die Augen, schüttelt den Kopf. »Nein, ich will nicht …«

Tiril wird lauter. »Du schickst ihm jetzt eine Nachricht, hörst du?«

»Aber ich …«

»Dein Handy.« Tiril streckt die Hand aus.

»Nein, Tiril, ich …«

»Dein Handy, hab ich gesagt.«

Widerwillig reicht Sandra ihr das Telefon.

Daniel, tippt Tiril, *du bist ein Feigling. Jetzt kannst du zeigen, wer du bist. Wen du haben willst. Ich warte auf dich …*

»Wo trefft ihr euch immer?«

»Ähm, am Stromhäuschen …«

… am Stromhäuschen. Das ist deine letzte Chance. Sandra.

Tiril drückt auf Senden. Sie wirft das Handy zurück in Sandras Schoß und geht zum Fenster. Sie wendet den anderen den Rücken zu. Sie spürt ihren Blick.

»Übrigens«, sagt sie, immer noch mit dem Rücken zu den anderen, »übrigens war Bunnys großer Bruder hier. Ihr wisst schon, Kenny. Er hat eine Katze an den Baum genagelt. Der Nagel war durch ihr Auge gebohrt. Er wollte uns wohl eine Lektion erteilen. Aber das ist ihm nicht gelungen. Seht mal, allmählich wird es dunkel.«

56 Haben Feuerzeuggas geschnüffelt und das Nachtprogramm im Radio angehört (Jan Inge)

Dunkle Kleidung, versteht sich von selbst. Nur kein Aufsehen erregen. Ganz normale Kleidung, versteht sich ebenfalls von selbst. Einfach nur zwei Typen, die unterwegs sind und ein bisschen Bus fahren. Einfach zwei Typen, die unterwegs sind und die Umwelt schonen.

Rudi und Jan Inge haben sich umgezogen, sie haben den Plan von Ulrike aus Hannover eingehalten, den Bus in die Stadt genommen und sind am Breiavannet in den Siebener gestiegen, um 21:15. Allerdings ist Rudi nicht ganz auf der Höhe. Seine unbeschwerte Laune, nachdem er Hansi verprügelt hatte, verpuffte gleich nach dem Abendessen. Sie hatten währenddessen Motörhead gehört und sich dann zur Verdauung *The Driller Killer* angesehen, aber Rudi war nicht bei der Sache gewesen. Er war auf seinem Lieblingssessel herumgewetzt und hatte darüber schwadroniert, was das für eine Freiheitsberaubung wäre, in einen verfickten Bus gequetscht zu werden. Wenn Rudi schlecht gelaunt ist, dann ist das echt beschissen. Aber was soll ein Chef da machen? Wenn die Angestellten schlechte Laune haben?

Manchmal hat Jan Inge das Gefühl, das sei das Los seines Lebens. Cecilies Laune ist so oft miserabel, dass da tagaus, tagein Brandbekämpfung angesagt ist. Und sie ist nicht die Einzige. Wie viele mürrische Leute waren nicht schon Teil seiner Organisation. Ab und zu hat er sich gefühlt, als würde er eine Hundepension für kranke Köter führen. Im kriminellen Sektor herrscht Schwäche, so viele Leute darin sind wütend und bockig. Ihnen fehlt es an Stabilität im Leben. An einem positiven Umfeld.

Aber was soll man da tun? Was tut zum Beispiel ein David Toska, sein Bruder im Geiste, in so einem Fall? Wie geht eine große Nummer wie Toska vor, um seiner Truppe neue Energie und Engagement zu verleihen? Wäre vielleicht ein Seminar eine Idee, vom Typ: ein Lokal mieten und ein paar Referenten einladen – gerne draußen im Sola-Strandhotel oder im Keller des Hotel Atlantic –, gutes Essen auf den Tisch stellen, einen Motivator dazuholen, vielleicht auch eine Pia Tjelta oder einen Kristian Valen oder einen Typen mit Gitarre? Dieser Tjøda, der hat doch früher in dieser Band gespielt, wie hieß die gleich … Hundvåg Racers? Und der Dabb, der ist auch nicht auf den Mund gefallen, die Leute sagen, wäre der Dabb nicht so verdammt ungeeignet fürs normale Arbeitsleben, hätte er Stand-up-Comedian oder Politiker werden können. Könnte ’ne Idee sein. Sich im Sola-Strandhotel einmieten. Der Dabb reißt ein paar Witze und peppt das Team auf. Und Tjøda spielt ein wenig. Einen Cash-Song für Jani, einen Aerosmith-Song für Cecilie, eine Metallica-Ballade für Rudi.

Das sind echt gute Gedanken. Positive Gedanken.

Sollte es im kriminellen Sektor nicht generell mehr gute Laune und Kampagnen zur Veränderung der persönlichen Einstellung geben?

Wie auch immer. Genau dafür war Rudi sonst immer von Nutzen. Sicher nervt er, aber schlechte Laune hat er selten.

Aber jetzt ist Untergangsstimmung. Klar ist an seiner »Freiheitsberaubung« etwas dran – dass der öffentliche

Nahverkehr darauf aus ist, das Individuum zu knebeln, versteht jeder. Aber trotzdem. Da ist noch mehr.

Bei all dem kann es unmöglich nur um Busse gehen.

»Das Einzige, was ich bereit bin, ihnen zuzugestehen, diesen Leuten, die das hier betreiben«, sagt Rudi, als sie in den Kreisverkehr beim Theater biegen: »Mit Systemen kennen sie sich verdammt gut aus. Guck mal, Jani«, spricht er weiter, »jetzt fahren wir auf den Madlaveien raus, und mir ist schlecht, mir wird vom Busfahren immer schlecht – aber lass uns nicht über mich reden, lass uns über den da reden. Der da vorne sitzt. Du kannst dir sicher sein, dass dieser Scheißer, der da vorne sitzt und mit den Knien lenkt, darauf gedrillt ist. System, System, System. Glaubst du, Busfahrer kriegen irgendwann dicke Eier, mein Freund? So viel, wie die sitzen? Ich glaub schon. Man könnte ihn bestimmt in mancherlei Hinsicht als typisch deutsch bezeichnen, oder? Ein Bruder von Ulrike. Ordnung, Ordnung, Ordnung. Jetzt weiß dieser Busscheißer, dass wir um genau den und den Zeitpunkt hier vorm Fahrradgeschäft halten. Undsoweiter. Und dafür engagiert er sich tausendprozentig. Fuck, ist mir schlecht! Wie auch immer. Ich kann den Leuten, die das hier betreiben, durchaus zugestehen, dass sie einen Plan geschmiedet haben, und für den engagieren sie sich jetzt.«

»Na ja …« Jan Inge will ihm im Grunde beipflichten, das sei ja auch was Positives und ähnele in mancherlei Weise seiner Art, die Firma zu betreiben, Pläne zu schmieden und sich dafür zu engagieren. Aber Rudi hat keine Zeit zuzuhören.

»Aber«, fährt Rudi jähzornig fort, »was macht es mit einem Menschen, wenn er auf diesen engen Sitzen sitzt, in dieser quälend dicken Luft, und die Eingeweide wie in einem verfickten Wäschetrockner poltern spürt und die ganze Zeit anhält und losfährt und stehen bleibt und losfährt? Hä? Fuck, ist mir schlecht. Brother of cunt! Und das, Jani, das frage ich dich nur zusätzlich zu dieser grundlegenden Kränkung, die es nun mal darstellt, wenn zwei Arbeitern wie uns beiden das Symbol ihrer Freiheit geraubt wird. Der Volvo. Hä? Ja, das schafft Spannungen. Ich bin mir sicher, wenn man sich Statistiken über Muskelschmerzen vornimmt und Autobesitzer mit denen vergleicht, die öffentlich fahren müssen, dann sieht man auf einen Blick, dass es bei den Busfahrern mehr Fälle von Fibromyalgie oder Erschöpfung oder Migräne oder generell Langzeitkrankschreibungen gibt.«

Jan Inge denkt kurz darüber nach, Rudi recht zu geben, aber ebenso wäre denkbar, dass diese Holperfahrten mit all den Stopps auf Einzelne beruhigend wirken, allerdings ist er jetzt etwas verwirrt, also fragt er: »Ähm … aber … Meinst du damit jetzt die Fahrer?«

»Hörst du mir nicht zu, brother of fuck?«

»Doch, i…«

»Für die Passagiere zünde ich hier ein Lichtlein an, in diesem Tunnel der Übelkeit, in dem wir uns befinden. Und darüber hab ich heut verdammt lang nachgedacht«, sagt Rudi, als sie sich der Haltestelle an der Holbergsgate nähern. »Verdammt lang, Jani. Und ich will darauf hinaus, dass wir diese Autoangelegenheit aus der Welt schaffen müssen.«

»Autoange…«

»Unterbrich mich jetzt nicht, Jani, noch nicht, brother of impatience. Was wir brauchen, ist ein neues Auto, über das du und ich verfügen können. So können wir Chessi den Volvo überlassen, und dann müssen wir uns nur noch unseren eigenen Van besorgen. Egal, wie großartig es war, Hansi der alten Zeiten wegen zu vermöbeln – wir können einfach nicht immer erst groß Anlauf nehmen, wenn wir mal einen Van brauchen.«

»Aber wi…«

»Und da, Jani, da will ich jetzt keinen Protest hören. Das sind in dieser Angelegenheit meine letzten Worte. Mir ist jetzt verdammt schlecht. Aber ich halte es aus. Siehst du? Ich halte es aus.«

Das war jetzt heftig, denkt Jan Inge. Er legt die weichen Hände in den Schoß und sieht aus dem Fenster.

»Und jetzt kann ich nicht mehr weiterreden, mein Bruder«, sagt Rudi, »weil mir jetzt so unglaublich schlecht ist, dass ich ein bisschen Zeit für mich brauche. Ich muss geradewegs nach vorne schauen. Im doppelten Sinn. Nach vorne auf die Straße. Nach vorne in die Zukunft.«

Der Bus fährt am Ufer des Mosvannet entlang, überquert die Tjensvollkreuzung, fährt weiter über den Madlaveien, vorbei am Eishockeystadion, vorbei an der Turnhalle und auf die Madlakreuzung, bevor er zur Molkeholen abbiegt, rauf nach Madla und Gosen.

Übelkeit? Bei all dem kann es unmöglich nur um Übelkeit und Busse gehen. Jan Inge spürt, dass er in Sachen Führungseigenschaften im Augenblick schwächelt. Was hätte David Toska getan?

Der Bus hält nicht weit von der Madlamarkkirche entfernt an. Zwei Jugendliche steigen aus, eine Frau in den Dreißigern steigt ein.

»Rudi?« Jan Inge wendet sich seinem Kumpel zu. »Wie geht's dir?«

»Ich konzentriere mich. Ich schaue geradewegs nach vorne.«

»Okay, gut.« Jan Inge spricht so ruhig wie möglich. »Ich verspreche dir: Nächste Woche steht vor dem Haus ein neues Auto. Und ein Van. Beides. Für den Van müssen wir einen anderen Parkplatz finden, so viele große Veränderungen auf einmal erregen zu viel Aufmerksamkeit. Und den Umzugswagen rührt keiner an. Du, und eins verspreche ich dir. Rudi. Niemand, absolut niemand, wird von dir gehen.«

Während sie hinauf nach Gosen und in Richtung Endhaltestelle fahren, wiegt Rudis großer Kopf leicht hin und her. Er sagt noch immer nichts.

Als der Bus anhält, steigen sie aus, hinaus in die Abendkälte.

Rudi atmet tief ein und sagt: »Ja, mein Bruder, da hab ich sowohl mich selbst, meinen Körper als auch meine Angst überwunden. Siehst du? Kotze ich? Lebe ich?«

Jan Inge grinst. »Stark, Rudi«, sagt er. »Echt stark.«

»Jepp.« Rudi schnalzt mit der Zunge und sieht auf die Uhr. »Ich schaue geradewegs nach vorne. Jan Inge? Man kann über die Busleute im Allgemeinen und diesen Bus im Speziellen vieles sagen, aber schau her«, er pocht auf das Glas seiner Armbanduhr, »laut Ulrike sollte diese Fahrt zehn Minuten dauern, und sie hat zehn Minuten gedauert. Aber wie lange haben sich diese Minuten angefühlt? Für dich und mich? Lange, mein Freund. Ich hab ziemlich viel durchgemacht. Du hast viel durchgemacht. Tiefer kann man nicht fallen. Mann gegen Mann. Brechen oder Biegen. Das Gefühl, an der Endstation zu stehen, um es mal so zu sagen. Und das, was du da gerade gesagt hast, von wegen niemand wird von Rudi gehen, und da spreche ich jetzt verdammt noch mal aus dem Grunde meines Herzens, hat bei mir einen beschissen festen Knoten gelöst, an dem ich schon den ganzen Tag rumgezupft habe.«

Rudi greift nach Jan Inges Kopf, beugt sich zu ihm hinab und küsst ihn auf die Stirn.

»Du. Du hättest Psychologe werden sollen«, sagt er. »Übelkeit? Wer weiß, woher diese sogenannte Übelkeit stammt. Vom Internet? Komm schon, gehen wir zum Gosenkindergarten, treffen einen Mann mit einem Problem und unterbreiten ihm die Lösung.«

FÜHRUNGSEIGENSCHAFTEN.

Wie viele Ehen könnten wohl gerettet werden, hätte die Familie nur ein Oberhaupt, egal, ob weiblich oder männlich, mit Führungseigenschaften, anstatt eines Schnapsschädels auf einem Fettkloß von einem Weibsbild und einem Ölschädel auf einem Feigling von einem Mannsbild, die, seien wir mal ehrlich, niemals Kinder in die Welt hätten setzen dürfen?

»Scheiße, Maestro«, sagt Rudi, »ich muss echt pissen. Ist es okay, wenn ich schnell in den Wald springe und den Rüssel mal kurz ausrolle, oder glaubst du, der zieht zu viel Aufmerksamkeit auf sich?«

»Vielleicht kannst du mit dem Pissen warten, bis wir ein bisschen außer Sichtweite sind.«

»Echt hart, Chef«, entgegnet Rudi. »Fantastischer Abend. Stell dir mal vor. Onkel Herbst ist hier, sieht aber aus wie Tante Sommer. Und ehe man sichs versieht, stehen wir bis zu den Knöcheln in Großvater Schnee, und dann fängt alles von Neuem an.«

Jan Inges Blick verändert sich. »Poetisch, Bruder. Würdest du nicht bei mir arbeiten, wärst du garantiert Dichter geworden.«

»Dichter?« Rudi wird langsamer, nickt aber. »Ja. Ja. Vielleicht wär ich das. Sensibel, ja, genau. Ich werde einfach immer sensibler, je älter ich werde.« Er bleibt stehen, greift nach Jan Inges Jackenaufschlag und sieht ihn ernst an. »Wo ist der Elfjährige, der 1981 die Fenster der Hafrsfjordschule eingeworfen hat und sich seine erste Stereoanlage besorgte, eine Philips mit Doppelkassettendeck? Wo ist der Zwölfjährige, der 1982 bei Banan-Mathiessen im Løkkeveien 1450 Kronen mitgehen ließ? Wo ist der Rudi, der 1983 am Tjensvollcenter einen Dreißigjährigen verprügelte?«

»Du weißt«, sagt Jan Inge, »damals warst du ein ungeschliffener Diamant, aber jetzt bist du gereift und reich an Erfahrung.«

Die beiden Freunde gehen weiter. Der Abend umfängt sie, der Wald wärmt geradezu.

»Ja, und ich spüre, wie die Reife andickt«, seufzt Rudi. »Das waren echt endsgute Zeiten. Raus an den Wochenenden. Die Dunkelheit, die unter den Straßenlaternen zerbröselt ist. Rumstreunen und verwüsten, schauen, was sich so ergibt. Hab mein erstes Auto mit zwölf geknackt, hab ich das mal erzählt?«

»Ja.«

Ein frisches Glühen erscheint auf Rudis Wangen. »Draußen in Bryne. Bei Rieber-Thorsen. Einen Opel. Kam verdammt noch mal gerade so bis zum Scheibenwischer hoch. Frax und ich haben ihn in Sola abgestellt. Haben Feuerzeuggas geschnüffelt und uns das Nachtprogramm im Radio angehört. Auf dem Rücksitz gepennt. Verdammt schön. Sorglos und frei.«

»Zu Großmutters großer Enttäuschung. Und dein Bru…«

Rudi atmet schwer aus. »Jani. Sei so nett. Das tut weh. Echt.«

»Ähm, ich meinte es nicht so …«

Rudi nickt und winkt ab. »Ich bin nicht auf alles gleich stolz. Scheiße, was weiß ich denn, was in unseren Birnen vor sich ging … Hab ich mal erzählt, wie wir neunundzwanzig Grabsteine auf dem Tjensvollfriedhof umgeworfen haben? Unchristlich. Würde jemand Großmutters Grabstein umwerfen – dem würd ich seinen beschissenen Schädel einschlagen.«

»Jungs – so sind sie eben«, sagt Jan Inge. »Du darfst das nicht so schwer nehmen.«

»Ich bin mittlerweile echt soft. Du hast recht. Grabsteine umwerfen. Sowhat. Stell sie wieder auf, Mister Friedhofswärter! Ach komm, lass Jungs Jungs sein. Du hast recht. Wo soll das enden? Glaubst du, eines Tages schwebe ich unter der Decke und weine twentyfourseven?«

Jan Inge lacht. »Wer weiß?« Er bleibt stehen und sieht Rudi an. »Okay. Quiz. Blood! Blood!«

»Haha. Einfach. Not only blood! Fulci, 1981. *The House by the Cemetery.*«

»Richtig. Und was lehrt uns Fulci? Eines Tages ist alles zu spät. Ehe man sichs versieht. Und was lernen wir daraus? Tja, dass wir …«

»… die Liebe immer hegen und pflegen müssen«, sagen sie im Chor.

»Justaboutright, brother of wisdom!«

»Hehe.«

Und in dieser unbeschwerten Stimmung, voller Erinnerungen und Visionen, latschen sie hinauf zum Stromhäuschen, wo sie in einer halben Stunde Pål treffen werden.

57 Wendy, darling, light of my life (Cecilie)

Der Volvo fährt langsam durch den Ortskern von Nærbø. Straßenlaterne an Straßenlaterne, wenige Menschen. Vor der Statoil-Tankstelle stehen zwei Autos mit heruntergekurbelten Fenstern, ein alter Kadett und ein rostiger Carina. Die Jungs am Steuer sprechen miteinander. Auf dem Beifahrersitz des Opel sitzt ein Mädchen, spielt mit den langen Haaren ihres Kerls, während sie eine Kaugummiblase bläst. Ein tätowierter Unterarm: *I L♥VE YOU, DU IDIOT.* Ein Mann in einem Overall von Felleskjøpet läuft an einem Wohnhaus entlang und raucht, in der Hand hat er ein Stöckchen, mit dem er seinen Hund triezt. Zwei Motorradfahrer düsen an ihrem Volvo vorbei, schrilles Gekreische durchschneidet die Dunkelheit. Was treiben die Leute in so einem kleinen Ort? Arbeiten sie in der Gärtnerei? Bei Mixen? Wäre das vielleicht ein guter Ort für ein kleines Kind?

Als Cecilie raus nach Opstadsletta kommt, reißen die Frontscheinwerfer einen Lichtstreifen in die Dunkelheit. Hier ist es karg. Ausgedehnt und eindrucksvoll, tiefe Finsternis über grenzenloser Weite.

Sie hatten hier draußen mal einen Job. Während ihrer Zusammenarbeit mit den Shabby Ones. Was für ein blöder Fehler. Irgendein Dreck mit einem Geldeintreiber in einer Scheune, irgendwas mit einem Jungen und mit

Dope. Rudi hätte den Typen beinahe umgebracht, trat ihm gegen den Kopf, verdrosch ihn mit Stöcken.

Heute erträgt Cecilie keine Musik. Sie will einfach nur Stille. Sie hat gesagt, sie würde nach Åna fahren, um ein paar letzte Dinge mit Tong abzusprechen, ihm den morgigen Job zu erklären. Aber was will sie eigentlich?

Sie schließt die Augen. Fährt einige Sekunden lang blind.

Sagen, wie es ist?

Tong, ich muss dir was erzählen.

Und was wird er dann wohl sagen?

Sie macht die Augen wieder auf.

Fuck. Ich tu alles für dich.

Meinte er das wirklich so?

Oder ist er wie die anderen Jungs, die dich nur lieben, wenn sie abspritzen? Denn was diese verfluchten Kerle unbedingt haben wollen, sind ihre Explosionen. Wenn er ihnen steht, wenn sie in dir drin sind, wenn du sie in den Mund nimmst, wenn sich deine Hände um sie schließen, dann sind sie schwach, dann sind sie stark, dann wollen sie dich auf Händen tragen, um die ganze Welt. Dann tun sie alles für dich, dann ist alles, was ihres ist, auch deins. Einmal hat sie mit einem Biker mit Tics aus Hommersåk gevögelt – dieser Typ, der dann Anfang der Neunziger aufgrund von Motorradüberfällen bekannt wurde, der ganz Rogaland überfallen hat, der dabei Millionen machte, wie hieß er noch gleich, Bjørn Roger Kydland? Während er sie fickte, sagte er: *Ich geb dir zweihunderttausend, wenn du versprichst, bis an dein Lebensende jede Woche mit mir zu ficken.* Und die Brüder Fokkt? An die beiden kann Cecilie sich noch gut erinnern. Poster und Sorry bzw. Pål Stephen und Stein Eskil Vogt. Poster und Sorry kamen aus Eiganes, und

Poster und Sorry kamen immer gemeinsam – also, sie *kamen* immer gemeinsam –, was sie vorher so sabberten, war komplett maß- und ziellos, *Cecilie, du bist so verdammt geil.* Aber danach? Da wollte sie dann keiner mehr um die ganze Welt tragen. Da lag sie dann, vierzehn Jahre alt, mit dem Sperma des einen im Haar und dem Sperma des anderen im Gesicht. Die waren echt krank im Kopf. Zuerst waren sie Türsteher in New York, dann Fitnesstrainer bei S.A.T.S., und irgendwann eröffneten sie einen Friseursalon im Kvadrat-Einkaufscenter. Dann verschwanden sie. Aber he, es gibt sie immer noch. Einfach nur googeln. Brothers of Porn eintippen, und dann kriegt man ein Dotcom zu sehen. Sorry und Poster haben es in der Brüder-Pornobranche echt zu was gebracht. *Brothers in Arms, O Brother Where Art Thou, He Ain't Heavy He's My Brother, Big Brother, The Grimm Brothers, Brother Oh Brother.* Hat sich nicht die Mutter der beiden umgebracht, als sie erfuhr, was ihre Jungs in Wirklichkeit in Ungarn trieben, nachdem sie immer geglaubt hatte, dass sie dort eine IT-Firma besäßen, und als sie eine Szene aus *Brother Beyond* zu sehen bekam, in der Poster in einem Tennisdress zu sehen ist und seine Rakete in Sorrys Arsch hämmert? Doch, hat sie.

Sowohl die Mutter der Brüder Fokkt als auch Cecilie haben es erleben müssen. Auf Jungs kann man sich einfach nicht verlassen.

Außer auf Rudi. Auf ihn kann Cecilie sich verlassen.

Er ist ein verdammter Idiot, denkt sie. Aber verlassen würde er mich nie.

Es würde ihn umbringen, wenn er mich verließe.

Vor Cecilie steigt die Silhouette von Åna in der Dunkelheit auf. Sie fährt langsamer und setzt den Blinker, sieht vor sich die lang gestreckte, prächtige Einfahrt. Wüsste man nicht, was sich an ihrem Ende befindet, und käme einfach im Halbdunkel angefahren, könnte man glatt glauben, es wäre die Auffahrtsallee zu einem Schloss.

Wendy, darling. Light of my life, I'm not gonna hurt you …

Ihr Telefon klingelt.

… you didn't let me finish my sentence, I said, I'm not gonna hurt you …

Sie muss den verfluchten Klingelton ändern.

… I'm just gonna bash your brains, I'm gonna bash 'em right the fuck in …

Der ist nicht mehr lustig, egal, wie sehr sie Jack Nicholson und *Shining* liebt. Cecilie biegt in die Allee ab, während sie sich zum Beifahrersitz lehnt und mit der Rechten nach dem Telefon tastet.

Wendy, darling, light of my life … I'm not gonna hurt you, you didn't let me finish my sentence, I said …

Sie erwischt das Telefon, wirft einen Blick aufs Display.

Papa ruft an.

Cecilie tritt auf die Bremse und bleibt mitten in der Auffahrt nach Åna stehen.

… I'm not gonna hurt you …

Sie stellt den Motor ab. Im Auto wird es dunkler. Nur das blaue Displaylicht, das auf ihre Hände fällt und sie wie tot aussehen lässt.

Papa ruft an.

Cecilie drückt ihn weg. Sie macht die Tür auf und steigt aus. Bleibt stehen und sieht zum Gefängnis hinauf, das die Abenddämmerung regelrecht dominiert. Sie holt das Feuerzeug und eine Kippe raus. Sie tut, was sie tut, seit sie klein war, spannt ganz hinten im Mund die Muskeln an, am hintersten Ende der Zunge, damit sämtliche Luft aus dem Kopf verschwindet. Dann zündet sie sich eine Zigarette an, atmet den Rauch ein, spürt, wie der Körper sich entspannt. Sie streicht mit beiden Händen über ihren Bauch, um das Kind zu wärmen.

»Das war der Papa von deiner Mami, dein Opa«, flüstert sie. »Dem würde es sicher gefallen, dass es dich gibt.«

Ein weiterer Zug an der Zigarette.

»Aber jetzt haben wir keine Zeit, mit Opa zu sprechen. Wir werden reingehen und deinem Vielleichtvater Hallo sagen. Und dann sehen wir weiter. Willst du vielleicht hier draußen wohnen? In einem kleinen Ort wie diesem? Mit Tong und mir? Mami könnte vielleicht bei Mixen arbeiten. Mami kann gut mit Menschen. Oder willst du vielleicht lieber in der Stadt wohnen, mit Rudi, mir und Onkel Jani? Oder sterben wir am besten, mein Kleines?«

Das Telefon piepst. Mailbox.

Eine Brise zieht über sie hinweg, das erste Anzeichen von Wind seit mehreren Tagen.

Cecilie hört die Nachricht ab. Die crispy Stimme ihres Vaters sagt: »Hey, girl! Hier war Paps! Houston calling, und nope, we ain't got no problem! Schön, dass du anrufst, meine Süße, schön zu hören, dass alles gut ist. Okay, gotta run, hab's eilig, weißt du, grüß Jan Inge, denke viel an euch, schön, dass alles so gut ist. Klar sind wir unten bei den Silos spazieren gegangen. Allthetime. Ich überweis im Lauf der nächsten Tage ein bisschen Geld. Hugs and kisses! Tits and asses! Nein, justajoke, honey.«

Jetzt weint sie.

58 Alterierter Zustand (Pål)

Als er jung war, mochte er die Dunkelheit. Den Herbst, die Abende, die Nächte. Jetzt mag er das alles nicht mehr, aber jetzt braucht er es. Pål fühlt sich ausgezehrt. Dünne Nerven, dünner Körper. Er hat in den letzten Monaten ziemlich viel abgenommen. Wie schön, sagen die Leute, steht dir, gehst du zu Elixia? Nein, ich gehe auf dem Zahnfleisch. Er hat für die Kinder Essen eingekauft. Wo sind sie? Unterwegs. Wollte Malene wegen irgendetwas in die Stadt? Wollte Tiril zu einer Freundin? War da was mit dieser Aufführung morgen? Er ist sich nicht sicher. Ihre Sätze. Sie sagen sie, er nickt, er lächelt, doch dann sind ihre Worte auch schon verschwunden.

Pål nimmt Zitha an die Leine.

»Jaa, komm, jetzt geht's raus mit Papa.«

Einen weiteren Schritt tiefer in die Finsternis.

Er geht den Folkeviseveien entlang. Heute keine ungeöffneten Briefumschläge für den Abfalleimer am Bushäuschen. Ein Sieg. Ein Tag ohne Inkasso. Weswegen ist Zitha so unruhig? Warum winselt sie so?

»Zitha!«, ruft er, wütender, als er sonst für gewöhnlich ist. »Sei jetzt still, blöder Köter.«

Als er auf den Pfad hinter den Wohnblocks tritt, bleibt Pål stehen. Zitha ist immer noch unruhig, und er bekommt ein schlechtes Gewissen, als er begreift, warum. Scheiße, der Hund hat nichts zu fressen bekommen.

»Jaaa«, flüstert er. »Papa ist ein Dummkopf.« Pål geht in die Hocke, zieht Zitha an sich. »Armes Tier, so einen Papa zu haben, hm? Der sich vor seiner Tochter Tränen herauspresst und bei einem Hund Vergebung sucht. Jaaa, jaaa. Komm mit Papa.«

Gute hundert Meter spurtet er neben Zitha her, stachelt sie an, als würde gleich etwas geschehen, was auch mit ihr zu tun hat. Aber das hat es nicht. Was gleich geschieht, hat nur mit ihm zu tun. Beinahe schon fünf vor zehn. Pål hatte heute keinen Kontakt mit Rudi. Also wird er weiter diesen Weg nehmen. Tiefer in den Wald. Hören, wie sie ihm helfen wollen. Scheiße, wer weiß, was sie sich ausgedacht haben? Was haben solche Leute wohl im Angebot? Pål hat keinen blassen Schimmer. Er hat nicht die leiseste Ahnung, wie die kriminelle Welt in der Realität funktioniert, nur wie er sie sich aufgrund von Filmen und TV-Serien vorstellt. Haben sie eine Art Menükarte, von der sie ihm was anbieten können? *Okay, Pål, hier haben wir einen Vorschlag: Du schmuggelst eine Partie Heroin nach Deutschland. Nein? Dann haben wir was anderes für dich. Du machst bei einem Banküberfall mit. Nein? Dann musst du tiefer in die Scheiße greifen. Es gibt Leute, die für Gewalttaten bezahlen. Wir können dir so einen Auftrag gerne vermitteln.*

»Zitha! Kannst du mal mit diesem verfluchten Gewinsel aufhören?« Pål packt sie am Nackenfell und drückt sie mit der Schnauze gegen den Boden. Er sieht, wie ängstlich ihre Augen werden, so etwas ist sie nicht gewohnt. »Du bekommst schon was zu fressen. Später.«

Pål lässt sie wieder los und schüttelt den Kopf. Er kommt zur Madlavollschule. Je mehr Jahre vergehen, umso sentimentaler wird er. Vielleicht ist das der Lauf der Dinge?

Zumindest in einem Leben wie meinem, denkt er, in dem die Zukunft nun nicht gerade leuchtet. Er schlendert auf eins der Klassenzimmerfenster zu. »Jaaa, Zitha«, sagt er, »da drinnen saß Papa, vor vielen Jahren.«

Er sieht sich verstohlen um. Er muss über den Fußballplatz. Er muss hinunter zu dem Wendeplatz beim Stromhäuschen. Dort liegt es, von Straßenlaternen ausgeleuchtet.

Pål marschiert über den Kies, vorbei am Fußballtor, und tritt ins Licht. Kein Rudi weit und breit.

»Komm, Zitha«, flüstert er und tritt aus dem hellen Licht, umrundet das Stromhäuschen und schlägt sich in das schulterhohe Gestrüpp. »Jaaa, komm schon.«

Kein Rudi. Pål wartet ein paar Minuten. Zithas Körper strahlt Unruhe aus, aber jetzt ist sie still, seine Nervosität ist auf sie übergesprungen. Noch hat er die Möglichkeit, alles abzubrechen. Sich umzudrehen und zu gehen. Aber er tut es nicht. Im Gegenteil. In seinem Kopf hat Pål das gleiche Gefühl, in den Fingern das gleiche Prickeln wie nachts beim Anschalten des Computers, das Gefühl, genau das zu wollen.

Stimmen. Schritte.

Er bleibt stehen. Zitha ruckt ein Stück vor, doch Pål gibt ihr bestimmt zu verstehen, dass sie sitzen bleiben soll, und sie gehorcht.

»Du denkst also immer noch darüber nach?«

»Ja, manchmal, aber, na ja, ist eher so eine Art … Rentenidee, beinahe …«

Rudi.

»Rentenidee? Nice. Hey, sehe, du hast dich pensionieren lassen, womit füllst du denn so deine faltigen Tage? Ach, ich schreib jetzt mein Horrorbuch, darin gibt es Analysen von Argento und Fulci … Blood! Blood! Nein, wenn ich mal in die klapprigen Reihen humple, dann hab ich so viel angespart, dass Chessi und ich das halbe Jahr in Spanien wohnen können …«

»Okay, jetzt sind wir mal ein bisschen leiser, Rudi …«

»Surethingboss, wir sind jetzt mal …«

»Und nicht so viel Gelaber, okay?«

»Wer, ich?«

Sie sind vorm Stromhäuschen stehen geblieben. Die unbekannte Stimme ist hell, klingt fast wie die eines Kindes in der Brust eines erwachsenen Mannes. Pål legt die Hand an den Hals und zieht den Hemdkragen zurecht, als ginge er zu einem Treffen, bei dem er ordentlich aussehen muss. Dort vorne wird jetzt geflüstert. Er kann nicht mehr hören, was sie sagen. Bewegungen.

Da kommen sie. Pål muss sich schwer zusammenreißen, um diesen ausladenden Körper nicht anzustarren, der sich ins Gesträuch wälzt, sich zwischen Blättern und Zweigen hindurchkämpft.

»Påli! He-hey! Ich hab's dir ja gesagt, vor ein paar kleinen Sekunden, yessir, ich hab's gesagt, Påli kommt, sei dir sicher …«

Er ist es. Der Videojunge. Groß und fett. Mit denselben leeren Augen wie vor mehr als zwanzig Jahren. Klein und schwarz. Er wirft Rudi einen kurzen, strafenden Blick zu, und Rudi nickt und presst die Lippen zusammen.

Der Videojunge lächelt kurz, während er die Hand ausstreckt. Sagenhaft, wie er seinem früheren Ich gleicht. An ihm ist die Zeit spurlos vorübergegangen.

»Jan Inge Haraldsen«, sagt er leise. Seine Stimme wird ein wenig heller. »Angenehm.«

Der Videojunge höchstpersönlich. Pål versucht, weder seine Verblüffung zu zeigen, noch sein Wiedererkennen zu offenbaren. Auch er streckt die Hand aus.

»Pål.« Er räuspert sich. »Fagerland.«

»Na dann«, kommt es von Rudi, »da triffst du jetzt also in höchsteigener Person den …«

Ein weiterer strafender Blick von Jan Inge.

Pål muss sich erst wieder einkriegen. Vor ihm steht der Videojunge. Auch wenn er ihm in jener verdammten Woche 1986 schon mal begegnet ist, ist das gerade wie ein Treffen mit einem Star aus deiner Kindheit. Von dem du zwar immer gehört hast, dem du aber nie persönlich begegnet bist, ungefähr als wäre das, ja, Kevin Keegan oder Phil Collins. Berühmte Leute haben Pål schon immer nervös gemacht, seine Hände schwitzen. Der Videojunge. Ziemlich fett ist er. Die Haut fahl wie Asche. Schütteres Haar. Und diese unnatürlich helle Stimme.

Sie dürfen mich nicht wiedererkennen, denkt Pål, sie dürfen sich nicht daran erinnern, was ich damals getan habe.

»Ich fühle mich nicht besonders wohl dabei, dass du deinen Hund mitgebracht hast«, sagt Jan Inge und blickt hinab auf Zitha, die zu Påls Füßen sitzt.

»Tut mir leid«, sagt Pål und nestelt nervös an der Leine, »aber das ist für mich die einzige Möglichkeit, aus dem Haus zu kommen, ohne dass jemand misstrauisch wird, ich hab ja zwei Töchter …«

»Verstehe. Ich bin ja kein Unmensch. Ich hab selbst eine Familie. Können wir uns darauf verlassen, dass der Hund ruhig bleibt?«

»Genau darüber machte ich mir gerade auch verdaaaaamt viele Ged…«

Rudi, der laut gesprochen und wild herumgefuchtelt hat, verstummt auf Jan Inges dritten strafenden Blick hin.

»Egal …«

Der Videojunge steckt die Hand in die Hosentasche, zieht einen Inhalator heraus und schüttelt ihn. Er drückt drauf, atmet ein.

Den hatte ich ganz vergessen, denkt Pål. Den Inhalator.

»Wie auch immer«, sagt Jan Inge. »Du steckst also in ökonomischen Schwierigkeiten.«

Rudi verschränkt die Arme, nickt betont männlich.

»Ja.« Pål schluckt, stellt aber fest, dass dies alles nicht so schrecklich ist wie in seiner Vorstellung. Jan Inge wirkt seriös. »Ja«, wiederholt er, »ich hab alles versucht, aber ich finde keinen Ausweg.«

»Okay«, sagt Jan Inge und nickt. Seine Wangen schwabbeln. »Und da kommen wir ins Spiel.« Er legt eine Hand auf Påls Schulter. »Das solltest du in uns sehen: einen Ausweg. Du musst dein Leben wieder auf Spur bringen. Du brauchst eine Gefälligkeit. Die können wir dir – höchstwahrscheinlich – anbieten.«

»He?« Rudi nickt zufrieden, immer noch mit verschränkten Armen. »Schnåli? Hörst du? Was hab ich gesagt?«

»Ich komm am besten ohne Umschweife zur Sache …«

»Ohne Umschweife.« Rudi nimmt die Arme runter und schnipst mit den Fingern.

»Rudi, darf ich bitte sprechen?«

»No problemo.«

Jan Inge atmet tief ein und lässt den Blick umherschweifen. Späht in den Wald, als hätte er etwas gehört. Dann sieht er wieder zu Pål. »Wir hatten heute ein Meeting. Über dich und deine Situation und wie wir uns vorstellen könnten, dir zu helfen. Was wir dir vorschlagen könnten, von dem wir überzeugt sind, dass es deine Probleme löst. Zuerst mal eine Frage: Bist du gut versichert, Pål?«

»Versichert, äääähm … Doch, ähm, ja, schon. Meine Exfrau, sie …« Pål blickt unsicher zu Jan Inge. »Versicherung … Also … Falls du überlegst, ob …«

»Das überlege ich, ja«, bestätigt Jan Inge seine Befürchtung.

»Hehe. Blood! Blood! Not only blood!«

»Halt jetzt die Klappe!«

Jan Inge starrt Rudi eindringlich an. Der macht den Mund zu und nickt.

»Also«, spricht Jan Inge weiter, »du bist gut versichert. Sowohl Hausrat als auch Personenschaden?«

»Ähm, ja …«

»Exzellent. Das macht alles viel einfacher. Was wir ins Auge gefasst haben, ist folgendes Szenario: Sobald sich morgen die Dunkelheit gesenkt hat und *die leidlich stillen Stunden* kommen – grob gesagt zwischen halb acht und elf –, kommen wir bei dir vorgefahren. Wo wohnst du?«

»Ähm, in der Ernst Askildsens gate, oben bei den Wohnblocks, nicht weit von hier …«

»Du hast eine Garage?«

»Ähm, ja, hab ich …«

»Eine geräumige Garage, willst du sagen?«

»Jaaa, sie ist wohl …«

»Perfekt.« Jan Inge patscht die Wurstfinger aufeinander. Pål wundert sich kurz, dass sie dabei fast kein Geräusch machen. »Eine gute Uhrzeit zum Arbeiten«, spricht Jan Inge enthusiastisch weiter. »Es ist dunkel. Die Leute sind mit ihrem Kram beschäftigt. Keiner interessiert sich für ein Auto mehr oder weniger. Die einen bringen ihre Kinder ins Bett. Die anderen sitzen vor den Nachrichten. Manche sind bei Vereinstreffen. Schatten, Gestalten und Begebenheiten. Viele glauben, die Stunden der Poesie lägen in der Nacht – aber ich behaupte, in Wirklichkeit sind diese Stunden die lyrischen Stunden.«

»Hehe. Hörst du?«

»Das Alltagsleben geht so seinen Gang«, fährt Jan Inge fort, ohne sich von Rudi unterbrechen zu lassen, »es ist dunkel, aber nicht zu ruhig. Da kommen wir in die Straße gerollt. Eine unauffällige graue Caravelle. Ein trojanisches Pferd. Und du musst einzig und allein dafür sorgen, dass deine Kinder außer Haus sind.«

Pål nickt interessiert. Irgendetwas an der Art, wie Jan Inge das alles präsentiert, vermittelt ihm das Gefühl, dass es richtig ist. Seine Selbstsicherheit ist beruhigend, er ist sachlich und korrekt, wirkt reflektiert und erfahren. Diesen Eindruck hat er schon 1986 gemacht, nur wirkt er jetzt solider.

»Wir parken bei dir, wir sind drei, vier Mann, je nachdem, wie viele an diesem Abend in der Firma sind. Natürlich haben wir ein bisschen Ausrüstung dabei, du führst uns hinein, und dann fangen wir an, in deinem Haus zu arbeiten. Unser Ziel muss sein, alles so realistisch wie nur möglich zu demolieren. Also, überhaupt, du verstehst schon: den Job so gut zu machen, dass du die komplette Versicherungssumme einfordern kannst. Wir nehmen deine Habseligkeiten mit …«

»Meine Habseligkeiten?«

»Deine Habseligkeiten.«

»Deine Habseligkeiten!«

Jan Inge neigt den Kopf zur Seite und kneift die Augen zusammen. »Betrachte das hier als eine Art Finanzierungsgemeinschaft, Pål. Wir können schließlich kein so hohes Risiko eingehen, ohne dafür im Gegenzug auch etwas zu bekommen. Das verstehst du doch.«

»Ähm … ja …« Pål räuspert sich. »Tja … Ja … Das muss dann wohl sein. So. Ich nehme mal an, ihr nehmt dann alles, Fernseher, Computer …«

»Du solltest vor allem froh darüber sein, den Computer loszuwerden. Das Internet ist nichts für dich, Swalli.«

Jan Inge tritt dichter an Pål heran. »Was damit einhergeht, ist das kleine Detail, dass wir gezwungen sind, dich in einem etwas *alterierten* Zustand zurückzulassen.«

»Was meinst du damit?« Pål runzelt die Stirn. »Alteriert?«

»Hehe. Alteriert.«

Jan Inges Lachen ist hell wie das eines kleinen Mädchens.

»Fachsprache, Pål. Alteriert.«

Pål sieht von einem zum anderen. Rudi muss irgendeine Störung haben, trotzdem ist er ein herzlicher Typ, die Art Kerl, den jeder im Freundeskreis haben will. Jan Inge ist schwer einzuordnen, offenbar sehr talentiert und höchst intelligent, aber trotzdem … irgendwie … beschränkt?

»Du, Uli?«

Unerbittlich tippt Rudi mit dem Finger auf Påls Brust. Drückt ihm viermal gegen den Solarplexus.

»Ich hab irgendwie das Gefühl, dass das einfach verdammt gut laufen wird«, sagt er. »Es gibt da so was wie eine Verbindung zwischen uns. Geh ich zu weit, wenn ich sage, das könnte der Beginn einer langen Freundschaft zwischen dir und unserer Firma sein? Was sagen die Sterne dazu? Was sagt wohl Großmutter dazu – ruhe in Frieden, alter Flickenteppich –, während sie im Himmel Socken für uns alle strickt? Respekt, Pål – Respekt für deine Kinder und Respekt für deinen Hund und Tod deinen Frauenproblemen. Wie hieß dein Hund gleich wieder? Zitha? Hat jetzt echt dagehockt, Minute um Minute um Minute um verdammte Minute, ich hab das registriert. Während ihr gesprochen habt, stand ich auf der Seite des Hundes. Und was bringt einem Hund ein Gespräch zwischen erwachsenen Menschen? Wellmyfried, zwischen Mensch und Tier gibt es mehr, als wir ahnen. Dieser Hund hat teilgenommen. Da hast du einen echten Freund, Huli.«

Der Videojunge nickt Rudi zu, legt seinen dicken Arm um Pål und zieht ihn ein paar Meter am Stromhäuschen entlang. Geht ein paar Schritte mit ihm. Klopft ihm leicht auf den Rücken. Nickt. Während sie beide zu Boden blicken.

Mit einem Mal bleibt er stehen und sieht Pål in die Augen. Dann erhebt sich die helle Stimme in der Dunkelheit des Waldes. »Hab ich dich schon mal gesehen?«

»Nein«, sagt Pål, »das glaub ich nicht.«

»Nicht? Hm. Hast du Angst, Pål? Brauchst du nicht. Du solltest vielmehr das Gefühl haben, unter Freunden zu sein. Du solltest spüren, dass du mit jemandem zusammenarbeitest, der dir wohlgesinnt ist, mit jemandem, der dir die Chance gibt, langsam dein Leben wieder aufzurichten. Angst? Ach, du … Ich weiß alles über Angst. Ist sozusagen mein Spezialgebiet. Du bist an einem Punkt, an dem es noch nicht zu spät ist. Du bist damit nicht mehr allein. Dieses Gewicht stemmen wir im Team, Pål. Ein Kooperationsprojekt.«

Aus seinen Blaubeeraugen leuchtet es. Die Stimme verklingt im Wald wie ein überirdischer Ton.

»Bist du dabei, Pål? Sollen wir durchziehen, was ich gerne einen Branchenklassiker nenne?«

59 Willst du wissen, wer ich bin? Hm? Willst du? (Daniel William)

Das hier – das ist Stress. Der letzte Pflegevater war ein geschmackloser Dreckskerl, aber damit hatte er recht: Wenn du Stress haben willst, musst du dir nur eine Frau suchen. Daniel hat jetzt zwei davon, und beide sind gleich psycho. Die eine hat sich das Gesicht zerschnitten, die andere ist hysterisch.

Daniel, du bist ein Feigling. Jetzt kannst du zeigen, wer du bist. Wen du haben willst. Ich warte auf dich am Stromhäuschen.

Daniel fühlt den Abwärtssog des Aufzugs, er sieht aufs Handydisplay, sicher zum zwanzigsten Mal. What the fuck ist mit Sandra passiert? Dass Inger ausgeflippt ist, als sie Veronikas Netzgesicht gesehen hat, und heulte und schrie, aus der Haut fuhr und Krankenhaus und Jugendamt anrufen und Daniel in den Finnskogen oder wer weiß wohin schicken wollte, versteht er gut. Aber er konnte sie beruhigen. Mit so etwas weiß er gut umzugehen. Ihr lang in die Augen sehen, ihr fest an die Schulter greifen, spüren, wie ihr Puls sich beruhigt. *Inger, Inger, wir bringen das in Ordnung.*

Aber das hier?

Du bist ein Feigling.

Daniel tritt vor die Wohnblocks in die abendliche Dunkelheit.

Er ist doch kein Idiot. Er hat ein gutes Gehör. Er erkennt, wenn jemand durch jemandes anderen Mund spricht.

Wenn jemand das Maul aufmacht und nicht die eigenen Worte zwischen den Lippen hervorströmen. Wenn man es in den Augen von jemandem sehen kann, dass hinter der Zunge ein Psychologe steht und die Worte diktiert.

Reich werden. Ein für alle Mal eine Frau finden, die den Kopf fest auf dem Hals hat.

Das ist alles, was Daniel will. Zwei Kleinigkeiten. Wie kompliziert kann das denn bitte sein? Jedes Mal, wenn er sich diesem Ziel nähert, kommt irgendein Arsch, schlägt ihm mit einer Keule ins Gesicht und schickt ihn zurück in seine eigene Steinzeit. Inger schien in Ordnung zu sein. Sandra schien in Ordnung zu sein. Veronika schien in Ordnung zu sein. Aber nein. Sie waren alle zu gut, um wahr zu sein. Das ist die violette Wahrheit. Keine von ihnen ist, wer sie vorgibt zu sein. Sie kaufen sich in megageile Butterblumen ein, aber sobald es dir gelingt, sie auszupacken, schnappen sie nach dir.

Hol sie doch der Krebs, Krebs, Krebs.

Seine Schritte sind fest. Die Arme rasen durch die Luft, als wollten sie alles niederstrecken, was sich ihm in den Weg stellt.

Mit Inger kommt er klar. Eine erwachsene Frau, die schreit, weil die Tochter ihr Gesicht in hundert kleine, blutgerahmte Vierecke zerschnitten hat, die sagt, dass sie bereut, ihn überhaupt ins Haus geholt zu haben. *Na, na, Inger. Wir bringen das in Ordnung.* Mit Veronika kommt er ebenfalls klar. Als er sie verließ, saßen Mutter und Tochter auf dem Sofa und umarmten einander. Sie haben das Gefühl, etwas erlebt zu haben. Aber Sandra? Er kommt weder mit ihr noch mit seinen Gefühlen für sie klar. Die überfluten ihn einfach, er schafft es nicht, sie einzudämmen. Wenn andere Mädchen vorbeigehen, reagiert er nicht einmal. Da können sie noch so scharf sein, noch so himmlische Titten haben, noch so sehr mit Beinen, Schenkeln und Ärschen aus dem obersten höllischen Regal ausgestattet sein: Nichts davon hilft. Wenn aber sie mit ihren torkelnden Knien angerannt kommt, dann *funktioniert er nicht mehr.*

Aber jetzt.

Jetzt wird er funktionieren.

Daniel, du bist ein Feigling. Jetzt kannst du zeigen, wer du bist.

In Ordnung. Abgemacht, Schlampe. Du hast darum gebeten.

Er läuft. Die letzten Meter durch den Schulhof, über den Fußballplatz. Die Dunkelheit ist dichter geworden. Kein Windhauch, keine andere Reibung als die seiner selbst mit der Welt.

»Daniel!«

Er bleibt abrupt stehen.

»Daniel!«

Drüben bei der Schule taucht eine dunkle Gestalt auf und tritt am Fußballplatz ins Licht. Sei jetzt wütend, sagt er sich. Sei hart.

Sie kommt schnell auf ihn zu. Eilige kleine Füße über Kies. Sein Herz schlägt bis zum Hals, er beißt die Zähne zusammen. Sandra wird schneller, sie sieht erledigt aus, zerzauste Haare, erschöpfter Blick.

»Daniel!«

Dicht vor ihm bleibt sie stehen. Sie sehen einander an. Er beugt sich ein Stück zu ihr hinab, sie stellt sich auf die Zehenspitzen. Sie schlingen die Arme umeinander, küssen sich.

»Scheiße«, sagt er und spürt, wie ihre weichen Lippen sich an seine schmiegen, wie ihre feuchte, warme Zunge nach seiner sucht. »Scheiße, Scheiße, Scheiße.«

»Scheiße«, sagt sie und schnieft.

»Scheiße«, sagt er und schließt die Augen. »Scheiße, Scheiße, Scheiße.«

»Scheiße«, sagt sie und schluchzt.

»Du und ich, Baby«, sagt er und legt seine Hände auf ihren Arsch.

»Fass mich an«, sagt sie, »fass mich für immer an, Daniel William Moi.«

»Scheiße«, flüstert Daniel, »ich meinte das nicht so. Meine Schöne.«

»Ich weiß«, flüstert sie, »ich weiß.«

»Wurde einfach so verdammt …«

»Ich weiß«, flüstert sie wieder, »du brauchst nichts zu sagen.«

Sie hören mit der fantastischen Küsserei auf, ohne die er nicht mehr leben kann, stehen einfach nur da und sehen einander im Flutlicht in die Augen.

»Du?«

Sanft legt sie eine Hand an sein Gesicht, streicht ihm über die Wange.

»Ja?«

»Hast du Malenes und Tirils Vater gesehen?«

»Nein …«

Sie werfen einen Blick hinunter zum Stromhäuschen.

»Was, glaubst du, ist da eigentlich los?«

Er zuckt mit den Schultern. »Hm, weiß nicht … Hast du ihnen was erzählt?«

»Nein«, sagt sie, »aber ich finde es irgendwie unangenehm … Ich hab das Gefühl, etwas zu wissen, was ich nicht wissen sollte, und ich hab das Gefühl, ich müsste es sagen, aber …« Noch einmal legt sie die Hand an sein Gesicht, noch einmal streicht sie mit den Fingern über seine Haut, und noch einmal liebt er das. »Aber, Daniel«, sagt sie vorsichtig, »liebst du eigentlich wirklich mich?«

Fängt sie jetzt wieder damit an?

Er traut seinen Ohren nicht. Jetzt haben sie mehr als zwei Minuten lang geknutscht, haben einander verziehen – und dann fängt sie wieder damit an? Er hat gute Lust, sie zu Brei zu schlagen, kann sie das verdammt noch mal nicht bleiben lassen?

»Veronika«, sagt sie nervös, »du musst mir sagen, was da läuft. Ich hab euch gesehen. In der Stadt. Ich hab sie gesehen. Du musst mir sagen, was da läuft.«

Er lässt den Blick schweifen. Okay. Ach, darum geht es also.

»Sandra.« Er tritt von einem Fuß auf den anderen. »Darauf hab ich keinen Bock. Gehen wir in den Wald und suchen nach dem Vater der Mädchen? Scheiße, echt, null Bock darauf …«

Sie bleibt stehen. »Ich muss es wissen, Daniel. Ob du wirklich mich haben willst.«

Er seufzt und sieht empor zum Himmel. »Bitte. Ich brauche es, dass du mir jetzt vertraust.«

Sie nickt. »Ja, und ich brauche es, dass du ehrlich zu mir bist. Du hast sie umarmt. Du wohnst mit ihr zusammen. Ich muss wissen …«

»Sie will mich.«

Sandra weicht ein Stück zurück. Ihre Mundwinkel beginnen zu zittern. »Will sie …«, stottert sie. »Aber … Willst du sie denn?«

»Ich …« Er fängt lieber noch mal neu an, das muss jetzt richtig rüberkommen. »Wenn ich bei dir bin, bin ich unfähig, mich zu schützen.«

Sandra runzelt die Stirn. Ihre Finger krampfen sich zusammen.

»Wenn ich nicht bei dir bin, denke ich manchmal, ich sollte es beenden, wir sollten nicht zusammen sein.«

Daniel hört, dass diese Sätze nicht gut rüberkommen, er hört, wie gefährlich es ist, sie auszusprechen, und macht trotzdem weiter. »Aber wenn ich dich sehe, dann will ich nur noch dich.«

Sandra weint jetzt. Lautlos. Alle Spannung ist aus ihrem Körper gewichen. Er mag das nicht sehen, also dreht er sich weg.

»Ich wusste nicht, dass sie mich will«, fährt er fort. »Nicht so zumindest. Nicht auf diese Weise. Aber sie will es. Ich komme super ohne sie klar, aber gleichzeitig ist es, als wäre sie … Scheiße, verstehst du mich? Irgendwie ist es so, als wäre sie gut für mich, während du nicht gut für mich bist, auch wenn du diejenige bist, die ich haben muss. Verstehst du mich?«

Sandra hat die Augen geschlossen. Sie sieht aus, als würde sie fallen, als würden jede Sekunde ihre Beine nachgeben.

»Verstehst du mich?«

Sie sagt keinen Ton. Steht nur mit geschlossenen Augen da und weint. Scheiße, wie abgefahren scharf sie aussieht. Okay, denkt er. Kein Wunder, dass sie darüber ein wenig nachdenken muss. Das war schon eine ziemliche Dosis Ehrlichkeit, die er ihr da ins Gesicht geschleudert hat. Aber wenn sie es geschafft hat, genau hinzuhören, dann hat sie verstanden, wen er haben muss. Das war es doch, was sie wissen wollte, oder? *Wen du haben willst.* Das hat er so deutlich gesagt, wie er nur konnte, ohne dabei zu lügen. Er mag Veronika und denkt nicht daran, sie fallen zu lassen. Wenn Sandra ein Leben mit ihm plant, dann muss sie lernen, mit Veronika umzugehen. So wie Veronika damit umgehen muss, dass er aber nun mal Sandra haben muss.

»Sandra?« Seine Stimme soll so weich wie möglich klingen. »Ist das für dich in Ordnung?«

»Hat sie sich deinetwegen zerschnitten?«

Sie schlägt die Augen auf, sie schwimmen in Tränen.

Er nickt.

Sandra schluckt schwer. »Eins noch, Daniel, dann gebe ich Ruhe.« Sie hebt die Hand an ihren Hals, fingert an dem Schmuck herum. »Ich muss wissen, wer du bist.«

»Hm?«

»Ich muss wissen, wer du bist. Was du gesehen hast. Was du getan hast.«

Düstere Biester tauchen rund um den Fußballplatz auf, verkrüppelte Viecher. Sie sind aus dem Wald getreten. Direkt hinter ihnen stehen Trauben von Knaben, gekleidet in beigefarbenen Wollwalkstoff, mit nackten Füßen, sie haben Pferdeköpfe und blutige Augen. Einer der Knaben hält in der Rechten eine Lanze. Er hebt sie hoch, und in derselben Sekunde schreien die Pferdeköpfe los, ein zerstörtes, schrilles Geschrei ertönt, und der Himmel wird von gierigem Licht überflutet, und dort am Himmel steht die Sonne und brennt, brennt mit wütenden Flammen. Der Knabe mit der Lanze lässt die Muskeln in seinem Körper spielen, er spannt den Arm an, reißt ihn hoch, schickt die Lanze hinauf zum Himmel.

»Ein Wolf«, flüstert Daniel, und die Biester ziehen sich zurück, verschwinden in den Wald, gefolgt von den pferdeköpfigen Knaben.

»Hm?« Sandra reckt das Kinn vor. »Ich hab nicht gehört, was du gesagt hast.«

Hinter ihnen Schritte auf dem Kies. Daniel und Sandra drehen sich um. Malene. Da kommt Malene.

60 Internationale Emotion (Tiril)

Sie sollte ganz vorn auf der Bühne sitzen und Klavier spielen. Singen. Nur sie, das Klavier und das Publikum. Wie Amy Lee. Aber sie kann nicht Klavier spielen. Dass Thea das Klavierspielen übernimmt, ist genauso gut, so kann Tiril voll und ganz Sängerin sein. Auf YouTube gibt es ein Video, da sitzt Amy auf einem Hocker und singt, während der Bandgitarrist für die Begleitung sorgt. Aber da ist Amy beinahe ein bisschen fett, sieht nicht so gut aus wie sonst, und auch die Kulisse ist nicht richtig gelungen.

»Kerzen?«

So hat Tiril es sich vorgestellt. Dass sie die Spots und Farbfilter auch streichen könnten. Am Eindrücklichsten wäre doch, einfach einen Haufen Stumpenkerzen zu kaufen, große Stumpenkerzen in Violett und Weiß, und das Licht im Saal zu löschen.

»Ja, oder?«

Tiril und Thea treten durch die Doppeltür der Turnhalle. Ein Haufen Leute rundherum, Svein Arne ist bereits am Proben mit den anderen. Svein Arne Bendiksen ist der Eventmanager, und er ist echt irre talentiert. Er ist Revuemoderator und ein Musiker, der jedes Instrument beherrscht. Als er noch jünger war, hat er angeblich den Bundesland-Rekord im Gitarre-Schnellspielen gehalten, er kann sowohl Saxofon als auch Klavier und Oboe spielen, und einmal hat wohl der Gitarrist einer echt berühmten Band, Tyler Straits oder so, Svein Arne spielen gehört und gesagt, er wäre ein Megatalent.

»Ich bin mir sicher, das wäre am besten«, redet Tiril weiter, während sie in den Saal eilen. Sie knöpft die Jacke auf und winkt Svein Arne zu.

»Tiril! Thea! Toll!« Svein Arne lächelt und marschiert auf die beiden zu. »Super, gleich sind wir bei euch.«

»Du, wir haben da über was nachgedacht«, sagt Tiril, »was das Licht angeht …«

»Das klärt ihr mit der Lichtcrew …«

»Ja, aber du bist doch der Regisseur.« Tiril lacht. »Oder der Manager. Wie auch immer. Wenn alles ganz, ganz dunkel ist, okay, und wir angekündigt werden, dann kommen wir rein, also Thea in Weiß, ich in Schwarz, und ich hab eine Streichholzschachtel dabei, und vorher haben wir zehn, zwanzig große Stumpenkerzen aufgestellt, die ich dann anzünde, während Thea das Intro spielt …«

Svein Arne nickt anerkennend. Seine langen Locken wippen um das enthusiastische Gesicht. »Aber wenn es ganz dunkel sein soll, solltest du vielleicht was anderes in Erwägung ziehen als völlig schwarz …«

»Ach nein, ein paar Kerzen stehen ganz dicht bei mir …«

Er lacht. »Dann pass nur auf, dass du nicht Feuer fängst! Großartig, hört sich richtig atmosphärisch an. In circa zwanzig Minuten seid ihr dran. Wir gehen in der Reihenfolge von morgen vor. Ich muss nur noch mit der Tanzgruppe aus Eskilstuna fertig werden. Die müsst ihr sehen, die sind echt gut!«

Er trabt hinter die Bühne. »Okay, weiter geht's. Ingrid, Susanna – Susanna stimmt doch, oder? –, ja, Kadi… Kadija. Ja. Malin, Badra! Mina! Ulrik! Okay, wir fangen an bei …

hm … da, wo Taylor Swift singt … We are never, ever, ever, ja zweimal ever, nein, wartet, hier sind es tatsächlich drei …«

»Taylor Swift!« Tiril schnaubt. »Also, Stumpenkerzen. Thea, du spielst das Intro. Ich zünde sie an. Wird nice, hm?«

Tiril zieht die Jacke aus. Dann verändert sich ihr Blick. Geld. Zwanzig Stumpenkerzen. Das kostet. Und das kann sie sich nicht leisten. Lohn gibt's erst nächste Woche.

»Thea?«

»Hm?«

»Na ja, also, nur, ich … Kannst du Geld für die Kerzen besorgen?«

»Sicher«, sagt Thea mit einem Gesichtsausdruck, als wäre die Frage irgendwie merkwürdig.

»Cool. Dann gehen wir sie morgen kaufen. Er ist echt irre talentiert, Svein Arne, hm?«

»Mhm. Angeblich kann er jedes Instrument spielen.«

Sie sehen sich in der Turnhalle um. Seltsam, all diese Leute aus anderen Ländern hier zu sehen. Sie wurden privat untergebracht, bei einem Mädchen aus Tirils Parallelklasse wohnt ein Mädchen aus Jyväskylä, bei einem Typen aus Malenes Parallelklasse eine aus Antsirabe auf Madagaskar. Die ist ziemlich cool. Wird vermutlich eine Rede halten und ein Gedicht vortragen. Und Ulrik wird Gitarre spielen. Der süße Ulrik – so beliebt, dass sämtliche Mädchen der Schule dahinschmelzen.

»Die kommen alle aus Partnerstädten«, erklärt Thea. »Kennst du irgendjemanden?«

»Na ja …« Tiril rümpft die Nase. »Hab mal kurz mit einer aus Dänemark gesprochen …«

»Sie kommen aus … äh, warte …« Mithilfe ihrer Finger zählt Thea sie auf: »Fjardabyggd, das ist irgendwo in Island, aus Esteli in Nicaragua, aus Houston, klar, Texas, und aus Esbjerg in Dänemark, aus Nablus, das liegt in Palästina …«

»Schon gut, Brainy, ich weiß, du kannst dir echt …«

»Und aus Aberdeen in Schottland«, fährt Thea fort »aus Eskilstuna in Schweden, aus Jyväskylä, aus Antsirabe …«

Jemand tippt Tiril auf die Schulter. Sie dreht sich um.

Bunnys kleiner Bruder.

Scheiße, was macht der denn hier?

»Kann ich mal mit dir sprechen?«

Er wirkt anders als sonst. Erstens ist er allein. Ist er sonst nie. Normalerweise ist er immer mit diesen nervigen Kumpels zusammen. Zweitens hat er keine unverschämte Fresse aufgesetzt. Drittens steht er ganz ruhig da. Um seinen Hals baumeln Kopfhörer. Sie kann sich nicht daran erinnern, ihn je so ruhig dastehen gesehen zu haben.

»Hab keine Zeit.«

»Wir sind doch frühestens in zwanzig Minuten …«

Thea. Na super. Musstest du das jetzt sagen?

»Nur kurz«, sagt Shaun. »Fünf Minuten. Versprochen.«

»Hör zu.« Tiril verschränkt die Arme vor der Brust. »Du hast mich bei Kenny verpfiffen, du hast mir in die Haare gespuckt, du hast …«

Shaun schüttelt den Kopf. »Ich hab dich nicht verpfiffen. Ich hab Kenny nichts gesagt.«

»Njä.«

»Kannst du nicht einfach mit rauskommen? Nur ganz kurz. Fünf Minuten. Zwei Minuten.«

»Und dann stehen da Kenny und deine beschissenen Kumpels, und ihr macht Matsch aus mir. Glaubst du, ich bin bescheuert, Shaun?«

Er steht immer noch ganz ruhig da. Tiril versucht, eisern zu bleiben, aber es will ihr nicht gelingen. Alte Erinnerungen steigen in ihr hoch, aus dem Kindergarten, als sie und Shaun immer im Schnee herumtollten, als er rittlings auf ihr draufsaß, als sie Schneebälle nach ihm warf, als sie auf ihm draufsaß und ihn fast zu Tode kitzelte.

»Eine Minute.«

Sie gibt sich einen Ruck.

»Gut, okay. Eine Minute. Maximum.«

Shaun nickt und geht zur Tür. Sein Körper schaukelt nicht so stark wie sonst. Er ist klein, fast einen Kopf kleiner als sie. Sie geht mit den Händen in den Taschen und gebeugtem Rücken hinter ihm her. Durch die Vorhalle und die großen Türen ins Freie. Shaun macht ein paar Schritte von der Turnhalle weg und stellt sich hinter den Baum.

Als sie bei ihm angekommen ist, bleibt auch sie stehen. »Was ist?«

»Ich …«

»Kenny ist echt verdammt krass, ist dir das klar? Weißt du, was er gemacht hat?«

Shaun nickt. »Ich kann nichts dafür, irgendwer anders hat's ihm erzählt, und Kenny … Kenny ist nicht ganz sauber. Ist nicht meine Schuld.«

»Und was willst du?«

»Ich …«

Tiril atmet tief ein. Ihre Brust hebt sich.

»Hast du vielleicht eine Kippe?«

Shaun nickt. Er angelt eine dieser kleinen Zehnerpackungen aus der Tasche seines übergroßen Hoodies. Sie schleichen sich hinter die Turnhalle. Er kramt ein Feuerzeug hervor, zündet erst ihre Kippe an, dann seine.

»Wir sind garantiert die Einzigen aus der Neunten, die rauchen.«

Er nickt. »War schon in der Sechsten der Einzige, der geraucht hat. Werd bald mal versuchen aufzuhören.«

»Ich auch. Nicht gerade gut fürs Singen.«

Tiril hat wenig Zeit, trotzdem mustert sie den Jungen. Er ist klein und sieht verängstigt aus. Ihr Blick bleibt an den Kopfhörern hängen.

»Was hörst du?«

Shaun zuckt verschämt mit den Schultern.

»Ach, nichts.«

»Zeig mal dein Telefon.«

»Ähm«, sagt er und verlagert das Gewicht von einem Fuß auf den anderen.

»Zeig her!«

Shaun holt das Telefon aus der Tasche und verzieht das Gesicht. Er will es ihr nicht geben, aber Tiril grapscht danach und scrollt durch seine Playlist. Nur Hip-Hop, nur Drecksmusik. Eminem, Rihanna und ein Haufen Künstler, die sie gar nicht kennt, David Banner, Khia, Akinyele … What the fuck? Sie hält inne. Blickt zu Shaun.

»Ähm …« Er wird rot.

»›Put It in My Mouth‹?«

»Ähm, ja, also …«

»What the fuck ist das hier … ›Smell Your Dick‹? ›We Fuck Virgins‹?«

Sie nimmt die Kopfhörer, setzt sie auf, drückt auf Play. Ein sleazy Trommelbeat. Eine Sirene. Eine creepy flüsternde Männerstimme. *Cum girl, tryna get your …* Was singt der da? Tiril starrt Shaun an und zieht eine Augenbraue hoch, während sie sich zum nächsten Lied auf der Playlist klickt. Ein dünner Trommelbeat, eine ebenso creepy Stimme, diesmal von einer Frau. Was singt die da? *All you ladies pop your …*

Tiril nimmt die Kopfhörer wieder ab. Ihre Wangen sind heiß, sie versucht den Schluckreiz zu unterdrücken, was ihr aber nicht gelingt. Vor ihr steht dieser kleine, verschämte Idiot, und für so was hat sie echt keine Zeit.

»Awesome Pornrap for Shaun«, sagt sie.

»Ähm, ja …«

Sie schüttelt den Kopf.

»Du bist echt ein kranker Slacker«, sagt sie und gibt ihm das Telefon zurück.

Er nimmt es an sich und zuckt wieder mit den Schultern, als wäre dies das Einzige auf der Welt, was er beherrscht. »Ja, bin ich dann wohl«, sagt er leise.

»Diese Musik«, sagt sie. »Die ist, also … Fuck, Shaun.«

Wieder zuckt er mit den Schultern. »Ich weiß. Ich mag so was.«

Shaun sieht sie lange an, so lange, wie kein Junge es je zuvor getan hat.

»Worüber wolltest du mit mir sprechen?«

»Hä?« Seine Augen flackern.

»Worüber wolltest du mit mir sprechen?«, fragt Tiril noch einmal, während sie eine funky Wärme im Körper spürt und mit einem Mal versteht, worum es hier geht. Ohne dass sie es sich selbst erklären könnte, ohne dass sie es in die Hand nehmen und sehen könnte, wie es leuchtet, entscheidet sie sich dafür, Ja zu sagen, sollte er sie fragen, ob sie seine Freundin sein will. Nein, sie entscheidet sich, diejenige zu sein, die die Kontrolle hat. Sie pustet Rauch aus und fragt: »Shaun, willst du mit mir gehen?«

Seine Augen weiten sich.

»Was? Gehst du jetzt auf die Knie oder was? Kannst du nicht endlich mal was sagen?«

Sie boxt ihm an die Schulter, aber Shaun steht da wie zur Salzsäule erstarrt, und seine Augen werden größer und größer.

»Komm schon«, sagt Tiril, »du hast bekommen, was du wolltest. Du musst allmählich mit diesem Pornrap aufhören. Es gibt da draußen echte Musik. Schon mal

Evanescence gehört? Und mach jetzt keine megagroße Sache draus. Küss mich. Aber schnell. Ich hab nicht den ganzen Abend Zeit.«

Shaun blinzelt ein paarmal, stellt sich dann auf die Zehenspitzen und küsst sie, etwas ungeschickt, aber trotzdem gut.

61 Herrlich, Spoffi! Das wird so was von glattlaufen! (Rudi)

Ja, auf den ersten Blick. Auf den ersten Blick kann es schon vorkommen, dass Jan Inge nicht die beeindruckende Erscheinung ist, zu der er wird, wenn man ihn in Aktion erlebt. Aber, denkt Rudi, in diesem Fall sind wir upagainst, schließlich ist das Verurteilungssucht, und ist das nicht eine Todsünde? Womit wir dann konfrontiert sind, ist eine Art Rassismus, eine Art Nazismus, *Fettleibigkeitsnazismus*, und haben wir nicht schon in der Grundschule gelernt, man soll Menschen nicht wegen ihres Aussehens, ihrer Rasse oder wegen ihres Glaubens verurteilen? Das ist schlichtweg Mobbing. Und das hat Rudi in der Nähe des großen Jan Inge schon ein paarmal erlebt, und dabei meint er »groß« nicht wie in »fett«, sondern »groß« wie in »brillant«, und was würde seine Großmutter dazu sagen? Pfui, schäm dich! Leute, die auf Jan Inge treffen und ihren Blick abwenden, Leute, die ihn hinter seinem Rücken verarschen und ihn einen Hobbit nennen, oder Leute, die ihn schlichtscheißeweg direkt ins Gesicht verarschen. Glauben die vielleicht, das wäre nicht verletzend?

Auch Große haben Gefühle.

Das Schlimmste, was Rudi je gesehen hat, war, als sie damals mit der Tornes-Gang aus der Gegend um Haugesund einen Job machen sollten. Eine Drecksbande. Rund um die Uhr zugedröhnt, ununterbrochen dabei, ihre Frauen zu tauschen und einander zu betrügen, kein bisschen Gewissen und kein bisschen Liebe, weder fürs Fach noch für seine Ausübenden. Dabei hatte es einen so guten Eindruck gemacht – ein anständiger Bruch oben in Haugesund. Die hatten die Infos, die brauchten noch Leute, die hatten von Janis Truppe gehört, nicht ungewöhnlich, es wird eben gemunkelt. Aber zum Teufel und seiner verfickten Urgroßmutter. In dem Moment, da sie aufeinandertrafen, fing es auch schon an. He, sagte dieser Tornestyp, dessen Ohren so groß waren wie die eines Elefanten, ist der Dicke da Jan Inge? He, rief sein Bruder, Tornestyp Nummer zwei, der eine Nase hatte, bei der man sich fragte, ob er sie sich weggeschnupft hatte, he, Specki, bist du derjenige, der den Skoda fahren soll? He, übernahm Tornestyp Nummer drei, der jüngste, der eine crazy Warze auf der Stirn hatte, he, Burgerdude, bist du der Typ, den alle den Videojungen nennen? Ach, Scheiße noch mal, Großmutter, da wasch mir doch einer den Mund mit Plumbo aus. Ich bin heilfroh, dass du das nicht mehr sehen musstest. So machten die zwei Tage ohne Unterbrechung weiter, und hätte Jan Inge Tong und Rudi nicht verboten, die ganze Tornes-Gang windelweich zu prügeln und anschließend in Stücke zu schneiden, dann wären sie heute übel zugerichtet und würden ziemlich schlecht riechen.

Nur recht und billig, denkt sich Rudi, dass ich in Janis Schatten stehe.

Mein Führer – übrigens ohne diesmal einen Vergleich anstellen zu wollen.

Da, wie er den Arm um Pål legt. Ein paar Meter ins Licht des Stromhäuschens tritt. Wirkt wie ein Stand-up-Typ, dieser Pål. Herz am rechten Fleck. Fühlt sich in mancherlei Hinsicht an, als wäre er einer von uns, denkt Rudi und hört, wie Jan Inge sagt: »Bist du dabei, Pål? Sollen wir durchziehen, was ich gern einen Branchenklassiker nenne?«

Wenn sie Leute treffen, mit denen sie zusammenarbeiten werden, hat Rudi häufig das Gefühl, dass er mit ihnen nicht sprechen kann, dass das Leute sind, die in einer Welt leben, die meilenweit entfernt von seiner ist. Aber Pål … einfach ein Guter. Tut gut zu spüren, dass sie das nicht nur für Geld machen, sondern um einem Mitmenschen zu helfen.

Mitmensch.

Das war ein Buch. Von dem seine Großmutter immer gesprochen hat. Sie war total Buch im Kopf. Saß da mit ihren Schinken: Hamsun und Agatha Christie und wie sie alle hießen. Nichts dagegen zu sagen, Mister Schriftsteller. Höchster Respekt für diese Büchermenschen, denkt sich Rudi, auch wenn ich mich mehr für das echte Leben interessiere und dafür, was es zu bieten hat, statt für ein Leben auf Papier und was das bieten könnte.

Pål antwortet nicht. Jan Inge gibt ihm Zeit.

Hier herrscht Ruhe, Nachdenklichkeit, Würde.

»Lass mich dir eine Geschichte erzählen«, hört er Jan Inge drüben im Gestrüpp sagen. »Eine kleine Geschichte. Mein Vater – ich werd dir nicht erzählen, wie er heißt oder wo er wohnt –, mein Vater hatte mal ein paar Probleme. Lass es uns so nennen. Ein paar Probleme, über die seine Kinder – also wir, meine Schwester und ich – uns nicht ganz im Klaren waren. Wenn du und ich jetzt Meile um Meile miteinander gehen würden, könnte ich dir davon erzählen. Davon, was ein Kind sieht, was ein kleines, erschrockenes Kind versteht, was ein erwachsener Mensch versteht und was ein Mensch versteht, der die Axt auf seinen Hals zurasen sieht. Magst du Horror, Pål? Nein? Ich könnte – und vielleicht sollte ich – dir eines

Tages ein paar Filme zeigen. *Suspiria*? Nein? Du hast noch nie *Nightmare in a Damaged Brain* gesehen? *The Thing*? Nein? *Carnival of Souls*? Auch nicht? *Night of the Living Dead*? *The Hills Have Eyes*? Hm. Sicher, dass ich dich nicht schon mal irgendwo gesehen habe? Wie auch immer. Mein Vater. Er hatte eine unüberwindbare Menge an Problemen. Und das, obwohl er so ein Strahlemann ist. Wenn er ein Markenzeichen hat, dann seine unfassbar gute Laune. Die ist beinahe mystisch gut. Aber die Probleme … Große Probleme. Aber du weißt ja, wir waren damals kleine Kinder, und was wussten wir schon vom Erwachsenenleben. Wer waren wir schon? Wen juckt's, mein Freund? Grashalme. Dann – wir sprechen hier von den Achtzigern, Stichwort Blondie, Wham!, *Blade Runner*, *E.T.*, *Raiders of the Lost Ark*, John Holmes, Desiree Cousteau –, und lass mich klipp und klarstellen, dass wir anti Porno sind. Wir sind vierundzwanzig Stunden rund um die Uhr Feministen. Frauen, zu Diensten! Die Achtziger – wir erinnern uns an enge Badehosen und kurze Shorts, an Rossignol-Ski und Björn Borg, Sachen, über die deine Kinder wahrscheinlich nie etwas wissen werden. Gerüche, die nie zu ihren Erinnerungen gehören werden. Wer erinnert sich heute denn noch an Kim Carnes? Ich, Pål. Ich. Oder warte … ›Bette Davis Eyes‹ … Nein, jetzt spinn… Rudi! Achtzig? Einundachtzig? Zweiundachtzig?«

»Keine Ahnung, du bist da der Spezialist.«

Jan Inge nickt. »Ich glaub, ich hab mich da getäuscht. Vergiss Kim Carnes.« Er trottet ein paar Schritte mit Pål weiter, der immer noch nichts sagt. Rudi tätschelt derweil Zitha, die unter seinen Händen ruhig atmet.

Jan Inge atmet tief ein und wieder aus. »Ich schenke dir jetzt mein Vertrauen, Pål. Weil ich dich mag. Aber auch weil ich dir zeigen will, dass wir in unserer Firma … Wir sind anders. Wir sind keine kokainschnupfende Spaßtruppe aus der Gegend um Haugesund. Wir arbeiten mit und für Menschen. Wir schwärmen nicht für die Hells Angels oder die Bandidos. Wir springen nicht gleich an die Decke, nur weil David Toska und sein Trupp in die Stadt kommt. Wir arbeiten im Stillen. Wir sind so etwas wie das Urgestein der Stadt. Wie auch immer. Mein Vater. Er hatte also diese Menge an unüberwindbaren … Heißt das so? Unüberwindbar? Rudi? Unüberwindbar oder unüberschaubar?«

Rudi verzieht das Gesicht und denkt nach.

»Na ja«, sagt er nach einer Weile. »Ich glaube, es geht beides.«

»Genau. Solche Probleme hatte er. Unüberwindbare und unüberschaubare. Ich kann es auch gleich sagen: Das größte war meine Mutter. Ein Drecksweib, Pål. Die Mutter aller Angst. Ein Herz aus Glas. Ein andermal, wenn du und ich quasi eine Pfeife am Meer teilen – ich spreche jetzt in Bildern –, ein andermal sprechen wir dann darüber. Jetzt sprechen wir über meinen Vater. Und jetzt komm ich zum Punkt. Zu der Zeit bekam er ein Angebot. Ein Angebot, Pål. Genau wie du.«

Rudis Brust schnürt sich zusammen. Genau das liebt er an Jan Inge. An einem gewöhnlichen Mittwoch einfach dastehen zu dürfen und ihn in Aktion zu erleben. Dahin und dorthin stieben die Gedanken, da- und dorthin stieben die Sätze, und wer weiß da schon, worauf er aus ist, aber dann plötzlich ist er da. Der Punkt.

»Genau«, hört er den Meister sagen. »Mein Vater bekam also ein Angebot. Im Ölzeitalter, Pål, noch nicht im Internetzeitalter …«

»Mayhem! Weiche von mir!« Rudi kreuzt die Finger und streckt sie gen Himmel.

Jan Inge lacht sein dünnes Lachen. »Es sind also die Ölzeiten, und mein Vater ist in dieser Branche, und dann bekommt er dieses Angebot. Gerade als er knietief in Problemen steckt. Möchte er drüben einen Job annehmen?«

»Over there, land of the brave, hom…«

»Möchte er? Einen lukrativen Job, Pål, gutes Geld, ein neues Leben. Er bekommt also ein Angebot. Einen Branchenklassiker, wenn du das Leben als eine Branche betrachtest und das als einen Klassiker.«

»Hah. Hörst du das, Poffi?«

»Hörst du mir zu, Pål?«

Pål nickt.

»So einfach ist das. Papa zog also nach Houston. Für uns Kinder damals nur schwer zu verstehen. Heute leicht zu verstehen. Und du? Du bekommst hier auch ein Angebot. Was sagst du, Pål?«

Rudi kann nicht länger ruhig stehen. Das ist zu heftig. Er lässt den Hund los, geht zu den beiden, der Hund folgt ihm. Er stellt sich direkt vor Pål hin, sieht ihm in die Augen, greift mit beiden Händen an sein Kiefer und sagt: »Herrlich, Spoffi! Das wird so was von glattlaufen! Hallescheißeluja! Darf ich dich küssen?«

Pål sieht verdattert drein. Rudi gibt ihm einen Knuff, Jan Inge holt den Inhalator raus, schüttelt ihn, saugt Luft ein.

»So. Wir hören, was du sagst, Pål.«

»Ich bin dabei. Aber …« Er hält verunsichert inne.

»Woran denkst du, Bruder?«

»Na ja …« Er rauft sich die Haare. »Also, nur … Was stellt ihr euch denn vor, mit mir zu machen?«

Rudi grinst. »Du«, sagt er, »alles wird gut. Wir haben Erfahrung. Denk nicht darüber nach.«

»Na ja … aber … Wird es … schmerzhaft?«

»Hör mal, Joffi, schmerzhaft, schmerzhaft … Ein bisschen Schmerz hältst du schon aus.«

»Aber … lande ich im Krankenhaus? Kann ich danach noch laufen?«

»Scheiße«, sagt Rudi. »Du bist ein feiner Kerl, Toffi. Denk einfach nicht darüber nach. Denk an das Geld! Oh. Dieser Tag hier wird ein Lieblingstag in meinem Leben. Wenn ich sterbe, werde ich mich an vier Dinge erinnern: Chessis Gesicht, Janis Gesicht, Lemmys Gesicht und dein niedliches Gesicht, Schmoffi.«

Zitha kläfft.

»Ja, und an deins auch, Hundescheißer«, sagt Rudi, und in seinem Kopf läuft volle Pulle Coldplay: Du-du-du du-du-du du-du-du. »Das ist so megageil«, sagt er, »zu spüren, dass man lebt. Ich kann es kaum erwarten, Chessi davon zu erzählen.«

»Wovon?« Jan Inge sieht ihn skeptisch an. »Keine Details, ehe du alles mit mir abgesprochen hast.«

»Nein, nein«, gibt Rudi zurück und lacht. »Mein Gott, ich meine, ihr zu erzählen, dass es an der Zeit ist, seriös zu denken, ich meine Kinder, ich meine, sich vielleicht was Eigenes zum Wohnen zu suchen, ich meine, die Beziehung aufs nächste Level zu heben!«

Dunkelheit steigt in Jan Inge hoch. Sie stürzt aus seinen kleinen Blaubeeraugen und umspült ihn von oben bis unten.

62 Meine Große (Malene)

Malene macht die Tür auf und geht auf die Straße, runter zum Folkeviseveien.

Nachdem Tiril mit Thea zur Generalprobe aufgebrochen und Sandra in die Dunkelheit verschwunden war, um sich mit Daniel zu treffen, ging sie nach Hause. Mit einem Mal waren all die abgefahrenen Empfindungen verschwunden, die dieser Tag in ihr hervorgerufen hatte, das Kribbeln auf der Haut, die Hitze im Körper, die ihr ein Gefühl von Stärke und Neuartigkeit beschert hatte. Sie hatte es einfach nicht geschafft, die Situation zu kontrollieren. Plötzlich hatte Sandra sie nicht mehr gebraucht, plötzlich hatte Tiril alles in die Hand genommen, als wäre sie die große Schwester und nicht Malene. Selbst der knallrote Lippenstift fühlte sie nicht mehr gut an.

»Soll ich mitkommen?«, hatte sie gefragt. Sandra hatte den Kopf geschüttelt. »Nein, nein«, hatte Malene schnell hinzugefügt, »klar, das musst du selber machen. Lass dich aber nicht von ihm einwickeln, Sandra! Okay?«

Als sie heimkam, war ihr Vater weg. Das Haus sah aus, als hätte er es mitten in einer Tätigkeit verlassen. Die Wohnzimmertür sperrangelweit offen. Die Hausschuhe willkürlich angeordnet auf dem Küchenboden. Auf dem Küchentisch ein kleiner Teller mit dem Viertel einer Brotscheibe.

Ein halb ausgetrunkenes Glas Saft. Zithas Kauknochen auf dem Puff.

Malene räumte auf, und ihr Blick fiel auf ihre Hände. Unschön. Sie betrachtete sie beim Einräumen der Spülmaschine, beim Aufhängen der Duschhandtücher im Bad, beim Wegstellen der Schuhe ihres Vaters, und fand, dass sie aussahen wie die Hände einer Vierzigjährigen.

Irgendwann war es neun Uhr. Sie warf einen Blick in ihre Schulhefte. Zappte durch die Fernsehkanäle. Klickte auf Facebook herum.

Jetzt ist sie draußen unterwegs. Wie bescheuert. Wie idiotisch. Rausgehen und Sandra und Daniel nachspionieren. Aber sie kann es nicht bleiben lassen. Sandra geht es grauenhaft, Veronika geht es schlecht … Ist sie etwa eifersüchtig?

Vor den Wohnblocks werden ihre Schritte schneller.

»Du bist so bescheuert, Malene«, flüstert sie.

Sie eilt an den Wohnblocks vorbei, biegt in den Jernalderveien ab und steht schließlich oberhalb der Grundschule auf dem Plateau. Von dort aus kann sie den Fußballplatz überblicken. Da stehen sie. Daniel und Sandra. Mitten auf dem Fußballplatz, im Flutlicht. Malene wird langsamer, zögerlich. Sie weiß, sie sollte umkehren, aber sie kann nicht.

Dann gibt sie sich einen Ruck. Setzt ihre Schritte so natürlich wie nur möglich auf den Kies. Was soll sie sagen, wenn sie die beiden entdecken? Sie kennt Daniel nicht mal. Er weiß kaum, wer sie ist. Er ist gefährlich, wer weiß, was ihm so in den Sinn kommt.

Sie nähert sich den beiden. Wie irre gut er aussieht. Alles an ihm ist schön und stark. Wenn Leute so gut aussehen, fällt es ihr schwer, sich natürlich zu verhalten. Wenn die Anwesenheit eines anderen Menschen schlicht überwältigend ist, wie soll man sich da schon verhalten? Sie würde es nie wagen, mit einem solchen Jungen zusammen zu sein. Er gibt vieles, aber noch mehr nimmt er sich. Was er einmal berührt hat, bleibt für alle Zeiten verblendet zurück – und beeinträchtigt. Aus der Begegnung mit Daniel William Moi gestärkt hervorzugehen ist schlicht unmöglich.

Malene tritt ein wenig fester auf, damit sie sie bemerken. Jetzt ist sie nur noch ein paar Meter von ihnen entfernt. Was soll sie antworten, wenn sie sie fragen, warum sie hier ist?

Sandra dreht sich um. Daniel dreht sich um. Was für Augen er hat, was für einen Mund! Wenn er ihn aufmacht, wird die ganze Welt darin verschwinden.

»Malene?«

Sie hebt die Hand zu einem linkischen Gruß und sieht Daniel lieber nicht an.

»Ach, ihr seid das?« Malene ringt ihrer Stimme so viel Leichtigkeit ab wie möglich.

»Ja ...«

Sandra sieht nervös aus.

»Das ist Daniel ...«

Er wirft ihr einen Blick zu, einen Blick, der besagt, dass sie besser so schnell wie möglich von hier verschwinden sollte.

»Tja«, beeilt sie sich zu sagen, »ich will nur runter zur Schule und Tiril zuhören. Sie bekommt zurzeit nicht gerade viel Aufmerksamkeit, dachte, ich sollte mich ein bisschen für meine kleine Schwester ins Zeug legen.«

Malene spürt, dass sie zu schnell spricht, sie spürt, dass sie keine gute Lügnerin ist.

»Tja« – und ihr entschlüpft ein nervöser Laut, fast wie ein Kichern –, »ihr wisst ja, Evanescence, hehe, muss meine kleine Schwester ja wohl unterstützen.«

Geh jetzt, Malene.

Sagen ihre Körper, sagen ihre Gesichter.

Unten am Stromhäuschen tauchen zwei Gestalten auf. Sie kommen aus dem Wald, sie ähneln Figuren aus einem Computerspiel. Der eine ist dünn und groß wie ein Turm, der andere ziemlich klein und dick. Am Wendeplatz vor dem Kindergarten treten sie ins Licht, verschwinden dann aber sofort wieder in Richtung Hauptstraße.

»Verstehe«, sagt Daniel. »Du bist also eine der Schwestern. Die Turnerin? Oder? Hab von dem Sturz gehört. Blöd. Der Knöchel?«

Eine der Schwestern? Hat Sandra ihm von ihr erzählt?

»Ja …« Malene nickt.

Unsicher sieht sie zu Sandra hinüber, die ihrem Blick ausweicht.

»Ähm, schön, Malene …« Sandra lächelt falsch. »Wir reden hier ein bisschen …«

Jetzt tritt dort unten noch eine Gestalt ins Licht. Und ein Hund. Als wären sie Teil desselben Computerspiels. Erst die lange Turmfigur, dann der kleine Fettkloß und jetzt ein ganz normaler Mann mit krummem Rücken, zuletzt ein schnuppernder Hund. Malene schiebt den Kopf vor und kneift die Augen zusammen.

Es ist Papa.

Irgendwas schießt ihr durch den Bauch, ein nadeldünner Schmerz.

Sie zeigt zum Stromhäuschen hinüber. »Ähm«, sagt sie zu Daniel und Sandra, »ich will nur … Da ist Papa.«

Die anderen drehen sich um.

»Er ist mit Zitha Gassi, äh, das ist unser Hund …«

Ihr Vater bückt sich. Hebt etwas vom Boden auf. Einen Stock. Hält ihn Zitha vor die Schnauze. Der Hund wedelt vorfreudig. Dann hält der Mann inne, dreht sich zu ihnen um, und die Hand verharrt in der Luft.

Er sieht aus, als hätte er nicht gesehen werden wollen, schießt es Malene durch den Kopf. Total offensichtlich. Papa wollte nicht gesehen werden.

Sein Körper entspannt sich wieder, er lächelt sein schönes Lächeln, ruft: »Komm schon, Zitha!«, und wirft den Stock in Richtung Fußballtor.

Der Hundekörper jagt los, und ihr Vater schlendert auf sie zu.

Wie unangenehm.

»Hallo.«

Papas großes warmes Lächeln.

»Malene, du hier?«

Papas großes falsches Lächeln.

Er streckt die Hand aus. Pfeift Zitha zu sich. Daniel schüttelt die Hand und stellt sich vor. »Ich bin mit Sandra zusammen.«

Ihr Vater lächelt. »Sandra kenn ich ja. Schöner Abend, nicht wahr?«

Zitha kommt mit dem Stock angerannt, legt ihn vor Papas Füßen ab und bekommt ein Lob.

»Sie sind mit dem Hund Gassi?« Daniel bückt sich, streicht Zitha mit beiden Händen über die Schnauze.

»Oh ja«, sagt ihr Vater, »jeden Tag. Und ihr?«

Daniel setzt ein breites Lächeln auf. »Darkness imprisoning me, all that I see, absolute horror, I cannot live, I cannot die, trapped in myself.«

Ihr Vater zuckt zusammen, als hätte ihm jemand ins Gesicht geschlagen.

»Hehe!« Daniel lacht. »Metallica. Ihr T-Shirt.«

Jetzt lacht auch ihr Vater und blickt an sich hinab. Das alte T-Shirt blitzt unter der Jacke hervor.

»Weltbeste Band«, sagt Daniel.

Ihr Vater lächelt. »Ja, ähm … Ich geh dann mal nach Hause«, sagt er. »›Enter Sandman‹, genau. Hehe. Kommst du mit heim, Malene?«

Sie nickt. Dass sie aufgeflogen ist, ist ihr jetzt auch egal.

Sie lächelt Sandra zu, nimmt sie kurz in den Arm.

»Wir sehen uns sicher«, sagt Daniel.

Die Wohnblocks leuchten in der Dunkelheit. All die Menschen, die darin zusammengepfercht sind. Sieht traurig und schön zugleich aus. Malene spürt den bleiernen Körper ihres Vaters neben sich. Er plaudert vor sich hin, sie hört nicht mal, worüber. Sie spürt nur seinen schweren Körper neben sich, sie spürt, dass irgendetwas ganz schrecklich schiefläuft. Als sie den letzten Block erreichen, bleibt sie stehen. Sie sieht ihn so lange an, bis er sich ihr zuwendet.

Malene legt den Kopf schief.

»Meine Große«, sagt er, »alles wird gut.«

63 A-c-h-w-i-r-e-s-s-e-n-n-u-r-e-i-n-w-e-n-i-g-e-s-i-s-t-a-l-l-e-s-g-u-t-h-i-e-r (Veronika)

Sie spürt seinen Atem im Zimmer. Gleich schleicht er um die Ecke, gleich kommt er und leckt ihr übers Gesicht. Veronika setzt sich neben ihrer Mutter im Sofa gerade auf. Fast zwei Stunden lang haben sie einfach nebeneinandergelegen. Keine von ihnen hat sich auch nur geregt, und gesagt haben sie auch nicht viel. Schatz, das darfst du nicht noch einmal machen. Nein. Versprichst du mir das? Ja. Du sagst mir aber schon, wenn dir jemand wehtut, oder? Ja. Du sagst mir aber schon, wenn Daniel irgendwie gefährlich zu sein scheint, oder?

Ihre Mutter strich ihr übers Haar, nahm ihre Hand und verschränkte die Finger mit ihren. Sie atmeten miteinander ein und miteinander aus. Sahen sich eine Folge *CSI: Miami* an. Und jetzt ist der Wolf hier. Veronika weiß nicht, wie dieser Tag geboren wurde, und auch nicht, wie er sterben wird. Sie weiß nicht, ob es ein grausamer Tag war, und auch nicht, ob es ein fantastischer Tag war. Sie ist stolz und gleichzeitig beschämt, fühlt sich spitzfindig und zugleich scharfsinnig. Aber jetzt ist er hier.

Veronika fährt sich mit der Hand durchs Haar – Daniel kommt. Er war bei seinem Flittchen. Hat er ihr übers Gesicht geleckt? Sie mustert ihn.

Daniel lächelt. Nicht gerade selbstsicher.

»Ist was zu essen da?«

Ihre Mutter schüttelt den Kopf, zuckt mit den Schultern, die Brust hebt sich leicht.

»Nein, ich fürchte, nicht mehr viel. Vielleicht ein bisschen Brot. Schau einfach nach.«

Er nickt, sieht ihr jedoch nicht ins Gesicht, geht in die Küche.

Hast du Angst, Daniel? Du hast mich an dich gezogen, du hast mich gestreichelt, du hast mich umarmt. Aber du willst mich nicht haben. Du versagst gerade, Daniel William Moi. Weißt du denn nicht, wen du haben willst?

Veronika steht auf. Sie macht das Zeichen für »essen« und geht in die Küche. Auf dem Weg stopft sie sich das T-Shirt in den Hosenbund, damit der Stoff straff über ihren Brüsten liegt.

Da steht er. Das Messer in der Hand. Das Brot in der anderen. Er schneidet. Sie macht den Kühlschrank auf, holt Schinken und Butter raus und legt beides auf die Arbeitsplatte. Stellt sich neben ihn. Er riecht nach draußen, er riecht frisch, er riecht kein bisschen nach Flittchen. Das Messerblatt funkelt in seiner sehnigen Hand, es gleitet durch das Brot hindurch. Langsam. Veronika macht einen winzigen Schritt zur Seite, sodass ihr Körper seinen gerade so berührt. Daniel weicht ihr nicht aus.

Hm? Spürt er das?

Er weicht nicht aus. Allerdings tritt an seinem Hals eine Ader hervor. Die Kiefer pressen sich zusammen, die Zähne mahlen übereinander. Veronika greift nach dem Schinken, streift ganz bewusst mit dem Unterarm über seinen.

Daniel weicht ihr nicht aus. Sie kann seinen Atem hören, sie glaubt förmlich zu sehen, wie aus den Pfoten Krallen wachsen. Sie kann sehen, wie sein Mund sich öffnet, wie die Lippen von Fett glänzen, wie die Zunge dazwischen herausgleitet. Als er sich zum Wohnzimmer umdreht, liest sie auf seinen Lippen: »A-c-h-w-i-r-e-s-s-e-n-n-u-r-e-i-n-w-e-n-i-g-e-s-i-s-t-a-l-l-e-s-g-u-t-h-i-e-r …«

Sie sieht ihm in die Augen und sagt tonlos: »I-c-h-b-i-n-n-i-c-h-t-d-e-i-n-e-k-l-e-i-n-e-S-c-h-w-e-s-t-e-r.«

Er spitzt die Ohren, und seine Schnauze wird irgendwie schmaler.

»W-a-s-b-i-s-t-d-u-d-a-n-n?«, fragt er stumm zurück.

Sie nimmt seine Hand und legt sie auf ihren Schritt.

»I-c-h-b-i-n-d-i-e-d-i-e-d-u-h-a-b-e-n-m-u-s-s-t.«

Seine Lippen kommen auf sie zu, küssen sie.

Ich wusste es.

Ich sehe deine gelben Augen.

Nichts ist abgemacht.

Veronika spürt die Hand, die auf ihrem Unterleib liegt, sie spürt die andere Hand, mit der er ihr vorsichtig über die Wunden im Gesicht streicht. Sie schenkt ihm ihre Zunge.

64 Ich und Tommy Pogo, Madlavollschule 1983 (Rudi)

»Jesus verfickter Christus.«

»Hä?«

»Shitshitshit!«

»Was?«

»Gottverdammte Scheiße.«

»Hä?«

»Tampon!«

»Hä?«

»Tampon!«

»Wo?«

»Da!«

»Wo? Ich seh ihn nich …«

»Da!«

»Hä, wo?«

»Da, verf…«

»Ich sag doch, ich seh ihn nich …«

»Beim Laden!«

»Oh.«

»Ja.«

»Heilige Scheiße.«

»Genau.«

Rudi und Jan Inge sind am Waldrand stehen geblieben. Rudi spürt, wie das Adrenalin durch seinen Körper pumpt, als er mit dem Finger auf den Laden unten in der Kurve und direkt auf den Mann zeigt, der dort steht.

»Oh nein«, sagt Jan Inge fassungslos.

»Oh nein, oh nein, oh nein, oh nein.«

»Hat er uns gesehen?«

»Dakannstdudirscheißenochmalscheißsichersein«, antwortet Rudi. »Ich kenne diesen Falkenblick.«

Jan Inge wischt sich mit der klammen Hand über die Stirn.

»Tampon.«

»Tampon.«

»Pogo.«

»Tommy.«

Rudi spuckt aus und schmirgelt die Eckzähne übereinander. »Na, danke auch, wie mein Vater, dieser Dachs, immer gesagt hat. Und du weißt genau, wie selten ich ihn oder irgendjemand anderen aus meiner Wasserrattensippe erwähne. Verdammte Scheiße, was macht Tampon hier? Wohnt der nicht auf Mosterøy?«

»Dann ist er wohl zum Arbeiten hier, du Wurm.«

»Nenn mich nicht so, Jani. Das ist verletzend.« Zwischen Rudis Augenbrauen bildet sich eine Falte. Er traut sich nicht, den Mann, der unten in der Kurve stehen bleibt, auch nur für eine Sekunde aus dem Blick zu lassen. »Zum Arbeiten?«

»Was weiß denn ich«, faucht Jan Inge, »was ein Kerl von Mosterøy in Madla macht. Dies ist ein freies Land.«

»Echt viel zu frei. Fuck!«

»Beruhige dich. Er beobachtet uns«, sagt Jan Inge. Er spricht jetzt mit seiner Denkerstimme. Mit der Führerstimme. Das findet Rudi beruhigend. »Da«, spricht Jan Inge weiter, »da, guck hin, wie er dasteht und versucht, uns psychologisch fertigzumachen.«

»Jesus verfickter Christus. Pogo.«

»Bitte«, sagt Jan Inge. »Nicht den Herrn und nicht Seinen Sohn. Du weißt, dass ich es nicht mag, wenn du so fluchst.«

»Sorry, mein Drecksmaul … Ich werd's einfach nicht los. Du weißt genauso gut wie ich, wenn irgendjemand den Herrn achtet, dann ja wohl ich.« Er schüttelt kaum merklich den Kopf. »Guck dir das an. Steht einfach da und beobachtet uns. Und dann dieser beschissene Bart. Er hatte extrem früh Bartwuchs, hast du das gewusst?«

»Nein.«

»So war das. Scheiße, muss schon in der sechsten Klasse gewesen sein.«

»Das ist früh.«

»War ein knallharter Schweinehund, dieser Pogo. Keiner von uns hat das kommen sehen.«

Jan Inge wirft Rudi einen flüchtigen Blick zu. »Die Einheit?«

Rudi nickt. »Den einen Tag verdrischt er Ullandhaug-Remi mit einem Baseballschläger, den er mit Nägeln gespickt hat – du weißt, dass Remis Rücken nie wieder was geworden ist? Den einen Tag verdrischt er also Ullandhaug-Remi hinter dem Bistro mit diesem Baseballschläger mit den Nägeln, nur weil der einen winzigen Spatzenblick auf diese Elisabeth aus dem Springarstien geworfen hat, und am nächsten Tag meldet er sich bei der …«

Jan Inge tippt Rudi in die Seite. »Er setzt sich in Bewegung.«

Rudi blinzelt. »Und wasmachenwirjetzt? Jetzt ist guter Rat teuer, Amigo.«

»Mir egal, was er kostet«, gibt Jani gereizt zurück. »Lächle.«

»Hm?«

»Im Namen der heiligen Katharina von Siena: Lächle! Und lass mich sprechen.«

»Scheiße, dakannstdudirverdammtsichersein. Und du solltest jetzt eine verdammt gute Erklärung dafür haben, warum wir hier sind. Leadership: now!«

Rudi lächelt, so breit er kann, findet aber, das funktioniert kaum besser als bei Leuten, die ihn bitten, für die Kamera zu lächeln. »Shit«, flüstert er, als Tommy Pogo näher kommt. »Jetzt hat er sich monatelang ferngehalten, man hätte glauben können, er wäre in Elternzeit oder hätte bei der Einheit aufgehört, und da glaubt man Scheiße noch mal nicht, dass er ausgerechnet hier auftaucht.«

»Klappe. Lächeln. Und lass mich sprechen!«

»Yo! Tampon!«

Er ist nur noch wenige Meter entfernt. Tampon hat sich brutal gut gehalten. Er ist beinahe bedrohlich gut trainiert, findet Rudi. Ein gesunder Geist in einem gesunden Körper, wie seine Großmutter immer sagte, als Rock Hudson im Fernsehen auftauchte. Schau dir das an. Die Hasenscharte verschwindet fast komplett unter dem Bart. Diese leuchtenden blauen Augen. Diese gesunde braune Haut. Dieser Glanz in den Haaren. Der Kerl ist über und über mit praller Muskelmasse bepackt. Egal, wie man es dreht und wendet, das ist echt beeindruckend.

»Tommy Tang! Na, was treibt denn der lange Arm des Gesetzes in diesen alten Gefilden?«

Tommy grinst dreist. An dieses Grinsen kann Rudi sich noch ziemlich gut erinnern, dieses Grinsen hat einfach alle Frauen in Tjensvoll, Madla und Gosen schwach gemacht und bescherte ihnen samt und sonders Träume von einem Pogodate.

»He, he, nein, wer sagt's denn, genau das wollte ich euch auch gerade fragen.«

»Hehe«, lacht Rudi zurück, »after you, Sir.«

»Hehe, um Himmels willen, Rudi.«

»Hehe.«

»Hehe.«

»Ganz der Tampon. Lang her, dass wir uns in diesen Gefilden gesehen haben. Das waren Zeiten, was?«

»Kann man wohl sagen«, erwidert Tommy Pogo und lacht. »Also, ich bin gerade erst hierher gezogen. Wohne unten am Sommerstien.«

»Ha!« Rudi schlägt die Hände zusammen. »Da haben wir es. Zurück ins Land der Kindheit. Hörst du, Jani, Tampon ist wieder nach Hause gezogen.«

»Ich hör's«, sagt Jan Inge angestrengt.

»Und was macht ihr hier?« Tampon lässt seinen Blick von Jan Inge zu Rudi und wieder zurück zu Jan Inge wandern.

Jan Inge lächelt breit und selbstsicher. »Sollen wir's ihm sagen, Rudi?«

Rudi sieht seinen Kumpel perplex an, die Gedanken irren in seinem Kopf umher, aber Janis Blick entnimmt er, dass er einfach auf den Zug aufspringen soll. »Ja, spucken wir's schnell aus.«

Jan Inge lacht. »Wir sind auf unsere alten Tage wohl ein bisschen sentimental geworden, so wie du. Wir saßen zu Hause, ja, wir hatten in der letzten Zeit echt viel zu tun, ziemlich viele Umzugsaufträge und so, und irgendwie gaben uns all diese Umzüge von anderen das Gefühl, selber nie umzuziehen, wenn du verstehst …«

»Genau«, springt Rudi ihm enthusiastisch bei, »nur da draußen in Hillevåg zu sitzen und nie einen Finger raus…«

»Und da sagt Rudi: Jani, ich frage mich, wie es zurzeit in Madla läuft. In Tjensvoll. In Gosen. In Haugtussa. Na ja, du weißt ja, wie das ist. Er kommt doch von hier.«

»Weiß ich, ja, hehe.«

»Und – da sind wir. Und schnuppern die Diamantluft der Achtziger.«

»Diamantluft?«

»Ja. Ein Vergleich.«

Tommy Pogo grinst schief. Man kann ihm ansehen, dass er nichts von all dem glaubt.

»Und da wohnst du. Deine Kinder gehen dann wohl in die Gosenschule?«

»Ja. Ulrik in die Zehnte. Kia in die Achte. Haben dort eine gute Betreuung für sie.«

»Ach ja, sorry, da war dieses Unglü…«

»Ja.«

»Irgendwas mit einem Skiwett…«

»Slalom. Ålsheia. Sie ist vom Hals abwärts gelähmt.«

»Krasse Sache.« Rudi tritt von einem Bein aufs andere. »Na dann. Hast du übrigens mal gehört, wie's Remi geht?« Rudi grinst breit, spürt aber Janis Blick auf seinen Wangen brennen.

Tommy Pogo holt das Handy raus, sieht auf das Display hinab. »Nein«, sagt er und steckt das Telefon zurück in seine Tasche, »aber du, Rudi, wenn ich dich schon mal hier habe …«

Pogo kommt einen Schritt näher. Er legt seinen Kopf ein wenig schief. Rudi weicht zurück.

»Der Schlüssel«, sagt Tommy.

»Der Schlüssel?« Rudis Blick flackert.

»Der Centerschlüssel.«

»Der Centerschlüssel?«

Tommy Pogo grinst. »Komm schon, Rudi, ich frag mich das jetzt schon bald dreißig Jahre. Wo ist der abgeblieben?«

»Ach! Der Centerschlüssel!« Rudi schlägt sich mit der flachen Hand an die Stirn. Er lacht, und mit einem Mal sind dreißig Jahre verschwunden, für wenige Sekunden glaubt er, das hier wären die alten Zeiten, und ist kurz davor, Tommy Pogo zu umarmen. »Hehe«, lacht er. »Der Centerschlüssel. Fuck, Mann! Ich werd dir sagen, wo der abgeblieben ist.«

Rudi holt seinen Schlüsselbund raus, flippt die Schlüssel durch und hält schließlich einen alten Trio Ving hoch.

Pogo streckt das Kinn ein Stückchen vor. »Du lieber Himmel«, sagt er. »Ist er das?«

Rudi lässt die Augenbrauen tanzen.

»Du hast ihn aufbewahrt«, sagt Pogo und nickt. »Ja, ja … Muss zusehen, dass ich nach Hause komme«, sagt er dann und hält den beiden die Hand hin. »Ich komm bald mal vorbei.«

»Ja, musst du unbedingt machen«, sagt Jani, »unbedingt.«

Rudi lächelt. »Unbedingt. Wir sind zu Hause.«

»Morgen«, sagt Tommy Pogo, »warum nicht morgen?«

»He, warum nicht?«, antwortet Rudi und spürt wieder, wie Janis Blick auf seinen Wangen brennt.

»Gut«, sagt Tommy Pogo, »abgemacht. Wir sehen uns morgen. Beefsteak mit Pfifferlingen und Rosenkohl?«

»Hä?«

»Mein Leibgericht.« Tommy macht auf dem Absatz kehrt, bleibt dann aber abrupt stehen, als wäre ihm plötzlich noch etwas eingefallen, dreht sich wieder um und fragt: »Übrigens – Tong, ist der nicht bald raus?«

»Jaaa …« Rudi spürt, dass er nicht mehr normal sprechen kann.

»Doch«, kommt es stattdessen fest von Jani. »Er kommt morgen. Ein großer Tag für uns.«

»Richtig«, sagt Tommy Pogo und lächelt. »Hatte so ein Gefühl, dass er ungefähr jetzt rauskommen dürfte. Toll. Dann bekomm ich auch zu hören, wie es ihm geht. Er hatte allem Anschein nach einen guten Aufenthalt in Åna, erzählt man zumindest. Okay. Bis dann.«

Pogo stapft in Richtung Sommerstien.

Rudi schüttelt den Kopf. Hasenschartenpogo. Scheiße, echt seltsam, daran zu denken. Früher war er in der Tjensvoll-Gang, jetzt ist er Leiter der Projektgruppe »Wiederholungstäter« des Polizeidistrikts Rogaland. Scheiße, echt seltsam, wo das Leben einen hinführt. Früher war Tampon sein bester Freund, und jetzt ist Pogo eins von Rudis größten Problemen.

»Morgen«, seufzt er. »Was machen wir denn jetzt? Blasen wir den ganzen Dreck ab?«

Jan Inge schließt für zwei Sekunden die Augen, bevor er sie langsam wieder aufschlägt. »Wir ziehen es wie geplant durch. Nachdem er uns hier getroffen hatte und morgen bei uns vorbeigekommen ist, wird er uns nicht verdächtigen.«

Rudi nickt. Durchführen. Souverän.

Jan Inge sieht Rudi fragend an. »Was war das mit dem Schlüssel?«

Rudi grinst. »Tommy und ich«, sagt er, »wir haben damals den Schlüssel zum Hintereingang des Tjensvollcenters in die Hand gekriegt. Haben ihn im Pausenraum aus einem Mantel gezupft. Zuerst haben wir ihn nur benutzt, um reinzukommen und ein bisschen Limo und Bier zu klauen. Dann haben wir ihn auch verliehen. Setzten eine Grenze bei zwei Kästen Bier pro Person an. Tommy und ich saßen oben am Ufer des Vannassen und steuerten das Ganze. Die Bullen kapierten gar nichts. Der Alarm ging los, die Bullen rückten an, aber nie war jemand dort. Die Leute ließen sich ja einfach rein und raus. Sie glaubten damals, mit dem Alarm würde was nicht stimmen. He, he. Das Ganze flog erst auf, als Janka sich nicht mehr zurückhalten konnte – er hat einen ganzen Einkaufswagen mit Bierkisten vollgemacht. Da haben sie's gecheckt.«

»Der war gut, echt«, sagt Jan Inge und nickt. »So 'nen Stil mag ich.«

»Ja«, sagt Rudi. »Einer der besseren. Natürlich Tommys Idee. Ich hätte vermutlich ein paar Fenster eingeschlagen und dann Bier geholt.«

»Ja, vermutlich.«

»Ha. The dark side hat da einen guten Mann verloren.«

»Da sagst du was. Eine Art umgekehrter Anakin Skywalker, dieser Tommy.«

Rudi blickt auf den Schlüsselbund hinab und dreht den Schlüssel zwischen den Fingern. »Hab's nie geschafft, den Schlüssel wegzuwerfen«, sagt er. »Echt heftig, ihn zu sehen. Hier. Irgendwie immer noch derselbe alte Tampon. Irgendwo in diesem gut trainierten Bullenkörper steckt immer noch der Freund, den ich mal hatte. Beefsteak mit Pfifferlingen und Rosenkohl. Das gab's nicht oft, als Tommy klein war. Hab ich dir mal erzählt, wie wir in die Madlavollschule eingebrochen sind?«

Jani schüttelt den Kopf. »Nein, ich glaube nicht.«

»Mitten in der Nacht. 1983. Tommy war immer verdammt wütend. Sieht man ihm jetzt nicht mehr an, aber damals war er ein verdammtes Wutbündel. Ha. 1983. Mitten in der Nacht. Madlavollschule. Ich und Tommy Pogo. Wir sprangen bloß durch die leeren Gänge und brüllten. Scheiße, war das schön.«

65 Gebet (Sandra)

Lieber Jesus, ich weiß nicht mehr, wer du bist. Ich weiß nicht mehr, wer ich bin. Er tut mir weh, er reißt mich in Stücke, aber ich versuche mir einzureden, dass ich wenigstens von etwas Schönem zerstört werde, wenn es mich denn schon zerstört. Ich kann an nichts anderes mehr denken. Ich hasse diesen Tag, ich möchte zurückspulen zu der Zeit, da ich klein war und du vor mir standest. Im Augenblick habe ich nicht mehr das Gefühl, dass du da bist. Als ich klein war, wusste ich immer, dass du zu mir kommen würdest. Ich musste bloß warten, musste bloß die Augen schließen. Jetzt weiß ich nicht mehr, wo du bist. Aber jetzt brauche ich dich. Warum sagst du nichts? Willst du, dass ich ganz alleine brenne, steckt für dich darin ein Sinn? Du hast mir die Liebe geschenkt, und jetzt nimmst du sie mir wieder weg. Ich verstehe den Sinn darin nicht. Bitte, ich schließe jetzt die Augen, ich liege hier im Bett. Hauch mich an. Mama und Papa sind oben im Wohnzimmer. Sie laufen durchs Zimmer, ich kann sie hören. Sie sprechen miteinander, wie du weißt, sie sprechen über mich. Mama weint, hörst du das, sie weint. Sie ist so etwas nicht gewohnt, sie hat Sandra ihr ganzes Leben lang in ihren Armen gehalten, Sandra hat nie etwas getan, was Mama zum Weinen gebracht hätte. Aber jetzt erkennt sie mich nicht wieder. Das ist nicht unsere Sandra, sagt sie. Du hast geschwänzt, sagt sie. Mit wem triffst du dich, Sandra? Warum sprichst du nicht mit uns? Warum ziehst du dich zurück? Wir sind doch deine Eltern, Sandra, wir wollen dir nur helfen. Das Unheimliche ist, dass Mama recht hat, ich bin nicht mehr ihre Sandra, ich bin jetzt Daniels Sandra. Hauch mich an, Jesus. Hauch zuerst mich an, und dann geh ins Wohnzimmer, lass Mama sich hinsetzen, und dann hauch über Mamas Augenlider, und sag ihr: Sie ist nicht länger deine Sandra. Sie ist jetzt Daniels Sandra. Verlässt er mich? War er gar nicht derjenige, der er vorgab zu sein? Er darf mich nicht wegen Veronika verlassen, er darf mich nicht ihretwegen verlassen. Sag das. Nicht ihretwegen. Nur ich weiß, wer er ist. Hauch uns an. Hauch Malenes und Tirils Vater an. Hauch die Schwestern an. Hauch Mama an. Hauch Papa an. Hauch mich an. Jetzt bin ich ruhiger. Jetzt werde ich schlafen, ich weiß, du kommst und legst dich später in der Nacht zu mir, wie du es auch früher immer getan hast. Ich weiß, du kommst. Ich weiß, morgen wird es Tag, und ich weiß, alles wird gut.

66 0162 (Tong)

Er sitzt im Schneidersitz am Boden. Er hat den Fernseher ausgemacht, er hat das Deckenlicht ausgeschaltet. Hinter dem Gitter liegt die Dunkelheit des Abends. Die Schulterblätter sind tief im Rücken verankert, die Hände liegen entspannt auf den Oberschenkeln, die Handflächen sind nach oben gewendet. Der Kopf balanciert auf dem Hals. Ruhe um die Augen, Ruhe im Mund, Ruhe in den Armen, Ruhe im Bauch, Ruhe in den Füßen. Schwere Hände, schwere Finger, geschlossene Augen.

Der Vertrauensbeamte hat ihn kurz vor halb neun vom Besuchszimmer zurückgebracht. Dieser Piddi ist ein vogelschlanker Kerl aus Loddefjord, ein geschwätziger Arsch, ein Typ, von dem Tong die ganze Zeit denkt, er könnte genauso gut hier einsitzen wie er selbst. Der Piddi grinste Tong frech an, wie schon die letzten Wochen. Ja, er kapiert, dass Tong jeden Mittwoch eine Frau hat.

»Ja, ja, Tong«, sagte er und klopfte ihm auf die Schulter, »das wird das letzte Mal, dass du die Åna-Kluft anziehen musst, um eine Frau abzukriegen. Morgen verschwindest du von hier, und weißte was, es wird gut für dich laufen.«

Tong erwiderte das Schulterklopfen nicht, er erwiderte überhaupt nichts.

»Wird schon werden«, fuhr dieser Piddi fort. »Du kaust einem Loddenser wie mir nicht gerade ein Ohr ab, aber dein Aufenthalt war gut. Insasse Nummer null eins sechs zwei. Damit ist jetzt Schluss.«

Tong blieb mit dem Rücken zu ihm in der Tür stehen.

»Du willst also in Richtung Zimmermann?«

Tong nickte. »Will's versuchen.«

»Na dann«, sagte dieser Piddi. »Passt zu dir. Echt mal, magst ja die Arbeit. Sich auspowern, spüren, dass die Muskeln sich betätigt haben. Hehe, na dann. Und kommt dann deine Frau und holt dich ab?«

Die Schwere in den Handflächen spüren, die Schwere im Steißbein.

»Sie ist nicht meine Frau.«

»Hehe, neiiin, nein, nein, haha.«

Es sollte im Gefängnis Meditationskurse geben. Tong hat das der Gefängnisleitung auch gesagt. Jeder, der hier reinkommt, ist voller Muskelknoten. Hat die Schultern so hochgezogen, dass sie schon fast an die Decke stoßen. Denn nicht das Gefängnis ist schlimm, sondern die Wartezeit. Die Monate zwischen der Urteilsverkündung und der Zeit hier drinnen. Da geht man kaputt, da macht man sich einen Kopf. Kommt man dann hier an, da ist man schon kein Mensch mehr. Man ist ein einziger Knoten. Da braucht man keine verschreibungspflichtigen Medikamente, man braucht Meditation. Da braucht man kein Subutex, man braucht Meditation!

Tong meditiert jeden Tag. Eine kurze Sitzung mitten am Tag und eine nach dem Einschluss. Dann Push-ups und Training. Früher hatte er in seiner Zelle einen Wischmopp, an den er seine Handtücher knüpfte und daran mehrere Seifenspender, sodass daraus eine gute Langhantel wurde. Die Gefängnisleitung nahm sie ihm weg. Denen passt es nicht, wenn ein Insasse zu kräftig wird.

Cecilie, denkt Tong und lässt den Kiefer locker, spürt, wie Hals und Gesicht entspannt sind. Als wollte sie ihn auffressen. Er kam ins Besuchszimmer, sie saß da wie üblich, nur schien sie geweint zu haben. Er sagte keinen Ton. Sie auch nicht. Bloß ihre knochigen Hände zitterten ein wenig. Den Blick gerade auf die Wand gerichtet, als gäbe es dort noch etwas anderes zu sehen als nur die weiße Fläche. Dann mit einem Mal stand sie auf. Sprang auf wie ein kleines Tier, sprang auf ihn zu, zog ihm die Hose aus, zog sich die eigene Hose aus und setzte sich auf ihn und nahm ihn, als wäre es das letzte oder das erste Mal. Es ging alles megaschnell. Und dann, während er in ihr drinnen war, redete sie von ihrem Vater in Houston, und sie erzählte irgendwas von Rudi, dass sie ihn satthätte, dass sie kotzen könnte, sie brabbelte vor sich hin, dass sie nicht wüsste, was sie tun sollte.

Sie schien, was sie da sagte, auch zu meinen. Tong hörte ihr zu, aber als sie sich immer schneller auf ihm auf- und abbewegte, konnte er ihr nicht länger folgen, ihre Möse fraß ihn auf, und er sagte bloß, was er immer sagte, wenn er drauf und dran war zu kommen, dass er Scheiße noch mal alles für diese Frau tun würde. Da riss sie die Augen auf und starrte ihn an. »Meinst du das wirklich so, Tong?«

Er schloss die Augen, biss die Zähne zusammen, dass es im Kiefer nur so zog.

Als er gekommen war, küsste sie ihn. »Echt geil, Tong. Du. Morgen haben wir einen Job. Einen Versicherungsjob. Einen Typen verprügeln, ein bisschen was demolieren, es wie einen sauberen Bruch aussehen lassen. Bist du dabei?«

Scheiße, wie verdreht sie ist, aber Scheiße auch, wie scharf. »Ja, ja, gut, in Ordnung.«

So ist es manchmal. Man meint Nein, sagt aber Ja.

Tong atmet langsam tief ein und ebenso wieder aus. Sein letzter Abend in Åna. Morgen verschwindet er von hier. Ab morgen kann er machen, was er will. Er muss nur diesen hoffnungslosen Job hinter sich bringen. Rudi und Jani. Dann ist das jetzt eben das letzte Mal, dass er mit ihnen arbeitet.

Der Körper wird leichter. Er spürt den Untergrund nicht mehr. Er schwebt über eine Dschungellandschaft, grüne Baumwipfel treiben unter ihm vorbei, ein weicher, warmer Wind streicht über seine Haut. Er steigt, er sinkt, er steigt wieder. Er schwebt über einen Wasserfall, er segelt über die tosenden Wassermassen, und da, direkt neben ihm, stürzt sich ein Adler in die Tiefe, Tong reißt den Mund auf, rast auf den Adler zu, schlägt ihm die Zähne in den Nacken, hört den Adlerschrei, spürt den Geschmack von Eisen im Mund, und da, am wilden Himmel, steht eine Sonne und brennt.

Donnerstag, 27. September

Manche Freunde führen ins Verderben,
manch ein lieber Freund
ist anhänglicher als ein Bruder.

SALOMON, SPRÜCHE 18,24

67 Shelley hatte recht (Sandra)

Sie wacht in der Dunkelheit der Nacht auf. Nicht müde, nicht mehr weinend. Ihr Körper fühlt sich bereit an, der Kopf auch. Sie streckt die Hand in Richtung Nachttisch aus und greift nach ihrem iPhone. Das Licht des Displays färbt das Zimmer ein. 05:57. Sie setzt sich auf.

Ich tu es, denkt sie und stellt die Füße auf den Boden. Sie vermeidet jene Dielen, von denen sie weiß, dass sie knarzen, holt sich einen frischen Slip aus dem Schrank am Fenster, nimmt die Kleider vom Vortag von der Stuhllehne, schlüpft hinein, Strümpfe, Hose, BH, Oberteil, und schleicht raus auf den Flur. Sie macht die Tür zur Toilette auf, pinkelt, spritzt sich nur ein wenig Wasser ins Gesicht, kümmert sich nicht darum, wie sie aussieht, geht die Treppe runter ins Erdgeschoss, lässt alle Lichter ausgeschaltet, lässt ihre Mutter und ihren Vater weiterschlafen.

Aus der Glasschale auf der Küchenanrichte nimmt sie sich einen knallroten Apfel.

Trinkt im Licht des Kühlschranks ein Glas Trinkjoghurt.

Ich tu es einfach, flüstert sie und macht die Haustür auf. Es ist kalt, aber die Nacht ist im Begriff, dem Morgen zu weichen. Bald wird es hell, doch noch ist es so dunkel, dass sie den Fjord nicht sehen kann. Ein paar Vögelchen hocken in den Bäumen, sie haben gerade angefangen, den Tag einzusingen. Ansonsten ist es still auf den Straßen. Keine Lichter in den Nachbarhäusern. Nirgends Menschen zu sehen.

Sie eilt die Kong Haralds gate entlang, am Madlamarkveien vorbei und den Hügel hinauf. Sie überquert den Madlavollveien, huscht zwischen den niedrigeren Hochhäusern hindurch. Es geht inzwischen auf halb sieben zu. Vor ihr ragen die Wohnblocks in den Himmel, tot und öde, als würde dort niemand mehr wohnen, als wären diese dummen, armen Menschen, die einmal dort eingezogen sind, weil sie sich nichts Besseres leisten konnten, jetzt – zum Glück – tot.

Die Nacht hat ihr gutgetan, und jetzt wird sie einem anderen Mädchen wehtun. Auch wenn sie gerade mal vier Stunden geschlafen hat, ist sie ausgeruht, als wäre die Nacht doppelt so lang gewesen. Du kannst so taub sein, wie du willst, du Behindertenbitch, denkt sie und marschiert am Prixen vorbei. Du glaubst, du wärst ja ach so unschuldig und süß, bloß weil du nichts hören kannst. Du glaubst, du könntest dir das Gesicht zerschneiden und dann tätest du allen leid.

Aber das stimmt nicht.

Du hast mir meinen Jungen weggenommen.

Dafür musst du bezahlen.

Sandra ist an dem Laden vorbeimarschiert und geht jetzt in aller Ruhe hinauf zu den Wohnblocks. In ihrem Körper fließt Stahl, so kalt hat sie sich noch nie gefühlt. Eifersucht, hat ihre Mutter gesagt, Eifersucht und Neid darfst du niemals die Tür offnen. Tja, Mama, schau mich jetzt an, ich hab ihnen sogar einen Platz angeboten.

Ein Mann läuft an ihr vorbei, ein Mann mit Fahrradhelm und hautengen Trainingsklamotten. Sie marschiert den letzten Hügel hinauf, bis zu dem Block am Jernalderveien, der auf die Eisenzeitsiedlung hinausblickt. Vor dem Klingelbrett bleibt sie stehen. Sie lässt die Finger über alle Knöpfe gleiten, ohne draufzudrücken, wie damals, als sie noch klein waren, sie und Shelley aus 4a. Shelley stammte aus Norwich in England und wohnte, während ihr Vater bei Mobil arbeitete, ein paar Jahre lang in Stavanger. Shelley hatte ein großes Muttermal auf der Oberlippe und bekam es nie hin, richtig Norwegisch zu lernen. Sie drückten damals immer auf sämtliche Klingeln, zogen die Finger nach unten und spürten bei dem Gedanken, dass es im selben Augenblick in allen Wohnungen des Blocks toste, ein Schaudern im Nacken. Für Shelley war das great fun, aber Sandra hatte dabei Bauchschmerzen. Der Bauch tat ihr weh, wegen ihrer Mutter und wegen Jesus, weil sie etwas Böses getan hatte, weil sie andere Leute belästigt hatte, weil sie klingelgeputzt hatte. Doch jetzt weiß sie, dass ihre Mutter ein Nervenbündel ist und dass Shelley recht hatte und dass Jesus kein Feigling ist, Jesus ist der Meister der Rache: Er wirbelt das Magazin herum und hält dem Hass die andere Wange hin.

Der Finger hält mitten in der Bewegung inne.

Von drinnen ist ein dumpfer Laut zu hören, als würde jemand eine Palette von einem Lkw abladen. Der Aufzug, der sich dem Erdgeschoss nähert. Eine Gestalt hinter dem Glas. Sie kommt auf sie zu. Shit. Sie schlottert, kann nicht weglaufen, bückt sich, um sich die Schuhe zuzubinden, wer ist das? Sandra kniet am Boden, die Tür geht auf, es ist eine Frau mit roter Jacke und enger Jeans, eine Frau Ende dreißig.

Veronikas Mutter. Daniels Pflegemutter. Sie darf sie nicht erkennen. Sandra hält den Blick starr auf die Schuhe geheftet, der Atem geht hart und schnell, die Frau wirft einen kurzen Blick zu ihr herunter, scheint sich aber in einer anderen Welt zu befinden und sieht nicht, was sie vor sich hat.

Die Tür fällt wieder zu und schnappt hinter der Frau, die mit schnellen Schritten den Jernalderveien entlangmarschiert, ins Schloss.

Sandra steht wieder auf. Jetzt kommt das Licht. Jetzt kommt der Tag. Sie legt den Finger wieder auf das Klingelbrett. Sie legt ihn zielgerichtet auf den Klingelknopf der Bewohner im zwölften Stock.

Inger und Veronika Ulland. Daniel William Moi.

Das ist also Hass. Gut zu spüren, dass er lebendig ist.

68 Mami redet nur Quatsch (Cecilie)

Wie kleine Fische. Kleine, glitzernde Fische, die durchs Wasser flitzen, anhalten, ein bisschen mit der Schwanzflosse hin- und herschlagen, umdrehen, kurz zucken und dann zum anderen Ende jenes Meeres schwimmen, das sie in sich trägt.

So heißt es. Das hat sie mal in einer Zeitschrift gelesen. Fische. Oder Blasen. Als würden kleine Blasen in ihr platzen. In der sechzehnten Woche, heißt es. Ab da kann man das Leben spüren. Wann ist das? Sechzehnte Woche? Wie weit ist sie wohl? Sie weiß es nicht, fünfte Woche vielleicht, vielleicht auch sechste. Bald muss sie zum Arzt gehen, bald muss sie sich Klarheit verschaffen.

Cecilie liegt ganz ruhig und mit geschlossenen Augen da, wie ihre eigene Mutter einmal dagelegen haben muss, mit einem kleinen Mädchen in sich drinnen. Sie nimmt den aufziehenden Tag wahr, ein dünner Streifen Licht fällt ins Zimmer. Auch heute soll es wieder warm werden. Wie spät ist es? Sieben? Früh wach zurzeit. Kommt wohl von dem Kleinen.

In ein paar Monaten wird neben ihr ein kleines Kind liegen. Vielleicht in einer eigenen Wiege direkt neben dem Bett. Vielleicht sieht es ihr ähnlich, vielleicht kommt es mit windschiefen Lippen und Aschehaut zur Welt. Vielleicht hat es eine Rassel in der Hand, und ein Mobile hängt über dem Babyköpfchen. Vielleicht liegt es da und wimmert. Wie sie selbst einmal dagelegen haben muss, neben ihrer Mutter.

Cecilie schlägt die Augen auf. Sie stützt sich auf die Ellbogen, spürt, wie sich Übelkeit in ihr breitmacht. Sie wirft Rudi einen Blick zu. Er liegt ausgestreckt neben ihr, die Hälfte seines Körpers unbedeckt, der riesige Schwanz wie ein schlafender Aal auf dem bleichen Bauch. Der Rudikörper ist voller Flecken. Die ganze Haut ist fleckig, übervoll mit Leberflecken, Punkten, Knötchen und den Kratern früherer Pickel. Hübsch ist er nicht gerade.

Kann sein, dass das Kleine nicht überlebt, kann sein, dass es in ihr drinnen stirbt, würde mich nicht wundern, denkt sie, wenn das Kleine in meinem Aschemeer krepieren würde, was kann darin schon wachsen? Und falls es Rudis Kind ist, kann man sich schwer vorstellen, was für ein Geschöpf es wird. Vielleicht sogar gut, wenn es stirbt, bevor die Welt es zu Gesicht bekommt. Vielleicht furzt in sieben, acht Monaten ein Alien aus ihr heraus. Vielleicht guckt da unten ein Alienkopf raus. Bäääh! Schwester! Was für ein verdammt hässliches Kind! Fuck, was für ein ugly smurf!

Niemand will so etwas wie dich ansehen.

Niemand will mit so einem Kind wie dir zusammen sein.

Cecilie seufzt und streicht sich mit den schlafklammen Händen vom Haaransatz zum Kinn.

»Entschuldigung«, flüstert sie. »Mami redet nur Quatsch. So ist Mami morgens. Mami meint das nicht so. Jetzt stehen wir auf, du und ich, und besorgen uns einen Kaffee. Dein Opa, der in Amerika wohnt, der braucht morgens auch ganz dringend Kaffee. Sonst wird er bonkers, sagt er. Aber sobald er seinen Kaffee kriegt, dann ist er für den Rest des Tages wie ein Jahrmarkt. Dein Opa, weißt du, dass der eine eigene Firma hat? Ja sicher, Baby, genau, Southern Oil. Er ist der Präsident, yessir, Thor, Präsident von Southern Oil. Ja, ja, denk nicht an Opa, er ist ein feiger Arsch. Na ja, wir besorgen uns jetzt einen Kaffee, eine kurze Dusche, und dann verschwinden wir aus diesem Horrorhaus, dann fahren wir los, um deinen Vielleichtvater abzuholen.«

Rudi dreht sich im Halbschlaf um.

»Mmmm, Chessi«, murmelt er, »mit wem redest du ... Liegst da und quasselst mit dem Dachboden ... Southern Oil ... Opa?«

Einatmen. Und ausatmen.

Cecilie beugt sich zu Rudi hinüber. Legt die Hand auf seine Stirn. Streicht von oben über seine Augen, die in den aufkommenden Tag blinzeln. Sie küsst ihn, auch wenn er stinkt.

»Rudi«, sagt sie leise.

»Oh ja«, murmelt er zurück, »red du nur mit ihm, dann spieß ich dich auf, sag nur ein Wort, und ich bin bereit ...«

»War nicht, was ich meinte«, spricht sie leise weiter, »schlaf du noch ein bisschen. Ich steh auf, fahr raus und hole Tong ab. Schlaf noch ein bisschen, Rudi braucht das. So groß, wie du bist, weißt du, brauchst du viel Schlaf.«

»Mein Schwanz saugt mir das ganze Blut ...«

»Ja, ich weiß«, flüstert Cecilie, »schlaf jetzt. Es ist noch früh. Noch nicht mal Jani ist schon wach. Schlaf jetzt.«

Rudis Blick schimmert feucht. »Wie im Pflegeheim«, sagt er mit raspelnder Morgenstimme. »Ich find das toll. Fürsorge. Krankenpflegerin, Chessi, das hättest du werden sollen. Du bist awesome, Lady, weißt du das?«

Rudi hebt den Kopf. Blickt sie lange an.

Es ist echt schwer, einen Mann zu hassen, der einen so heftig liebt.

Aber unmöglich ist es nicht, denkt sie und macht einen Schmollmund für ihn, ehe sie sich Jeans und BH schnappt und in Richtung Bad verschwindet.

»Pass nur auf«, hört sie hinter sich, »wenn wir den Job gemacht haben, gibt's Schwanz in deinem Haus. Heut Abend jagt er durch deine Korridore! Dschieses! Hier ist ein verrückter Hund! Dschieses, er hat den größten Schwanz der Welt! Hehe. Du bist awesome, Lady. Wir sollten uns bald mal nach einem eigenen Haus umsehen, was, Chessi? Heute Abend, Lady Gaga! Heute Abend!«

»Schlaf jetzt«, sagt sie. »Wenn du nach dem Job 'ne Muschi willst, dann schlaf jetzt.«

»Uups! Surethingboss.«

Cecilie schlurft über den Teppich im Flur. Er ist abgetreten und dreckig. Muss ausgetauscht werden. Sie gähnt. Diese ununterbrochene Übelkeit ist anstrengend. Sie muss sich zwar nicht übergeben, aber es fühlt sich an, als würde es ihr besser gehen, wenn sie es täte. Hält sich das Baby denn ruhig, wenn sie geht? Oder hat es noch nicht angefangen, sich zu bewegen? Bald wird es das. Wenn es nicht längst tot ist. Das Todeskind. Bald wird es sich bewegen. Kleine Fische. Bald wird es die kleinen Finger und die kleinen Zehen ausstrecken, der kleine Kopf wird sich drehen, die kleinen Augen werden versuchen zu begreifen, was Sache ist. Aber im Moment schläft das Kleine noch. Es folgt Mamis Bewegungen. Als würde es die Luft anhalten. Was macht Mami? Wohin gehen wir?

War das für ihre Mutter auch so? Damals, als sie – Chessi – das kleine Würmchen war? Hat ihre Mutter sich auch gefragt, ob das Kleine bereits tot ist?

Cecilie macht die Badezimmertür auf. Als ihr Blick auf Jan Inge fällt, zuckt sie erschrocken zusammen. Er sitzt vollständig bekleidet auf dem Klodeckel, seine Beine baumeln über dem Boden. Er hat schwere blaue Schatten unter den Augen, einen Finger hat er sich in den Mund gesteckt. Er sitzt da und knabbert auf seinen Fingernägeln. Sieht sie nicht an. Sein Blick flackert hin und her. Er hat geweint. Er sieht aus wie zwölf. Er ähnelt sich selbst als Zwölfjährigem. Als er damals hier drinnen saß und an seinen Nägeln knabberte, weinte und ihr, die draußen im Nachthemd stand, zurief: »Cecilie! Komm bitte nicht rein! Ich muss denken! Ich muss denken!«

69 Morgenstimmung bei einem Teenagervater (Pål)

»Tiril? Malene? Frühstück ist fertig!«

Munter steht er auf der untersten Stufe und sieht hinauf zum ersten Stock. Neben ihm wedelt Zitha wie verrückt. Auch sie hat den Kopf gehoben und sieht aus, als würde sie ihn nachahmen. Pål zieht eine Augenbraue hoch, spannt die Wangen an, setzt einen betont milden Gesichtsausdruck auf, als wäre es irgendein Sommertag und er ein Vater aus einem Kinderfilm. In den Händen hält er eine Milchtüte und ein Schneidebrett mit Gurken-, Tomaten- und Paprikascheiben.

»Hopp, Mädchen! Frühstück!«

So. Er hält die Spannung in der Rückenmuskulatur, als er zurück in die Küche geht. Stellt das Brett und die Milch auf den gedeckten Tisch, nimmt vom Kaminsims die Streichholzschachtel, zieht ein Hölzchen über die Zündfläche. Er macht die Kerzen an und wirft einen Blick zur Kaffeemaschine, die drüben am Fenster zur Straße vor sich hin gluckert. Aufstrich, Käse, Leberwurst, Gemüse, sogar Salatblätter, Milch und Saft und Kaffee.

Sieht gut aus. Macht sich gut.

»Zitha! Brav, ja. Platz.«

Diesen Tag gibt es. Und dann gibt es ihn auch wieder nicht.

Er hört Tirils Schritte, lebhaft und hart, sie kommen die Treppe runter und scheinen alles über seine jüngere Tochter zu erzählen, das Trampolinkind, wie Christine sie einmal genannt hat. Manchmal konnte sie so originell in ihren Worten sein, als wäre sie Schriftstellerin und nicht Geschäftsfrau. Hinter Tiril hört er Malene, zuverlässig und erwachsen. In den unterschiedlichen Schrittgeräuschen erkennt er seine Frau und sich selbst wieder. Damals, als dieses Haus noch zusammenhielt, damals, als sie morgens aus dem Bett hetzte, hellwach und mit dem Kopf längst bei der Arbeit, noch ehe sie die Fahrertür geöffnet und sich ins Auto gesetzt hatte. Er selbst wird langsamer wach. Es dauert mindestens zwanzig Minuten, bevor Pål fit für den Tag ist. Christine war quasi schon wach, bevor sie aufwachte. Sobald sie die Augen aufschlug, war sie auf Maximalenergie. Er lächelt bei dem Gedanken in sich hinein. Aber als das noch Realität war und nicht eine Erinnerung, konnte das ganz schön nerven. Christine, die Kaffee trank, während sie sich anzog, schminkte, Pausenbrote für die Kinder schmierte und Zeitung las, schwups stand sie strahlend und bereit vor ihm, die Autoschlüssel in der Hand, und gab ihm einen Routinekuss auf die Wange, bevor sie sagte: »Dann hab mal einen guten Tag«, und aus der Tür raus war.

Sie hatten überhaupt keinen gemeinsamen Rhythmus. Irgendwann hatte Pål mal den Versuch unternommen, sich ihrem Tempo anzupassen. Er hatte sich eingebildet, irgendwo in ihm gäbe es so etwas wie eine Variante von ihr, die er sein könnte. Er plante seinen Tag gemäß ihrer Geschwindigkeit, versuchte, ihr Tempo zu halten. Wenn sie samstagmorgens mit dem Staubsaugen loslegte, ließ er das Frühstück Frühstück sein und packte den Abwasch vom Vortag an. Allerdings trieb das Christine in den Wahnsinn. Mein Gott, Pål, bitte, das ist doch total unnatürlich, musst du mir jetzt zwischen den Beinen rumlaufen?

Tiril steht unter Strom, sie hat Kopfhörer in den Ohren und ist auffällig in Schwarz und Rot gekleidet.

»Hallo, meine Große«, sagt er, so freundlich er kann, und will sie mit ausgestreckten Armen aufhalten, doch sie marschiert einfach an ihm vorbei. Ohne großes Aufheben lässt er die Arme sinken. Tiril lächelt angestrengt, er kann die Musik aus ihrem iPod hören, ganz ohne Bass und Tiefen, sie hat jetzt keine Zeit für Papa, sie muss sich konzentrieren.

»Dschieses«, sagt sie und zeigt auf den Frühstückstisch, »ist jemand gestorben?«

Er lacht, auch wenn er es nicht lustig findet. »Wollte euch nur ein gutes Frühstück machen, wo doch ein so großer Tag für dich ist«, sagt er und spürt, wie sich die Brust zusammenzieht, auch wenn, was er gesagt hat, ja ehrlich und wahr war. »Setz dich, dann bring ich dir Kaffee. Willst du vielleicht die Kopfhörer rausnehmen, nur solange wir essen?«

Tiril zieht die schwarz nachgemalten Augenbrauen hoch, lässt aber die Kopfhörer in den Ohren. Sie angelt das Handy aus der Tasche, entriegelt es und beginnt zu texten.

»Ich brauch ein iPhone 5, Papa«, sagt sie, ohne ihn anzusehen. »Aber das können wir uns wohl nicht leisten?«

Draußen auf dem Flur geht die Klotür auf. Malene kommt. Sie sieht erschöpft aus, erschöpft und elend. Pål wird unruhig, Tirils Vorwurf ist im Nu vergessen, aber er ermahnt sich, jetzt dem mulmigen Gefühl keinen Raum zu geben. Ist sicher nur der Morgen, verfliegt bestimmt schnell wieder. Spricht man erst über seine Sorgen, materialisieren sie sich auch.

»Hallo, Papa.«

Malene bückt sich und krault Zitha, bevor sie auf Pål zugeht. Ihr Blick wandert über den Frühstückstisch.

»Was für ein schönes Frühstück du gemacht hast.«

Er streicht ihr übers Haar. »Gut geschlafen?«

»Nicht wirklich«, sagt Malene. »Haben wir auch Brot?«

»Ja, sich…« Pål unterbricht sich selbst. »Warte kurz, na klar haben wir Brot …«

Er eilt zur Brotlade, spürt die Blicke der Mädchen im Rücken, zieht die Lade raus. Eine kleine Tüte mit einem alten Brotkanten. Er legt die Hände auf die Arbeitsfläche. Dreht sich zu den Mädchen um. Malene hat dunkle Schatten unter den Augen, das verfliegt so schnell nicht wieder. Tiril tippt immer noch auf ihr Handy ein, und die Diskanttöne aus ihrem iPod schwirren um sie herum wie ein Wespenschwarm.

»Knäckebrot?«, fragt Pål und hört selbst, wie schlecht seine Stimme trägt.

Malene zuckt mit den Schultern. Tiril scrollt über ihr Handydisplay und bewegt leicht die Lippen, ohne einen Ton herauszulassen.

Pål atmet ein, zwingt sich zu einem Lächeln, klatscht in die Hände und sagt: »Ach, das wird ein guter Tag. Donnerstag. Ich hab mir heute freigenommen, dachte, ich könnte uns was richtig Gutes zum Abendessen kaufen, das Haus putzen, und dann haben wir eine gute Zeit miteinander, bis, ja, bis wir … He, Tiril?«

Er geht zu ihr hinüber. So viel Schminke! Wo ist nur sein kleines Mädchen geblieben?

»Hä?«

Er stellt sich direkt vor sie.

»Hä? Dein großer Tag, was, hä?«

Sie zupft die Kopfhörer aus den Ohren und legt das Handy weg. »Kommst du und schaust zu?«

Er lächelt weiter, legt beide Hände an ihr Gesicht, auf jede Wange eine. »Klar komm ich, meine Große. Um nichts in der Welt will ich das verpassen.«

Tirils Handy vibriert, die Tischplatte schwingt mit. Sie befreit sich aus seinem Griff, aber er kann in ihren Augen die Freude sehen, das Gefühl von Geborgenheit, das er mit seinem Versprechen bei ihr ausgelöst hat. Tiril greift wieder nach dem Telefon. Dann verzieht sie das Gesicht, steht auf, schüttelt den Kopf. Es vibriert noch einmal, und sie starrt auf das Display.

»Scheiße«, sagt sie, ohne ihren Vater oder Malene anzusehen. »Dieser beschissene Mofo.« Tiril atmet hörbar durch die Nase und hebt den Blick. »Das ist ernsthaft fucked up. Sorry, ich muss los. Kenny hat Shaun zermatschprügelt, und Sandra ist kurz davor durchzudrehen. Malene, komm, ich brauch dich. Wir sehen uns heute Abend, Papa.«

70 Das ist ja auch der Sinn der Sache (Veronika)

Die Finsternis hatte sich mit der Nacht herangeschlichen. Sie hatte sich über Madla gelegt, über Stavanger, über Rogaland, über das Vestlandet, über Norwegen, über Europa, über die Welt, über das Universum, in sich bis in die Unendlichkeit ausdehnenden Kreisen, die sie sich schon seit ihrer Kindheit vorstellt, als sie noch hören konnte. Sie war sechs, als sie das Gehör verlor, und die Erinnerungen an die Geräusche sind immer noch glasklar, aber sie mag sie nicht. Die Stimme ihrer Mutter, das Rauschen der Klospülung, das Starten eines Autos. Es ist schöner, an Geräusche zu denken, die sie nie gehört hat.

Als ihre Mutter Gute Nacht sagte, wirkte sie ausgepumpt. Sie stand mit zur Seite geneigtem Kopf vor Veronika und legte zwei Finger auf deren Wunden, strich über die frischen Narben, genau wie Daniel es Minuten zuvor in der Küche getan hatte.

»Bleib nicht so lang auf, hm?«

»Nein, nein.«

Seine Hände schienen in ihrem Unterleib einen Wunsch entfacht zu haben. Der Griff, mit dem er sie umfasst hatte, war fest und insistierend gewesen, beinahe schmerzhaft, aber der Wille in seiner Handfläche und wie er sich hungrig gegen ihr Schambein gedrückt hatte, hatten ihren

Körper zum Klingen gebracht, und als er die Hand wegnahm, konnte sie nur mehr denken: *Mach das noch mal.* Zuckende Wärme breitete sich in ihr aus, ebenfalls in sich ausdehnenden Kreisen, die zwischen ihren Beinen starteten, einen Kreis um den Unterleib zogen, einen Kreis um Bauch und Schenkel, einen um Brüste und Beine, einen Kreis im Ganzen um sie herum.

Die Badezimmertür ging auf. Mamas Schritte in Richtung Schlafzimmer, außer Sichtweite.

»Nacht, Mama.«

»Gute Nacht, Inger.«

Daniel saß am einen Ende des Sofas, die Beine auf der Tischplatte, den Kopf am Sofarücken, einen Arm über der Lehne, den anderen auf dem Bauch. Veronika erhob sich, tat so, als würde sie ihre Klamotten zurechtziehen, setzte sich wieder. Näher.

Ohne sie anzusehen, stand er auf, und seine Lippen bewegten sich. Sie war sich nicht sicher, ob er irgendetwas sagte oder nur seufzte oder nach Luft schnappte wie ein Guppy. Er ging zum Fenster, machte es zu, blieb dort eine Weile stehen und durchforstete mit dem Blick die Dunkelheit.

Doch. Er sagte etwas, aber sie konnte es nicht lesen.

»Was?«

Und wieder wendete er sich ab. *Zu viel Scheiß hier am Laufen?* Hatte er das gesagt?

Veronika stand auf und trat neben ihn. »Was sagst du?«

Er wich ihrem Blick aus. »Weiß nicht. Schule. Pack die Schule morgen nicht. Muss nachdenken.«

Sie trat so nahe an ihn heran, wie sie sich traute. Eine lange Pause entstand. Veronikas Atem verlor immer mehr an Raum.

»Und worüber musst du nachdenken?«, fragte sie.

Er drehte sich zu ihr um. Sein Gesicht schimmerte, die Zähne leuchteten wie poliertes Elfenbein, gelbe Speere blitzten in seinen Augen, die Zunge war lang und unheimlich.

»Du machst mich fertig«, sagte er.

»Du machst mich fertig«, sagte sie.

Daniel legte die Hand wieder dorthin, wo sie hingehörte, drückte fester, und sie spürte: Das ist genau, wie es sein muss. Sie legte ihre Hand auf seine Hose, strich ihm über sein Eisen und sah, wie er den Mund aufmachte, sah, wie die Brust schwerer ging und wie die Kiefermuskeln sich anspannten.

»Scheiße, du machst mich echt fertig«, sagte er und biss die Zähne zusammen, während sein Brustkorb sich in einem fort hob und senkte.

»Ich weiß«, sagte sie und nahm die Hand wieder weg, sah, wie er nach mehr lechzte, griff nach dem Gürtel, zog die Schnalle auf, sah, wie er schluckte und blinzelte. »Das ist ja auch der Sinn der Sache.«

»Scheiße, wir müssen still sein«, sagte er und legte auf jede ihrer Brüste eine Hand.

»Wir müssen sehr still sein«, sagte sie und fühlte zum ersten Mal einen pochenden Schwanz in ihren Händen.

Veronika wacht auf. Ihre Wangen sind heiß, und es ist Donnerstagmorgen. Sie schlägt die Augen auf, schließt sie aber sofort wieder, als wäre das, was sie vor sich sieht, ein Feind dessen, was geschehen ist.

Heute ist sie gezwungen, weit zu gehen, vielleicht zu weit.

71 Mond und Sonne, Wolken und Wind, Schwester und Bruder, stirb und verschwind (Jan Inge)

»Ähm … Aber … Jan Inge … Du sitzt hier?«

Jan Inge schluckt. Blickt auf zu Cecilie. In den Händen hält sie ihre zerschlissene Jeans und einen alten BH. In ihrem riesigen Europe-Shirt sieht sie aus, als hätte sie sich ein Zelt übergezogen.

Sie geht in die Hocke.

»Hm? Bubilein? Du sitzt hier?«

Jan Inge nickt schwach. Sein Blick trifft kurz ihre Augen, dann weicht er ihnen aus. Cecilie zu lange in die Augen zu sehen ist schwer, dort drinnen ist zu viel zu erkennen.

»Ach, du lieber Gott, Jani, mein Brüderlein, heulst du?«

Es ist aber auch echt nicht leicht. Immer das Frühstück am Start haben müssen. Nie zusammenbrechen dürfen. Immer gute Laune haben. Immer alles unter Kontrolle haben. Er hat darüber was gesehen. In dieser Fernsehsendung, die über Führung. Einer der Topmanager von Microsoft. *Zeig deine Gefühle,* hat er gesagt. *Zeig, dass du ein Mensch bist und keine Maschine.* Das gehört genauso zu einem guten Chef. Und warum?, fragte der Microsofttyp. Tja, weil du mit Menschen arbeitest. Sie müssen sehen, dass du bist wie sie.

Jan Inge streckt die Hand aus, reißt ein paar Blätter Klopapier ab. Er schnäuzt sich. Schluckt.

»Aber … Warum tust du das? Hier rumheulen?«

Jan Inge wuchtet den mächtigen Körper vom Klodeckel. Er geht ein paar Schritte zum Badezimmerspiegel. Schnieft und räuspert sich, spuckt ins Waschbecken, spült sich den Mund aus. Im Spiegel kann er sehen, wie Cecilie die Unterhose runterzieht, den Deckel hochklappt, sich setzt, pinkelt. Wenn sie so dasitzt, ist sie wirklich hübsch. Die auseinanderstehenden Augen öffnen ihr Gesicht wie eine Art Buch, sie sieht aus wie damals, als sie klein war, als sie hier rumlief und fragte, was sie jetzt tun sollten, nachdem Mama gestorben und Papa nach Houston abgehauen war.

Diese mitfühlenden Augen. In sie zu blicken haut stärker rein, als dem zornigen Blick zu begegnen, den sie sonst immer hat.

Jan Inge sucht sich einen Punkt in der Luft, den er anstarren kann. Er gibt sich einen Ruck. »Cecilie. Ich sitze hier auf der Toilette. Es ist ein wichtiger Tag. Ich sitze hier und genieße einen Moment des Friedens an diesem frühen Morgen. Ich meditiere. Ich bin wie ein Chinese. Siehst du die Reisschale in meinen Händen? Siehst du den Wind, der in den Haselnusssträuchern spielt?«

Cecilie steht auf, spült und versucht, seinen Blick aufzufangen, aber er lässt es nicht zu.

»Jani«, sagt sie und setzt sich auf den Badewannenrand, »du weißt, wenn du so redest, kann ich dir nicht immer folgen. Was meinst du?«

»Ich meine nur, dass ich denke.«

»Ja?«

Er sieht sie an. Jetzt kann er es. »An mein Leben«, sagt er. »An unser Leben. An Tong, der heute rauskommt. An Papa in Houston. An Mama, die in der Hölle schmort und mit dem Teufel Ratten grillt. Ich sehe, wie das Fett an den Falten an ihren Mundwinkeln hinabrinnt. Reitet sie den Teufel, Cecilie? Würde mich nicht wundern. Ich denke an den Job, der uns heute Abend bevorsteht. Ich sitze hier auf der Toilette. Der letzten Bastion von Privatsphäre. Und ja. Vielleicht vergieße ich die eine oder andere Träne. Ja. Vielleicht ist das Leben für den einen oder anderen manchmal überwältigend …«

Er dreht sich wieder zum Waschbecken um, lässt erneut das Wasser laufen, spürt, wie es lauwarm wird, und hält die Hände unter den Strahl. Wärmt sie.

»Ja, sicher«, sagt Cecilie.

»Glaubst du nicht, ich habe Träume?«

»Doch, na sicher glaub ich das.«

Jan Inge dreht das Wasser wieder ab und greift nach dem Handtuch neben dem Waschbecken. »Glaubst du, es ist ein Spaß für mich, so fett geworden zu sein und diese Glatze zu bekommen? Glaubst du nicht, ich werde alles tun, um diese Truppe zusammenzuhalten?«

»Aber, Jan Inge …«

Er setzt sich neben sie auf den Badewannenrand.

»Ich erzähl dir jetzt mal was, Cecilie«, sagt er. »Als Papa uns verließ … Eines Abends, nachdem ich dich ins Bett gebracht hatte, ging ich runter in den Keller. Papa hatte ein bisschen Werkzeug für uns dagelassen, für den Fall, dass wir im Haus etwas reparieren müssten. Als er ging, wurden wir, du und ich, ja ziemlich schlagartig selbstständig. Das muss man ihm lassen. Ich ging also zum Werkzeugkasten und nahm den Hammer, Cecilie. Ich nahm ihn in die Hand und trug ihn die Treppe rauf, trug ihn hier durch den Flur, hielt ihn fest umklammert, während ich die Tür zu deinem Zimmer aufschob, hielt ihn fest umklammert, als ich zu deinem Bett ging. Und da, da hob ich den Hammer über den Kopf, ich sah die Silhouette des Hammers an der Wand hinter dir.«

Jan Inge macht eine Pause.

Er spürt die erhabene Atmosphäre im Bad.

Cecilie sitzt ganz ruhig neben ihm. Sie hört zu, als würde er die Story eines Films erzählen. Eines heftigen Films über einen Bruder, der seiner Schwester das Leben nehmen wird. Weil Mama krepiert und Papa nach Houston abgehauen ist.

Doch es ist kein Film.

Es ist das beschissene Leben.

Aber so ist das wohl immer.

Es ist wohl nie ein beschissener Film.

Es ist wohl immer das Leben.

Cecilie nickt, als könnte sie sich daran erinnern.

»Ich weiß nicht«, sagt Jan Inge und dreht sich zu ihr um. »Ich kann dir nicht erklären, was ich mir damals dachte. Vielleicht dachte ich, es würde leichter werden, wenn du tot wärst. Vielleicht hatte ich auch Angst davor, dass ich das ganze Leben lang auf dich aufpassen müsste.«

»Aber das hast du doch ge…«

»Ja, das hab ich.«

»Du hast wirklich gut auf mich aufgepasst, Jani.«

»Ja, hab ich.«

»Gut, dass du mir nicht den Hammer in den Schädel gehauen hast.«

»Ja, sehr gut.«

»Aber, du, ich muss jetzt zusehen, dass ich dusche und zu Tong komme.«

Cecilie legt die schmächtigen Arme um seinen mächtigen Körper. Fühlt sich gut an. Obwohl sie so klein ist, spendet sie ihm Wärme, und Jan Inge erinnert sich wieder an das Lied, das er damals dichtete, als er mit dem Hammer in der Hand an ihrem Bett stand. *Mond und Sonne, Wolken und Wind, Schwester und Bruder, stirb und verschwind.* Er stand mit erhobener Hammerhand da und sang. Er kann seine silberne Jungenstimme noch heute hören. Wie schön sie klang. Während er die Silhouette des Hammers betrachtete und fest davon überzeugt war, dass Cecilie jetzt sterben müsste. *Mond und Sonne, Wolken und Wind, Schwester und Bruder, stirb und verschwind.*

Cecilie weicht ein Stück zurück. In ihrem Körper zuckt es, und sie macht sich von ihm los. Sie schluckt, stößt auf, und plötzlich stürzt sie zum Klo, beugt sich über die Schüssel und kotzt.

Jan Inge blinzelt. Mehrmals.

»Ja«, hört er sie mit dem Kopf in der Kloschüssel flüstern, »ja, ja, ja, ich höre dich, Jani, ich höre deine Gedanken.«

Du lieber Himmel.

Jan Inge nimmt den Inhalator von der Ablage. Atmet ein.

Ha.

Manchmal ist dieses Leben echt interessant.

Man hat es tagaus, tagein vor sich, aber es zu durchschauen? Keine Chance.

Jan Inge nickt. Das sind fantastische Neuigkeiten. Er spürt, wie sie durch seinen Körper wogen. Tränen steigen ihm in die Augen. Ein Kind. Oh mein Gott. Jetzt kommt Leben in dieses Haus. Jetzt geschieht hier etwas. Rache. Was er fühlt, ist eine Art Rachegefühl, wie eine Axt, die einen Schädel spaltet, denn jetzt wird das Haraldsen-Geschlecht weitergeführt, ja fast als würde da sein eigenes Kind zur Welt kommen. Es wird Leben ins Haus kommen, ihre Gene werden redisponiert, und wer weiß, wer diesmal zur Welt kommt? Wird das Kind Cecilies Launenhaftigkeit erben? Oder Jan Inges Schlauheit? Papas Leichtigkeit?

»Onkel Jani?«, fragt er vorsichtig. »Ich? Onkel Jani?«

Cecilie nickt, ohne ihn dabei anzusehen. Sie streckt sich zur Dusche und dreht das Wasser auf.

»Wow. Chessi, ich …«

Cecilie richtet einen feuerroten Blick auf ihren Bruder. »Ja«, sagt sie, während sie die Hand unter den Strahl hält. »Aber du sagst es keiner verdammten Seele.«

»Nein, nein, ich …«

»Weil ich nicht weiß, wer der Vater dieses verfickten Babys ist.«

»Hä?«

»Sei nicht so dramatisch.«

»Aber …«

»Hör zu.« Cecilie dämpft die Stimme, aber nicht deren Intensität. »Ich weiß nicht, ob es Tong ist oder Rudi …«

»To…«

»Und du sagst jetzt dazu kein Sterbenswörtchen. Nicht ein Wort, hörst du?«

»Ja, aber To… To… Er ist doch in …«

Jan Inge verstummt.

»Åna«, sagt er schließlich leise.

»Kein Wort mehr«, faucht Cecilie ihn an. »Nicht zu mir und nicht zu irgendjemandem sonst.«

Jan Inge nickt. Genau, denkt er. Manchmal muss man einfach gründlich die Klappe halten. Die Lippen versiegeln und alles runterschlucken.

»Du gehst jetzt raus und denkst darüber nach, was dir da zu Ohren gekommen ist«, spricht Cecilie weiter. »Du gehst raus, lässt mich duschen und überlässt mich meinen eigenen Gedanken und meinem eigenen Leben, und dann kommst du mit diesem Tag klar, und du brauchst gar nicht erst rumzulaufen und selbstmitleidig zu sein, Jani, denn nicht du hast Probleme, sondern ich hab Probleme – und setz Kaffee auf, kannst du … Aaaauu! Dieser verdammte Wasserhahn! Entweder ist es eiskalt oder kochend heiß. Kann denn in diesem Haus nichts funktionieren wie bei normalen Leuten?«

»Doch, ich werd…«

Cecilie zieht das Europe-Shirt aus. Die Unterhose. Steigt in die Badewanne. Zieht den Duschvorhang zu. Jan Inge sieht ihre Silhouette, hört das Wasser rauschen, ihre Stimme: »Und heul nicht, okay? Nicht heulen, okay? Wir hatten genug Geheule, du und ich, okay?«

72 Diese Titten, sie sind so verdammt perfekt (Daniel William)

Als er in den Flur kommt, steht Veronika vor ihm. Sie lehnt an der Wand, als wartete sie darauf, dass jemand ein Bild von ihr macht. Fuck, sieht sie gut aus. Die Haare wild in alle Richtungen, die Lippen geschwollen und rot. Geh jetzt an ihr vorbei in die Küche, und lass ihr nicht noch mehr Oberwasser! Da macht sie einen Schritt vor und versperrt ihm den Weg.

Sie grinst.

»Konntest du schlafen?«

Mit einem albernen Grinsen schüttelt er den Kopf. So blank dazustehen gefällt ihm gar nicht, das fühlt sich wenig männlich an, aber er kann nicht anders.

»Ich auch nicht«, sagt Veronika und lässt am Ende des Satzes den Mund leicht geöffnet.

Sie grinst auf die gleiche Weise zurück, albern und teeniemäßig, aber inmitten des Flechtwerks aus frischen Narben in ihrem Gesicht blüht das Lächeln regelrecht auf, ist selbstsicher und entzieht ihr nicht die Autorität, sondern gibt ihr welche.

Ah.

In zwei Frauen auf einmal verliebt zu sein ist eine echt beschissene Tortur. Eine von ihnen wird verlieren, und eine von ihnen wird gewinnen. Dabei bestimmt das Fleisch. Der Fickplan, wie steht es jetzt um ihn? Wenn der Sinn des Lebens ist, zu ficken und reich zu werden, die Frau zu finden, die dich einmal am Tag will, wie steht es dann jetzt um diesen Plan?

Wer von ihnen wird gewinnen?

Daniel versucht sein Lächeln runterzuschlucken, als wäre es ein Bissen. Er muss seine Schwäche überspielen, lässt den Blick über ihren Körper gleiten, jenen Körper, den er vor ein paar Stunden erst besessen hat. Die Füße, die er in seinen Händen hielt, die langen Beine, die er streichelte, die Schenkel, die er spreizte, das Geschlecht, das er küsste und in das er eindrang, die Titten, die er küsste und die er mit den Händen umspielte, die Ohren, in die er hauchte, das rote Haar, das er umschlang, den Mund, auf den er die ganze Zeit starren musste, während sie miteinander schliefen.

Als er sie so ansieht, macht Veronika den Mund zu. Sie legt den Kopf schief, der Blick wird unverfroren, alles Errötende, Kindische ist mit einem Mal verschwunden.

Daniel nimmt ihre Hand, und sie macht einen Schritt rückwärts zur Wand.

»Hör zu«, sagt er.

»Ja?«

Scheiße, wie verdammt scharf sie ist.

»Ich hab ein bisschen nachgedacht«, sagt Daniel, und das zu sagen fühlt sich richtig an, auch wenn es gelogen ist. Was denn *gedacht*? Er hat nicht gedacht, er hat gefickt. Und, um ehrlich zu sein: Mit Veronika war es anders als mit Sandra. Sandra hat ihn klein und einfach gemacht. Veronika hat ihn groß und einfach gemacht.

»Ich auch«, sagt sie.

»Okay«, sagt Daniel überrascht, »dann du zuerst.«

»Nein, du.«

»Okay … Tja, du weißt schon. Sandra.«

Veronika nickt.

Gut. Sie hätte ihm auch sofort an die Gurgel springen können.

»Ja«, spricht Daniel weiter, »sie wird ausflippen, wenn sie das rausfindet. Damit müssen wir also, na ja, umgehen. Irgendwie.«

Veronika nickt.

»Und dann ist da auch noch deine Mutter. Was glaubst du, was sie sagen wird? Und dann ist da noch irgend so ein Vorhaben mit dem Vater dieser Mädchen, Tiril und Malene …«

»Sprich nicht so schnell«, unterbricht sie ihn. »Was hast du gesagt?«

»Ich weiß nicht … Ich stresse wahrscheinlich nur rum. Tiril. Und Malene.«

»Was ist mit ihnen?«

Daniel geht in die Küche, und sie folgt ihm. Er dreht das Wasser auf und nimmt ein paar Schlucke aus dem Hahn. Spürt, wie sein Kopf rumstresst. Das ist zu viel auf einmal. Warum soll er sich über diesen Pål überhaupt den Kopf zerbrechen? Diese Leute im Wald, dieser Loser mit dem Metallica-Shirt, die Schwestern: Warum kann er die nicht ganz einfach beiseiteschieben?

»Was ist los, Daniel? Ich verstehe nicht …«

Ihre hohle Taubenstimme, wird sie ihn für den Rest seines Lebens anziehen? Scheiße, wie trocken sein Mund ist. Er nimmt noch ein paar Schlucke, fast könnte man glauben, in seinem Körper wäre keine Flüssigkeit mehr, und jetzt blitzt es vor seinen Augen, nein, nicht das, nicht jetzt, er sieht Blut, er sieht Hände, die schützend vor ein Gesicht gehoben werden, er hört Schreie, und sein Körper ist völlig ausgetrocknet, sein Körper ist so trocken, dass er sich anfühlt, als würde er wie eine ausgedorrte

Erdkruste aufbrechen, und heraus rieseln kleine braune Tiere: »Halt's Maul!«

Er dreht sich zu Veronika um. Er ballt die Fäuste und stürzt auf sie zu, packt ihre Haare mit der einen Hand, zieht ihren Kopf hart zu sich. »Kannst du verfickt noch mal einfach das Maul halten?«

Veronika lächelt.

»Schlägst du mich jetzt, Daniel?«

Ihr Kopf beugt sich seiner Gewalt, ihr Wille geht in die Knie. Macht er das? Hat jetzt sie oder er gewonnen?

»Daniel? Schlägst du mich jetzt?«

Er sieht überhaupt nicht klar, und Veronika lächelt immer weiter. Dann hört er sie sagen: »Daniel, ich werde auf dich aufpassen. Hör mir jetzt zu. Einatmen und ausatmen. Lass mich los. Ja, so. Setz dich, hör mir zu. Daniel, Daniel. Erzähl mir, was du erlebt hast.«

Scheiße.

Soll er jetzt wirklich hier sitzen und vor einem Mädchen flennen?

Er legt den Kopf an ihre Brust, spürt ihre Titten unter seiner Wange.

Das ist Teil des Fickplans, denkt Daniel. Der ist einfach größer, als man denkt, dieser Plan. Der ist gefährlicher, als man denkt, dieser Plan. Der zieht einen ganzen beschissenen Planeten voller Dreck nach sich, und am Ende steht man da und sieht Blut fließen.

Daniel schnieft. »Fuck«, flüstert er, »diese Titten sind so verdammt perfekt. Eigentlich mag ich so große Titten gar nicht, aber, fuck, die hier mag ich.«

Veronika nickt.

»Ich bin in zwei Mädchen verliebt«, seufzt er.

»Ich weiß«, sagt Veronika. »Aber das dauert nicht mehr lange.«

Er hebt den Blick, schluckt Rotz hinunter und schlägt die Eckzähne hart aufeinander. Jetzt läuft das Wasser im Mund.

»Komm«, sagt er, »wir nehmen die Suzuki und hauen einfach ab, okay? Wir gehen einfach weg von hier und blicken nie wieder zurück.«

73 Erbarmungsloser Jesus (Sandra)

Vielleicht hattest du recht, und DW ist ein Feigling. Steh vorm Wohnblock, keine Ahnung, was passiert. Wenn ich sterb, sterb ich für die Liebe. Deine S.

Ein weiterer frischer Septembertag. Die Sonne ist gestiegen, weiß und erhaben, noch ist nicht eine Wolke am Himmel zu sehen. Die Menschen bemächtigen sich allmählich des Morgens, viele sind aus den Türen der Blocks getreten, vor allem Erwachsene auf dem Weg zur Arbeit. Für Schüler ist es noch zu früh. Zum Glück. Sandra will hier nicht erkannt werden.

Sie lässt das Handy in die Tasche fallen.

Wenn er mit seiner Schlampe rauskommt, dann wäre ihr das auch egal. Wenn er diese zerschnittene Fotze dabeihat, dann kriegt sie eine Blutfontäne aus den kaputten Ohren. Und wenn er alleine kommt, dann muss er ihr Rede und Antwort stehen. Sie will keinen Bullshit mehr hören, sie will ein einfaches Ja oder ein einfaches Nein, und es gibt nur eine Frage, die sie stellen wird.

Willst du mich haben, nur mich, für immer?

Erbarmungslos wird sie sein. Sie und Jesus werden erbarmungslos sein.

Sandra hebt den Finger übers Klingelbrett. Und drückt drauf. Sekunden vergehen, dann knackt es in der Sprechanlage, bevor seine Stimme zu hören ist, metallisch und unsicher: »Ja?«

Sandra antwortet nicht. Sie macht zwei Schritte zurück. Bleibt stehen und starrt das Schild an.

»Hallo?«

Sie wird nicht antworten. Komm du nur, Daniel, und zeig mir, wer du bist.

Die Sprechanlage verstummt. Sie geht erneut hin. Hebt den Finger. Klingelt noch einmal. Länger diesmal, drückt erbarmungslos den Finger auf den Knopf.

Die Antwort kommt schnell. »Ja, hallo?«

Diese Stimme jetzt, die ist nicht schön. Sie war einmal so warm und tief, sie hat in ihrem Körper gesprochen, und Sandra hat ihr vertraut. Doch dieser Stimme will sie nicht antworten.

»Hallo? Ist da jemand?«

Wieder geht Sandra zwei demonstrative Schritte vom Klingelbrett weg.

»Hör zu, lass den verfickten Klingelscheiß, okay?«

Die Sprechanlage verstummt erneut. Hinter Sandra geht eine Frau mit einem kleinen Drever an der Leine vorbei, er zerrt in Richtung ihrer Beine, doch die Frau zieht den Hund näher an sich heran, und sie verschwinden. Ein drittes Mal tritt Sandra vor die Sprechanlage. Ihr Atem steigt ihr bis in den Hals, der Schweiß perlt vom Haaransatz. Sie klingelt.

Ein paar Sekunden vergehen. Dann saust es in der Anlage. Eine Mädchenstimme. Die Schlampe.

»Verpiss dich, okay?«

Dass die den Mund aufmachen kann. Hört sich echt peinlich an. Spricht, als wär sie mongo. Sandra legt ihre Lippen an das Gitter der Sprechanlage, hebt die Zunge hinten am Zäpfchen an, äfft Veronika nach.

»Verpiss dich, okay?«

Oben wird es still.

Da haben sie jetzt was, worüber sie nachdenken können. Sandra lächelt, legt ihre Lippen wieder an die Sprechanlage, drückt die Zunge noch ein wenig fester zum Zäpfchen, macht den Rachen hohler, äfft den tauben Klang noch stärker nach: »Häääà? Kannst du auch sprechen? Aber du kannst nicht hören, was ich sage. Häääà? Hast du vielleicht jemanden, der für dich übersetzt?«

Die Sprechanlage verstummt erneut. Das wäre geschafft, denkt Sandra. Jetzt kommen sie. Sie versteckt sich hinter der Hausecke, steigt mit den Füßen ins Gras dicht an der kalten Mauer und setzt darauf, von ihnen erst mal nicht entdeckt zu werden. Jetzt will sie sehen, wie sie sich aufführen. Bevor sie sie erledigt, will sie sehen, was geschieht.

Ein Minütchen kriecht vorüber, sie zählt die Sekunden, so wie sie die Sekunden gezählt hat, als sie in den letzten Wochen auf Daniel wartete, in verliebter Freude wartete. Dieses naive Mädchen scheint inzwischen so weit weg zu sein, als wäre es nie da gewesen. Da hört sie die Tür aufgehen. Schritte, die rauskommen. Eine Person. Zwei Personen. Schritte, die stehen bleiben.

»Niemand da.« Seine Stimme.

»Scheiß Kinder.« Seine Stimme.

»Scheißfrech.« Seine Stimme.

»Wenn ich die erwische, polier ich ihnen so richtig die Fresse mit Scheiße.« Seine Stimme.

Sandra versucht, den anschwellenden Kloß im Hals hinunterzuschlucken. Daniel tritt für dieses taube Mädchen ein. Seine Stimme ist klar, tief und warm. Der Ton, in dem er spricht, ist genauso echt wie der, mit dem er im Wald und im Laden zu ihr gesprochen hat. Sandra schluckt wieder, Tränen steigen ihr in die Augen, sie keucht und presst die Zunge gegen ihren schiefen Schneidezahn. Dann hört sie Schritte. Das Geräusch eines Reißverschlusses. Macht er ihre Jacke auf, schiebt er die Hände darunter, tröstet er sie? Sandra tritt so nah an die Ecke heran wie nur möglich. Öffnet etwa sie seine Jacke? Legt die Arme um ihn? Küssen sie sich?

»Gibt es jemanden, der dir was antun will?« Seine Stimme.

»Veronika. Antworte mir. Ist das schon mal passiert?« Seine Stimme.

»Nein.« Ihre Stimme.

»Wir scheißen drauf. Okay?« Seine Stimme.

»Ja.« Ihre Stimme.

»Wir hauen einfach ab, okay?« Seine Stimme.

»Ja.« Ihre Stimme.

Abhauen?

»Du und ich.« Seine Stimme.

»Ja, Daniel.« Ihre Stimme.

Abhauen?

»Daniel passt auf dich auf, verstehst du?« Seine Stimme.

»Ja.« Ihre Stimme.

Sandras Knie geben nach, sie kann sich kaum mehr auf den Beinen halten und muss sich gegen die Wand lehnen. Abhauen. Du und ich. Sie hört, wie vertrauensvoll Veronika ihm antwortet, sie hört, wie fest und fantastisch seine Stimme klingt. Sandra fühlt, wie sie in winzige Stückchen zerbröselt, hier gibt es keinen erbarmungslosen Jesus, nur höhnischen Schmerz.

»Dann komm.«

Schritte. Sie gehen. Schnell.

Sandra macht ein paar Schrittchen in Richtung Ecke und streckt den Kopf vor. Jetzt kann sie die beiden sehen. Daniel William und Veronika laufen Hand in Hand an den Wohnblocks entlang, er ein Stückchen vor ihr her.

Warum bin ich nicht stark? Warum rufe ich ihnen nicht nach? Warum hebe ich nicht die Hände zum Himmel und schreie? Warum stehe ich nur rum?

Sandra schnieft und atmet so tief ein wie möglich – und dann läuft sie los. Sie bleibt dicht an der Hauswand, um nicht gesehen zu werden, und läuft, so schnell sie kann, x-beinig, schlenkernd. Jetzt heißt es nicht nachdenken, nur handeln, nur ein rasendes, eifersüchtiges Herz sein. Als sie am Ende des dritten Blocks angekommen ist, sieht sie die beiden vor sich: Daniel hat sich den Helm aufgesetzt und schwingt sich aufs Moped. Direkt neben ihm steht Veronika. Als er sich zurechtgesetzt hat, steigt sie hinter ihm auf. Die beiden haben sie immer noch nicht entdeckt. Sie interessieren sich nur füreinander. Veronika legt die Arme um seine Taille. Lehnt ihren Körper gegen seinen. Ihre Brüste an seinen Rücken.

Er startet den Motor, schiebt das Moped ein paar Meter zurück und fährt vom Parkplatz, ihr rotes Haar flattert wie ein Wimpel im Wind.

Dort, wo Daniel und Veronika hinausfahren, beschreibt der Folkeviseveien um ein Bushäuschen herum eine lang gezogene Kurve, bevor er weiter zum Ullandhaug hochführt. Sandra hat keine Wahl. Sie kann den Jungen, den sie liebt, mit dem Mädchen, das sie hasst, nicht einfach wegfahren lassen. Also läuft sie los. Sie überquert die Wiese hinter der Bushaltestelle in einer geraden Linie, sodass sie in derselben Sekunde den Folkeviseveien erreicht, als das Moped um die Kurve biegt. Sandra rennt auf die Fahrbahn, bleibt dort unvermittelt stehen, der Mopedfahrer schafft es nicht, rechtzeitig anzuhalten. Es gelingt ihm nicht, um das Mädchen, das ihm direkt vors Fahrzeug gerannt ist, herumzumanövrieren, und er fährt sie um.

Das tut nicht weh, denkt Sandra, als das Moped sie trifft. Mir zumindest nicht. Ihr Körper schleudert zu Boden, und sie schlägt hart mit dem Kopf auf. Sie versucht, die Augen offen zu halten, denn sie will sehen, was passiert, aber die Augen offen zu halten ist extrem schwer, wenn man das Gefühl hat, etwas im Kopf zerbricht. Aber sie glaubt, noch sehen zu können, wie ein Junge – er heißt Daniel William Moi, und sie ist in ihn verliebt –, wie ein Junge mit einem Motorradhelm in der Hand auf sie zuläuft, wie ein Junge erschrocken aussieht und schreit: »Scheiße! Sandra! Fuck, was …« Hinter ihm steht ein Mädchen neben einem Moped, ein rothaariges Mädchen mit einem zerschnittenen Gesicht, das wild gestikuliert, ein Mädchen, das schreit: »Lass sie liegen! Das hat sie absichtlich gemacht! Lass sie liegen!« Und dann fährt sich der Junge, den sie liebt, mit der Hand übers Gesicht, schüttelt den Kopf und läuft zurück zum Moped. Lässt den Motor an. Fährt weg. Mit seinem Mädchen hinten drauf.

Jetzt warst du erbarmungslos, Jesus, denkt sie und verliert das Bewusstsein.

74 No problemo, mein Sohn (Rudi)

Möglicherweise sind wir Kriminelle, sagt Jan Inge manchmal. Möglicherweise leben wir außerhalb des Gesetzes. Aber das bedeutet nicht, dass wir ohne Gesetze leben. Wir sind prinzipientreue Kriminelle, sagt Jan Inge, wir haben gewisse Grundregeln. Nach denen wir leben. Zwischen Leben und Theorie darf keine Kluft bestehen, hört ihr? Sie müssen eins sein, hört ihr?

El Jefe Haraldsen.

Ein Beuteidiot nach dem anderen ist gekommen und gegangen. Wurde die Kluft zwischen Leben und Theorie zu groß, bat Jan Inge sie, ihre Sachen zu packen. Hansi, Tødden, Donald, Kjabbe, Sorry und Poster – ohne Ausnahme flogen sie wegen irgendeines Verstoßes gegen die Grundprinzipien raus. Außer Tong. Tong ist der Einzige, der in Ruhe gelassen wurde, obwohl da eine Riesenkluft zwisch…

Rudi schüttelt sich den Urin vom Schwanz. Nein, denkt er, bei Tong gibt es *keine* Riesenkluft zwischen Leben und Theorie.

Er packt seinen Schwanz wieder in die Unterhose – sieht echt niedlich aus, wenn er nicht steht – und wäscht sich die Hände.

Fakt ist, dass Jani Tong gewähren lässt. Ist ein bisschen wie bei Lemmy. Lemmy kann sich so viel Jack Daniel's und Speed reinfahren, wie er nur will, aber das heißt noch lange nicht, dass andere Leute das auch dürfen. Selbst Lemmy war sich darüber im Klaren.

Rudi beugt sich zum Spiegel vor, reißt den Mund auf und setzt die Zähne wieder aufeinander. Pult einen Essensrest dazwischen hervor.

Während die anderen nach Janis Führungsprinzipien gelebt haben, durfte sich Tong jenseits davon bewegen. Porno, Drogen und whathaveyounot. Ziemlich ärgerlich. Rudi spürt eine gewisse Eifersucht. Aber was soll man machen. Ein genialer Solist muss außerhalb des Gesetzes leben dürfen.

Und eines dieser Grundprinzipien, denkt Rudi, trocknet sich die Hände ab und macht die Tür zum Flur auf, wird heute angewendet. Wir sind keine Drogies, aber wenn wir zu einem Job gehen, ziehen wir ein paar Lines. Ein verdammt gutes Prinzip. Kein Fitzelchen Drogen im Alltag. Nur bei 'nem Job. Ein nicht zu kurzer Streifen Speed. Rudi liebt das Amphetamin. Wer täte das nicht? Nenn mir einen ehrlichen, aufrechten Mann, der behaupten würde, Speed wäre kein Geschenk.

»Wären alle so prinzipientreu wie wir«, sagt Jan Inge, »gäbe es hübsch wenig Probleme auf der Welt.«

Rudi geht in die Küche und ist überrascht, dass der Tisch nicht gedeckt ist. Der Rollstuhl steht einsam und verlassen da. Krümel liegen auf dem Tisch. Eine offene Leberwurstdose. Ein aufgeschraubter Apfelsaft. Der menstruationsartige Dunst der Kaffeemaschine, die seit Stunden vor sich hin gluckert. Wie spät ist es? Bald halb neun. Da ist aber jemand schon lange wach. Chessi ist vermutlich direkt raus nach Åna.

Rudi knetet seinen Nacken und macht den Kühlschrank auf, holt Milch heraus. Allmählich spürt er wieder Vertrauen. Scheiße, wie scharf Chessi heute Morgen war. Mit diesem Pål wird sie bestimmt nicht ficken.

Rudi mischt sich ein großes Glas Kakao.

Wo ist Jan Inge abgeblieben?

Mit drei großen Schlucken trinkt Rudi seinen Kakao aus und sieht aus dem Fenster.

Ein weiterer himmlischer Tag. Willkommen, globale Erwärmung. Tong. Speed. Branchenklassiker. Chessi vögeln.

»Hey, Caballero?« Er trottet ins Wohnzimmer. »El Jefe? Mein Führer, wo bist du? Deinen Schweinehund verlangt es nach einem Befehl!«

Er blickt zur Stereoanlage. Obenauf liegt halb versteckt unter Plattenhüllen eine Tüte. Rudi geht hin, fischt die Tüte hervor, nimmt die CD und klappt die Hülle auf, drückt die Eject-Taste und legt die Scheibe ins CD-Fach. Es ist an der Zeit. Er dreht die Hülle um. Nummer sieben. Er klickt sich vor. Schraubt die Lautstärke hoch. Wartet zwei Sekunden.

Fuck. Wie unglaublich gut! Du-du-du du-du-du du-du-du, du-du-du …

»Hallo?«

Du-du-du du-du-du du-du-du, du-du-du du-du-du …

»Hallo!«

Janis helle Stimme dringt durch die Musik. Rudi wird rot und grinst. »Was zum … stehst da und singst und tanzt zu … Was ist das? Die Bee Gees?«

Wie sieht Jani denn aus? Tiefdunkle Ringe unter den Augen. Flackernder Blick.

»Nein, ich … Okay, Bruder. Mea culpa. Du wirst mich dafür hassen, aber – sorry. Ich werd allmählich alt. Hab das Softrockalter erreicht. Bald sitz ich hier mit Monokel und Linsensuppe und hör P1. Das ist Coldplay. Und ja,

Rudi hat sich in die verliebt. Bring mich um. Töte mich. Aber so ist es eben.«

Jan Inge zuckt mit den Schultern. »Meinetwegen.«

Hä? Rudi kneift die Augen zusammen.

»Wir müssen …« Jan Inge räuspert sich und blickt aus dem Fenster. »Wir müssen langsam mal in den Tag starten. Sieh dir diesen Garten an. Das Gemeinschaftsaufräumen ist echt überfällig. Aber egal. Heute wird ein strammer Donnerstag. Wir müssen bei Stegas vorbei …«

»Hell yeah! Stegas!«

»Ja …« Und dann fährt Jan Inge ebenso unheilschwanger fort: »Und wir müssen Tong willkommen heißen …«

»Hell fuck! Tong!«

»Kannst du dich mal ein bisschen beruhigen? Tong willkommen heißen … und dann haben wir noch einen Umzugsjob.«

»Ja?«

»Ein Flügel. Oben in Våland. Furras gate.«

Ach, verdammte Scheiße.

»Ein Flügel. Scheiße, ich hasse Flügeljobs. Ernsthaft, Jani, wie lange müssen wir noch …«

»Rudi! Ich hab jetzt keine Lust, das wieder durchzukauen. Wir brauchen weiße Kronen, krieg das mal in deinen Schädel! Wie oft müssen wir noch darüber sprechen? Wir betreiben eine Umzugsfirma, das steht auf deiner Steuererklärung, das steht auf meiner Steuererklärung, und deswegen erwischt uns keiner, kapierst du das nicht? Weißt du, manchmal frage ich mich echt, ob du zurückgeblieben bist. Wir sind anständige Leute, wir haben Jobs, und nichts ist besser, und das weißt du ganz genau, als Umzugsjobs am selben Tag zu haben wie … ja … andere Jobs.«

Rudi weicht zurück. Was ist denn mit diesem Mann los? Jan Inge hat Schweißflecken unter den Armen und schimpft wie ein x-beliebiger Rektor auf ihn ein.

»Hey, Bruder«, sagt Rudi vorsichtig. »Piano, piano, okay? Was hast du denn gegessen? Du musst den Rollstuhl benutzen. Jeden Tag. Du verausgabst dich, wenn du so viel gehen musst.«

Jan Inge atmet tief ein und nickt. »Ja. Sicher«, murmelt er. »Sorry. Ist nichts. Nur etwas zu wenig Schlaf. Du weißt. Zu wenig Schlaf, und schon gibt's Stress. Erinnerst du dich noch an Tone-Tone? Hat sich aufgehängt, weißt du noch?«

»Mhm.«

»Genau, hat sich in der Küche aufgehängt, angeblich weil Donald es mit Kjabbens Frau getrieben hat und sie genau da in die Küche kam, als er ihr die Zunge in den Arsch geschoben hat, aber es war nicht deswegen. Sondern weil sie zu wenig geschlafen hat. Sie ist einfach abgeschmiert. Als sie es nicht mehr ausgehalten hat, hat sie sich eines Morgens die Schlinge um den Hals gelegt.«

Rudi nickt. »Ja, Tone-Tone. Erinnerst du dich noch an ihre Schwester? Wie hieß sie gleich? Li… nein, Lu… nein …«

»Lene-Lene.«

»Mhm. Wo ist die abgeblieben?«

»IT-Zeug.«

»Dahin verschlägt's alle. In die IT. Du mochtest sie, hm? Lene-Lene. Scheiße, Jani. Vielleicht ist das ja der Punkt. Du solltest dir 'ne Frau zulegen. Du weißt, was Großmutter immer sagte: Ein Mann ohne eine Frau ist nur ein halber Mensch.«

Jan Inge nickt. »Möglich. Aber ich hab genug zu regeln. Wollen wir hier endlich mal 'nen Zahn zulegen?«

Rudi streckt die Brust raus. »Na klaro, mein Führer!« Er macht den Hitlergruß und lacht.

»Tong kommt«, spricht Jan Inge weiter, »das wird gut. Wir besorgen uns ein bisschen Speed. Wir ziehen einen Flügel um. Wir gehen zum Spätdienst. No problemo, mein Sohn. Aber schaff dir diese Bee Gees vom Hals. Das hier ist ein Horrorhaus. Ein Metalhaus und ein Countryhaus. Dieser Coldplaymist macht nicht mal Spaß. Verbreitet nur schlechte Stimmung.«

»Ja, ja«, sagt Rudi verdrossen und macht die CD wieder aus. »Hast du Chessi heute Morgen getroffen?«

Jan Inge macht auf dem Absatz kehrt und geht in Richtung Küche. »Mhm. Wieso?«

Rudi kneift die Augen zusammen und sieht Jan Inge hinterher. »Weiß nicht«, sagt er. »Sie hatte echt verdammt gute Laune.«

»Ja, ja, sie ist gut drauf.«

Jan Inge verschwindet in die Küche.

Rudi nimmt die CD aus dem Player, legt sie in die Hülle zurück. Nein, denkt er. Klarer Fall, dieses Haus wird allmählich zu eng für uns. Und klarer Fall, Chessi und ich müssen uns schnell was Eigenes suchen.

»Hatte sie nicht verdammt große Titten?«, ruft Rudi in Richtung Küche.

»Wer?«

»Lene-Lene!«

»Nein, das war Tone-Tone.«

»Sicher?«

»Ja. Mir fällt so was auf.«

»Dann magst du das.«

»Hä?«

»Große Titten!«

»Kann nicht sagen, dass ich das nicht mag, nein.«

»Das ist mal ehrlich.«

»Hä?«

»Das ist mal ehrlich, sage ich!«

»Was?«

»Hä?«

»Was ist herrlich?«

»Ehrlich, hab ich gesagt – dass du große Titten magst. Für mich kann's gerne mal 'nen Touch zu viel werden. Findest du übrigens, dass Cecilies Titten in letzter Zeit größer geworden sind?«

»Hä?«

»Deine Schwester! Ihre Titten! Größer!«

»Was? Nein.«

»Fuck. Sicher nur in meinem kranken Kopf.«

Jan Inge kommt zurück. »Genug Titten jetzt«, sagt er und macht ein ernstes Gesicht. »Und dann ist da noch das mit Tommy.«

»Ach du Scheiße«, bricht es aus Rudi hervor, und er schlägt sich gegen die Stirn. »Scheißescheißescheiße.«

»Du hast es vergessen.«

»Oh Scheißescheißescheiße.«

»Damit müssen wir fertigwerden. Wir müssen einfach nur durch diesen Tag gehen, als könnte er jede Minute auftauchen. Und je schneller er auftaucht, umso besser.«

»Oh. Und Cecilie? Hast du ihr erzählt, dass er vorbeikommen will?«

»Nein, hab ich nicht«, antwortet Jan Inge. »Je weniger davon wissen, umso besser.« Er geht zurück in die Küche.

Rudi atmet tief ein und wieder aus. Am liebsten würde er jetzt ausspucken und sich um die eigene Achse drehen. Schwierig, wenn sich in einem Zimmer die Atmosphäre so schlagartig verändert. Wenn das Boot so schaukelt. Deswegen hat er nie an Sachen wie Revolution geglaubt, die Menschen werden davon einfach zu sehr verunsichert.

»Du solltest trotzdem auf den Text hören«, sagt Rudi leiser, eher zu sich selbst. »Von wegen zukünftiger Schriftsteller und so«, fügt er hinzu und stellt die Coldplay-CD ins Regal hinter ein paar alte Zeitschriften. »Da geht es um einen König, der nicht länger König ist.«

75 Hier grille ich meine eigenen Eichhörnchen (Malene)

»Ernsthaft, Malene, das ist doch total psycho. Kenny hat Shaun verprügelt!«

Malene hetzt hinter Tiril her die Ernst Askildsens gate hinauf zu der Freifläche, die den Tjensvolltorget überragt.

Es ist so weit, mehr erträgt sie nicht. Malene will zurück in jene Welt, in der sie in die Schule geht, Hausaufgaben macht, isst und zur Turnhalle fährt und hört, wie Sigrids Stimme den Raum füllt: »Jetzt, Malene! Den Doppelten!« Trainieren, bis es Abend wird, durch die Luft fliegen und dieses Gefühl auskosten. Den Geist fokussieren, den Körper fokussieren, alles andere ausschließen und merken, wie sie besser wird. Sie will dieses unvorhersehbare zwischenmenschliche Chaos nicht, das die letzten Tage durcheinandergewirbelt hat, in dem Papa sich echt merkwürdig verhält, in dem Tiril überschnappt, in dem sie selbst das Gefühl hat, alle zwei Minuten auf- und zugemacht zu werden, sodass sie sich selbst kaum wiedererkennt.

»Und Sandra – Dschieses! Check mal diese Nachricht!« Tiril bleibt abrupt stehen und reicht ihr das Handy.

Vielleicht hattest du recht, und DW ist ein Feigling. Steh vorm Wohnblock, keine Ahnung, was passiert. Wenn ich sterb, sterb ich für die Liebe. Deine S.

»Was sollen wir jetzt machen?«, fragt Tiril. »Hm?«

Malene zuckt mit den Schultern. »Keine Ahnung …«

»Und dann Papa … Weihnachtsfrühstück im September? Der braucht dringend eine Frau. Oder ein neues Auto. Oder irgendwas.«

Als sie einen Fußball auf dem Asphalt liegen sieht, bleibt Tiril stehen. Sie sieht ihn an wie einen Menschen, der sie verletzt hat, und über ihren Augen entsteht eine unnachgiebige Falte. Sie tritt mit dem rechten Fuß gegen den Ball.

»Wo ist Shaun denn jetzt?«, fragt Malene und sieht, wie der Ball in Richtung Tennisplatz verschwindet. »Was schreibt er?«

»Na ja, nur das«, sagt Tiril, während der Fußball aus ihrem Blickfeld verschwindet. *»Kenny hat mich zermatschprügelt.«*

»Und wo ist er jetzt?«

Die Schwestern gehen den Hügel hinauf zu der Freifläche am Wasserwerk, das bei den Leuten in der Gegend Vannassen heißt. Dort oben in Øvre Tjensvoll befindet sich so was wie eine Parkanlage. Sie wurde angelegt, nachdem irgendwer in der Gemeinde beschlossen hatte, dass dort der perfekte Ort für einen Aussichtspunkt sei: hoch gelegen, beeindruckender Blick, mit dem Hafrsfjord im Westen und der Heidelandschaft der Ryfylkeheiene im Osten. Allerdings scheint es so, als hätten die Gemeindeleute auf halber Strecke den Mut verloren, als hätten sie es mit ihrem Vorhaben nicht über die volle Distanz geschafft, und was am Ende übrig geblieben ist, wirkt halbherzig und hilflos. Ein lausiger Kiesweg, eine aufgeschichtete Steinmauer, vier grell lackierte Bänke, zwei ebenso grelle Tische, der Boden immer ziemlich überwachsen, massenhaft Graffiti überall. Und windig ist es hier oben, selbst wenn ansonsten nicht mal ein Hauch von Wind weht.

Als sie ihn entdecken, werden die Mädchen langsamer. Während Tiril nicht mit der Wimper zuckt, entfährt Malene ein Keuchen. In der hintersten Ecke, hinter den Tischen und Bänken, kauert Shaun. Er hat sich die Kapuze seines grauen Hoodies über den Kopf gezogen. Die Schnürsenkel seiner Sneakers haben sich gelockert, die Lasche hängt wie eine tote Zunge lose und schlaff über dem Spann. Die löchrige Baggy Jeans ist mit Erde und Blut verdreckt. In den Händen hält er einen dreckigen Stofffetzen und eine Klebstofftube. Wie in Zeitlupe hebt er den Kopf. Dunkle Schatten unter den roten Augen, ein farbensprühendes Veilchen, ein Cut in der Wange.

»Ja-a«, sagt er und grinst, »Shaun anwesend. Hehe.«

Tiril stellt sich breitbeinig auf die Steinplatten und verschränkt die Arme. Malene sieht weg. Zur Turnhalle ist es nicht weit. Sie liegt direkt unterhalb des Hügels – vielleicht ist ihr Fuß ja in Ordnung? Ist das jetzt womöglich fällig? Einfach weglaufen, abhauen?

»Tiril, komm«, sagt Malene, »das packen wir nicht. Es reicht jetzt. Komm schon. Wir gehen.«

Tiril schubst sie zornig von sich weg. Sie geht vor ihrem Freund in die Hocke.

»Scheiße, Shaun. Was hat er mit dir gemacht?«

»Tiril.« Malene wird zusehends gereizt. »Du kommst jetzt.«

Doch Tiril schenkt ihr keine Aufmerksamkeit. Sie bückt sich nur tiefer zu Shaun, der rumschnieft.

»Du, leg das weg.« Sie nimmt ihm Kleber und Stofffetzen ab und wirft beides über das Mäuerchen.

»Was soll das?«

Ich kann ja weglaufen, denkt sich Malene. Ich muss ja nicht Teil dieser pathetischen Vorstellung hier sein.

»Hehe«. Der Junge grinst wieder. »Ich mach doch nur … hehe. Shaun anwesend, Baby.«

»Komm.« Tiril packt ihn, doch sein Körper ist zu schlapp, sie kann ihn nicht alleine hochheben. Sie dreht sich zu Malene um. »Ähm … Willst du jetzt rumstehen, nur an dich selber denken und dich ärgern, oder willst du vielleicht mit anpacken?«

Malene schüttelt schwerfällig den Kopf. Ein Stich im Knöchel. Sie kann nicht weglaufen. Sie geht einen Schritt vor, auch wenn sie eigentlich nicht will. Zusammen mit Tiril hilft sie Shaun auf die Beine.

Beim Hochkommen schwankt er. Malene kann ihm ansehen, dass er echt Prügel bezogen hat, die Wunde sieht übel aus und das Veilchen noch schlimmer, wie eine Lavalandschaft im Gesicht. Was ist bloß mit dieser Familie los?

Shaun lehnt sich mit dem Rücken gegen die Bank. Zum ersten Mal öffnet er die Augen richtig, zum ersten Mal werden sie so was wie klar. Er sieht Tiril an.

»Hast du 'ne Kippe?«

Tiril nickt und greift in die Tasche, holt Schachtel und Feuerzeug raus, gibt ihm eine. Zündet sie ihm an. Zündet sich selbst eine an.

»Kenny, weißt du«, sagt Shaun, während Rauch zwischen seinen kraftlosen Lippen herausströmt, »Kenny kann nicht mit Verrat, weißt du.« Shaun hebt seine zittrigen Hände und hält sie sich wie ein Boxer vors Gesicht. »Und er nur: *Hey Shauno! Scheiße, du hast's deiner Fotze erzählt! Hä?*«

Shaun boxt unbeholfen in die Luft, trifft aber nichts anderes als seine eigene Erinnerung.

»Hey, Shauno.« Tiril nimmt seine Hände und hält sie fest.

»Ja?« Er sieht sie an, jetzt mit klarerem Blick.

»Du bist nicht dein Bruder. Okay? Du bist nur du. Okay?«

Shaun nickt langsam.

»Schaffst du's, dich zusammenzureißen?«

Er zuckt mit den Schultern. »Weiß nicht. War ich noch nie gut drin.«

Tiril schnappt sich ihren Pulloverärmel, zieht ihn über die Faust, spuckt drauf, und dann säubert sie sein Gesicht. Fleck um Fleck, während er sie unverwandt ansieht.

Mein Gott, denkt Malene. Die zwei da, die sind so weit weg von mir. Sie kippelt mit dem Knöchel. Noch immer ist der Stich da, wie eine dünne Nadel unter der Haut.

»Wir müssen gehen«, sagt Tiril jetzt, »da läuft irgend so ein Scheiß mit Sandra, hab vorhin eine Nachricht von ihr gekriegt, weiß nicht, was los ist. Sie steht bei den Wohnblocks – und dann müssen wir das alles auf die Reihe kriegen, und dann kann ich keine weiteren Unterbrechungen mehr brauchen, weil ich heute Abend singe und ein bisschen Konze brauch, okay?«

Shaun schnieft.

»Scheiße, Shaun«, sagt sie, »du bist echt ein verdammter Loser, hm?«

Er nickt. »Hör jetzt aber weniger Pornrap.«

»Sehr gut, Schlumpfi«, sagt sie und nimmt einen tiefen Zug von ihrer Zigarette. »Du hast ja jetzt mich.«

Einsamkeit ist das Land, in dem ich wohne, denkt Malene. Hier grille ich meine eigenen Eichhörnchen. Hier stelle ich meine Füße ins hohe Gras. Hier liegt Papa auf dem Rücken im warmen Sand. Aber nur ich allein sehe das alles. Doppelter gehockter Salto.

76 Das ewig Alte (Cecilie)

Die Wellen rollen gleichmäßig an die alten Strände, die Sonne steht wie ein Lichterball am Himmel, und der Himmel selbst wirkt stolz: Sieh her. All das kann ich. So groß und weit kann ich sein.

Cecilie biegt kurz vor der Abfahrt nach Nærbø auf den Rastplatz, nimmt den Gang raus, hört ein paar Takte Van Halen. *Jump.* Sie stellt den Motor ab. Kurbelt das Fenster runter, spürt die salzige Nordseebrise auf ihrer Wange, hebt die rechte Hand zum Rückspiegel, richtet ihn auf ihr Gesicht.

Du hättest einen Bauernsohn treffen und hier rausheiraten können. Bauern haben die ganze Scheune voll Geld. Dann könntest du jetzt in den Stall gehen und Kühe melken und würdest vor den Boxen von deinem reichen Bauerngatten von hinten genommen werden, von einem, der nach Dung riecht und Erde unter den Fingernägeln hat. Oder du hättest einen Kerl treffen können, der in Öl macht und ein großes Haus auf Stokka besitzt. Öljungs haben Geld. Frag Mr. Thor. Dann würdest du jetzt deinem Typen für jeweils zwei Wochen entkommen, und wenn er wieder an Land wäre, würdest du jeden Tag mit ihm vögeln, und sicher würdest du dich fragen, ob er draußen auf der Plattform mit der Frau im dortigen Laden fremdgeht.

Cecilie sieht in den Spiegel und legt Lippenstift auf.

Aber das hast du nicht getan, denkt sie. Keinen Bauern, keinen Öltypen.

Du hast Rudi abgekriegt. Und er dich.

Osterglockengelbe Zähne und windschiefe Lippen. Da gibt's wenig zu bejubeln. Objektiv betrachtet sind wohl nur ihre Hüften smashing. Oder eben der Hintern, der funktioniert bei Männern, die es groß mögen. Das ist ihre Trumpfkarte. Manche haben Beine. Manche haben Lippen. Manche haben Titten. Na ja. Ich hab eben meinen Hintern. Und da nützt es auch nichts, auf Rudi zu hören, demzufolge sie ein ganzes Blatt voller Asse ist, denn sie ist sich absolut im Klaren darüber, dass das nur Quatsch ist. Sie muss aus dem Schlimmsten das Beste machen, und Lippenstift hilft, die Aufmerksamkeit von den nicht ganz so glänzenden Seiten wegzulenken.

Cecilie legt die Hände im Nacken aneinander, schüttelt die Haare auf. Rüttelt sie zurecht. Legt Rouge auf, Lidschatten.

Eine Spur sexy.

Darauf ist sie heute aus. Eine Spur sexy. Denn eins weiß sie. Sexy zu sein hat nichts damit zu tun, schön zu sein. Jedes Mädchen kann sexy sein. Dreckig. Hungrig. Das hat sie schon vor zwanzig Jahren begriffen. Vielleicht hätte sie das damals noch nicht so ausdrücken können, aber sie hat es mit eigenen Augen gesehen. Denn die Jungs kamen zurück. Sie war bei Weitem nicht das schönste Mädchen im Stadtteil, trotzdem wollten alle mit ihr schlafen. Sie mussten sie haben. Und warum? Klar, weil sie nun mal dalag, aber auch, weil sie etwas war, was die anderen, die superschönen Mädchen nicht waren. Sexy. Und wenn Tong etwas mag, dann wenn sie sexy ist. Höhere Absätze. Ein wenig Ausschnitt, auch wenn sie nichts Nennenswertes vorzuweisen hat. Allein der Gedanke zählt.

Dass sie es getan hat. Dass sie sich ihm so präsentieren will. Das mag er.

Cecilie zündet sich eine Kippe an und startet den Motor.

Was will sie eigentlich?

Will sie Tong haben?

Sie weiß es nicht. Sie will nur sexy sein. Sie will Van Halen hören. Die Synthies. Das Schlagzeug. David Lee Roth. Chessi will nur Auto fahren und eine Frau sein, nach der man sich umdreht.

»Oder, Kleines«, flüstert sie, als sie in die Gegend von Opstadsletta rauskommen, »oder? Du scheißt doch drauf, wer dein Vater ist?« Cecilie gibt Gas und spürt, wie der alte Volvo beschleunigt. »Wir nehmen einfach den Stärksten, oder? Oje, du magst nicht, dass Mami raucht, hm? Sorry, ich rauche bald weniger, versprochen, Kleines. Aber Van Halen, die magst du, hm?«

Wenige Minuten später bremst Cecilie ab und fährt die Auffahrtsallee nach Åna hoch. Sie ist ein paar Minuten zu spät dran, und sie weiß, dass Tong das nicht ausstehen kann. Er ärgert sich darüber, wenn die Leute unpünktlich sind. Sie erinnert sich noch daran, wie er Donald damals beinahe den Hals umgedreht hätte, als der zwanzig Minuten zu spät gekommen war. Sola. Bruch bei einem Juwelier. Mit das Beste, was sie je gemacht haben. Fuhren mit dem Transporter einfach direkt durch die Scheibe, Schaufenstereinbruch, rein und wieder raus. Eine Menge Kronen. Wäre Donald fünf Minuten später gekommen, wären sie hochgegangen. Tong drückte Donald dermaßen die Kehle zu, dass der ins Auto kotzte. Klar, die Karre musste sie anschließend putzen. Ein launischer Fucker, dieser Donald. Keine Kontrolle über die Drogen, unmöglich, sich auf ihn zu verlassen.

Irgendjemand hat erzählt, dass Donald gestorben wäre.

Dass man ihn auf der Rückbank des Randabergbusses gefunden hätte.

Daran zu denken ist ziemlich seltsam. Donald war erst zehn, als sie ihn zum ersten Mal gevögelt hat. Eigentlich ganz süß. Am Kinn hatte er so ein Grübchen. Einer ihrer Ersten. Er war scheißschüchtern. Stolperte über seine eigenen Füße, als er die Hose runterzog. Ja, ja, seufzt Cecilie. Ich hab wohl so ziemlich alle gevögelt, die in dieser Stadt an Heroin sterben. Ich hatte sie zuerst. Und das Heroin hatte sie zuletzt.

Wenn es mal nicht Rudi war, der Donald umgebracht hat. Er kam nie damit klar, mit jemandem arbeiten zu müssen, der sie so verdammt häufig gefickt hatte. Könnte schon sein. Dass Rudi Donald ans Kreuz genagelt hat und es dann »Heroinüberdosis auf der Rückbank im Randabergbus« nannte.

Cecilie hält vor der Gegensprechanlage, meldet sich an, fährt hinein und parkt. Geht hinauf zum Hauptgebäude. Eine sanfte Brise streift über ihr Gesicht. Wie immer draußen in Åna. Egal, wie wenig Wind sonst ist, in Åna stürmt es.

Da steht er. Vor dem Haupteingang.

Er sieht nicht aus wie ein Mensch.

Er sieht aus wie ein Eisenmann. Eine Skulptur. Cecilie merkt, wie sie ins Stocken gerät. Was da vorne steht, sieht kein bisschen aus wie ein Mensch. Plötzlich wirkt das alles unheimlich. Wo ist sie da hineingeraten? Cecilie geht langsam näher. Tong trägt keine Åna-Kluft mehr, nicht ganz geheuer, ihn so zu sehen, in dieser alten Jeans, mit der glatten Lederjacke und den blauen, am Hals anschwellenden Sehnen.

Tong verzieht keine Miene. Fragt sie sich wirklich bei dem da, ob sie in ihn verliebt ist, hat sie wirklich für den da Lippenstift aufgetragen?

»Oh ja, Kleines«, flüstert sie und bewegt dabei kaum die Lippen, »jetzt hat Mami wohl ein bisschen Angst.«

Sie bleibt vor Tong stehen. Er selbst steht völlig reglos da.

»Hallo, Tong.«

Sie gehen nebeneinanderher zurück zum Auto. Cecilie hat keine Ahnung, was sie sagen soll. Sind sie jetzt Vater, Mutter, Kind? Sie hat das Gefühl, etwas von sich geben zu müssen, eine Nachricht, eine Geschichte, irgendwas, aber sie hat keine Ahnung, was. Sie braucht einen Vanilleboller und eine Kippe. Cecilie sieht kurz zu Tong hinüber, weicht aber seinem Blick gleich wieder aus. Dieser Blick wirkt wie verbrannter Stein. Dass das überhaupt geht, so intensiv und gleichzeitig so verschlossen zu sein. Steckt da drinnen wirklich ein Mensch?

Sie schließt das Auto auf. Atmet übertrieben aus. Blickt zum Himmel, als wollte sie damit sagen: Schau, wie toll der ist. Sie macht die Beifahrertür auf. Tong legt seine Tasche auf den Rücksitz und steigt ein.

»Oder willst du fahren?«

Ihre Stimme kling dünn und wacklig.

Tong schüttelt den Kopf.

»Na ja, dachte nur, vielleicht willst du ein bisschen fahren, ist ja lange her, dass du zuletzt Auto gefahren bist. Also. Naja.«

Sie sollte nicht so viel reden. Tong konnte Gelaber noch nie ausstehen, und jetzt mag er es anscheinend weniger denn je.

Cecilie dreht den Zündschlüssel herum. Fährt die Allee hinunter.

»Schöner Tag heute.«

Warum hat sie das gesagt?

»Aber« – sie versucht, es wegzulachen –, »macht ja nichts. Dass es schön ist, meine ich. Das Wetter. Ach nein. So.

Bring die mal dazu, die Schranke aufzumachen. Hallo, ja. Cecilie Haraldsen, fährt raus.«

Er sitzt nur da. Dass dies seit Jahren sein erster Tag in Freiheit ist, kann man ihm wirklich nicht ansehen.

»Gut, raus zu sein, oder?«, fragt sie, nachdem sie eine Weile unterwegs gewesen sind.

Keine Reaktion. Schwarze, verbrannte Augen.

»Ja«, fügt sie schnell hinzu, »ist sicher toll.«

»Kannst du mal das Maul halten?«

Sie erschrickt, schluckt, nickt.

Tong nimmt Cecilies Hand. Er schließt seine Faust darum, die Adern über seinen Knöcheln schwellen an, und sie hat das Gefühl, gleich zerquetscht er ihre Hand. Er legt die Hand auf seinen Schritt, lässt sich tiefer in den Autositz sinken, spreizt die Beine, reibt ihre Hand über den Hosenstoff.

Okay, denkt sie. Natürlich. Das ewig Alte.

77 Dein eigenes Feuer (Veronika)

Sie lehnt sich an ihn. Legt die Arme um seine Taille. Dreht die Wange zu seinem Rücken. Sie will nirgends anders sein als hier, unterwegs, fort von allem, mit ihm zusammen. Sie kann nichts dafür, aber der Anblick von Sandra, die vor dem Moped einen Salto machte, der Anblick dieses Mädchens, das hart auf den Asphalt aufschlug, hat sie mit flammendem Glück erfüllt. Das ist Gerechtigkeit. *Du hattest es zu leicht, du hast ihn nicht verdient. Du hättest ihn niemals verstanden, und jetzt hast du deine Overbitch getroffen, und das bin ich.*

Das Moped fährt runter zur Madlakreuzung, hinaus in Richtung Golfplatz, arbeitet sich die Straße zur Revheimskirche hoch. Um sie herum öffnet sich das Land, zwei Pferde laufen an einer Mauer entlang, ein Traktor taucht auf und verschwindet wieder.

Sandra könnte ernsthaft verletzt sein, im schlimmsten Fall kommt sie ums Leben. Aber Veronika empfindet nur die Anziehung, durch die wird sie scharfsichtig und ausgelassen, und sie hat keine Angst. Sie schmiegt sich enger an Daniels Rücken, schlingt die Arme fester um seinen Körper. Sein Herz hämmert unter ihren Händen. Sie liebt seine Angst, liebt seine Verzweiflung. Er braucht sie, das weiß sie, denn sie hat längere Wimpern als er, ist weicher als er, und sie ist gerissener als er.

Als sie nach Sunde hinauffahren, öffnet sich die Landschaft weiter, der mächtige Stavangerhimmel prunkt über ihren Köpfen. Daniel wird langsamer, er dreht sich halb zu ihr nach hinten, und sie sieht hinter dem Visier die wilde Unruhe in seinen Augen, doch das erschreckt sie nicht, denn sie weiß, dass er sich nun an sie wenden muss.

Daniel biegt links ab, es geht steil hinunter in ein meerseitiges Wohngebiet mit kleinen Siebzigerjahre-Reihenhäusern. Er steuert das Moped auf einen grauen, niedrigen Mauerklotz zu. Ein alter Bunker. Er bremst, hält an, sie steigen ab. Sein Atem geht hart, er durchsucht seine Taschen und blickt sich währenddessen nervös um. Nach einer Weile findet er den Schlüsselbund. Er nimmt ihn zwischen die Zähne und schiebt das Moped zu einer großen Eingangstür. Er murmelt irgendwas, aber sie kann nicht sehen, was.

»Was sagst du?«

Er antwortet nicht. Nimmt den Schlüssel aus dem Mund, schließt die Tür auf, zieht sie sperrangelweit auf und schiebt das Moped in einen fensterlosen Betonkorridor.

Natürlich. Der Proberaum. Murmelt er wieder etwas? Sie eilt ihm nach, er stellt das Moped an die Wand, sie schiebt die Tür hinter sich zu, während er einen anderen Schlüssel am Bund wählt und durch die Dunkelheit auf die nächste Tür zugeht. Er tastet nach dem Schloss, versucht, das Schlüsselloch zu treffen.

Veronika geht den Betonkorridor entlang, tastet sich zu Daniel vor, legt ihre Hände auf seine und spürt, dass er zittert. Sie umfasst seine Hände, bis sie ruhiger werden. »Du bist nicht schuld. Sie ist direkt auf die Straße gerannt. Sie wollte das.«

Es ist dunkel. Sie hat keine Ahnung, ob er mit ihr spricht, aber sie hat das Gefühl, dass er irgendwas sagt. Sie sucht mit der Hand sein Gesicht, berührt die vollen Lippen, spürt den warmen Atem an der Hand. Die Tür zum Proberaum geht auf, und schwaches Licht fällt auf die beiden. Schnell haben sich ihre Augen daran gewöhnt. Ein ziemlich großer Raum, zerschlissene alte Teppiche am Boden, Eierkartons und Poster an den Wänden, unbekannte oder vergessene lokale Bands, die im Grevlingen, im Metropolis, beim Musikkens Dag oder im Folken gespielt haben: The Substitutes, Lillemor, Rag Doll, Arlie Mucks, Røde knær, Luftskipet Noreg, Hekkan, 60-Sone Satan. Gitarrenverstärker, ein Schlagzeug, Bassverstärker, Mikrofonständer und Mikrofone, ein Mischpult und Monitore, ein Wurlitzer Electro Piano, ein alter analoger Yamaha-Synthesizer, Lautsprecher. Entlang der einen Wand ein klobiges braungrünes Sofa, ein trüber und zerkratzter Teakholztisch, dessen Platte überquillt von Aschehäufchen, Colaflaschen, Schokopapierchen, Gitarrensaiten, Plektren, Magazinen, *FHM*, *Vi menn*, Comics.

Veronika schiebt sich in Daniels Blickfeld. Bringt ihn dazu, ihr in die Augen zu sehen, und wiederholt: »Du bist nicht schuld daran.«

Seine Brust hebt sich und senkt sich erst wieder, als er auf das Sofa plumpst. Er greift nach einem Paar Sticks, die auf der Armlehne liegen, fingert an ihnen herum, bevor er zu ihr rübersieht und sagt: »Was weißt du denn schon.«

Veronika setzt sich in einen abgenutzten Ledersessel. Sie nimmt seine Hände, stoppt die Sticks, die in die leere Luft schlagen. Seine Hände sind kalt nach der Fahrt, sie knetet sie zwischen ihren, wie ihre Mutter es bei ihr immer macht. Er windet sich aus ihrem Griff, steht auf, geht resolut zum Schlagzeug und lässt sich auf den Hocker fallen.

»Was sollen wir denn jetzt tun? Hm?«, fragt er und sieht sie an. »Was schlägst du vor?«

»Daniel, ich …«

Jähzornig unterbricht er sie: »Du machst mich Scheiße noch mal echt völlig fertig, weißt du das? Ein Mädchen anfahren – Sandra, verfickt noch mal! –, und dann einfach abhauen? Wie klingt das wohl in den Ohren ihrer Eltern? Oder der Polizei? Scheiße, wie bist du denn drauf?«

»Daniel, hör …«

»Nein! Nein, ich hör dir verfickt noch mal nicht mehr zu!«

Er steht auf, dreht sich zur Wand und drischt mit den Fäusten darauf ein.

Veronika reißt sich zusammen, so gut sie kann, und geht zu ihm hinüber. Umarmt ihn, presst die Brüste an ihn, dreht ihn so energisch wie nur möglich zu sich herum und zwingt ihn, ihrem Blick zu begegnen.

»Was, wenn sie stirbt?«, fragt er.

»Wird sie nicht.«

»Kannst du nicht wissen. Sie werden es herausfinden. Irgendjemand wird reden. Und dann finden sie uns.«

»Ich war dabei, Daniel«, sagt sie. »Ich hab alles gesehen. Sie hat sich dir in den Weg geworfen. Ich sage für dich aus.«

Daniel sieht sie an. Seine Augen schimmern wie feuchtes Glas. Sein Mund wird schmaler, und die Oberlippe zittert leicht. Sie legt einen Finger darauf, damit er sich beruhigt. Daniel saugt die Wangen ein, er hat einen trockenen Mund.

»Ich mag deine roten Haare«, sagt er.

Veronika gibt ihm einen Kuss.

»Ich bin völlig chancenlos«, sagt Daniel.

78 Papa sagt das immer, wenn er uns verprügelt (Tiril)

Sie haben sich auf den Weg zu den Wohnblocks gemacht. Ein kleiner Kerl mit Hoodie und Baggy Jeans. Ein Mädchen mit festem Schritt und ebenso festem Blick und eines mit gequältem Schritt und ebenso gequältem Blick. Tiril spürt die Kraft in ihrem Körper, stellt sich den Abend vor: Da steht sie, das Lied kommt aus ihrem Herzen, Thea spielt, das Dach hebt ab und fliegt in den höchsten Himmel.

»Wollte sie bloß bei den Blocks stehen?«

»Ja«, antwortet Tiril verärgert über den skeptischen Ton in Malenes Stimme, »ja, sie wollte bloß bei den Blocks stehen.«

Shaun trottet zwischen den Mädchen her, er ist klein wie ein Wichtel, dumm und kommt aus einer Psychofamilie, aber er ist echt cool, denkt Tiril.

Sie kommen an der Bushaltestelle in der Norvald Frafjords gate vorbei. Der Morgen ist längst auf den Beinen, Leute gehen zur Arbeit, zur Schule, Busse und Autos sind unterwegs. Wir führen uns einfach normal auf, denkt sich Tiril, dann glauben alle, wir wären nur drei Schüler auf dem Weg zur Schule.

Dann sehen sie es. Ein Mädchen. Es sitzt zusammengekauert neben ein paar Findlingen am Fahrbahnrand. Es hat den Kopf auf die Hände gestützt, die Klamotten sind zerrissen.

Malene kneift die Augen zusammen. »Ist das Sandra?«

Tiril rennt los. Die anderen folgen ihr dicht auf den Fersen.

»Sandra, was ist passiert?« Tiril bleibt vor dem Mädchen stehen. Sie hat Verletzungen an Wange und Stirn, die Hose hat einen riesigen Riss, und die Jacke ist abgeschrammt.

»Oh Gott.« Malene schlägt die Hände vors Gesicht.

»Wow«, kommt es von Shaun.

Tiril beugt sich zu Sandra vor, packt sie am Arm und will sie hochziehen, doch Sandra heult auf vor Schmerz.

»Scheiße, was ist denn passiert?«

»Daniel«, antwortet das Mädchen gequält. »Und Veronika. Sie haben mich überfahren.«

»Sie haben dich überfahren?!«

Sandra nickt und fasst sich an den Arm, der ganz steif zu sein scheint. »Ich bin zu den Blocks gelaufen, und da kamen sie, und ich bin hinter ihnen her, und dann … Ich hab mich ihnen in den Weg geworfen, und sie haben mich überfahren.«

»Du hast dich ihnen in den Weg geworfen?«

Sandra nickt wieder.

»Wurdest du angefahren?« Shaun zieht die Augenbrauen hoch.

»Dschieses, Shaun, hast du nicht gehört, was sie gesagt hat?«

»Doch, aber, verdammt …«

Tiril versucht sich zu konzentrieren. Sie muss jetzt schnell reagieren. »Kannst du dich bewegen?«

»Ich weiß nicht …«

»Steh auf.«

»Ich weiß nicht, ob ich …«

»Sandra. Steh auf!«

Sandra stemmt sich vorsichtig hoch. Sie hat sichtlich starke Schmerzen. Tiril bürstet die Halme und Grasbüschel von ihrer Kleidung, hebt Sandras Hände in die Höhe und studiert sie von beiden Seiten. Dann sieht sie Malene an, die keinen Mucks herausbringt, und Shaun, der nicht weiß, wo er hinschauen soll.

»Sieht das aus wie ein Fahrradunfall auf dem Weg zur Schule?«

»Hä?« Malene schüttelt den Kopf. »Sie wurde doch angefah…«

»Ich frage, ob das wie ein Fahrradunfall aussehen könnte.«

»Schon, aber …«

»Dann war es ein Fahrradunfall.«

»Hä?« Sandra sackt gegen Malene, die sie sofort auffängt.

Tiril leuchtet geradezu. Sie spürt, wie alles zu allem werden kann, wenn man nur weiß, wie man die Welt in die Knie zwingt.

»Tiril«, sagt Malene, »jetzt reiß dich aber mal zusammen. Das ist doch total krank. Sandra wurde von Daniel und Veronika angefahren, und sie sind … Ja, was eigentlich? Einfach davongefahren?«

Sandra nickt.

»Sie sind einfach davongefahren«, spricht Malene weiter, »und du willst, dass wir … Ja, was willst du eigentlich? Dass wir einfach zur Schule gehen und daraus einen Fahrradunfall machen? Sie könnte sich etwas gebrochen haben, sie könnte eine Gehirnerschütterung haben, wir müssen jemanden anrufen, die Po…«

Tiril starrt ihre Schwester an. Starrt sie an, bis sie aufhört zu sprechen. Rebekka, ein Mädchen aus der 9c, läuft an ihnen vorbei, bleibt für ein paar Sekunden stehen und sieht das Grüppchen seltsam an. Tiril hebt die Hand zum

Gruß und lächelt freundlich, und das Mädchen geht weiter in Richtung Schule.

»Halt jetzt den Mund«, sagt sie ganz ruhig. »Shauno. Hast du Kleber geschnüffelt?«

»Na ja, also, ich hab quasi nur …«

»Hast du Kleber geschnüffelt?«

»Jaa, ich hab quasi …«

»Shauno.« Tiril legt ihm die Hände auf die Schultern. »Hast du Kleber geschnüffelt?«

»Ähm … Nein?«

»Nein. Hast du nicht. Shauno. Hat Kenny dich verprügelt?«

»Ja, er hat …«

»Shauno. Hat Kenny dich zermatschprügelt?«

»Ähm … Nein?«

»Nein.« Tiril nickt. »Hat er nicht. Und du, Sandra. Hast du vor dem Block auf deinen Freund gewartet? Hast du dich ihm in den Weg geworfen? Bist du angefahren worden?«

Die Mädchen sehen einander an. Shaun grinst, dass seine braunen Zähne wie dreckige Diamanten strahlen.

»Nein«, flüstert Sandra. »Bin ich nicht.«

»Hehe.« Shaun sieht Tiril mit Bewunderung in den feuchten Augen an. »In Amerika heißt das ›leverage‹. Papa sagt das immer, wenn er uns verprügelt. Leverage, sagt er.«

»Dein Vater ist ein Arsch und sollte in Åna sitzen«, sagt Tiril, »aber jetzt sehen wir zu, dass wir Oberwasser bekommen. Über alle. Über Kenny. Über Bunny. Über Veronika. Über Daniel, diesen Verräter. Und Scheiße, wir machen sie psychologisch fertig. Sie werden glauben, sie haben gewonnen. Und dann werden sie anfangen zu schwitzen. Und dann werden sie anfangen, sich nervös umzusehen. Und dann kommt die Rache. Versteht ihr?«

Sie nicken. Sogar Malene nickt.

»Wir brauchen keine Ärzte, wir brauchen keine Lehrer, wir bauchen keine Polizei oder Eltern, die sich hier einmischen. Ein Fahrradunfall. Ihr seid auf dem Weg zur Schule zusammengestoßen.«

»Wir?«

»Ja. Du und Shaun.«

»Awesome.«

»Wir haben euch gefunden. Malene und ich. Wir waren zu spät. Und wir besorgen ein Pflaster für diese Wunde da.«

»Aber was, wenn ich doch eine Gehirnerschütterung habe?«, stößt Sandra kleinlaut hervor. Sie wackelt mit dem wunden Kiefer, legt sich die Finger an die Schläfen und massiert sie vorsichtig. »Was, wenn ich mir etwas gebrochen habe?«

Tiril schüttelt den Kopf. »Hast du nicht. Und jetzt los, wir sollten uns allmählich in der Schule blicken lassen.«

Die vier Jugendlichen machen sich auf den Weg, bergab an den Hochhäusern vorbei. Vorm Coop stehen zwei junge Frauen mit Kinderwagen und rauchen. Sie kommen an der Eigenheimsiedlung vorüber, an der Jan Petersens gate, an der Anton Brøggers gate und den Reihenhäusern. Die Sonne wärmt ihre Gesichter. Tiril sieht, wie Sandra hinkt und dass Shaun allmählich wieder nüchtern wird.

Sie legt den Arm um seine Taille.

»Du, hast du vielleicht einen Kaugummi?«

Er steckt die Hände in die Taschen seines Hoodies und nickt.

»Hab ich von meiner Mutter gelernt«, sagt Tiril.

Malene sieht sie an. »Was meinst du?«

»Überlegenheit«, sagt Tiril. »Die Bitch hat einfach drauf geschissen, wenn jemandem was wehtat. Und das hat noch mehr wehgetan.«

»Das ist nicht wahr«, entgegnet Malene.

»Doch, ist es.«

Die Sonne steht schon hoch überm Fjord, über dem Schuldach, über der Kirchturmspitze, als sie auf den Schulhof einbiegen.

79 Bunny (Jan Inge)

Das hat gesessen. Ein König, der nicht länger König ist.

Einsamkeit. Horror erzählt oft von Einsamkeit.

Wird das mein Leben?

Jan Inge schielt zu Rudi hinüber, der neben ihm im Hiace sitzt.

Noch ist Tommy Pogo nicht aufgetaucht. Jan Inge hat ihn relativ früh erwartet. Polizisten tauchen gern vormittags auf. Um das Milieu ein bisschen aufzuscheuchen. Aber noch ist er nicht da gewesen. Vielleicht ist ja das sein Aufscheuchplan – es hinauszuzögern, damit der Schweiß so lange fließt wie möglich?

Einsamkeit. Rudi und Chessi, die ausziehen. Sich einen Garten zulegen. Sich ein eigenes Leben zulegen.

Jan Inge in einer kleinen Wohnung. In irgendeinem Block. Im Rollstuhl. Tagaus. Tagein. Den Briefträger mit der täglichen Post kommen hören. Das Echo draußen im Gang. Eine einsame alte Frau in der Nachbarwohnung.

Es entgleitet mir einfach, denkt Jan Inge, und ich kann nichts dagegen tun. Außer ich selbst sein.

Er reckt den Hals und lässt den Blick über die Umgebung schweifen, als wollte er sich versichern, dass er auf der Hut ist. Strømsbrua. Die Brücke, an einem gewöhnlichen Donnerstag im September. Autos, die zwischen den Stadtteilen hin- und herfahren. Die Aussicht auf Paradies im Osten. Der Blick nach Våland im Westen. Gleißend hängt die Sonne am Himmel. Ein Neger schiebt ein gepunktetes Fahrrad über den Bürgersteig. Die dunkle Haut bildet einen tollen Kontrast zum hellblauen Himmel. Das nennen die Dichter wohl Poesie. In der Ferne: eine Sirene. In der Ferne: die Berge. In der Ferne: Asien, Afrika, Australien. In der Ferne: ein Gott, der über uns alle wacht. In der Ferne: unsere tote, monströse Mutter. In der Ferne: unser lebender, glucksender, mystischer Vater. In der Ferne: der eigene Tod?

ICH SELBST SEIN.

Das ist die Lösung.

ABER WER BIN ICH?

»Rudi«, sagt Jan Inge, so nett er nur kann, »ich weiß, ich war ein bisschen ungenießbar heute Mor…«

»Fuck! Ungenießbar wie eine alte Muschi!«

»Ja. Du weißt schon. Wegen Tommy. Und. Ja. Ich woll…«

Rudi gibt ihm einen Klaps auf die Schulter. »Scheiße, Jani.« Er schüttelt den Kopf. »Glaubst du, Rudi schleppt so was den ganzen Tag mit sich herum?« Er zieht die Augenbrauen hoch und zuckt mit den Achseln. »Mein Gott, du sprichst hier mit dem Mann, der mit Chessi zusammen ist! Ich bin Meister im Umgang mit schlechter Laune. Sie zieht einen zwar runter, aber sie geht vorbei. Man muss einfach nur wegsehen. Brauchst du ein Bett zum Reinpissen? Tu dir keinen Zwang an. Pogo? Lass ihn kommen. Aber fuck, du warst echt scheißungenießbar, kann ich dir sagen. Speed! Allein schon der Gedanke an Pepper gibt mir das Gefühl, wir hätten eine Line gezogen. Weißt du übrigens, ob Stegas zu Hause ist?«

Jan Inge lacht. »Stegas ist immer zu Hause.«

»Hehe. Mister Kush. Heißt er nicht eigentlich Steffen? Fredriksen?«

Jan Inge zuckt mit den Schultern. »Niemand weiß, wie er wirklich heißt.«

»Wenn man in diesem Öldorf jemandem trauen kann«, sagt Rudi und atmet tief ein, als würde er Weed in den Lungen sammeln, »dann Stegas. Verdammt cool gerade, Jani. Speedtour. Du und ich.«

Jan Inges Puls beruhigt sich. Die Falten auf der Stirn glätten sich. Alles, was es braucht. Dem Schmerzhaften mit Warmem begegnen. Der Umgebung zu verstehen geben, was sie haben. Das Unersetzliche spüren lassen.

DAS UNERSETZLICHE.

Eine Horrorfilm-Studie.

Von Jan Inge Haraldsen.

Er sollte seinen Nachnamen behalten. Wenn er so darüber nachdenkt. Den Namen zu ändern wäre echt affektiert. Man ist, wer man ist.

»Und stell dir vor, Bruder«, hört er vom Sitz neben sich, »stell dir vor, dass dieser Stegas immer noch hier wohnt. Hä? Il Maestro of Weed. Verkauft hier seine Kräuter schon seit zwanzig Jahren. Tür an Tür mit der Schule. Echt, Mann, Respekt.«

»Jetzt werd du mal nicht narko«, sagt Jan Inge, ohne allzu tadelnd zu klingen. »Du weißt schon: Grundprinzipien. Wir sind gegen Drogen. Ist der Hauptgrund, warum wir so gut klarkommen. Das weiß auch Tommy Pogo. Und er weiß, dass sie es deswegen nie schaffen, uns festzunageln, weil wir den Drogen nicht verfallen sind.«

»Na klaro, Kommissaro«, sagt Rudi. »Wenn mir nur ein Dude unterkommt, der die *Asfalt* verkauft, breche ich ihm die Kniescheiben und zermalme sie zu Sand. Wollt nur darauf hinweisen, wie schlau dieser Stegas ist. Was für ein guter Geschäftsmann.«

Sie parken ein paar Blocks vom Haus des Drogendealers entfernt. Jan Inge lässt die Schlüssel in die geräumige Tasche seiner Jogginghose plumpsen und spürt sie an den Schenkeln kitzeln. Als sie auf die Nedstrandsgata kommen, werden sie langsamer. Halten Ausschau nach geparkten Autos, die nicht danach aussehen, als sollten sie hier stehen. Verdeckte Ermittler. Sie halten Ausschau nach Leuten, die nicht aussehen, als sollten sie hier rumspazieren. Zivilbullen. Sie überqueren die Straße, lächeln, als sie die Jugendlichen im Schulhof sehen, als wären sie alte Bekannte, gehen auf den Eingang zu, klingeln. Nach ein paar Sekunden geht die Tür einen Spaltbreit auf, und Stegas' strubbeliger Kopf wird sichtbar oder vielmehr die Hälfte davon.

»Fuck«, sagt er, »die Dalton-Brüder.«

Stegas sieht aus wie schon immer. Trägt seine Gammelklamotten: eine alte Levi's 501, ein Paar alte Filzpantoffeln, die er nie im Leben wegwerfen wird, weil seine Mutter sie ihm zum Auszug geschenkt hat. Der vorstehende Adamsapfel, in mancherlei Hinsicht sein Aushängeschild, ist immer noch genauso spitz wie in der Pubertät, und auch seine eingefallenen Schläfen sind noch genauso charakteristisch wie früher. Niemand weiß genau, wie alt er ist. Weil Stegas aussieht wie schon immer, treibt, was er schon immer trieb, redet, wie er schon immer redete, und wohnt, wo er schon immer wohnte, sind die Leute irgendwann beim Zählen durcheinandergekommen. Stegas ist zu einer Art Naturphänomen geworden.

Er bittet Rudi und Jan Inge mit einem schelmischen Grinsen hinein. Sie sind alte Bekannte, und auch wenn man Stegas nicht gerade als freundlich bezeichnen kann, tut es Jan Inge doch gut zu sehen, dass er ihnen begegnet, als wären sie Familie. Bei solchen Sachen muss Jan Inge auf der Hut sein. Auf ihre wenigen Kooperationspartner müssen sie Acht geben. Und die Beziehung zu Stegas ist eine Musterbeziehung. Er versorgt sie mit dem bisschen Speed, das sie brauchen, erzählt ihnen Sachen, die sie wissen müssen, und bei Bedarf beschützen sie Stegas. Sie haben für ihn diverse Leute verprügelt, schlechte Zahler und so. Zwischen ihnen ist nie Geld geflossen. Nur Infos und Gefälligkeiten.

Stegas lotst Jan Inge und Rudi in sein Wohnzimmer, das, wie der Mann selbst auch, aussieht wie schon immer. Die großen, tiefen Ledersofas. Der Fernseher in der Ecke. Die IKEA-Regale mit Kochbüchern und einer stattlichen DVD-Sammlung. Wohlgemerkt, sehr viele Musicals. Gesammelte Jahrgänge des Eurovision Song Contest. Heimelig. Wie immer. Was Rudi auch gleich kommentiert: »Bei dir zu sein, Stegas, ist immer eine Inspiration für mich, du hast es so hell und sauber und lauschig.«

Stegas nickt. »Dreck ist nichts für mich. Hab ich wohl von Mama geerbt.«

»Oh ja, Dschieses!« Rudi springt beinahe vom Sofa hoch. »Mein Beileid, Scheiße, haben's gehört. Krebs?«

Stegas fährt sich mit der Hand übers Gesicht und nickt langsam. »Hat sich in der Leber festgesetzt«, sagt er und seufzt, »und sie dann langsam aufgefressen. Dauerte drei Jahre.«

»Sorry, Mann«, sagt Jan Inge und stellt fest, dass er sich gar nicht vorstellen kann, wie es einem geht, wenn man seine Mutter vermisst, so wie Stegas. Das ist zu tief in ihm verschüttet – auch wenn Jan Inge sonst eigentlich eine Menge Empathie hat.

»Den Weg nehmen wir alle mal«, sagt Stegas mit feuchten Augen. »Aber sie lebt in meinem Herzen weiter.«

»Heftig«, sagt Rudi.

»Und sonst so?«, fragt Jan Inge. Irgendwo im Haus rauscht es in den Rohren. »Wie geht's dem Bein?«

»Na ja …« Stegas klopft auf seinen Fuß. »Das ewig Alte. Läuft nicht so gut. Bin auf Sozialhilfe. Hab mich nie beschwert. Hätte mir auch ein Schleudertrauma einhandeln können.«

»Heftig.«

»Die Sozialhilfe«, wiederholt Stegas, »hält mich flüssig. Verdammt gut, in Norwegen und nicht in Rumänien zu leben. Da sähe es für Stegas nicht ganz so rosig aus.«

»Wahre Worte.«

Ein molliger Typ in Jogginghose und Hoodie latscht ins Wohnzimmer. Auf seinen Ohren hat er Kopfhörer mit einer Art dünnen Mikrofonstange daran, die vorm Mund auf- und abwippt. So sieht er aus wie irgendein Pilot. Er nickt Jan Inge und Rudi zu, geht an ihnen vorbei, setzt sich vor den Fernseher und macht mit *Battlefield 3* weiter.

»Bunny«, stellt Stegas ihn vor. »Der schlägt hier ab und zu auf. Erledigt die eine oder andere Gefälligkeit für mich. Nicht wahr, Bunny?«

»Klar«, brummelt der mollige Typ.

»Stimmt doch, dass du ein paar Gefälligkeiten für mich erledigst?«

»Doch, klar. Freeze, fucker! Freeze!«

»Toller Typ, der Bunny«, sagt Stegas. »Bist du doch, Bunny?«

»Klar«, kommt es aus der Fernsehecke. »Boom! Die Hölle wartet, Freundchen.«

»Also«, fährt Stegas fort und streckt sich nach einer Teetasse, die auf dem Tisch steht, »ihr wollt ein paar Lines haben? Ein Job?«

Rudi schlägt die Hand aufs Knie, und sein Blick wird wärmer. »Ein Branchenklassiker«, erklärt er. »Wir ziehen los und verprügeln einen Typen, der Geld braucht. Versicherung.«

»Mhm.« Stegas nimmt einen Schluck und nickt anerkennend. »Verdammt schön, ab und zu mal was nach dem Lehrbuch zu machen. Gibt's heutzutage viel zu selten.«

»Fuck, wenn das mal nicht die Wahrheit ist, dann existiert sie nicht«, platzt es aus Rudi heraus. »Für meinen Geschmack gibt's mittlerweile viel zu viel Datenkriminalität, hab oft das Gefühl, zu nichts mehr zu gebrauchen zu sein. Also, das kannst du ruhig laut sagen, wir brauchen ein paar Lines. Jani, Tong, Chessi und ich.«

»Zwei Stunden«, sagt Stegas. »Drop: Stokkavann, am großen See. Am großen Stein dort.«

»Hast es geändert? Dachte, du nimmst immer die Kanonenstellung am Hinnaberget.«

Stegas nickt. »Rotierendes Konzept.«

»Fuck«, sagt Rudi anerkennend. »Du hast echt ein verdammt gutes System.«

»System ist der Schlüssel zum Erfolg«, erläutert Jan Inge.

»Ist doch ein guter Ort, oder, Bunny?«, fragt Stegas.

»Fucking die, Mofo!«, kommt von dem molligen Typen mit dem Headset. »Here comes Bunny! Just die! Hä?«

Rudi und Jan Inge stehen auf, und Stegas begleitet sie in den Flur. Zum Abschied nimmt Jan Inge seinen alten Kameraden in den Arm. »Und du meldest dich«, sagt er, »du weißt, wir stehen für dich ein, auf der Stelle.«

»Weiß ich zu schätzen«, erwidert Stegas. »Grüßt mal Tong, den alten Paki. Grüßt ihn mal und heißt ihn zu Hause willkommen.«

»Auf der Stelle«, wiederholt Rudi. »Jemand braucht Prügel, schon sind wir da. Du brauchst irgendwelche Supplies, 'nen Fernseher, 'ne Waschmaschine, whatever, ruf an, schon bringen wir's vorbei. Am Stokkavann. Ohnehin gut, wenn wir heute dort draußen auftauchen, unterwegs sind und eine Runde um den See drehen, das ist echt supersupersupersmooth, Stegas, das ist … Weißt du was? Zu dir zu kommen gibt mir immer zwei Gefühle, und diese Gefühle sind eng miteinander verknüpft. Das eine Gefühl ist, wie in eine Kirche zu kommen. In eine Kirche zu kommen, sich in eine dieser Bankreihen zu setzen, das Jesuslicht die Knöchel wärmen zu spüren. Und das andere, brotherofdope, das andere ist – und das ist sehr persönlich –, das ist ein Gefühl, wie zu meiner Großmutter heimzukommen. Zu ihrer Tür reinzugehen. Den guten alten Geruch wiederzuerkennen. Kaffee und Biskuitrolle. Die Treppe raufzugehen. Zu sehen, wie sie dort in ihrem Stuhl sitzt und, Scheiße, Franz Liszt oder so hört.«

Während Rudis Gefühlsausbruch nickt Stegas bedächtig. Jan Inge beobachtet den Drogendealer. Er kann sehen, dass hinter dessen Augen irgendetwas vor sich geht.

»Verdammt gut gesagt, echt«, sagt Stegas. »Weißt du, Rudi, meine Mutter hat auch immer Franz Liszt gehört. Mein Gott. Die alten Meister. Der Elton John seiner Zeit. Aber jetzt müsst ihr verdammt noch mal zusehen, dass ihr rauskommt, bevor der alte Stegas losheult. Ich lege vier G drauf, dann sprechen wir nicht mehr davon. Franz Liszt. Werd ich nie vergessen. Am Nachmittag nehm ich Bunny mit und besuche Mamas Grab. Scheiße, echt.«

Jan Inge und Rudi treten in das gleißende Licht hinaus.

Das ist es, was wir haben, denkt Jan Inge, als sie zum Auto hinaufschlendern. Das haben wir uns aufgebaut. Gute Beziehungen. Und das soll alles einfach so niedergerissen werden?

IN STÜCKE GEFETZT WERDEN, MIT FÜSSEN GETRETEN UND DARAUF HERUMGETRAMPELT.

Rudi sieht ihn an. »Scheiße, Mann, heulst du etwa?«

»Ist nur das Licht«, sagt Jan Inge und räuspert sich, bevor er sich zu Rudi umdreht. »Stell dir vor. Tee. Musicals. Eurovision Song Contest. Frank List.«

»Hä?«

Sie bleiben neben dem Auto stehen, und Jan Inge sucht die Schlüssel. »Siehst du's etwa nicht?«

»Nein, hä?«

»Ich wusst schon immer, dass irgendetwas mit ihm ist«, sagt Jan Inge und seufzt. »Ein bisschen exzentrisch. Und da hatten wir es all diese Jahre direkt vor unseren Augen. Eine Schwuchtel. Eine kleine Schwuchtel. Ein Proktologe. Ein Hintertürinspektor. Elton John. Bunny. Frank List. Hm, Rudi? Wie viele Überraschungen hat das Leben zu bieten?«

IN STÜCKE GEFETZT.

Rudi schüttelt langsam den Kopf. »Fuck«, sagt er, »echt ein schwerer Schlag, Derrick. Erinnerst du dich an Gaupas Mutter? Als sie erfahren hat, dass ihr Sohn schwul ist, wurde sie nie wieder dieselbe. Trine, Gaupas Schwester, meinte damals, dass ihre Mutter die ganze Menopause hindurch dagesessen und auf Rinde rumgekaut hätte. Genauso fühle ich mich jetzt. Verraten von einem meiner besten Freunde. Diese Gesellschaft hier ist auf dem Weg zur Hölle, bald sind wir nur noch umgeben von Arschmeistern und Muslimen, die Computer spielen, und wir, Bruder, wir stehen draußen in der Kälte, auf der Jagd nach einem Ort, an dem wir in Freiheit atmen können.«

Jan Inge macht die Autotür auf. Er steigt ein.

MIT FÜSSEN GETRETEN UND DARAUF HERUMGETRAMPELT.

80 Es ist grün (Tong)

Sie hat dafür echt Talent. Feinfühlig, rhythmisch, nicht zu schnell, nicht zu hart, trotzdem fest und gefühlvoll. Dynamisch.

Tong kommt, als der Volvo gerade am IKEA in Forus vorbeifährt.

Sitzt man ein, ist es nicht gerade schlau, zu oft an Frauen zu denken. Aber nachdem Tong anfing, es im Besuchszimmer mit Cecilie zu treiben, konnte er diesen Teil des Lebens unmöglich länger ausklammern. Gibt es kein Angebot an Frauen, schafft man es nach und nach, sich zu beruhigen. Am Anfang ist es die Hölle, man kann sich gar nicht vorstellen, wie man es dort drinnen auch nur eine Woche lang ohne Frau aushalten soll. Doch nach und nach beruhigt sich das. Mit dem Körper geschieht etwas. Zumindest hat Tong es so erlebt. Genau wie mit dem Körper das Gegenteil geschieht, wenn ihm dann Frauen serviert werden. Er will mehr haben. Und jeder weiß, was Frauen für einen riesigen Raum einnehmen können. Im schlimmsten Fall den ganzen. Sie können einen unfähig machen, klar zu denken. Und die Sache ist die: Man wird immer geiler, je mehr Frau man bekommt. Schön braucht sie nicht zu sein. Klug braucht sie nicht zu sein. Nett braucht sie nicht zu sein. Und man kann viel über Cecilie lästern, aber ficken kann sie.

Tong zündet sich eine Zigarette an. Er kurbelt das Fenster runter und wirft Cecilie einen Blick zu. Sie hat die linke Hand am Steuer. Er reicht ihr ein dreckiges T-Shirt aus seiner Tasche.

»Danke«, sagt sie und trocknet sich die rechte Hand ab.

Er dreht den Kopf und sieht aus dem Fenster. Die Berge in der Ferne. Das hat sie mit Absicht getan. Sich sexy zurechtgemacht, bevor sie ihn abholte. Sie wusste, er würde zur Hyäne werden, sobald er sie so sah. Sie wusste, er würde unter Strom stehen, sobald er durch die Gefängnistore trat. Die Leute glauben, einzusitzen wäre Stress, aber das Leben dort ist einfach. Daran gewöhnt man sich im Handumdrehen. Draußen dagegen, da ist Stress. Die ersten Tage in Freiheit sind echt hart. Wo soll man wohnen, mit wem soll man sprechen, man ist echt paranoid, man glaubt, jeder redet über einen.

»Dick und Doof«, sagt Tong. »Sind die zu Hause?«

Cecilie wirft das T-Shirt in den Fußraum. Nach dem Ullandhaugtunnel biegt sie von der Schnellstraße ab. Runter nach Hillevåg. »Glaube, sie sind bei Stegas, Speed holen.«

Tong nickt. Um Speed wird er einen großen Bogen machen.

»Super, dass du dabei sein willst«, sagt Cecilie und lächelt. »Ich meine, bei dem Job. Echt super. Ich meine, die ganze alte Truppe wieder vereint.«

Er sieht weiter aus dem Fenster. Allein bei dem Gedanken daran, Jan Inge und Rudi wiederzusehen, dreht sich in ihm alles um. Er war schwach. Er hatte sich geschworen, ein anderes Leben zu beginnen, wenn er rauskommt. Er hatte mit dieser Idiotentruppe aus Hillevåg Schluss machen wollen. Er hatte mit besseren Leuten arbeiten wollen. Vielleicht mit den Hells Angels. Und jetzt sitzt er hier. In diesem beschissenen Auto. Mit dieser verfickten Schlampe. Unterwegs zu diesen Losern.

»Hast du eigentlich irgendwelche Erinnerungen an deine Kindheit?«

Cecilie sieht ihn kurz an. Sie fahren durch Åsen hinunter zum Kildencenter.

»Ich meine«, spricht sie weiter, »warst du nicht vier, als du nach Norwegen kamst? Nein, ist wohl auch zu viel verlangt, sich daran zu erinnern.«

Der Volvo rollt hinunter bis zur Kreuzung zwischen dem Einkaufscenter und Rema 1000. Cecilie setzt den Blinker.

»Aber ich mein ja nur, es muss schon komisch sein, daran zu denken. Dass du dort ein Leben gehabt hast. Also, in Korea. Eltern und, ja, vielleicht Brüder und Schwestern und so was. Aber nein. Du erinnerst dich sicher an nichts. Ich meine, ich erinnere mich ja selbst nur noch an megawenig, obwohl ich eine Mutter und einen Vater hatte, bis ich …«

Der Blinker tickt hörbar. Die Sonne scheint durch die Windschutzscheibe.

»Denkst du nicht, es wäre an der Zeit, dir eine Frau zu suchen?«, fragt Cecilie und lächelt gerissen. »Eine Frau, vielleicht ein Haus und« – sie lacht – »vielleicht was Kleines?«

Tong streckt die linke Hand aus und packt Cecilie im Nacken. Drückt so fest zu, wie er nur kann. Er sieht, wie sich der Kopf unter seiner Hand vorbeugt, wie sich die Hände ums Lenkrad spannen.

»Halt dein Fotzenmaul«, sagt er. »Hoch mit dir. Es ist grün. Fahr.«

»Ich krieg leicht blaue Flecken, Tong«, kommt es kleinlaut von Cecilie, als sie schaltet und Gas gibt.

81 Ein Gefühl, als würden seine Füße vom Boden abheben (Pål)

Für gewöhnlich sagen die Leute, Vater von Teenagermädchen zu sein gehöre mit zum Schwierigsten. Sein Arbeitskollege Bjørn Ingvar Totland beispielsweise spricht am laufenden Band darüber. Wie er an jenem Tag, an dem sein Mädchen dreizehn wird, das Gewehr rausholen und dann bereitstehen will, wenn es an der Tür klingelt und ein Junge nach seiner Tochter fragt, das wird dem Schwanz einen heftigen Schrecken einjagen, oder, Pål? Wir wissen ja, wie wir selbst mit sechzehn waren, hm? Raus mit dem Gewehr, Pål, hm?

Normalerweise mag Pål alle Menschen, denen er begegnet, was Christine immer irritiert hat, aber Bjørn Ingvar Totland mag er nicht. Er mag weder diesen lebhaften Autohändlerkörper, noch mag er die Art, einem zuzuzwinkern, und auch nicht die Art, den Leuten auf die Schulter zu klopfen. Pål hat gute Lust, ihm mal zu sagen, dass er endlich aufhören soll, sie miteinander zu vergleichen. Denn sie sind nicht im Geringsten gleich. Für Pål war es schon immer anders. Sowohl mit sechzehn als auch jetzt. Klar brannte es in ihm, aber nicht so. Pål brannte immer langsam, langsam und lang anhaltend. Wenn Tiril auf einmal einen Freund hat, verspürt er keinerlei Unruhe, ganz im Gegenteil, er verspürt eine tiefe Erleichterung, als würde es sie beschützen, dass jetzt ein Junge

Teil ihres Lebens ist. Ist das Feigheit? Vielleicht ist es Feigheit. Der Job geht von mir auf einen anderen über, der Job, auf meine Tochter aufzupassen.

Shaun heißt er. Tirils Freund.

Amerikaner. Oder Ire? Ist sicher gerade erst passiert.

In wenigen Stunden wird er Besuch bekommen. Dann spaziert die Hillevåg-Gang zur Tür herein. Sie werden ihn verprügeln. Ihn fesseln? Wenn ja, wo? Er sieht sich um. Vielleicht fesseln sie ihn an einen der Küchenstühle. Verbinden sie ihm auch die Augen? Wie lange wird das Ganze dauern?

Was hat er zu ihnen gesagt? Dass er das Haus putzen wollte. Was Gutes zum Abendessen kaufen. Dass es für Tiril ein großer Tag wäre und er ihn zu etwas besonders Gutem machen wollte. Und dann flitzten die Mädchen wegen irgendetwas mit einer Freundin und diesem Freund schnurstracks aus der Tür.

Kraftlos sitzt Pål im Sessel unter dem Wohnzimmerfenster. Auf seinen Füßen ruht Zithas Schnauze. Nachdem die Mädchen gegangen waren, war er kurz mit ihr Gassi. Seitdem hat er überhaupt nichts getan. Der Käse auf dem Tisch ist weich und warm geworden, der Schinken glänzt. Sein Kiefer fühlt sich erschöpft an. Seit mehreren Stunden knirscht er mit den Zähnen.

Er lehnt sich zu dem Tischchen neben dem Sessel rüber, und Zitha rutscht auf den Teppich. Auf einer Zeitschrift liegt die Fernbedienung für den Fernseher, den sie heute Abend sicher stehlen werden, daneben sein Handy. Pål sucht nach einem Kontakt, wählt die Nummer.

»Ja?«

»Hallo, Christine, hier ist Pål.«

»Ja, das seh ich – du, ich bin gerade beschäftigt, was gibt's?«

Ist nur ein ganz gewöhnliches Telefonat.

»Ähm, ich hab vergessen, dir Bescheid zu geben, dass Tiril heute einen Auftritt in der Schule hat. Das Ganze ist irgendwie sehr wichtig für sie, sie erwartet überhaupt nicht, dass du kommst, also, sie hat mich nicht darum gebeten, dich anzurufen, es ist nur …«

»Pål?«

»Ja?«

»Das ist ein bisschen eigenartig.«

»Ja?«

Als wären sie noch miteinander verheiratet.

»Ja, Pål. Das ist ein bisschen eigenartig.«

»Ja, kann sein.«

»Ja, ist es. Worum geht's denn hier? Ist dir gerade eingefallen, dass Tiril heute Abend auftritt und ich dabei sein sollte? Und dann rufst du um – wie spät ist es? –, um fünf vor halb zwölf an und glaubst, dass ich auf der Stelle zum Flughafen rausstürze und dann zu euch runter und in ihre Schule komme? Und das Ganze in – wann geht es los? –, in sechs Stunden?«

Ihr Ton. Genau wie immer.

»Ja. Oder. Nein, ich weiß es nicht. Ich dachte nur.«

Dann wird es still. Das überrascht ihn. Das überrascht ihn so sehr, dass er nervös wird, als würde gleich irgendwas Unangenehmes geschehen.

Påls Herz hämmert in der Brust, und dann hört er sie sagen: »Stimmt was nicht, Pål?«

»Neiiin. Was sollte denn nicht stimmen? Mit den Kindern? Nein, nein, ach Gott.«

»Nein, Pål. Mit dir«, sagt sie. »Mit dir, Pål.«

Wie lange hat er mit ihr zusammengelebt, wie gut hat er sie gekannt. Wie lange hat sie mit ihm zusammengelebt und ihn wie unangenehm gut gekannt. Påls Blick fällt auf die Tanne draußen im Garten.

»Erinnerst du dich an die Tanne?«

»Hä?«

»Ich stehe gerade am Fenster und sehe die alte Tanne draußen im Garten. In die die Mädchen immer Milchtüten mit Futter für die Vögel gehängt haben, weißt du noch?«

»Pål, entschuldige, hast du getrunken?«

Er lächelt. Hält das Telefon wie eine Taschenlampe von sich weg, ehe er es wieder ans Ohr führt und sagt: »Aber nein, sorry, das Ganze hier war einfach dumm von mir. Nur so ein Einfall …«

Sie lacht, das alte Lachen. »Bist du etwa auf einmal impulsiv geworden, Pål?«

Er lacht zurück. »Ja, das wär schon was, oder?«

»Habt ihr denn alles, was ihr braucht? Ich meine, haben die Mädchen alles, was sie brauchen?«

»Ja«, antwortet er wie aus der Pistole geschossen und fragt sich: Was, wenn ich es einfach erzähle? Alles. Wie wenig Geld ich habe. Was ich getan habe. Hausrat. Personenschaden. Was geschehen wird.

»Gut«, sagt Christine. »Also, wann tritt Tiril denn nun auf?«

»Äh, fängt es nicht um sieben an?« Im selben Moment stellt er fest, dass er die Uhrzeit gar nicht weiß. Er geht hinüber zur Küchenpinnwand und sieht den Zettel dort hängen. 19:00. »Ja, um sieben.«

Du lieber Gott, denkt er, als er durchs Telefon ihren Atem hört.

»Ja«, hört er sie sagen.

Oh nein.

»Warum nicht?«

Nein, nein!

»Ich meine, ich könnte es ja tatsächlich schaffen.«

»Wow«, sagt er und schließt die Augen. Das hätte er voraussehen müssen. Dass es ihr tatsächlich in den Sinn kommen könnte. Zu kommen.

»Du, Pål, hör zu, ich muss das checken, okay? Ich hab jetzt gleich ein Meeting, aber dann lass ich Ragnfrid nach Flügen schauen. Du hörst dann von mir, okay? Falls ich es schaffe, halt es geheim. Womit tritt sie denn auf? Hast du Zeit, mich in Sola am Flughafen abzuholen?«

»Hä?«

»Hast du Zeit, mich … Nein, vergiss es. Das merken die Kinder. Ich nehme ein Taxi. Womit tritt sie denn auf?«

»Evanescence«, sagt Pål kleinlaut.

»Ach du liebes bisschen, so ein Dreck. Mag sie das immer noch?«

»Sie liebt es. ›My Immortal‹.«

»Ach du Scheiße. Geht es Malene denn gut?«

»Malene, doch, sie hat …«

»Okay, du hörst von mir.«

Klick.

Zithas Schnauze berührt seinen Handrücken. Pål steht mit dem Telefon in der Hand da und starrt ins Leere. Wird sie kommen? Hierher? Heute? Es fühlt sich an, als würden seine Füße vom Boden abheben, ohne dass er etwas dagegen tun kann.

82 Ihr herrlichen jungen Menschen (Malene)

Frida Riskas sorgfältig rot lackierte Zehennägel leuchten vorn aus ihren offenen Pumps. Der dunkelblaue Rock sitzt stramm über der Hüfte und der schlanken Taille, um die ein koketter, schmaler Gürtel liegt. Irgendwie verleiht der Gürtel ihr eine gewisse Jugendlichkeit und jene Leichtigkeit, mit der sie die Flure und Klassenzimmer in Gosen prägt, seit sie vor dreißig Jahren hier als Lehrerin anfing und schon bald im Ruf stand, die schönste Lehrerin der Schule, ja, des ganzen Stadtteils, ja, ganz Stavangers zu sein.

Jedes Mal, wenn Malene Frida Riska erwähnt, lacht ihr Vater. Er kann es einfach nicht lassen. Ist sie immer noch da? Vor ihr sind alle auf den Knien gelegen, wir konnten kaum dem Unterricht folgen, so schön war sie, aber sie war auch scharfzüngig, hehe, ist sie das immer noch? Weißt du, eines Tages kam sie in die Schule, ihre hohen Wangenknochen strahlten quasi von dem Augenblick an, da sie das Klassenzimmer betrat, sie trug eine rattenscharfe Strumpfhose, dann stellte sie sich vor die Tafel, und dann sagte sie ohne jede Vorrede: »Wisst ihr, heute Morgen dachte ich, oh Gott, jetzt muss ich wieder diesen hoffnungslosen Schülern gegenübertreten, und schaffte es gerade so, mich in die Schule zu schleppen – ja, und jetzt wisst ihr das, und nun könnt ihr loslegen und mir das Gegenteil beweisen.« Ist sie immer noch so?

Ja, denkt Malene, als sie auf den Schulhof marschieren und Frida Riska mit zwei vor die Brust gepressten Ordnern über den Hof eilen sehen, sie ist noch immer so. Die schönste und die eigensinnigste, aber auch die überzeugendste Lehrerin, die sie haben. Sie bewegt sich ständig am Rande des Erlaubten, so als würde sie insgeheim das norwegische Schulsystem verachten. Einmal hat Malene ihrem Vater gegenüber so etwas erwähnt. Ich glaube, sie will eigentlich alles selber leiten und scheißt darauf, was sie uns laut Lehrplan beibringen soll. Ja, sagte er und lachte, da kannst du dir sicher sein, Frida mag zwar wie eine bürgerliche Frau aussehen, aber in Wahrheit ist sie eine Anarchistin.

»Eine Anarchistin? Was ist das?«

Ihr Vater lachte. »Frag Tiril«, sagte er. »Oder – nein, sieh dir einfach Tiril und Frida an, dann weißt du es.«

Frida bleibt stehen, als sie die Viererbande an den Fahrradständern vorbeigehen sieht. Typisch für sie, fährt nicht aus der Haut, legt nur den Kopf leicht schief und trommelt mit den Fingern auf die Ordner, die sie sich vor die Brust presst, bevor sie mit ihrem charakteristischen Hüftschwung auf ihren hochhackigen Schuhen näher kommt. Malene wirft Sandra einen flüchtigen Blick zu, die versucht, selbstständig zu stehen, aber von Tiril gestützt werden muss. Shaun sieht zwar ein wenig besser aus als vorher, doch seine Pupillen schwimmen immer noch wie kleine Fische in den glasigen Augen.

Fridas Hüften machen halt. Sie steht kerzengerade vor ihnen. Ihr Blick wandert kontrolliert von einem zum anderen, sie mustert jeden einzelnen von ihnen so lange, dass sie sich gesehen fühlen, sowohl gesehen als auch entlarvt, wie Frida Riska es immer tut.

»Ja?«, sagt sie.

Keiner von ihnen ist in der Lage zu antworten. Malene wartet darauf, dass Tiril das Wort ergreift, aber ausnahmsweise – vielleicht wegen Frida – packt sie einmal nicht die Gelegenheit beim Schopf.

Frida Riskas linker Mittelfinger trommelt gleichmäßig auf die Ordner. »Ja«, wiederholt sie, »was sehe ich da?« Sie hebt graziös den rechten Arm und blickt auf die schlanke Silberuhr an ihrem Handgelenk. »Viertel vor zwölf. Meine Zeit als Kindermädchen ist lange vorbei, aber eins ist klar, wenn vier so hochprofilierte Schüler und Schülerinnen – jeder und jede auf seine und ihre Weise hochprofiliert und talentiert –, wenn vier so hochprofilierte Schüler und Schülerinnen so spät am Tag auf den Schulhof marschieren, knüpft sich daran flugs eine gewisse Verwunderung, oder was habt ihr selbst dazu zu sagen? Insbesondere vielleicht, nachdem zwei von euch aussehen, als wären sie in ein Handgemenge geraten. Shaun? Sandra? Und insbesondere nachdem eine der beiden – du, Sandra – die Letzte ist, die man in einer Schlägerei vermuten würde? Dich, Shaun, kann ich mir hingegen in jeglicher Art von Konflikt vorstellen. Was habt ihr also zu sagen?«

Tiril erwacht aus der Starre und tritt einen Schritt vor. »Sandra ist mit dem Fahrrad auf die Fresse gekracht. Sie ist auf dem Weg zur Schule mit Shaun zusammengestoßen. Ich und Malene haben …«

»Malene und ich«, fällt Frida ihr ins Wort. »Weiter.«

»Malene und ich … Also, es ist bei den Wohnblocks drüben passiert, nicht weit von da, wo wir wohnen, und wir haben gesehen, wie sie auf dem Weg zur Schule zusammengekracht sind. Richtig heftig.«

Frida Riska sieht noch einmal auf ihre Uhr. »Viertel vor zwölf. Eher zehn vor zwölf. Und ihr habt dann mehrere Stunden gebraucht, um über diesen Fahrradunfall zu meditieren?«

Sandra tritt von einem Fuß auf den anderen und ringt nach Luft. Malene stellt fest, dass man sie entdeckt hat. Schülergesicht um Schülergesicht taucht an den Fenstern der Klassenzimmer auf. Sandra ist bleich. Frida – Papa hat sie einmal einen Habicht genannt – macht einen Schritt auf Sandra zu.

»Ist alles in Ordnung mit dir, Sandra?«

Sandra lächelt. Über ihrem Blick liegt ein Schleier.

»Sie hat es am schlimmsten erwischt«, sagt Tiril und legt den Arm um die Freundin. »Deshalb hat es so lange gedauert. Wir haben uns erst mal hingesetzt. Haben langsam gemacht, sind kurz nach Hause und haben Wasser und so was geholt.«

Sandra lächelt weiter und nickt. »Ja, ja«, sagt sie, »nur etwas Kopfschmerzen und ein bisschen müde … Es geht schon wieder.«

Frida sieht sie unverwandt an. Noch einmal lässt sie den Blick von einem zum anderen wandern, und noch einmal fühlen sie sich sowohl gesehen als auch entlarvt.

»Jetzt hört mir mal gut zu«, sagt sie. »Ich glaube euch kein Wort von dem, was ihr mir da erzählt. Das versteht ihr sicher. So wie eure Körper, eure jungen, wunderbaren Körper aussehen, und so wie eure Augen, eure jungen, wunderbaren Augen aussehen, war das kein Fahrradunfall. Aber so ist es nun mal. Ihr führt irgendetwas im Schilde. Vielleicht etwas völlig Ungefährliches, was ein Erwachsener einfach laufen lassen sollte. Vielleicht auch nicht. Vielleicht etwas, worüber ihr keinen Überblick habt, vielleicht etwas, was ihr besser jemandem überlassen solltet, der schon ein bisschen mehr gelebt hat als ihr. Aber was weiß ich. Ihr werdet das selbst entscheiden. Wenn ich gleich von hier weggehe, werdet ihr eine gute oder eine schlechte Entscheidung treffen. Eine von euch, höchstwahrscheinlich du, Tiril, wird die Kontrolle übernehmen, und ihr anderen, Shaun und Malene, werdet der Richtung folgen, die Tiril euch vorgibt. Und ja, was soll ich sagen? Ich wünsche euch alles Gute, ihr herrlichen jungen Menschen.«

83 Die Botnevass-Gang (Jan Inge)

Herbst 1996. Bruder und Schwester saßen daheim im Wohnzimmer, gut eingemummelt in alte Decken und bestens versorgt mit Chips und Cola. Das Fernsehlicht färbte den Raum, Schreie erfüllten das Wohnzimmer, und Jan Inge und Cecilie sahen sich einen Horrorfilm nach dem anderen an, während sie das Unwetter am Haus zerren und reißen hörten. Rudi war bei einem Job in Kvinesdal, sie hatten ihn an die Botnevass-Gang ausgeliehen. Was genau er dort machte, war niemandem so recht klar, aber es ging um viel Geld, und sie brauchten dort genau Rudis herausragende Energieleistung. Nach ein paar Wochen klingelte eines späten Abends daheim in Hillevåg das Telefon. Cecilie lag gerade in der Badewanne, während Jan Inge im Wohnzimmer saß und sich die alten Countryplatten seines Vaters anhörte. Er nahm ab. Es war Rudi. Seine Stimme klang wie ein Sägewerk.

»Scheiße, ich bleib keine Minute länger hier, Jani«, sagte er, »diese Botnevasssippe ist nicht ganz sauber, die verbringen ihre Zeit in einem Bus, der draußen auf einem Acker steht, und dieser Bus ist wie ein beschissenes Filmstudio eingerichtet, und da drin drehen sie einen kranken Porno nach dem anderen, und ihre Mutter will keinen von ihnen mehr sehen, und man munkelt, dass

Großvater Botnevass, dieser Solomon, dieser Priester, vom Berg runterkommen und allen die Schwarte abziehen wird.«

»Nur ruhig, nur ruhig«, sagte Jan Inge und überredete Rudi, noch ein paar Wochen auszuhalten. Sie brauchten das Geld.

Zwei Wochen später rief er wieder an, und zwar nicht aus Kvinesdal, sondern aus der Telefonzelle in Ben's Café. Im Gyadalen war er nur knapp einem Frontalzusammenstoß entgangen, und jetzt gab es für ihn kein Zurück mehr. Torleif Botnevass hatte seinen Bruder Gordon Botnevass erschossen, und zwar – wie die Schwester, Mary Botnevass, behauptete – wegen einer Meinungsverschiedenheit darüber, wie sie diesen Chinesen in Flekkefjord überfallen sollten, oder – wie der Cousin, Anton Botnevass, behauptete – wegen eines Streits darüber, was das beste Maiden-Album sei, oder wie Hilde im Laden behauptete: wegen eines Streits um meine Muschi.

»Fuck«, sagte Rudi in der Telefonzelle bei Ben's, »das geht jetzt echt zu weit, Jani. Ich stand vier Meter neben Torleif, als der seinem großen Bruder Gordon die Kugeln in die Wange donnerte. Verdammte Scheiße, Mord ist nichts für mich, Jani.«

Jan Inge seufzte. »Oje, wie grauenhaft. Dann komm heim.«

Eine Stunde später kam er in Hillevåg durch die Tür. »Fuck«, seufzte Rudi beim Anblick der Geschwister, »gut, wieder unter normalen Leuten zu sein.« Dann hob er Cecilie hoch, drückte sie an sich und sagte, dass es verdammt noch mal auf diesem Planeten außer ihr keine sexy Frau gebe.

Als sie eine halbe Stunde später in der Küche saßen und zu Abend aßen, Räucherlachs und Rührei, deutete

Rudi durchs Fenster auf einen schönen Transporter, der unter der Straßenlaterne parkte. »Was ist das?«, fragte er. »Besuch?«

»Das«, sagte Jan Inge und lächelte Rudi und Cecilie an, »das ist unser Firmenauto.«

»Firmenauto? Unser? Dieser Transporter?«

»Genau«, antwortete Jan Inge und deutete den Flur hinab. »Siehst du die Tür da?«

Rudi spähte mit müden Augen den Flur entlang. An der Rumpelkammer war ein Schild angebracht worden. Er kniff die Augen zusammen. »Büro«, stand da.

»Das ist unser Büro, Rudi.«

»Hä? Seid ihr total durchgeknallt, während ich dem Tode nahe war?«

Cecilie lächelte und legte den Arm um ihren Bruder. »Du weißt doch«, sagte sie sanft, wie sie manchmal sprechen kann, gewissermaßen von tiefer Liebe erfüllt, »du brauchst nicht zu glauben, du könntest drei Wochen weg sein und nach Hause kommen, ohne dass er hier sich etwas Geniales ausgedacht hat.«

Jan Inge stand auf – er war damals noch fünfzehn Kilo leichter – und sagte: »Rudi. Das war das letzte Mal, dass du an fremde Idioten ausgeliehen worden bist. Wir übernehmen jetzt die Kontrolle auf dem Platz. Da drinnen steht ein Telefon. Es hat eine eigene Nummer. Du findest sie im Telefonbuch, unter Mariero Moving. Im Büro liegen Büroklammern, Ordner, ein an die Tischkante montierter Bleistiftspitzer, ein Lineal, ein Faxgerät, kurz: alles, wovon ein Büromann träumen kann. Und dort draußen steht unser Firmenauto. Ein Auto, das niemals – hörst du, niemals – für was anderes als dafür benutzt wird.«

»Und ›dafür‹, das ist was?«

»Unsere Umzugsfirma, Bruder. Jene Umzugsfirma, die ich leite, in der Cecilie für die Reinigung verantwortlich ist und in der du der erste Fahrer bist.«

Cecilie lachte, in diesen Wochen war sie wirklich in Höchstform. »Da siehst du, was passiert, wenn du mal ein paar Wochen weg bist, Rudi! Gratufuckingliere, du hast einen neuen Job.«

Zuerst fühlte Rudi sich provoziert. Er würde bestimmt keinen normalen Job haben wollen. Er würde sich verdammt noch mal nicht mit schweren Bücherkartons den Rücken kaputt machen, nur weil alte Frauen in eine Seniorenwohnung in Lassa ziehen wollten, er würde Scheiße noch mal nicht anfangen, Steuern zu bezahlen, er würde verfickt noch mal nicht mit irgendwelchen stupid caps auf dem Kopf, auf denen »Mariero Moving« stand, rumfahren und sich vor dem ganzen beschissenen Bundesland lächerlich machen. Und so weiter. Aber dann änderte er seine Meinung, sozusagen noch während er sprach: Er würde diesen Umzugsjob nicht als Maske für seine eigentliche Identität als Gauner in … Obwohl das unbestreitbar ein intelligenter Gedanke war. Ja, nur Jan Inge konnte so etwas Intelligentes einfallen, das musste man ihm lassen. Ein Büro einzurichten, einen extra Telefonanschluss zu besorgen, ein eigenes Auto, Firmenkleidung und ein eigenes Logo zu beschaffen, eine eigene Garage zu bauen – fuck, das konnte man Rudi zufolge nur als Genialität bezeichnen. Da war er bloß ein paar Wochen im crazy Kvinesdal gewesen, wo Großvater Solomon vermutlich gerade das Gewehr auf seine Nachkommen richtete, die nach einem beendeten Pornotag im Bus lagen und Selbstgebrannten soffen, und einen nach dem anderen ummähte, während er aus seinem Mund Bibelzitate wie frischen Geifer rinnen ließ, wo Großmutter Rose Marie

Botnevass sicher gerade draußen vor dem Bus stand und die Salven zählte und für jeden gefallenen Sohn, jede Tochter, jede Nichte und jeden Neffen auf den Boden spuckte, da war er also bloß ein paar Wochen weg gewesen, und dann kam er nach Hause zu …

Rudi fiel Jan Inge um den Hals. »Scheiße, Bruder. Ich danke dem Herrn und meiner Großmutter droben, dass es dich gibt. Wann ist der erste Umzugsjob? Stundenlohn oder Festpreis?«

Jan Inge ist stolz darauf, wie er jene harten Wochen 1996 gemeistert hat. Hätte er nicht die Idee gehabt, eine Firma zu gründen und gesetzestreu zu werden, würden sie längst alle miteinander mit Insassennummern und Åna-Kluft herumlaufen. Die Idee war ihm gekommen, als er und Cecilie im Wohnzimmer gesessen und sich einen Horrorfilm nach dem anderen reingezogen hatten und der Regen aufs Dach gehämmert und den Garten in ein Schwimmbecken verwandelt hatte. *Sei auf der Hut, Jan Inge. Tu was, bevor es zu spät ist.* Also komm noch mal einer daher und sage, Horror würde dem Hirn schaden. Horror führt zu Kreativität, *Horror schenkt Zusammenhalt*, Horror lässt dich sehen, was in der Welt von Bedeutung ist, und den rechten Weg wählen. Und das wird er auch in seinem Buch schreiben: wie das Schmerzhafte das Gute hervorbringt.

Seit jenen regnerischen Tagen im Herbst 1996 hat das Andere Telefon treu und beständig geläutet. Marketing? Man braucht lediglich eine Nummer im Telefonbuch, einen Eintrag unter »Umzugsdienste«, und es läuft wie von selbst.

»Ja, hier ist Mariero Moving?«

»Ja, hallo, ich und meine Frau bräuchten Umzugshelfer in Hundvåg. Machen Sie auch die Endreinigung?«

»Reinigung? No problemo! Wir haben eine top ausgebildete Reinigungssachverständige, die wird sich darum kümmern, während Sie auf der Terrasse in der Sonne liegen.«

Vorigen Donnerstag: Das Andere Telefon klingelte wieder. Jan Inge watschelte ins Büro, setzte sich auf den alten Lederstuhl und nahm den Anruf entgegen: »Mariero Moving, Sie sprechen mit Haraldsen, was kann ich für Sie tun?«

Ein Flügel. Furras gate. Våland. Stavanger. Nicht gerade ihrer aller Lieblingsjob. Zum Glück ist Tong auf dem Weg hierher, denn was Jan Inge anpacken und heben kann, ist doch ein wenig eingeschränkt, seit er so dick und fett geworden ist.

Jan Inge und Rudi latschen rüber zur Garage, schieben das große Tor auf. Noch immer keine Spur von Tommy Pogo. Jan Inge spürt, wie es in ihm zu nagen beginnt. Zu wissen, dass er kommen wird, ist schlimmer, als wenn er unangemeldet aufgetaucht wäre.

Rudi seufzt, als er den weißen Transporter sieht. »Scheiße«, sagt er, »jedes Mal, wenn ich den Hiace sehe, blutet mir das Herz. Wir haben such a wunderbar car hier stehen, und dann benutzen wir es nur für Umzüge.«

»Rudi«, sagt Jan Inge, »niemand rührt den Umzugswagen an. Der ist der ganze halbe Grund dafür, dass wir so leben können, wie wir es tun. Erinnerst du dich noch an den Herbst sechsundneunzig?«

»Natürlich erinnere ich mich noch an den Herbst sechsundneunzig«, sagt Rudi, bevor sich sein Blick verdüstert. »Hast du übrigens gehört, was mit der Botnevass-Gang passiert ist?«

»Nein«, antwortet Jan Inge und schaltet das Garagendeckenlicht an, was das Autodach schön zum Glänzen bringt. »Dachte, die treiben's noch immer.«

»Im Krankenhaus, alle neun. Brüder, Schwestern, Cousins, Cousinen und weiß der Himmel wer noch. Torleif, Mary, Anton, Jo-Lene, Salve, Odd Harald, Ånen, Steven und die … Wie hieß sie … dieses Weibsbild in diesen Filmen da … ähm … Nancy Rose, ja. Hat sich angeblich beide Beine zerschmettert. Damit ist es mit der Filmkarriere wohl vorbei.«

»Ha.« Jan Inge schiebt die Transportertür auf, blickt hinein. »Nancy Rose. Jemand, der meinen Rollstuhl brauchen könnte.«

Das Auto sieht sauber und gut aus, bereit für den Job.

»Lief's, wie du dachtest?«

»Tja«, sagt Rudi und blickt über die Schulter zu Jan Inge. »Sie sind auf dem Rückweg vom Sweden Rock in eine Felswand gekracht. Kamen ins Schleudern, nachdem Ånen wohl versucht hat, einem Fuchs auszuweichen, der auf der Fahrbahn herumstreunte. Behaupten sie zumindest. Der Bus hat in der Nähe von Liknes die Leitplanke durchschlagen und ist geradewegs in diese Felswand gekracht. Hilde aus dem Laden sagt, das mit dem Fuchs wäre nur Quatsch, sie sagt, Großvater Botnevass hätte an den Pedalen rumgefummelt, weil er meinte, sie brächten Schande über die Sippe. Aber angeblich hat dieser Priester Solomon zu ihr gesagt, wenn sie noch einmal das Maul aufmacht, dann wird er vom Berg herunterkommen und dafür sorgen, dass sie nie wieder das Tageslicht erblickt. Großmutter Rose Marie ist es angeblich egal, sie hätte ihre Kinder sowieso nie gemocht, außer das eine, das sie bei der Geburt verloren hat, Kjell Ivar. Angeblich bereut sie es wie die Pest, dass sie den verrückten Priester geheiratet hat, wo sie doch so hübsch war, dass sie dort oben freie Wahl gehabt hätte – ob sie jetzt Botnevass, Øyvass, Kissvass, Vedvass, Sandvass, Skjerlevass, Storevass, Vestvass,

Krokevass, Svodvass, Grunnevass oder Movass hießen. Und da wählt sie ausgerechnet den größten Idioten von allen. Solomon Botnevass.«

»Oje«, sagt Jan Inge und dreht sich um. »Nicht viel Fischerglück in dieser Sippe.«

»Lieber Fickerglück als Fischerglück, stimmt's, Bruder!«

»Das Wort der Wahrheit.«

»So schaut's nämlich aus, manche Sippen sind von Teufeln und Dämonen heimgesucht. Würde mich nicht wundern, wenn sie innerhalb eines Jahres wieder auf den Beinen wären. Wirst schon sehen, back on track mit Buspornos für Behinderte. Den Chinesen in Flekkefjord haben sie immer noch nicht gemacht. Torleif meinte, der Besitzer säße auf mehreren Hunderttausend in cash. Ist wohl nur eine Frage der Zeit.«

»Aus allem, Rudi, kann man eine Frage der Zeit machen«, sagt Jan Inge. »Das ist die Essenz eines jeden guten Horrorfilms.«

»Mal wieder philosophisch«, sagt Rudi und nickt. »Typisch du, während wir anderen über Schrauben, Muttern, Baseballschläger und Gummiknüppel sprechen, schwebst du oben in den Wolken.«

»Findest du es nicht komisch, dass Tommy noch nicht aufgetaucht ist?«

Sie sehen einander an.

Rudi nickt.

»Doch«, flüstert er. »Jetzt, wo du's sagst.«

Jan Inge nickt. »Stresst mich ein bisschen, muss ich zugeben.« Er deutet zum Garten hinter dem Haus. »Apropos Stress«, sagt er. »Das da stresst einen auch.«

Ein überwucherter Garten, der seit Jahrzehnten kein Garten mehr ist, alte Matratzen, zwei durchgerostete Einkaufswagen, Radkappen und Autoreifen, verrottete Dielenbretter, der kaputte Rasenmäher, Cecilies altes DBS-Fahrrad, Mamas Waschmaschine, das Sofa aus dem Keller, das einmal rot war, jetzt aber wie sonnengebleichte Kotze aussieht, abgebrochene Spaten und Rechen, ein defekter Fernseher, ein Videorekorder, die drei elektrischen Heizkörper, die Papa gekauft hatte, kurz bevor er abhaute, ganze acht Europaletten, ungeheure Mengen an Kleinschrott, eine zerbrochene Schere, Muttern und Schrauben, ein Türgriff und in der südlichen Ecke eine rostige Wäschespinne, die für Jan Inge, als er klein war, immer wie ein Regenschirm aussah und von der er immer dachte, er müsste sie in seiner kleinen Hand hochhalten, gegen den Regen.

»Sieht aus wie eine beschissene Müllhalde. Wie lange steht der Kühlschrank schon da?«

»Seit siebenundachtzig.«

»Freiwilliges Gemeinschaftsaufräumen also.«

»Sonntag.«

Rudi spuckt auf den Boden und fügt sich seinem Schicksal.

Hinter sich hört Rudi das wohlbekannte Geräusch des Volvo, der stotternd die Straße heraufkommt. Jan Inge stellt sich gerade hin und sieht zu Rudi hinüber. Ein Lächeln legt sich auf ihre Gesichter, und sie schieben Tommy Pogo erst einmal beiseite. Sie treten hinaus in die weiße Sonne.

Der Volvo bleibt direkt neben den Mülltonnen stehen, und die Türen gehen auf. Auf der Fahrerseite steigt Cecilie aus. Jan Inge hat ein mulmiges Gefühl, als er ihre zögerlichen Schritte und den unsicheren Blick sieht. Auf der anderen Seite steigt Tong aus. Er sieht aus wie ein wandelndes Stück Eisen, und Jan Inge erkennt, dass er sich überhaupt nicht darüber freut, dass Tong wieder daheim ist, und schon gar nicht darüber, dass Tong – vielleicht – der Vater jenes Kindes ist, das Cecilie in sich trägt.

»Hey! Und hell fuck! Ach du abgefahrenste Scheiße!« Rudi hüpft durch die Einfahrt, breitet seine Arme aus, zieht den Koreaner an sich und klopft ihm mehrmals auf den Rücken. »Da bist du ja, du kranker Arsch! Fuck, wie ich dich vermisst hab! Verfickt gut, dich zu sehen! Oh hell und reinspaziert, wer nicht kastriert! Tooooooooooooooooooong-ong-ong-ong-ong-ong-ong-ong-ong-ong-ong!«

84 Sie kamen aus dem Wald (Sandra)

Die Lider fallen einfach zu. Die Brust hebt und senkt sich, und Sandra will so gerne schlafen. Die Arme aufs Pult legen, sie zu einem Herz falten und den Kopf hineinlegen und in ein tiefes Meer dämmern. Das Meer? Ja, Jesus, du bist mein. Ihre Wangen sind warm, so warm, als hätte man zu lange ferngesehen, und ihre Finger sind schwer, so schwer, als hätte man die Arme zu lange gerade nach unten hängen lassen, und sie ist wirr im Kopf. Ist heute Donnerstag? Sie zwingt sich dazu, die Augen aufzuschlagen, und lächelt Malene träge zu, die sich auf ihrem Platz weiter vorne im Klassenzimmer nach hinten umdreht. Bist du da? Ihre Kiefermuskeln scheinen nicht mehr da zu sein. Ist heute Donnerstag? Oder Mittwoch? Haben sie Mathe, haben sie Englisch? Ach ja, Englisch bei Frida Riska. Hallo, Frida. To talk too much. Versteht ihr? Den Unterschied? Oder haben wir euch damit bereits überfordert? Jetzt ist Sandra übel, sie hat ein mulmiges Gefühl im Bauch und in der Brust, und sie ist so unglaublich müde. Vermutlich ist Mittwoch. So schwer sind diese Finger, so schief die Augen, so warm die Wangen. Einmal. Klo pa pier. Ist etwas passiert? Sie kann sich nicht erinnern. Doch. War sie nicht in einen Unfall verwickelt? Doch. Mit Daniel? Nein. Einmal. Nein, er liebt mich, und ich liebe ihn: Duundich. Hat sie das? Mein leuchtender Junge, dir will ich für den Rest meines Lebens dienen, denn so ist die Liebe. Ja. Einmal kamen sie anmarschiert. Donner schallte über den Himmel, man konnte das Dröhnen unter den Füßen spüren. Sie kamen aus dem Wald. Es waren Luzifersöhne, denn sie waren nackt, und in den Armen trugen sie zerhackte Lämmer und kleine Herzen, die sie Menschentöchtern und Menschensöhnen geraubt hatten. Etwas dahinter folgten die Luzifertöchter, auch sie nackt, auch sie mit Versprechen von Feuer und Albträumen. Ja. Blut lief über ihre Schenkel, rann an den Innenseiten ihrer Schenkel hinab. So schwer sind diese Finger, Donnerstag? Ichunddu, Daniel. Mein leuchtender Junge, dein leuchtender Mund. Sandra glaubt sich übergeben zu müssen, sich zu übergeben und in Schlaf zu sinken, als würde das zusammengehören, denkt sie träge, sich übergeben und in Schlaf sinken. Einmal kamen sie aus dem Wald. Daniel. Mein Daniel. Denn was sollte auf dieser Welt richtig sein, wenn nicht die Liebe? Was sollte der Wahrheit Sprache sprechen, wenn nicht die Liebe? Erwärme unsere Kirche, entzünde dein Licht. Ich muss jetzt schlafen. Ich brauche jetzt wirklich Schlaf.

»Sandra?«

»Hallo, Sandra?«

»Oh Gott!«

»Frida! Sie atmet nicht!«

»Holt Hilfe!«

»Sandra?«

»Malene! Antworte mir! Malene! Was ist vorhin passiert? Malene!«

85 Wenn wir bei Oma in der Furras gate sind, gibt's immer Holundersaft, und zwar den besten der Welt (Rudi)

Der weiße Transporter biegt um die Ecke in den Hillevågsveien. Auf der Seite prangt der rote Schriftzug *Mariero Moving – Dein Problem ist No problemo.* Drinnen sitzen vier Personen, alle tragen die hellblaue Firmenbekleidung mit dem schräg über den Rücken aufgestickten Logo.

Rudi, Tong und Jan Inge sitzen – in dieser Reihenfolge – auf der geräumigen Vorderbank. Hinten sitzt Cecilie und raucht.

Rudi kurbelt das große Lenkrad herum, aber er fühlt sich nicht wohl. Die Luft im Auto ist zu dünn. Es ist nicht wie früher. Tommy Pogo stresst ihn. Er ist immer noch nicht aufgetaucht. Und die Stimmung hier im Auto, die stresst ihn auch. Braut sich hier was zusammen? Es wird echt Zeit, dass Tong sich mal ein bisschen locker macht. Möglicherweise hat er irgendwelche Issues, möglicherweise war es diesmal tough hinter Gittern, sogar für einen steinharten Fucker wie Mister Korea, aber will er denn nicht irgendwann auch mal was sagen?

Aus dem Knast raus und nach Hause zu deinen besten Freunden kommen – *deiner norwegischen Familie* –, und kein einziges beschissenes Wort sagen. Da fallen sie ihm um den Hals, umarmen ihn und stellen Bier auf den Tisch, da fahren sie Schokocookies auf und tun für ihn einen Scheiß nach dem anderen, aber der Kerl führt sich auf, als gäbe es sie nicht. Das ist doch nicht natürlich.

»Ja, ja, Tong!«

Rudi zuckt mit den Achseln, als sie um den Kreisverkehr vor der Strømsbrua fahren.

»Schätze, du bist überwältigt, die alten Gefilde wiederzusehen, hm? Stavanger City, der schönste Platz auf der ganzen Welt! Yessir! Mal abgesehen von mehr Internet ist alles genau wie früher, die Finanzkrise hat die Welt von hinten gefickt, aber uns hat sie nie erreicht, die Leute haben Geld genug für sämtliche Einbrüche, die wir uns vorstellen können …«

Rudi spricht extra laut, und Cecilie dahinten lacht zumindest, allerdings ein bisschen nervös. Jan Inge lächelt ebenfalls, aber Tong starrt weiter vor sich hin. Sein Indianerhaar glänzt. Nichts an ihm bewegt sich, als würde er nicht einmal atmen.

»Ja, ja«, versucht Rudi es erneut, »jedenfalls gut, dich backagain zu haben, für den Flügel, hehe, den würden wir ohne dich nicht schaffen.«

Nicht die geringste Reaktion vom großen Krieger. Ist er jetzt etwa ein Zombie? Findet nur Rudi das weird? Oder Cecilie auch? Jani? Hallo-o? Also, das hier ist doch keine kleine Dosis Morgenmüdigkeit, das hier ist nicht Cecilie, wenn sie wie ein beißender Hammerhai aufwacht. Darf der jetzt einfach nur so dasitzen und wie ein Kampffisch aussehen?

Rudi knufft Tong in die Seite, als sie die Tors gate in Våland hinaufkriechen. »Hey, Tongomann. Zeit, aus diesem Eiskostüm rauszukommen. Komm schon, Buschmann. Hallo, gelbe Gefahr! Wir sind's doch – deine Leute! Ist hier etwa jemand gestorben? 'nen Brief aus Korea bekommen, nennt dich jemand plötzlich Sohn? Komm schon. Raus damit, Caballero!«

Stille. Der Hiace biegt in die Furras gate.

Zwecklos. Rudi nickt nachdenklich. Okay. Niemand soll sagen, er hätte nicht versucht, der Spaßvogel zu sein, wie seine Großmutter ihn immer nannte. Oder der Clown, wie sie ihn auch immer nannte.

»Hier, ja«, sagt Jan Inge und deutet auf ein weißes Holzhaus auf der linken Seite. »Neununddreißig.«

Rudi bremst ab und schmiegt den Hiace an den Bürgersteig. Als sie aussteigen, taucht eine bucklige Frau im Eingangsbereich auf.

»Dann benehmen wir uns mal«, lautet Jan Inges Ansage. »Wir arbeiten für unseren exzellenten Ruf. Wie immer.«

Er geht einen Schritt auf die alte Frau zu. Sie trägt ein blaues Kleid, hat leicht gewelltes weißes Haar, schöne Haut über den Wangen, stechend blaue Augen.

»Frau Ludvigsen?«

Die Frau ist klein, dürfte über siebzig sein, und ein Riese war sie sicher nie, aber geschrumpft ist sie vermutlich auch.

»Ja, das bin ich«, sagt sie und lächelt. »Prima, dass Sie kommen konnten, ja, Sie werden es ja sehen, der Flügel steht hier drinnen, ich weiß nicht, wie Sie gedenken, das Ganze anzugehen – aber wie auch immer soll er zu meiner Tochter, ich hab keinen Platz mehr dafür, oder Platz hätte ich schon, aber ich kann ihn gewissermaßen nicht mehr hierbehalten, glaube ich, also dachte ich …«

»Wissen Sie«, sagt Rudi schier geblendet von der wunderbaren alten Frau, die ihn in jeder Hinsicht an seine Großmutter erinnert, »wissen Sie«, sagt er noch mal und beugt sich zu ihr hinunter, »das wird überhaupt kein Problem.«

»Unser Motto«, übernimmt Jan Inge. »Dein Problem ist No problemo.«

»Prima junge Menschen«, sagt die alte Dame und führt sie ins Wohnzimmer. Sie blickt ein wenig verunsichert zu Tong hinüber, was Cecilie sofort bemerkt und sie extra breit anlächelt.

»Ach, Sie sind ja ein Strich in der Landschaft«, kommt es von der Dame. »Sie müssen essen, Schätzchen.«

Cecilie lacht. »Ich esse genug. Ordentlicher Stoffwechsel.«

»Ach«, erwidert die Frau, »ich hab mir immer einen ordentlichen Stoffwechsel gewünscht, aber das war mir nicht gegeben.« Dann senkt sie die Stimme und beugt sich zu Cecilie vor: »Träger Darm. Dauert drei Tage.«

Rudi lauscht dem Geplauder, während er gefolgt von Jan Inge und Tong das Wohnzimmer betritt. Der Flügel, den er flugs auf 2,10 schätzt, steht mitten im Zimmer. Dieses alte Haus hat hohe Decken, ist aber verdammt verwinkelt.

»Frau Ludvigsen?«, wendet sich Jan Inge an die alte Dame. »Sie haben in dieser Etage wohl keinen anderen Ausgang? Eine Veranda oder so?«

»Doch«, antwortet die kleine Frau, »dahinten …«

»Abnehmbare Beine«, murmelt Rudi und beugt sich zum Flügel. »Schweineschwer. Trotzdem. Wird schon werden.« Er dreht sich freundlich zu der alten Dame um und sagt etwas lauter: »Ziemlich alt, oder?«

Tong steht stocksteif und angespannt neben der Tür.

»Oh ja, ach Gottchen«, sagt die Frau, »der ist ja so dermaßen alt. Der ist noch von meiner Großmutter, Sie sehen ja, es ist ein Steinway …«

»Ein Steinway«, sagt Jan Inge und nickt. »Nicht gerade ein Schnäppchen.«

Die Frau lacht, und ein Leuchten legt sich über ihr Gesicht. »Ich könnte ihn vermutlich für über eine halbe Million verkaufen.«

Tong tritt neben der Tür von einem Bein aufs andere. Cecilie schluckt. Jan Inge räuspert sich. Rudis Blick flackert.

»Aber ich würde ihn niemals verkaufen, nicht um alles in der Welt, nein, was soll ich denn mit so viel Geld? Ich kann ja nicht mal aufbrauchen, was ich habe.«

Tong tritt wieder von einem Bein aufs andere. Cecilie leckt sich über die Schneidezähne, und Jan Inge fummelt in seiner Hosentasche nach dem Inhalator. Rudis Blick flackert erneut.

»Asthma«, erklärt Jan Inge.

»Nein, meine Tochter soll ihn haben«, sagt die Frau, und dann senkt sie eine Spur die Stimme. »Ich hab erfahren, dass ich ihn ihr als Vorschuss auf das Erbe geben kann, und das ist wohl auch gut so.« Sie senkt die Stimme noch etwas mehr und tritt näher, versammelt sie gewissermaßen in einem Kreis um sich. »Ja, meine Enkel …«

»Was ist mit ihnen?«, fragt Rudi, da die Frau nicht wirkt, als würde sie den Satz fortsetzen. Stattdessen fällt sie förmlich in sich zusammen. Sie tritt noch näher.

»Sie sind drogenabhängig«, sagt sie. »Vermutlich stehlen sie, was sie kriegen können und von wem sie es kriegen können. So was passiert mit Drogenabhängigen«, fügt sie hinzu, »sie verlieren sich, sie sind nicht mehr die Menschen, die sie einmal waren, und da könnte es passieren, sagt zumindest meine Tochter, dass sie auf die Idee kommen, ihre eigene Oma auszurauben.«

Rudi kann ein Zucken in Tongs Armen sehen. Die Adern sind sichtbar hervorgetreten, ebenso die Muskeln.

»Stellen Sie sich das mal vor«, sagt die alte Dame. »Die eigene Oma. Jørgen und Svein Anders. Ich verstehe das nicht.«

Jetzt kann Rudi Tong laut atmen hören.

»Ja«, sagt Rudi. »Dann gehen wir jetzt mal raus zum Auto und holen unsere Ausrüstung, die Haraldsen-Geschwister werden die Flügelbeine abmontieren und das Organisatorische mit Ihnen besprechen, und schwups kommt dieser teure Steinway-Flügel rein ins Haus Ihrer Tochter und raus aus den Klauen dieser Unmenschen, die Sie als Enkel haben!« Er packt Tong am Arm und faucht: »Komm mit!«

Draußen auf der Treppe bleibt er stehen und schleudert Tong gegen die Mauer.

»Scheiße, was stimmt eigentlich nicht mit dir? Willst du die alte Henne etwa umwerfen und ihren Flügel klauen? Hm? Fuck, was geht denn bei dir ab! Da kommen wir dich abholen – beziehungsweise Cecilie –, und Scheiße, wir haben Schokocookies, Bier und gute Laune, und was fängst du damit an? Hast du for cuntssake noch nie was von Benehmen gehört?«

Hinter ihm kommen Cecilie und Jan Inge durch die Tür. Sie sehen beunruhigt aus, schließen schnell die Haustür hinter sich.

»Was geht hier vor?«, flüstert Jan Inge. »Was zum Teufel treibt ihr hier?«

Rudi spürt, wie der Puls in seinem Hals hämmert, und lässt Tong los.

»Ich hatte genug von diesem beschissenen koreanischen Trottel. Der war so scheißkurz davor, der Oma da drin das Hirn einzuschlagen. Und hat er heute schon mal irgendwas gesagt? Hm? Das ist mir echt zu krass.«

Jan Inge mustert Tong, der immer noch ganz ruhig dasteht. Cecilie sieht ihn ebenfalls an.

»Sag was, Tong«, fordert Jan Inge ihn auf. »Rudi geht gerade zu weit, ich weiß, aber er hat schon auch … Ja, er hat schon recht.«

Tong schiebt sein Kinn irgendwie hin und her, macht das Maul auf und spuckt in einen Holunderstrauch, der in der Einfahrt steht.

»Was ist der Deal?«

»Ähm … Jetzt bin ich nicht ganz bei dir«, sagt Jan Inge.

»Heute Abend. Was ist der Deal?«

»Ach, mit Pål, meinst du. Na ja, ein ganz einfacher Job: das Haus verwüsten, dem Kerl 'ne Schramme verpassen. Mitnehmen, was wir finden können.«

»Alibi?«

»Du lieber Himmel, was ist denn heute mit allen los?« Jan Inge schüttelt den Kopf. »Selbstverständlich. Ich hab eine Adresse in Sandal. Dort fahren wir den Umzugstransporter hin. Wir sind zwischen 18:00 und 22:00 bei einem Job. Umzug von einem Reihenhaus in ein anderes. Zeugen in Ordnung. Wasserdicht.«

»Und der Deal?«

»Hab ich doch gesagt, Tong. Das Haus verwüsten. Den Kerl alterieren. Mitnehmen, was wir finden können. Worauf willst du hinaus?«

Tong schließt die Augen. »Das ist der Deal?«

Jetzt ist Rudi wütend. »Ja, genau das ist der Deal. Und vorher kriegen wir gewissermaßen noch Besuch von Tampon.«

Jan Inge sieht ihn fassungslos an. Cecilie reißt die Augen auf.

Rudi zuckt mit den Schultern. Er konnte sich einfach nicht mehr zurückhalten. »Tja«, sagt er. »Wir sind ihm gestern zufällig begegnet. Er sagte, er würde heute vorbeikommen.«

Tong schüttelt langsam den Kopf. »Das ist absolut unglaublich. Ihr habt Tampon im Nacken? Und ihr bleibt bei eurem Vorhaben? Und die Versicherungssumme? Echt unfassbar talentlos. Ihr habt keinen Cut von der Versicherungssumme gefordert. Ihr marschiert geradewegs in ein Haus rein, mit einem Flügel von einer Million, während Tommy Pogo im Gebüsch lauert und euch beobachtet. Das ist mein letzter Tag mit euch. Ich hab nichts für dich übrig, Rudi, und für dich auch nicht, Jan Inge. Ich betrachte euch als ... ja, nichts. Versteht ihr? Ich werde heute Abend mitmachen, aber nur, wenn ihr euch einverstanden erklärt, dass wir die Hälfte der Versicherungssumme bekommen. Und wenn ich meinen Cut bekommen habe, sehen wir uns nie wieder.«

Tong dreht sich zu Cecilie.

»Und du?«

Er schüttelt den Kopf. »Mein Gott«, fährt er dann fort. »Scheiße, du bist echt das hässlichste Frauenzimmer, das es gibt.«

Rudi ballt die Fäuste, die Zähne knirschen übereinander, aber gerade als er drauf und dran ist, Tong mit einem Kopfstoß umzuhauen, geht die Haustür wieder auf, und die Alte streckt den Kopf heraus.

»Ach«, sagt sie, »ich dachte schon fast, Sie wären wieder gefahren ... Es wurde so still. Sehen Sie mal, ich hab ein bisschen Apfelkuchen aufgetaut.« Sie hält ein Tablett mit Kuchenstücken hoch. »Ja«, sagt sie, »und Holundersaft. Das hilft sicher. Sie sind kräftige und gute Arbeiter. Meine Enkel mochten den immer gerne, Omas Holundersaft.«

86 Er packt es (Daniel William)

Veronika streichelt über seinen Fußrücken. Die Adern sind angeschwollen, als schämten sie sich unter der Haut. Daniel entzieht sich der Zärtlichkeit. Er schiebt sich eine Kippe zwischen die Lippen, zündet sie an. Lehnt sich gegen den Teakholztisch und nimmt den Motorradhelm in die Hand. Fummelt am Riemen rum. Sie nimmt seine Hände, hält sie fest und küsst ihn. Sie schmeckt nach Tang, nach Lakritze und nach Eisen, und das packt er nicht.

Daniel reißt sich von ihr los und steht auf.

»Was ist?«, fragt Veronika.

Er packt es nicht, ihr zu antworten. Seine Schultern heben sich, so tief atmet er ein. Er will nicht mehr sprechen. Er macht die Tür zu dem Betonkorridor auf, und Licht flutet aus dem Proberaum dorthin, wo das Moped steht. Die Suzuki leuchtet. Daniel geht hin und streicht mit den Fingern über die Maschine.

Warum ist das so?

Warum ist das so, dass alles untergehen muss?

Warum ist das so, dass alles vergehen muss?

»Daniel?«

Er ist kurz davor kehrtzumachen und sich auf sie zu stürzen, so kurz davor, die Zähne in ihren Hals zu schlagen, sie so lange zu beißen, bis es mit ihrem tauben Leben vorbei ist. Doch er tut es nicht. Er bleibt einfach stehen und starrt die Suzuki an.

Ihre Schritte kommen näher. Sollten sie besser nicht, denkt er.

Veronika stupst ihn an der Schulter an.

Er dreht sich nicht um, aber sie stupst ihn immer weiter an.

Letztendlich dreht er sich doch um. Sie sieht zertrümmert aus. »Finger nicht an mir rum«, fährt er sie an, macht einen Schritt auf die Suzuki zu, kippt sie zu sich, klappt den Ständer weg und zeigt zum Ausgang. »Machst du die Tür auf?«

»Daniel, du darfst jetzt nicht vergessen nachzudenken … Ich verstehe ja, dass du wütend bist, ich verstehe ja, dass du Ang…«

Er zeigt immer noch in Richtung Ausgang, und sie verstummt. Sie tut, was er sagt. Geht zur Tür, macht sie auf, lässt Septemberlicht herein.

»Echt nicht leicht, dich zu verstehen«, sagt sie. Er kann sehen, dass sie seinen Blick einfangen will, aber verdammt sei er, wenn ihr das gelingen sollte.

»Ich habe niemanden darum gebeten, mich zu verstehen.«

Sie streckt ihm die Hand hin, aber er nimmt sie nicht. »Gerade eben noch hast du gesagt, wir würden auf alles scheißen. Wir würden einfach abhauen. Zusammen. Und jetzt – was willst du jetzt?«

Er antwortet nicht.

»Daniel, es dreht sich alles so schnell bei dir …«

»Na dann«, sagt er und spürt die Macht, die aus seiner eigenen Ungerechtigkeit erwächst. Er sieht, wie sie schwer atmet. Er sieht, dass sie eigentlich platzen will. Aber er sieht auch, das sie sich zusammenreißt. Sie nickt jetzt. Lächelt.

»Wohin fahren wir?«, fragt sie. Das Lächeln ist aufgesetzt, aber es gefällt ihm, dass sie es zumindest versucht.

»Bist du so eine, die alles wissen muss?«

In ihren Augen blitzt es.

Da hat er sie wieder am Boden.

Heulst du jetzt los, taubes Mädchen?

»Hast du mich nicht verstanden? Hast nicht geschafft, die Lippen zu lesen, du Lippenlesemeisterin? B-i-s-t-d-u-s-o-e-i-n-e-d-i-e-a-l-l-e-s-w-i-s-s-e-n-m-u-s-s?«

Sie sieht ihn unverwandt an. Aber sie heult nicht los. Sie verschränkt die Arme.

»Antworte mir«, sagt er. »Wenn du so eine bist, die fragt und fragt und nie damit aufhört und alles wissen muss und verfickt noch mal einem Mann nicht vertrauen kann, dann kannst du mich vergessen, hast du verstanden?«

»Daniel, ich …«

»Ich hab dir eine einfache Frage gestellt. Kannst du nicht antworten?«

Veronika hebt die Hand an sein Gesicht, lässt sie dort ruhen, bis er wieder ruhiger atmet.

»Doch, das kann ich«, sagt sie. »Ich bin nicht so eine, die alles wissen muss. Nimm mich mit, Wolfsmann.«

»Was ist das mit diesem Wolfsscheiß?«

»So nenn ich dich gern«, sagt sie und lacht gewollt, um die Stimmung aufzulockern, wie ihre Mutter es immer tut, wenn sie mit Veronika streitet. »Wo fahren wir hin?«

»Irgendwohin.«

»Okay. Aber du weißt schon, dass wir uns vielleicht jetzt gerade ruhig verhalten sollten? Dass jetzt gerade bestimmt eine Menge Leute sowohl nach dir als auch nach mir suchen …«

Er hört ihr nicht zu. Er rollt die Suzuki hinaus ans Licht, und er wünschte sich, das Licht wäre tödlich. Er wünschte sich, es bereitete Daniel William Moi ein gewaltsames Ende, wünschte sich, es wäre ein Skalpell aus Sonne, das eine Schneise in seine Haut sengte, sie zur Seite faltete, ehe es zu einem heulenden, schnappenden, fressenden Maul würde, und er wünschte sich, es täte meisterlich weh.

Daniel wirft ihr die Schlüssel zu und steigt aufs Moped. Sie schließt ab, setzt sich hintendrauf und legt die Arme um ihn.

»Aber, du?«

Er dreht sich zu ihr um.

»Fährst du zu ihr? Ich bin bei allem dabei, aber ich fahr nicht mit zu ihr.«

Er steckt den Schlüssel ins Zündschloss.

Veronika kneift die Augen zusammen. »Liebst du sie?«

Daniels Hände krampften sich um den Lenker. »Da gibt's wen, mit dem ich sprechen muss, bevor es zu spät ist«, sagt er.

Um uns herum vergeht ein ganz normaler Tag, denkt Daniel und versucht, die Fäuste um den Lenker zu lockern. Es ist nicht notwendig, sie zu schlagen. Er muss das nicht tun. Er saugt an seiner Zunge, als wäre sie ein nasser Lappen oder ein Schneeball.

»Veronika«, sagt er. »Ich werde weder dir noch irgendjemand anderem jemals erzählen, was mir passiert ist. Denn wenn ich es tue, passiert es wieder.«

Sie fahren vom Bunker weg den Hügel hinauf, und er schluckt Spucke herunter, während er den Blick über die Siedlung schweifen lässt, die sie hinter sich lassen, die Häuschen, die immer kleiner werden, je weiter sie wegkommen. Hier sind Menschen. Solche, die nicht in der Schule, sondern krank sind. Solche, die schlafen, weil sie Nachtschicht hatten oder nicht schlafen konnten. Und vielleicht sind irgendwo in einem dieser Reihenhäuser welche, die miteinander schlafen, mitten am Tag, im grellen Licht, und vielleicht ist irgendwo jemand, der es wagt, ein Gewehr auf all dieses Leuchten zu richten, das zu heftig geworden ist.

Daniel packt es. Er schlägt sie nicht.

87 Scrat (Tiril)

Der Rettungswagen rast mit hoher Geschwindigkeit vor die Schule, und Tiril spürt einen Bolzen aus Schuld in ihrem Kopf einschlagen, als sie das Martinshorn durch die Luft gellen hört. Als würde in ihrem Körper eine geballte Faust auf sie einhämmern. Was sie abblocken wollte, ist eingetreten.

Sandra.

Wenn ein solcher Vogel fällt, geht es schief.

Und es ist ihre Schuld.

Nicht nur Tiril blickt durchs Fenster zu dem Krankenwagen hinunter, der vor dem Eingang scharf abbremst und die hintere Doppeltür öffnet, zu den Sanitätern, die eine Trage rausziehen, zum Rektor und seiner Stellvertreterin, die angerannt kommen, zu Frida Riska, die wild gestikuliert und die Führung übernimmt, nein, die ganze Klasse ist aufgestanden. Mai hat das Buch aus der Hand gelegt, Gemurmel macht sich im Raum breit, Blicke flackern, Hände und Füße scharren.

»Was ist denn los?«

»Was ist passiert?«

»Dschieses!«

»Scheiße, machst du Witze?«

»Was tun sie denn?«

Auf dem Weg aus dem Klassenzimmer stößt Tiril einen

Stuhl um. Mai wirft ihr einen unschlüssigen Blick zu, sagt aber lieber nichts. Das Mädchen rennt den Gang entlang, und es hasst dieses Linoleum unter den Füßen, hasst die beschissenen Poster an der Wand, hasst die gerahmten Fotos von Schülern, die früher hier zur Schule gegangen sind, hasst den Strøket, wo sie in den Pausen chillen, hasst die Lehrer, hasst alles, was vorgefallen ist und was noch vorfallen wird, hasst die Internationale Fotzenfickstatt und hasst sich selbst, und sie läuft genau in dem Moment ins gleißende Licht, als Frida Riska ruft: »Tiril Fagerland! Kannst du bitte zur Seite gehen!« Ein Blitzen in Fridas Augen. »Und später wird jemand mit dir sprechen. Mit dir, Shaun und Malene.«

Tiril weicht zur Seite aus und wird beinahe von den Sanitätern umgemäht, die mit der Rolltrage herbeieilen. Eine junge Sanitäterin mit Pferdeschwanz und Hakennase presst eine Sauerstoffmaske auf Sandras Gesicht – ein weißes Gesicht, denkt Tiril, ein weißes Gesicht mit toten Augenlidern. Die Sanitäterin sagt irgendwas, während die Trage in den Krankenwagen geschoben wird, aber Tiril kann nicht hören, was, und so schnell, wie sie kamen, so schnell sind sie auch wieder weg. Die Doppeltür schlägt zu.

Frida Riska steht vor dem Rektor und nickt. »Ja, natürlich rufe ich sofort die Eltern an.« Sie holt ihr Handy raus.

Malene läuft zu Tiril und legt den rechten Arm um sie. Schweigt. Und plötzlich taucht auch Shaun auf – oder war er die ganze Zeit schon da? Sie blickt verloren zu dem kleinen Schnüffler, in den sie sich verliebt hat und der auf einmal gar nicht mehr so attraktiv wirkt, auch wenn er dasteht, nickt, ihrem Blick kaum begegnen kann und aussieht wie dieses Eichhörnchen aus *Ice Age*, Scrat, mit den Händen in der Hoodietasche, ohne auch nur einen Mucks zu sagen.

»Frida?«

Frida Riska tippt aufs Telefon. »Ich kann sie nicht erreichen …« Sichtlich gereizt dreht sie sich zu Tiril um. »Ja?«

»Was passiert denn jetzt, ich meine, also …«

»Wissen wir nicht, Tiril.«

»Aber … lebt sie?«

»Wissen wir noch nicht«, sagt Frida und sieht sie durchdringend an. »Das Einzige, worüber du dir den Kopf zerbrechen solltest, ist, endlich die Wahrheit zu sagen und nicht mit irgendjemandes Leben zu spielen.«

Dann hastet sie an den drei Jugendlichen vorbei.

Fridas Worte brennen auf Tirils Gesicht, und Malenes Hände streichen ihr über den Rücken.

»Jetzt heißt es wohl, ruhig weiteratmen, oder?«, sagt Malene.

»Ja …«

»Was sollen wir tun?«

»Ich …«

»Tiril, du musst was sagen! Was sollen wir tun? Wir haben doch gesagt, dass Shaun und Sandra … Das hat Frida denen erzählt, aber – Tiril? Was sollen wir jetzt tun?«

Da fängt Tiril an zu weinen.

Sie ist nur mehr in der Lage zu denken, dass es Jahre her sein muss, seit sie das zuletzt getan hat, also dass sie geweint hat. Und dann geht sie. Entzieht sich, bestimmt, aber nicht heftig, Malenes streichelnder Hand und stapft über den Schulhof.

Shaun läuft ihr hinterher. »Hey, Baby, brauchst du, ich mein, also, Hilfe? Oder, na ja, ist ja nicht sicher, dass … Ich mein, kann ja gut gehen, das alles?«

Jetzt ist er wieder süß. Süß, klein, schlumpfdumm und irgendwie cool, aber was hilft das, wenn du einen Menschen umgebracht hast, was hilft es, wenn du dich, um deinen eigenen Zorn zu stillen, fürs Lügen entschieden hast, was, verdammt noch mal, hilft es, wenn du diejenige warst, die den Atomangriffsknopf gedrückt hat, jenen Knopf, der unter einem anderen Menschen die Falltür im Boden aufreißt, wenn du und niemand sonst all das getan hast, nur weil du so verfickt mit dir selbst beschäftigt warst, so verfickt damit beschäftigt, die beschissen Erste, die beschissen Größte und die beschissen Beste zu sein, was hilft es da, dass Scrat vor dir steht und fragt, ob du seine Nüsse haben willst?

Tiril schüttelt den Kopf, wirft die Hände in die Luft und geht in Richtung Turnhalle. Lässt Scrat stehen.

Sie geht zur Turnhalle, und die anderen lassen sie ziehen. Sie biegt um die Ecke, schnieft, spuckt aus, zieht eine Kippe aus der Schachtel, und sie fragt sich, was verfickt noch mal sie jetzt tun soll. Einfach auf alles scheißen? Auf die ganze Singerei scheißen? Auf Papa scheißen, auf Malene scheißen, auf die Singvögel scheißen, auf Mama in Bergen scheißen, auf die Liebe scheißen, einfach auf alles scheißen? Und damit meint sie *alles.* Diese alte Schule, diesen Stadtteil von Stavanger, den Turm auf dem Ullandhaug, den Limahaugen, diese Straßen, alles.

Nimmst du einem anderen Menschen das Leben, musst du dafür dein eigenes geben.

Während sie so dasteht, hört sie Schritte. Ein kleiner Kerl rennt auf sie zu. Sein Laufstil ist ziemlich mies, nicht einmal die Hände nimmt er aus den Taschen. Er hat ein frisches Veilchen, sein Körper ist bescheuert und klein, und der Kopf wackelt, als säße er nicht fest auf dem Hals. Er kommt näher und atmet und keucht trotz seiner erst dreizehn Jahre, als hätte er eine Raucherlunge, und vermutlich wird er es nie aufgeben.

Direkt vor ihr bleibt Shaun stehen. Er schluckt, schwitzt und muss sich mit den Händen auf den Oberschenkeln abstützen und sich erst wieder einkriegen, bevor er sagen kann: »Wollt nur … Scheiße … Okay, gib mir ’ne Sekunde … Wollt nur … oh … Shit … Man stirbt nicht immer, auch wenn man das Bewusstsein verliert … oder … ja … Wollt nur sagen, du musst heut singen und … Ja, dir wird schon einfallen, was wir sagen, oder … Dir wird schon einfallen, was richtig ist, denn so bist du ja … Und alle sagen, ihr müsst singen … Was auch immer passiert, wir müssen singen, weil das ist … Scheiße … so Gemeinschaft und International und Umwelt und so … Niemand darf aufgeben, wir dürfen der Angst nicht … die Oberhand lassen oder so … Wie auch immer, es gibt sowieso eine internationale … so Werkstatt und … Zusammenhalt, sagt der Rektor, und Gemeinschaft und Solidarität, sagen alle … Und du sollst singen … Es hilft ja nicht, nicht zu singen … oder … Ich kann ja nicht gerade singen … Aber das bin wohl nur ich … Wie auch immer … ja … Ich wollt nur … hören, ob du Hilfe brauchst … Ich mag dich nämlich irgendwie … Tiril?«

88 Rudi hält am Ostufer des großen Stokkavann eine Rede (Cecilie)

Männer? Cecilie geht ein paar Schritt hinter ihnen her. Das da, das sind keine echten Männer. Ein fetter Typ, der Chips frisst, Horror schaut und glaubt, er wäre ein Firmenchef. Ein langer ADHS-Leuchter, der einen eisenharten Schwanz mit sich herumträgt und in der Nacht weinend daliegt. Ein verquerer Arsch von einem Koreaner, der nicht einen Funken Gefühl im Leib hat. Das sind Bubis. Kein bisschen gereift, sondern immer noch exakt so, wie sie vor fünfunddreißig Jahren waren, mit dem kleinen Unterschied, dass sie ihren Charme von früher eingebüßt haben.

So ist das mit Jungs.

Sie werden nie erwachsen. Sie verwachsen sich nur.

Ich tu alles für dich.

Während sie am Ufer des großen Stokkavann entlangspazieren, ruht Cecilies Blick auf Tongs Nacken. Die Sonne schimmert weiß auf dem Wasserspiegel, der eine oder andere Spaziergänger kommt ihnen von vorne entgegen. Sie könnte innerlich zerspringen. Dass sie mit ihm den ganzen Sommer über Sex haben konnte. Der Typ ist doch schlecht.

Sie lässt den Blick von Tongs strammem Nacken über den speckigen Nacken ihres Bruders zu Rudis wippendem Vogelnacken wandern. In ihrem Bauch macht sich das schlechte Gewissen breit. Wie sie ihn all die Jahre hindurch behandelt hat. Da stand er immer mit seiner funkelnden Intensität vor ihr, jede winzig kleine Sekunde hat er ihr aufgewartet – und sie? Was hat sie getan?

Als sie nach anderthalb Kilometern das bewaldete Gebiet am Ostufer erreicht haben und die Jungs langsamer werden und Blicke tauschen, wischt sich Cecilie eine Träne unter dem Auge weg.

»Jaa«, sagt Rudi mit leicht gepresster Stimme, »ist irgendwie ein bisschen … ist irgendwie ein ungutes Gefühl, dieses Dope jetzt zu holen, ich meine, nach dieser Frau mit dem Flügel und all dem. Ihren Enkeln. Jørgen und Scheißegalwieerhieß.«

Jan Inge stochert mit der Schuhspitze im Kies herum. »Svein Anders.«

Tong blickt übers Wasser.

»Wir müssen es auf jeden Fall holen«, sagt Jan Inge. »Tong, hast du schon gehört, was wir herausgefunden haben?«

Desinteressiert sieht Tong zu Jan Inge hinüber.

»Jepp«, sagt Jan Inge, »Stegas ist eine Schwuchtel. Ha? Hättest du wohl nicht gedacht. Sitzt da, backt Muffins, zündet Kerzen an und geht bei Bunny an Bord.«

»Jedem seine Lust«, murmelt Rudi, »aber das ist echt nicht natürlich.«

»Amen.« Jan Inge nickt. »Ja und Amen.«

Tong spuckt auf den Boden. »Und trotzdem arbeitet ihr mit ihm weiter?«

»Du«, sagt Rudi, »jetzt erzähl ich dir mal was. Stegas … Ich stimme dir zu. Es ist gegen das Wort des Herrn. Es ist gegen die Natur. Es ist disfuckinggusting.« Er hält inne und sieht Tong an. »Aber wenn man älter wird, wenn das Leben anfängt, etwas … Wenn das Leben anfängt zu …

Wie soll ich das erklären ... Okay: Als ich fünf war, war das Leben einfach. Es war so: Steh auf! Geh raus! Spiel was! Iss was! Geh schlafen! Als ich fünfzehn war, war es so: Steh auf! Geh raus! Schau, ob es was zu vögeln gibt! Iss was! Geh schlafen! Also, einfach, oder? Nichts to get-philosophicalabout. Aber dann. Richtig, Tong. Und jetzt musst du mir echt zuhören, verdammte Scheiße. Ich dachte, du hättest im Knast genug Zeit gehabt, genau darüber nachzudenken, ja wirklich, ich dachte, du wärst da drinnen reicher geworden und nicht ärmer, aber okay, unsere Zeit als Kollegen ist demnächst vorbei, also – hey, ich kann sagen, was ich denke. Nach und nach versteht man: *Einfach* ist, was das Leben nicht ist. Es ist ... Scheiße, ich weiß nicht, wie ich das ausdrücken soll ...«

»Vieldeutig?«, kommt Jan Inge ihm zu Hilfe. »Denkst du an so etwas?«

»Vieldeutig ...« Rudi wackelt abwägend mit dem Kopf. »Jaaa ... aber ...«

»Vielfältig«, schlägt Jan Inge vor. »Ist das vielleicht das Wort?«

»Schon besser«, sagt Rudi und wackelt weiter mit dem Kopf, während er sich auf die Lippe beißt, »aber ...«

»Woran du denkst«, sagt Jan Inge und schwitzt in der Sonne, »ist vielleicht das Gefühl von Monumentalität. Von Schwere. Von unendlicher Komplexität.«

Rudi hört auf, mit dem Kopf zu wackeln und sich auf die Lippe zu beißen, bückt sich, nimmt einen Kieselstein und wirft ihn ins Wasser.

»Da hast du es«, sagt Rudi ernsthaft, bevor er sich wieder an Tong wendet. »Stimmt schon, du passt nicht zu uns. Wir sind auf einem anderen Niveau als du. Wir haben ein Gefühl von Schwere, ein Gefühl von Monumentalität. Wie war das bei Deep Purple? I'm a blind man and my world is pale. Na ja, ich bin eben ein sehender Mann, wie Elton John in ›Madman Across the Water‹ singt, und ja, ich zitiere Elton nicht, weil ich ihn mag, ich zitiere ihn in widerwilligem Respekt für seinen Arschbruder Stegas, und ich zitiere ihn, weil mein Bruder, dieser Schakal, nichts anderes als Elton gehört hat, als ich noch klein war, bevor er irgendwann dann Cars-Fan wurde, aber das ist eine andere Geschichte. Wie auch immer, mein Bruder – von dem zu sprechen mir *große* Probleme bereitet, ja, meinen Bruder auch nur zu *erwähnen* ist für mich echt verdammt belastend, also wenn ich ihn erwähne, diese Höllenratte, dann wisst ihr, dass ich etwas Wichtiges zu sagen habe, etwas, was über ihn erhaben ist, *schmorinderhölleduarschloch.* Er saß da, und es hieß Elton dies und Elton das … Scheiße, jetzt bin ich total raus! Dass ich auch anfangen musste von diesem Raubtier, weiche von mir, du Schreiner! Ich hoffe, du ertrinkst in deiner eigenen Kotze! Ist echt verflucht hart für mich … Mein eigener Bruder … Wo wir doch in einem Zimmer geschlafen haben, als wir klein waren … im Etagenbett … Ganz zu schweigen von meiner eigenen Fami… meiner eigenen Fami…«

Rudi schnappt nach Luft.

»Du«, sagt Cecilie, »du musst nicht über ihn sprechen, hm, wenn du nicht willst. Das regt dich viel zu sehr auf, hm.«

»Dass meine eigene Fa…«

»Ich weiß.«

»Dass meine eigene Fami…«

Cecilie streicht ihm über die Hand. »Ich weiß, Rudi.«

»Rikki und Ben … und Kate …«

»Ich weiß.«

»Zurückspulen!« Rudi schnieft und klatscht in die Hände. »Wo war ich stehen geblieben? Ach ja, Tong: Elton. John. Ein wirklich herausragender Homophiler. Ein Freund des britischen Königshauses. Ja.« Er räuspert sich. »Und er singt, mein koreanischer Freund oder vielmehr mein *ehemaliger* koreanischer Freund: I can see very well. Und Deep Purple singt: I'm a blind man and my world is pale. Und um es noch ein bisschen weiter zu treiben – wie heißt es bei The Cars: Oh, Heartbeat City, here we come. Hm? Tong? Warst du dort? In Heartbeat City? Und Marillion, was … Ja, ich weiß, du hasst Marillion, und ich kann gut und gerne eine Diskussion über die Stärken und Schwächen dieser Band führen. Was singen Marillion? You've got venom in your stomach, you've got poison in your head. Na ja, ich werd dir jetzt mal eines sagen: Ich, brother of evil, ich war blind, aber jetzt kann ich sehen, und meine Adresse ist in Heartbeat City, und mein Bauch ist nicht voller Maden, mein Kopf ist nicht voller Gift, ich bin reich. Aber wie steht's um deinen Bauch, gelbe Kreuzotter? Wie steht's um deinen Kopf, zorniger Freund? Es ist so, Tong, man muss akzeptieren, dass dein bester Freund Schwänze lutscht, egal, wie verdammt widerlich das ist.«

Nachdem Rudis Redeflut verebbt ist, wird es ruhig. Vier Senioren spazieren an ihnen vorbei, der eine setzt ein freundliches Lächeln auf, macht den Pfadfindergruß und sagt: »Herrlicher Tag, nicht wahr?«

Cecilie spürt, wie sich die Wärme auf der Haut ausbreitet. Sie hat feuchte Augen.

»Im Gefängnis«, sagt Tong ruhig, »hab ich mich ein wenig mit Psychologie beschäftigt. Und mit Psychiatrie. Für Leute wie dich gibt es eine Diagnose, Rudi. Sie heißt manisch. Ziemlich viele instabile Menschen leiden daran.«

Cecilie sieht weiter Rudi an. Die Wärme auf der Haut wird intensiver, wie freundliches Fieber. Please, flüstert Cecilie sich selbst zu, please, Kleines, sei kein Tongkind. Und please, Kleines, please, lass Rudi nicht erfahren, was ich getan habe. Das ist mein Mann, flüstert sie sich selbst zu, und jetzt – endlich – bin ich in ihn verliebt.

Das brauchte nicht viel Zeit.

Dann geht sie auf Rudi zu, legt ihre Hand in seine und sagt: »Hey, du, Rudilein. Manisch?« Sie dreht sich zu Tong um. »Na und? Manisch, my ass. Ich liebe manisch.«

Rudi sieht sie an, und seine Augen fallen ihm beinahe aus dem Kopf.

Cecilie hält den Blick auf Tong gerichtet.

»Hey, Tong«, sagt sie, und ihre Stimme trägt, rein und klar. »Siehst du, wie hässlich ich bin?« Dann stellt sie sich auf die Zehen, streckt die Hände nach Rudi aus, nimmt seinen Kopf, nimmt seinen Mund, schenkt ihm ihre Zunge und flüstert: »Verdammt, ich tu alles für dich.«

Sein Kuss ist steif. Die Augen flackern. »Psst!«

»Hä?«

»Pogo!«

Sie lässt von Rudi ab und folgt seinem Blick. Auf dem Spazierweg, vielleicht fünfzig, sechzig Meter von ihnen entfernt, kommt Tommy Pogo. Er trägt weiße Sneakers und Jeans mit einem schwarzen Gürtel und einer schimmernden Gürtelschnalle. Ein frisch gewaschenes schwarzes T-Shirt sitzt straff an seinem Oberkörper. In einem motorisierten Rollstuhl fährt Kia neben ihm her. Sie hat gewelltes, hellblondes Haar und lange, gebogene Wimpern, und sie ist fast schon beängstigend schön. Man stelle sich mal vor, so eine Tochter zu bekommen.

»Auf keinen Fall«, flüstert Rudi und erwidert Cecilies Kuss, so unbeschwert er kann, »auf keinen Fall ist der zufällig hier.«

Tommy und seine Tochter kommen näher. Kia dreht den Kopf zu ihrem Vater und sagt etwas. Er nickt dreimal. Sie haben sie erkannt.

»Jetzt hat er es *richtig* auf uns abgesehen, Tampon«, flüstert Rudi. »Echt verdammt richtig auf uns abgesehen. Komm schon, Baby, dann soll er mal 'ne Knutscherei zu sehen kriegen.«

Und dann knutscht Rudi mit seiner Freundin, so heftig und herrlich, dass ihr ganzer Körper bebt, während sie Tommy Pogos satte Stimme hört: »Hallo, ach, ihr hier? Tja, ich hab's leider nicht geschafft vorbeizukommen. Kia hatte wegen irgendeiner Übung heute keine Schule, also hab ich mir freigenommen, und schwups sind wir hier und ihr wohl auch. Tong, muss schon sagen, wieder da, gute Zeit in Åna gehabt? Hallo schon wieder, Jan Inge, wir treffen uns allem Anschein nach entweder nie oder jeden Tag, was? Weißt du, ich hab oft daran denken müssen, wie du und Cecilie in den Achtzigern in Hillevåg geblieben seid. Würde heute nie passieren, das Jugendamt würde sich euch schnappen, wir würden euch schnappen, aber du bist ja vielleicht froh darüber, dass wir das nicht getan haben, was?«

Jan Inge lächelt und antwortet nicht, und Rudi knutscht einfach weiter mit seiner Freundin.

Pogo lacht. »Wollt ihr heiraten, Rudi? Sieh dir das an, Kia, so kann die Liebe laufen, die kann lange halten, nur gut, dass Rudi nicht einsitzt, so wie die beiden rangehen, hä?«

Seine Tochter lacht ein volltönendes Lachen. Die Stimme hat sie offenbar von ihrem Vater geerbt. Tommy Pogo ist ein hübscher Mann. Der Bart ist ordentlich getrimmt, die hässliche Hasenscharte verschwindet dahinter fast vollständig, ja, ist sogar eher ein mildernder Zug unter der Hakennase und den scharfen Augen.

Cecilie grinst verschmitzt, und Rudi lässt von ihren Lippen ab. Mit gestärktem Selbstvertrauen richtet er den Blick auf Tommy. »Nicht dass ich auch nur eine Sekunde glaube, dass du zufällig hier bist, Tommy. Aber ich sag dir eins, Mann, da sind wir, vier Freunde, vier verdammt gute Freunde, es ist Donnerstag, und wir waren bei einem harten Umzugsjob, ein Flügel, in Våland, und heute Abend haben wir noch einen Job, ein komplettes Scheißreihenhaus in Sandal. Und jetzt gehen wir spazieren, und das machen wir jetzt auch weiter, Sir, und die Liebe, von der ich dich hab sprechen hören, während ich es Dolly hier kurz mal besorgt hab, ja, die Liebe ist die Fahne, die in unserem Wind weht.«

Tommy Pogo nickt.

»Ist ein freies Land, Rudi. Gut zu hören. Tja, Kia, was sagst du, wollen wir heimgehen?«

Und dann trennen sie sich, Tommy und die Tochter in die eine Richtung um den See, die vier Kriminellen in die andere. Gute fünf Minuten vom Parkplatz entfernt, bleiben sie stehen und verstummen, sehen sich verstohlen um, und auf Jan Inges Zeichen flitzt Rudi in den Wald zu einem großen Findling, steckt die Hand in eine Spalte und findet darin eine Tüte Speed. Cecilie beobachtet ihn aus der Distanz, ihr Gesicht brennt jetzt regelrecht, und sie denkt, wie seltsam dieses Leben doch ist, am einen Tag willst du kotzen, wenn du einen Menschen auch nur ansiehst, und am nächsten Tag ist er dein Gott, und unvermittelt wirft sie Tong einen hasserfüllten Blick zu.

89 Supertoll (Pål)

Als die Klingel durchs Haus schrillt, liest Pål gerade noch einmal die SMS: *Komme. Hehe! Nehme ein Taxi.* Zithas Ohren stellen sich auf, und der Schwanz peitscht drauflos. Pål überprüft, ob seine Antwort auch wirklich gesendet wurde. *Ok. Echt toll.* Dann sieht er zum Fenster hinaus, das dringend geputzt werden müsste, wie lange haben sie das nicht mehr gemacht? Auf irgendeiner Liste stand einmal, dass Malene die Fenster putzen, dass Tiril einkaufen gehen und dass er ... Hm, was sollte er gleich wieder? Irgendwann verschwanden die Listen. Sie kriegten es einfach nicht hin, das Haus in Schuss zu halten.

Dann wird sie also kommen. Hierher. Heute. *Echt toll.*

Wie soll das gehen?

Ein Geräusch. Ein Moped?

Schlagartig ist Påls Mund wie ausgetrocknet, im Kopf hört er Rudis erregte Stimme, Jan Inges dünne Stimme, Cecilies warme Stimme, und er spürt, wie ihm der Schweiß über die Haut rinnt, kommen sie jetzt? Sie wollten doch erst heute Abend hier sein. Jetzt? Auf einem Moped?

Es durchzuckt seinen ganzen Körper. Er hat sich mit Leuten auf ein Vorhaben eingelassen, die in der Tjensvoll-Gang gedient haben, die seit mehr als zwanzig Jahren Berufskriminelle sind, und trotzdem hat er *ihnen vertraut.* Wenn Christine jetzt hier wäre – und sie ist ja bald hier, *echt toll* –, würde sie den Kopf schütteln, so heftig sie nur kann, würde die Augen sexy niederschlagen, tief seufzen und sagen: Pål. Was ist das nur mit dir. Wie naiv kann man eigentlich sein. Lernst du denn nie etwas dazu?

Er geht langsam hinaus in den Flur, hält Zitha am Nackenfell, und zwar so fest, dass sie kapiert, dass sie jetzt still sein muss. Na, danke auch. Er schiebt den Kopf vorsichtig in Richtung des Glaseinsatzes in der Tür.

Er zieht ihn sofort wieder zurück. Ein junges Mädchen mit einem Haufen Schnitte im Gesicht. Flammend roten Haaren. Pål lässt sich gegen die Wand fallen und schließt die Augen. Als Zitha winselt, packt er ihre Schnauze. »Psst!« Was hat ihm Rudi da ins Haus geschickt? Seine Psychonichte? Irgendeine Heroinsüchtige, von der er glaubt, die sollte ebenfalls Teil ihres wahnwitzigen Vorhabens sein?

Es klingelt noch einmal. Zitha wedelt mit dem Schwanz, der ganze Hundekörper ist in Bewegung.

Pål befiehlt Zitha zu sitzen. Er setzt die Fingerspitzen in die Augenwinkel und streicht sich unter den Augen entlang, macht den Mund weit auf und spürt, wie die Haut sich über dem Zahnfleisch spannt. In Ordnung. Er legt sich ein paar einleitende Sätze zurecht, packt den Hund wieder am Nacken und macht die Tür auf.

Pål will gerade sein erstes Sätzchen aufsagen, als er den Typen vom Vorabend im Flutlicht auf dem Fußballplatz wiedererkennt. Diesen hübschen jungen Mann mit den beunruhigenden Augen, der über sein Metallica-Shirt gelacht hat. Daniel. Was macht der denn hier zusammen mit diesem Mädchen, das aussieht, als wäre sie aus einer Klapse ausgebüxt?

»Hallo«, sagt Pål und hält Zitha fest, als sie an dem Besuch hochspringen will. Die Tür hat er nur einen Spaltbreit aufgemacht, um zu demonstrieren, dass es schnell gehen muss. »Tiril und Malene sind noch nicht daheim.«

»Schön«, sagt Daniel.

»Äh …«

»Bin nicht wegen ihnen hier«, sagt der hübsche Junge.

Pål wird es mulmig. Junge Leute – seltsam, wie sie einen erwachsenen Menschen einfach schachmatt setzen können. Arbeiten sie für den Videojungen?

»Ach ja?«

Das Mädchen sieht fürchterlich aus. Jemand hat ihr das Gesicht zerschnitten. Sie macht Pål nervös, so wie sie unablässig auf seine Lippen starrt, ihm unverwandt ins Gesicht sieht.

Daniel kommt einen Schritt näher.

»Ich weiß nicht, was Sie da treiben«, sagt er.

Ein Gefühl, als würde ein Apfel aus Blei in seinem Hals stecken.

»Was ich da treibe?« Pål nimmt sich zusammen. »Hör zu, ich glaube nicht, dass ich hier dazustehen brauche und …«

»Ich habe keine Ahnung, in was Sie sich verstrickt haben«, spricht Daniel weiter, als hätte er gar nicht gehört, was Pål gesagt hat. Das Mädchen starrt weiter auf seine Lippen. »Aber ich …«

»Hör zu«, unterbricht Pål ihn, »ich denke, ihr solltet jetzt wirklich ge…«

»Ich hab Sie im Wald gesehen.«

»Hä?«

Das Mädchen beugt sich zu Zitha vor und tätschelt sie.

Daniel zuckt mit den Schultern. »Möglicherweise sind Sie gerade dabei, etwas Dummes zu tun.«

»Was soll das werden? Ich finde, du soll…«

Das Mädchen streichelt weiter Zithas Schnauze.

»Ich versteh schon, dass Sie jetzt nicht einfach zugeben können, dass Sie irgendeine Scheiße am Laufen haben, aber ich hab Sie gesehen, und ich hab darüber nachgedacht, und ich war mir nicht sicher, ob ich es jemandem sagen sollte – ich hab es niemandem gesagt –, aber dann hab ich mich dazu entschlossen herzufahren. Und es auf diese Weise zu sagen. Dass ich nicht weiß, in was Sie da hineingeschlittert sind. Aber dass es dumm von Ihnen sein könnte. Und ich weiß, wovon ich rede.«

Jetzt öffnet sie den Mund, das Mädchen mit dem zerschnittenen Gesicht. Eine merkwürdige Stimme erklingt, und ihre Augen leuchten wie gebranntes Kupfer. »Das ist wahr. Er weiß, wovon er redet.«

Zitha kläfft, und mit einem Mal hat Pål wieder Spucke im Mund. Er schüttelt den Kopf. »Kann mir schon vorstellen, dass du weißt, wovon du redest.« Pål klopft Daniel auf die Schulter. Leicht, ein bisschen herablassend. »Aber ich habe keine Ahnung, wovon du sprichst. Und jetzt muss ich für Tiril und Malene Essen machen. Die zwei kommen demnächst nach Hause, und heute ist ein hektischer Tag, weil Tiril in der Schule singen wird, und zwar in« – er sieht auf die Uhr –, »ja, in nur wenigen Stunden. Okay?«

Daniel lächelt. »Völlig in Ordnung«, sagt er. »Sie müssen lügen. Sie müssen sich selbst schützen. Ich weiß. So funktioniert das.« Dann streckt er Pål die Hand hin, der überrumpelt danach greift, setzt wieder seinen Motorradhelm auf, steigt zusammen mit dem Mädchen auf das Moped und verschwindet die Straße hinunter.

Pål sinkt direkt neben der Türschwelle in sich zusammen.

Zitha legt die Schnauze in seinen Schoß und winselt leise. Er streicht ihr über das warme Fell.

»Papa ist aufgeflogen, Zitha«, flüstert er.

Oh, ich hätte nie etwas von all dem tun sollen.

Pål holt das Handy raus, tippt eine Nachricht. *Gebe Bescheid, sobald die Mädchen weg sind. Sie brauchen nur noch was zu essen, dann kannst du kommen. Wird sicher richtig toll.*

Fünf, zehn Minuten vergehen, das Septemberlicht umhüllt Pål, und er weiß kaum noch, ob er tot oder lebendig ist, dann hört er sie. Seine Brust zieht sich zusammen, und er wünschte sich, es wäre ein einfacherer Tag, vor vielleicht sechs Jahren, als die Mädchen noch klein waren und er ihr zuverlässiger Papa war. Ein einfacher und vielleicht unspannender Papa, aber zumindest ein Papa, dem man vertrauen konnte, ein Papa, der dem Blick seiner Mädchen begegnen konnte.

Als er sie kommen sieht, springt er übertrieben energiegeladen auf. Tiril sieht abgehetzt aus, als würde ihr irgendwas Schmerzen bereiten. Malene wirkt kühl und umsichtig. Neben ihnen her läuft ein kleiner Kerl, der Pål an einen ramponierten Ball erinnert, der einen Kapuzenpullover trägt und glasige Augen hat. Zitha läuft auf die Mädchen zu.

»Hallo! Hatte heute keine Chance, was zum Essen zu machen, war so wahnsinnig viel los, aber wir hauen einfach eine Pizza in den Ofen, oder? Na, schon nervös? Hm?«

»Papa, das ist Shaun«, sagt Tiril und tätschelt den Hund.

Pål sieht den kleinen Kerl an, der schief grinst und dabei eine rostige Zahnspange entblößt. Der Junge ist nicht gerade das, was Pål erwartet hat – und mit dem ist Tiril zusammen?

»Okay … Hallo, ich bin Pål«, sagt er und gibt ihm die Hand, spürt einen laschen Händedruck, als würde man einem Weichtier die Hand schütteln.

Er lässt sie herein, erkennt in jeder ihrer Bewegungen Unbehagen, sieht die unsicheren Blicke, die sie einander zuwerfen, aber er fragt lieber nicht, was passiert ist. Er ahnt, dass sie irgendwas erlebt haben, was man nur schwer beiseiteschieben und worüber man genauso schwer reden kann, und er begreift auch, dass es nicht für erwachsene Ohren bestimmt ist. So hat er sie erzogen, hat den Mädchen immer Raum gelassen, ist nie in ihr Zimmer gekommen und hat gefragt, was sie gerade treiben, er hat sie mit ihren Sachen kommen lassen, wann sie es wollten. Manchmal ging Pål dabei vielleicht etwas zu weit und blieb auf Distanz zu ihrer Welt, selbst wenn die in Flammen aufzugehen drohte.

Womöglich ist das gerade wieder der Fall, aber er schafft es heute nicht, durch die Flammen der Jugend zu gehen. Er will ganz einfach nur, dass sie was essen und wieder verschwinden. Denn sie müssen weg von hier. Was hier passieren wird, ist einfach zu entwürdigend.

Daniel und das Mädchen mit dem Gesicht scheinen nicht mit ihnen gesprochen zu haben.

Zitha hat sich auf ihre Decke gelegt, sorglos, für den Hund ist alles, wie es sein sollte. Papa ist hier, die Mädchen sind hier. Die Jugendlichen gehen hinauf in Tirils Zimmer, während er eine Pizza für sie aufbackt. Fünfzehn Minuten lang steht er vorm Ofen und sieht dem Käse beim langsamen Schmelzen zu – allmählich wirft er Blasen –, und zu guter Letzt trägt er die Pizza in Tirils Zimmer, wo die drei in einer Art leuchtenden Jugenddunkelheit sitzen.

Als er eintritt, verstummen sie, ihre Gesichter sind quasi blank gewischt, die Augen blenden ab.

»Pizza, Mädchen.«

»Toll. Wir müssen schauen, dass wir dann auch bald wieder verschwinden.«

»Ist ziemlich aufregend«, sagt er.

»Sehr«, bestätigt Malene.

Er sieht ihr an, dass sie lügt. Oder etwas zurückhält.

»Papa?«

Tiril sieht ihn beinahe verloren an.

»Ja, meine Große?«

»Du, weißt du, was mit jemandem passieren kann, der eine Gehirnerschütterung hat?«

Seltsame Frage.

»Was meinst du?«

»Na ja, nur wenn man eine gekriegt hat, und alles sieht gut aus, und dann bekommt man auf einmal Probleme. Weißt du, was da passieren kann?«

Tiril hat Tränen in den Augen.

»Also nur … Kann sie … also … sterben?«

Pål sieht zu Shaun hinüber. Ist Tiril jetzt wirklich mit dem zusammen? Der kann ja kaum sprechen, die Zähne sind verrottet wie bei alten Leuten aus alten Büchern, er hat ein blaues Auge, was ist das für ein Kerl?

»Nein«, sagt er, »mit so was kenne ich mich nicht aus. Wer, sie? Hat jemand eine Gehirnerschütterung?«

Malene nickt. »Eine aus der Schule. Sie hat das Bewusstsein verloren.«

»Okay«, sagt er. »Hoffe, es geht gut aus. Wie auch immer. Esst was, in Ordnung?«

Er geht wieder. Er schafft es jetzt nicht, bei ihnen zu bleiben.

Eine Viertelstunde später stehen sie vor ihm, alle drei, und bedanken sich fürs Essen. Wollen aufbrechen. In der Luft hier, denkt sich Pål, hängen nur widernatürliche Gefühle. Jeder in diesem Raum hält irgendetwas zurück.

»Wir sehen uns dann nachher«, sagt er und lächelt. »Ich freue mich schon, Tiril.«

»Bis dann«, sagt sie.

»Wird supertoll laufen! Hab euch lieb!«

Malene dreht sich zu ihm um, als hätte er etwas Sonderbares gesagt. Pål hebt die Hand zum Gruß und winkt, winkt mit dem ganzen Arm, als würde er versuchen, während der Parade zum Nationalfeiertag ihre Aufmerksamkeit zu erregen. »Hab euch lieb!«, ruft er noch mal.

Die Tür geht auf, warme Luft strömt herein, und sie verschwinden.

Kurz darauf vibriert das Telefon in seiner Tasche. Pål nimmt es heraus, liest: *Kann ich kommen?*

Ja. Sie sind gerade weg, schickt er ihr zurück.

Pål geht vor Zitha in die Hocke und krault sie unterm Kinn. Er hat noch nicht für sich geklärt, wie er die nächste Stunde lösen wird. Er hat keine Ahnung, wie das Ganze endet. Aber er kann sich nur vorstellen, dass es schlecht ausgeht.

Zitha dreht sich auf den Rücken und will, dass er ihr den Bauch krault.

90 Wir schicken Helene jedes Weihnachten einen Gruß, in Verachtung für den räudigen Hund, der ihr Vater war (Jan Inge)

»Also, Jan Inge Haraldsen, das muss ein großer Tag für Sie sein?«

»Hehe, ja, kann man so sagen.«

»Also, was dachten Sie, als Sie den Preis für das beste Sachbuch bekamen?«

»Na ja, ich fühlte mich vermutlich wie ein kleiner Gott, um mal einen Vergleich anzustellen.«

»*Es ist zu spät – Eine Horrorfilm-Studie* hat sich inzwischen Tausende Male verkauft und wurde weltweit in zahlreiche Sprachen übersetzt. Was, würden Sie sagen, war Ihre Motivation, dieses Buch zu schreiben?«

»Meine Motivation? Tjaaa … Dahinter stecken unendlich viele Stunden an Studium …«

»Ja, das Material ist in der Tat überwältigend, gibt es irgendeinen Horrorfilm, den Sie noch nicht gesehen haben?«

»Kaum. Also, die Motivation … Stellen Sie sich einen normalen Jungen vor. Vielleicht ein wenig übergewichtig, ein wenig asthmatisch, ohne Mutter und quasi ohne Vater. Er wird in jungen Jahren von der grauenerregenden Welt des Horrors gefangen genommen …«

»Okay, und dieser Junge, das waren Sie.«

»Ja, genau. Aber dann, nach mehreren Jahren vor dem Fernseher, kamen ihm allmählich gewisse Erkenntnisse, und irgendwann stand die heutige These …«

»Eine These, nennen Sie das …«

»Ja, genau, eine These. Lassen Sie mich ein Bild für Sie zeichnen, da Sie doch extra von der *Frankfurter Allgemeinen* hergekommen sind, um mich zu interviewen. Es war vor vielen Jahren. Ein gewöhnlicher Tag in meinem gewöhnlichen Leben. Ein dunkles Wohnzimmer. Ein Sessel. Ich. Und ein leuchtender Fernseher. Ich sah zum wiederholten Mal einen meiner Lieblingsfilme. Dario Argentos Meisterwerk *Suspiria*. Der Schrecken, den ich so liebe, erfüllte den Raum, und er erfüllte mich. Und da, urplötzlich fing ich an zu weinen.«

»Zu weinen? Sie sagen, Sie fingen an zu weinen?«

»Ich sage, ich fing an zu weinen.«

»Warum?

»Seien Sie sich sicher, das habe ich mich auch gefragt. Die Tränen liefen, und ich war nicht mehr in der Lage, ihnen Einhalt zu gebieten.«

»Du lieber Himmel.«

»Ja, genau. Ich war an jenem Tag alleine. Meine Schwester, mit der ich zusammenlebe, war zusammen mit meinem besten Freund, Rune Digervold, der ebenfalls bei mir wohnt, unterwegs zu einem Job. Die Tränen liefen einfach. Letztendlich musste ich aufstehen und ein paar Runden durchs Zimmer gehen. Und da fing ich an, mich selbst zu fragen, was diese Tränen ausdrückten. Verstehen Sie?«

»Ja … oder nein. Erhielten Sie irgendeine Antwort?«

»Ja. Es war dieses Gefühl – dass es plötzlich zu spät sein könnte. Genau davon erzählten die Tränen. Nach so vielen Jahren in der Welt des Horrors hatte ich mit einem Mal verstanden, dass diese Welt keine grauenerregende Welt ist, sondern eine Welt der Güte, eine Welt, die dafür kämpft, dass wir zur Güte gelangen, bevor es zu spät ist, und dass jeder echte Horrorfilm genau das zum Thema hat.«

»Eine überraschende These, Jan Inge Haraldsen, die Sie in Ihrem Buch darlegen, und zwar anhand gründlicher Studien einer ganzen Reihe von Filmen, *Evil Dead*, der bereits genannte *Suspiria*, *Nightmare on Elm Street*, ja …«

»Sie sind alle vertreten. Auch weniger bekannte Filme wie *Rosemary's Killer*, auch genannt *The Prowler*. Joseph Zito, 1981. The Golden Age of the Nasty. Eine große Zeit für Slasher im Besonderen und Horror im Allgemeinen. Diese Szene unter der Dusche zum Beispiel, in der das Mädchen die Mistgabel in den Bauch bekommt, direkt unter den Brüsten – haben Sie gelesen, was ich darüber geschrieben habe? Ich erläutere nicht, wie gut das gemacht ist oder so, wie es Horrorfans sonst gerne tun, ich erläutere, wovon das Ganze handelt, philosophisch betrachtet. Ich gehe mit einem Großteil des Horrormilieus ins Gericht, das nur dasitzt und über Bodycounts grinst, Leute, die glauben, Horror wäre eine Art ironischer Humor, die glauben, es ginge um die Menge an Gore, was aber – meiner Ansicht nach – nicht der Fall ist.«

»Spannend.«

»Spannend. Sie sagen es.«

»Aber um jetzt weiterzugehen, denn dies hier wird ja nicht nur ein Interview über Ihr Buch, es ist ja auch ein Porträt von Ihnen: Wer ist Jan Inge Haraldsen?«

»Ach, nur ein gewöhnlicher, leicht untersetzter Junge. Ein Mini-Dickmann. The Coca Cola Kid from Hillevåg. Hehe.«

»Was haben Sie gemacht, woher kommen Sie, ja, wer sind Sie, Haraldsen?«

»Ach, ein bisschen was von allem, dies und das, hehe.«

»Kommen Sie, geben Sie uns ein paar Eindrücke davon, wer Sie sind.«

»Also, ein paar Eindrücke …«

»Ja, ein paar Eindrücke.«

»Ein Eindruck, ein Eindruck. Gut, ich sag's mal so: Seit ich sehr jung war, habe ich meinen eigenen Betrieb geleitet. Ich hab im Lauf der Zeit eine Menge Angestellte gehabt. Meine Schwester und mein bester Freund Rune arbeiten schon immer bei mir.«

»Und worum geht es da, in diesem Betrieb?«

»Worum es dabei geht?«

»Ja, worauf haben Sie sich spezialisiert?«

»Na ja, spezialisiert ... Wir sind Umzugsleute.«

»Also stimmt nicht, was wir bei der *Frankfurter Allgemeinen* gerüchteweise gehört haben, nämlich dass Sie eigentlich eine kleinkriminelle Organisation betreiben und dass Mariero Moving nur Ihr legales Deckmäntelchen ist? Dass Sie jahrelang, schon seit Sie noch ein junger Kerl waren, Ihre Mutter verloren hatten und Ihr Vater seinem Egoismus nachgegeben hatte und nach Amerika gegangen war, um Southern Oil nach vorne zu bringen –, dass Sie, schon seit Sie jung waren, kriminelle Aktivitäten betrieben haben und hinter einer Menge Einbrüche, einer Menge Lug und Betrug und erpresserischer Schlägerjobs stecken, ja, dass Sie in einer frühen Phase sogar als Zuhälter für Ihre eigene Schwester fungiert und das Gewerbe im eigenen Haus betrieben haben? Das alles stimmt also gar nicht? Jan Inge? Haraldsen?«

Jan Inge blickt vom Teller hoch, wo Kartoffeln, Brokkoli, Karotten und Frikadellen in einer braunen Soße schwimmen, wo Preiselbeermarmelade den Rand ziert. Die Sonne steht tief, sie wirft Zwielicht ins Zimmer, scheint nervös auf das alte Coca-Cola-Plakat, das neben dem Kühlschrank hängt, auf dem ein Segler mit weißen Zähnen eine Flasche hochhält, sie scheint ohne jede Selbstsicherheit auf die Salz- und Pfefferstreuer, die auf dem

Tisch stehen, der eine in der Form eines Rentiers, der andere ein Seehund – die beiden stammen noch aus Papas Elternhaus.

Motörhead dröhnt aus dem Wohnzimmer. »Stone Dead Forever«.

Gesprochen hat schon lange keiner mehr.

MANCHMAL SIND SACHEN SO ZERBRECHLICH.

Aber man sollte meinen, es ginge jetzt helleren Zeiten entgegen.

Rudi, der seine große Vorstellung gegeben hat, als sie um den Stokkavann spaziert sind.

Aber. Dann passiert es.

Sie setzten sich ins Auto, alle ziemlich vitalisiert – außer Tong. Um sie herum strömt alles ein Gefühl von Auflodern aus, der Himmel, der Asphalt, der Wagen und die Leute, doch als sie an der Gartensiedlung bei Byhaugen vorbeifahren, wirkt es auf einmal, als wäre all das zusammengenommen einfach zu viel, um es noch zu bewältigen. Plötzlich ein Räuspern und Schlucken von der Rückbank, Füße, die scharren, und Blicke, die kreuz- und querschießen, Halbsätze. Die Luft in der Fahrerkabine wird dünn. Cecilie blickt aus dem Fenster. Rudi lodert innerlich. In der Psychologie gibt es dafür garantiert irgendeinen Fachausdruck. Cecilie und Rudi waren mit einem Mal unglaublich unbeholfen. Erst diese öffentliche Knutscherei, dann im Auto diese Teenagerverliebtheit, und jetzt sind sie auf einmal vollkommen neben der Spur. Die beiden erinnern Jan Inge an irgendwelche verschreckten Vögel. Vielleicht nennt man das in der Psychologie ja so? Verschrecktes-Vogel-Syndrom?

Und Tong?

Tong sitzt stumm wie ein Stein am Fenster und sehnt sich nach Schokocookies.

ALLES IST AUF DEN KOPF GESTELLT, denkt Jan Inge und massiert sich mit den Fingerkuppen die Schneidezähne. In der einen Sekunde ist *alles paletti*, wie Buonanotte immer sagt, und in der nächsten bricht alles zusammen. Und dann auch noch Tommy Pogo, der ihnen ganz offensichtlich im Nacken sitzt. Spazierengehen um den Stokkavann, zufälligerweise?

Jan Inge wird dieser Sache nicht Herr. Er sollte jetzt zeigen, wer bei ihnen die Hosen anhat, stattdessen versinkt er in seine Gedanken, und die Welt, die er errichtet hat, wird gerade zu einem … wie heißt es gleich wieder …

Jan Inge stellt sich vor, wie er sich vom Stuhl hochstemmt, dem Interviewer, der eigens aus Frankfurt angereist ist, die Hand gibt und sich bei ihm für den Besuch bedankt. Er stellt sich vor, wie er den Fotografen zwei Bilder von sich machen lässt, eines in Mariero-Arbeitskleidung vor dem Transporter, das zweite im Videozimmer vor seinem Filmarchiv.

»Atlantis«, flüstert er.

Cecilie blickt auf. »Hä?«

Jan Inge räuspert sich. »Ach, hab nur an was gedacht. Hat's geschmeckt?« Er sieht auf die Uhr. »Fünf«, sagt er, »bald zehn nach fünf. Wir sollten langsam anfangen zu packen. Wegen Pogo müssen wir uns wohl keine Gedanken machen. Er war hinter uns her. Er war schlau. Er hat uns eiskalt erwischt. Aber er wird uns nicht zweimal an einem Tag auflauern. In ein paar Stunden sind wir bei Pål. Davor stellen wir den Umzugswagen in Sandal ab. Und dann möchte ich euch noch eins mit auf den Weg geben: Hier ist heute eine verdammt seltsame Stimmung. Ich kann nicht behaupten, dass mir das gefällt. Aber ich bitte euch, soweit ihr dazu in der Lage seid, nicht die Besinnung zu verlieren, und ich bitte euch, bitte, bleibt fokussiert.«

Cecilie hat das Besteck weggelegt. Rudi kaut nachdenklich auf dem Essen herum. Sogar Tong hat den Blick auf Jan Inge gerichtet.

»Wie wär's, wenn jeder und jede von euch ein paar gute Erinnerungen hervorkramt und den Tag einfach in deren Licht betrachtet?«

Ja.

Jetzt hat er sie.

»Ich selbst betrachte diesen Tag im Licht dieser Erinnerung«, spricht Jan Inge weiter. »Eines Tages in den Achtzigern erhielten Cecilie und ich die Nachricht, dass unser Onkel, Papas Bruder, von uns gegangen sei. John Fredrik Haraldsen. Er war ein räudiger Hund, er hatte der ganzen Familie Schmerzen zugefügt, indem er sich an seiner Tochter Helene vergangen hatte, sprich: unserer Cousine. Die hat das nie verwunden, wohnt in einer Sozialwohnung irgendwo in Trøndelag – ja, ihr wisst schon, wir schicken ihr jedes Weihnachten einen Gruß, und das schätzt sie sehr. Rudi, du weißt sicher noch, dass sie im letzten Jahr einen wirklich schönen Goldring von uns bekommen hat, den wir bei einem Job in Sola mitgenommen haben. Na ja. An jenem Tag in den Achtzigern bekamen wir jedenfalls die Nachricht, dass er gestorben sei, ihr Vater. John Fredrik sei bei einem Fahrradunfall ums Leben gekommen. Für mich ist das eine gute Erinnerung. Cecilie und ich sahen einander erleichtert an, Cecilie machte Waffeln, und ich – ja, damals war ich noch einige Kilo leichter – lief schnurstracks raus in den Garten, um den Rasen zu mähen. Was mich wiederum daran erinnert, dass wir am Sonntag unser freiwilliges Gemeinschaftsaufräumen haben.«

In Cecilies Augen stehen Tränen.

Das ist der Hammer.

Man erzählt eine gute Geschichte.

Und das Publikum weint.

Sie spüren, wie bewegt sie sind.

Darum geht's bei einer guten Geschichte, genau darum.

Der Journalist hat eine letzte Frage, als Jan Inge ihn gerade durch die Tür schleusen will.

»Sagen Sie, Haraldsen, gibt es für Sie eigentlich nur Horror?«

»Wie meinen Sie das?«

»Gibt es für Sie nur Horror, mögen Sie sonst nichts?«

»Bitte? Glauben Sie vielleicht, ich bin nur ein eingleisiger Fettwanst, der in einem Rollstuhl sitzt und sich Horrorfilme ansieht?«

»Na ja, also, was sagen Sie?«

»E.T., ich liebe E.T. und alles, wofür er steht. Und ich kann gerne hinzufügen: Ich liebe alle, die nach Hause telefonieren wollen.«

91 Kinda looks like a way out (Shaun)

Shaun legt den Kopf in den Nacken und blickt zum Himmel.

Die Schwestern sind close. Aber verdammt unterschiedlich.

Er läuft ein Stück hinter ihnen her. Darin ist Shaun gut. Zu kapieren, wann man besser hinter wem herläuft.

Kenny hat einfach drauflosgeprügelt. Schlug und schlug und schlug, als wäre Shaun ein Punchingball. Seine Mutter schlief nach ihrem Pillencocktail immer noch tief und fest, und sein Vater war schon aus dem Haus, denn sein Vater kümmert sich schon seit einer verdammten Ewigkeit nicht mehr um Mama. Kenny kam einfach ins Zimmer, die Haare standen ihm zu Berge, als hätte ins Haus ein Blitz eingeschlagen. Er rauschte in Shauns Zimmer, und ganz offensichtlich war er gerade erst aufgewacht, da ist Kenny am schlimmsten, war schon immer so bei ihm, in seinem Körper sammelt sich im Schlaf jede Menge Energy, und deshalb gleicht er morgens einem gespitzten Bleistift oder so was in der Art, und genau so war er drauf, als er ins Zimmer polterte. Shaun hatte noch geschlafen und war hochgeschreckt, konnte gerade noch einen Blick aufs Handy werfen – es war verdammt noch mal erst halb sieben –, und dann spürte er auch schon Kennys Hände, die ihn aus dem Bett zogen – fuck, nur in der Unterhose –, er zog ihn aus dem Bett und schleuderte ihn zu Boden, als wäre er ein Sack, packte ihn am Nacken und presste ihn gegen den Teppich und scheuerte seine Fresse über den Boden, bevor er ihn umdrehte und einfach weiterschlug und schlug und richtig zermatschprügelte, während er die ganze Zeit schrie: »Du musst lernen, dein Maul zu halten, Shauno! Scheiße, kapierst du das nicht, Shauno! Du musst lernen, dein Maul zu halten, Shauno! Scheiße, kapierst du das nicht, Shauno! Du musst lernen, dein Maul zu halten, Shauno! Scheiße, kapierst du das nicht, Shauno!«

Jetzt müsste Bunny da sein.

Dachte er, während er die Vöglein in seinem Kopf leise zwitschern hörte.

Überall wird behauptet, Bunny wäre echt krass.

Ist er aber gar nicht.

Ist nur ein Gerücht.

Bunny ist einfach Bunny. Kenny – der ist krass.

Sieh sie dir an.

Die Schwestern.

Scheiße, sieht das nice aus.

Wie Malene der kleinen Schwester unablässig immer weiter über den Rücken streicht und ruhig mit ihr spricht, obwohl sie sich gerade erst gestritten haben, obwohl Tiril gerade erst superkrass drauf war und obwohl alles echt komplett Scheiße gelaufen ist.

»Ja, Tiril. Ja. Aber hör mir zu. Wir bleiben jetzt ganz ruhig. Ein Schritt nach dem anderen.«

Shaun hat in seinen Geschwistern keinen Fels, wie Tiril einen hat. Er hat nur den abwesenden Bunny und den psycho Kenny.

»Hör mir zu«, sagt Malene, als sie auf halbem Weg zur Schule sind, »hör mir zu, Tiril.« Tirils Gesichtszüge werden leer wie die einer Katze, und sie hört zu, hört wirklich zu, als die Schwester sagt: »Es gibt nichts, was wir für Sandra tun können. Wir haben eine Entscheidung getroffen, und jetzt ist es passiert. Wir kriegen das schon hin. Aber jetzt ist erst mal deine Aufführung. Und Papa kommt. Und du wirst singen. Verstehst du? ›My Immortal‹.«

Tiril schnieft. »Ich will nicht mehr.«

Malene sieht sie eindringlich an. »Meine unsterbliche Schwester. Du wirst. Für mich. Für Papa.«

»Und für Shaun!«, ruft er von hinten, denn ihm scheint, er passt in diese Reihe ganz gut rein. Hehe. »Für Shauno!«

Tiril dreht sich um. Nicht in seinen krankesten Träumen hätte er sich ausgemalt, dass sie mit ihm zusammen sein will. Sie dreht sich zu ihm um und sieht supercutie aus – fuck, Bunny, das müsstest du jetzt sehen, als sie sagt: »Für Shauno.«

Bunny ist schwul.

Niemand sonst weiß das.

Nur Shauno.

Und er scheißt darauf.

Wenn er seinen Schwanz in einen Jungenarsch stecken will, dann geht Shaun das überhaupt nichts an. Nicht mit Bunny stimmt in dieser Familie was nicht, sondern Kenny ist psycho, Kenny und Mama, die hat verdammte Scheiße nicht mal Augen, oder hat sie die etwa? Shaun hat da noch nie so was wie Augen gesehen, nur Augenlider, die über schwimmende Pupillen herabsinken, kommt von all den Tabletten, die sie in sich hineinstopft, *fo sho, honey*, sagt sie nur, *fo sho, precious*. Das ist bald das Einzige, was sie noch sagen kann. Das wird sie noch sagen, wenn sie stirbt, denkt Shaun, wenn er über ihr steht und sie röchelt und stirbt und fragt, ob es ihm gut geht, dann wird sie *fo sho, precious* sagen, und dann wird sie kotzen oder so und sterben, und es wird nicht besonders anders sein als jetzt, *fo sho, honey*. Denn in diesen Worten liegt nichts. Sie sehnt sich nur nach Drogen und den United States of Shit, wie sein Vater es nennt, betyouwieeresbereut, Cindy Wilder aus North Dakota aufgelesen zu haben, um eine Norwegerin aus ihr zu machen, yessir: Beware of the titties, sagt er immer, die zeigen auf dich, aber in ihnen sind Kugeln.

Hehe.

Für Shauno.

Das wird schon, spürt Shaun, als sie sich der Schule nähern. Diese Sandra wird wieder aufwachen, und alles wird gut. Hehe. Zum ersten Mal freut er sich, zur Schule zu gehen. Zum ersten Mal hat Shaun das Gefühl, dieser Weg wäre ein Freund und nicht der Teufel höchstpersönlich. Zum ersten Mal bedeuten die Häuser und die Wiesen für ihn etwas anderes als Scheißeundkackeundfuck. War ganz okay, der Vater von Tiril. Ganz okay, der Typ, der Pizzamann, kein Stress und Rumgebohre.

Er wirft den Mädchen einen Blick zu. Sieht aus, als hätte Tiril sich wieder besser im Griff. Etwas mehr Spannung im Körper. Die Schwester hat sie wieder aufgebaut. Ja. Das wird dann schon auch gut gehen – und da kommt diese Thea aus der Turnhalle gerannt, hehe, die Leute hier sind jetzt ein wenig drüber, uups, Thea steht total unter Strom, mach langsam, Mädchen, wird schon.

»Ernsthaft, Tiril, jetzt wollt ich gerade anfangen, mir Sorgen zu machen.«

Tiril lächelt. Ja. Sie ist wieder auf der Höhe.

»Ruhig«, sagt Tiril, »entspann dich, haben uns nur ein bisschen verspätet. Was von Sandra gehört?«

Thea schüttelt den Kopf. »Nein, aber Frida und der Rektor sagen, es sollen alle auftreten, sie sagen, wir sollen es für sie tun.«

Tiril nickt.

Hehe, Tiril bringt das in Ordnung.

»Svein Arne ist scheißnervös«, sagt Thea und winkt Tiril zur Turnhalle, »er fragt schon andauernd nach dir, wir haben dir tausend SMS geschickt und …«

Hehe. Sieh dir Tiril an. Hehe. Stemmt die Hände in die Hüften. Stellt sich breitbeinig hin.

»Thea. Please. Dschieses.«

Hehe. Jetzt hat sie ihre Stimme wiedergefunden.

»Was glaubst du denn? Dass ich mit einem harten Tag nicht umgehen kann? Hast du 'nen Kaugummi?«

Hehe. Way to go.

»Shaun«, sagt sie, »Malene«, sagt sie und macht aus den beiden quasi eine Einheit. Mit diesen Schwestern ist es irgendwie so, stellt Shaun fest, dass Malene stillsteht und die Festung hält, wenn der Orkan wütet, während Tiril den Applaus entgegennimmt. Ihre Augen sind jetzt genau wie Stahl und Blumen, findet Shaun. Sie ist so was von auf der Höhe, und es ist Scheiße noch mal überhaupt kein Wunder, dass sie mich rockt, denkt er.

»Shaun, Malene«, wiederholt sie, »geht rein und sucht euch Plätze, Thea und ich haben gerade mal acht Minuten, um in die Garderobe zu laufen und uns umzuziehen, bevor ich singen soll. Für Sandra. Okay?«

Hehe. Tiril. Niiiiiice Freundin.

Kinda looks like a way out, wie sein Vater einmal sagte, als es ganz still im Wohnzimmer wurde, was nicht allzu oft vorkam. Bunny war unterwegs, der war sicher bei diesem Stegas, Kenny war auch unterwegs, verprügelte ein paar Tschetschenen in Sandnes. Mama lag stoned in ihrem Zimmer, er und sein Vater sahen sich diesen Film da an, er weiß nicht mehr, wie er hieß, jedenfalls einen Film über einen Kerl, der sich sein Kind schnappt und in ein anderes Land zieht, nachdem er seine Frau im Garten verbuddelt hat, die er zuvor mit Schlaftabletten umgebracht hatte. Kinda looks like a way out, sagte sein Vater und stieß Shaun mit dem rechten Arm in den Musikantenknochen.

»Okay«, sagt Shaun und umarmt Tiril, »sing wie fuck, du, wir sind Scheiße noch mal auf deiner Seite.«

Malene lächelt. Ein echt verdammt zuversichtliches Lächeln. Und sagt: »Na los, geh. Wir halten Papa einen Platz frei.«

Shaun legt den Kopf in den Nacken und sieht zum Himmel.

Ab und zu muss er das einfach tun.

92 Mal waren es du und ich (Pål)

Pål kann sich nicht mehr daran erinnern, wann, aber zu irgendeinem Zeitpunkt wurde ihm klar, dass das Leben nicht eine lange Reise nach oben ist, wie er es sich als Kind oft vorgestellt hatte, sondern dass es stattdessen aus unterschiedlichen Phasen besteht. Mit dem Alter, mit Umständen und Rahmenbedingungen gehen verschiedene Phasen einher. Zur selben Zeit – da war Christine bereits weg – wurde ihm außerdem klar, dass das Leben auch kein beispielloser Weg nach vorn in Richtung ständig zunehmender Reife ist, wie er es sich vorgestellt hatte, als er jung gewesen war und neugierig die Leute um ihn herum betrachtet hatte: seine Eltern, Onkel, Tanten, Erwachsene im Fernsehen, Lehrer, Fußballtrainer. Er kann sich nicht mehr daran erinnern, wann es ihm dämmerte, dass alles Phasen sind und Reife keine Realität, sondern ein kulturelles Ideal ist, aber als er Christine wiedersieht, wie sie aus dem Taxi steigt, vor dem Haus, das er einmal mit ihr gemeinsam bewohnt hat, als er ihre unerhörte Lebhaftigkeit geradewegs die ganze Einfahrt einnehmen sieht, da wird er mit Nachdruck daran erinnert. Sie war mal alles für ihn. Er war mal so in sie verliebt, dass er regelrecht zitterte, wenn er morgens aufwachte. Das war diese Phase. Dann lebten sie einige Jahre zusammen, nicht unter der Decke der Verliebtheit, sondern unter der Decke der Routine. Pausenbrote, Waschmaschine, Reifenwechsel. Das war diese Phase. Dann verließ sie ihn, und Pål nahm zum ersten Mal Hass wahr. Das war diese Phase. Und jetzt? Was nimmt er jetzt wahr, da sie auf ihn zukommt? Eine schwarze, kurze Jacke, einen dunklen, eng anliegenden Rock, eine weiße Bluse, die hohen Wangenknochen und das volle Haar. Nein, keine Vergebung, ganz bestimmt auch nicht irgendeine neue Verliebtheit, und der Hass ist längst erloschen, also was ist es dann? Eine Art … Nachsicht? Er kann nicht in Worte fassen, was er fühlt, als sie ihm buchstäblich entgegenschlägt, wie sie es immer schon der ganzen Welt gegenüber tut, aber in ihm ist erstaunlich viel Güte, und das sogar an einem so außerordentlichen und direkt gefährlichen Tag wie diesem.

»Pål!«

Sie ist echt schön, Christine. Noch immer ist sie ganz einfach schön, vielleicht sogar noch schöner als früher. Sie ist eine dieser Frauen, denen das Älterwerden steht, selbst wenn es mit ein bisschen mehr Fett um die Körpermitte und mit Fältchen einhergeht. An ihr ist alles scharf.

»Pål, Pål, Pål«, sagt sie und nimmt ihn in die Arme, fest, warm und freundlich, und staunend erkennt er dieses Gefühl wieder, das er vor so vielen Jahren jeden Tag hatte: Ganz egal, wie ungerecht diese Frau auch sein mag, hat sie doch die enorme Fähigkeit, ihm ein sicheres Gefühl zu geben, und zwar sicher in dem Sinn, dass er sich fühlt, als könnte in ihrer Nähe nichts Beunruhigendes geschehen. Natürlich stimmt das nicht, aber das Gefühl ist real.

Sie schiebt ihn von sich weg und mustert ihn. Presst die Lippen aufeinander, nickt zweimal und zieht ihre Augenbraue sowohl aufrichtig als auch neckend hoch. »Du siehst dürr aus, Junge! Kriegst du was zu essen? Ich muss wohl mal mit unseren Mädchen sprechen, wie heißen sie noch gleich?«

Ihr Humor ist dermaßen derb – käme er aus einem anderen Mund als ihrem, könnte man ihn regelrecht als dreist bezeichnen, aber bei Christine kommt er gut.

Er lacht, exakt so, wie er früher immer lachte. Ihr zu Ehren.

»Es geht mir gut«, lügt er sie an. »Ist eine bewusste Entscheidung. Du weißt schon: die Vierziger. Halte mich schlank. Weniger Fertigpizza. Lowcarb und so. Ab und zu sogar ein bisschen Sport.«

»Hm«, sagt sie. Glaubt ihm kein Wort. »Du bist aber nicht auch noch Spinningtrainer geworden, oder? Also, wie viel Zeit haben wir? Schaffen wir einen Kaffee in meinem alten Haus, bevor wir losmüssen?«

Er lächelt wieder, bemerkt ein weiteres Mal, wie sie das, was in Kürze passieren wird, einfach verschwinden lässt, schüttelt dann aber den Kopf. »Nein«, sagt er und lügt erneut, »die Zeit läuft.«

»Ach«, sagt Christine, macht einen Schmollmund und streckt ihm die Zunge raus. »Du weißt, wie scheißmuffelig ich ohne Kaffee werde. Pass bloß auf, Exmann.«

»Jepp, ich hab schon Todesangst«, sagt er und lacht und spürt, wie schön es ist, mit jemandem zusammen zu sein, mit dem man unbeschwert unverschämt sein kann. Zu ihren besten Zeiten war es exakt dieser Ton, der die Tage antrieb. Er lächelt warm und vergisst für einen Augenblick allen Stress. »Also, das lässt du heute lieber sein, es sei denn, du willst den Auftritt deiner Tochter schwänzen und stattdessen in Stavanger einen Kaffee trinken, bevor du wieder zurückfliegst.«

Er bemerkt, wie er innerhalb nur weniger Sekunden angefangen hat, anders zu sprechen als sonst. Zu sprechen wie sie. In ihrem Tempo, mit ihrer Zunge. Als würde er sie nachäffen.

Ist das früher auch schon so gewesen?

»Hm«, sagt Christine, »ich glaub, ich nehm den Kaffee.«

»Komm«, sagt er und schließt die Haustür ab. Fast eine Viertelstunde lang hat er mit dem Schlüssel vor dem Haus bereitgestanden, denn drinnen wollte er sie nicht haben. Da würde sie nur rumgehen und dieses und jenes mit ihrer gefährlichen Leichtigkeit kommentieren.

Sein Plan ist schlecht. Aber er hat keinen anderen.

Sie gehen die Ernst Askildsens gate hinunter. Pål spürt, wie gelassen er unterwegs ist. Vielleicht beobachtet der eine oder andere Nachbar sie vom Küchenfenster aus und findet es seltsam, sie wieder zusammen zu sehen. Vielleicht war es aber auch schon seltsam, als sie noch hier gewohnt hat? An odd couple, er so zaghaft und gewöhnlich, sie so auffällig und draufgängerisch. Dass sie zusammenkamen, war selbst für sie überraschend, für alle anderen muss es also eine Riesenüberraschung gewesen sein.

»Was wird sie noch mal si…«, hebt Christine an und hält abrupt inne. »Ach, Scheiße. Evanescence. Pompöser Dreck.«

Er zuckt mit den Schultern. »Was mochtest du mit dreizehn?«

Sie denkt kurz nach, während sie nach rechts abbiegen, die Straße überqueren und an den niedrigen Wohnblocks entlanglaufen. »Mit dreizehn? In erster Linie ›Wham!‹«

Christine bleibt für einen Augenblick stehen. Sie nimmt die Umgebung in sich auf. Die Augen sind ruhig, der Körper ist ruhig. Da ist sie, diese sagenhafte Konzentrationsfähigkeit, die sie dort hingebracht hat, wo sie ist.

»Jaaa«, sagt sie, mehr zu sich selbst. »Ja.«

»Was?«

»Ich kann nicht fassen, dass ich mal hier gewohnt habe, Pål.«

Er sieht weg, starrt die Bäume an.

»Scheiße, was hab ich mir dabei gedacht?«, sagt sie mit einem Seufzer.

Pål schweigt und hält den Blick fest auf die Baumstämme gerichtet.

»Ich kann mich tatsächlich an kaum etwas erinnern. Dass ich hier gewohnt hab, meine ich. Ist meilenweit weg für mich.«

Darin, denkt er, während sein Blick gleichsam die Baumstämme hinabrutscht und zu Boden kracht, darin warst du immer schon geschickt, Christine – auf dem herumzutrampeln, was andere mögen. Er antwortet lieber nicht, macht ein paar Schritte vorwärts, um ihr zu signalisieren, dass sie keine Zeit mehr haben, sie lässt den Gedanken ebenso schnell wieder ziehen, wie er über sie gekommen ist, und schon bald schreitet sie voran, an der Eigenheimsiedlung vorbei hinunter zur Schule.

Dann bleibt er plötzlich stehen, so wie er es geplant hat. Er versucht, nicht zu übertreiben und so gut zu lügen, wie er es schon seit Monaten tut. Der kleine Stich, den sie ihm versetzt hat, als sie bei den Hochhäusern angehalten hat, hilft ihm dabei. Er schlägt die Hände überm Kopf zusammen und atmet tief und hörbar ein. »Ach du Scheiße.«

Erst sagt er es so, als spräche er mit sich selbst.

Wirkt echt.

»Was?«

Dann sieht er sie an, schüttelt ein wenig den Kopf.

Wirkt auch echt.

»Sorry, ach, total bescheuert, aber …«

»Was?«

»Die Kerzen. Ich …«

Sie verdreht die Augen.

Es funktioniert.

»Pål, Pål, Pål.«

»Ja. Ich weiß.«

»Kerzen im September?«

»Mhm.« Er nickt und zeigt dann die Straße hinunter. »Ich bin sofort zurück. Geh schon mal vor, es wirkt bestimmt noch stärker, wenn du alleine kommst. Fünf Minuten maximal, dann bin ich wieder da.«

Dann läuft er los.

»Kerzen im September«, ruft er noch und sieht, wie der Asphalt unter seinen Füßen schneller und immer schneller unter ihm dahinrauscht und ein fast schon widerliches Gefühl in ihm aufsteigt. Er hat all das verdient. Den Hass, den Tiril ihm entgegenschleudern wird, wenn sie versteht, was er getan hat, die Enttäuschung, die Malene ihn wird spüren lassen, wenn sie versteht, was er getan hat, die Abscheu, die Christine an den Tag legen wird, wenn sie versteht, was er getan hat. Und die Gewalt, die er nur allzu bald von Rudi zu erwarten hat.

Pål biegt im Laufschritt in seine Straße ein. Als er sich dem Haus nähert, hört er Zitha im Garten kläffen und erinnert sich wieder daran, dass ihm das als Erstes durch den Kopf geschossen, als Christine ihm eröffnete, es sei vorbei. Ich werde mir einen Hund zulegen. All die Jahre warst du dagegen, aber jetzt werde ich mir einen zulegen, und der wird mir eine wahre Freude sein. Vier Wochen später tollte ein kleiner Welpe auf dem Teppich herum, knabberte an Stuhlbeinen und zerbiss Hausschuhe, riss mit seinen spitzen Zähnchen Löcher in die Teppiche, pinkelte aufs Parkett, und wenn die Mädchen aus der Schule kamen, wedelte er wie wild mit dem Schwanz, sprang ihnen auf den Schoß und leckte ihnen übers Gesicht und sah Pål mit fast schon unerträglich großem Vertrauen an, lag im Körbchen und winselte vor dem Einschlafen fünfzehn Sekunden lang, und was dieser Idiot Bjørn Ingvar Totland vor Jahren bei einer Firmenweihnachtsfeier gesagt hatte, während er sein Bier hinunterkippte und Pål einen verstohlenen Blick zuwarf, entpuppte sich als die Wahrheit: Der beste Freund des Menschen sei der Hund und der größte Feind des Mannes die Frau.

»Jaaa, jaaa, Zitha, Papa kommt, jaaa.«

Ein schneller Blick aufs Handy.

18:45.

93 Nancy Rose Botnevass (Rudi)

Rudi hat ein Geheimnis. Er hat es in einer so tiefen Dunkelheit versteckt, dass es fast schon vor ihm selbst verborgen ist. Er hat ein Loch in seine Seele gegraben und das Geheimnis in dieser Tiefe versenkt. Dann hat er das Loch mit Erde und mit Steinen wieder aufgeschüttet und anschließend zugemauert. Er hat sich selbst geschworen, nie wieder dort hinunterzugehen. Aber der Kopf lässt sich das Schweigen nicht befehlen. Der Dreck rieselt aus Ritzen und Öffnungen, egal, wie oft Rudi ihm sagt, er möge in der Tiefe bleiben. Der Dreck steht vor ihm, kommt zum Vorschein. Oh nein. Was sagt das Lukasevangelium über Reue? »Wenn dein Bruder sündigt, so weise ihn zurecht; und wenn er es bereut, vergib ihm.« Gut gesagt, Lukas, aber mit wem kann Rudi über das Unaussprechliche sprechen? Wie soll Vergebung zustande kommen, wenn das, wovon hier die Rede ist, eben das Unaussprechliche ist? Bei wem kann Rudi sich entschuldigen? Und sollte er Vergebung erlangen: Wie kann er es ungeschehen machen?

Das ist nicht möglich.

Das ist die Wahrheit, Lukas.

Was man getan hat, kann nicht mehr ungeschehen gemacht werden.

So sind manchmal die Nächte: Rudi weint. Er liegt neben Cecilie und weint, so still er kann, während sie in die

Nacht hineinatmet. Er faltet die kräftigen Hände und flüstert: »Entschuldigung, meine Geliebte. Du darfst nie erfahren, dass dein Rudi das Unsägliche getan hat. Dass dein Rudi mit einer anderen Frau in die tiefsten Wälder ging. Dass dein Rudi über sie sank, dass sie über deinen Rudi sank, dass es einmal vor beinahe fünfzehn Jahren ein paar Wochen gegeben hat, da ich nicht ich selbst war. Ich hab alles getan, wozu ein Mann mit einer Frau imstande ist, und diese Frau warst nicht du, sondern die Tochter des Teufels, Kvinesdals höchsteigene Giftblume, Nancy Rose Botnevass.« Dann schnieft Rudi. So leise er kann. »Wie heißt es im Wort des Herrn«, flüstert er, »hüte dich, wenn eine fremde Frau lockt.« Er streicht Cecilie über den tätowierten Rücken, zeichnet mit der Fingerkuppe die Adlerschwingen im Aerosmith-Logo nach, spürt die noppigen Unebenheiten ihrer Haut und hört sie tief atmen. »Und möge dir das«, flüstert er noch leiser, »möge dir das alles nie zu Ohren kommen, Cecilie. Oder um es so zu sagen: Möge dir mein Schwanz – dein Schwanz – nie aus einem Fernseher entgegenspringen. Zum Glück kann keiner in diesem Haus Pornos ausstehen.«

Nach und nach fällt er in ihren Rhythmus und schläft ein. Am nächsten Tag wacht er dann auf. Das Licht wird heller, und er spürt, dass er atmet, er spürt, dass Cecilie anwesend und schlecht gelaunt ist, er ist froh darüber, dass er einen weiteren brillanten Tag auf Erden leben darf, und in dieser Stimmung bricht er dann das Brot mit Freude und startet in den Tag.

Auch in der vergangenen Nacht hat er geweint, doch jetzt ist er bereit. Der lange Schlaks steht im Kellerflur. Er ist schwarz gekleidet. Er ist verwirrt. Er traut sich kaum, seine eigenen Gedanken zu denken. Draußen schwindet das Tageslicht, der Abend ist im Anmarsch. Jan Inge und Cecilie haben den Umzugswagen in Sandal abgestellt und sind zurück. Rudi hält zwei volle Taschen in den Händen: Baseballschläger, Hanteln, Schlagringe, Sturmhauben, Werkzeug. Eine Rolle mit Schuhüberziehern aus blauem Plastik, eine Rolle Tape. Schere. Alles, was sie bei einem Job brauchen. Aber er versteht ganz einfach nicht, was gerade vor sich geht. Wie sich Cecilie plötzlich aufführt. Knutscht mit ihm, als wäre er Steven Tyler. Das hat ihn zu Tode erschreckt. Als würden ihre Augen und alles verdammte andere auch blitzen, so total multisexy, wie er es noch nie erlebt hat. Und dann – absolut totale Stille. Völlige Blockade. Und Tong? Hätte besser hinter Schloss und Riegel bleiben sollen. Und Tommy Pogo? Der einfach überall auftaucht?

Scheißdonnerstag.

Ja, ja. Ein Mann soll zusammengeschlagen werden.

»Kommt ihr?«, ruft er zum Wohnzimmer hinauf, während er sich umsieht. Irgendwann hatte diese abgedrehte Familie womöglich sogar positive Vorstellungen davon, was hier passieren sollte: ein Billardtisch für die Kinder, Carrom, Tischhockey, ein gemütlicher Partykeller vielleicht, eine kleine Bar, wer weiß, ein paar Kätzchen in einem Korb. Inzwischen riecht es streng nach Schimmel und ist ein einziges Grabesloch. Rudi versucht, seine Gesichtsmuskeln zu entspannen, und schüttelt den Kopf, bevor er die Treppe hochgeht.

Tong taucht im Flur auf, ebenfalls schwarz gekleidet und sichtlich unter Strom. Alles ist den Bach runtergegangen, seit er heimgekommen ist. Man könnte glauben, es wäre Tongs Schuld, dass alles so verworren ist. Rudi fühlt sich nicht imstande, etwas zu dem kleinen Koreaner zu sagen. Er nickt nur und sieht schnell wieder weg.

Tong bindet sich die Schuhe zu, ohne das Nicken zu erwidern.

Schwarz gekleidet und fett trottet Jan Inge auf sie zu. Sollte vielleicht doch mal die Fresserei einschränken, da quillt jetzt langsam doch ein bisschen zu viel Schwabbel raus. Auch Jani sagt kein Wort.

Zum Schluss kommt Cecilie, schwarz gekleidet und ebenfalls besorgt. Sie schiebt die kleinen Füße in die Schuhe.

Rudi runzelt die Stirn, als er sieht, wie Jan Inge die Tür zur Abstellkammer unter der Treppe aufzieht und die Pumpgun rausholt. Cecilie hört auf, die Schuhbänder zuzubinden. Tong hebt gerade mal eine indianerschwarze Augenbraue.

»Aha?«, sagt Rudi, als er sieht, wie Jan Inge sich die Patronenschachtel in die Tasche steckt.

Jan Inge zuckt leicht mit den Schultern.

»Wird das ein Treffen des Waffenhistorischen Vereins? Du nimmst die Flinte mit? Sind wir nicht anti Gewalt?«

»Sind wir.«

»Also? Wir wollen doch niemanden ins Grab bringen. Oder haben wir jetzt damit angefangen?«

Jan Inge schüttelt leicht den Kopf. »Rudi, Rudi. Beruhige dich. Wir heben nur die Sicherheitsstufe eine Spur. Du weißt schon. Pogo. Tampon.«

»Willst du 'nen Bullen erschießen?!«

»Rudi. Sieh mich an. Ich will überhaupt niemanden erschießen. Es ist nur … Sicherheit.«

Cecilie bindet sich die Schuhe zu, Tong lauscht wortlos, und Rudi gibt klein bei, schließlich ist Jan Inge der Chef.

»Sind wir dann bereit?«

Jan Inge schaut in die Runde.

»Ja«, sagt Cecilie.

»Kann's kaum erwarten«, sagt Tong gehässig.

»Kopfbedeckungen, Haargummis und Haarnetze, Schuhwerk und Schuhüberzieher, Handtücher, Handschuhe, Tape?«

Cecilie nickt.

»Schlagring, Baseballschläger, Tischbein, Hanteln, Speed?«

Rudi schüttelt zur Bestätigung die Taschen.

»Gut«, sagt Jan Inge, »dann müssen wir es nur noch durchziehen.«

Es ist dermaßen deprimierend. Die Luft ist dick, als wäre der ganze Raum voller Abgase. Kein Wort mehr von Knutschen, und nicht mal Rudi, der echt viele Witze draufhat, kann noch für eine andere Stimmung sorgen. Eine warme Schlacht für die Liebe schlagen.

Denn alles, spürt Rudi, ist eine Frage der Liebe.

Nancy Rose Botnevass hatte keine Hüften wie Regale oder genoppte, unebene Haut oder weit auseinanderstehende Augen, die ihr eine gewisse Ähnlichkeit mit einem unter der Erde lebenden Tier verliehen, windschiefe Lippen oder winzigkleine Muschelohren. Sie roch nach geiler Erde und salzigem Erz, hatte Lippen wie eine Hündin, fuhr Traktor wie ein Mann und ging auf Elchjagd wie ein Jäger. Sie war eine Giftblume mit Zahnlücke, eine Teufelin mit enormen Oberschenkelmuskeln und so gierig, dass sie dein ganzes Haus leer fraß, und die Hände von ihrer Haut zu lassen war einfach unmöglich, die war Natur pur. Alle, die je in Nancy Rose Botnevass' Nähe waren, wussten: Sie war mit einer elektrisierenden Glut geboren worden, und wollte sie etwas haben, dann lief es so, wie sie es sich wünschte. Weiter oben im Tal munkelte man, dass keiner je ein Lächeln auf Nancys Gesicht gesehen hätte, dass sie nachts niemals schliefe, sondern hinauf in die Heiden ginge, am Moos schnupperte, mit den Schneehühnern spräche und mit ihrem Blick Kreuzottern tötete, und es ging das Gerücht, nicht der Priester Solomon wäre ihr Vater, sondern ein Luchs aus der Krokevasshei, und nicht Rose Marie wäre ihre Mutter, sondern ein Adler aus Mjauntjønn.

Du riechst nach Stier, Rudi, flüsterte sie.

»Okay«, sagt Jan Inge und öffnet die Tür zum letzten Septemberlicht und zum Transporter, der dort draußen auf sie wartet. »Dann fahren wir mal los und verprügeln Pål Fagerland.«

Die lautesten Schreie, die man hört, sind ab und an die eigenen.

94 Das macht dich nicht wach (Tiril)

Tiril beißt die Zähne zusammen und kneift die Augen zu, als sie auf die Hinterbühne tritt. Der Raum ist voller Menschen, die Luft surrt vor lauter unterschiedlichen Sprachen und unterschiedlichen englischen Akzenten. In der Maske werden die finnischen Mädchen fertig geschminkt, die ein Theaterstück aufführen wollen, und das Kostümteam hat sämtliche Kleidung für die Auftritte bereitgelegt, Kleiderbügel nummeriert und einen Infozettel an die Eingangstür gehängt. Einige trippeln nervös herum, Svein Arne schwirrt mit tanzenden Locken und verschwitzter Stirn hierhin und dorthin, ein paar kauen auf den Fingernägeln, und alle blicken ernst drein, denn alle wissen, dass ein Mädchen im Krankenhaus liegt, und alle stimmen Frida und dem Rektor zu: Wir werden auftreten – für die Freiheit, für die Demokratie, für die Solidarität und für Sandra.

Tiril will keine Hilfe. Nicht beim Schminken. Nicht beim Anziehen. Sie will nicht angelächelt werden, und sie will auch nicht zurücklächeln. Bei einem Drittel der Leute hat sie keine Ahnung, wer sie sind, und sie hat keine Zeit, sie kennenzulernen. Das hier ist ein Spiel, aber mein Tag ist echt. Ich bin Amy Lee. Ich bin am Ufer des Arkansas aufgewachsen, und das hier ist viel zu wirklich. Ich werde den Saal mit Schmerz erfüllen, lasse es aus Mund und

Augen bluten, damit all diese Gedichte lesenden, tanzenden und Gitarre spielenden Jugendlichen spüren, was sie sind: echt totally *abgestellt.*

»Es ist nicht ganz in Ordnung, dass du so spät kommst, Tiril«, sagt Svein Arne. »Verstehst du das?«

Sie sieht ihn an und spürt, wie ihr Blick einen Speer zwischen seine Augen drillt, das Fleisch durchbohrt.

»Ja«, sagt sie, »ich verstehe alles.«

Thea huscht vorbei. »Hast du meine Schuhe gesehen?«

Tiril zieht sich um. Denn jetzt muss sie zu jemand anderem werden. Die schwarze Nylonstrumpfhose. Hat einen schönen Glanz, wenn sie straff über der Haut liegt. Die schwarzen Schuhe mit den hohen Absätzen. Der schwarze Rock. Das schwarze Oberteil. Der schwarze Schal. Der kräftige rote Lippenstift. Der violette Lidschatten. Der Pony, den sie sich über die Augenbrauen zupft. Der Schal, den sie sich übers Gesicht fallen lassen wird.

Tiril betrachtet sich im Spiegel, während in einem fort Leute um sie herumschwirren. Die fremden Jugendlichen, zu denen Thea so höflich ist. Ulrik Pogo. Svein Arne, der nervöser ist als sonst jemand, dass der nicht checkt, wie widerlich diese Locken aussehen, hat der keine Frau, und gibt es dort, wo er herkommt, keine Scheren?

Manchmal ist es echt ätzend, ein Teil von etwas zu sein.

Vor gerade erst einem Tag war das alles, was sie wollte.

Jetzt ist es umgekehrt.

Sie sind Nummer vier. Zuerst wird ein Mädchen aus Nicaragua eine Friedensrede halten. Dann ist Ulrik dran und spielt »Stairway to Heaven«. Da sitzen die Leute vermutlich mit zur Seite geneigten Köpfen und finden ihn so süß, dass man glauben könnte, die ganze Turnhalle wäre in Honig ertränkt. Jeder erinnert sich daran, was Frida

Riska sagte, als er an die Schule kam und der eine oder andere meinte, sie hätte eigentlich über sich selbst gesprochen: *Du bist so schön, Ulrik Pogo, dass es einer Reihe von Leuten schwerfallen wird, sich mit dir im selben Raum aufzuhalten. Deine Herausforderung, junger Mann, wird also sein, dieses blendende Äußere, mit dem du gesegnet bist, nicht dein Leben komplett steuern zu lassen.*

Nach Ulrik kommen die zwei finnischen Mädchen aus Jyväskylä mit einem Stück über Fairtrade.

Dann sind sie dran. Tiril hätte sich gewünscht, dass sie als Letzte drankämen, und das hat sie Svein Arne auch gesagt, aber es hat nun mal nicht an ihr gelegen, das zu bestimmen. Ihr seid Nummer vier, hat Svein Arne entgegnet. Ähm, und wer hilft uns dann beim Abdunkeln des Raums? Das Helferteam hat das im Griff.

Tiril trägt Lidschatten auf.

Mama, diese Hexe, sagt zwar viel Idiotisches, aber eines wird Tiril nie vergessen: Willst du, dass etwas getan wird, Tiril, dann tu es selber.

Zünde die Stumpenkerzen an. Sieh die erschrockenen Gesichter im Saal. Geh vor zum Mikrofon.

I'm so tired of being here.

Ich wecke dich auf, Sandra. Und du, Daniel, pass auf, mit dir bin ich noch nicht fertig.

Tiril macht einen Schritt vor zum Spiegel. Sie kneift die Augen zusammen und hat das Gefühl, dass sie daraus Funken schießen kann. Dann beginnen ihre Mundwinkel zu zittern. Zuerst versteht sie nicht, was los ist, und fasst sich an den Mund, als bahnte sich dort etwas Fremdes aus ihrem Körper, sie presst zwei Fingerkuppen flach gegen den Mundwinkel, doch dann sieht sie im Spiegel, dass ihre Augen glänzen, und sie spürt im Hals, dass es in ihr anschwillt, und sie begreift, dass sie weint.

Sie schließt die Augen und ruft sich selbst zur Ruhe. Zählt bis zwanzig.

Schlägt die Augen wieder auf.

Gut. Die Mundwinkel sind fest. Die Augen normal.

Der Rektor und Frida Riska betreten die Hinterbühne. Frida klatscht zweimal in die Hände, damit es still wird. Sie nickt Svein Arne zu.

»Nur noch zwei Minütchen, Leute.« Svein Arne spricht mit gedämpfter Stimme und versammelt die Jugendlichen um sich. Er erwähnt jeden und jede von ihnen mit Namen und verkündet in seinem echt imponierend schlechten Englisch, wie stolz er auf diese Veranstaltung sei, wie hart sie gearbeitet hätten und welch positives Zeichen es sei, dass derart talentierte Menschen aus sämtlichen Partnerstädten Stavangers zusammengekommen sind »to create this very special cultural evening about solidarity and democracy and freedom. Okay, all ready?«

Die Jugendlichen pfeifen und klatschen, Tiril aber bleibt reserviert, und dann setzt Svein Arne einen albernen Gesichtsausdruck auf, der ihn aussehen lässt wie eine Mutter, die ihre kleinen Mädchen bewundert, wenn sie herausgeputzt fürs Weihnachtsfest vor ihr stehen. Er rückt das weiß-rote Hemd zurecht, das er sich für diesen Anlass ausgesucht hat, dreht sich ein letztes Mal zu den Jugendlichen um und zieht demonstrativ die Augenbrauen hoch, zweimal nacheinander, bevor er durch den Spalt im Bühnenvorhang hinausschlüpft.

Draußen bricht Jubel los. »Ye! Gosen! Hallo, Leute! Wow!«

»Bereit?« Neben ihr tritt Thea nervös von einem Fuß auf den anderen.

»Natürlich bin ich bereit«, sagt Tiril, während sie hört, wie Svein Arne vorm Publikum über den Wert von Zusammenhalt und dem Erfahrungsaustausch über Landesgrenzen hinweg spricht.

Tiril sieht Thea an. »Lampenfieber, hm?«

»Nein, nur …« Thea tritt weiter von einem Bein aufs andere. »War ja nicht gerade ein ganz normaler Tag …«

»Na und?« Tiril verschränkt die Hände, dreht die Handflächen nach außen, knackst mit den Fingergelenken.

»Okay«, sagt Svein Arne vor dem Vorhang, »und jetzt überlasse ich kurz mal dem Rektor das Wort.«

Frida nickt dem Rektor zu, und der geht rauf auf die Bühne. »Ich will euch gar nicht lange aufhalten«, sagt er, »aber ich möchte euch doch etwas mitteilen. Heute Vormittag ist hier in unserer Schule ein Unglück geschehen, eine unserer Schülerinnen, Sandra Vikadal, hat das Bewusstsein verloren und musste von Rettungssanitätern abgeholt werden.«

Stille im Saal, Stille hinter der Bühne.

»Wir haben uns entschieden, diesen Kulturabend nichtsdestotrotz stattfinden zu lassen«, fährt der Rektor fort und macht eine kurze Pause. Frida Riska nickt erneut. »Denn wir wollen nicht die Verzweiflung siegen lassen.«

Applaus im Saal. Tiril hört dem Geräusch an, dass da Leute mit dem Gefühl klatschen, gewonnen zu haben. Nur, was haben sie gewonnen?

»Es gibt leider noch nichts Neues aus dem Krankenhaus«, fährt der Rektor fort. »Ich habe gerade erst wieder mit ihnen gesprochen. Der Zustand des Mädchens ist kritisch, aber stabil.«

Wieder Stille im Saal.

»Wir schaffen das«, sagt der Rektor nun mit Nachdruck. »Und jetzt – willkommen zurück, unser aller großer Enthusiast, derjenige, der diesen fantastischen Abend zusammengebastelt hat: Svein Arne Bendiksen!«

Tirils Hals kratzt. Wir schaffen das. Wir? Der Applaus wird lauter, der Vorhang wird zur Seite gezogen, der Rektor und Svein Arne tauschen Plätze, Frida Riska eilt hinunter zu ihrem Stuhl. Svein Arne kündigt »ein mutiges Mädchen aus Nicaragua« an – und schon hat das Programm begonnen.

Tiril geht einen kleinen Schritt vor. Sie schiebt den Kopf eine Spur nach rechts und wirft einen Blick hinaus in den halb erleuchteten Saal. Kein einziger Stuhl ist frei geblieben. Sogar entlang der Wände stehen Zuschauer. Sie sucht mit dem Blick die Sitzreihen nach Malene, ihrem Vater und nach Shaun ab, kann sie aber nicht finden. Sie sieht andere Eltern, Ulriks Mutter und Vater, Tommy Pogo und seine Frau sowie Kia im Rollstuhl, die Eltern von Thea – der Vater lächelt sein unwiderstehliches Lächeln –, und da in der ersten Reihe die Lehrer: Frida Riska, Mai und all die anderen.

Tiril sieht Sandras Gesicht vor sich. Es steht ihr so deutlich vor Augen, dass sie fast die Anwesenheit des Mädchens spürt. Sie schüttelt den Kopf, schiebt das Bild beiseite und versucht sich zu konzentrieren. Sie umklammert die Streichholzschachtel.

Der Vorhang schließt sich wieder, und Tiril hört die fremde Sprache des Mädchens aus Nicaragua durch den Raum schallen. Klingt ein bisschen wie sprechende Erde. Svein Arne begegnet ihrem Blick und zieht enthusiastisch die Augenbrauen hoch, zweimal, als wollte er ihr bedeuten: *Hä, aufregend, hä?*

Ein Gefühl von Anspannung macht sich in ihr breit, ein falsches Gefühl, Tiril wird es schwindlig, und sie wollte, sie könnte klar denken. Wir? Was schaffen *wir* denn? Arme Sandra, liebe Malene, psycho Veronika, gefährlicher Daniel, abwesender Papa, verfluchte Mama, cooler Shaun, kaputter Kenny und krasser Bunny.

»Shit, spür's im Bauch«, kommt es von Thea. Sie reibt die Hände aneinander.

Beifall brandet in der Turnhalle auf, in Tirils Hals kratzt es noch immer, und Svein Arne klopft Ulrik auf die Schulter, der mit seiner Gitarre in der rechten Hand, seinem *Idol*-Haarschnitt und bewundernswert selbstsicherem Blick dasteht. »Jetzt bist du dran, Ulrik. Viel Glück!«

Dann tritt Svein Arne wieder vor die enthusiastischen Eltern.

»War das gerade nicht fantastisch? Salve a ti Nicaragua!« Erneuter Applaus. »Und jetzt jemand aus unseren eigenen Reihen – Ulrik Pogo aus der 10a mit seiner Interpretation von Led Zeppelins unsterblichem Klassiker ›Stairway to Heaven‹!«

Ulrik, der in letzter Minute einen glänzenden Schweißstreifen über der Oberlippe bekommen hat, bleckt die blendend weißen Zähne. Als der Vorhang zur Seite gezogen wird, erhascht Tiril einen weiteren Blick aufs Publikum – Ulriks Eltern, die Eltern ihrer Klassenkameraden, die vor Stolz platzende Frida Riska.

Sie lässt den Blick schweifen – und hält jäh inne.

Das kann doch nicht wahr sein.

Während der Vorhang noch immer aufgezogen ist, während Ulrik seinen Hocker zurechtrückt und das Licht neu eingestellt wird, verschafft sie sich Gewissheit. Mama.

Da sitzt Mama. Zwischen Malene und Shaun. Nicht Papa.

Der Vorhang geht wieder zu, Ulrik schlägt die ersten Töne von »Stairway to Heaven« an, und Tiril ballt die Fäuste.

Scheiß Led Zeppelin.

Sie knirscht mit den Zähnen. Erst bist du Jahr für Jahr weg, erst verlässt du uns und scheißt auf alles, und dann kommst du ausgerechnet jetzt? Und glaubst, alles wäre wieder okay?

»Was ist denn los?«, flüstert Thea. »Stimmt was nicht?«

»Nein«, sagt Tiril schroff. »Was soll nicht stimmen? Bist du bereit?«

Thea nickt. »Schon nervös, aber. Ja, irgendwie. Ich bin bereit.«

»Gut«, sagt Tiril und dreht sich zu Thea um. »Und wenn du da draußen im Saal meine Mutter siehst, dann flipp bitte nicht aus. Ich hab keine Ahnung, warum sie hier ist. Aber vergiss es einfach. Sie soll machen, was sie will. Wir werden saugut sein, okay?«

»Deine Mutter?«

»Vergiss es, hörst du? Bist du bereit?«

Unter tosendem Beifall geht »Stairway to Heaven« zu Ende, Pfeifen und Rufen, *wow, sieh dir die langen Nägel des Jungen an, Himmel, wie der singt, das hat er von seiner Mutter, die Arme, muss hart für Kia sein, einen solchen Bruder zu haben, nachdem sie selbst, ich meine, er ist ja fast beängstigend schön, dieser Junge, aber weißt du was, ich finde, er hat beinahe etwas Unheimliches an sich.* Woran auch immer Ulrik Pogo teilnimmt, die Leute himmeln ihn an.

»He!«, ruft Svein Arne, und der Saal erwidert es laut. »Wenn das mal nicht stark war, dann weiß ich auch nicht, Gosen! Okay, wir kommen jetzt zu etwas anderem, wir betreten die Welt des Schauspiels und wenden uns einem Stück zu über den Schutz unseres Planeten, und wir werden auf zwei fantastische finnische Mädchen treffen!«

Erneut Applaus.

»Ich bin in zwei Minuten zurück«, sagt Tiril unvermittelt und läuft los. Thea sieht aus, als hätte Tiril ihr soeben mitgeteilt, sie würde hinausgehen, um jemanden umzubringen, aber sei's drum. Ihr ist schlecht, der Hals kratzt, und irgendetwas läuft hier ganz und gar verkehrt. Sie rennt zur Tür. Ihr Hals schnürt sich zusammen, und in ihrem Kopf brodelt es, sie braucht jetzt dringend eine Kippe. Draußen schlägt ihr die frische Abendluft entgegen und kühlt die Haut.

Sie stellt sich hinter die Turnhalle und zündet sich mit zitternden Händen eine Zigarette an.

Ich muss mich beruhigen.

Das hat Mama immer gesagt.

Du darfst den Kopf nicht mit dir durchgehen lassen.

Sagt sie. Haha.

Die Leute sagen immer, Tiril wäre ihrer Mutter ähnlich.

Sie zieht an der Zigarette, spürt, wie es im Hals reißt.

Einen Scheißdreck bin ich Mama ähnlich.

Jetzt singen? Und wo ist Papa? Solidarität? Freiheit? Demokratie? Gesang? Das macht dich nicht wach, Sandra.

Tiril nimmt einen letzten Zug, schnipst die Kippe vor die Turnhalle und geht um das Gebäude herum bis zur Eingangstür, wo sie in den Saal hineinsehen kann. Sie lehnt sich gegen die Glasscheibe und betrachtet das Profil ihrer Mutter. Auf ihren Rücken fällt schräg ein gelber Streifen Licht von einem Mopedscheinwerfer.

95 Elektra (Tong)

Schwarz gekleidet von Kopf bis Fuß, sitzt Jan Inge auf dem Fahrersitz. Hansis Caravelle, ein graues 98er-Modell, hat fast dreihunderttausend drauf, stottert in den niedrigen Gängen ein bisschen, eins der hinteren Fenster leckt, aber für eine Rentnerin ist sie eine gute Karre. Neben Jani sitzt Tong, ebenfalls schwarz gekleidet, und auf der Rückbank sitzen Rudi und Cecilie.

Tong ist so angepisst, dass er sich kaum mehr zurückhalten kann, sagt sich aber, dass er da jetzt einfach durchmuss. Ein paar Kronen rausholen, die braucht er ohnehin, und dann weiterziehen und dieser Truppe den Rücken aber so was von dermaßen kehren. Es gibt da draußen stärkere Leute, mit denen man zusammenarbeiten kann. Wenn das nicht funktioniert, dann geht er eben solo, so wie Melvin Gausel. Melvin war Oberhaupt der Kvernevik-Gang, machte das unglaublich gut, aber eines Tages war der Dicke mit dem knarrenden Lachen urplötzlich verschwunden. Es hieß, er wäre von Toskas Leuten in Oslo aufgelesen worden, oder auch, er wäre in Göteborg gesehen worden, dann wurde wieder behauptet, er wäre wegen eines Streits im Suff vom Mini aus Haugesund umgebracht worden, aber nachdem in der Gegend ein paar beeindruckende Überfälle von sich reden gemacht hatten – mehrere in einem Monat, allesamt makellos und unaufgeklärt –, zählte irgendein kluger Kopf eins und eins zusammen: Melvin war solo gegangen. Beeindruckend. Wohnt mittlerweile draußen in Randaberg, hat eine asiatische Frau und arbeitet für sich selbst. Tong könnte das auch. Sogar besser als der fette Melvin. Wer in der Gegend hätte Brüche und Sicherheit besser drauf als Tong?

Niemand.

Cecilie verdient einen Tritt in ihren Schlampenbauch. Hätte es nicht für zu großes Aufsehen gesorgt, hätte er sie auf den Asphalt geworfen und zu Tode getreten. Jetzt sitzt sie hinten und hält Rudis Hand. Und dieser Idiot versteht rein gar nichts, aber kein Wunder. Ihr vertrauen? Frauen vertrauen?

Tong legt den Arm auf den Holm und sieht aus dem Fenster, während Jan Inge am Ullandhaugbakken runterschaltet.

Diese Briefe. Nicht ganz einfach, sich dazu angemessen zu verhalten. Aber hätten Sverre und Ragnhild ihm das nicht erzählt? Andererseits hat er die Eltern – seine norwegischen Eltern – schon vor langer Zeit verlassen. Von seinem dreizehnten Lebensjahr an wurde Tong immer und immer wieder in irgendwelche Jugendeinrichtungen eingewiesen, und seine armen Eltern in Bømlo kamen da irgendwann nicht mehr mit. War nicht ihre Schuld. Sverre und Ragnhild taten, was sie konnten, aber manchmal reicht das eben nicht.

Sie hatten ihm erzählt, seine koreanischen Eltern seien tot, aber nicht, dass Tong irgendwo dort draußen noch eine Schwester hat. Das hätten sie ja wohl erwähnen können. Und sie hätten ihm erzählen können, dass die Schwester in Egersund wohnt. Sie hätten ihm sagen können, dass sie zwei Kinder hat und im Symphonieorchester Stavanger spielt. Muss talentiert sein. Scharfsinnig. Pünktlich. Genau wie Tong. Liegt wohl in den Genen. Geigerin in einem Symphonieorchester. Kraftvoll und konzentriert, mit starkem Fokus, was hat sie gleich noch geschrieben? »Wir haben jetzt das neue Konzerthaus eröffnet, es ist wirklich toll, wir werden *Elektra* spielen, kennst du diese Oper?«

Tong ging in die Gefängnisbibliothek und fragte, ob sie dort »etwas namens *Elektra*« hätten. Eine griechische Tragödie, sagte die Gefängnisbibliothekarin Iselin Vasshus und sah Tong irgendwie seltsam an. Die könnt ich ficken, dachte er und nickte. Meinetwegen, sagte er. Sophokles, fuhr Iselin fort und steckte sich die haselnussbraunen Haare zu einem Knoten. Aha, sagte Tong. Und hast du das da? Nein, antwortete Iselin und lächelte schief, hier gibt's vor allem Krimis. Ja, und kannst du's denn besorgen?, fragte Tong und stellte sich vor, wie er Iselin an den Haaren packt, ihr Gesicht auf die Tischplatte hinunterdrückt und sie von hinten nimmt. Ja, ich kann's bestellen, sagte sie. Und um was geht's da überhaupt?, fragte Tong. Um Rache, erklärte Iselin, wie in fast allen griechischen Tragödien.

»Rache?«

»Mhm.«

»Rache an wem?«

»Da gibt es Elektra und ihren Bruder, ich weiß allerdings nicht mehr, wie er heißt, aber die beiden üben Rache an ihrer Mutter, Klytaimnestra.«

»Und weshalb?«

»Weil sie Agamemnon umgebracht hat. Den Vater.«

»Und wie üben sie Rache?«

»Orest, der Bruder, schlachtet sie ab, glaube ich.«

Tong presste die Zähne aufeinander und nickte.

»Mit 'nem Messer?«

»Ich weiß nicht.«

»Aber warum hat die Mutter den Vater umgebracht?«

»Er hatte zuvor seine Tochter geopfert.«

»Geopfert?«

»Ja, für den Krieg. Iphigenie. Auf Befehl der Götter.«

»Hm.«

»So ist das in griechischen Tragödien.«

»Hm. Hören sich ganz gut an, diese griechischen Tragödien.«

»Ja, stimmt. In mancherlei Hinsicht ist das unser Erbe. Aber … Wie kommt's, dass du dich dafür interessierst?«

»Was soll das heißen, unser Erbe?«, hakte Tong nach, ohne auf ihre Frage einzugehen.

»Na ja, der Ursprung unserer Kultur. Alles, was wir machen, und alles, was wir denken, hat seine Wurzeln angeblich in der griechischen Kultur.«

»Hm. Und die Tochter, diese Elektra, und ihr Bruder, dieser Orest, metzeln dann die Mutter nieder, diese Klytaimnestra.«

»Ja, zumindest meine ich, mich aus der Liwi noch daran zu erinnern.«

»Liwi?«

»Literaturwissenschaften«, sagte Iselin mit einem Lächeln, und wieder stellte Tong sich vor, wie er ihren Kopf festhält, ihre Wange auf die Tischplatte drückt und sie von hinten nimmt. »Hab ich mal studiert.«

»Glaubst du vielleicht, du weißt mehr vom Leben als ich, nur weil du studiert hast?« Tong legte den Kopf schief und sah sie durchdringend an.

Iselin schluckte und grinste verlegen. »Nein, glaub ich nicht, Tong.«

»Ich will mir dieses Stück ausleihen«, sagte Tong. »Bestell das mal. Eine, die ich kenne, spielt das. Im Symphonieorchester.«

Die Caravelle kommt oben am Ullandhaugbakken an. Vor ihnen liegt der Hafrsfjord. Schön. Drinnen in Åna hatte Tong genug Zeit, darüber nachzudenken, was schön ist. Drei Briefe hat er von seiner Schwester bekommen – Jin Eikland, so heißt sie. Drei Briefe. Ist auch schön. Er war nicht imstande, ihr zu antworten. Aber Jin hat nicht aufgehört, ihm zu schreiben. Als wüsste sie, dass er die Briefe las. Als wäre sie es gewöhnt, mit Leuten zu sprechen, die nicht antworten.

»Hallo!«, kommt es von der Rückbank.

Rudis verdammtes Großmaul. Tong hätte nicht schlecht Lust, Zement hineinzukippen. Vor Jahren war Rudi noch lustig, albern und unterhaltsam. Irgendwann fing er an zu stören, dann nervte er immer mehr, und eines Tages wurde daraus Hass, und mit der Zeit im Gefängnis wurde dann alleine der Gedanke an sein Gesicht, an die Art, wie er einen Raum ausfüllt, schier unerträglich. Nur beim Gedanken daran, dass dies weiterhin Teil seines Lebens sein könnte, würde Tong am liebsten kotzen.

»Hallo!«, kommt es erneut von der Rückbank.

»Ja, Rudi, woran denkst du?«, fragt Jan Inge und biegt rechts ab hinunter in Richtung Haugtussa, die Wohnblocks zur Linken, nur eine knappe Minute von der Ernst Askildsens gate entfernt.

»Ich denke daran«, sagt Rudi, und Tong kann hören, wie es im Hals dieses Kerls gewissermaßen blubbert: »dass wir unser Kriegsbeil jetzt begraben müssen. Man kann das Leben doch wie einen Topf betrachten, oder? Manchmal wird es einfach zu viel. Ich hab jetzt eine Weile hier gesessen und hab nachgedacht. Wir sind so verdammt alte Freunde, wir haben so verdammt viel Shit miteinander erlebt, und dann kommt dieser verkorkste Tag, und ja, ich nehme glatt einen Teil der Schuld auf mich, ich meine, was bin ich doch für ein Büffel, der es nicht schafft, die Liebe anzunehmen, wenn meine Freundin sie mir auf dem Silbertablett serviert? Ja, ich bin …«

»Aber, Rudi …«

»Nein, unterbrich mich nicht, Chessi – wie gesagt, ich bin zwar ein Reptil, aber jetzt spreche ich, jetzt hieve ich die Worte über meine Zunge, und ich sehe euch, ich sehe in meinem Kopf unsere Vergangenheit, und ich bitte euch, während wir zu unserem Freund Pål Fagerland fahren, zu einem Mann, den wir um seiner selbst willen verprügeln müssen: Können wir bitte diese hässliche Luft ablassen, bevor wir aus der Caravelle steigen?« Rudi macht eine kurze Pause und sieht sie alle an. »Können wir uns nicht die Münder mit Seife ausspülen und uns daran erinnern, was Salomo geraten hat und was im Großen Buch steht? *Eine sanfte Antwort dämpft die Erregung, eine kränkende Rede reizt zum Zorn.* Hm? Können wir bitte ein kleines bisschen die Goodtimes rausholen und uns ein schönes Stündchen bei einem Job machen? Hm?«

Tong sieht, wie Jan Inges Kopf schaukelt. Er schaltet runter, biegt in die Ernst Askildsens gate ein und lächelt. Alle sitzen lächelnd da, und das ist widerlich, absolut unvorstellbar widerlich.

»Rudi«, sagt Jan Inge, »du hast ein paar fantastische menschliche Fähigkeiten, weißt du das?«

Rudi zuckt stolz mit den Schultern. »Weeell, ich weiß nicht …«

Cecilie streicht Rudi über die Wange.

»Okay«, sagt Jan Inge und lehnt sich vor, blickt durch die Windschutzscheibe. »Da ist das Haus. Jetzt heißt es nur zurückstoßen … Alle bereit? Raus mit den Hauben, raus mit den Handschuhen. Das Tape, hast du das Tape, Rudi? Wir hinterlassen hier keine Spuren.«

Rudi nickt, fischt eine Taperolle aus der Tasche. Er pickelt mit dem Fingernagel das Ende los und wickelt Tape um den Spalt zwischen Handschuhen und Jackenärmel, bevor er die Rolle an Cecilie weiterreicht.

»Elektra«, sagt Tong.

»Hm?«

»Im Knast hab ich ein Buch gelesen.«

»Hey! Tongo! Jetzt auch ein Bücherfan!«

»Eine griechische Tragödie«, sagt er eisig.

»Wow! Eine viechische Tranödie! Mister I-Read-Alot from Korea!« Rudi klopft Tong auf den Rücken und lacht laut.

Am liebsten würde Tong Rudis Gesicht zermatschen, bis nichts mehr davon übrig ist. Aber er reißt sich zusammen. »In diesem Buch«, spricht er weiter und zieht die Handschuhe an, »geht es um eine Frau, die ihre Mutter umbringt. Sie heißt Elektra. Und da steht irgendwo: ›Das Ergebnis entschuldigt alles Böse.‹«

Jan Inge zuckt mit den Schultern. »Na ja, ich hab schon bessere Zitate gehört, um es mal so zu sagen, also, wenn das heutzutage das Niveau von griechischen Tragödien ist, bin ich nicht sonderlich beeindruckt. Your suffering will be legendary, even in hell, um es mal so zu sagen.«

»Hehe! Brother of quotes! Da kannst du mal sehen, Mister Lesefan, du reichst Jani nicht mal bis zu den Knöcheln.«

Tong hat noch nie jemanden umgebracht. Keiner in dieser Truppe hat schon mal jemanden umgebracht. Eines ihrer wichtigsten Grundprinzipien. *Kein Leben darf aufgrund unserer Arbeit verloren gehen.*

Jan Inge hat die Caravelle vor dem Haus zurückgesetzt, sie steht jetzt vor dem Garagentor, das von innen aufgemacht wird. »Okay«, sagt er und fährt rückwärts hinein, während Tong den Schatten eines kleinen Mannes im Rückspiegel entdeckt. Sieht aus, als versuchte er, sich dort drinnen zu verstecken.

»Läuft«, sagt Jan Inge. »Alle anwesend? Alle auf der Höhe? Alle das Haarnetz auf?«

Du musst eines Tages nach Egersund kommen, hat Jin geschrieben, wenn du in Åna fertig bist. Es wäre so schön, dich kennenzulernen. Ich hab oft das Gefühl, ich kenne dich, obwohl wir einander nie begegnet sind. Ich hab oft das Gefühl, als hätte ich mich selbst besser verstanden, hätte ich dich nur einmal getroffen, mein Bruder. Ich will, dass du weißt, dass ich dich für dein bisheriges Leben nicht verurteile. Komm nach Egersund, wir haben hier ein großes Gästezimmer und ein gutes Extrabett.

So vielleicht?

Vielleicht einfach all das verlassen und an eine Tür in Egersund klopfen?

Das Garagentor gleitet wieder zu, und Rudi reibt sich die Hände, bevor er aus seiner Hosentasche das kleine Tütchen mit Speed hervorholt. Seine Augen sprühen Funken, als er den Führerschein zückt, um auf dem Armaturenbrett ein paar Lines zu ziehen. Tong spürt es in den Schläfen ticken. Er sollte sich davon fernhalten. Doch als das Speed die Runde macht, nimmt auch er etwas davon, legt einen Finger an das eine Nasenloch, zieht ein und spürt es knallen.

Rudi steht jetzt vollends unter Strom. Er schnappt sich die blaue Rolle mit den Schuhüberziehern, die Cecilie ihm hinhält, und zieht laut lachend ein Paar über. Dann schiebt er die Seitentür der Caravelle auf, sein großer, verfickter Körper poltert hinaus in die Garage, ein Pinocchio auf Speed, und dann schreit er: »Pål Schmål! Na? Dich vom Internet ferngehalten?«

Tong hat noch nie jemanden umgebracht.

Aber einmal ist immer das erste Mal.

96 Daniels Wunsch (Daniel William)

Ein Stück entfernt von der Turnhalle, bremst Daniel ab. Veronika hinter ihm zappelt unruhig.

»Was machst du denn?«, fragt sie. »Wir sollten echt nicht hier sein, können wir nicht einfach in den Proberaum fahren und …«

»Halt den Mund.«

Daniel steigt ab. Klappt den Ständer runter, parkt. Drüben an der Turnhalle steht ein Mädchen.

»Daniel, du kannst nicht einfach drauflosfahren und glauben, ich folge dir, ohne auch nur eine Ahnung zu haben, wohin wir …«

»Ich will reinen Tisch machen«, unterbricht er sie.

Veronika blinzelt ihn verärgert an. »Und ich soll das gewissermaßen einfach verstehen? Dass du das gerade tust? Sollten wir nicht …«

»Wir fahren schon noch«, fällt er ihr erneut ins Wort. »Aber zuerst will ich reinen Tisch machen.« Aufgebracht gestikuliert er vor sich hin. »Ich hab dich schon einmal gefragt, und ich frag noch mal: Bist du so eine, die alles wissen muss?«

»Nein, ich …«

»Also, dann halt den Mund.«

»Aber du hast doch gesagt, dass du nicht zu ihr wolltest …«

»Ich will auch nicht zu ihr! Ich will nur reinen Tisch machen! Jetzt halt den Mund!«

Das Mädchen bei der Turnhalle dreht sich zu ihnen um. Es ist diese Tiril. Påls Tochter. Sie hat ein Emokostüm an, schwarz von Kopf bis Fuß, die Augen glänzen, und sie sieht elend aus.

Er marschiert auf das Gebäude zu, Veronika geht ihm nach.

»Scheiße, was machst du denn hier?«, fragt Tiril, als die beiden näher kommen, und ihr violetter Blick richtet sich auf Daniel. »Bist du eigentlich total gestört? Und du« – sie deutet auf Veronika – »solltest du nicht weggesperrt sein?«

»Lass stecken«, sagt Daniel. Er spürt, dass dieses Mädchen dieselbe Sprache spricht wie er. »Wie geht's Sandra?«

»Das kann dir scheißegal sein, echt«, antwortet Tiril und kramt einen Kaugummi heraus, bevor sie in Richtung Rückseite der Turnhalle losmarschiert. »Verfolg doch die Todesanzeigen.«

Daniel spürt, wie eine Hand sich um sein Herz legt und zur Faust ballt.

»Bleib ganz ruhig«, sagt Veronika. »Ich kenne sie. Sie ist 'ne Dramaqueen.«

Daniel schnappt nach Luft. »Ich muss wissen, ob sie am Leben ist.«

»Bitte«, sagt Veronika. »Wir können hier nicht bleiben. Kapierst du das denn nicht? Wenn sie uns sehen, ist alles aus.«

Daniel läuft zu den schweren Türen, zieht sie auf und hört den Applaus, der in der Turnhalle aufbrandet. Veronika folgt ihm. Die Halle ist gesteckt voll, kein einziger freier Platz. Daniel kehrt den Blick nach innen. Gefolgt von Veronika, presst er sich an die Sprossenwand und hofft, dass niemand sie sieht.

Doch binnen weniger Sekunden haben sie die Aufmerksamkeit der ganzen Turnhalle auf sich gezogen. Gesicht für Gesicht dreht sich in ihre Richtung, als wären er und Veronika magnetisch. Auge für Auge sieht zu ihnen herüber. Flüstern, Murmeln.

Ein superenthusiastischer Typ mit Sozialistenlocken und einer runden Brille kommt auf die Bühne und spricht ins Mikrofon, wie *unglaublich gut* das gerade war, *fantastische Mädchen*, und dann reißt er die Arme in die Luft. »Und jetzt betreten wir die Welt des Gefühls! Der Dunkelheit! Herzlich willkommen, Tiril und Thea, die für uns ›My Immortal‹ von Evanescence singen und spielen werden!«

Die Aufmerksamkeit im Saal ist zwiegespalten. Die Blicke sind teils auf die Bühne, teils auf Daniel und Veronika gerichtet. Lehrer flüstern einander zu.

»W-i-r-m-ü-s-s-e-n-g-e-h-e-n«, sagt Veronika tonlos. »J-e-t-z-t.«

Er reagiert nicht.

Ein Mädchen hat sich neben Daniel gestellt. Er wendet langsam den Kopf, dreht ihn, als liefe er auf einer Schiene, während sein Blick weiter auf die Bühne gerichtet bleibt, wo Tiril und Thea durch den Spalt im Vorhang treten. Ein schwarzer und ein weißer Engel. Das Licht im Saal wird gedämpft, es wird rot, es wird grün.

Daniel lässt den Blick langsam zu dem Mädchen neben sich gleiten. Es ist Malene.

»Ja?«, flüstert er, als wüsste er, was sie will.

»Was machst du hier?«, flüstert sie kalt. »Wie kannst du es wagen, hier zu sein? Hast du dich bei der Polizei gemeldet?«

»Malene«, raunt er mit gesenktem Blick. »Bitte …«

»Habt ihr nicht schon genug angerichtet?«

»Malene …« Selten hat er ein so wütendes Gesicht gesehen. »Weißt du etwas von Sandra? Sag mir, was du weißt, und dann werde ich tun, was ich tun muss.«

»Sie liegt im Koma«, antwortet Malene. »Das ist alles, was wir wissen.«

Er nickt. Dann sagt er: »Bitte. Geh heim.«

Malene stutzt, und eine Falte durchfurcht die Haut über ihrer Stirn.

»Geh heim«, flüstert er und geht los in Richtung Ausgang. »Okay? Geh heim. Dein Vater hat irgendwelche ernsthafte Scheiße am Laufen.«

Der Raum ist in dunkles, tiefrotes Licht getaucht. Thea sitzt am Klavier. Sie ist weiß wie schmerzender Schnee und versengt einem die Augen. Sie legt die Finger auf die Tasten und schlägt die ersten Töne an. Vor ihr steht Tiril mit einem brennenden Streichholz zwischen den Fingern. Die Flamme zittert vor ihrem Gesicht und wirft Lichtreflexe, die wie ängstliche Wellen aussehen, auf ihre Haut. Das Mädchen steht mit festem Blick und unbewegtem Gesicht da. Sie ähnelt einem schwarzen, aufsässigen Teufelskind, findet Daniel, und der Hass, den sie ausstrahlt, ist ihm nicht fremd, im Gegenteil, er fühlt sich belebend an, erhitzend, und er fühlt sich erwünscht an. Würde das Mädchen auf der Bühne jetzt den Mund aufmachen und sagen: *Daniel, komm mit mir, dann tun wir weit Schmerzlicheres* – er würde ihr gehorchen.

Tiril reckt das Kinn, lässt langsam den Blick durch den Saal schweifen, während die Flamme immer näher an ihre Finger kommt, ehe sie das Streichholz zu einer Stumpenkerze führt, der Docht aufglüht, und Daniel hofft, dass es ihr gelingt, die ganze Welt niederzubrennen.

»Sorry«, flüstert er.

Die Musik wird lauter. Daniel schiebt die Tür einen Spaltbreit auf. Veronika ist direkt hinter ihm. Sie laufen zurück zur Suzuki.

97 Sollen wir anfangen (Jan Inge)

»So, Pål, bist du gut drauf?«

»Hehe, draufdraufdrauf?«

»Wie bist du drauf, Pål?«

»Hehe, draufschrauf?«

Der Vierzigjährige steht mit hängenden Armen im schummrigen Garagenlicht. Seine Augen sind so, wie sie sein sollen: wie die eines Hundes. Er steht dicht an der Wand und strahlt Gefügigkeit aus. Auf den ersten Blick macht er einen beruhigenden Eindruck.

Jan Inge marschiert durch die betonierte Garage. »Was sagst du? Gut drauf?«

Pål trägt gewöhnliche Kleidung. Sieht aus, als hätte er sich bei der Auswahl nicht erwähnenswert ins Zeug gelegt. Jeans. Ein schlichtes gestreiftes Hemd. Er ist frisch rasiert. Sehr gut. Er hat reine, frische Haut. Er hat gestern Nacht also geschlafen. Ein gutes Zeichen. Keiner von ihnen braucht einen Pål, der wie ein Nervenwrack herumläuft. Keiner braucht einen Pål mit Tintenrändern unter den Augen und einem Kopf voller Nägel, wenn sie ihn verprügeln.

Jan Inge nickt und lächelt. »Hm, Pål? Super drauf?«

»Hehe, draufvollauf?« Rudi stellt sich neben Jan Inge und gibt Pål einen Klaps auf den Arm. »Schön, dich zu sehen, Mister Poker Joker! In letzter Zeit ein wenig grauer geworden? Was sagt das Wort des Herrn, Pål Kål? *Graues Haar ist eine prächtige Krone; auf dem Weg der Gerechtigkeit findet man sie.* Und was sagt das Wort des Herrn noch: *Wer sich zurückhält beim Reden, hat tiefe Einsicht, wer kühl überlegt, ist ein verständiger Mann.* Na ja, von mir spricht das Große Buch da jedenfalls nicht!«

»Rudi. Beruhige dich.«

Rudi legt sich den Zeigefinger wie einen Pistolenlauf an die Schläfe und erschießt sich selbst. »Ruhiger Rupert. Hehe.«

»Jaaa«, stößt Pål hervor, »ich … Na ja, ich bin vermutlich gut drauf. Bringen wir's hinter uns. Ja.«

Cecilie macht ein paar Schritte auf Pål zu, lächelt freundlich und legt eine behandschuhte Hand auf seinen schlaffen Arm.

Jan Inge spürt, wie sich der Stolz in seiner Brust ausbreitet, als er sieht, wie selbstverständlich und wie mütterlich sie vorgeht. Stabilität schafft. Pål Sicherheit verleiht. Er spürt allerdings auch, wie wenig es Rudi gefällt, was sie da tut, und deshalb hält Jan Inge seinen Kumpel schleunigst zurück, als der zu seiner Freundin gehen will.

»Rudi. Ist nur der Job«, flüstert er.

Rudi atmet hörbar durch die Nase aus und nickt.

»Hast du Angst?«, fragt Cecilie und zeigt sich von ihrer femininsten Seite.

Pål zuckt mit den Schultern. »Angst … Na ja …«

»Kann ich verstehen«, sagt sie. »Wo ist denn dein Hund? Der süße Hund, wie heißt er noch …«

»Na ja.« Pål lächelt verlegen. »Ähm, ich hab sie in den Keller … Dachte, vielleicht, dass …«

»Ausgezeichnet.« Cecilie streicht ihm über den Arm. »Es wird alles gut gehen. Okay? Du bist unter Freunden.

Rudi, mein Bruder Jan Inge und Tong.« Sie deutet auf den stummen Koreaner, der die Garage gründlich inspiziert. »Wir vier machen heute den Job. Und damit alles gut geht, solltest du uns als deine Freunde betrachten. Okay?«

Pål räuspert sich.

»Okay, Pål?«

Er nickt.

»Ausgezeichnet. Da gibt es ein paar Sachen, die wir mit dir durchgehen wollen, okay, Pål?«

Wirklich Cecilie in Höchstform. Wie schade, dass diese soziale, feminine und ungeheuer scharfsinnige Seite erst zum Vorschein kommt, wenn sie bei einem Job sind. Man stelle sich vor, davon gäbe es mehr im Zuhausemilieu, sie wäre zum Beispiel so, wenn das Haus geputzt werden muss oder wenn Frühstück auf dem Tisch steht. Aber jetzt gilt es, nach vorne zu blicken. Jan Inge hat die große Hoffnung, dass sie von Kopf bis Fuß davon erfüllt sein wird, wenn sie erst einmal dieses Kind zur Welt gebracht hat. Er hat den festen Glauben, dass dieses Kind – das vielleicht von Rudi, vielleicht aber auch von Tong ist und von dem man um Gottes willen noch eine ganze Weile nicht sprechen darf –, dass dieses Kind sie mit mütterlicher Freude erfüllen wird.

Pål schnieft und räuspert sich wieder. »Ja …«

»Toll«, sagt Cecilie und erinnert dabei an eine Krankenschwester, die bei einem Patienten irgendwas Unangenehmes gemacht hat, ihn aber trotz allem zum Lächeln bringen konnte. »Toll.« Sie dreht sich zu Jan Inge um und nickt ihm kaum merklich zu. »Jan Inge? Willst du Pål nur kurz erzählen, was passieren wird?«

Jan Inge geht einen Schritt vor. Aus dem Augenwinkel sieht er, dass Rudi auf eine Werkbank am hinteren Ende der Garage zugetreten ist und dort an etwas herumfummelt. Ein Vogelhäuschen?

»Rudi!«

»Hehe. Uups! Jawoll, mein General.« Rudi legt das Vogelhäuschen wieder weg. »Yess, the Rudi ist anwesend. Was geht?«

Jan Inge ignoriert ihn, er weiß, so reagiert Rudi auf Speed, die ersten Minuten geht es ihm direkt ins Blut, aber er stabilisiert sich dann auch wieder ziemlich schnell.

»Ja«, sagt Jan Inge und zieht die schwarze Arbeitshose hoch, greift an den Gürtel und hakt die Hose gewissermaßen über den fülligen Hüften fest, »sollen wir reingehen?«

»Ach, Entschuldigung«, sagt Pål und weist ihnen den Weg. »Hier entlang.«

»Tür von der Garage direkt ins Haus«, kommentiert Jan Inge und schnipst mit den Fingern. »Gefällt mir. Gefällt mir sehr, Pål.«

Sie kommen in einen Flur. An den Wänden hängt eine Reihe Familienfotos in IKEA-Rahmen. Zwei ungefähr zehnjährige Mädchen mit einem großen Dorsch auf dem Schoß, ein Mädchen mit Pferdeschwanz in einem violetten Turntrikot mit Silbersternen und mit einem Pokal in den Händen, ein Mädchen auf einem Winzauto, höchstwahrscheinlich in Legoland. Die vier sind schwarz gekleidet und fokussiert, sie tragen ihre schwarzen Taschen, sie haben die Schlitze zwischen Schuhwerk und Hosen sowie zwischen Ärmeln und Handschuhen getapt, tragen blaue Schuhüberzieher, haben Haarnetze und Hauben auf. Pål führt sie in eine geräumige Küche. Ein einfacher Küchentisch. Vier Sprossenstühle. Wachstuchtischdecke. Kaffeemaschine, Toaster, Radio. Die Vorhänge sind zugezogen. Sehr gut. Pål rückt die Stühle zurecht, und die vier setzen sich an den Tisch.

»Toll, Pål«, sagt Jan Inge mit einem zufriedenen Grinsen und mit echter Wärme auf den Wangen, »das war schon mal ein guter Start.« Er wirft einen Blick auf die Wanduhr. »Okay. Wir müssen hier relativ effektiv vorgehen. Das verstehst du bestimmt.«

Pål presst die Lippen aufeinander und stützt die Ellbogen auf den Tisch. Dann ist plötzlich ein Tapsen und leises Trappeln auf der Kellertreppe zu hören, und kurz darauf taucht der Hund in der Tür auf.

»Pål!« Jan Inge reißt die Arme hoch. »Wovon haben wir gespro…«

Pål stürzt auf Zitha zu und packt sie am Nacken. »Ich hab nicht … Tut mir leid, ich sorge dafür, dass …«

»Das solltest du«, sagt Jan Inge streng und sieht zu, wie Pål Zitha schimpfend die Treppe hinunterzieht. Keine Minute später ist er wieder zurück in der Küche.

»So, jetzt ist sie verlässlich einge…«

»Lass uns nicht mehr darüber sprechen, Pål«, sagt Jan Inge ruhig. »So. Willst du, bevor wir anfangen, noch schnell Kaffee aufsetzen, damit das Ganze aussieht, als hätten wir dich bei einer alltäglichen Handlung unterbrochen? Du kannst gerne auch Brot rauslegen, das Brot aus der Tüte nehmen und eine Scheibe abschneiden, ja, wenn du dann noch eine Wurstscheibe oder so etwas danebenlegst und die Kühlschranktür ein Stück offen lässt, dann wär das nicht verkehrt.«

Pål springt sofort auf, als hätte er von irgendeiner Autorität einen scharfen Befehl erhalten, nickt eifrig und tut exakt, worum er gebeten wurde, und zwar schnell. Holt Filter raus, misst Kaffee ab, setzt ihn auf, holt Brot aus der Brotlade unterm Fenster, macht den Kühlschrank auf.

»Wie schnell du begreifst, Pål«, sagt Cecilie.

»Käse, ist das in Ordnung?«

»Käse ist nie verkehrt, Pål. Deine Kooperationsbereitschaft gefällt mir«, sagt Jan Inge. »Wenn nur alle so wären wie du, dann wäre unsere Branche deutlich aufgeräumter. Wie auch immer«, spricht er weiter, während eine fast südländische Wärme in seinem Bauch strahlt. »Das Ziel ist, dich ausreichend alteriert …«

»Alteriert!« Rudi haut mit der flachen Hand auf den Tisch. »Fuck, ich liebe dieses Wort einfach! Kann ich es ficken?«

»Rudi! Jetzt reicht's!«, fährt Jan Inge ihn scharf an. »Entschuldige bitte, Pål. Das Ziel ist, wie ich schon gesagt habe, dich ausreichend alteriert zurückzulassen, damit hinterher keinerlei Zweifel aufkommt, was hier geschehen ist. In deinem und in unserem Interesse. Du brauchst das Geld. Und wir brauchen keine Aufmerksamkeit. Der Hund bleibt im Keller.« Jan Inge sieht Pål energisch nicken. »Toll. Du wirst dem ersten Eindruck gerecht. Warst du schon immer so?«

»Hä?«

»Dass du dem ersten Eindruck gerecht wirst?«

»Nein … weiß nicht … was mein …«

»Darüber denke ich oft nach. Dass ein Mensch sich auf die eine oder andere Weise präsentiert. Einen Eindruck hinterlässt. Und dann vergeht ein Winter, dann vergeht ein Frühling, und schwups stehen die Birken in voller Blüte, und auf einmal sieht man, dass dieser Mensch nicht derjenige ist, als der er sich vorher verkauft hat. Während man in anderen Fällen – deinem? – bekommt, wofür man zahlt.«

»Na ja, ich … Tja …«

Mit erhobener Hand signalisiert Jan Inge ihm, dass sie keine Zeit haben, dieses an und für sich fesselnde Thema zu vertiefen.

»Alterierung. Wir müssen dich also ausreichend verletzen, damit niemand den Verdacht schöpft, du hättest dir das selber zugefügt.«

Pål räuspert sich noch mal, jetzt tiefer. »Jaaa. Sicher. Dann …« Sein Blick wandert durch die Küche. »Wollt ihr auch einen Kaffee? Oder soll der einfach nur an sein?«

Jan Inge wirft Cecilie einen schnellen Blick zu, wie um ihr zu bedeuten, dass sie ihm womöglich gleich wieder mit ihrer beschwichtigenden Mütterlichkeit beispringen muss, nachdem das Objekt nervöse Tendenzen aufweist, aber anscheinend ist sie gerade nicht bei der Sache.

»Der soll nur an sein«, sagt er. »Wir sind nicht gerade erpicht darauf, DNA zu hinterlassen. Die Kriminaltechniker von heute sind talentierte Leute. Dich verletzen müssen wir aber. Allerdings mögen wir Gewalt nicht mehr als du, im Gegenteil, wir sind anti Gewalt, wir sind, tja, eine Art Pazifisten. Du brauchst also keine Angst vor bleibenden Schäden zu haben. Komm jetzt, und setz dich, Pål. Steh nicht rum und hetz dich selber auf. Dabei kommt nichts Gutes raus. Bist du unruhig?«

Ein verzweifeltes Lächeln schleicht sich auf Påls Gesicht, er lässt den Kopf hängen wie sein Hund, kommt wieder angezuckelt und setzt sich zu den anderen an den Küchentisch.

»Das fehlte gerade noch«, sagt Jan Inge und spürt, wie er sich insgeheim darüber ärgert, dass Cecilie mit dieser Krankenschwesterwärme nicht länger bei der Sache ist. »Aber hör zu.« Er legt die Hand sanft auf Påls Handgelenk und drückt es leicht. »Du. Hundefan. Vater von zwei niedlichen Mädchen. Der Mann, der bald frei ist.«

»Hear, hear! Cry freedom!«

»Wir wissen, wo man auf einen Körper einschlagen und -treten kann«, spricht Jan Inge weiter, »wir wissen, was gebrochen werden kann, ohne dass es ernsthafte Konsequenzen nach sich zieht, und was nicht.«

»Youbetya, Pål Wall!«

»Rudi, kannst du bitte mal etwas Besonnenheit an den Tag legen?« Jan Inge spricht langsam und lässt vor Rudi die Augenbrauen tanzen, um ihm zu signalisieren, dass er die falsche Taktik anwendet. »Der Schmerz«, wendet er sich wieder an Pål, »der Schmerz wird kommen, aber er ist vergänglich. Mein Rat an dich: Denk einfach die ganze Zeit daran, wie gut du und deine Töchter es haben werdet.«

Jan Inge stemmt den massigen Körper hoch. Nach diesem Job wird er wirklich anfangen, Sport zu treiben. Er stolziert durch den Raum und gibt sein Bestes, einem Anwalt oder einem ähnlichen Kaliber zu ähneln. Pål folgt ihm mit ängstlichem Blick.

»Was geschehen wird«, sagt Jan Inge und bleibt stehen, »ist Folgendes: Cecilie hier wird eine Runde durch dein Haus drehen. Sie wird sich deine Habseligkeiten genau ansehen, sie wird festlegen, was wir mitnehmen, und sie wird festlegen, was wir kaputt machen. Oder, Cecilie?«

Cecilie dreht sich anmutig wie Beverly Hinna zu Pål um und serviert ihm ein Lächeln der Extraklasse. Gut, sie ist wieder bei der Sache.

»Die letzte Kategorie«, spricht Jan Inge weiter, »dient in erster Linie dem Realismus. Wichtig ist, dass es aussieht, als wären die Ganoven, die in dein Haus eingedrungen sind und dich verprügelt haben, auf Wertgegenstände aus gewesen. Solche Leute verursachen gerne auch mal sinnlose Schäden.«

»Oje«, kommt es von Rudi, »hoffnungslose Leute.«

»Sie nehmen Drogen, und sie haben Spaß daran, Sachen kaputt zu machen«, fährt Jan Inge fort. »Destruktionsbedürfnis, Pål. Schon mal davon gehört?«

»Ähm …«

»Wenn eine Bande Jugendlicher bei geparkten Autos die Rückspiegel abtritt, ist das im Großen und Ganzen nichts anderes. Oft leiden sie an den Folgen einer schweren Kindheit. Sie haben Missbrauch und Misshandlungen erlebt. Wir sprechen dabei häufig von Vernachlässigung der Fürsorgepflicht. Diese Menschen tragen etwas in sich, was raus muss. Destruktionsbedürfnis. Und auch jene Ganoven, die dich heute Abend aufgesucht haben, tragen so etwas in sich. Verstehst du, Pål?«

»Ja«, sagt er, »hört sich … ja … realistisch an.«

»Gut. Du bist ein heller Kopf, Pål.«

»Finde ich auch«, sagt Cecilie.

»Während Cecilie also eine Bewertung deines Hausstands vornimmt«, sagt Jan Inge und lächelt, »fangen wir drei Jungs direkt mit dir an. Wir erzeugen am Eingangsbereich ein paar Einbruchspuren – wir müssen einen Modus Operandi fingieren, um den Anschein zu erwecken, wir wären eingebrochen. Wir zerschlagen die Scheibe in der Tür, damit es aussieht, als wären wir auf diese Art hereingekommen, wir schaffen im Flur ein bisschen Unordnung – was sagst du, Tong, zerbrechen wir den Flurspiegel? Stichwort Atmosphäre eines Handgemenges?«

Tong nickt. »Reicht, ihn anzuschlagen. Einen Stuhl umzuwerfen.«

»Wenn Tong sagt, dass es reicht, den Spiegel nur anzuschlagen und einen Stuhl umzuwerfen, dann reicht es, ihn anzuschlagen und einen Stuhl umzuwerfen.« Jan Inge nickt. »Also. Wir schaffen ein wenig Unordnung im Flur, wir fingieren die Anzeichen, dass dort ein Handgemenge stattgefunden hat, das Gleiche wird für diese Küche gelten, wo das Ganze vonstattengehen soll, denke ich. Oder …« Er überlegt kurz. »Lass mich mal das Wohnzimmer sehen.«

Pål führt Jan Inge und Tong ins Wohnzimmer, wo die beiden sich umsehen. Ein Ecksofa, ein Sessel, ein Tisch, große Fenster zum Garten.

Tong schüttelt den Kopf. Jan Inge tut es ihm gleich. Er zeigt zu dem gerahmten Foto, das auf dem Büfett steht. Dieselben zwei Mädchen wie auf den Bildern im Flur. Hier sind sie zehn, zwölf Jahre alt. »Deine Töchter?«

Pål nickt und wirkt, als hätte er dabei ein mulmiges Gefühl.

»Tolle Mädchen. Denk an sie. Das Wohnzimmer ist unbrauchbar«, beschließt Jan Inge, als sie zurück in die Küche gehen. »Wir lassen es hier vonstattengehen. Wir fesseln dich an einen Stuhl. Du wirst den Abend hindurch Schmerzen verspüren, und es wird noch ein paar Tage wehtun, aber an und für sich ist es vollkommen ungefährlich. Und dann werden wir rundherum ein paar Sachen zerschlagen …«

»Tjeeeeensvoll-Gang! Tjeeeensvoll-Gang!«, kreischt Rudi und grapscht Cecilie an den Hintern. »Sorry, Capo«, sagt er, als er Jan Inges strengen Blick auffängt, und zieht die Hand wieder zurück. »Ich bin einfach so froh und glücklich heute – Arbeitsfreude! Arbeit macht frei!«

»Also«, kommt es kleinlaut von Pål, »diese … Ich weiß nicht, wie ihr es nennen wollt … Diese …«

»Die Gewalt an sich, ist es das, was du meinst?« Jan Inge verschränkt die Arme vor der Brust. Und spürt, er hat schlicht und ergreifend Titten bekommen.

Pål nickt.

»Ich weiß nicht, was ich sagen soll«, sagt Jan Inge. »Willst du lieber im Vorhinein wissen, was wir tun?«

Pål reibt sich nervös die Hände und tritt von einem Fuß auf den anderen. »Neiiiin, ähm … Kann ich mir einen Kaffee nehmen?«

Jan Inge nickt, und Pål nimmt sich einen Becher voll, an dem er seine fahrigen Hände wärmt.

»Willst du lieber nicht«, sagt Cecilie und packt die Mütterlichkeit wieder aus, die Jan Inge an die Zukunft glauben, wirklich daran glauben lässt. »Pål«, sagt sie mit jeder Menge Alleachtungmadame-Luft in der Stimme, »das ist es nicht wert. Es bringt dich nur auf und steigert den Schmerz.«

»Ach so«, sagt Pål, »verstehe …«

Cecilie streicht ihm über die Wange, und Jan Inge sieht, wie Rudis Augenlider zucken.

»Wenn es dich«, hebt Tong an, »also, wenn es dich nicht beruhigt zu wissen, was da auf dich zukommt. Menschen sind unterschiedlich. Manche arbeiten im Symphonieorchester, manche studieren Liwi, manche verüben Brüche.«

»Korrekt«, sagt Jan Inge, verblüfft über Tongs Vergleich. Er wendet sich wieder Pål zu: »Du musst das selbst entscheiden. Jedenfalls verbinden wir dir die Augen, nachdem wir dich gefesselt haben.«

»Puh.« Pål rauft sich die Haare. »Das ist echt schwierig.«

»Versteh ich gut«, sagt Rudi, der endlich beherrschter wirkt.

»Du musst eine Entscheidung treffen«, sagt Jan Inge und wirft einen Blick auf die Uhr, »so langsam müssen wir in die Gänge kommen.« Er beugt sich zu der Tasche vor, die zu seinen Füßen steht.

»Was ist da drin?«, fragt Pål nervös.

»Das ist gewissermaßen das, was du entweder wissen oder nicht wissen willst«, sagt Jan Inge ungeduldig. »Was darf's denn sein?« Er sieht zu Cecilie. »Legst du mit der Runde los?«

Sie richtet sich gerade auf und nickt. Ein letztes Mal streicht sie Pål über die Wange, und dann sagt sie: »Vertrau mir einfach. Denk an deine Töchter – wie heißen sie gleich wieder?«

»Malene und Tiril.«

Cecilies Gesichtsausdruck verändert sich, was daher rührt, dass sie ein Kind erwartet. »Malene und Tiril«, raunt sie, und ihre Wangen nehmen Farbe an. »So tolle Namen. Sicher ganz unglaublich tolle Töchter.«

»Ja«, sagt Pål, und Jan Inge kann sehen, wie schwer ihm das Schlucken fällt.

»Denk an die beiden«, sagt Cecilie, »und dabei lässt du es bewenden. Denk an das Ganze wie an eine Geburt.«

Jan Inge räuspert sich unwillkürlich. »Eine Geburt?«

Cecilie nickt.

»Okay«, sagt Pål. »Ich entscheide mich … dagegen. Ich will nichts wissen.«

Tong geht einen Schritt vor. Allein durch seinen Blick fordert er die Aufmerksamkeit aller Anwesenden ein, und er erhält sie. »Eine letzte Sache noch«, sagt er. »Es gab da ein Missverständnis, was die Versicherungssumme angeht.«

»Ach, stimmt ja«, sagt Jan Inge und holt den Inhalator aus der Hosentasche. Saugt Luft ein.

Pål runzelt die Stirn. »Was meint ihr damit?«

»Wir haben in der Firma ein bisschen diskutiert …«

»Wir kriegen 'nen Cut«, fällt Tong ihm ins Wort und stützt sich mit beiden Händen vor Pål auf die Tischplatte. »Die Hälfte.«

Pål reißt die Augen auf. Er sieht von einem zum anderen. »Aber … aber … Wir haben doch ausgemacht … Das ist doch der Sinn des Ganzen … Ich brau… Ich … Aber … Ich brauche eine Million! Ich schaff es doch nicht mit … Wir haben doch ausgemacht …«

Jan Inge zuckt mit den Schultern. Tong blickt Pål durchdringend an.

»Wir haben doch ausge…«

Jan Inge zuckt noch einmal mit den Schultern.

»Aber wir haben do…«

Pål bricht mitten im Wort ab. Seine Brust hebt sich sichtlich, und er atmet langsam aus, die Hände schweben eine kurze Sekunde lang blutleer vor seiner Brust, dann lässt er sie wie Laub in seinen Schoß fallen.

Jan Inge nickt. »Schön, Pål, dann machen wir daraus keine große Sache.«

Rudi bückt sich zur Tasche mit den Baseballschlägern, Hanteln, der Kneifzange, den Schlagringen und dem Tischbein. Jan Inge holt einen Schal aus der Tasche und reicht ihn an Rudi weiter. Tong hält Pål fest, und Rudi legt ihm den Schal um den Kopf. Cecilie dreht sich um und geht in Richtung Keller.

»Hallo, wir haben doch ausgemacht … Ich kann nicht … Das geht nicht …«

»Pål«, sagt Jan Inge resolut, »jetzt reicht es aber! Setz dich hin, damit wir endlich anfangen können.«

Rudi zieht den Schal über Påls Augen zurecht. »Siehst du noch was?«

»Du siehst nichts, Pål?«

»All dark, Pål Wall?«

»Sieht gut aus hier, Jan Inge! Jede Menge gutes Zeug für uns!«

»Tong, gibst du mir den … ja den, ja …«

»Ist das Tape locker? Pass auf, nimm du die, und …«

»Rudi, nimm doch du die hier und …«

»Ach, ich dachte eher an …«

»Oh ja, du denkst, wir sollten …«

»Ja, Maestro, ich denke, wir sollten … Whythehellnot?«

»Wird das nicht ein wenig … Ja, ja, okay, warum nicht?«

»Hier unten steht ein toller Fernseher, Jan Inge! Und ein Computer!«

»Darkness imprisoning me! Bist du noch da, Pål Nål?«

»Denk an deine Töchter!«

»Oh, hier ist ja der süße Hund. Jaaa, braver Hund.«

»Sollen wir anfangen?«

98 Sie trägt sich selbst (Malene)

Tiril schwebt vor zum Mikrofon. Sie bewegt sich, als würden ihre Füße den Boden nicht berühren, und ihre Augen funkeln.

Dass ein so aufbrausender Mensch mit einem Mal so ausgeglichen und von der eigenen Kontrolle so besessen sein kann, hat etwas Überwirkliches, als wäre sie nicht von dieser, sondern von einer anderen Welt. Und welche wäre das?

Malene hat Herzklopfen. In ihrem Kopf hört sie Daniels flüsternde Stimme: *Dein Vater hat irgendwelche ernsthafte Scheiße am Laufen.* Die Gedanken stolpern wie tapsige Hundewelpen übereinander, doch sie begreift ganz einfach nicht, was los ist, nur dass irgendetwas Grässliches geschieht, *genau jetzt.* Für gewöhnlich wird die kotzige Turnhalle von Jugendlichen geflutet, die laufen, an Seilen hochklettern oder Gewichte stemmen. Jetzt in diesem tiefroten Glühen wirkt sie in Schmerz ertränkt. Was, Papa, was?

Daniel und Veronika haben sich hinausgeschlichen, das Moped ist weggefahren, Frida ist aufgestanden und tippt in ihr Handy, alarmiert sie die Polizei, hat sie verstanden, dass sie gelogen haben?

Malene bleibt an der Sprossenwand stehen. Ihre Mutter sitzt auf dem schwarzen Plastikstuhl und blickt zur Bühne, und die Teufelsschwester steht vorne am Mikrofon.

Soll es etwa anfangen, aus ihrem Kopf zu rauchen? Soll er wie ein Ei zerspringen, soll Rauch durch die Risse sickern? Was hat Tiril vor? Die Menschen in der Turnhalle sind verstummt, scheinen nicht mal mehr zu atmen, trauen sich offensichtlich nicht zu schlucken, die Köpfe sind leicht vorgeschoben, die Wangen eingesunken, die Hände liegen matt im Schoß, und zwischen ihren Fingern halten sie ihre Herzen.

Durch den Raum klingen die ersten Takte von »My Immortal«. Thea spielt das Intro. Immer und immer wieder. Das Mädchen am Mikrofon starrt nur ins Publikum. Sie blinzelt nicht einmal.

Papa? Was ist?

Tiril hebt die Hand zum Mund.

Was will sie denn jetzt?

Sich die Zähne rausreißen?

Sie steckt sich zwei Finger in den Mund. Pult einen Kaugummi heraus, lässt das Publikum dabei nicht aus den Augen, wickelt den Kaugummi um den Mikrofonständer.

»Manchmal tut es so weh, dass man nicht atmen kann.«

Tirils Stimme ist dunkel und tonlos.

Was hat sie da gesagt? Unruhe breitet sich im Saal aus.

»Ich sage es noch mal: Manchmal tut es so weh, dass man nicht atmen kann.«

Tirils Stimme bleibt kalt und klar, als wäre sie aus Eis.

Die Unruhe im Saal wächst, Leute rutschen unruhig hin und her, einige sehen zu ihren Sitznachbarn. Der Vorhang hinter Tiril bewegt sich, und Svein Arnes armseliger Kopf erscheint.

Tiril starrt einfach weiter das Publikum an.

Will sie nicht singen?

Warte. Sie sieht nicht das Publikum an. Sondern Mama. Tiril sieht Mama und den leeren Stuhl neben ihr an.

»Hörst du mich?«

Oh Gott.

Tiril.

»Hörst du mich?«

Malene blickt in die Stuhlreihe. Mama sieht klein und ängstlich aus, sie ist kaum wiederzuerkennen. Ihre Wangen glänzen, als hätte jemand sie poliert. Sie weint, und Malene realisiert, dass sie das noch nie erlebt hat.

»Ein Mädchen liegt im Krankenhaus«, sagt die Stimme aus Eis jetzt. »Wir kennen sie. Alle kennen sie.«

Jetzt atmen die Leute wieder. Sie haben ihre Herzen zurück in ihre Körper gehoben, haben geschluckt, haben Sauerstoff aufgenommen, und sie atmen wieder. Scharren leise mit den Füßen. Nicken.

»Sandra, ich war ein Idiot. Mama, dieses Lied verdienst du nicht, und du verdienst es auch nicht, Papa.«

Malene zuckt zusammen. Panik schnürt ihr die Kehle zu. Sie angelt das Handy heraus, ruft Papas Nummer auf und wählt.

Freiton.

Nimm schon ab.

»Du wurdest angefahren, Sandra. Von demjenigen, der gesagt hat, dass er dich liebt.«

Frida Riska sitzt stocksteif da, ihr Nacken zuckt.

»Daniel William Moi«, sagt Tiril. »Ihr wisst, wer er ist. Hintendrauf saß Veronika Ulland. Ihr wisst auch, wer sie ist.«

Frida sieht zum Rektor hinüber. Er nickt, und mit dem Handy in der Hand steht sie auf, stolpert beinahe aus der Stuhlreihe.

»Sie sind einfach abgehauen«, sagt Tiril. »Das war feige.«

Frida wählt eine Nummer, fährt sich mit der Hand durchs Haar und legt dann das Handy ans Ohr.

»Wir haben gelogen«, sagt Tiril. »Entschuldige, Sandra. Jetzt hauchen wir dich an.«

Freiton. Nimm endlich ab, Papa.

Mailbox. *Hallo, hier ist Pål, ich kann gerade nicht ans Telefon, aber hinterlassen Sie mir eine Nachricht nach dem Pieps.*

Ich muss los, denkt Malene, und ihr Körper kapiert bereits etwas, was ihr Kopf noch nicht begreift, während sie Tirils piepsdünne, aber wunderschöne Stimme hört, die grad mit dem Song anfängt, den Malene erst jetzt versteht: I'm so tired of being here.

Malene stößt die Türen auf. Drinnen im Saal sitzt ihre Mutter und sieht die eine Tochter singen und die andere Tochter weglaufen, und Malene verlässt die Turnhalle, sie läuft über den Asphalt, spürt, wie stark ihre Sehnen sind, spürt, wie der Körper ihr gehorcht, nicht der geringste Stich im Knöchel, nichts. Sie trägt sich selbst über den Asphalt im Schulhof, die kleinen Straßen hinauf, über den Pfad, der die Wohnblocks an der Anton Brøggers gate trennt, über den Spielplatz und die Wiese beim Bunker neben den Einfamilienhäusern, sie ruft wieder an, läuft mit dem Handy am Ohr weiter, doch ihr Vater nimmt nicht ab, und sie rutscht auf dem Gras aus, als sie über den Weg neben den niedrigen Hochhäusern läuft, rutscht aus und fällt hin, kommt aber sofort wieder auf die Beine, hat das Gefühl, das Richtige zu tun, aber viel zu spät zu kommen.

99 Direkt auf Video (Jan Inge)

»Au! Scheiße, Scheiße! Aaaaaaau!«

»Pål?«

»Aaaahaaaaa, aaaahaaaa, auauauau!«

»Hey, Pål?«

»Iiiiihiiii, iiiiihiiii, auauauauauauaaaaa!«

»Pål, wir haben doch darüber gesprochen, du darfst dabei nicht so laut sein.«

»Wuff, wuff!«

»Pål! Hast du nicht behauptet, dass dieser Köter keine Probleme machen würde?«

Brrr! Brrr!

»Hey, Rudi! Kannst du mal das Handy da ausmachen?«

Jan Inge fuchtelt mit den Armen herum, einem Major oder General oder Sergeanten so ähnlich wie möglich, um allen zu signalisieren, dass jetzt eine Grenze erreicht ist. Pål presst die Lippen aufeinander und windet sich vor Schmerzen, Blut läuft von seinem Ohr über den Hals, gerade hat Tong ihm nämlich mit dem Messer eine Schnittwunde entlang der Wange zugefügt.

Jan Inge horcht. Der Hund hat mit dem Gekläffe aufgehört. Das Handy klingelt nicht mehr. Er lässt die soldatischen Arme sinken und nickt Tong zu, der das Messer wieder zusammengeklappt und in die Tasche gesteckt hat. Tong geht einen Schritt auf Pål zu. Er hebt die Hand und platziert den Schlagring in Påls Gesicht. Ein blitzsauberer Schlag, aber Pål schreit schon wieder, als wäre das der Weltuntergang.

»Pål! Zimmerlautstärke! Kannst du bitte so freundlich sein und dich daran erinnern, worüber wir gesprochen haben? Schrei, so viel du willst, aber innerlich!«

Schon wieder ist Hundegewinsel aus dem Keller zu hören. Pål würgt seine Schreie hinunter, der Kopf hängt kraftlos nach unten, obwohl der Nacken vor Schmerzen angespannt ist, und ihm entweicht lediglich ein Wimmern.

»Ausgezeichnet, Tong«, sagt Jan Inge, während er sich umdreht und zur Treppe ruft: »Findest du da unten was? Und kriegst du den Köter unter Kontrolle?«

»Kein Problem, der mochte nur das Geschrei nicht! Sind schöne Sachen hier, da wird Buonanotte zufrieden sein!«

Jan Inge nickt und legt die Hände fest um den Griff des Baseballschlägers.

Brrr! Brrr!

Er will Pål gerade auf die Finger schlagen, als das Handy auf dem Tisch erneut vibriert. »Rudi? Kannst du mal ein bisschen was beitragen? Kannst du wenigstens dieses verdammte Handy ausschalten, damit ich meinen Job erledigen kann?«

»Im Namen Jesu Christi des Erlösers, Jani, *beitragen*? Ich darf doch ni…«

Jan Inge hält den Baseballschläger immer noch erhoben, während er sich Rudi zuwendet, der zum Küchentisch gegangen ist und schmollt, weil Jan Inge all seine Aufmerksamkeit Tong schenkt. »Warte kurz«, sagt er. »Wer ruft da an?«

Rudi hebt aufgebracht die Hände. »Sollte ich es jetzt ausmachen, oder sollte ich es nicht ausmachen? Jetzt hab ich's ausgemacht! Weil du gesagt hast, ich soll es ausmachen!«

Jan Inge zieht die Augenbrauen hoch. »Scheiß drauf«, sagt er und beißt die Zähne aufeinander. Dann lässt er den Baseballschläger auf Påls Finger krachen, der sein Gesicht vor Schmerz verzieht und noch lauter brüllt. Der Hund im Keller kläfft.

»Pål, jetzt werd ich aber bald sauer.«

Pål räuspert sich. Der Hund winselt wieder.

»Cecilie! Stopf diesem Köter das Maul!«

Jan Inge stützt den Baseballschläger auf dem Boden auf und lehnt sich darauf wie ein Golfspieler. Er horcht. Wieder Stille. Der Köter ist ruhig. »Okay«, sagt er. »Du musst lernen zu antworten, wenn Leute mit dir sprechen, Pål. Wenn nicht, entsteht bloß ein Durcheinander. Okay. Fokus. Nächster Schritt.«

»Fokus!«, kommt es aufmunternd von Rudi, aber Jan Inge ist gerade nicht imstande, sich darum zu kümmern. Stattdessen dreht er sich zu Tong um.

Tong verschränkt die Arme und neigt den Kopf zur Seite. »Hm. Die Finger?«

Er bückt sich und holt eine Zange aus der Tasche.

»Na ja, müssen wir das?«, fragt Jan Inge. »Sie sind vermutlich sowieso gebrochen.«

Tong zuckt mit den Schultern und legt die Zange wieder weg. »Die Nase?«

»Hallo? Lionel Richie? Bin ich vielleicht auch hier?«

Jan Inge überhört Rudi ein weiteres Mal. Er überprüft, ob Påls Finger gebrochen sind, ja, vier davon bestimmt, und stellt sich neben Tong. Sie sehen sich Pål an. Er schreit nicht, aber er atmet, als läge er in den Wehen.

»Hm«, sagt Jan Inge. »Dann die Nase. Müssen wir wohl.«

Rudi sieht über ihre Köpfe hinweg und wedelt lässig mit dem abgebrochenen Tischbein. »Warum auch nicht?«

»*Warum auch nicht?*«, äfft Jan Inge ihn nach. »Was ist das denn für eine Wortmeldung? Glaubst du wirklich, das wäre eine sachliche Einschätzung? Gehüpft wie gesprungen und dies und das, Herr Springinsgras?«

Cecilie kommt die Kellertreppe herauf. Als sie Påls verletztes Gesicht sieht, seufzt sie. Die Wunde an seinem Mundwinkel, das Blut, das ihm aufs Hosenbein tropft.

»Oje, Pål«, sagt sie sanft, »tröste dich damit, dass du das nicht sehen kannst. Schaffst du es, dich ruhig zu verhalten? Hm? Dem Hund zuliebe?«

»Ich glaube schon«, antwortet Pål atemlos. »Ist nur alles ein bisschen heftig.«

»Das versteh ich.« Cecilie sieht zu Rudi hinüber, der sich auf einen der Küchenstühle gesetzt hat. Demonstrativ mit Blick in Richtung Fenster. Beine übereinandergeschlagen, Arme vor der Brust verschränkt. Der Fuß im Überzieher wippt beleidigt auf und ab.

Sie sieht wieder zu Jan Inge. »Die Nase?«

»Darüber diskutieren wir gerade.«

Sie stellt sich neben die beiden und betrachtet Pål. »Tja, an die Nase müssen wir wohl ran«, sagt sie mit schön fester Stimme. »Meinem Gefühl nach wären die Leute, die heute Abend hier gewesen sind, hundert Pro ran an die Nase.«

»Vermutlich«, sagt Jan Inge und gestattet sich ein wenig Zeit für eine kleine Reflexion über Weiblichkeit im Allgemeinen und Mütterlichkeit im Speziellen und wie sehr er beides im Lauf der Jahre vermisst hat und wie großartig es sein wird, wenn es wieder bei ihnen Einzug hält.

»Sicher«, bestätigt Tong.

»Absolut sicher«, bekräftigt Rudi und steht von seinem Stuhl auf.

»Aber wir hatten …« Jan Inge entwischt eine Mischung aus einem Seufzer und einem Stöhnen.

»Ja, aber das können wir ni…«

»Darüber müssen wir aber doch nicht spre…«

Pål stampft mit dem Fuß auf, und Jan Inge dreht sich wieder zu ihm um.

»Ja, Pål? Willst du etwas sagen?«

»Worüber … wo… rüber … sprecht … ihr … da?«

Jan Inge zuckt mit den Schultern. »Ach, wir hatten nur früher mal eine Panne mit einer Nase.«

»Panne? Wasfürnepanne?«

»Ach, nichts, worüber wir heute mit dir sprechen sollten, Pål. Das wäre total verkehrt. Wir werden sie dir jetzt brechen, und das wird sich brutal anfühlen, aber Tong kann das – um es mal so zu sagen: Er war's nicht, der die Panne verursacht …«

»Ja, reib's mir nur rein!«, schreit Rudi.

»Rudi, werd jetzt bitte nicht empfindlich. Denk daran, worüber wir gesprochen haben. Kränkung führt zu nichts Gutem. Du weißt, was mit deinem Bruder ist.«

»Rubitinbaby! Bringst du jetzt auch noch diesen Scheißer aus Sandnes mit ins Spiel? Ein einziger dummer Fehler, und es verfolgt dich für den Rest deines Lebens, verdammt! Hallo, ich existiere, ich auch! Wovon sprichst du eigentlich immer? Dass wir ein Team sind? You'll never walk alone? Ja, klar, Mister Bullshitschriftsteller, was glaubst du eigentlich, wie es ist, nicht wahrgenommen zu werden? Nur weil der kleine Koreaner wieder anwesend ist? Hast deinen Schokocookie schon vergessen, Manchurian Candidate? ICH FINDE MICH DAMIT NICHT AB! EIN EINZIGER DUMMER FEHLER, UND ES VERFOLGT …«

Jan Inge sucht sich einen Punkt in der Luft, den er anstarren kann. Er atmet ein und fühlt sich wie ein Kindergartenonkel.

»Rudi.«

»Ja?«

»Darüber haben wir doch gesprochen.«

»Kann mich nicht daran erinnern, nein.«

»Doch, haben wir.«

»Nein, erinnere mich nicht.«

»Rudi. Doch. Wir haben darüber gesprochen. Dass du empfindlich bist.«

»Ja, und was? Bist du auch.«

»Ja, kann auch ich ab und zu sein. Aber das ist ein anderes Gespräch. Jetzt sprachen wird über dich.«

»Doch, doch, aber genau so. Du kannst auch empfindlich werden. Wenn wir zum Beispiel einen Film nicht mögen, den du magst.«

»Okay. Da kann ich selbstkritisch drüber nachdenken. Aber … Jetzt ist es nun mal so, dass Tong wieder daheim ist. Erster Tag im Job. Und da ist es eben nur angemessen, dass er ein bisschen mehr vom Brei abbekommt.«

»Vom Brei?«

»Metapher.«

Rudi nickt. »Okay.« Er bläst die Wangen auf und sieht beim Ausatmen aus wie ein Trompeter.

»Wie gesagt«, wendet Jan Inge sich an Pål. Für ihn ist die Situation gerettet. »Tong kann so was. Im Gegensatz zu gewissen anderen«, fügt er hinzu und weiß genau, dass das ein bisschen gewagt war, aber manchmal muss man die Wahrheit eben aussprechen. »Du wirst jetzt einen starken Schmerz spüren«, fährt er fort, »aber dann ist es auch schon vorbei. Kannst du damit leben?«

Rudi starrt wieder zum Fenster hinaus. Was ihm auch nicht weiterhilft. Cecilie bemerkt, dass er schmollt, und streichelt ihm über den Rücken.

Pål nickt.

Jan Inge hebt den Zeigefinger an seine Nase und tippt leicht drauf. Tong stellt sich ein paar Schritte von Pål entfernt in der Zimmermitte auf. Er konzentriert sich, dass sein Anblick geradezu eine Freude ist, dieser asiatische Körper ist einfach herrlich in Balance, er setzt zum Schrittsprung an und platziert den Fuß direkt in Påls Gesicht.

»Das war quasi Akt eins«, sagt Jan Inge und sieht das Blut aus Påls Nase strömen. »Akt zwei«, fährt er fort, »dauert nicht ganz so lang. Leg den Kopf nach hinten, Pål, das hilft ein bisschen gegen den Blutfluss. Akt zwei. Jetzt müssen wir dir bloß noch ein paar Rippen brechen, dann holen wir deine Sachen – wie viele hast du auf der Liste, Cecilie?«

»Zweiundzwanzig. Alles in allem.«

»Zweiundzwanzig. Ausgezeichnet. Und dann sind wir in null Komma nichts schon wieder weg. In Ordnung, Pål?«

In der Zimmermitte baut Tong sich erneut kerzengerade auf.

»Ja, Tong«, sagt Jan Inge und lacht, »das sollte jetzt reichen.«

Tong bleibt stehen. Seine Muskeln sind zum Zerreißen angespannt.

»Tong?«

Er setzt erneut zum Sprung an und platziert wieder einen Fuß in Påls Gesicht. Diesmal haut es den ganzen Kopf nach hinten, als wäre er angeschossen worden, und Pål schreit unkontrolliert auf.

»Tong! Was verd…«

Er stellt sich ein drittes Mal auf. Die anderen schaffen es nicht einmal mehr zu reagieren, ehe er erneut zum Sprung ansetzt und ein drittes Mal den Fuß mitten in Påls Gesicht platziert. Es ist nur mehr ein Brei aus Blut und Schleim. Im Keller kläfft Zitha, was das Zeug hält.

»Aaaaaaaaaaaaaaaaaaaaua!«

»Dschieses«, sagt Jan Inge und fuchtelt mit den Armen herum, »was machst du denn?«

Aus dem Keller hört man Lärm. Irgendwas wird umgestoßen, irgendwas zerbricht, und gleich darauf tippeln Hundepfoten die Treppen herauf. Die Küchentür wird aufgestoßen, und Zitha stürmt herein. Einen kurzen Augenblick hält der Hund inne, wirft den Kopf mit wildem Blick von links nach rechts, doch als er sein Herrchen sieht, dessen Hände hinter dem Rücken gefesselt sind und der windelweich geprügelt auf dem Küchenstuhl sitzt, schießt er über das Parkett.

Noch ehe der Hund ihn erreicht, streckt Tong blitzschnell den Arm aus, packt ihn mit eisenhartem Griff am Nackenfell und hält ihn fest. Der Hundekörper windet sich in seinem Griff, die Pfoten zappeln, Zitha knurrt – doch dann, bevor auch nur jemand blinzeln kann, blitzt ein Messerblatt auf, und eine Sekunde später steckt das Messer zitternd in Zithas Hals. Sie heult auf, bevor sie erstochen auf den Küchenboden plumpst, die Zunge hängt ihr aus dem Maul, und die Vorderpfoten sind Pål entgegengestreckt.

»Tong!«, schreit Cecilie, »was machst du – Scheiße!«

Tong grinst und dreht sich zu ihr um. Das Messer steckt immer noch in Zithas Hals.

»Jan Inge! Er hat den Hund umgebracht!«

Pål wirft den Kopf hin und her. Sein Mund verzerrt sich. »Zitha? Zitha! Was ist passiert? Zitha!«

Mit offenem Mund starrt Jan Inge Tong an, der wiederum auf Rudi zeigt und grinst.

»Zitha! Hallo? Was ist passiert?«

Tong zieht das Messer aus dem Hals des toten Tiers und wischt die Klinge am Jackenärmel ab. Dann beugt er sich vor zu Pål.

»Du, Pål, ich werd dir jetzt mal was erzählen. Ich hab Rudis Freundin gefickt. Im Gefängnis. Einmal pro Woche.«

Im Zimmer ist es still.

Jan Inge kann keinen klaren Gedanken mehr fassen. Rudis Augen werden größer und immer größer. Cecilies Kopf neigt sich, sie legt die Hände an die Wangen. Schweiß perlt von Jan Inges Stirn, rinnt von den Achseln herab, sein Mund ist trocken. Er fummelt in den Taschen nach dem Inhalator, setzt ihn an, saugt ein und fühlt, wie ihm der Schweiß aus allen Poren rinnt, und nichts an ihm erinnert mehr an einen Firmenchef.

Das hab ich mal in einem Film gesehen, denkt sich Jan Inge. Leute, die versagen, wenn es darauf ankommt.

»Zitha«, flüstert Pål und schluchzt. »Ihr habt Zitha getötet.«

Und Rudi fängt an zu zittern. Dieser Mann wie ein Turm fängt an zu zittern, und seine Augen sehen aus, als würden sie ihm gleich aus dem Kopf springen.

»Und weißt du was, Pål?«, sagt Tong ganz ruhig, »es war, wie in altem Salat zu kommen.«

Jetzt ist es noch stiller im Zimmer.

Tränen laufen über Cecilies Wange.

Rudi zittert nur.

Pål schluckt, mehrmals hintereinander, und flüstert wieder und wieder: »Zitha. Zitha.«

»Und weißt du noch was, Pål?«, sagt Tong. »Ich werde nie wieder mit dieser Truppe arbeiten. Es ist was Neues in mein Leben gekommen, ein Symphonieorchester, und ich gehe weit weg von hier.«

Das, denkt Jan Inge und schwitzt am ganzen Körper, während er des grässlichen Gefühls gewahr wird, unfähig zu sein, den Mund zu öffnen, unfähig, irgendwas zu tun, so als würde dort Mama wie ein beschissener Komposthaufen vor ihm liegen und er stünde herum und sähe sie nur an und schwitzte und hätte Angst und wäre erst acht Jahre alt und unfähig, etwas zu tun. Das geht direkt auf Video.

100 Geschwisterliebe (Cecilie)

Die Übelkeit steigt in ihr hoch wie kochende Milch. Mit einem Mal hat sie Angst, sie könnte ihr Kleines auskotzen, es kommt ihr vor, als könnte sie das Baby in sich drin strampeln, schlagen und weinen spüren.

»Drecksgelbe Gefahr«, brüllt Rudi mit loderndem Blick.

Tong steht ganz ruhig da und grinst. Ein winziger Rest Hundeblut klebt noch an der Schneide des Messers in seiner Hand. »Komm schon, Weichei. Hier bin ich.«

Cecilie hört Pål leise weinen. Mit den Füßen hat er sich zu dem immer noch warmen Hundekörper vorgetastet, der Schal um seinen Kopf ist tränennass, und er flüstert: »Zitha, Zitha, oh mein Gott, was hat Papa nur getan …« Cecilie ist absolut klar, dass ihr nur wenige Sekunden bleiben, um eine Krise abzuwenden, die niemand bewältigen könnte. Aber was soll sie machen – was gibt es denn schon, was einen Mann beschwichtigen könnte, der gerade erfahren hat, dass sein Kumpel mit seiner Freundin geschlafen hat?

»Ich greif dir eigenhändig in den Hals und reiß dir die Zunge raus.«

»Uups.« Tong wirft das Messer von einer Hand zur anderen. »Jetzt hab ich aber Angst.«

Rudi schnaubt wie ein Pferd und vibriert wie ein Bohrer, und in wenigen Sekunden wird er explodieren. Er wird Tong anspringen und ihm mit den Zähnen das Gesicht zerfetzen, er wird ihm das Herz herausreißen und es in winzige Stücke rupfen, und niemand wird es verhindern können, nicht sie, nicht Jan Inge, nicht Jesus, nicht Gott und nicht Steven Tyler und nicht mal Lemmy, aber sie muss es irgendwie versuchen – was also soll sie tun?

»Bist du so feige, Schlitzauge? Brauchst du ein Messer, um einen Mann zu erledigen?«

Jan Inge ist aus sich herausgetreten – oder vielleicht im Gegenteil: Er ist in sich versunken. So etwas passiert gelegentlich, da verliert er alles, was er sich aufgebaut hat, und wenn Jan Inge derart klein wird, dann gibt es niemanden mehr, der noch kleiner ist. Vom Brüderchen ist also keine Hilfe zu erwarten. Was soll sie also tun?

Rudi steht da wie eine sprungbereite Katze, während Tong immer noch ruhig das Messer hin- und herwirft.

»Ich hab dich verfickt noch mal noch nie leiden können, Scheißchinese.«

»Ebenso«, grinst Tong, »ebenso, ich hab dich vom ersten Tag an verabscheut.«

He, Papa, was sagst du immer?

Wenn ein Unwetter aufzieht, was sagst du dann immer?

Just tell the truth, honeybunch, dannwirdallesgut.

Auf Rudis Haut wimmeln die Adern, und die Zähne klappern.

Die Wahrheit, Papa?

Cecilie räuspert sich und schließt für eine Sekunde die Augen. Dann schlägt sie sie wieder auf, sieht zu dem weinenden Mann auf dem Stuhl hinüber und sagt: »Ich bin schwanger.«

Ihre Stimme ist klar und sauber.

Erst sieht keiner sie an. Rudi vibriert weiter, und Tong grinst weiter. Als wäre der Satz in einer Sprache gesagt worden, die keiner von ihnen versteht, aber langsam erwischt er sie doch. Jan Inges leere Blaubeeraugen, Tongs Erzblick, Rudis kaffeebraune ADHS-Augen – und sogar Pål dreht sein Gesicht zu ihr.

Rudi wankt. Gleich stürzt er vermutlich wie ein Kartenhaus in sich zusammen. »Dubistwas?«

Tong schnaubt.

Cecilie wischt sich eine Träne unter dem Auge weg. »Ich bin schwanger. Von …«

»Aber …«

Rudi hebt den Handrücken zum Mund und wischt sich über die Lippen, als läge Dreck darauf.

»Ja«, wiederholt sie und sieht genau, wie Rudis Hirn arbeitet, sein Gesicht spiegelt jede Phase des Verstehensprozesses wider, bis er es kapiert hat.

»Aber …«

»Ja, Rudi. Ja. Von einem von euch.«

Lachen. Dünnes, höhnisches Lachen.

Cecilie sinkt auf einen der Sprossenstühle neben Pål, vielleicht auf den Stammplatz einer seiner Töchter. Wer weiß, denkt sie und sieht vor sich ein Familienleben, von dem sie sich wünschte, es wäre ihres, und betrachtet gleichzeitig, was sie vor sich hat: drei Jungs, einer wild und verrückt, einer höhnisch und hart, einer ratlos und niedergedrückt – und ein armer, vollends bedienter Mann mit gebrochener Nase, auf den Oberschenkel tropfenden Blutschlieren, gebrochenen Fingern, zerschnittenem Gesicht. Einen toten Hund.

Sie legt sich die Hand auf den Bauch, nicht weil das Kind darum bittet, sondern weil sie Angst hat.

Rudi malmt mit den Zähnen. So wie er jetzt auf Tong losgehen kann, kann er auch sie und ihr Kleines zerschmettern. Diesen Gedanken hat sie nie zuvor gedacht, doch jetzt steht er deutlich und einleuchtend vor ihr.

»Rudi, du darfst nicht, hörst du …« Sie steht auf und greift nach seinen Händen, sucht seinen Blick. »Hörst du mich, du darfst das nicht tun – ich sehe, was du gerade denkst, du weißt doch, ich bin's, Chessi – hörst du, Rudi, please …«

Da, ein weiteres Mal, Tongs Lachen.

Rudi schließt die Augen – auf die Art, die ihn immer wieder schön aussehen lässt –, dann legt er den Kopf nach links und zieht daran, dass die Knorpel im Genick knirschen. Er schlägt die Augen wieder auf und legt sich die rechte Hand flach auf die linke Brust, während er Cecilie durchdringend ansieht. Er pocht mit der Hand unablässig auf sein Herz und sagt: »Manchmal, Chessi, frage ich mich, ob du eigentlich weißt, wer ich bin.«

»Hä?« Ihr Mund zittert. »Was meinst du damit, Liebster?«

Rudis Augen rotieren. Er ist verdammt groß. Und er ist verdammt unheimlich.

»Ob du weißt, wer ich bin, Chessi. Das frage ich mich manchmal. Ob du, obwohl du seit verdammt vielen Jahren mit mir zusammenlebst, eigentlich weißt, wer ich bin.«

»Ich we…«

Er beugt sich vor, sein Gesicht ist jetzt ganz nah an ihrem, sein warmer Atem schlägt ihr entgegen, und sie weiß nicht, ob sie gleich sterben oder weiterleben wird.

»Ich bin ein Mann der Liebe«, flüstert er.

Sie spürt seine Finger, sie streicheln ihre Wange.

»Ichunddu, Baby, von hier bis zum Himmel«, flüstert er.

Sie nickt.

»Ich scheiß drauf, mit wem du gevögelt hast«, sagt er und dreht sich zu Tong um. »Du weißt, was Großmutter immer sagte: *Auf dich kann ich vertrauen, Rune.*«

Dann springt er Tong an. Er schießt wie ein Racheengel durch die Luft, und bei der Attacke reißt er den Stuhl mit Pål um, sodass Pål auf den Boden kracht, sein Hinterkopf scheint beinahe zu klirren, doch niemand hat jetzt Zeit, sich um den Jammernden zu kümmern.

Tong schützt sich, indem er zu Boden geht, er rammt die Knie in Rudis Bauch, doch Rudi spannt die Bauchmuskeln an, wie er es gelernt hat, als er sich in den Achtzigern mit der Ullandhaug-Gang prügelte, und verhindert so das Schlimmste. Tong greift nach seinem Gesicht, spannt die Finger an und malträtiert ihn, so heftig er nur kann, sucht mit Daumen und Mittelfinger nach Rudis Augen, doch Rudi hat die Oberhand, sein Vorteil ist das eigene Gewicht auf Tongs Körper, und er besitzt die stärkste Waffe, die ein Mensch haben kann. Die Raserei der Liebe. Er reißt den rechten Arm hoch, winkelt ihn an und setzt den Ellbogen derart in Tongs Mund, dass es im ganzen Zimmer nur so knirscht, während er mit den Beinen versucht, die Kontrolle über den zappelnden Körper zu erlangen.

»Verdammte Scheiße, was hast du getrieben!« Rudi hämmert weiter den Ellbogen in Tongs Fresse. »Verdammte Scheiße, was hast du getrieben!«

»Ich habe nichts getrieben«, schreit Tong, der aus dem Mund blutet und einen Schneidezahn ausspuckt. »Sie ist eine Nutte! Sie hat mich angemacht!«

»Einen Scheißdreck glaub ich dir«, schreit Rudi, »sie liebt mich, du verkommener Scheißkerl!«

Jan Inge steht matt, ratlos und winzig klein neben den kämpfenden Kerlen. Er hat aufgegeben. Seine Augen waren immer klein, das ist beinahe Cecilies einzige Erinnerung an etwas, was Mama mal gesagt hat, *dieser Junge hat so kleine Augen, dass er mich um den Verstand bringt,* und jetzt ähneln sie winzigen Steinchen.

Mit einer schier unmenschlichen Kraftanstrengung gelingt es Tong, Rudi von sich runterzuwuchten. Rudi kugelt anderthalbmal über den Boden, kracht in den Küchentisch, und seine Füße donnern gegen Påls Kopf. Der Küchentisch stürzt um, Tong kommt geschmeidig wie eine Katze auf die Beine, und binnen weniger Sekunden sitzt er rittlings auf Rudi und hat ihn blitzschnell fixiert. In der Hand hält er das Messer.

»Jan Inge!«, brüllt Cecilie.

Ihr Bruder wendet ihr langsam den Kopf zu. Auf den Wangen prangt dieser Nervenausschlag, diese lila Flecken, die er so oft hatte, als sie noch klein waren, und die verschwanden, als Rudi damals bei ihnen einstieg. Und er hat wieder diese roten Streifen im Augenweiß, die sie ebenfalls seit Jahren nicht mehr gesehen hat. Er gleicht einem kleinen Jungen, der alleine durch eine Tür geht, hinein in die Finsternis, und niemals wiederkehren wird.

»Jani! Tu was!«

Tong sitzt auf Rudi und fixiert ihn mit den Oberschenkeln. Er nimmt sich Zeit, das Messer an seinen Mund zu legen und die Klinge mit den Schneidezähnen aufzuklappen, wie damals in den Achtzigern, als sie im Wohnzimmer saßen und sich Video um Video ansahen, als die Jungs ins Haus rein- und wieder rausflitzten, Jungs mit Zigarettenstangen und Videogeräten, Jungs, die Jan Inge mit ihr – Cecilie – bezahlte.

»Scheiße, jetzt tu doch was!«

Jan Inge streicht Cecilie über die Wange.

Scheiße, was für ein beschissener Scheißbruder.

Hat er etwa geglaubt, es wäre am besten, wenn er sie wieder verleihen könnte, so wie früher? Wie dumm kann man eigentlich sein, warum ist sie nie abgehauen?

Dann beugt Jan Inge die Knie, streckt die Finger nach der Tasche zu seinen Füßen, zieht den Reißverschluss auf und holt die Pumpgun raus. Er nickt Cecilie zu und hebt die Waffe auf Bauchhöhe.

»Tong«, sagt Jan Inge, »jetzt bist du zu weit gegangen. Genau darum geht es in sämtlichen guten Horrorfilmen. Und du hast nichts von alledem verstanden, was ich dir beigebracht habe.«

Jan Inge setzt die Mündung der Pumpgun an Tongs Schläfe.

»Hoch mit dir.«

Tong grinst und steht auf. »Und was jetzt? Willst du mich erschießen? Das hast du verdammt noch mal nicht drauf.«

»Geh«, sagt Jan Inge und treibt Tong vor sich her. »Geh.«

Rudi rappelt sich auf die Knie, Cecilie schwankt auf ihren dünnen Beinen und sieht ihrem Bruder nach, der Tong hinaus in den Flur treibt, ihn anschubst, indem er ihm die Pumpgun in den Rücken bohrt, zur Tür, die zur Garage führt.

»Das ist doch lächerlich«, sagt Tong, »Scheiße, was soll das?«

Auf dem Küchenboden liegt Pål und windet sich. Cecilie wirft ihm einen entschuldigenden Blick zu, bevor sie mit Rudi im Schlepptau Jan Inge hinterherläuft.

Am Ende des Flurs legt Jan Inge den Ellbogen auf die Klinke, drückt sie nach unten und stößt die Tür zur Garage auf, die Pumpgun immer noch im Anschlag. Er kommandiert Tong durch die betonierte Garage.

»Rudi?«

»Ja?«

Jan Inge zeigt mit der Waffe zu den Hintertüren des Transporters.

Rudi flitzt an seinem besten Freund vorbei und reißt die Türen des Transporters auf. Jan Inge setzt die Mündung der Pumpgun an Tongs Nacken, zwingt ihn, zu den offenen Türen zu gehen. Als er davorsteht, will Tong sich wehren, doch Jan Inge verstärkt den Druck mit der Waffe. Nach wenigen Sekunden gibt Tong auf, zieht den Kopf ein und klettert in den Wagen.

»Jan Inge«, sagt er und grinst, »du bist so verdammt bescheuert.«

»Setz dich«, sagt Jan Inge.

»Mein Gott«, sagt Tong und schüttelt den Kopf. Dann setzt er sich.

Jan Inge schießt Tong mitten ins Gesicht.

Rudi betrachtet seinen besten Freund mit einer Mischung aus Bewunderung und Angst.

Im Transporter liegt Tong ausgestreckt am Boden. Sein Gesicht ist zerfetzt. Dach und Wände sind mit Blut, Haut und Hirn eingesaut.

Jan Inge senkt die Waffe, der Ausschlag im Gesicht beruhigt sich.

Als er in der Küche den heftigen, gellenden Donner aus der Garage hört, zittern Pål die Oberschenkel. Er wirft den Kopf herum, sodass das gerinnende Blut unter seinem Kinn schlackert. »He? Hallo? Was ist passiert?«

Cecilie tritt einen Schritt vor und sieht ihren Bruder an.

»Ich konnte ja nicht die Küche mit seiner DNA sprühlackieren«, sagt Jan Inge ruhig.

Was für ein fantastischer Bruder.

Siehst du, mein Kleines, was für einen fantastischen Onkel du hast?

Dann hört Cecilie ein leises Knacksen im Ohr, und der Schalter der Vergangenheit legt sich wieder um. Vor sich sieht sie den hundelosen Mann, der drinnen in der Küche liegt, und mit einem Mal erkennt sie ihn, Pål Fagerland, von einem Nachmittag 1985 wieder, von einem Nachmittag, der intensiv nach Vanille roch. Sie kann das Zimmer vor sich sehen, so wie es damals war, das Poster des ockergelben Kätzchens, das rechts neben dem Fenster hing, die rosafarbene Haarbürste auf dem Schreibtisch, die Haargummis daneben, die rote Tischlampe und den Globus mit dem Sprung von Nord nach Süd, das Aerosmith-Poster, das Foreigner-Poster, den Poco-Loco-Aufkleber an der Tür, sie kann die dumpfen Geräusche aus dem Wohnzimmer hören, den Horrorfilm, der dort läuft, sie kann Påls jungen Körper sehen, sehr dünn und haarlos, sie kann sein weiches, erschrockenes Gesicht sehen, und sie kann ihre eigene Stimme hören, die zu ihm sagt: »Komm schon, ich tu dir nichts.«

101 Pure metal (Daniel William)

»Sechster«, flüstert sie.

Daniel hebt zwar den Kopf, aber sein Blick folgt nicht der Bewegung. Er hätte da niemals hineinschlittern dürfen. Hätte tun sollen, was Dejan vor ein paar Monaten zu ihm gesagt hat: *He, Dano! Was meinst du – ich und du, wir überfallen eine Bank und hauen verfickt noch mal ganz einfach von hier ab und leben in Dubai wie die Könige, oder, Alter?*

Aber dann kamen die Mädchen, und da verschwand Dejan.

Nur noch wenige Minuten, Stunden, dann sitzt er auf der Polizeiwache.

Daniel platziert den Finger auf dem Knopf und drückt.

Sie kennt sich hier aus. Von klein auf ist Veronika in diesem Krankenhaus ein- und ausgegangen. Zusammen mit Inger kam und ging sie zu einer Kontrolle nach der anderen auf der HNO. Sechste Etage, hat die Frau an der Rezeption gesagt und Veronika zugenickt, wie man jemandem zunickt, den man häufig sieht, doch angesichts des Gitternetzes in deren Gesicht konnte sie sich nicht wirklich natürlich verhalten.

»Sandra Vikadal? Sechste Etage.«

Der Aufzug ist langsam und schwerfällig unterwegs. Veronika streckt die Hand aus, sucht seine Finger.

»Mein Fingerfreund.«

Was sagt sie da? Daniel sieht sie komisch an.

Sie lacht. »Ist mir nur so eingefallen.«

»Du redest echt verdammt viel seltsames Zeug.«

»Was hast du gesagt?« Sie sieht ihn mit diesen Augen an, die sie immer dann kriegt, wenn sie etwas, was gesagt wurde, nicht mitbekommen hat. Wachsam, eine Spur beleidigt.

»Nichts«, sagt Daniel, »nichts.«

Der Aufzug fährt nach oben, Etage um Etage. Es riecht steril, sogar hier drinnen, es riecht nach Krankenhaus und nach Kummer. Im Aufzug werden Menschen still – und doppelt so still in einem Krankenhaus.

Die Türen gleiten auf.

»Du?« Sie drückt seine Hand.

»Mhm?«

»Alles ist gut, okay? Ich bin bei dir, okay?«

Daniel nickt. Er ist nicht imstande zu sprechen.

»Wir gehen rein, du wirst sie sehen, und dann gehörst du mir. Okay? Wir fahren einfach. Du und ich. Weit weg von hier. Noch haben wir Zeit.«

Er nickt, aber er glaubt ihr nicht. Im sechsten Stock treten sie aus dem Aufzug und marschieren über das Linoleum. Der Boden scheint unter ihren Füßen beinahe zu schwanken. Zu beiden Seiten gehen Flügeltüren ab, und Veronika deutet auf die rechte. Daniel sagt nichts, nickt nur und lässt sich von ihr hindurchführen.

Sie will seine Hand halten, sie streckt ihm ihre hin, doch er ergreift sie nicht. Er wird schneller, geht ein paar Zentimeter vor ihr den Flur hinunter. Ein Arzt und eine Krankenschwester kommen ihnen entgegen. Daniel blickt zu Boden. Sie gehen vorbei an leeren Stühlen, an Türen und an Zimmern, in denen Menschen liegen, die Schmerzen haben. Veronika schließt zu ihm auf und versucht noch einmal, seine Hand zu nehmen. Daniel juckt sich am Auge, als müsste er ein Staubkörnchen herauspulen.

Dann stoppt er. Vor einem Zimmer etwa fünfzehn Meter von ihnen entfernt stehen ein Mann und eine Frau. Daniels Atem stockt, und seine Miene bläst zum Rückzug.

»Wer ist das?«

Er wirft ihr einen kurzen Blick zu, und sie weiß sofort, wer es ist.

Der Mann ist groß und schlank, trägt einen Anzug und schwarze, blank polierte Schuhe. Die Frau ist klein, ebenfalls schlank, hat eine blaue Jacke an, einen Schal um den Hals und ist sorgfältig frisiert.

»Ruhig«, raunt Veronika ihm zu. »Wissen sie, wer du bist?«

Daniel zieht sie hinter sich her zurück zum Aufzug, aber sie wehrt sich.

»Warte, bleib stehen! Sieh nicht rüber zu ihnen. Sieh mich an. Kennst du sie?«

»Nein, ich kenne sie nicht«, sagt er verärgert.

»Ruhig, Daniel«, sagt sie. »Sie sprechen mit einem Arzt. Da, schau – er ist ganz ruhig. Ihr Vater umarmt seine Frau. Sie weint.«

Daniel legt die Hände an den Kopf, massiert sich mit den Fingerkuppen die Stirn.

Dann sehen sie es, alle beide. Zwei Polizisten in Uniform. Ein Mann und eine Frau. Sie kommen aus demselben Zimmer. Der Polizist greift an seinen Einsatzgürtel und zieht ein Funkgerät heraus. Spricht hinein. Die Polizistin spricht mit dem Arzt und Sandras Eltern.

Daniel und Veronika ziehen sich zurück, so schnell sie können. Erst als sie wieder um die Ecke beim Aufzug sind, bleiben sie stehen.

»Was machen wir denn jetzt?« Aus Daniels Augen leuchtet es.

Veronika geht einen Schritt vor, blickt den Flur hinunter.

»Sie reden miteinander«, sagt sie.

Daniel schluckt.

»Warte, warte, sie gehen!«

»Hä?«

»In die andere Richtung.«

»In die andere Richtung?«

Daniel macht ein Schrittchen vor und späht um die Ecke. Stimmt. Die Polizisten und der Arzt gehen mit Sandras Eltern den Flur entlang. Der Arzt schiebt eine Tür auf und bittet sie hinein.

»Komm«, sagt Veronika und zieht ihn am Ärmel, »jetzt!« Sie geht in Richtung des Zimmers, in dem Sandra liegt.

Daniel sträubt sich, doch sie ist stärker. Veronika hört nicht auf ihn. Sie will nicht hören. So ist dieses Mädchen. Sagt seltsame Sachen und überschreitet leichten Fußes jene Grenzen, die andere niemals zu übertreten wagen. Ihr fehlt etwas, was die anderen haben. Sie hat etwas, was die anderen nicht haben.

Daniel ist kurz davor, sie alleine zu Sandra hineingehen zu lassen. Er ist kurz davor, kehrtzumachen und von hier abzuhauen. Aber es gelingt ihm nicht, ihr zu widerstehen. Sie ist zu krass. Das kupferrote Haar. Dieser rasende Körper. Sie ist pure metal.

Vor der mintgrünen Tür legt Veronika die Hand auf die Klinke und drückt sie vorsichtig nach unten.

Daniel zögert kurz, folgt ihr dann aber.

Ein Einbettzimmer. Ein schmaler Eingangsbereich mit Toilette, gegenüber ein Fenster, aufgezogene Gardinen. Das Licht des Spätseptembertags fällt ins Zimmer. Rechts an der Wand hängt ein Poster mit einem Blumengesteck, links steht ein Krankenbett mit einem Vorhang rundherum. Das schwache Brummen einer Klimaanlage. Ein Stuhl vor dem Bett.

»Ich pack das nicht.« Daniel schließt die Augen.

»Doch, tust du«, flüstert Veronika und greift nach dem Vorhang.

102 Ein Loblied (Sandra)

Das Geräusch der Vorhangringe, die über die Stange gleiten. Ein rieselndes Klirren. Der Vorhang wird zur Seite gezogen. Sie. Das brennende Haar, das zerschnittene Gesicht. Er. Der leuchtende Mund, die tiefen Augen.

Sie kommen an ihr Bett.

Unter einer Decke mit dem Logo des Krankenhauses liegt Sandra. Sie blickt nach rechts, kann den Kopf aber nicht bewegen. Ihre Haare sind schön über das Kissen ausgebreitet; ihre Mutter hat sie so hindrapiert. Die Lippen sind trocken und spröde, auch wenn ihr Vater ihr die eingecremt hat. Sie hat blaue Flecken im Gesicht, eine Schnittwunde unterhalb des Jochbeins, weil die, die jetzt vor ihr stehen, sie überfahren haben. Auf dem Tischchen neben ihrem Bett stehen ein Glas Wasser und eine Vase mit drei roten Rosen: Eine für die Hoffnung, hat Mama gesagt, eine für den Glauben, hat Mama gesagt, und eine für die Zukunft.

Sandra spürt nichts. Nirgends. Ihre Sinne – mit Ausnahme des Sehens und Hörens – sind weg. Sie weiß nicht, ob die beiden erkennen können, dass sie sie sieht. Sie weiß nicht, ob ihre Augen sich bewegen.

»Scheiße.«

Daniel legt die Hände aufeinander, Fingerspitze an Fingerspitze. Er sinkt auf den Besucherstuhl.

»Sie liegt im Koma«, stellt Veronika fest und kommt mit dem Gesicht näher. Studiert Sandra.

»Was haben wir nur getan?«

»Wolltest du nicht mit ihr sprechen?« Veronika blickt direkt in Sandras Augen, forscht darin, als würde sie Sandra verdächtigen, nur zum Spaß so ruhig dazuliegen.

»Wolltest du nicht etwas sagen?« Veronika lässt Sandra nicht aus den Augen. »Dann mach.«

»Was soll ich denn sagen?« Daniel klingt kleinlaut.

»Was weiß denn ich. Sag, was du sagen musst.«

Veronika nickt kurz, als wollte sie sich selbst versichern, dass sie ihren Augen glaubt: Sandra liegt im Koma. Sandra kann sich nicht rühren. Das hier ist kein Theater.

Daniel räuspert sich. »Entschuldigung, Sandra«, sagt er gekünstelt, »du hättest mich nie treffen dürfen.«

Der leuchtende Junge schafft es nicht, sie anzusehen. Er schafft es nicht, natürlich zu sprechen. Er schließt beim Sprechen die Augen, macht den Mund kaum auf. Er weicht zurück.

Ein Lächeln huscht über Veronikas Gesicht, als sie sieht, dass Daniel vom Bett weggeht. Er stellt sich an die Wand neben der Tür und schlägt die Hände vors Gesicht.

Das Mädchen, das Sandras Leben zerstört hat, tritt wieder an ihr Bett.

Was macht sie denn da?

Sandra sieht, wie das Mädchen eine Hand hebt und sie an ihren Hals führt. Die Finger krümmen sich, als wäre sie eine Raubkatze, die Nägel sind lang und lackiert – was macht sie denn da?

Veronikas Schnittwunden glitzern, auf ihrem Gesicht breitet sich ein siegreiches Lächeln aus, und in ihren Augen leuchtet es. Die Finger berühren Sandras Hals. Das Kreuz. Sie hebt es an, dreht es hin und her. Sandra kann den widerlichen Atem des Mädchens auf ihrem Gesicht spüren und will sie anspucken, will den Mund aufreißen und ihr den Kopf abbeißen, aber sie kann nichts tun. Veronika öffnet den Verschluss der Kette, nimmt das Kreuz und bringt ihren Mund an Sandras Ohr, streicht eine widerspenstige Haarsträhne in deren akkurat geschnittenem, sommerblondem Pony glatt und flüstert: »Hallo, Sandra. Hast du Schmerzen?«

Sandra sieht vor sich, wie sie ihr das Knie in die Fotze rammt.

»Ich bin's, Veronika.« Ihre Lippen sind nur mehr Millimeter davon entfernt, Sandras Ohr zu berühren. »Jetzt bist du nichts mehr. Nichts. Du hast zu kleine Titten, diese Met-Jeans ist echt ätzend, du hast zu dicke Schenkel, und mit deinem Mund siehst du aus wie ein Zwergwiesel.«

Sandra sieht vor sich, wie sie Veronika mit ihren bloßen Händen in Fetzen reißt.

»Du kannst dich nicht bewegen«, flüstert Veronika. »Jetzt bist du nichts mehr.«

Sandra sieht vor sich, wie sie Veronikas Gliedmaßen auf den Armen trägt. Sie schreitet über trockene, krustige Erde und nähert sich nach einer Weile einer alten Feuerstätte an einer Felswand. Sie geht in die Hocke und lässt die Gliedmaßen zu Boden fallen, als wären es Holzklötze. Dann zündet sie sie an, sieht, wie Veronikas Haut zu schmelzen beginnt, sieht, wie die Haut vom Fleisch tropft, bemerkt, wie das Fleisch nach verdorbenem Essen riecht und nach und nach die Knochen zum Vorschein kommen.

Veronika richtet sich wieder auf. Sie atmet ruhig. Eine Art Sommer scheint bei ihr Einzug gehalten zu haben. Sonnenstrahlen regnen durch ihren Körper.

Veronika dreht sich zu Daniel um.

Doch er ist nicht mehr da. Er steht nicht mehr neben der Tür. Er ist hinaus auf den Flur getreten. Neben ihm steht eine Ärztin. Nicht der Arzt von vorhin. Eine Ärztin. Jetzt wird Veronika nervös. Sandra versucht zu sehen, was da vor sich geht, aber es liegt außerhalb ihres Blickfelds. Alles, was sie tun kann, ist, den Stimmen zuzuhören und Veronikas Körper zu sehen, wie er sich auf die Tür zubewegt, zu der Ärztin und zu Daniel.

»Und wer bist du?«

»Nur ein Freund von ihr.«

Seine Stimme.

»Aha?«

»Ja. Ich kenne sie.«

Sein leuchtender Mund.

»Okay …« Die Ärztin sieht verwirrt aus.

»Wie geht es ihr?«

Mein Daniel.

»Na ja, es ist noch zu früh, um etwas sagen zu können.« Die Ärztin sieht zusehends unsicher aus, lässt ihren Blick von Daniel zu Veronika schweifen und sagt: »Und wer ist sie?«

Sandra sieht, wie Veronika sich Daniel und der Ärztin nähert.

»Ach, sie ist niemand«, sagt Daniel.

»Einen kleinen Augenblick«, sagt die Ärztin. »Wartet kurz hier, ich muss schnell was überprüfen.«

Daniel dreht sich zu Sandra um. Dieser Blick, der ist so tief, dass sie das Gefühl hat, in ihn hineinfallen zu können.

Er legt zwei Finger an seinen leuchtenden Mund. Und dann geht er.

Die Liebe, denkt Sandra, während sie spürt, dass auch das Sehvermögen sie verlässt, die Liebe erträgt alles, die Liebe glaubt alles, die Liebe hofft alles. Und die Liebe, denkt sie und sieht, dass sie nichts mehr sieht, die Liebe hält allem stand. Ein Loblied meinem Jungen.

103 Erde mit Laub drauf (Veronika)

Veronika legt sich den Schmuck um den Hals. Macht den Verschluss zu. Lässt das Kreuz im Halsgrübchen ruhen.

Sie sieht Daniel nach, der den Flur hinuntergeht, mit schnellen, langen Schritten. Sie sieht, wie die Aufzugtüren aufgleiten, und sieht ihn verschwinden. Sie tritt ans Fenster, wartet. Es vergeht eine Minute, vielleicht zwei, dann entdeckt sie ihn unten. Er kommt aus dem Haupteingang. Marschiert auf die Suzuki zu.

Das kann sie.

Nicht sehen, nicht hören.

So war es schon tausendmal zuvor, und so kann es wieder werden. Mein Wolfsmann, du hast mich eine außergewöhnliche Frau genannt, dabei gab es dich gar nicht, und hier ist die Regel, die ich aufgestellt habe, als ich klein war, als ich unter meiner Decke lag und dachte, dass ich für immer alleine sein werde, dass es nie jemanden für mich geben wird:

Bäume mit Rinde dran
Rinde mit Erde drauf
Erde mit Laub drauf
Laub mit Wasser drauf
Wasser mit Boot drauf
Boot mit Leuten drin

Leute mit Kleidern dran
Kleider mit mir drin
Ich mit Rinde dran
Ich mit Erde drauf
Ich mit Laub drauf
Ich mit Wasser drauf
Wasser mit Leuten drin
Leute mit Erde drin
Erde mit Laub drin
Laub mit Bäumen drin.

104 Dummer Papa (Pål)

»Ihr seid das, meine Mädchen. Könnt ihr mir mal kurz helfen? Ja, ich weiß. Es kamen da so Typen, ich wollte nur schnell heim und die Kerzen ausmachen – dummer Papa, hat sie brennen lassen, was? –, also hab ich einfach Mama vorgeschickt, war das nicht großartig, Tiril, dass Mama gekommen ist, das hattest du nicht erwartet, was? Apropos, ist sie auch hier? Ja, vielleicht habt ihr einen Transporter auf die Straße rausfahren sehen, ja, das waren sie, sie kamen einfach rein, ich glaube, es muss irgend so eine Motorradgang gewesen sein, sie waren maskiert, sie haben mich gefesselt, verprügelt und unsere Sachen mitgenommen, da gibt's nichts zu sagen, aber zum Glück haben wir eine Versicherung, und ich bin hier, Papa ist hier, es geht mir gut, es geht mir gut, nur die Nase, ein paar Finger und einige Rippen sind gebrochen, und ich hab ein paar Schläge und Schnitte abgekriegt, aber es geht mir gut, unglaublich, was ein Körper aushalten kann, heul nicht, Malene, hallo, Tiril, es geht mir gut, Papa hat alles wieder in Ordnung gebracht, von nun an wird es uns gut gehen, wir sind doch eine schöne kleine Familie, wir, es wird gut werden, wir kriegen einen neuen Hund, es geht mir gut.«

Die Haustür kracht zu.

Malenes Schritte. Tirils Schritte. Und Christines Schritte. Oder Stampfen.

Als würde sie noch hier wohnen.

»Papa?«

Pål lehnt mit dem Rücken am Backofen. Der ganze Körper brennt und schmerzt. In großen Teilen des Rückens hat er kein Gefühl mehr, und er ist sich nicht ganz sicher, aber es hat den Anschein, als sei in seinem Mund etwas zerbrochen. Seine Hände sind noch immer auf den Rücken gefesselt, aber er hebt einen Finger, als könnten sie ihn sehen, einen von denen, die nicht gebrochen sind.

»Hier drinnen!«

Schritte auf dem Flur. Knirschen, Knacksen.

»Mein Gott, Papa! Was ist denn hier passiert?«

»Ach, es …«

»Dschieses! Hier ist ja überall Glas!«

»Hallo, Tiril, wie ist es gelaufen? Hier drinnen!«

Die Schritte kommen in Richtung Küche.

»Papa?«

Jetzt sind sie da. Die Schritte verharren. Atmen. Schluchzen. Jemand, der sagt: »Mein Gott!«

Wie gut das sein wird, wieder Licht zu sehen, wie gut das sein wird, wenn die Augen nicht mehr verbunden sind.

Das Schlimmste ist jetzt vorbei.

»Hallo, seid ihr da?«

Pål hört, wie Malene losheult – der gleiche Ton wie an jenem Abend, als sie den Kopf im Kissen vergrub, nachdem sie sich ihren Knöchel verletzt hatte. Er hört Tiril brüllen. *Zitha, Zitha, Zitha!* Und er hört etwas, wovon er glaubt, es könnten ihre Knie sein, die vor dem toten Hund auf den Boden krachen. Er hört Christines Schweigen, das nur eintritt, wenn ihr irgendetwas wirklich ungelegen kommt.

Tja, vielleicht wird sie jetzt wieder nach Hause ziehen? Wer weiß, man soll nie nie sagen.

Er räuspert sich. »Da seid ihr, meine Mädchen.« Er spürt, wie seine Mundwinkel beim Sprechen wehtun. »Könnt ihr mir mal kurz helfen? Ja, ich weiß, es kamen da so Typen, ich wollte nur schnell heim und die Kerzen ausmachen – dummer Papa, was?«

105 Lura Turistheim? Dolly Dimple's? Hinna Bistro (Rudi)

Cecilie liegt mit dem Kopf in seinem Schoß, und das ist total geil. Rudi spürt, wie sein steifer Schwanz leicht gegen ihre Wange drückt, und auch das ist total geil. Sie hatten nicht viel Zeit, haben nur eine Handvoll von Påls Sachen aus dem Haus geschleppt, die Computer, einen Fernseher, ein bisschen Kleinkram, nicht genug, um reich davon zu werden, aber wie Jan Inge sagte: »Für einen Tag wie diesen reicht das.« Hinten im Wagen liegt Tong auf einer alten Hundedecke, die sie sich ebenfalls gekrallt haben. Gesichtslos und blutig. Und hinterm Lenkrad sitzt Jan Inge und steuert die Caravelle durch die Dunkelheit den Ullandhaug hinauf.

Merkwürdige Gefühle.

Rudi kann einfach nichts davon spüren. Er spürt nicht, dass er betrogen worden ist. Er spürt nicht, dass seine Freundin monatelang fremdgegangen ist. Nichts – im Gegenteil, und das ist das Merkwürdige, er spürt nur Freude. Als hätte er alles gewonnen. Hat er das vielleicht sogar?

Was hat seine Großmutter immer gesagt?

»Du, Rune«, hat sie gesagt, »jetzt bist du bald ein Mann.« Er war damals sechzehn, vielleicht siebzehn, und trank bei seiner Großmutter koffeinfreien Kaffee, draußen regnete es Frösche und Fische, Biskuitrolle stand auf dem Tisch, und seine Großmutter hatte diesen ganz besonders schlauen Blick aufgelegt, mit dem sie aussah wie eine Eule. »Und weißt du, was es bedeutet, ein Mann zu sein?«

»Nein, oder, doch, oder …«

»Es bedeutet, großzügig zu sein, Rune«, erklärte sie. »Großartig und großzügig. Das mögen die Mädchen, weißt du?«

Chessis Augen strahlen. Sie ist echt verdammt schön.

Die Caravelle wird langsamer. Oben am Limahaugen fährt Jan Inge an den Straßenrand und setzt den Blinker zum Zeichen, dass er stehen bleiben will, dreht sich zu ihnen um, und während sie so miteinander reden, spürt Rudi, dass alles absolut perfekt ist.

»Was sagt ihr«, fragt Jan Inge, »Lura Turistheim?«

»Bruder? Meinst du echt?«

»Na ja, dachte nur, bevor wir heimfahren und uns um das da kümmern …«

»Rentiergulasch mit Waldorfsalat und Preiselbeeren. Lecker. Frikadellen mit Erbsenpüree, auch nicht verkehrt. Klippfisch mit Bacon und Zwiebeln, ist doch was für dich, Bruder.«

»Glaube, die machen um sechs zu.«

»Ach, Scheiße.«

»Dolly Dimple's?«

»Da essen wir doch nie.«

»Thaisommer Nummer zwei, Baby, Thaisommer Nummer zwei. Du weißt doch, wie gerne du das magst. Zitrone und Koriander.«

»Ja, ja.«

»Nein, nein. Dann Hinna Bistro.«

»Die haben auch Pizza.«

»Ja, Pizza mögen wir doch. Nummer fünfzehn, Gringo?«

»Ist das die mit Hähnchen, Chili und Salsa?«

»Mhm.«

»Hab das Gefühl, dass wir uns lächerlich gemacht haben.«
»Tja. Liegt wohl im Auge des Betrachters.«
»Word.«
»Denk an George Michael.«
»Meinst du?«
»Wenn du vergleichen willst. Leute, die sich lächerlich gemacht haben.«
»Der Arme.«
»Ich hab da kein Mitgefühl.«
»Ja, ja. Also, Hinna Bistro ist gemütlich. Das letzte Mal ist lange her. Sicher vorm Sommer.«
»Ach. Freu ich mich auf den Sommer.«
»Oh ja. Aber es war ja gerade erst Sommer.«
»Na ja. Ich bin ein Summerkid, weißt du, Baby.«
»Ja, ja, aber das dauert echt noch richtig lang.«
»Also Hinna Bistro?«
»Hinna Bistro.«
»Ja, ist gut. Ein Stückchen Pizza, schlafen und dann … Dschieses, mir ist gerade eingefallen, dass wir im nächsten Sommer ja ein Kind haben.«
»Dschieses, ja. Stell dir mal vor. Springt da im Garten rum.«
»Wird schön für ihn da.«
»Woher weißt du, dass es ein Er ist?«
»Hehe, ein Papa weiß so was.«
»Du weißt nicht mal, ob du der Papa bist, Trottel.«
»Ich spür das.«
»Dass es ein Er ist oder dass du der Papa bist?«
»Beides, Chessi, beides.«
»Ach, schön.«
»Deshalb sind deine Titten also größer geworden.«
»Mhm.«
»Also Hinna Bistro.«

»Schönes Wetter die letzten Tage.«

»Ja.«

»Ich mag diese Zeit des Jahres. So frisch und schön. Quasi ein bisschen Sommer und ein bisschen Herbst.«

»Wie, glaubt ihr, geht's Pål im Augenblick?«

»Na ja, so lala, vielleicht.«

»Armer Hund.«

»Hab allerdings das Gefühl, das wird kein Problem.«

»Ich auch. Keine Chance, dass Pogo uns verdächtigen wird.«

»Wohl kaum. Glaube, wir können ihm vertrauen.«

»Gut, dass du Tong im Wagen erschossen hast.«

»Ja. Wenn nicht, wären wir jetzt alle längst in Åna.«

»Wisst ihr, er war mal bei uns.«

»Hä?«

»Ach?«

»Bei uns?«

»Hä?«

»In Hillevåg?«

»Mhm. In den Achtzigern.«

»Oje.«

»Oje.«

»Kam mir gleich bekannt vor.«

»Stimmt.«

»Dann. Also. Dann …«

»Ja.«

»Wenn du sagst, dass er bei uns war …«

»Ja.«

»Bedeutet das, dass … dass du …«

»Darüber sprechen wir nicht.«

»Nein. Ah. Das bedeutet es, ein Mann zu sein.«

»Hä?«

»Großzügig und großartig.«

»Hm.«

»Ich denk drüber nach, das Speed sein zu lassen.«

»Ach?«

»Kinder und Drogen passen irgendwie nicht ganz zusammen.«

»Mhm.«

»Unsere Branche und Drogen passen auch irgendwie nicht ganz zusammen.«

»Mhm.«

»Ja. Rentiergulasch mit Waldorfsalat und Preiselbeeren. Das passt jedenfalls zusammen.«

»Die sollten in Lura länger aufhaben, finde ich.«

»Ja, haben sie aber nicht. Ist gemütlich im Hinna Bistro.«

»Seltsam, Tong so zu sehen. Ich meine, so ohne Gesicht.«

»Ja, aber ist in mancherlei Hinsicht gerade im Moment besser so.«

»Jetzt krieg ich George Michael nicht mehr aus dem Kopf.«

»Typisch für dich, echt, wenn du mal was kapierst, dann bleibt es hängen.«

»Unser erster Mord.«

»Uff.«

»Uff.«

»Uff.«

»Glaubst du, Tong hat was gefehlt?«

»Hä?«

»Na ja, meine nur, er war ja immer ein gefährlicher Bastard, aber, sozusagen, na ja, ich weiß nicht, ob ihm etwas gefehlt hat.«

»Nein, das war schon lange im Anmarsch. Krank im Kopf, krank an sich.«

»Jetzt übertreibst du aber. Im Namen der Gerechtigkeit. Wir hatten lang 'ne gute Zeit miteinander.«

»Tja. Haben wir das jetzt eigentlich?«

»Ich finde, das Schlimmste war das mit dem Hund.«

»Oje.«

»Einen Hund umbringen. Ich weiß nicht. Ist meinem Gefühl nach irgendwie nicht erlaubt.«

»Da sagst du was.«

»Der war so süß. Das Schlimmste, was ich je gesehen hab.«

»Wir werden ihm einen neuen Hund besorgen.«

»Insgesamt sind das dann zwei Morde.«

»Drei mit dem Igel.«

»Jetzt bist du unfair, Mamacita. Das war ein Unfall.«

»Ja.«

»Ja.«

»Okay, dann sind wir uns einig. Hinna Bistro.«

Der Turm auf dem Ullandhaug, denkt Rudi, gehörte schon immer zum Schönsten auf der ganzen Welt. Aber das geht wohl den meisten so, fällt ihm ein, als er seine Erektion leicht gegen Cecilies Wange pochen spürt, als wäre sie eine Tür, an die er klopft. Wahrscheinlich haben die meisten irgendetwas fest in sich verankert, was ihnen so lieb ist, dass es nie verschwindet, etwas, das mit jedem merkwürdigen Tag nur mehr größer und größer wird.

Sonntag, 30. September

106 Veränderung

Nach einer leckeren Pizza im Hinna Bistro mit Rinderhack, Bacon, Zwiebeln, Chili, Tacos und extra Käse am Rand und nach einer langen, warmen und traumreichen Nacht mit ausgiebigem Schlaf ließen sie es am Freitag piano angehen. Sie schliefen fast bis zwölf, nahmen ein prächtiges Frühstück mit Kakao, Leberwurst, roter Beete und Ei zu sich, und um den Schein zu wahren, legte Cecilie Tongs Schokocookies ganz nach hinten in den Küchenschrank und warf die schwarzen Pumas weg, die draußen im Flur gelegen hatten. Nach dem Kaffee schaufelte Cecilie einen Berg Erdbeer-, Vanille- und Schokoladeneis in sich hinein, bevor sie erst Tong im Keller in einen alten Teppich wickelten und dann den restlichen Tag in der Horizontalen auf der Couch mit Chips und Limonade verbrachten und sich ein paar gute Filme ansahen, ein Wiedersehen mit *The People under the Stairs* und *A Tale of Two Sisters*. Sie gammelten faul im Haus herum, Rudi sorgte für gute Stimmung, indem er in einem fort aus dem koreanischen Film zitierte – nicht ohne kurz zu überlegen, was gleich wieder das Heimatland des seligen Tong gewesen war –, während er zugleich mit seinem Mick-Jagger-Maul Horrorgrimassen schnitt. *That woman is strange! And so is this house!*

Sie hörten Motörhead und Aerosmith, und später am Abend suchte Jan Inge eine der alten Platten aus der Sammlung ihres Vaters heraus: *Best of George Jones.* Sie bestellten bei Peders Lieferservice frittiertes Schweinefleisch mit Currysoße für Jan Inge, Pfefferhühnchen für Cecilie und Peders Burning Pfeffersteakpizza für Rudi, der auf Cecilies Hinweis, sie hätten doch gerade erst am Vortag Pizza gegessen, erwiderte: Nur weil er an einem Tag Muschi bekommen habe, bedeute das ja nicht, dass er sie am nächsten Tag satthätte. In Jogginghosen und Collegepullovern machten sie sich über das Essen her, verspürten eine tiefe, ruhige Wärme und redeten deshalb lieber nicht viel, ein Feuerwehrauto fuhr am Haus vorbei, und gegen Mitternacht schliefen sie erschöpft ein.

Auf die gleiche ruhige Art verstrich der Samstag, angereichert nur durch den Transport des Diebesguts nach Fogn zur Scheune von Halldór Buonanotte Ljótsson aus Isafjördur. Im Westen wurde er einfach nur Buonanotte genannt, weil diese isländischen Namen so was von scheißschwer sind, wie Rudi findet. Den Namen hat er nicht erhalten, weil er jedes Mal, wenn er jemanden erschießt, Gute Nacht sagt, sondern weil er in all den Jahren Buonanotte sagte, wann immer er jemandem begegnete, denn Halldór glaubte, das würde Guten Tag bedeuten. Aber Schwamm drüber, Halldór versteht etwas von Diebesgut, und Halldór versteht etwas von Menschen, und Halldór versteht was vom Verkaufen – Buonanotte auf Fogn? Der könnte Schweiß in Dosen verkaufen. Wenn man in diesem Zipfel des Landes sein Zeug vertickt haben will, spricht man mit Halldór. Buonanottes Scheune ist der richtige Ort dafür. Dort sitzt er wie ein Dagobert Duck der Unterwelt und thront auf einem Meer von Diebesgut, die Einfahrt hält er für seinen Traktor frei, aber ansonsten gibt es dort drinnen herzlich wenig Platz für etwas anderes: ein Meer von PCs, Macs, iPods und iPads, kostbaren Gemälden und was man sich nur wünschen kann, sogar ein Gemälde von Munch hat er. Halldór kam um die Jahrtausendwende nach Norwegen, weil er Schafe, Schriftsteller, Fischer und Alkoholiker leid war, »und in Island gibt es sonst nichts«, wie er sagte, bevor er hinzufügte: »Tja, außer diese verfickte Isbjörg, die ich eines Tages dabei erwischt hab, wie sie den Nachbarhengst geritten hat, diesen Ólafur aus Sudureyri.« Wie Halldór es geschafft hat, sich unter dem Radar zu halten, ist irrsinnig eindrucksvoll. Weder hat er je eingesessen, noch hat der Lagårdsveien 6 ihn erfasst, wo sie nichts davon ahnen, dass dieser isländische »Schäfer« mit dem Schäferhund namens Geysir eine Scheune an der Ryfylkeküste besitzt, die bis obenhin voll ist mit allem, was seit Beginn des Jahrtausends in der Region verschwunden ist. Und Fogn? Tja, was soll man dazu sagen?

Fogn mit seinen 350 Einwohnern ist Teil der Inselgemeinde Finnøy. Ein winziger Ort mit einem Sportverein, einem Missionsverein, einem Bauernverein, einem Jugendverein und einem Gesundheitsverein und – es erübrigt sich wohl zu sagen – den allzeit gleich emsigen Pfadfindern, also eine ziemlich transparente Gesellschaft. Zweifellos weiß dort jeder, was dieser Halldór oben in Varland treibt, mal abgesehen von seinen sechzig Ar Gewächshaustomaten und einem Hühnerhaus direkt neben der Kirche, aber es ist nun mal eben so, dass die Fogner stolz auf die wenigen Leute sind, die es packen, dort draußen mitten im Meer zu überleben, die wie sie hier sein wollen und mit dem Fernglas verstohlen hinüber zu den Abendlichtern von Stavanger blicken, wo die Städter wohnen und glauben, sie wären was Besonderes. Wenn ein so umtriebiger Kerl auf ihre Insel kommt, ein kräftiger Isländer mit sommers wie winters hochgekrempelten Ärmeln, ein Kerl, der nie in sein Klo pisst, sondern darauf besteht, seinen Zipfel an die frische Luft zu hängen, ein Kerl, der auf seinem Traktor daherkommt und bei jedem auf der ganzen Insel mit anpackt und der ihre Jungs im Fußball trainiert und grinst, sodass ein lachender Äquator um seinen Schädel verläuft, ein Draufgänger von einem Mann, der mit Geysir umherwandert, echt verdammt gute Stimmung verbreitet und immer was Hochprozentiges in der Tasche und ein Wurststück in der Hand hat –, wenn also ein so herrlicher Kerl zu den Fognern auf die Insel kommt, dann denken sie, was der in seiner Scheune treibt oder nicht, geht jemand anderen was an, aber nicht uns. Denn an Halldór ist nichts auszusetzen, und offensichtlich gibt er den Typen, die in den späten Abendstunden mit ihren Sachen ankommen, klare Anweisungen, denn diese Leute, die da von der Fähre runterfahren, sind nicht gerade Mamas Lieblinge, aber wenn sie auf dem Weg zu Halldór sind, benehmen sie sich anständig, und wo liegt dann das Problem?

Jan Inge fand die Autofahrt gemütlich. Als er die Rennesøy durchquerte, sah er Cecilies schwangeren Bauch und Tongs zerschossenes Gesicht vor sich und dachte ganz allgemein an Veränderungen und daran, was Veränderungen eigentlich sind. Er sah, wie die Landschaft sich um ihn herum weitete, fuhr weiter nach Fogn, wo die Landschaft hügeliger wurde, und als der Volvo sich Varland näherte, zeichnete sich Halldórs Silhouette vor der Scheunenwand ab: ein schwarzer Hüne. Jan Inge lächelte bei dem vertrauten Anblick, stieg aus, begrüßte den imposanten Isländer, spürte den Wind auf seiner Glatze, die anscheinend Tag für Tag mehr Raum auf seinem Schädel einnahm, und gemeinsam beförderten sie die Beute in die Scheune.

Halldór begutachtete sie, nickte und zählte etwas an seinen ewig gleich schmutzigen Fingern ab, und dann machten es sich Jan Inge und der Isländer für einen kleinen Schwatz in der Scheune bequem, wo hinter den großen Türen eine Sitzgruppe stand, ein altes grünes Sofa, ein Paar guter Ledersessel aus den Siebzigern sowie ein Tisch. Halldór servierte Kaffee mit Schuss, während er auf einem Stück Wikingerwurst aus Svindland in Flekkefjord herumkaute, Geysir den Kopf tätschelte, sich am Bart zupfte und Jan Inge interessiert zuhörte, der von dem ereignisreichen Donnerstag erzählte. »Það er nefnilega það«, sagte er wieder und wieder, ein Satz, den er so oft sagt, dass ganz Fogn ihn mittlerweile übernommen hat. Wenn einer der Pfadfinder irgendwas Bemerkenswertes tut, hört man den Pfadfinderführer sagen: »Það er nefnilega það«, und wenn einer der Schüler in der Schule sich besonders hervortut, hört man den Lehrer sagen: »Það er nefnilega það«, und das Gleiche gilt für den Missionsverein, wenn da eines der Mitglieder erzählt, dass die vierhundert Kronen, die sie vor Weihnachten nach Somalia geschickt haben, für den Bau einer Schule verwendet wurden, dann verschränkt Hilde Østhus die Arme über ihrem eingefallenen Busen und sagt: »Það er nefnilega það.«

»Ja«, stellte Jan Inge fest. »Eigentlich ja ein Branchenklassiker. Vermasseln ausgeschlossen. Aber. Tja. Der menschliche Faktor.«

»Það er nefnilega það«, sagte Halldór, nickte und schenkte Kaffee und Hochprozentigen nach.

»Aber wir schaffen das. Wir haben ein Alibi. Wir haben keine Spuren hinterlassen, und Pål hat alles zu verlieren, wenn er uns verpfeift. Das Problem liegt in uns selbst. Mord. Mit Mord zu leben.«

»Kann hart sein«, bestätigte Halldór.

»Ein Kratzer im mentalen Lack, um mal einen Vergleich anzustellen.«

»Ja, ja«, sagte Halldór. »Aber wenn es jemand schafft, dann ihr, Jan Inge.«

»Gut zu hören, dass du an uns glaubst, Buonanotte.«

»Það er nefnilega það«, kam es wieder von Halldór, und dann warf er Geysir ein Wurststück zu. »Also ist Tong daudur. Jahérna. Auf dem kirkjugardinum.«

»Jaaa … so was in der Art.«

»Ihr müsst ihn begraben«, sagte Halldór, zog die buschige Augenbraue in die Höhe und nahm einen Schluck aus seinem Becher. »Auch wenn er djöfulsins djöfull war.«

»Djöfulsins?«

»Ein böser Mann.«

»Verstehe.«

»Ja, genau«, sagte Halldór, stand auf und zeigte auf Jan Inges Kopf. »Glatze. Glaub, du kriegst 'ne Glatze.«

»Glaub ich auch. Aber – Buonanotte?«

»Ja, hvað ertu að spá, feiti hlúnkur?«

»Veränderung. Ich denke über Veränderung nach. Was hältst du von Veränderungen?«

»Ja, ja.« Halldór kraulte Geysir unterm Ohr. »Breytingar. Ich glaube, sie sind Gottes Geschenk an okkur dauðlegra.«

Halldór quittierte die Beute mit ein paar Tausendern, bat Jan Inge, die anderen zu grüßen, und sagte noch, dass sie jederzeit in seiner Scheune willkommen seien, ob nun wegen Geschäften oder eines Fests, denn gute Kooperationspartner schätze er, und ein Fest dürfe sich jeder mal gönnen. Und während Jan Inge die Hügel wieder hinabholperte und hinter Eidsbrotet zum Fähranleger runterkurvte, warf Halldór für Geysir einen Stock und murmelte vor sich hin – »helvítis djöfull« und »Það er nefnilega það« –, bevor er beschloss, den Abend dem Gedenken an den einzigen Koreaner zu widmen, den er je gekannt hatte, einen schweigsamen mit schwarzem Indianerhaar. »Denn weißt du, Jan Inge, in Isafjördur gibt es nicht besonders viele Einwanderer aus fernen Ländern, aber wir haben eine Musikschule und ein Laientheater, wir sehen zwei Monate lang die Sonne nicht, und da kommt es schon mal vor, dass die Linienflüge mehrere Tage nicht durchkommen, also, Veränderung, na ja, wir Isländer haben uns so sehr daran gewöhnt, dass wir nicht mal mehr wissen, was das ist.«

Als Jan Inge an diesem Nachmittag nach Hause kam und Cecilie und Rudi auf der Couch im Wohnzimmer wild knutschend vorfand – mit Zunge und allem drum und dran, so auf die altmodische Art, ein Anblick, den er seit Jahren nicht mehr gesehen hatte –, als Jan Inge also nach Hause kam, brauste es belebend in seinem Kopf, als würde darin der Wind der Veränderung höchstselbst pusten, was das Zeug hält, und ihm war völlig bewusst, dass am nächsten Tag bedeutende Dinge zu tun waren. Er räusperte sich auf der Türschwelle, dankbar für die gute Atmosphäre, die die viel zu warmen Tage am Septemberende abgelöst hatte, und nachdem Cecilie ihre Beine aus Rudis gewunden, sich aufgesetzt und ihre Hose ein Stück hochgezogen hatte, nachdem Rudi sich sein dämliches Grinsen verdrückt, mehrmals mit den Fingern geschnipst und gesagt hatte: »War so was von knapp davor, dass du einen Erwachsenenfilm zu sehen bekommst, Bruder«, setzte Jan Inge sich in den Rollstuhl und sagte: »Es ist Zeit für Veränderungen.«

Mit dem sehnlichst erwarteten Regenschauer über Stavanger und dem ebenso ersehnten Westwind zog der Sonntag herauf.

Der altbekannte Himmel war zurück, an den die Rogaländer so sehr gewöhnt sind, dass sie beim Spazierengehen am Vågen nicht einmal mehr stehen bleiben – wie die Touristen immer – und zu den sich verändernden Wolken emporgaffen, zu den bizarren Formationen, die sich dort oben bilden, mit den Windstößen dahinziehen und sich in ständig neue Figuren auflösen. *Wir haben Katzen, Hunde und Wichtel über unseren Köpfen,* hat Rudis Großmutter immer gesagt, als er noch klein war, *siehst du sie, mein Junge?* An diesem Morgen jedoch blieben die Rogaländer stehen, jede und jeder einzelne und nicht zuletzt Jan Inge, der vor den anderen aus den Federn gekrochen war, auf die Terrasse hinausging und sah, wie der Rasen unter diesem Schrotthaufen von einem Garten die herrlichen Regentropfen aufnahm. Er blieb stehen, aufmerksam, denn wegen all der gleißenden, wolkenlosen Tage gegen Ende September war das Gewohnte nun so lange verschwunden gewesen, dass sein Körper – dem die Abhängigkeit davon nicht immer bewusst war – sich regelrecht nach dem Himmelszelt gesehnt hatte. Und so stolperte sein Herz jetzt für ein paar Schläge, allein weil er den ausgedehnten, wechselhaften und jeden Tag aufs Neue überraschenden Himmel über Stavanger vermisst hatte.

Jan Inge stand mit der Kaffeetasse am Mund da und ließ sich den Regen auf den Kopf prasseln. Das Wasser wusch die Terrasse und plätscherte auf all das Gerümpel, das im Garten kreuz und quer herumlag, und er wunderte sich darüber, wie ein so ordnungsliebender Mann wie er eine solche Unordnung auf seinem eigenen Grund hatte durchgehen lassen können. Er vernahm den Geruch von feuchtem Herbst und blickte zum Himmel hinauf, registrierte die Windrichtung – von Osten zog klareres Wetter auf, das der Wind mit sich brachte. In wenigen Stunden, dachte er, ist der Regen schon wieder vorbei. Er schloss die Augen, sah die Zukunft in leuchtenden Farben vor sich, während er einen großen Schluck Evergood trank und ein paar schelmische Kniebeugen machte, als eine Art Vorgeschmack auf all die Trainingseinheiten, denen er sich in nächster Zeit aussetzen würde.

Andere Zeiten, dachte er.

Veränderung, dachte er.

Buonanotte hat recht. Gottes Geschenk an die Menschen.

Jan Inge ging zurück ins Wohnzimmer, legte Hank Williams auf, jenen Künstler, den Beverly und er gern hörten und den sie sich sehr oft anhören würden, sobald sie ihm eines himmlischen Tages ihre Hand schenkte. Er stellt sich vor, wie er diese Frau im Arm hält, die genauso üppig duftet, wie sie ist, und sie vor sich auf dem Tisch die augenförmigen Flammen einer Kerze sehen, die Bluse ihre Brüste nicht zurückhalten kann und Hank Williams singt, wie er es an diesem Morgen für Jan Inge tat: *»I can't help it if I'm still in love with you.«*

Hat sich zu Tode gesoffen, dieser Hank, war nicht mal dreißig, als er starb.

Große Veränderungen.

Während Rudi und Cecilie noch schliefen oder, wer weiß, Körperflüssigkeiten austauschten, ging Jan Inge in den Keller hinunter und holte die drei dunkelblauen Overalls, die sie 2007 bei einem Job in Nordfylke aus einem Lager geklaut hatten, gute Overalls, die viel im Einsatz gewesen waren, die mehr Einbrüche erlebt hatten als für Overalls üblich. Er bürstete den Dreck von ihnen ab, breitete sie auf dem Wohnzimmertisch aus, holte die Arbeitsschuhe aus der Abstellkammer im Flur und stellte sie in Reih und Glied neben die Tischbeine, zuerst Cecilies kleine, danach seine mittelgroßen, zuletzt Rudis riesige. Aus der Kammer im Keller holte er die Arbeitshandschuhe, sie rochen ein wenig schimmelig, dort unten herrschte eine leichte Pilzproblematik, die sie alsbald auch mal in Angriff nehmen müssten, aber so schlimm, dass man die Handschuhe nicht mehr hätte benutzen können, war es auch wieder nicht. Zuletzt holte er eine Rolle mit schwarzen Müllsäcken – an Müllsäcken mangelte es in diesem Haus so gut wie nie –, die er neben die Overalls legte, gerade als Hank Williams *I heard that lonesome whistle blow* sang und Jan Inge spürte, wie er einen Kloß im Hals bekam und verbannte das wunderbare Bild von Beverly Hinna aus seinen Gedanken, um diesen ereignisreichen Tag nicht dem Schmerz und der Sehnsucht zu überlassen.

Was noch, dachte er – es gelang ihm also nicht, das wunderbare Bild zu verbannen –, was ist denn noch nötig, damit sie mein wird?

Größerer Reichtum, als ich ihn ihr bieten kann?

Ein besser trainierter Körper?

Noch einmal versuchte er, das wunderbare Bild von Beverly beiseitezuschieben – diesmal in einen flatternden, fast durchsichtigen Morgenmantel gehüllt –, und ging wieder hinein, um sich darauf zu konzentrieren, was gleich geschehen würde. Er trat ans Bücherregal, holte die Bibel heraus, quasi das einzige Buch, das dort stand, mit Ausnahme der *Encyclopedia of Heavy Metal* und *Sound of the Beast: The Complete Headbanging History of Heavy Metal*, einem Buch über Lemmy, *White Line Fever*, und an die dreißig Bücher über Horrorfilme: *The Art of the Nasty*, *How to*

Survive a Horror Movie, *The Golden Age of Crap* und so weiter. Jan Inge hieß das beträchtliche Gewicht des Großen Buches in seinen molligen Händen willkommen, ließ sich im Rollstuhl nieder und begann in den dünnen Bibelpapierseiten zu blättern. Er las vom Gottesmann Moses, der am Ende seines Lebens den Befehl des Herrn erhält, auf das Gebirge Abarim zu steigen und auf Kanaan zu schauen, das Land, das der Herr den Israeliten geben würde, und die aus den Buchseiten strahlende Poesie berührte ihn wundersam, als der Herr Moses erzählte, und zwar ziemlich herrisch, dass er dort sterben würde, während er jenes Land dabei zwar sehen, es aber nie betreten dürfe, weil er dem Herrn untreu gewesen sei. Jan Inge blätterte weiter und las ein paar Seiten über Saul, dem der Herr befahl auszuziehen und das Volk Amalek dafür zu bestrafen, was es Israel angetan hatte, und es lief ihm kalt den Rücken runter, als er las, wie der Herr Saul befahl, keinerlei Barmherzigkeit zu zeigen und Männer, Frauen, Kinder und Säuglinge, Ochsen, Schafe, Kamele und Esel zu ermorden. Danach las er von Natan, der zu Besuch bei König David war. Natan erzählte diesem die schreckliche Geschichte eines reichen Mannes, der das einzige Lamm eines armen Mannes geschlachtet hatte, anstatt eines aus seinem eigenen üppigen Viehbestand zu nehmen, und darüber geriet König David in heftigen Zorn und sprach zu Natan, dass der Mann sterben solle. Doch da drehte sich die Situation unvermittelt, als Natan mit dem Finger auf David zeigte und sagte: »Du selbst bist der Mann!«, und ihn anklagte, das Wort des Herrn verachtet, den Hethiter Urija getötet und seine Frau genommen zu haben, und da sprach der Herr – Natan zufolge –, dass Unglück auf König David herabregnen werde, seine Frauen – er hatte also mehrere, dachte Jan

Inge, und wieder glitt ein Bild von Beverly in seinen Kopf, diesmal in eine smarte, hüftlange Jacke und hochhackige, perlenbesetzte Schuhe gekleidet –, seine Frauen also werde er nehmen und sie einem anderen Mann geben, und dieser Mann solle am hellen Tage bei ihnen liegen, denn das habe David heimlich getan, und als Krönung des Ganzen solle jener Sohn, den er mit Batseba hatte, der Frau, die er dem Hethiter Urija genommen hatte, nicht weiterleben dürfen. Und so geschah es. Der Herr ließ schwere Krankheit über den Neugeborenen kommen, und der Junge starb, doch kurz darauf schlief David wieder mit der Frau, und sie bekamen wieder einen Sohn, und sie nannten ihn Salomo. Und dann kam da ein Prophet ins Spiel und wollte ihn zu Ehren Gottes Jedidja nennen – was soll das denn jetzt wieder bedeuten?, fragte sich Jan Inge, und ihn beschlich das Gefühl, das er manchmal auch beim Studieren hatte: dass ihm hier und da ein bisschen Wissen fehlte.

Das waren fesselnde und verstörende Geschichten. Die großartige Lektüre im Großen Buch bewegte Jan Inge. Wie bereichernd doch das Blättern darin immer wieder war, genauso bereichernd, wie sich einen Horrorfilm anzusehen, und zwar aus ein und demselben Grund: Denn beide erzählten von der Wahrheit, von der Güte, davon, dass mit einem Schlag alles zu spät sein konnte. Und erzählten nicht beide auch von Veränderung? Fesselnde und verstörende Geschichten über Veränderung, doch keine davon – weder die von Moses noch die von Saul oder die von Natan, David und Batseba – war an diesem Sonntag zu gebrauchen. Überhaupt barg die Aufgabe Probleme: ein passendes Gedenkwort für Tong zu finden. Das Große Buch schien kaum Worte für jemanden wie Tong zu haben, Worte, die mit Tongs Leben übereinstimmten und die im Nachhinein etwas Erbauliches über die Geschehnisse vom Donnerstag erzählen könnten. Jan Inge blätterte und blätterte, während Hank Williams von Einsamkeit sang, während es erst neun, dann zehn, bald halb elf wurde, doch keine der Geschichten und kein Zitat ging mit dem richtigen Wortlaut und dem richtigen Inhalt einher. Lange saß er im Rollstuhl über Hiobs fantastischen Worten, *kann denn ein Reiner von Unreinem kommen,* aber es wäre purer Wahnsinn gewesen, ein solches Zitat zu benutzen, das sich offensichtlich gegen Cecilies Kind und auf die Frage richtete, ob es denn nun von Tong sei. Genau wie Hiobs Worte darüber, dass für den Baum Hoffnung bestehe, weil er wieder austreiben könne, nachdem er gefällt wurde, wohingegen ein toter Mann dahin sei, weil er nicht wieder aufstehen werde, für diesen speziellen Anlass zu brutal wirkten.

Erschöpft vom Lesen der hauchdünnen Bibelseiten, legte Jan Inge das Buch in den Schoß und versuchte stattdessen, seinem eigenen Herzschlag zu lauschen.

Er hatte schon häufiger die Erfahrung gemacht, dass es dann irgendwann begann, zu ihm zu sprechen.

Dunk-dunk, dunk-dunk.

Darüber machte er keine Witze.

Die Augen zu schließen, sich zurückzulehnen, seinem eigenen Herzschlag zu lauschen und seine eigene innere Stimme zu deuten hatte ihn schon oft zur Lösung des einen oder anderen Problems geführt.

Das erste Problem, das sich löste, war das der Natur draußen. Nach einigen Minuten im Rollstuhl mit dem Großen Buch im Schoß hörte der Regen auf. Jan Inge bemerkte es an der veränderten Geräuschkulisse, das Prasseln der Regentropfen war plötzlich weg.

Dunk-dunk, dunk-dunk.

Wieder schloss er die Augen, um seinem Herzen zu lauschen und seine innere Stimme zu deuten.

Er versuchte die Augenlider stillzuhalten – was ihm oft schwerfiel, weil sie gern schwach über den Augäpfeln zitterten –, und er lauschte, so beharrlich er nur konnte.

Cold, cold heart, sang Hank Williams.

Jan Inge schlug die Augen auf. Verließ den Rollstuhl. Ging ein paar Runden durchs Wohnzimmer und schüttelte den Kopf. Hank sang von einer Frau mit einem kalten Herzen, und von einem Liebeslied über eine kalte Frau zur Geschichte von Tong war es ein weiter Weg, aber trotzdem. In Jan Inges Brust hämmerte es, als er spürte, wie die Wahrheit sich Bahn brach: Tongs Geschichte war keine Geschichte über Wärme. Tongs Geschichte war keine Geschichte über einen guten Menschen. Es war – und Jan Inge entschuldigte sich zugleich dafür, dass er so etwas Schlechtes denken konnte –, die Geschichte eines kalten Herzens.

Und man muss dazu sagen, beeilte er sich hinzuzufügen, dafür, dass ein Mensch ein kaltes Herz hat, kann es viele Gründe geben.

Aber das war's. Das war es, was sein Herz ihm zu sagen versuchte. Dunk-dunk, dunk-dunk.

Das Frühstück, das Jan Inge Stunden zuvor zubereitet hatte, war bereits angetrocknet, angeschmolzen und nicht mehr wirklich frisch. Also ging er in die Küche, um ihm neues Leben einzuhauchen, und nachdem es so aussah, als wollten Rudi und Cecilie den ganzen Tag verschlafen, beschloss er, sie allmählich aufzuwecken. Er schnitt erneut Brot, brühte frischen Kaffee und Tee auf, warf die Tomaten und Gurken weg, die er Stunden zuvor hingestellt hatte, und schnitt neue Scheiben, entfernte die Ränder vom Käse, damit er wieder munter aussah, und dann las er ein paar Seiten in der Samstagsausgabe des *Stavanger Aftenblad*, die den gestrigen Tag hindurch ungelesen liegen geblieben war, überflog einen Artikel über einen brutalen Raubüberfall in Madla, auch dass die Polizei noch keine Spur hätte – und als er in einem anderen Artikel las, dass ein Mädchen (15) an den Folgen eines Zusammenstoßes mit einem Motorradfahrer gestorben sei, dachte er bei sich, wie traurig es doch war, wenn Leute so jung starben.

Dann ging er hinaus in den Flur und zu ihrer Tür. Er legte das Ohr ans Türblatt. Drinnen wurde geflüstert. Er hielt den Atem an und lauschte, konnte aber beim besten Willen nicht verstehen, was sie sagten, und irgendwann gab Jan Inge es auf, machte ein paar Schritte zurück und rief, so energisch er nur konnte: »Frühstück!«

Bekleidet mit den Overalls und begleitet vom Sonntagsläuten einer Kirchenglocke in der Ferne und in zukunftsorientierter Laune trugen Rudi und Jan Inge nach dem Frühstück, das Rudi als herrschaftlich bezeichnet hatte, den in den Teppich gerollten Tong aus dem Keller nach oben. Cecilie ging voran und passte auf, dass die Jungs nicht über die Teppichkante stolperten, die immer wieder über die Stufen zu schleifen drohte. So schafften sie es, Tongs Leiche die schmale, steile Treppe hinaufzubugsieren, die wohl eher nicht im Hinblick auf so eine Aktion angelegt worden war, damals als Thor B. Haraldsen und Veslemøy Sivertsen 1972 ein Schild an die Eingangstür hängten, auf dem stand: »Herzlich willkommen bei Veslemøy, Thor, Jan Inge und Cecilie!«

So ein Frühstück wird es öfter geben, merkte Jan Inge mit seiner optimistischsten Stimme an und spürte, wie er von der schweren körperlichen Arbeit wie ein Schwein schwitzte, ja, so ein Frühstück gibt es öfter, wenn wir erst zu viert in diesem Haus wohnen. Er hoffte auf eine Antwort, die bestätigen würde, dass sie tatsächlich zu viert *in diesem Haus* wohnen würden, aber sie kam nicht, und er dachte sich, alles hat seine Zeit, jetzt ist eben nicht die Zeit für Konfrontationen, sondern für Arbeit; show, don't tell, wie man in der Welt der Drehbuchautoren sagte, ein Ausdruck, über den sie herzlich gelacht hatten, als sich damals herausstellte, dass Rudi ihn immer missverstanden und gedacht hatte, es ginge darum, eine richtige Show hinzulegen, anstatt nur zu reden. Was – wie Rudi meinte – oft ein und dasselbe sein könne, denn was sei mehr Show als ein bisschen gutes Geplauder?

Sie legten Tong und seinen Teppich unter den Vorhang neben der Terrassentür und kramten zusammen, was sie an Hack- und Grabwerkzeug finden konnten, denn jetzt musste tief gebuddelt werden. Niemand von ihnen war auf diesem Gebiet bewandert, aber so viel konnte Jan Inge sich denken: Wenn man einen Menschen in seinem Garten begräbt – einen Kameraden mit einem kalten Herzen –, dann muss man ihn verdammt tief runterlegen. Versteht sich von selbst. Diese Leiche, die muss tief runter. Und erst recht in einem Garten, in dem bald ein Kind herumrennen und spielen wird. In einem Garten, in dem sie bald ohne zu säumen räumen werden, bis er rein und fein ist, in einem Garten, der in Zukunft wieder benutzt wird. Nur der Gedanke daran, dass Tong nur knapp unter der Erdoberfläche liegen würde, während sie zum Beispiel Krocket spielten oder Koteletts grillten, bereitete ihm Bauchschmerzen.

Allerdings erinnerte hier gerade herzlich wenig an Krocket und Koteletts. Da lagen die alten Matratzen, auf denen seine Mutter vor sich hin gedämmert hatte, bevor sie gestorben war, ach, die Arme, an Matratzen erinnerte ihr Aussehen jedoch kaum mehr, und dort die zwei vom Rost durchlöcherten Einkaufswagen, auch sie aus einer Zeit, als seine Mutter und sein Vater in diesem Garten noch mit angepackt hatten, jener Zeit, als sein Vater noch Pläne für dieses Haus gehabt hatte. In der östlichen Ecke lagen Autoreifen und Radkappen, die Reste diverser Autos, die sie um die Jahrtausendwende von einem Parkplatz in Forus gestohlen hatten, so runtergekommen und elend, dass nicht einmal Buonanotte ihnen etwas dafür hatte geben können, und in der westlichen Ecke lag ein Berg verrotteter Dielenbretter aus der Zeit, als Rudi die Idee gehabt hatte, die Terrasse auszubauen. Daraus war dann nichts geworden, aber wer weiß, was jetzt geschehen würde. Der kaputte Rasenmäher und auch Cecilies altes DBS-Fahrrad waren genauso durchgerostet wie die Einkaufswagen und lagen wie tote Metallsoldaten im westlichen Teil bis zur Hecke verstreut herum, daneben Mamas Waschmaschine, die sie nie benutzt hatte, die Hexe, und das Sofa aus dem Keller. Hat viele Videofilme gesehen, das Sofa da, stellte Jan Inge fest. Sie hatten es auf einem Flohmarkt in der Kannikschule entdeckt, als es noch neu und rot gewesen war. Und dann war da noch all der Kleinschrott, zerbrochenes Werkzeug, der kaputte Fernseher, der immer zusammen mit dem Videorekorder, der ebenfalls dort lag, in Jan Inges Zimmer gestanden hatte, all das erinnerte an alte, schwere Zeiten, wie auch die drei elektrischen Wandheizkörper, die Papa gekauft hatte, unmittelbar bevor er abhaute, nur warum da ganze acht verschimmelte Europaletten ganz hinten im Garten lagen, daran konnte Jan Inge sich beim besten Willen nicht erinnern, und auch nicht, worum es bei der zerbrochenen Schere gegangen war oder bei dem Türgriff, aber die verrostete Wäschespinne, an die hatte er noch deutliche Erinnerungen, sie war in mancherlei Hinsicht das Bild seiner Kindheit, weil er als kleiner Junge immer gedacht hatte, sie sähe aus wie ein Regenschirm und er müsste sie in seiner kleinen Hand gegen den Regen hochhalten.

Jetzt aber stand das Gemeinschaftsaufräumen an, und all das musste weg. Vorm Haus wartete schon ein Container, da nützte es jetzt nichts, Gebete für alte Erinnerungen zu sprechen.

Veränderung also.

Sie räumten die Unordnung und den Abfall, der in der Mitte des Gartens lag, aus dem Weg, denn dort sollte Tongs letzte Ruhestätte sein, entschied Jan Inge. Rudi hatte zu eben diesem Detail indes etwas anzumerken: Warum er mitten im Garten und nicht in irgendeiner Ecke liegen sollte, würde er nicht verstehen. Aber als Jan Inge daraufhin erwiderte, alte Freunde solle man nicht in irgendeiner Ecke entsorgen, so wie es mit den Alten hier im Land passiert, nickte Rudi nur. Denk an Italien, sagte Jan Inge, die ehren ihre Alten, wir hingegen, wir sind von ihnen, ihrem Geifer, ihrem ganzen Bingo und den Gehhilfen peinlich berührt.

Das tiefe Loch auszuheben war Schwerstarbeit. Sie konnten sich glücklich schätzen, dass Thor B. Haraldsen seinerzeit die Hecke um den Garten gepflanzt hatte, eine Hecke, die jahrelang nicht mehr geschnitten worden war, sodass an diesem Vormittag zumindest niemand von draußen ihr Hacken und Graben mitbekam, das entschieden mehr Zeit in Anspruch nahm, als sie es sich vorgestellt hatten. Wie hart kann Erde eigentlich sein?, rief Jan Inge verblüfft aus, als er sich eingestand, dass er viel zu selten körperliche Arbeit verrichtete, und dabei purzeln die Kilos ja in Höchstgeschwindigkeit.

Nach Stunden des Hackens und Grabens und mehrerer Trink- und Rauchpausen, in denen Rudi schlicht und ergreifend einknickte und wieder anfing zu rauchen, wer weiß, vielleicht weil Cecilie ihn so verliebt anlächelte – nach unzähligen Arbeitsstunden stellte sich Jan Inge schließlich an die Kante des mehrere Meter tiefen Lochs und bedeutete den anderen, dass sie aufhören konnten. Er stellte sich breitbeinig hin, stemmte die Hände in die Hüften, die ihm bereits ein wenig schlanker vorkamen. Er blickte ins Dunkel der Erde hinab. Rudi stellte sich an seine eine, Cecilie an die andere Seite. Zu dritt starrten sie hinunter in die Erde.

»Ja«, sagte Jan Inge.

Rudi nickte. Cecilie nickte.

»Glaube, wir sind uns einig: Tong hat seinen Tempel bekommen.«

»Tempel, Bruder?«

»Grabkammer, vielleicht können wir uns darauf einigen.«

»Ist gerade ein bisschen Walk-like-an-Egyptian-Stimmung hier«, sagte Rudi und kicherte.

»Hehe, kannst du laut sagen. Mann, war ich verliebt in die, wie hieß sie noch, diese kleine …«

»Susanna Hoffs«, bestätigte Rudi.

»Genau, Susanna Hoffs. Sie war süß wie ein Kaninchen. ›Eternal Flame‹. War sie klein? Oder waren nur die anderen Mädchen so groß?«

Cecilie pochte mit dem Spaten auf den Boden und fragte, ob sie jetzt den ganzen Tag über die Bangles sprechen wollten oder was, und ja, sie habe recht, bestätigte Jan Inge, sie hätten keine Zeit mehr zu vertrödeln, ehe er einen vielsagenden Blick zur Terrassentür warf, den sowohl Rudi als auch Cecilie verstanden: Es war an der Zeit, Tong zu holen und ihn in die ungeweihte Erde zu legen.

»Tempo, Tempo«, flüsterte Jan Inge, als er und Rudi den Teppich mit Tong anhoben, denn das musste jetzt »zacki-zacki« geschehen, wie er es nannte, einfach über die Terrasse sprinten und ihn hinunterplumpsen lassen. Mit oder ohne Teppich?, fragte Rudi nach, und Jan Inge und Cecilie wägten das Für und Wider ab, aber weil sich keiner von ihnen vorstellen konnte, den Teppich noch mal zu benutzen, nachdem Tong fast drei Tage tot darin gelegen hatte, entschieden sie sich, den Teppich zusammen mit Tong zu begraben. Klingt irgendwie auch würdevoller, meinte Jan Inge, worin Rudi mit einstimmte, denn wenn er etwas in dieser Welt achtete, dann das Gefühl von Würde.

Tongs Gesicht, das sie nicht mehr betrachtet hatten, seit es am Donnerstag zerschossen worden war, war zu einer aufgelösten Maske geronnen. Es anzuschauen fanden alle drei befremdlich, es sah ganz einfach unecht aus, wie Rudi anmerkte. Es sah nicht einmal mehr wie ein Gesicht aus. Würde er so was sehen, sagte Rudi, und nicht wissen, was es wäre, dann würde er auf halb aufgetautes Hackfleisch tippen. Oder ein Herz, meinte Cecilie. Welch Ironie, meinte Jan Inge.

Als er aus dem Teppich und hinunter in die Erde rumpelte, erinnerte Tongs Körper an eine Marionette ohne Marionettenspieler. Keine Muskeln mehr, keine Arme und Beine, die den Fall abfingen, und es war ein sowohl erschreckender als auch faszinierender Anblick, wie er hinabrutschte und dabei quasi Glied um Glied einsackte und am Grund aufschlug.

»Rudi, den Spaten«, flüsterte Jan Inge, und Rudi klaubte ihn auf und begann sofort mit der Beisetzung, während Jan Inge ein paar Schritte zur Seite machte, sich an den anderen Rand des Grabes stellte und sich räusperte.

»Erde zu Erde, Asche zu Asche«, sagte er, »und Schmutz zu Schmutz.«

»Es heißt Staub zu Staub, glaub ich«, merkte Cecilie an.

»So genau können wir es gerade nicht nehmen«, meinte Jan Inge, und während Rudi Schaufel um Schaufel Erde auf Tongs Körper warf, dachte er: So müssen sich Priester fühlen, wenn sie zur Arbeit gehen. Tagaus, tagein im Dienste der Ernsthaftigkeit.

Als Rudi mit dem Schaufeln fertig war, bat Jan Inge um Aufmerksamkeit. Cecilie nickte und griff nach Rudis Hand, zusammen sahen sie aus wie ein dunkelblau gekleidetes Brautpaar.

»Ich hab den Morgen und den Vormittag zum Nachdenken genutzt«, teilte Jan Inge ihnen ernst mit.

»Keine große Überraschung«, entgegnete Rudi feierlich.

Jan Inge hob die ausgestreckte Hand, um zu signalisieren, dass er noch mehr auf dem Herzen hatte, und Rudi nickte und blieb still.

»Ich habe das«, sagte Jan Inge und stopfte die Hände in die Taschen seines dunkelblauen Overalls, »was letzten Donnerstag passiert ist, gründlich hinterfragt. Wir müssen es einsehen. Unser Vorhaben war gut. Das trojanische Pferd hat funktioniert. Du, Cecilie, und du, Rudi, ihr habt abgeliefert. Aber unser toter Freund, der hat ramponiert und ist explodiert.«

»Ramponiert und explodiert. Hörst du, Chessi?«

Sie nickte.

»Ich muss gestehen, es hat mich überrascht«, sprach Jan Inge weiter. »Ich bin es gewöhnt, Überraschungen zu studieren, und häufig hab ich das Gefühl, ich kann das Blinken der Messerklinge sehen, noch ehe sie aus der Messerscheide springt. Doch diesmal war die Überraschung real. Ich hab das alles nicht vorausgesehen.«

»Wir doch auch nicht, du Lieber«, versuchte Cecilie, ihm beizuspringen.

»Nein«, fuhr Jan Inge fort und nickte. »Dass Tong ein gerissener Kerl war, wussten wir. Dass Tong unter gewissen Umständen das Unerwartete tun konnte, wussten wir. Aber ausgerechnet jetzt? Nach seinem erfolgreichen Aufenthalt in Åna? Mit all der Meditation?«

Rudis Hals zuckte ein wenig, aber nur, bis Cecilie seine Hand an ihren Mund hob und küsste.

»Nein«, wiederholte Jan Inge. »Worauf ich gekommen bin, ihr Lieben – und lieber Tong, wenn du mich hören kannst –, das ist …«

Jan Inge verstummte und räusperte sich. Cecilie und Rudi hielten einander immer noch an den Händen, Rudis Augen waren zusammengekniffen, die Ohren gespitzt.

»… dass«, versuchte Jan Inge es noch mal, offenbar zutiefst bewegt von seinen Gedanken, »ja, ich sag es ganz offen: Tong ging mit einem kalten Herzen durch die Welt.«

Wind blies durch den Garten, und Wolken ballten sich über ihren Köpfen.

»Es tut weh, das so zu sagen«, fuhr Jan Inge langsam und mit gedämpfter Stimme fort. »Ich meine, geht es mir jetzt womöglich wie der Mutter eines Vergewaltigers, wenn sie sich eingestehen muss, dass der Sohn, dem sie die Windeln gewechselt und den sie so viele Stunden lang geliebt hat, ein kaltes Herz hatte?«

Weder Cecilie noch Rudi vermochten zu einem derart ernsten Vergleich etwas zu sagen.

»Ich meine«, fuhr Jan Inge fort, bückte sich, hob vom Boden einen rostigen Schraubenschlüssel auf und begann, damit herumzuspielen, »ich meine, bei all den Menschen, die wir kennen. Zum Beispiel Hansi. Ein Idiot erster Klasse.«

»Ein wahres Arschloch«, schniefte Rudi.

»Aber ein kaltes Herz?«, fragte Jan Inge, während er weiter mit dem Schraubenschlüssel spielte. »Nein. Hansi hat ein dummes Herz. Und Melvin, zum Beispiel, der solo ging. Ein kaltes Herz? Nein. Ein durchtriebenes Herz, aber kein kaltes. Buonanotte?«

»Nein.«

»Nein!«

»Genau. Buonanotte. Ein lustiges Herz. Und Stegas?«

»Haha.«

»Ein weiches Herz«, quietschte Jan Inge, lachte und warf den Schraubenschlüssel weg. »Und Pål«, legte er nach und hörte schlagartig wieder auf zu lachen, »was sagt ihr zu Pål?«

»Ich mochte diesen Pål«, antwortete Rudi schnell. »Ein gutes Herz, würde ich sagen.«

Jan Inge nickte zustimmend. »Und, Cecilie, wenn ich darf – was würdest du über Mama und Papa sagen, sofern du darüber reden kannst, ohne das Baby in deinem Bauch zu verstören?«

Cecilie entzog Rudi ihre Hand und zündete sich eine Kippe an. »Na ja«, sagte sie, »Papa hat ja kein kaltes Herz, er hat wohl eher ein … na ja … nein, weiß nicht … ein Papperlapappherz, würd ich sagen. Und Mama … Ihr Herz war nicht hart, es war einfach nur schwach. Ein Fischherz.« Sie drehte sich zu Rudi um. »Was ist mit deinen Leuten?«

»Wen meinst du?« Rudi runzelte die Stirn. »Meinst du … Sprichst du von … Meinst du meine Fami… Sprichst du von der Fami…«

»Du musst nichts sagen«, lächelte Cecilie und blies Rauch aus, bevor sie sich streckte und ihn küsste.

»Wie auch immer«, ergriff Jan Inge erneut das Wort, während der Himmel über ihren Köpfen immer bedrohlicher wurde, »wie auch immer, so wie es aussieht, hatte

Tong ein kaltes Herz. Und ich finde es grauenhaft, all das zu sagen, weil ich nicht wie ein Rassist oder so dastehen will, und es ist mir unangenehm, dass das erste Mal, da ich jemanden erschießen musste, mit meinen eigenen Grundprinzipien brach und mich in die gnadenlose Reihe von Gewalttätern stellte, dass es da ausgerechnet einen Einwanderer traf. Ich finde es grauenhaft, all das zu sagen, denn so wie ich hier stehe, habe ich tatsächlich Schwierigkeiten, irgendwas Positives über den zu sagen, der dort unten in der Erde liegt.«

Im Garten wurde es still.

»Und das tut mir sehr weh«, sagte Jan Inge nach einer Weile.

Noch einmal wurde es still.

»Es war zu wenig Liebe in ihm«, flüsterte Jan Inge nach einem Augenblick. »Und das ist dann wohl die Lehre, die wir daraus ziehen können«, fügte er nachdenklich hinzu, »dass es immer nur um Liebe geht.«

Rudi nickte und sah Cecilie an. »Sag ich auch immer«, flüsterte er. »Das hat er von mir.«

»Was hast du gesagt, Rudi?«

»Nichts. Wahre Worte, Bruder.«

Während die ersten Regentropfen auf Waschmaschinen, Videorekorder und Schaufeln tropften, wurde es still ums Grab. Sie blieben dort stehen und ließen es bei sich ankommen, sowohl den Regen als auch das unheimliche Gefühl, einen Menschen begraben zu haben, den sie so gut gekannt hatten – wie sie glaubten –, einen Menschen, der Schokocookies gegessen, kaum etwas gesagt hatte und der, wenn es ans Eingemachte ging, und das verstanden sie jetzt, niemals jemanden an sich herangelassen und nichts aus sich herausgelassen hatte. Einen Menschen, den sie überhaupt nicht gekannt hatten. Und zu dem ihnen nichts Gutes einfiel. Und in dieser Stimmung geschah es, dass in Cecilies Kopf auf einmal Bilder aufstiegen. Das Bild einer funkensprühenden Intensität in Tongs Augen, wenn sie mit gespreizten Beinen auf ihm saß, das Bild des animalisch hungrigen Mundes, der nach ihr schnappte, wenn sie ihm den Mund schenkte, das Bild des lächelnden Tong, der vor vielen Jahren mit heruntergekurbeltem Fenster und Zigarette im Mund vor ihrem Haus vorgefahren war, stolz, dass er von einem supereinfachen Bruch in Eiganes mit fünfunddreißigtausend Kronen nach Hause gekommen war. Cecilie spürte, dass sie drauf und dran waren, diesen Tong zu vergessen, und aufgrund dieser Gefühle drehte sie sich zu Jan Inge und Rudi um, dessen halblanges Haar nass und dessen furchige Haut ganz weich geworden war, und sagte: »Aber auch wenn er keine Liebe in sich hatte, weder für uns noch für andere, heißt das nicht, dass wir genauso schlecht sein müssen.«

»Wundervoll gesagt, Baby«, sagte Rudi.

Neben ihnen stand Jan Inge und fühlte, wie am Rand des rechten Auges eine Träne kauerte.

Sie standen zu dritt im stärker werdenden Regen vor Tongs Grab, und jeder hing seinen Gedanken nach. Drei Menschen in Overalls vor einem frisch umgegrabenen Flecken Erde, umgeben von altem Schrott. Aus einem Impuls heraus trampelte Rudi über das Erdreich, setzte sozusagen im Vorbeigehen seine großen Schuhsohlen auf Tongs Grab. Nachdem er eine Weile so vor- und zurückgestampft war, drehte er sich um und sah in Jan Inges schmale Blaubeeraugen.

»Wenn Tommy Pogo wiederauftaucht«, sagte Rudi, »gefällt mir der Gedanke gar nicht, dass er hier in den Garten rauskommt.«

»Ganz ruhig ...«

»Das sagt sich leicht«, gab Rudi zurück, »für einen ruhigen Typen wie dich.«

»Wenn Pogo auftauchen sollte«, sagte Jan Inge, »dann werden wir ihm sagen, dass wir wissen, wer er ist und was er vorhat, und wir werden ihm sagen, dass wir nichts zu verbergen haben, und fragt er oder irgendein anderer Ermittler aus dem Lagårdsveien 6, wo wir am Donnerstag gewesen sind, dann haben wir ein Alibi, und dann fügen wir noch hinzu, was für einen miserablen Job der Lagårdsveien machen würde, wenn er uns einfache Umzugsleute stresst und aufscheucht, oder was sie eigentlich glauben, was sie da gerade treiben, und dann weisen wir auf unseren Garten hin und das gerade erst zurückliegende Gemeinschaftsaufräumen ...«

Rudi schüttelte verblüfft den Kopf.

»Du Teufel von einem Firmenchef!«

»Und dann«, sprach Jan Inge weiter, »dann werden wir sagen, dass es hier draußen in Hillevåg Veränderungen geben wird. Veränderungen, Rudi, hörst du?«

Rudi klopfte Jan Inge auf die Schulter. »Wahre Worte«, flüsterte er.

Jan Inges Brust hob und senkte sich.

»Ich will jetzt einfach keine Beunruhigung mehr«, murmelte Jan Inge.

»Keine Beunruhigung mehr«, murmelte auch Rudi.

Der Regen wurde dichter und weichte zusehends die Erde auf.

Jan Inge drehte sich um zu Cecilie, er hatte wieder Nervenflecken auf der Haut, rote Striche in den Augen, bebende Mundwinkel, und diesen Anblick kannte sie von so vielen Tagen vor langer, langer Zeit.

»Zieht ihr aus?«, fragte er zitternd.

Cecilie sah ihn verwundert an. »Ausziehen?«

»Ausziehen?« Rudi zuckte mit den Achseln. »Verdammtescheißewohastdudenndieideeher, brother of tears?«

Jan Inge schniefte. »Weiß ich nicht«, flüsterte er. »Und habt ihr schon einen Namen für das Kind?«

Cecilie und Rudi sahen einander an, wie Eltern es tun, wenn sie einander wortlos fragen, ob sie der Welt ihre Geheimnisse verraten sollten, und Cecilie nickte Rudi zu.

»Steven«, sagte Rudi, »wenn es ein Junge wird.«

»Jambolena«, sagte Cecilie, »wenn es ein Mädchen wird.«

»Jambolena«, flüsterte Jan Inge und räusperte sich. »Ist das nicht … ein Baum?«

Aus der Ferne drang ein Geräusch zu ihnen herüber.

»Es wird alles gut werden«, flüsterte Cecilie. »Veränderungen, okay? Es wird viel geschehen, und wir werden es gut miteinander haben. Jetzt fängt es erst an, Jani, hörst du?«

»Ja«, antwortete Jan Inge. »Ja, so ist es. Kinderzimmer. Mariero Moving. Freiwilliges Gemeinschaftsaufräumen. Ein Stückchen höher hinauf. Alles wird gut.«

Das Geräusch wurde lauter, erreichte Gehör und Gehirn, und sie drehten sich in die Richtung um, aus der sie es vernahmen. Es kam von der Vorderseite des Hauses. Das Geräusch eines Fahrzeugs, eines Motorrads, vielleicht eines Mopeds, das vors Haus preschte. Zögerlich sahen sie einander an.

»Hm«, kam es von Jan Inge.

Das Geräusch hörte auf. Höchstwahrscheinlich war der Motor abgestellt worden.

»Jahaaa«, sagte Rudi, und Cecilie legte den Kopf schief. »Ist das bei uns?«

Jan Inge wechselte einen flüchtigen Blick mit den anderen. Sie legten ihr Werkzeug weg, marschierten zur Terrasse hinauf, wo sie einander einvernehmlich zunickten, während einer nach dem anderen die matschigen Füße abstreifte und aus dem Overall schlüpfte. Dann betraten sie das Wohnzimmer. Cecilie musterte kurz die Jungs, zupfte an Rudis Haaren herum und entfernte ein wenig Matsch von Jan Inges Wange. Dann gingen sie weiter in die Küche. Jan Inge warf einen letzten Blick zu Cecilie und Rudi, bevor er vorsichtig den Vorhang zur Seite zog und hinausblickte.

Vor dem Haus stand ein Moped. Eine alte Suzuki, rot lackiert mit schwarzem Ledersitz, so ein Moped, wie man es gefahren hatte, als Jan Inge klein gewesen war.

Er ließ den Blick zum Eingangsbereich wandern.

Dort stand ein junger Typ.

»Was ist?«, flüsterte Cecilie.

»Keine Ahnung«, gab Jan Inge leise zurück.

»Wer ist das?«, flüsterte Rudi.

»Keine Ahnung«, kam es wieder von Jan Inge.

»Was will er von uns?«, flüsterte Cecilie.

Jan Inge schüttelte ratlos den Kopf. »Noch mehr Veränderungen, womöglich.«

»Sieht so aus, Herr Rektor«, seufzte Rudi, als es an der Tür klingelte. Im Gänsemarsch gingen die drei in den Flur, und Jan Inge machte die Haustür auf.

Vor ihnen stand ein hübscher Junge in Lederjacke und mit tiefen, unergründlichen Augen. Er sah abgemagert und erschöpft aus, ganz so als hätte er seit mehreren Tagen nicht geschlafen. In den Händen hielt er einen schwarzen Helm.

»Hallo«, sagte der Junge und nickte kurz.

»Hallo«, sagte Jan Inge. »Was gibt's?«

Der Junge sah sie an. »Ich weiß, wer ihr seid.«

Jan Inge räusperte sich. »Aha?«

Oh Gott, dachte er, müssen wir das Grab jetzt noch mal öffnen?

Der Junge warf den Motorradhelm zwischen den Händen hin und her. »Ihr habt da was, was ich haben will«, sagte er, »und ich hab was, was ihr nicht haben wollt.«

Rudi machte einen Schritt auf den Jungen zu.

»Sprichst du vom Internet?«, fragte er scharf.

Jan Inge legte die Hand auf Rudis Schulter, doch Rudi ließ sich davon nicht abhalten.

»Hör zu«, fuhr er fort, »man kommt nicht einfach so daher, klingelt bei fremden Leuten und redet so, kapiert? Noch ein Wort, und ich hol meinen Baseballschläger raus und schlag dich windelweich. Hörstdumichvogelfutter?«

Der Junge blieb ganz ruhig. »Ihr habt da was, was ich haben will«, wiederholte er.

»Was meinst du denn?«, fragte Jan Inge.

»Ich will dabei sein«, sagte Daniel, »bei euch.«

»Du lieber Gott«, sagte Jan Inge. »Wovon in aller Welt redest du?«

»Ich weiß, was ihr getan habt«, flüsterte der Junge und starrte Jan Inge direkt ins Gesicht.

»Entschuldigung?«

»Pål Fagerland«, sagte der Junge.

Oh nein, dachte Jan Inge und biss die Zähne so fest zusammen wie nur möglich. Muss ich jetzt wieder die Pumpgun rausholen, muss ich jetzt wieder zum Mörder werden?

»Mir reicht es jetzt mit Veränderungen«, flüsterte Cecilie, während sie den ungewöhnlich hübschen Jungen mit den tiefen, unergründlichen, hungrigen Augen, dem leuchtenden Mund, dem scharf gezeichneten Kiefer und den langgliedrigen Händen musterte. Dann legte sie sich die Hand auf den Bauch und versuchte ihr Kind vor dieser schrecklichen, unwiderstehlichen Welt zu beschützen, deren Teil es eines Tages sein würde.

Ich habe lange an diesem Roman gearbeitet, und eine Menge Menschen standen mir mit Enthusiasmus und fundierter Sachkenntnis zur Seite. Ich danke meiner Lektorin Kari Joynt und dem ganzen Oktober-Verlag, ich danke Frøydis Jørve Strømme und der Aschehoug Agency. Ich danke meinen Internet- und Facebookbetreuern, meinem Grafikdesigner Asbjørn Jensen, den Regisseuren Stian Kristiansen und Aril Andresen, ich danke Motlys Yngve Sæther und Sigve Endresen. Ich danke meinen Fotografen Arne Bru Haug und Werner »Ichbringdasinordnung« Andreassen. Ich danke der Ermittlungsbeamtin der Polizei Stavanger, Eldfrid Vestbø, Tone Døvre und Tiril Døvre vom Turnverein Siddis Turn, der Anwältin Anne Kroken, den Vollzugsbeamten in Åna, Drode Dahl und Morten Røer, den Insassen in Åna, dem Isländer Hjörleifur Valsson, dem Stavangerer Kjetil Thaule, dem Journalisten Harald Birkevold, dem Kriminalexperten Hans Petter Aass, den Musiknerds Ellen Arnstad und Asbjørn Slettemark, dem Heavy-Metal-Spezialisten Geir Edvardsen, dem Schriftsteller Jo Nesbø, dem Grafikdesigner Are Kleivan und dem Pianisten Christian Ihle Hadland für die zahlreichen Gespräche, ihr Wohlwollen und ihre Informationen. Ich danke der Abteilungsleiterin Ingrid Rønneberg, der Lektorin Aamee Kramm Simensen, der Bibliothekarin

Karin Sunderø sowie den Schülern der Gosenschule. Ich danke meinen Fotomodels. Ich danke der Friseurin Ingvild Lindæs und Bob Stylister. Ich danke meinen Verlagen im Ausland, meinen Übersetzern und Lektoren. Ich danke meinen Kollegen und Freunden: Janove Ottesen & Kaizers Orchestra, Susanne und Ragnhild, Arne Nøst, Bjørn Ravn Carlsen und dem Rogaland Teater, Karl Ove Knausgård und Frode Grytten sowie Johan Harstad, Tønes und Stian Hope. Ich danke Kjartan Fløgstad für Beverly Hinna. Ein besonderer Dank geht an Vegar Hoel, der meine Welt größer macht, als sie es von sich aus sein kann. Tiefe Dankbarkeit geht an Cecilie Davidsen Bøe dafür, dass du da bist. Ebenso großer Dank an meinen Bruder Lasse Knabben. Ich danke Elisabeth für Mariero Beauty. Ich danke Petra und Allen, meiner Familie, den Gebirgsbauern und Indianern, meiner unersetzlichen Mama. Vor allem danke ich euch, die ihr meine Bücher lest. Und ich danke der Tjensvoll-Gang.

Inhalt

Dienstag, 25. September

Mittwoch, 26. September

Donnerstag, 27. September

Sonntag, 30. September